ZAR ADAM

Pegasus Yayınları: 160
Bestseller Roman: 18

ZAR ADAM

LUKE RHINEHART

Özgün Adı: THE DICE MAN

Yayın Yönetmeni: İbrahim Şener
Son Okuma: Fahrettin Levent
Bilgisayar Uygulama: Meral Gök
Kapak Tasarım: Yunus Bora Ülke
Film-Grafik: Mat Grafik
Baskı-Cilt: Kilim Matbaası

1. Baskı: Ekim 2008
ISBN: 978-605-5943-39-4

PEGASUS YAYINLARI
Gümüşsuyu Mah. Osmanlı Sk. Alara Han
No: 27/9 Taksim / İSTANBUL
Tel: 0212 244 23 50 (pbx) Faks: 0212 244 23 46
www.pegasusyayinlari.com / info@pegasusyayinlari.com

Luke Rhinehart

ZAR ADAM

İngilizce'den Çeviren:

ENVER GÜNSEL

PEGASUS YAYINLARI

A.
J.
M.'ye,
onlarsız bu kitap olmazdı.

Başlangıçta Şans vardı, Şans Tanrı ile beraberdi ve Şans Tanrı idi. Başlangıçta Tanrı ile beraberdi o. Her şey Şans tarafından yapıldı ve o olmasaydı yapılan hiçbir şey yapılmazdı. Şansta hayat vardı ve hayat insanların ışığıydı.

Şans tarafından gönderilmiş bir adam vardı ve onun adı Luke idi. Aynı şey Kaprise tanıklık yapmak için geldi ki bütün insanlar onun sayesinde ona inanacaktı. O Şans değildi ama Şansa tanıklık yapmak için gönderildi. Dünyaya gelen herkese rastlantı getiren gerçek Kaza idi o. O dünyadaydı ve dünya onun tarafından yapıldı ve dünya onu tanımıyordu. O kendisine geldi ve kendisi onu kabul etmedi. Ama o, onu kabul edenlere Şansın oğlu olma gücünü verdi, hatta insandan ve insan arzusuyla değil de kazara, Şans eseri doğmuş olanlara bile verdi bu gücü. Ve Şans etten yapıldı (ve biz onun haşmetine, sadece Büyük Kararsız Babanın ihtişamına baktık) ve bizim aramızda yaşadı, karmaşa, sahtecilik ve kaprisle yaşadı.

—*Zar Kitabı*'ndan

Önsöz

Richard Nixon bir gün, "Tarz insandır," dedi ve hayatını okurlarının canını sıkmaya adadı.

Tek adam yoksa ne yapılır? Ya tek tarz yoksa? Otobiyografi yazan adam değiştikçe tarz da değişir mi, ya da hakkında yazdığı geçmişteki adam değiştikçe? Edebiyat eleştirmenleri bölüm tarzının hayatı dramatize edilen adama uygun olmasında ısrar ederler: Rasyonel ama hiç uyulmaması gereken bir uyarıdır bu. Komik bir yaşam oldukça trajik bir tarzda verilir, günlük olaylar bir çılgın, âşık olan bir adam bir bilim adamı tarafından anlatılır. O halde yazı tarzı hakkında tartışmayalım. Eğer yazı tarzı ve konu bu bölümlerden birinde donup kalırsa, bu şanslı bir kaza olur ki tekrarlanmamasını umabiliriz.

Benim otobiyografim kurnazca bir karmaşa olacaktır. Ben kronolojik düzenimi bugünlerde pek az kişinin cesaret edebileceği bir şekilde yazacağım. Fakat benim tarzım Oyun Zarı şeklinde nadir bir şey olacak. Ben somurtacak, süzülecek, yüceltecek ve alay edeceğim. Birinci şahıstan üçüncü şahsa geçeceğim: Her şeyi bilen birinci şahıs kullanacağım, genelde Başkası için ayrılmış bir anlatım tarzıdır bu. Hayat hikâyemde çarpıklıklar ve konu dışına çıkmalar olduğunda onları kucaklayacağım, çünkü iyi söylenmiş bir yalan tanrıların armağanıdır. Fakat Zar Adamının (kumarbazın) yaşamı benim en iyi hayal edilmiş kurgularımdan daha eğlencelidir: Onun eğlence değerine gerçek egemen olacaktır.

Hayat hikâyemi, bu şekli kullanan herkes gibi aynı mütevazı nedenle yazıyorum: büyük bir adam olduğumu dünyaya kanıtlamak için. Hiç kuşkusuz ben de diğerleri gibi başarılı olamayacağım. Elvis Presley bir gün, "Büyük olmak yanlış anlaşılmaktır," dedi ve kimse yalanlayamaz onu. Ben kendini yenilemek isteyen bir adamı anlatacağım ve bana deli diyecekler. Ne yapalım, desinler. Yoksa başarısız olduğumu düşüneceğim.

Biz kendimiz değiliz; gerçekte artık bizim 'kendi' olarak adlandırabileceğimiz hiçbir şey yoktur; çok sayıda tür vardır, bizim ait olduğumuz gruplarımızın sayısı kadar çok sayıda kendi vardır . . . Nevrotik herkesin muzdarip olduğu açık bir hastalıktır...

—J. H. VAN DER BERG

Benim amacım hastalarımın kendi doğalarının deneyimini yaşatarak bir psişik durum ortaya koymaktır. Bu bir akışkanlık, değişim ve gelişim durumudur, orada artık durağan ve umutsuzca taşlaşmış herhangi bir şey yoktur.

—CARL JUNG

Kaos ve kuşkunun meşalesi—bu efsanelerin kaynağıdır.

—CHUANG-TZU

Ben tanrısız Zerdüşt'üm: Ben hâlâ kendi kazanımda her şansı pişiririm.

—NIETZSCHE

Herhangi biri hiçbiri olabilir.

—ZAR ADAM

Bölüm Bir

Ben kocaman elleri, kalın kütük gibi bacakları, iri çeneli koca kafası olan ve kalın camlı gözlük kullanan iriyarı bir adamım. Boyum bir doksan, kilom yaklaşık yüz beş. Clark Kent'e benzerim ama iş kıyafetimi çıkardığım zaman ancak karımın yarısı kadar hızlıyım, yarı cüssemde olan adamlardan biraz daha güçlüyüm ve Kent gibi binaların üstünden atlayamam.

Sporların çoğunda orta derece bir sporcu sayılırım. Çok cesur poker oynarım ve borsada da dikkatliyimdir, iyiyim diyebilirim. Lisede kız takımı kaptanlığı ve rock-and-roll şarkıcılığı yapmış bir güzelle evlendim ve iki normal ve güzel çocuğum var. Dindar bir adamım, *Dünya Önünde Çıplak* adlı pornografik bir roman yazdım ve Yahudi de değilim.

Bir okuyucu olarak bu satırlardan bir anlam çıkarmaya çalışacağınızı biliyorum, fakat burada dinsiz olduğumu da eklemek isterim. Rasgele binlerce dolar verdim zaman zaman Amerikan hükümetine, New York Şehri, Bronx ve Scarsdale belediyelerine karşı isyan ettim ve hâlâ resmen Cumhuriyetçi Parti üyesiyim. Çoğunuzun bildiği gibi insan davranışları deneyleri için açılan kötü şöhretli Zar Merkezlerinin de yaratıcısıyım ki *Journal of Abnormal Psychology* bunları "rezalet", "ahlaksızca" ve "eğitici" olarak değerlendirirken, *The New York Times* "inanılmayacak derecede yanlış yönlendiren ve çürümüş", *Time* dergisi "lağım", *Evergreen Review* ise "Parlak ve eğlenceli" diye nitelendirdi. Ben sadık bir kocayım ama daha önce çok zina yaptım ve eşcinselliği bile denedim. Oldukça iyi ve tanınmış, ama New York Psikanalizciler Birliğinden (PANY) ve Amerikan Tıp Birliğinden (kötü aktiviteler ve muhtemel yetersizlik nedeniyle) atılmış bir psikanalizciyim. Ülkede bana hayran olan binlerce zar adam var ama iki kez akıl hastanesine, bir kez de hapishaneye girip çıktım, şimdi de kaçağım ve umarım bu otobiyografimi tamamlamadan önce yakalanmam.

İlk mesleğim psikiyatri oldu. Bir psikiyatr ve Zar Adam olarak amacım hem kendi kişiliğimi ve hem de başkalarınınkini değiştirmekti. Herkesi değiştirmek istedim. İnsanlara özgürlük, neşe duyguları vermekti hedefim. Sabah karanlığında çıplak ayakla toprağı hissetme, güneşi ağaçlar arasından görme, bir genç kızın ilk öpülüşü gibi deneyimleri yaşatmak istedim insanlara. Bazen akla aniden gelen fikirleri gerçekleştirmek gibi şeylerdi bunlar.

Hayat can sıkıntıları okyanusunda vecde gelme adalarıdır ve otuz yaşından sonra kara nadiren görünür. En iyi durumda, aşınmış bir kumsaldan diğerine dolaşıp dururuz ve çok geçmeden üzerine bastığımız bütün kum tanelerini tanır gibi oluruz.

Ben sorunu meslektaşlarıma açtığımda, insanın neşesini kaybetmesinin teninin çürümesi kadar normal olduğunu ve benzer psikolojik değişimleri temel aldığını söylediler bana. Onlara göre psikoloji, acıları azaltmak, üretimi artırmak, bireyi topluma kazandırmak ve kendisini görüp kabul etmesi için ona yardımcı olmaktı. Bireyin alışkanlıklarını, değerlerini ve çıkarlarını değiştirme zorunluluğu yoktu, sadece onları idealleştirmeden görmeli ve oldukları gibi kabul etmeliydik.

Terapi için bu tür düşünce bana tamamen açık ve arzu edilen bir amaç gibi göründü, ama başarılı bir analizden, ortalama bir eşle yedi yıl boyunca orta mutlulukta bir yaşam sürdükten sonra, otuz iki yaşıma basarken birden kendimi ve kendimle beraber birçok kişiyi de öldürmek istedim.

Queensborough Köprüsü'nden geçip uzun yürüyüşler yaptım, uzun süre sulara bakıp düşündüm. Saçma bir dünyada mantıklı bir çözüm olarak intiharı anlatan Camus'yu tekrar okudum. Metro platformunda raylara birkaç santim mesafede durdum ve sallanarak bekledim. Pazartesi sabahları muayenehane rafında duran striknin şişesine uzun uzun baktım. Manhattan'ı silip süpüren bir nükleer felaketi, karımın bir silindir altında kalıp ezilişini, rakibim Dr. Ecstein'ın bir taksiyle nehre uçtuğunu, bebek bakıcımız genç kızın ben tecavüz ederken bağırışlarını hayal ederdim.

İnsanın intihar girişimi, başkalarını zehirle ya da başka yollarla öldürmesi, ırza tecavüz etmesi psikiyatride "sağlıksız" olarak değerlendirilir. Kötüdür ve daha doğrusu *günahtır.* Kendinizi öldürme arzusu duyduğunuzda onu görüp kabul ettiğiniz varsayılır ama kendinizi öldürmezsiniz. Bir genç kıza karşı cinsel arzu duyarsınız, şehevi duygunuzu kabul ettiğiniz varsayılır ama o kıza bir kötülük etmeyi düşünmezsiniz. Bazen babanıza kızarsınız ama ona sopayla vurmazsınız. Kendinizi anlayın, kendinizi kabul edin ama kendiniz olmayın.

Tutucu bir doktrindir bu, hastayı şiddetten, olağandışı davranışlardan uzak tutmaya ve orta derece acılara dayanarak uzun, saygın bir hayat yaşamasına yardım eder. Aslında herkesin bir psikoterapist gibi yaşamasına yardımcı olabilecek bir doktrindir bu. İşte bu düşünce midemi bulandırdı.

Bu önemsiz kavramlar, ilk kez hiç beklenmedik bir depresyona girdiğimden sonraki haftalarda toplanmaya başladı kafamın içinde. Kitabım için uzun bir bölüm yazmamdan sonra oldu bu depresyona girme olayı, ama aslında içimde uzun zaman oluşan birikimlerin sonucuydu bu. Her sabah kahvaltıdan sonra masamda oturup ilk hastamı beklerken, onunla ilgili geçmiş olayları ve gelecekle ilgili umutları düşündüğümü, planladığımı hatırlarım. Bazen gözlüğümü çıkarır ve dünyaya sisler içinden bakar gibi olur, derin düşüncelere dalar, koca yumruğumu masaya vurup, "Kör! Kör! Kör!" diye söylenirdim.

Eğitim yıllarımda parlak bir öğrenciydim ve oğlum Larry'nin çiklet kartları topladığı gibi onur ödülleri alırdım. Tıp fakültesindeyken "Nevrotik Tansiyon Psikolojisi" adıyla ilk tedavi yazımı yayınladım. Benim yazılarım da diğer uzmanların yazıları kadar iyiydi. Ama hastalarımla ilgili başarılarım meslektaşlarımınkiler gibi önemsizdi. En fazla umduğum şey, hastamı endişeden, kafa karışıklığından kurtarmaktı, amacım onu acı veren bir durgunluktan çıkarıp huzurlu, sakin bir yaşama kavuşturmaktı. Hastalarımda yaratıcılık ya da yenilikler getirme yeteneği varsa benim analiz yöntemlerim bunları ortaya çıkaramadı. Psikanaliz pahalı, ağır çalışan, güvenilmez bir sakinleştiriciydi. Eğer LSD Alpert ve Leary'nin dedikleri kadar etkili olsaydı bütün psikiyatrlar bir günde işsiz kalırlardı. Bu düşünce hoşuma gitti.

Bazen sinikliğimin ortasında gelecekle ilgili hayaller kurardım. Ne mi umut ediyordum? Geçmişte yaptıklarımı geride bırakmak, beğenilen yazılar ve kitaplar yazmaktı idealim. Çocuklarımı çok iyi yetiştirmek istiyordum, onlar benim yaptığım hataları yapmamalıydı, ben renkli bir kadınla evlenmek, hayatımın sonuna kadar onunla yaşamak istemiştim. Ama ne yazık ki bütün bu arzularım sonunda beni umutsuzluğa sürükledi.

Bir yere bağlanıp kalmış gibiydim. Bir yandan, son on yıldır yaşadığım hayattan ve kendimden bıkmıştım, yaşamdan zevk almıyordum, ama diğer yandan da tercih ettiğim bir değişim de yoktu. Tahiti sahillerinde yaşamanın, zengin bir televizyoncu olmanın, Erich Fromm, Teddy Kennedy ya da Bob Dylan'la arkadaş olmanın, Sophia Loren ya da Raquel Welch ile bir ay aşk yaşamanın bir şey değiştireceğine inanmayacak kadar yaşlanmıştım artık. Ne yana dönsem göğsümde beni tutan bir şeyler var gibiydi. Canım çok sıkıldığı zaman beni tutan bağlardan kurtulup rüzgârın önünde uçmak istiyordum ama bağlar daha çok sıkılıyor, göğsümdeki çapa içime daha çok gömülüyordu. Kendi ağırlığım kaçınılmaz ve ebedi idi.

Meslektaşlarım ve hatta kendim, divanlarımızın başında hafifçe mırıldanırken, sorunumun tamamen normal olduğunu söylüyorduk; yani ben kendimden ve dünyadan nefret ediyordum, çünkü kendimin ve hayatın sınırlarını kabul etme ve onlarla yüzleşme konusunda başarısız olmuştum. Bu reddedişe edebiyatta romantizm, psikolojide ise nevroz deniyordu. Varsayıma göre, kısıtlı ve sıkılmış bir varlık kaçınılmaz, her şeyi kucaklayan bir normdur. Birkaç aylık bir depresyon döneminden sonra (bu arada gizlice bir .38'lik tabanca ve dokuz mermi satın aldım) kendimi Zen sahilinde buldum.

On beş yıldan beri hırslı ve hareketli bir hayat yaşıyordum. Tıp fakültesine gitmek ve hele de psikiyatri eğitimi almak için insanın bedenen ve zihnen çok sağlıklı olması gerekir. Beni analiz eden Dr. Timothy Mann'ın söylediğine göre, benim motorumun neden bütün hızıyla çalıştığı belliydi. Ben şimdi saatte on beşle doksan beş mil arasında değişen hızlarda çalışmak yerine, sürekli olarak altmış milde yol alıyordum, ama bu hızla giderken önüme yol kesen bir engel çıkınca, yolun açılmasını bekleyen bir taksi şoförü gibi kızıyordum. Karen Horney beni D. T. Suzuki, Alan Watts ve Zen'e götürünce, hırslı bir genç adam için normal ve sağlıklı olarak düşündüğüm dünya aniden bir fare yarışı dünyasına dönüştü.

Sadece çok sıkılan insanların olduğu gibi, şaşırdım ve değiştim. Meslektaşlarımdaki güdü, hırs ve entelektüel arzunun anlamsız ve hasta olduğunu görünce kendim için olağanüstü bir genelleme yapabildim; ben de hayallerden sonra aynı kavrama belirtilerini yaşamıştım. Sonradan öğrendiğime göre işin sırrı, hayatın karışıklığını, sorunlarını, sınırlamalarını coşkuyla, tatmin olarak kabul etmekten geçiyordu. O halde hayat anlamsız mıydı? Kimin umurunda dedim. O halde benim hırslarım önemsiz miydi yani? Ama ben yine izleyecektim onları. Hayat can sıkıcı mıydı? Ben buna ancak esnerdim.

Dürtünün peşinden gittim. Sürüklendim durdum. Ama umursamadım.

Ne yazık ki hayat daha da sıkıcı olmaya başladı. Kabul ederim ki, daha önce canım sıkılırken depresyona girerken şimdi neşelenebiliyordum, ama hayat temelde ilginç değildi. Bu şekilde mutlu can sıkıntısı elbette teorik olarak tecavüz ve öldürme arzularına yeğlenirdi ama ben kişisel olarak yine de pek aldırmadım buna. İşte Zar Adamı da gerçeği aramaya çıktığım bu sefil yolun bu aşamasında keşfettim.

Bölüm İki

Çıkarma Gününden önceki yaşantım tekrarlardan ibaretti, önemsizdi, zorlayıcıydı, düzensiz ve sıkıcıydı—yani başarılı bir evliliği olan tipik bir erkeğin hayatıydı bu. Yeni hayatım 1968 Ağustos ayının ortasında, sıcak bir günde başladı.

Sabah saat yediye doğru uyandım, yanımda kıvrılıp yatan karım Lillian'a sokuldum ve koca ellerimle onu okşamaya başladım. Güne bu şekilde, onu okşayıp uyandırmakla başlamak hoşuma gidiyordu. Bir süre onun mırıltılarını dinledim ve sonunda dudaklarından öptüm.

Birkaç öpücükten sonra karım uykulu sesiyle, "Günaydın sevgilim," diye mırıldandı.

"Günaydın hayatım," dedim.

Bir süre daha dudaklarımı onun dudakları ve yanakları üzerinde gezdirdim ve heyecanlandırmaya çalıştım onu ama Lillian uyumayı tercih eder gibiydi, sırtını döndü ve gözlerini kapadı. Bense birden heyecanlandım ve Freud buna egosuz polimorfoz sapıklık diyordu. Freud büyük adamdı ama onun benim kadar heyecan duyduğunu sanmam.

Lil'i biraz daha okşayarak uykusunu açtım ve onu uyarmak üzereydim ki yatak odasının kapısı önce yumruklandı, sonra ardına kadar açıldı ve yirmi beş kiloluk koca bir oğlan çocuğu yatağa sıçrayıp aramıza uzandı.

Sonra da, "Kalkın artık!" diye bağırdı.

Lil kapının yumruklandığını duyar duymaz zaten benden ayrılmış, yatağın diğer kenarına doğru kaymıştı. Sevişme sahnesi yarım kalmıştı ve onu tekrarlamak artık olanaksızdı. Bana kalsa ben ebeveynlerin çocukların önünde bile belirli bir noktaya kadar sevişebileceklerine inanıyor ve karımı da buna inandırmaya çalışıyordum ama Lil benim gibi düşünmüyordu. Onun inancına göre karı koca odada yalnız ve örtü altında aşk yapmalıydılar.

Ben bunları düşünürken yirmi kiloluk kızımız da ağabeyinin

arkasından odaya daldı ve ondan daha yüksek sesle, "Günaydın! Kalkın bakalım!" diye bağırdı.

Artık hepimiz ayaktaydık. Saat dokuzda hastam olmadığı zaman, Larry'den kendisine ve kız kardeşine kahvaltı hazırlamasını isterdik. Oğlum kendilerine kahvaltı hazırlamaktan hoşlanırdı ve biz de bu sırada sevişme seansına devam etmek isterdik ama mutfakta tabak çanak sesleri kesildiği zaman hemen korkar ve çıkardık yataktan. Bu sabah Lil hemen kalkıp sabahlığını giydi ve çocuklara kahvaltı hazırlamak için mutfağa gitti.

Burada şunu da belirteyim ki, Lil sivri dirsekleri, kulakları, burnu, dişleri ve (mecazen) dili olan uzun boylu, narin bir kadındır ama göğüsleri ve bacakları çok güzeldir. Dalgalı sarı saçları ve heykel gibi vücuduyla herkes güzel bulur onu. Güzel yüzünde fare yüzüne benzer mahcup bir ifade vardır ve boncuk mavisi gözleri nedense ilk bakışta kırmızı gibi görünür. Ayrıca fareler nadiren bir yetmiş beş boyunda, ince ve zarif olurlar. Her şeye rağmen onun yüzü bazı kişilere fareyi hatırlatır, ama güzel bir fareyi elbette. Onunla tanıştıktan ve çıkmaya başladıktan sonra, bu görüntü yüzünden dört hafta cinsel perhize girdim. Burada şunu da belirtmek isterim ki, bu fare muhabbeti sadece sizinle benim aramda dostlarım.

Küçük kızım Evie annesinin arkasından konuşarak mutfağa gitti ama Larry benim yanımdan kalkmadı. Onun görüşüne göre yatak çok büyük olduğundan bütün aileye yeterdi ve Lil ona, anne ile babanın çok iri olduğunu ve bunun için bütün yatağı kapladıklarını söylemesi tatmin etmiyordu onu. Son günlerde yatağa uzanıyor ve herkes kalkmadan kalkmıyordu.

Bir doktorun hastasıyla konuşması gibi, ciddi bir ifadeyle yüzüme baktı ve o koca sesiyle, "Hadi bakalım baba, kalkma zamanı," diye homurdandı.

"Saat daha sekiz olmadı," dedim.

"Yaa, demek öyle ha!" diyerek komodin üstündeki saati gösterdi bana.

"Saat altıya yirmi beş var," dedim ve dönerek uzaklaştım ondan. Ama birkaç saniye sonra yine bana yanaştı ve yumruğunu alnıma bastırdı.

"Bak gözlüğünü getirdim sana, tak da yeniden bak bakalım."

Saate bakarak, "Ben baktıktan sonra saati değiştirdin," dedim ve yatağın diğer kenarına gittim.

Larry yine yatağa sıçradı ve hoplayıp zıplamaya başladı, ama niyetinin kötülük yapmak olmadığını iyi biliyordum. Ben yine de hemen tüm babalar gibi birden, ama şakacıktan öfkelendim ve "Defol git başımdan!" diye bağırdım.

Larry koşarak mutfağa gidince yaklaşık on beş saniye kadar sırtüstü uzanıp rahat bir nefes aldım. Yattığım yerden, mutfaktan gelen çocuk sesleriyle, Lil'in öfkeli söylenişini ve aşağıdaki Manhattan caddelerinden gelen korna seslerini duyuyordum. On beş saniyem bu şekilde rahatça uçup gitti, sonra düşünmeye başladım ve günüm berbat oldu.

O sabah randevusu olan iki hastamı, Doktor Ecstein ve Doktor Felloni ile öğle yemeğimi, yazmaya çalıştığım sadizmle ilgili kitabımı, çocukları, Lillian'ı düşündüm ve canım sıkıldı. Birkaç aydan beri geceleri rahatça uykuya dalamıyor, yaklaşık on, on beş saniye kadar ahlaksızca şeyler düşünüyor, depresyona giriyor, asansör içinde sıkışmış, aşağı yukarı yürüyormuşum gibi hissediyordum. General Eisenhower bir gün, "Hayatın neşeleri nereye ve neden gittiler?" diye sormuştu. Burt Lancaster da, "Parmaklarımız odunda, soğuk çelikte, güneş ısısında, kadın teninde neden hissizleşir?" diye sormuştu.

"Kahvaltı hazır babaaa!"

"Yumurtan oldu hayatım!"

Yataktan kalktım, koca terliklerimi yine koca ayaklarıma geçirdim, Arenaya çıkmaya hazırlanan bir Romalı gibi geniş bornozumu giydim ve yüzümde yapay bir gülümseme ifadesiyle kahvaltı masasına oturdum, ama Lancaster'ın ebedi sorusu yine aklıma takıldı.

Central Park yakınlarında, oldukça pahalı bir semtte, biraz yukarı, biraz da Doğu tarafında, altı odalı bir dairede yaşıyoruz. Binanın bulunduğu bölge oldukça karışık olduğu için, dostlarımız bize acısınlar mı, yoksa bizi kıskansınlar mı bilemiyorlar.

Lil küçük mutfakta ocak başında tavadaki yumurtaları karıştırıyor, çocuklar da masanın diğer ucunda seslerini çıkarmadan bekliyorlar. Larry arkasındaki pencerenin perdesiyle oynadığı (mutfak penceresinin manzarası çok güzeldir) ve Evie de kalktığından beri hiç durmadan konuştuğu için ceza olarak susturulmuşlardı. Fakat Lil'in sesi bağırırken o kadar korkunç olurdu ki, çocuklar (ya da büyükler) onun bağırışını dinlemektense kırbaçlanmayı yeğlerlerdi.

Lil hiç kuşkusuz sabah erkenden mutfağa girip çalışmaya başlamaktan hoşlanmıyordu ama bu saatlerde bir hizmetçi bulmanın ne kadar zor olduğunu da biliyorduk. Evliliğimizin ilk yılında evde kalacak şekilde tuttuğumuz genç hizmetçi bir harem ağasını bile uyandıracak kadar güzel ve seksi olduğu için fazla dayanamadı ve çabuk ayrıldı bizden, Lillian akıllı davrandı ve günün belirli saatlerinde çalışacak bir hizmetçinin bizim için daha iyi olacağına karar verdi.

Lil pastırmalı omlet tavasını masaya getirince yüzüme baktı ve "Bugün Queensborough'dan kaçta dönersin?" diye sordu.

Çocukların karşısındaki sandalyeye otururken, "Sanırım dört buçuğa doğru," diye cevap verdim. "Neden sordun?"

"Arlene bu öğleden sonra yine bir özel konuşma istedi."

"Larry kaşığımı aldı!"

"Evie'nin kaşığını geri ver ona Larry," dedim.

Lil kızının kaşığını alıp ona uzattı.

Karım, "Sanırım yine şu 'Bir bebeğim olmalı,' konusundan söz etmek istiyor," dedi.

"Anlıyorum."

Lil yanımdaki sandalyeye otururken, "Keşke Jake ile konuşsaydın," dedi.

"Ne diyeceğim ki ona? 'Hey Jake, karın bir bebek istiyor, sana yardımcı olabilir miyim?' diye mi sorayım adama?"

Evie araya girdi ve "Harlem'de dinozorlar var mı?" diye sordu.

Lil, "Evet, olduğunu söyleyebilirsin kızım," diye cevap verdi. "Evet, bu onun kocalık görevi, Arlene otuz üç yaşında ve ne zamandan beri bebek istiyor—Evie, kaşığını kullan kızım!"

"Jake bugün Philadelphia'ya gidecekti," dedim.

"Biliyorum, Arlene de zaten bunun için randevu istedi. Ama bu gece poker yine var, değil mi?"

"Hımmm."

O sırada Larry hafif bir sesle, "Anne, bakire ne demek?" diye sordu.

Lil, "Bakire genç bir kızdır," diye cevap verdi.

Ben de, "Hem de çok gençtir," diye ekledim.

Oğlum, "Çok garip," dedi.

Lil, "Nedir garip olan oğlum," diye sordu.

"Barney Goldfield bana salak bakire dedi."

Lil, "Barney o sözü yanlış kullanmış," diyerek gülümsedi. "Pokeri neden ertelemiyoruz, Luke. Bu bana biraz şey..."

"Neden?"

"Ben bir oyun izlemeyi yeğlerim."

"Bazı limonlar seyrettik ya!"

"Yine de onlarla poker oynamaktan iyidir."

"Limonlarla mı?"

"Sen Tim ve Renata ile psikoloji ve borsa dışında da bir şeyler konuşsaydın belki biraz yardımı olurdu sanıyorum."

"Borsa psikolojisi mi?"

"Psikoloji ve borsa dedim. Tanrım, beni biraz daha dikkatli dinlesen ne olur!"

Ağzıma bir çatal dolusu omlet atıp büyük bir ciddiyetle çiğneyerek yuttum ve arkasından psikoloji düşünerek bir yudum kahve aldım. Zen Budizm'e bağlantım bana çok şey öğretti ama bunlar içinde en önemlisi karımla tartışmamam gerektiği oldu. Büyük bilge Oboko, "Kendini akıntıya bırak," demiş ki ben zaten beş aydan beri bunu yapıyorum. Lil her geçen gün biraz daha çıldırıyor.

Yaklaşık yirmi saniyelik bir sessizlikten sonra (yani Larry kendine ekmek kızartmak için masadan fırladı, Evie dinozorlar konusunda bir şeyler söyledi ve yüzüme baktı) ben (tartışmayı önlemek için saldırıdan önce teslim olma teorisine göre) hafif bir sesle, "Özür dilerim, Lil," dedim.

"Sen ve senin lanet Zen'in. Ben sana bir şeyler söylemeye çalışıyorum. Ben bizim eğlence tarzımızı sevmiyorum. Neden yeni ve farklı bir şeyler yapmıyoruz sanki, yani bir devrim ya da benim istediğim bir şeyler işte!"

"Yapıyoruz ya hayatım! Son üç oyun..."

"Seni sürüklemek zorunda kaldım ama. Sen o kadar..."

"Hayatım, çocuklar burada."

Aslında çocuklar bizim tartışmamızdan, fillerin sivrisineklerden etkilendiği kadar etkilenmişlerdi ama bu hile Lil'i kandırıyor, susturuyordu.

Kahvaltıdan sonra Lil çocukları giydirmek için odalarına götürdü ve ben de duş yapıp tıraş olmak için banyoya girdim. Sabunladığım sakal fırçamı "Selam!" diyen bir Kızılderili gibi havaya kaldırdım ve aynada yüzüme baktım. Yüzümde iki günlük sakal varken Don Giovanni'ye, Fausto'ya, Charlton Heston'a ya da Hz. İsa'ya benziyordum. Ama sakal tıraşı olduktan sonra başarılı ve yakışıklı bir halkla ilişkiler uzmanı gibi görüneceğimi de biliyordum. Çünkü bir burjuva psikiyatr olduğum ve aynada kendimi görmek için bile gözlük takmak zorunda kaldığım için sakal bırakma güdüsüne direnmiştim. Fakat favorilerimi uzattım ve başarılı bir halkla ilişkiler uzmanı gibi değil ama başarısız ve işsiz bir aktör gibi görünmeye başladım.

Tıraş olmaya başladığımda, Lil üzerinde hâlâ o açık saçık sabahlığı olduğu halde banyonun kapısına geldi ve duvara dayanarak gözlerini bana dikti. Bir süre beni öylece süzdükten sonra yarı şaka, yarı ciddi bir ifadeyle, "Çocukların bakımını üstleneceğini, onları alacağını bilsem boşanırdım senden," dedi.

"Yapma canım!"

"Onları sen alsan hemen Buda heykelciklerine dönerlerdi, eminim bundan."

"Yapma hayatım!"

"Anlamadığım şey şu; sen bir psikiyatrsın, hem de iyi bir uzmansın, ama beni ve hatta kendini de asansörcü kadar bile anlamıyorsun."

"Böyle konuşma canım!"

"Anlamıyorsun işte! Benimle sevişerek, her tartışmadan sonra özür dileyerek ve çeşitli hediyeler alarak beni mutlu edeceğini sanıyorsun. Bunlar beni çıldırtıyor."

"Peki ama başka ne yapabilirim ki?"

"Bilemiyorum, sen bir psikiyatrsın, bunu senin bilmen gerekir. Ben sıkılıyorum, her konuda Emma Bovary'yim, ama hiçbir romantik umudum yok."

"Bu da beni aptal bir doktor yapıyor, biliyor musun?"

"Biliyorum, bunu gördüğüne sevindim. Aslında edebiyat konusunda sen ancak asansörcü kadar bilgilisin."

"Baksana, neden durmadan bu asansörcüden söz ediyorsun sen, ne var sizin aranızda?"

"Ben Yoga derslerimi iptal ettim ve..."

"Neden peki?"

"O dersler beni sinirli yapıyor."

"İşte bu çok garip, aslında o derslerin amacı..."

"Biliyorum, ama beni geriyor o dersler işte... Elimde değil bu."

Tıraşımı bitirdim ve gözlüğümü çıkarıp saçlarımı taramaya başladım ama başıma sürdüğüm şeyin çocukların yağlı briyantini olduğunu anladım. Lil banyoya girdi ve kirli çamaşır sepetinin üstüne oturdu. Aynada yüzümü görmek için hafifçe eğilince, diz kaslarımın ağrıdığını fark ettim. Ayrıca gözlüksüz daha yaşlı ve dağılmış gibi görünüyordum. Sigara ve fazla içki içmediğim için, acaba sabah sevişmeleri mi beni böyle güçten düşmüş gösteriyordu?

Lil dalgınmış gibi, hafif bir sesle, "Belki ben de bir hippi olmalıyım," dedi.

"Hastalarımdan bazıları bunu denediler ama sonuçtan pek de memnun kalmadılar galiba."

"Ya da uyuşturucu denesem acaba?"

"Yapma Lil, canım sevgilim..."

"Dokunma bana!"

"Şey..."

"Hayır, istemiyorum."

Lil birden ayağa kalktı ve sanki bir yabancının saldırısına uğramış gibi duşun kenarına dayandı ve ben de aptallaşarak geri çekildim.

"Yarım saat sonra bir hastam gelecek hayatım, hemen gitmeliyim."

Lil arkamdan, "Zinayı deneyeceğim!" diye bağırdı. "Emma

Bovary de öyle yapmıştı."

Banyodan çıkarken durdum ve dönerek ona baktım; kollarını göğsünde kavuşturmuş, boş gözlerle, umutsuzmuş gibi bana bakıyordu; o anda bir battaniyeye sarılmış bir tür dişi Don Kişot gibi görünüyordu. Yanına gittim ve onu kollarıma aldım.

"Zavallı küçük zengin kız. Seninle kim zina yapmak ister ki? Asansörcü mü yoksa? (Lil hıçkırdı) Başkası var mı bunu yapacak? Altmış üç yaşındaki Dr. Mann mı, yoksa şişko, şirin Jake Ecstein mı? (Karım Jake'ten nefret eder ve Jake de ona hiç bakmazdı). Hadi gel, üzülme sevgilim, yakında çiftliğe gider dinleniriz. Hadi, sakin ol biraz bakalım..."

Lil başını göğsüme dayadı ve nefes alıp vermesi normaldi, sadece bir kez iç çekmişti.

"Hadi kaldır başını . . . toparla kendini . . . o güzel karnını içeri çek bakalım . . . işte böyle, tekrar hayata başlamaya hazırsın şimdi. Heyecanlı bir sabah yaşayabilirsin, Evie ile konuş, Ma Ketle (hizmetçimiz) ile yenilikçi sanat konusunda sohbet et, *Times* oku, Schubert'in *Bitmemiş Senfoni*'sini dinle. Yapacak bir sürü ilginç şey bulabilirsin."

Lil burnunu göğsüme sürdü ve "Okuldan döndüğü zaman Larry ile resim yapabileceğimi söylemedin ama" diye homurdandı.

"O da var elbette, yani evde seni eğlendirecek bir sürü şey var. Evie odasında dinlenirken bir kaçamak için asansörcüyü çağırmayı da unutma sakın."

Sağ kolumla onu kendime çektim ve yatak odamıza götürdüm. Ben giyinirken o da kollarını kavuşturup yatağın yanında durdu ve beni izledi. Lil kapıya kadar benimle beraber geldi ve küçük bir öpücükle beni yolcu ederken, yüzünde ilginç bir ifadeyle, "Artık yoga dersi bile almıyorum," dedi.

57. veya Elli Yedinci Sokakta bulunan muayenehanemi genç (otuz üç), dinamik (iki kitap yayınladı), akıllı (her zaman aynı fikirdeydik), kişilikli (herkes severdi onu), yakışıklı olmayan (kimse âşık değildi ona), borsada oynayan, çok sigara içen, kadınlarla pek ilgilenmeyen ve Yahudi olan (iki İbranice argo deyim bilirdi) Dr. Jacob Ecstein ile paylaşıyordum. Ortak sekreterimiz Bayan Mary Jane Reingold yaşlı (otuz altı), hareketsiz (bizim için çalışıyordu), akılsız (Ecstein'ı bana yeğlerdi), cana yakın (herkes acırdı ona), çirkin (sıska, uzun, gözlüklü), fazla temiz, çok yiyen bir kadındı ve Yahudi değildi (iki İbranice argo sözcüğü yararlı bulurdu). Muayenehaneye girdiğimde Bayan Reingold gülümseyerek karşıladı beni.

"Bay Jenkins odanızda sizi bekliyor Dr. Rhinehart."

"Teşekkür ederim Bayan Reingold. Dün arayan oldu mu beni"

"Dr. Mann bugünkü öğle yemeğini kontrol için aradı. Ona evet dedim."

"Güzel."

Ben hastamın yanına giderken Jake Ecstein hızla odasından çıktı, neşeli bir sesle bana, "Hey Luke, kitap nasıl gidiyor dostum?" diye seslendi ve sonra sekreterden bazı dosyaları istedi. Jake'in karakterinden biraz söz etmiştim, kendisi oldukça tombul ve kısadır, yuvarlak yüzlü, neşelidir, kalın çerçeveli gözlük kullanır, insanın içini görecekmiş gibi bakar, ikinci el araba satıcıları kadar sosyaldir ve ayakkabıları sanki fosforlu boyayla boyalıymış gibi her zaman pırıl pırıldır.

Bayan Reingold ona bazı kâğıtlar verirken, "Kitap can çekişiyor," diye cevap verdim.

"Harika," dedi. "Benim *Analysis: End and Means* için *AP Journal*'de bir eleştiri çıktı. Çok iyi olduğunu söylüyorlar." Elindeki kâğıtlara bakarak içlerinden bazılarını almaya, bazılarını sekreter masasına bırakmaya başladı.

"Bunu duyduğuma sevindim, Jake. Galiba bu sefer hedefi on ikiden vurdun."

"İnsanlar ışığı görmeye başladı..."

Reingold, "Şey... Dr. Ecstein," diyerek onun sözünü kesti.

"Bu eser hoşlarına gitti, bazı psikanalizcileri etkileyebileceğim galiba."

"Bugün öğle yemeği yiyecek misin?" diye sordum ona. "Philadelphia'ya ne zaman gidiyorsun?"

"İyi ki hatırlattın, Mann'a eleştiriyi göstermek istiyordum. Uçak ikide kalkıyor. Sizin bu geceki poker partisine gelemeyeceğim."

"Şey... Dr. Ecstein."

Jake, "Kitabımdan başka yerler de okudun mu?" diye sorarken gözlerini kısarak yüzüme öyle delici bir bakışla baktı ki, hastası olsaydım aklımda ne varsa unuturdum.

"Hayır, dostum okuyamadım, elimde hâlâ psikolojik bir çalışma var, profesyonel kıskançlık ve buna benzer şeyler işte."

"Şey... Bakar mısınız, Dr. Ecstein?"

"Hmm, evet. Philadelphia'da sana şu sözünü ettiğim anal optometristi göreceğim, sanırım bir hamle yapmak üzereyiz. Adamın hayaller görmesini önledik ama hâlâ göz kararmaları oluyor. Ama daha üç ay oldu yani, onu kurtaracağımı sanıyorum."

Bayan Reingold şimdi ayaya kalktı ve "Dr. Ecstein," diye tekrarladı.

"Pekâlâ, görüşürüz Luke. Bay Klopper'i odama gönderebilirsin Bayan Reingold."

Jake elindeki kâğıtlarla odasına giderken, Bayan Reingold'a, öğleden sonra Queensborough Devlet Hastanesindeki randevularımı doğrulamasını söyledim.

"Tamam, Dr. Rhinehart," dedi.

"Dr. Ecstein seni dinlemedi, ne söyleyecektin ona?"

Sekreter garip bir ifadeyle yüzüme bakarak gülümsedi ve "Oh, Doktor," dedi. "Dr. Ecstein benden Bayan Riffle ve Bay Klopper hakkındaki kayıtları istedi ama ben bir hata yaptım ve ona yanlışlıkla geçen yılın bütçe kayıtlarını verdim."

Güldüm ve "Üzülme Bayan Reingold," dedim. "Bu da başka bir hamle anlamına gelebilir."

Masama oturup Reginald Jenkins'in dosyasının açtığımda saat 9.07 idi. Normalde işine geç kalmış bir psikanalizci bir hastayı çok kızdırır ama Jenkins bir mazoşistti; onun bunu hak ettiğini inandığını biliyordum, bu konuda güvenebilirdim ona.

Ben içeri girince, "Sizden önce gelip koltuğa uzandığım için özür dilerim Doktor, ama bunu yapmamı sekreteriniz istedi," dedi.

"Hiç sorun değil, Bay Jenkins. Geç kaldığım için ben sizden özür dilerim. Şimdi ikimiz de rahat olalım ve siz başlayabilirsiniz."

Meraklı bir okur benim ne tür bir psikanaliz uzmanı olduğumu merak edebilir. Mesele şu ki ben direktif-vermeyen tedavi uygularım. Bu konuda bilgisi olmayanları aydınlatmak için burada, analizcinin pasif, sevecen, yorumlamayan ve yönlendirmeyen bir uzman olduğunu söylemek isterim. Örneğin Jenkins gibi bir hastayla tedavi seansı şöyle gidebilir:

JENKINS: Ne kadar sıkı davransam bile başarılı olamayacağımı hissediyorum; içimdeki bir tür mekanizma her zaman yapmak istediğimi bozuyor."

Sessizlik.

PSİKANALİZCİ: İçinizdeki bir şeyin sizi her zaman başarısızlığa ittiğini hissediyorsunuz."

JENKINS: Evet. Örneğin geçenlerde yemeğe çıktığım genç ve güzel kadınla -hani şu size bahsettiğim kütüphaneci- yemekte ve bütün akşam sadece New York Jets takımından ve güçlü savunmasından söz ettim. Ona kitaplardan bahsetmem, çeşitli konularda sorular sormam gerekti, biliyordum ama yapamadım işte."

ANALİZCİ: İçindeki bir şeylerin bu kızla olan potansiyel ilişkini bilinçli olarak mahvettiğini düşünüyorsun."

JENKINS: "Sonra Wessen, Wessen and Woof'taki şu iş. O işi kolayca alabilirdim. Ama benimle görüşmek isteyeceklerini bildiğim halde gittim Jamaika'da bir ay tatil yaptım."

"Anlıyorum."

"Bütün bunlara ne diyorsun, Doktor? Sanırım mazoşistlik bu."

"Bunun mazoşistlik olabileceğini düşünüyorsun."

"Bilemiyorum, sen ne düşünüyorsun?"

"Sen de bunun mazoşistlik olduğundan emin değilsin, ama sık sık kendine zarar verecek şeyler yaptığını da biliyorsun."

"Evet, evet, tamamen öyle. Ama intihara eğilimi olan biri de değilim. Sadece şu rüyalar var işte. Bir rüyamda kendimi hipopotam sürüsünün içine attım. Bir başka rüyada Wessen, Wessen and Woof şirketi önünde kendimi yaktım. Ama gerçek fırsatları kaçırıp duruyorum işte."

"Hiçbir zaman bilinçli olarak intihar düşünmüyorsun ama rüyanda intihar ediyorsun."

"Evet, ama normal değil mi bu? Herkes rüyasında çılgınlıklar yapar."

"Rüyanda kendine zarar verdiğini görmenin normal olduğunu hissediyorsun çünkü..."

Zeki okuyucu şimdi resmi rahatça görebilir. Direktif-vermeyen psikanalizin amacı hastayı daha çok, daha açık konuşmaya teşvik etmek, onu tehdit altında olmadığına, iyileştiğine inandırmak, sonuçta sorunlarını tanımlayarak bunlara çözüm getirmek ve onu divanda yatırarak saatte otuz beş dolarını almaktır.

Bu tedavi şekli de denenmiş diğer psikoterapi türleri kadar işe yarar. Bazen işe yarar ama yaramadığı da olur elbette ve bu başarı ve başarısızlıklar da diğer tedavi türlerinde olduğu gibidir. Bazı psikanaliz seanslarında karşılıklı konuşma bir komediye dönüşebilir. Bu sabah bana ikinci kez gelen hastam küçük bir servetin varisiydi, bir güreşçiye benziyordu ama kafası da bir güreşçi kafası gibi çalışıyordu.

Beş yıllık psikanaliz uzmanlığı hayatımda, beni en çok depresyona sokan hastam Frank Osterflood oldu. İlk iki aylık analiz seanslarında oldukça nazik, boş bir kişilik gibi geldi bana, hiçbir konuya ilgi duyamıyor ama pek de üzülmüyordu buna. İki ya da üç yılda bir iş değiştiriyordu. Çalıştığı yerler, çekingen babası ve sevmediği evli erkek kardeşlerinden o kadar çok söz ediyordu ki, onu rahatsız eden şeylerin ne olduğunu öğrenmek için oldukça uzun zaman bekleyeceğimi anladım. Onu gerçekten rahatsız eden *bir şeyler* varsa tabii.

Onun konuşmalarında en çok dikkatimi çeken konu bir kadın hakkında anlattığı genel konulardı. Bir sabah ona kadınlarla ilişkilerinin nasıl olduğunu sorduğumda önce biraz tereddüt etti ve sonra onları can sıkıcı bulduğunu söyledi. Cinsel arzularını nasıl tatmin ettiğini sorduğum zaman bana fahişelere gittiğini anlattı.

Daha sonraki seanslarda bana, çağırdığı fahişelere hakaret etmekten zevk aldığını anlattı, ama kendi davranışlarını hiç analiz etmemişti, bu tür kadınların hakaretlere alışık olduğunu, bunun normal bir Amerikan davranış tarzı olduğunu düşünüyordu. Son işinden ayrılma nedenini analiz etmek daha ilginç gelmişti ona; çalıştığı büroda 'garip bir koku vardı.'

O Ağustos günü seansın ortasında bir Doğu Bölgesi barını tek başına nasıl dağıttığını anlatırken bir ara sustu ve gözleri daldı. Yüz kasları bile garip bir şekilde kıpırdıyordu. Barda bir taburede sessizce oturmuş, dalgın gözlerle ve bana göre aptalca bir ifadeyle döşemeye bakmıştı. Oturduğu yerde uzun süre kalmış ve sonra gürültülü bir buzdolabı gibi kendi kendine bir şeyler mırıldanmıştı. Bunu bana anlattıktan sonra bir süre durup yüzüme baktı.

"İçimde öyle bir sıkıntı var ki bir şeyler yapmak . . . bir şey yapmak istiyorum, yoksa patlayacağım."

"Anlıyorum."

Bir süre konuşmadık.

"Bir şeyler yap . . . *cinsel bir şey,* yoksa patlayacağım."

"O kadar gerginsin ki, kendini cinsel olarak ifade etmek istediğini hissediyorsun."

"Evet."

Sessizlik.

"Bunu nasıl yapacağını bilmek istemiyor musun?" diye sordu.

"Bunu bana sen söylersen sevinirim."

"Bilmek istiyor musun? Bana yardım etmek konusunda bir şeyler bilmeye ihtiyacın yok mu?"

"Sen sadece içinden geçenleri anlat bana, senden bunu istiyorum."

"Pekâlâ, bilmek istediğini biliyorum ama sana söylemeyeceğim. Sana yattığım fahişelerden söz ettim ve onların ıslak yerlerine neler yapmak istediğimi, bu konuda neler hissettiğimi anlattım işte. Ama daha ilerisini kendime saklayacağım."

Sessizlik.

"Ben bilmek istememe rağmen, sen bana kadınlarla olan ilişkilerini zaten anlattığını düşünüyor ve bu konuda konuşmak istemiyorsun."

"Aslında cinsel sapıklık bu. Gerginleştiğim zaman . . . beyaz bir fahişeyle yattıktan, onunla seviştikten sonra . . . o lanet kadını parçalamak istiyorum . . . kadın ne kadar genç olursa o kadar iyi."

"Fazla heyecanlandığın zaman kadını parçalamak istiyorsun."

"Lanet olsun, öyle! Aletimi onun içine sokmak ve sonra da onu paramparça etmek istiyorum, tam delilik değil de nedir bu?"

Sessizlik.

"Demek onu parçalamak istiyorsun, öyle mi?"

"Evet, onu kanlar içinde parçalamak, haykırışlarını, çığlıklarını duymak istiyorum."

Daha uzun bir sessizlik.

"Demek onun içine girmek, sonra da parçalamak, çığlıklarını duymak, dehşet içinde kaldığını görmek istiyorsun."

"Evet, ama bunu yapmak istediğim fahişeler çiklet çiğniyor ve burun çekiyorlar."

Sessizlik.

"Bunu yapmak istediğin fahişelerin canları yanmadı, korku yaşamadılar, değil mi?"

"Lanet köpekler yetmiş beş dolarını alıp kıçlarını kaldırırken çiklet çiğniyor ya da resimli roman okuyorlar. Eğer onların canını yakmaya kalkarsam benden on beş santim daha uzun, dev gibi bir adam elinde çekiçle kapıya dayanıyor ya da buna benzer bir şeyler oluyor işte. (Durup düşündü) Yani anlayacağın, kadınlarla yatmak benim gerginliğimi almadı."

"Fahişelere hakaret edemediğin ya da acı çektiremediğin zamanlar gerginliğini üzerinden atamıyorsun, öyle mi?"

"Evet, yani anlayacağın, çığlıklar atacak kadın bulmak zorunda olduğumu biliyorum."

Uzun bir sessizlik.

"Gerginliklerinden kurtulmak için başka çareler aradın mı?"

"Evet, aslında genç kızlara tecavüz etmeye, onları öldürmeye başladım."

Sessizlik. Daha uzun bir sessizlik oldu.

"Yani sen üzerindeki gerginliği atmak için genç kızlara tecavüz etmeye ve onları öldürmeye başladın, öyle mi?"

"Evet, ama bunu söylemene izin yok, değil mi? Yani meslek etiğin benden duyduklarını başkalarına anlatmanı engelliyor, değil mi?

"Evet, öyle."

Yine bir süre konuşmadılar.

"Anladığım kadarıyla, kızlara saldırmak ve onları öldürmek üzerimdeki gerginliği oldukça alıyor ve beni rahatlatıyor."

"Anlıyorum."

"Ama şu anda bir sorunum daha var, yakalanacağımı düşünmeye başladım ve bu yüzden asabım bozuluyor. Psikanaliz yoluyla belki üzerimdeki gerginliği atmak için daha normal bir yol bulabilirim diye düşündüm."

"Üzerindeki gerginlikten kurtulmak için kızlara tecavüz etmek ve onları öldürmek yerine daha başka bir yol bulmak istiyorsun."

"Evet, ya bunu bulayım ya da beni yakalanma korkusundan kurtar..."

Dikkatli bir okuyucu bu anlatılanların ofiste tipik bir çalışma günü için biraz fazla duygusal olduğunu düşünebilir, ama Bay Osterflood adlı biri gerçekten var. Daha doğrusu vardı—bu konuya tekrar döneceğiz. Gerçek şu ki ben, *Geçişte Sado-Mazoşist Kişilik* adlı bir kitap yazıyordum ve kitabın konusu sadist kişilerin mazoşizme geçişi ya da bunun tersi olan vakalardı. Bu nedenle meslektaşlarım bana bu eğilimleri güçlü olan hastaları gönderirlerdi. Osterflood hiç kuşkusuz tedavi etmeye çalıştığım en aktif sadistti, ama akıl hastanelerinde onun gibi pek çok insan vardı.

Sanırım burada ilginç olan şey Osterflood'ın sokaklarda rahatça dolaşabilmesiydi. İtiraflarından sonra ona bir hastaneye gitmesini tavsiye ettim ama adam bunu reddetti, ben de meslek etiği gereği onu ihbar edemiyordum ve kimse de onun bir 'toplum düşmanı' olduğundan kuşkulanmıyordu. Tüm yapabildiğim, çevremdeki insanlara, küçük ve genç kızlarını Harlem sokak ve parklarından (Osterflood kızlara o bölgede saldırıyordu) uzak tutmalarını söylemek ve hastamı iyileştirmek için bütün gayretimle çalışmaktı. Aslında o bölgede herkes kızını siyah saldırganlardan koruduğu için benim tavsiyem gereksizdi.

O sabah Osterflood gittikten sonra onunla ilgili olarak çaresizliğimi düşündüm, birkaç not aldım ve sonra kitabım üzerinde çalışmaya karar verdim.

İshal olmuş bir adamın tuvalete koşarken hissettiğine benzer bir duyguyla çalışmaya başladım. Kitabı yazıp bitirmem gerektiğini biliyordum ama birkaç ay önce yazdıklarımın bir işe yaramayacağı gibi bir şeyler hissetmiştim ve kendime kızıyordum.

Kitabım canımı sıkmaya başlamıştı, gösterişten başka bir işe yaramayan bir çalışmaydı bu. Birkaç ay önce Random House'la kitap bitince basmaları konusunda bir anlaşma yapmaya çalışmıştım, büyük yayınevinin reklâmları sayesinde kitap önce ülkede, sonra da uluslararası alanda ün yapabilir, Jake Ecstein'ı kızdırıp kadınlara yönlendirebilir ve borsada kaybetmesine neden olabilirdi. Ama Random House kitabın basılması konusunda uzun süre düşünüp konuyu inceledi ve sonuçta ilgilenmediğini söyledi. Aslına bakarsanız bu sabah ben de pek ilgilenmiyordum onunla.

Kitabın hatası küçüktü ama önemliydi; hiçbir şey anlatmıyordu. Kitapta, temelde sadistçe davranışlardan mazoşizme geçme eğilimi gösteren ya da geçen hastalarla yapılan deneylerden söz ediliyordu. Benim hayalim, hastanın sadizmden çıktığı ama henüz mazoşist olmadığı bir noktada davranışlarını kilitleyebilecek bir teknik bulabilmekti. Böyle bir nokta varsa tabii. Komple geçişlerle ilgili çok dramatik ipuçları vardı elimde, bir sabah Bay Jenkins'i hatırlarken, bir aydınlanma anında ideal asıl durumu tanımlayan 'donmuş özgürlük' denen davranışı da düşündüm.

Sorun şuydu ki, Jake Ecstein psikanaliz konusunda şimdiye kadar okuduğum en rasyonel ve dürüst kitaplardan ikisini yazmıştı ve o yazılanlara bakarsak, hiçbirimiz ne yaptığımızı bilmiyorduk ve bundan sonra da bileceğimiz yoktu. Jake de hastalarını diğerleri gibi tedavi ediyor, sonra çalışmaları konusunda yazdıklarıyla başarısının rastlantılara bağlı olduğunu anlatıyordu. Ona göre, çoğu zaman, 'hamleye' yol açan ve hastasının durumunu geliştiren kendi teorik yapısını izlemekte başarısız oluyordu. Bayan Reingold'la Jake'in 1967 bütçe kayıtlarını okuması konusunda şakalaştıktan sonra ciddi şeyler düşünmeye başladım. Jake terapide şansın önemini sık sık belirtmişti ve bunu belki de en iyi dramatize ettiği yer onun ünlü 'kalemaçma kürü' idi.

On beş aydan beri Jake'in tedavisi altında olan bir kadın hasta, bu kadar uzun bir tedaviye rağmen hiçbir iyileşme belirtisi göstermemiş, ama Jack bir gün dalgınlıkla onu karşısında sekreter gibi görüp kurşun kalemlerini açmasını söyledikten sonra aniden düzelmeye başladı. Zengin bir kadın olan hasta Jake'in dediğini yapmak için sekreter odasına gitti ve bir kurşun kalem alıp kalem açıcının deliğine sokmak üzereyken birden çığlıklar atmaya, saçını başını yolmaya başladı ve altına kaçırdı. Üç hafta sonra Bayan P (Jake hastalarına ad takma konusunda ustaydı) iyileşmişti.

O olaydan sonra ben de ayrıntılı örnekler vererek yazdığım çalışmalarımın bir işe yarayıp yaramayacağı konusunu düşünmeye başladım, bunlar basılabilecek gösterişli yazılardı.

Öğle yemeğinden önce bir saat kadar, (a) *The New York Times*'ın finans sayfasını okudum; (b) Bay Osterflood hakkında bir buçuk sayfalık bir finans ve bütçe raporu şeklinde bir rapor yazdım ('fahişeler iriyarı adama dikkat etsinler' ve 'Harlem sokak ve parkları kızlar için çok tehlikeli oldu' dedim) ve (c) Resim defterime ayrıntılı bir Victoria dönemi evi ve onu motosiklet uçaklarla bombalayan Cehennem Zebanileri çizdim.

Bölüm Dört

O gün öğle yemeğimi en yakın üç meslektaşımla beraber yedim. Bunlardan biri, çok akıllı ve başarılı olduğu için dalga geçtiğim Dr. Ecstein, diğeri New York'un yakın tarihindeki İtalyan kökenli tek kadın psikolog olan Dr. Renata Felloni, üçüncüsü de, dört yıl önce beni psikanaliz eden ve o zamandan beri de rehberliğimi yapan tombul, kısa boylu, baba tipli dağınık Dr. Timothy Mann idi.

Ben ve Jake masaya geldiğimizde, Dr. Mann önündeki ekmek dilimini çimdikliyor ve gülümseyerek karşısındaki Dr. Felloni'ye bakıyordu. Dr. Mann büyük adamdı; haftada iki gün çalıştığım Queensborough Devlet Hastanesi müdürlerinden biriydi, PANY (New York Psikiyatrlar Birliği) yönetim kurulu üyesiydi ve on yedi yazısı, üç kitabı vardı. Kitaplarından biri, halen geçerli olan varoluşçu terapide en çok kullanılan yöntemdi. Dr. Mann tarafından psikanalize alınmak büyük onurdu ama bir süre sonra bunun bana hiçbir olumlu katkıda bulunmadığını anladım. Dr. Mann önündeki ekmekle meşguldü ve konuşan Dr. Felloni'yi dinleyip dinlemediği belli değildi.

Renata Felloni bir Presbiteryen kızlar kolejinin evde kalmış orta yaşlı kız görünümündeki müdürüne benzer; her zaman taranmış kır saçları, gözlüğü ve hafif İtalyan aksanlı konuşmasıyla, kadın davranışlarından söz ederken büyük ilgi çeker. Felloni bildiğimiz kadarıyla hiç evlenmemiş ve onu tanıdığımız yedi yıldan beri de hiçbir erkek ilişkisi yaşamamıştır. Her zaman çok ciddi olduğu için hiçbirimiz ona geçmişi hakkında soru soramayız. Onunla sadece hava durumları, ekonomi ve genelde kadın davranışları hakkında konuşuruz.

Restoran gürültülü ve pahalıydı ve yemek yenen her yerden hoşlanan Dr. Mann dışında hepimiz nefret ederdik buradan, ama şimdiye kadar yakın çevrede denediğimiz bütün restoranlar da bunun gibi gürültülü ve pahalı olduğu için gelirdik buraya. Ben müşterilerin gürültülü konuşmaları, tabak çanak sesleri ve çalan hafif müzik arasında arkadaşlarımın dediklerini duyabilmek için dikkat kesilirken, yediğim yemeğin iyi ya da kötü olduğuna bile bakmazdım. Ama şimdiye kadar midem bozulmadı.

Küçük masada Jake ile karşılıklı oturduk ve Dr. Felloni'nin, "Hastalarımdan sadece yüzde onu inanıyor Tanrı'nın mastürbasyonu cezalandırdığına," diye konuştuğunu duyduk. Kadın hiç kuşkusuz onunla birlikte yönettiğim yeni bir araştırma projesinden söz ediyordu. Beni ve Jake'i hafifçe gülümseyerek selamladıktan sonra, "Üçte biri Tanrı'nın mastürbasyonu sadece sınırlı olarak cezalandırdığına, yüzde kırk sağlıksız olduğuna inanıyor," diye devam etti. "Yüzde iki buçuk gebelik tehlikesi olduğunu söylüyor, yüzde yetmiş beş..."

Jake garsonun uzattığı mönüyü alırken, "Gebelik tehlikesi mi?" diye sordu.

Felloni gülümsedi ve "Mastürbasyon için hepimiz aynı çeşitli seçimleri kullanırız," diye devam etti konuşmasına. "Öpüşmek, okşamak, eşcinsel eğilimler ve benzeri seçenekler işte. Şimdiye kadar hastalar orgazma yaklaşırken veya ulaşırken ve heteroseksüel ilişkide gebelik tehlikesi olduğunu söylediler hep."

Jake'e bakıp gülümsedim ama o gözlerini Dr. Felloni'ye dikmiş, dikkatle dinliyordu. Kadının bir an sustuğunu görünce, "Pekâlâ, bütün bu yüzdeleri sayarak nasıl bir soru koyacaksın ortaya?" diye sordu.

"Hastalara şunu soruyoruz: 'Kendinizi hayallerle, okuyarak, resimlere bakarak ya da elle tahrik ederek heyecanlandırmanın kötü olduğuna inanıyor musunuz ve neden inanıyorsunuz?'"

Dr. Mann alt dudağını bir parça ekmekle silerek, "Mastürbasyonun neden iyi olduğu konusunda onlara seçim hakkı veriyor musun peki?" diye sordu.

Dr. Felloni, "Elbette," diye cevap verdi. "Bir hasta mastürbasyonu altı nedenle kabul ettiğini söyleyebilir: (1) Zevklidir; (2) gerginliği giderir; (3) aşkı ifade etmenin doğal yoludur: (4) insanın Bütün olması için denemesi gereken bir şeydir; (5) ırkın üremesini sağlar; (6) yapılacak sosyal bir harekettir."

Jake'le ikimiz birden gülmeye başladık. Tekrar ciddileştiğimiz zaman Dr. Felloni, "Aslında mastürbasyon nedeni olarak genelde ilk iki neden seçilir, sadece bir kişi onun aşkı ifade yolu olarak değerli olduğunu söyledi," dedi. Ama Felloni'nin söylediğine göre, hasta bu maddeyi sinik bir zihniyetle kontrol etmişti.

Jake birden bana döndü ve "Sen neden girdin sanki bu işin içine?" diye sordu. "Sosyal psikologlar bu tür çalışmaları onlarca yıldan beri reddediyorlar. Siz arınık toprağı kazıyorsunuz."

Dr. Felloni kendisini ya da çalışmalarını eleştirdikleri her zaman yaptığı gibi, Jake'in bu sözüne nazikçe baş salladı. Eleştiri sert olduğu zaman onun başı da daha sert, daha hızlı sallanırdı. Benim fikrime göre, bir savcı çıkıp da bir saat boyunca ona durmadan saldırsa giyotine hiç gerek kalmazdı; Felloni'nin boynu erir ve başı da savcının ayakları dibine düşerdi.

Jake'e, "Fakat her denekle yapılan derin konuşmalar sonucu çeşitli seçimlerin değerlendirilmesi planımız gerçek bir katılım, bir bilimsel sonuç sağlıyor," diye cevap verdi.

"Tanrım, açıkça görüleni doğrulamak için yüz yirmi saat harcayacaksınız—yani demek istiyorum ki, çoklu-seçim durum testleri güvensizdir."

"Evet, ama unutmayın ki bir destek bağışı aldık," dedim.

"Ne olacak? O desteği neden orijinal, değecek bir çalışma için talep etmediniz?"

Güldüm ve "Bir destek bağışı almak istedik işte," dedim.

Jake 'ben senin ruhunu bilirim' tarzı bakışla yüzüme baktı ve güldü.

Ben de güldüm ve "Biz de orijinal ya da üzerinde çalışmaya değecek bir konu bulamadık ve bunu yapmaya karar verdik," diye konuştum.

Dr. Felloni kaşlarını çattı ve başını biraz daha sert salladı.

Jake, "Cinsel ilişkinin evlilik öncesi değil de sonrasında daha çok onaylandığını göreceksiniz," diye devam etti. "Yani eşcinsellerin bunu onaylamaları..."

Dr. Felloni sakin bir ifadeyle, "Bizim sonuçlarımız geleneksel beklentilere cevap vermeyebilir," diye konuştu, "Deneklerle ayrıntılı konuşmalarımızda onların durum ve deneyimlerini yanlış aktardıklarını görebiliriz, yani önceki deneylerden daha farklı sonuçlar çıkabilir."

"O haklı Jake. Her şeyin koca bir hiç olacağını, görüneni, bilineni doğrulayacağını aslında ben de düşünüyorum, ama öyle olmayabilir de."

Dr. Mann, "Olacak," dedi.

"Anlamadım?" diyerek onun yüzüne baktım.

"Sadece bilineni doğrulayacak işte, o kadar." Dr. Mann ilk kez yüzüme baktı, yanakları kızarmıştı ama bunun alkolden mi, yoksa sinirden mi olduğunu anlayamadım.

"O halde?"

"O halde vaktinizi neden boşa harcıyorsunuz? Renata bütün çalışmayı senin desteğin olmadan kendi başına da yapabilir."

"Eğlenceli bir çalışma bu. Ben her zaman böyle beceriksizce sonuçları süsleyerek yayınlamayı hayal ederim. Biliyorsunuz, Amerikan gençliğinin yüzde doksan beşi mastürbasyonun sevişmekten daha iyi bir arkadaşlık ve sevgiyi ifade etme yolu olduğuna inanıyor."

Dr. Mann, "Sizin deneyiniz süslenmemiş bir beceriksizlik olacak," dedi.

Etraftaki diğer masalardan yüksek sesle konuşmalar, kahkahalar, çatal kaşık sesleri geliyordu ama bizim masada derin bir sessizlik oldu.

Sonunda Dr. Felloni başını salladı ve "Bizim deneyimiz cinsel davranışlara, cinsel hoşgörüye ve kişisel dengelere yeni bir anlayış getirecektir," diye konuştu.

Dr. Mann, "Senin Esso Vakfına yazdığın mektubu okudum," dedi.

Jake o sırada araya girdi ve konuyu değiştirerek, "Çok zeki ve bilgili bir genç kız tanıyordum," dedi. "Büyük bir hamle yapmak üzereydim, fakat ne yazık ki öldü kız."

"Öldü mü?" diye sordum.

"Williamsburg Köprüsünden Doğu Nehrine düştü. İtiraf etmeliyim ki onu iki üç muhtemel başarısızlığımdan biri olarak görüyorum."

Tekrar Dr. Mann'a döndüm ve "Baksana Tim," dedim, "Deneylerimizin boşa çıkabileceğini ben de biliyorum, ama bu saçma dünyada insan kendini biraz da olayların akışına bırakmalı."

"Ben senin metafizik spekülasyonlarınla ilgilenmiyorum."

"Ya da bilimsel spekülasyonlarımla. Belki borsadan söz etsem daha iyi olacak."

Jake başını iki yana sallayarak, "Bıraksanıza siz tartışmayı," dedi. "Luke 'Taoculuk, Zen ve Analizler' adlı makalesini yazdığından beri Tim sanki o astrolojiye geçmiş gibi davranıyor."

Dr. Mann yüzüme soğuk bir ifadeyle bakarak, "İnsan astrolojide en azından önemli bir şeyler hakkında kehanette bulunabilir," dedi. "Zen konusuyla insan hiç zorluk çekmeden Nirvana'ya sürüklenebilir."

Ona bakarak, "İnsan Nirvana'ya sürüklenmez," dedim. "Sürüklenme Nirvana'dır."

Dr. Mann, "Uygun bir teori," diyerek gülümsedi.

"Bütün iyi teoriler uygundur."

Dr. Felloni, "Altın fiyatı ile General Motors hisseleri Borsada bu ay şimdiye kadar haftada ortalama iki puan arttı," diyerek başını salladı.

Jake, "Evet," diyerek araya girdi. "Waste Products, Inc., Dolly Duds ve Nadir Technology hisseleri de durmadan yükseliyor."

Dr. Mann ve ben bir süre daha birbirimize bakmaya devam ettik, onun kırmızı yüzünde mavi gözleri parlıyordu, bense tarafsız bir coşku içindeydim sanki.

"Benim elimdeki kâğıtlar bugünlerde değer kaybediyor," dedim.

"Belki de normal değerlerine iniyorlardır," dedi.

"Daha bunu söylemek için erken."

"Bazı kâğıtlar kendilerini hemen belli ederler."

"Evet, olabilir, ama sen Zen'i hiç anlamıyorsun."

Dr. Mann hafifçe gülümsedi. "Kendimi kutsanmış gibi hissediyorum."

"Sen yemeğini ye ve Zen ile seks deneyimlerini bana bırak."

"Yemek konusunu çok düşünmek benim cinsel gücümü düşürmez."

"Evet, hatta artırıyordur bile."

Dr. Mann'ın yüzü biraz daha kızardı ve sandalyesini hafifçe geriye itti.

Jake, "Lanet olsun!" diye söylendi. "Siz ikiniz keser misiniz tartışmayı? Tim, sen orada şişko bir Buda gibi oturmuş Luke'un Budizm'ine saldırıyorsun, Luke da..."

Dr. Mann sandalyesine biraz daha yerleşmek ister gibi onu tekrar öne çekerek, "Haklısın dostum," dedi. Özür dilerim, Luke. Masadaki ekmek biraz bayattı da kızdım ve bir yerlere saldırmak istedim."

"Ben de özür dilerim," dedim. "Martinim fazla suluydu ve birden sinirleniverdim işte."

Kadın garson masamıza geldi ve Jake tatlı siparişini vermek üzereydi ki Dr. Felloni yüksek sesle hepimize hitap etti:

"Borsada yüzde ikilik bir düşüş yaşanmasına rağmen benim portföyümde son üç ayda yüzde on dörtlük bir artış oldu."

Dr. Mann, "Yakın gelecekte sen kendi vakfını kuracaksın galiba, Renata," dedi.

"Dikkatli yatırım dikkatli deneylere benzer; açık olana yapışır."

Ondan sonra yemeğin sonuna kadar ciddi konulara girmemeye özen gösterdik.

Bölüm Beş

Yemekten sonra yandaki otoparktan arabamı aldım ve yağmur altında hastaneye doğru döndüm. Meslektaşlarım hep Jaguar, Mercedes, Cadillac, Corvette, Porsche, Thunderbird, Mustang ve benzeri pahalı arabalar kullanıyordu ama ben sadece bir Amerikan Rambler'i kullanıyordum. O zaman bu benim New York Şehri Psikanalizine en orijinal katkımdı.

Manhattan'ı kat ettim, Queensborough Köprüsünden geçerek Doğu Nehri adasındaki Devlet Hastanesine vardım. Eski binalar soğuk, kasvetli, adeta mezar gibi görünürler bana, bazıları terk edilmiş gibi dururlar. Hastanenin açık sarı tuğla ve güzel, parlak demir parmaklıklı üç yeni binası ve diğer eski binalar burayı bir Hollywood film setine benzetir ve zaten burada "Annem Delirdi" ve "Hapishanede İsyan" adlı iki film de çevrildi.

Doğruca eski, alçak ve siyahlaşmış bir bina olan İdare Binasına girdim; söylediklerine göre, bu binanın bütün iç duvarları ve tavanı otuz yedi kat açık yeşil yağlıboyayla kaplıydı ve bu sayede ayakta duruyordu. Burada bana küçük bir ofis vermişlerdi ve her Pazartesi Çarşamba öğleden sonraları burada seçilmiş hastaları kabul ediyordum. Hastalar iki anlamda seçiliyorlardı: bir, onları ben kendim seçiyordum, iki, hastalar gerçek psikoterapi görüyorlardı. Normal olarak iki hasta kabul ediyor, onları haftada iki kez olmak üzere yaklaşık bir saat tedaviye alıyordum.

Bir ay önce hastalarımdan biri, bir hastane görevlisine iki buçuk metre boyunda bir bankla saldırdı, yakalanırken üç kaburgası kırıldı, yarasına otuz iki dikiş atıldı ve kasığı patladı. Ama kendisi kontrol altına alınana kadar beş hastane görevlisini yaraladığı için, şikâyetleri dikkate alınmadı ve kendisi tedavi edildikten sonra, güvenlik önlemleri en üst düzeyde olan bir başka hastaneye gönderildi.

Dr. Mann o hasta yerine bana, kendisini Hz. İsa gibi görmeye başlayan on yedi yaşındaki bir erkek çocuğu gönderdi. Dr. Mann bütün bu tür hastaları Mazoşist mi sayıyordu ya da bu çocuk benim tedavim sayesinde kendini bulacak mıydı, bunu bilemiyordum.

Diğer hastam Arturo Toscanini Jones, kendini küçük bir adada otomatik silahlı avcılar tarafından sarılmış kara bir panter gibi gören bir Zenciydi. Adam dünyaya tamamen değişik bir açıdan bakıyordu ki onunla aramda uyum sağlamam hiç de kolay olmadı. Terapi seanslarımız genellikle sessiz geçiyordu: Arturo Toscanini Jones'un beyaz avcılara söyleyecek pek sözü yoktu. Onu ayıplamıyordum ama dolaylı bir terapist olarak biraz engelli sayılırdım; adamı tedavi edebilmek için sesini duymam gerekiyordu.

Jones New York City Üniversitesi'nde üç yıl boyunca onur öğrencisi olarak eğitim almış, sonra bir gün Genç Muhafazakârlar Kulübüne iki el bombası atarak ortalığı cehenneme çevirmişti. Aslında hemen hapse girmesi gerekiyordu ama daha önce marihuana ve LSD kullanarak kriz geçirdiği, bir siyasi bilim dersinde profesöre küfürler ettiği ve Barry Goldwater'ın portresine el bombası atarken yakalandığı için, sürekli QSD hastası olarak kabul edilmişti. Genç Muhafazakârlara el bombası atanlar sadist kabul edildiğinden, onu tedavi etmem için bana verdiler. O gün öğleden sonra biraz ileri gitmeye ve onu konuşması için tahrik etmeye karar verdim.

Seans başladıktan sonra on beş dakika derin bir sessizlik içinde geçti ve daha fazla dayanamayıp hafif bir sesle, "Bay Jones, neden sana yardım edemeyeceğimi ya da etmeyeceğimi düşünüyorsun?" diye sordum.

Bir tahta sandalyede bana doğru dönük olarak yan oturuyordu, yüzüme kibirli bir ifadeyle baktı ve "Deneyimlerimden dolayı," diye cevap verdi.

"On dokuz beyaz adamın senin kasıklarına tekme atması yirmincinin de atacağı anlamına gelmez, değil mi?"

"Doğru," dedi, "ama Charlie'nin yanına kasıklarını korumadan gelen vatandaş da bence büyük bir aptal sayılacaktır."

"Doğru, ama o yine de konuşabilir."

"Hayır efendim! Biz Zenciler konuşurken ellerimizi kullanmak zorundayız. Evvett efendim! Bizler *fizikseliz*, biz öyleyiz!"

"O zaman konuşurken ellerini kullanmadın ama."

"Ben *beyazım* dostum, bunu bilmiyor muydun yoksa? NAACP'de gizli siyah etkisi olup olmadığını araştıran CIA ekibindeyim ben." Bunu söylerken parlayan dişlerini gösterdi bana, oyun mu oynuyordu, yoksa benden nefret mi ediyordu anlayamadım.

Ona baktım ve "Benim kılık değiştirmemi anlayabilirsin," dedim. "Ben *siyahım,* adamın, bunu bilmiyor muydun yani? Ben de..."

Hemen atıldı ve "Sen siyah değilsin, Rhinehart," dedi. "Eğer siyah olsaydın bunu ikimiz de bilirdik ve o zaman da sadece birimiz burada olurduk."

"Siyah ya da beyaz, ne olursak olalım, ben sana yardım etmek istiyorum."

"Siyahsan bana yardım etmene izin vermezler, beyazsan da yardım edemezsin."

"Nasıl istersen."

"İşte gün o gündür."

Ben susunca o da derin bir sessizliğe gömüldü. Son on beş dakikada ikimiz de Cosmold Binasının bir yerlerinde muntazam aralıklarla bağıran bir adamın sesini dinledik.

Mr. Jones gittikten sonra bir süre pencereden yağmuru seyrettim ve sonra genç bir hemşire gelerek Eric Cannon dosyasını uzattı ve aileyi odama getireceğini söyledi. Hemşire çıktıktan sonra birkaç saniye süreyle tıpta 'p' fenomeni denen şeyi düşündüm; buna göre, üzerinde kolalı üniforma olan bütün hemşirelerin göğüsleri iri olur ve onlar bir 'p' harfi gibi görünürlerdi. Bu durumda doktorlar ilgilendiği hemşirenin göğüslerinden ayıramazdı gözlerini. Bazılarına göre bu da tıp mesleğinin oyunlarından biriydi.

Eric Cannon'un dosyasında oldukça ayrıntılı bilgiler vardı. Çocuk beş yaşından sonra erken gelişmiş ama biraz aptal olmuştu. Bir Lutheran rahibin oğluydu ama dokuz yaşından beri öğretmenleriyle tartışırdı, son kez altı ay önce olmak üzere altı kez evden kaçmış, sekiz hafta kaybolduktan sonra Küba'da bulunmuştu. On iki yaşında rahip aldatmaya başlamış, daha sonra da kiliseye gitmeyi reddetmişti. Okula gitmekten de vazgeçmiş, marihuana kullanmış, bir süre önce Brooklyn Seçkin Hizmetler Memur Atama Merkezi önünde kendi boğazını kesmeye kalkmıştı.

Çocuğun babası olan Rahip Cannon muhafazakâr, insanları savunan iyi bir din adamıydı. Ama oğlu hep isyan halinde olmuş, çalışmayı, psikiyatri tedavisini ve istemediği zamanlar evde kalmayı reddetmişti. Babası bunun üzerine onu zorunlu olarak psikiyatrik tedavi görebileceği QSH'ya yatırmak zorunda kalmıştı.

Bir süre sonra hemşire, "Dr. Rhinehart, bunlar Rahip Cannon ve Bayan Cannon," diyerek içeri girdi.

Onları karşılayarak, "Nasılsınız?" dedim ve gür kır saçları olan sempatik tombul adamın elini sıktım. Rahip benimle tokalaşırken samimi bir ifadeyle gülümsedi.

"Sizinle tanıştığıma sevindim Doktor. Dr. Mann sizin hakkınızda çok şey söyledi bana."

Bayan Cannon kocasının yanı başında durmuştu, gülen gözlerle bana bakarak, müzik gibi bir sesle, "Nasılsınız Doktor," deyince ona baktım. Gelenler o kadar kötü giyinmişlerdi ki bir film setinde berbat kıyafetleri yüzünden istenmeyen karakter sanatçılarına benzettim onları.

Hasta olarak getirilen Eric annesinin arkasında duruyordu. Takım elbise giymiş, kravat takmıştı ama uzun saçları, çerçevesiz gözlüğü ve gözlerindeki parıltıyla, aptal dış mahalle sakinlerini andırıyordu.

Rahip Cannon neşeli görünmeye çalışarak, hafif bir gülümsemeyle, "Oğlum bu işte, Doktor," dedi.

Nazikçe başımı salladım ve sandalyeleri işaret ettim onlara. Rahip ve karısı sandalyelere oturdular ama Eric o sırada koridordan geçen kadınlardan sonuncusuna bakıyordu. Saçlarını tepesinde toplamış olan dişsiz ve çirkin kadın durdu, ona bakarak sırıttı ve sonra, "Merhaba parlak çocuk!" dedi. "Gel de görüşelim seninle."

Çocuk birkaç saniye ona baktı, gülümsedi ve "Tamam, gelirim," dedi. Sonra güldü ve gidip bir sandalyeye oturdu. Tam bir genç aptalıydı bu çocuk.

Cannon'ların karşısına geçip koca vücudumla masamın köşesine iliştim ve 'Tanrım, sizinle konuşmak harika bir şey!' gülümsemesiyle baktım onlara. Çocuk pencereye yakın, benim sağımda ve anne babasının biraz arkasında oturmuş, dostane bir ifadeyle, bir şeyler bekler gibi bana bakıyordu.

"Sanırım Eric'i bu hastaneye getirmekle onun üzerindeki yetkinizi devrettiğinizi anlıyorsunuz Rahip Cannon."

"Elbette anlıyorum Dr. Rhinehart, ben Dr. Mann'a tamamen güveniyorum."

"Güzel. Herhalde siz ve Eric buranın bir yaz kampı olmadığını da biliyorsunuz. Burası bir devlet akıl hastanesi..."

Rahip Cannon, "Burası iyi bir yer, Dr. Rhinehart," dedi. "New York eyaleti bu hastaneyle gurur duymakla haklı."

"Hmm, evet," dedim ve Eric'e döndüm. "Sen ne düşünüyorsun bu konuda?"

"Pencerelerdeki iste güzel şekiller yok."

"Benim oğlum bütün dünyanın deli olduğuna inanıyor."

Eric yüzünde hafif bir gülümsemeyle pencereden dışarıya bakıyordu ve ona döndüm. "Bu günlerde mantıklı sayılabilecek bir düşünce tarzı," dedim. "Ama böyle düşünmek insanı bu hastaneden çıkarmaya yetmez."

Çocuk, "Hayır, beni sadece içeri alır," dedi. İlk kez göz göze geldik ve bir süre bakıştık.

"Sana yardım etmemi istiyor musun?" diye sordum.

"Bana nasıl yardım edebilirsin ki?"

"Bunu yapmaya çalıştığım için para ödüyorlar bana."

Çocuğun gülümsemesi alaycı değildi, yüzünde dostane bir ifade vardı.

"Babama da Gerçeği yaydığı için para ödüyorlar."

"Burada bazı şeyler çirkin olabilir, biliyor musun?"

"Sanırım burada kendimi evdeymiş gibi hissedeceğim."

Babası söze karıştı ve "Buradaki insanların çoğu daha iyi bir dünya yaratmaya çalışmıyor," dedi.

Eric bu kez sertçe bir ses tonuyla, "Herkes daha iyi bir dünya yaratmak ister," dedi.

Masamın köşesinden indim ve arkaya geçip çocuğun dosyasını aldım. Yazıları sanki gözlüksüz görebilecekmişim gibi camın üzerinden baktım ve babasına, "Gitmenizden önce sizinle Eric hakkında konuşmak isterim Rahip," dedim. "Yalnız konuşmamızı mı tercih edersiniz, yoksa Eric burada kalsın mı?"

"Benim için fark etmez. Onun hakkında ne düşündüğümü biliyor Eric. Belki biraz rol yapacaktır ama ben alışığım buna. Bırakın kalsın burada."

"Eric burada kalmak mı istersin, koğuşuna gitmek mi?"

Çocuk pencereden dışarıya bakarak, "Babam yalan söylüyor," dedi. Annesi yüzünü buruşturdu ama babası sadece başını iki yana salladı ve gözlüğünü düzeltti. Ben de çocuğun anne ve babasına göstereceği tepkiyi görmek istediğimden odada kalmasına izin verdim.

Tahta sandalyeye oturdum, hafifçe öne eğildim ve samimi profesyonel bakışımla rahibin yüzüne bakarak, "Bana oğlunuzu anlatın Rahip," dedim. Rahip Cannon başını biraz yana eğdi, bacak bacak üstüne attı ve boğazını temizledi.

"Benim oğlum gizemli bir çocuktur Doktor," diye konuştu. "Onun var olduğuna inanmakta güçlük çekiyorum doğrusu. Başkalarına karşı tamamen hoşgörüsüzdür. Eğer onun hakkındaki şu dosyayı okuduysanız ayrıntıları bilirsiniz. Size bir örnek vereyim... Eric (Rahip sinirli bir ifadeyle pencereye bakan çocuğuna baktı) bir aydır doğru dürüst yemek yemiyordu. Yazmıyor, okumuyordu. İki ay kadar önce o zamana kadar bütün yazdıklarını yaktı. Artık insanlarla da pek konuşmuyor. Size cevap vermesine şaşırdım doğrusu... İki hafta önce bir akşam yemeğinde Eric bir bardak suyla aziz rolü oynadı ve ben de misafirimiz olan Pace Industries Şirketi Başkan Yardımcısı Bay Houston'un dikkatini çekmek için, 'Bazen Komünizmin yok olması için Üçüncü Dünya Savaşı çıkmasını bile istiyorum,' dedim. Sanırım zaman zaman çoğumuz düşünürüz bunu. Eric bunu duyunca bardağındaki suyu yüzüme attı ve bardağı da yere atarak kırdı."

Rahip bir süre sustu ve benim konuşmamı bekledi, ama bir şey demediğimi görünce, "Ben böyle şeylere pek aldırmam," diye devam etti, "ama karımın bu tür olaylarla ne hale geldiğini takdir edersiniz, bu tipik bir olay işte."

"Evet," dedim. "Acaba neden yaptı bunu dersiniz?"

"O bir ego manyak, her şeyi siz ve ben gibi görmüyor. Bizim gibi yaşamak istemiyor. Bütün Katolik rahipler, öğretmenlerin çoğu ve ben hatalıyız diye düşünüyor, aslında böyle düşünen başkaları da var ama onlar sorun çıkarmıyor. Bu çocuk hayatı fazla ciddiye alıyor. Hiç kimseyle oyun oynamaz. Bazen oynuyor ama kimsenin beklemediği şeyler yapıyor. Her zaman hayatla savaşır gibi bir hali var. Burası bir özgürlükler ülkesi ama başkalarının fikirlerine de saygı göstermek gerekir. Hoşgörülü olmalıyız ama Eric bunun anlamını bilmiyor."

O sırada Eric "Bunu duyduğuma üzüldüm, Baba," diyerek yerinden kalktı, gülümsedi ve anne babasının sandalyeleri arkasına geçerek ellerini onların arkasına koydu. Rahip Cannon yakın zamanda ölecekmiş de benden yardım beklermiş gibi bir ifadeyle baktı yüzüme.

"Sen hoşgörüsüz biri misin Eric?" diye sordum.

"Ben kötülüğe ve aptallığa karşı hoşgörüsüzüm."

Rahip oğluna doğru dönerek, "Peki ama herkese neyin iyi, neyin kötü olduğunu söyleme hakkını kim veriyor sana oğlum?" diye sordu.

Eric sırıttı ve "Kralların kutsal hakkıdır bu," diye cevap verdi.

Rahip bu kez bana dönerek omuz silkti ve "İşte, görüyorsunuz," dedi. "Size bir başka örnek vereyim. Eric on üç yaşındayken bir gün kalabalık bir sabah ayininde kiliseme geldi ve yere diz çökmüş dua eden cemaatin önüne geçerek, 'Sonunda bu olacak işte!' diye bağırdıktan sonra çıkıp gitti."

Hepimiz bir süre konuşmadan öylece kaldık. Onlar da sanki aile fotoğrafları çekilecekmiş gibi bir süre hareketsiz beklediler.

Bir süre sonra Eric'e baktım ve "Modern Hıristiyanlığı sevmiyor musun?" diye sordum.

Çocuk parmaklarını uzun siyah saçlarının arasından geçirdi, başını kaldırıp birkaç saniye tavana baktı ve sonra bir çığlık attı.

Rahiple karısı onun çığlığını duyunca elektrikli ızgaraya takılmış fareler gibi yerlerinden fırladılar ve oğullarına baktılar, o ise ellerini yana sarkıttı ve yüzünde hafif bir gülümsemeyle bağırmaya devam etti.

Hastanenin beyaz gömlekli iki Zenci hademesi koşarak odama daldılar ve benden emir beklediler. Ben de Eric'in ikinci haykırışının bitmesini bekledim, bağırmaya devam edecek miydi acaba? Ama çocuk yeniden bağırmadı, birkaç saniye sessizce durdu ve sonra ortaya konuşarak, "Gitme zamanı geldi," dedi.

Hafif bir teskin edici için bir not yazdım ve iki görevliye vererek, "Çocuğu kabul koğuşuna götürün ve bu notu da Dr. Vener'e verin," dedim.

Zenci hademelerden daha zayıf olanı, "Sakince gelecek mi bu?" diye sordu.

Eric birkaç saniye daha hareketsiz durup bekledi ve sonra hızla dönüp koşar adım yürümeye başladı. Giderken şarkı söylüyordu: "Büyücüyü görmeye gidiyoruz, Harika Oz Büyücüsünü göreceğiz, işte gidiyoruz..."

Çocuk dans ederek çıktı odadan. Hademeler ona yanaştılar ve ikisi de birer kolundan tuttular. Rahip Cannon teselli etmek ister gibi kolunu karısının omzuna attı. Ben düğmeye basıp bir stajyer hemşire çağırdım.

Rahip Cannon, "Özür dilerim Dr. Rhinehart," dedi. "Onun böyle yapacağını biliyordum ama neler yaptığını sizin de görmenizi istedim."

"Evet, haklısınız."

"Şey, ben ve karım merak ediyorduk . . . acaba ona tek kişilik bir oda vermek mümkün olur mu?"

Masamın arkasından çıktım ve kolu hâlâ karısının omzunda olan rahibin yanına geldim.

"Burası bir Hıristiyan kuruluşu Rahip. Biz insanların kardeş olduklarına inanırız. Sizin oğlunuz da on beş sağlıklı, normal Amerikalı akıl hastasıyla beraber aynı koğuşta kalacak. Bu onlara birlik beraberlik duygusu veriyor. Eğer oğlunuz yalnız kalmak isterse bir iki hademeyi yumruklasın, o zaman onu tek başına bir odaya kaparlar ve hatta bir de deli ceketi giydirirler."

Karısı yüzünü buruşturdu ve gözlerini benden kaçırdı, ama Rahip Cannon birkaç saniye düşündü ve sonra başını salladı.

"Haklısınız, Doktor. Çocuğa hayatın gerçeklerini öğretin. Onun kıyafetine gelince..."

"Rahip Cannon," diyerek onun sözünü kestim, "Burası kilise değil, bir akıl hastanesi. Buraya normal olmayan insanlar getiriliyor. Oğlunuz da artık normal olmayacak, bırakın artık onun kıyafetlerini filan. Oğlunuz sizden çıktı artık."

Rahibin gözlerindeki korku ifadesi yerini buz gibi bir bakışa bıraktı ve adam kolunu karısının omzundan indirdi.

"Benim hiç oğlum olmadı ki zaten," diye mırıldandı.

Sonra sessizce çıkıp gittiler.

Bölüm Altı

Eve vardığımda, Lillian ve Arlene Ecstein blucinleriyle divanda yan yana oturmuşlar, bir şişe cini paylaşmış gibi kahkahalar atıp duruyorlardı. Aslında Arlene genel olarak kocasının parıltısı altında sönük kalır. Bana göre oldukça kısa boyludur, genelde ciddi ve iffetli görünür, Jake gibi kalın çerçeveli gözlük kullanır ve gür siyah saçlarını tepesinde topuz yapar. İnce bedeninde güzel göğüsleri olduğuna dair rivayet olmasına rağmen her zaman bol kıyafetler giydiği için onu yeni tanıyanlar bunun pek farkına varmazlar ve onu iyi tanıdıktan sonra da kimse ona dikkat etmez.

Arlene bir zamanlar bana biraz yüz verir gibi olmuştu, ama evli ve saygın bir psikiyatr olduğum ve o da arkadaşımın karısı olduğu için cevap vermedim ona. Bir akşam hiç unutmam, gömleğindeki iplikleri ayıklamamı istemişti benden ve ben de onun dediğini yaptım, ama iş orada kaldı. Diğer yandan birkaç kez, akıl hastanesinde geçen zor bir günden sonra, ya da Lil veya çocukların hasta oldukları bazı günlerde, evli ve saygın bir doktor olduğuma ve arkadaşıma sadık kaldığıma da pişman olmadım değil. İki kez Arlene'in göğüslerinden birini ağzıma aldığımı hayal ettim. Belki de çıplak olarak yatağıma girseydi ona teslim olurdum, ama öncelik bende olduğu sürece olamazdı böyle bir şey. Evli profesyonellerin birbirlerinin karılarına göz koyması aslında utanç verici bir davranıştır.

Lil'in kahkahaları daha yüksekti ama Arlene'inkiler susturucu takılı makineli tüfek sesini andırıyordu; gülerken ileri doğru eğilmişti, ama Lil dimdik duruyor ve tavana bakarak kahkaha atıyordu.

Çantamı masanın altına bıraktım ve yağmurluğumu askıya asarak, "Eee, siz iki kız neler yapıyorsunuz bakalım?" diye sordum.

Lil mutlu bir sesle, "Bir şişe cini paylaşıyorduk," diye cevap verdi.

Arlene de, "Ya cin ya da uyuşturucu olacaktı ama ot filan bulamadık," diye ekledi. "Jake LSD'ye inanmıyor ve Lil de seninkini bulamadı."

"Bak bu garip işte! Hâlbuki ben onu daima çocukların oyun dolabında saklarım ve Lil de bilir bunu."

Lil, "Ben de Larry bu sabah neden okula sakin gitti diye düşünüyordum," dedi ve espri yaptığına inanarak gülmeyi kesti.

Üçte ikisi hâlâ dolu olan cin şişesinden kendime bir martini hazırladım ve "Ee, neye içiyoruz bakalım?" diye sordum.

Lil, "Saçmalama," dedi. "Biz böyle şeylere önem vermeyiz. Hayatımız akıp gidiyor işte. Heyecan ya da cinsellik diye bir şey yok, öylece akıyor."

Bir süre divanda arkalarına yaslanarak sessizce oturdular ve sonra Lil, "Psikiyatr Eşleri Davet Kulübü kuralım, Arlene," dedi. "Ama Luke ve Jake'i davet etmeyelim."

Bir sandalye çektim ve elimde içkimle beraber, bacaklarımı açarak onların karşısına ters olarak oturdum.

Lil kaşlarını çattı ve "Hayatımız böyle nereye gidecek bilemiyorum doğrusu," diyerek somurttu. Ama çok beklemediler ve yine kahkaha atmaya başladılar.

Arlene, "Bak ne diyeceğim sana?" diyerek sırıttı. "İlk sosyal projemiz olarak kocalarımızı bir haftalığına değiştirebiliriz."

Lil gülerek, "İkimiz de bir değişiklik fark etmeyiz," dedi.

"Bak bu doğru değil, Jake dişlerini çok orijinal bir tarzda fırçalar ve herhalde Luke'un da hiç bilmediğim yetenekleri vardır."

"İnan bana, hiçbir yeteneği yok onun."

"Hişştt, böyle konuşmamalısın Lil. Kocanı aşağılamak istemezsin herhalde, değil mi?"

"Teşekkür ederim, Arlene," dedim.

Arlene, "Luke a-kıl-lı bir adam," diye geveledi. "Bense liberal bir sanat kadını bile değilim ve Luke nelerin eğitimini gördü..."

Lil, "Evet, idrar, dışkı ve daha neler gördü," diye tamamladı ve yine kahkahaları patlattılar.

Ben sessiz umutsuzluk dolu hayatımı dengeli bir şekilde devam ettirmeye çalışırken, tanıdığım kadınların çoğu neden sessiz umutsuzluk yaşamlarında bu kadar gürültücü oluyorlar bilemiyorum. Ben bunu ciddi olarak düşünürken, birden Lil ve Arlene'in dizleri üzerine çökmüş bana doğru sürünerek ve ellerini yalvarır gibi açmış geldiklerini fark ettim.

"Kurtar bizi Ey Dışkıların Efendisi, canımız sıkılıyor!"

"Kurtar bizi bu işkenceden!"

Bütün bir gün akıl hastalarıyla uğraştıktan sonra insanın sakin evine gelerek şömine başında huzur içinde oturması ne kadar güzel oluyor, değil mi?

"Ey Efendimiz, bize yardım et, hayatlarımız senin elinde."

Dizüstü çökmüş bana bakarak yalvaran ve kıkırdayan iki sarhoş kadının o hali beni gerçekten tahrik etti ve ne yapacağımı şaşırdım bir an. Belki benim de bir bilge olarak oyuna katılmamı istiyorlardı.

Oturduğum yerden kalkıp onların önünde durdum ve yumuşak bir sesle, "Ayağa kalkın yavrularım," dedim.

Arlene dizlerinin üzerinde doğrularak yalvaran bir ses tonuyla, "Konuş ey Efendimiz!" dedi.

"Kurtarılmak mı istiyorsunuz siz? Yeniden doğmak mı istiyorsunuz?"

"Oh, evet!"

"Yeni bir hayat mı istiyorsunuz?"

"Evet, evet!"

"Yeni Borax'lı All denediniz mi peki?"

"Evet, evet, denedik ama bir yararını göremedik, Efendimiz!"

"Her şeyi önemsemekten vazgeçin," dedim. "Her şeye boş vermelisiniz. HER ŞEYE."

"Oh, Efendimiz! Burada, karının önünde yalvarıyorum sana!" İkisi de kıkırdayarak yüzüme baktılar ve kahkahaları patlattılar.

Sesimi iyice kalınlaştırarak, "Her şeye boş verin," diye tekrarladım. "Hiç umutlanmayın, tüm hayallere, arzulara boş verin."

"Bunu denedik, Efendimiz."

"Denedik ama yine de arzu ediyoruz."

"Hâlâ arzu etmemeyi arzuluyoruz, umutlarımızı yitirmek, hayallerden kurtulmak istiyoruz ama nedense yapamıyoruz."

"Size boş verin diyorum. Kurtarılma umudu da dâhil olmak üzere her şeye boş verin. Büyüyen sarmaşıklar gibi olun ve kırlarda dikkat çekmeden ölün gidin. Kendinizi rüzgâra bırakın."

Lillian birden ayağa kalktı ve içki dolabına gitti. "Ben bütün bunları daha önce de duydum. Ama rüzgâr da sadece büyük ve sıcak bir hava akımı haline geldi."

"Yeterince içtiğinizi sanıyordum."

"Senin vaazın yeterince ayılttı bizi."

Arlene hâlâ dizlerinin üstündeydi, başını kaldırıp kalın gözlüklerinin arkasından yüzüme baktı ve garip bir sesle, "Ama ben hâlâ kurtarılmadım," dedi. "Kurtarılmak istiyorum ben."

"Onu duydu Arlene, vazgeç artık."

"Kurtarılmak bu mu yani?"

"Onun yapabileceği bu kadar işte. Sanki Jake bundan iyisini mi yapacak?"

"Hayır, ama Jake en azından bana aile tenzilatı yapabilir."

İkisi birden yine kahkahayla gülmeye başladılar.

"Siz ikiniz de gerçekten sarhoşsunuz galiba," dedim.

"Ben sarhoşum ama Lil seninle bir şeyler yapabilmek için ayık kalmak istediğini söyledi. Jake evde olmadığı için ben arzularıma izin verdim, tatile gönderdim."

Lil, "Luke hastalarını hiç kaybetmez, her zaman ayrıcalığı vardır onun," diye konuştu. "Bu nedenle bazen bunaklığı tutar işte." Lil bunu söyledikten sonra elindeki yeni martini kadehini havaya kaldırdı ve benim bunaklığıma içti. Başımı iki yana salladım ve bir şey söylemeden çalışma odama gittim. O anda kendimi kontrol altında tutmam gerekiyordu.

Bölüm Yedi

O akşamki poker oyunu bir felaketti. Lil ve Arlene oyunun başlarında fazlaca neşeliydiler (cin şişesi bitmek üzereydi) oyunu birkaç kez artırdılar ama sonra kaybetmeye başladılar. Lil bir ara yine bilinçsizce artırmaya başladı (benim paramla elbette) ve Arlene de oyundan koptu, suratını astı.

Dr. Mann'ın şansı çok açıktı. Oyunla hiç ilgilenmiyormuş gibi duruyor ama artırıyor, kazanıyor, blöf yapıyor yine kazanıyordu, sadece küçük oyunlarda kaybediyordu. Çok akıllı oynuyor, eline gelen iyi kâğıtlardan azami derecede yararlanmasını çok iyi biliyordu. Ama adamın patates cipslerinin kırıntılarını masanın üzerine yayması canı sıkıcı bir olaydı. Lil sanki benim değil de Dr. Mann'ın kazanmasından memnun gibi görünüyordu ama Dr. Felloni, Dr. Mann'a bir pot kaybettikten sonra sinirli bir ifadeyle başını salladı ki hiç de mutlu olmadığı belliydi.

Saat on bire doğru kâğıt dağıtma sırası Arlene'e geldi ama o, içkilerin etkisiyle paytaklaşan konuşmasıyla, kaybettiği zaman uykusunun geldiğini ve seks yapmak istediğini söyleyerek aşağıdaki dairesine indi. Lil içmeye ve oynamaya devam etti, iki el büyük kazandı, yeniden neşelendi, benimle ve çok kazandığı için Dr. Mann'la alay etti, sonra da midesi bulandı ve kusmak için banyoya koştu. Birkaç dakika sonra geriye döndü ama oyuna olan ilgisini kaybetmişti. Kaybedince soğuk bir kadın olduğunu, uykusunun kaçtığını söyledi ve yatağına gitti.

Biz üç doktor yarım saat kadar daha oynadık, Dr. Ecstein'ın son kitabını tartıştık, ben kitabı eleştirdim ve oyuna olan ilgimi kaybettim. Dr. Felloni gece yarısına doğru gitme zamanının geldiğini söyledi, ama Dr. Mann biraz daha kalacağını, sonra taksiyle döneceğini söyleyerek onunla birlikte çıkmadı. Dr. Felloni gittikten sonra dört el daha oynadık ve onlardan üçünü kazanınca neşem yerine geldi.

Oyun bitince Dr. Mann yerinden kalktı ve duvardaki kütüphanenin yanındaki geniş koltuğa oturdu. Holdeki tuvalet suyunun çekildiğini duyunca Lil'in yeniden kustuğunu düşündüm. Dr. Mann piposunu çıkarıp doldurdu ve birkaç kez yakıp tüttürdükten sonra koca bir duman bulutunu tavana doğru savurdu, raflardaki kitaplar bile duman içinde kayboldu. Dr. Mann derin, yaşlı adam sesiyle, "Kitap işi nasıl gidiyor Luke?" diye sordu.

Ben poker masasındaki yerimden, "Hiç gitmiyor," diye cevap verdim.

"Yaa, demek öyle!"

"Değerli bir şeyler yazabileceğime inanmıyorum ben..."

"Neden böyle düşünüyorsun peki?"

"Kitaba başladığım zaman, sadistlikten mazoşistliğe geçişin önemli bir şeyler getirebileceğini düşünmüştüm." Elimle poker masasının yeşil örtüsünü düzelttim. "Bu iş aslında insanı sadistlikten mazoşistliğe götürüyor," diye ekledim ve güldüm.

Dr. Mann piposundan derin bir nefes çekip dumanı üfledi ve karşı duvardaki Freud resmine bakarak, "Ayrıntılı olarak kaç vaka analiz ettin ve yazdın?" diye sordu.

"Üç."

"Aynı üçlü mü?"

"Aynı üçlü. Sana söylüyorum Tim, tüm çalıştığım vakalar yorumlanmamış olanlar. Aslına bakarsan kütüphanelerde çok var bunlardan."

"Evveeet."

Ben ona bakarken o da gözlerini kısarak uzun süre Freud resmine baktı ve o sırada aşağıdan, Madison Caddesinden bir polis düdüğü duyuldu.

Misafirim, "Sen her şeye rağmen kitabını bitirmelisin," dedi. "Şu senin Zen'in söylediği gibi, kendini akıntıya bırak, akıntı anlamsız olsa bile yap bunu."

"Akıntıya kapıldım zaten. Ama kitap bu akıntıda olduğu yerde kaldı. Onu yeniden itip suyun akışına bırakmaya cesaret edemiyorum."

"Yaaa."

Önümdeki yeşil örtüye bakarak sıkıldığımı hissettim ve rahatlamaya çalıştım.

"Haa, aklıma geldi Tim, hastanede bana gönderdiğin şu çocukla konuştum ve onu oldukça..."

"Kitabına konu olup basılmayacaksa hastanedeki hastalarınla ilgilenmiyorum, Luke."

Hâlâ bana dönüp bakmamıştı ve sesindeki sert ton beni oldukça şaşırttı. Dr. Mann, "Eğer bir şeyler yazmıyorsan, düşünmüyorsun demektir," diye devam etti. "Ve eğer düşünmüyorsan da ölmüşsün demektir."

"Ben de zaten böyle hissediyordum."

"Evet, öyleydin, sonra Zen'i keşfettin."

"Evet, öyle oldu."

"Şimdi de yazmaktan sıkıldığını söylüyorsun."

"Evet."

"Ya düşünmek, ondan da mı sıkılıyordun?"

"Evet, düşünmekten de sıkılıyorum."

Misafirim o zaman bana baktı ve "Belki de Zen'de yanlış bir şeyler vardır, ne dersin?" dedi.

"Belki de düşünmekte yanlış bir şeyler var."

"Son zamanlarda düşünürler arasında da bunu söylemek moda oldu, ama bana sorarsan, 'Bana göre düşünmek saçmalık,' demek daha büyük saçmalıktır."

"Gerçekten de saçmalık ve bu nedenle psikanaliz de saçmalık oluyor."

Dr. Mann gözlerini kısarak bir süre sessizce yüzüme baktı, sol gözünün altındaki kaslarda bir kıpırtı gördüm.

"Psikanaliz insan ruhu konusunda iki milyon yıllık düşünmeden daha çok yeni bilgiler sağladı bize. Zen çok uzun zamandır varlığını sürdürüyor ama ben onun büyük bilgiler sağladığına henüz tanık olamadım." Dr. Zen bunu söyledikten sonra yine koca bir pipo dumanını tavana doğru gönderdi. Ben masanın köşesinde duran oyun zarını aldım ve onunla oynamaya başladım. Ona baktım ama o yine Freud'a bakmaya başlamıştı.

"Zen'in yararlarını ve kötü yanlarını seninle tartışacak değilim, Tim. Sana söyledim, Zen'den kazandıklarımı açıklamayı başaramadım henüz."

"Senin Zen'den kazandığın şey entelektüel anemidir Luke."

"Belki mantık kazancım oldu. Sen de biliyorsun ki psikanalizle ilgili yayınlarda yazılanların yüzde sekseni saçmalıktır. Benimkiler bile öyle." Bir an durdum ve sonra, "Seninkiler de dâhil," diye ekledim.

Dr. Mann önce şaşkın gözlerle bana baktı, sonra güldü ve "Tıpta ilk prensip nedir bilirsin," diye konuştu. "Hastalığının bir örneği olmadan bir hastayı tedavi edemezsin."

"Kim tedavi olmak istiyor ki?"

O anda gözlerini gözlerime dikti ve "Sen istiyorsun," dedi.

Ben de dik dik onun yüzüne baktım ve "Sen beni analiz ettin," dedim. "Ne vardı bende?"

"Hayatın nelerden ibaret olduğu konusunda küçük bir hatırlatmanın tedavi edemeyeceği bir şey yoktu elbette."

"Lanet olsun!" dedim.

"Sen kendini zorlamak istemiyorsun ve o sırada Zen gelip sana kendini akıntıya bırakmanı söylüyor."

Dr. Mann bunu söyledikten sonra bir süre daha yüzüme baktı ve sonra elindeki piposunu yandaki sehpaya, kül tablasının içine bıraktı.

"Senin akıntın oldukça durgun, biliyor musun?"

"İyi bir üreme ortamı oluşturuyor ama" dedim ve güldüm.

Dr. Mann kızmış gibi, yüksek sesle, "Tanrı aşkına gülme, Luke," dedi. "Bugünlerde hayatını boş yere harcayıp duruyorsun."

"Hepimiz öyle yapmıyor muyuz yani?"

"Hayır, yapmıyoruz. Örneğin Jake öyle değil. Ben de değilim. Her meslekte iyi olanlar boşa harcamıyorlar hayatlarını. Bir yıl öncesine kadar sen de öyle değildin."

"Ben çocukken bir çocuk gibi konuşur ve..."

Dostum şimdi sinirli bir yaşlı adam olmuştu. "Luke, Luke, dinle beni."

"Ne var?"

"Analiz için yine bana gelmelisin."

Elimdeki zarı diğer elimin arkasına sürdüm ve net olarak hiçbir şey düşünmeden, "Hayır," dedim.

"Neyin var senin dostum? Neden artık çalışmalarının önemli olduğunu düşünmüyorsun? Neden kendine olan inancını yitirdin, açıklar mısın bana?"

Hiç düşünmeden, karşı takımın ileri oyuncusu üzerine giden bir savunma oyuncusu gibi yerimden fırladım. Dr. Mann'ın önünden odanın karşı tarafına geçtim, Central Park'a doğru bakan pencerenin önüne gittim.

"Canım sıkılıyor dostum, canım çok sıkılıyor. Üzgünüm ama bütün mesele bu işte. Mutsuz hastaları iyileştirmeye çalışmaktan, garip deneylerden, boş yazılar yazmaktan bıktım..."

"Bunlar analiz değil, belirtiler."

"Bir şeyi ilk kez olarak denemek; ilk balon, yabancı bir ülkeye gitmek istiyorum. Başka bir kadınla ateşli bir ilişki yaşamak ne güzel olurdu. İlk maaş çekini almanın, pokerde ya da at yarışlarında iyi para kazanmanın zevkini yaşamak istiyorum. Bir otoyolda durmuş rüzgâr altında otostop yapmanın zevkini düşünsene, birinin seni alıp belki üç mil uzaktaki kasabaya götürmesini, belki sana ölüm yolunda arkadaş olmasını bekliyorsun. Sonunda güzel bir yazı yazdığımı, parlak bir analiz yaptığımı ya da iyi bir sonuç aldığımı düşündüğümde ne kadar mutlu olmuştum. Yeni bir yaşam felsefesinin heyecanı gibi bir şey var mı? Yeni bir evin ya da ilk çocuğun heyecanını düşün. Hayattan istediklerimiz işte bunlar ve şimdi bakıyorum da... bunların hepsi gitmiş gibi ve Zen ya da psikanaliz onları geri getirme konusunda aciz kalıyorlar."

"Hayal kırıklığına uğramış bir lise öğrencisi gibi düşünüyorsun, Luke."

"Aynı eski konular, aynı evlilik dışı ilişkiler, kazanmak ve sarf etmek, analiz için bana gelen aynı sürüklenmiş, umutsuz insanlar, aynı anlamsız atılımlar. Aynı eski felsefeler. Ve egomu gerçekten bağladığım şey, psikanaliz, sorunla hiç de ilgiliymiş gibi görünmüyor."

"Aslında tamamen ilgili."

"Hayır efendim, öyle olsaydı beni de değiştirebilmeliydi, her şeyi, herkesi değiştirebilirdi, istenmeyen bütün nevrotik belirtileri safdışı bırakabilmeli, insanlarda ölçülebilir değişimler elde etmek için gereken iki yıldan önce yapabilmeliydi bunu."

"Sen hayal görüyorsun, Luke. Bu mümkün değil dostum. Hem teoride ve hem de pratikte bir insanı istenmeyen alışkanlıklarından, gerginliklerinden, zorlamalarından, çekingenliklerinden ve benzer şeylerden kurtarmak mümkün değildir."

"O zaman belki de teori ve uygulamalar yanlış."

"Hiç kuşkusuz."

"Bitkileri mükemmel hale getirebiliyor, makineleri değiştirebiliyoruz, insanları değiştirmek neden mümkün olmasın ki?"

Dr. Mann piposunu bronz kül tablasının kenarına vurarak külünü boşalttı, sonra kızmış gibi bana baktı. "Tanrı aşkına, Luke! Hayal görüyorsun sen dostum. Ütopya diye bir yer yok. Mükemmel insan da olamaz. Hepimizin hayatı katılaşma, tekrarlama ve gerekli olma eğilimi gösteren sınırlı bir hatalar dizisinden ibaret. Herkesin kendisiyle ilgili kişisel darbımeseli şöyledir: 'Muhtemel insanlarda en iyi doğru olan doğrudur.' Tüm eğilim... İnsan kişiliğinin bütün eğilimi sonunda ceset haline gelmektir. Sen cesetleri değiştiremezsin. Cesetlerde şevk, arzu yoktur. Sen onlara biraz çekidüzen verir, bakılacak hale getirirsin."

"Seninle tamamen hemfikirim; psikanaliz bu katılaştıran kişilik akışını nadiren keser, onun canı sıkılan insana verebileceği hiçbir şey yoktur."

Dr. Mann kendi, kendine konuşur gibi bir şeyler homurdandı ve ben de pencerenin önünden ayrılıp Freud'un resmine baktım. Freud çok ciddi görünüyordu, pek memnun değilmiş gibiydi.

"Başka şeyler de olmalı..." diye devam ettim. "Diğer gizli günahlar (küfürler!) olmalı... Bazı adamların hayatlarını tamamen değiştirmelerine izin verecek sihirli ilaçlar da olmalı."

"O zaman astrolojiyi, *I Ching*'i, LSD'yi dene."

"Freud bana LSD'nin felsefi eşitini bulma konusunda bir çalışma zevki verdi, ama onun kendi iksirinin etkisi de geçiyor gibi."

"Sen hayal görüyorsun, Luke. Çok şey bekliyorsun sen. Bir insanoğlu, bir kişilik, bireyin toplam sınırlarının ve potansiyelinin bütün örneğidir. Onun alışkanlıklarını, mecburiyetlerini ve yönlendirilmiş dürtülerini alırsan onu yok etmiş olursun."

"O halde belki de onu ortadan kaldırmalıyız."

Dr. Mann ne söylediğimi anlamak ister gibi durup bana baktı ve ben de ona bakarken ağzının kenarından yüzüme doğru pipo dumanı üfledi.

"Yapma Luke, şu anda yeniden şu Lanet Doğu mistisizmini saçmalıyorsun. Eğer ben tutarlı bir adam, bir obur, kıyafetine dikkat etmeyen, yumuşak bir adam olmasaydım, psikolojide başarılı olmak istemeseydim ve bir şeyler başarmamış olsaydım ne olurdum ben?"

Buna bir cevap bulamadım.

Dr. Mann, "Bazen sağa sola kızsaydım, bazen sakin olsaydım, kıyafetimi değiştirseydim, sinirli, sakin, hırslı, tembel, şehvetli ve değişik karakterli olsaydım şimdi nerde olurdum sence?" diye devam etti. "O zaman neyi başarmış olurdum? Karakteri konusunda karar vermek için kendini sınırlayan bir adamın seçtiği yoldur bu. Alışkanlıkları, tutarlılıkları, fazlalıkları -ve bu nedenle can sıkıntısı da- olmayan bir adam insan değildir. Delidir o."

İçini boşaltmış bir insanın rahatlığıyla yine piposunu boşalttı, bir şeyler homurdandı, sonra da yüzüme bakarak gülümsedi. Neden bilmem ama o anda sanki nefret ettim ondan.

"Pekâlâ, insanın kendini-yenme limitlerini kabul etmesi akıl sağlığı mı oluyor yani sence?" diye sordum.

"Hmmm."

Karşısında durup onun yüzüne baktım ve birden öfkelendiğimi hissettim. O anda Dr. Mann'a müthiş bir yumruk atmamak için güç tuttum kendimi ve sinirli bir ifadeyle, "Biz yanılıyor olmalıyız," diye konuştum. "Bütün düşüncelerimizi zehirleyen büyük bir hata yapıyor olmalıyız. Biz on dokuzuncu yüzyıl kan alma konusuna nasıl bakıyorsak, yıllar sonra insanlar bizim tedavi teori ve tekniklerimize de aynı şekilde bakacaklar."

Dr. Mann sakin bir ifadeyle, "Sen hastasın, Luke," dedi.

"Sen ve Jake en iyiler arasındasınız ama insan olarak ikiniz de beş para etmezsiniz," dedim. Dr. Mann sandalyesinde dimdik oturmuş bana bakıyordu.

"Sen hastasın, Luke," diye tekrarladı. "Artık bana Zen hakkında saçmalamaktan da vazgeç. Seni aylardan beri izliyorum, bir türlü huzura kavuşamadın. Bazen neşeli, kıkırdayan bir okul çocuğu, bazen de azametli bir sersem gibi davranıyorsun."

"Ben bir tedavi uzmanıyım ve şurası açık ki bir insan olarak kötü durumdayım. Bir doktor kendini tedavi edebilir."

"Sen Zen'in bile gerçek dışı dediği ideal sayılan beklenti yüzünden dünyanın en önemli mesleğine olan inancını yitirdin. İnsanları biraz da olsa iyileştiren günlük mucizelerden bıktın. Onların daha kötü duruma gelmesine izin vermenin neresi övünülecek bir şey bilemiyorum."

"Ben bununla övünmüyorum..."

"Övünüyorsun işte. Mutlak gerçeği bulduğunu ya da en azından onu sadece sen aradığını sanıyorsun. Sen klasik bir Horney vakasısın dostum; başardığıyla değil de başardığını hayal etmekle rahatlayan adam vakasısın."

"Evet, öyleyim," dedim, söylediği doğruydu. "Fakat sen de klasik bir normal insan vakasısın, Tim ve ben de bundan etkilenmiyorum."

Bir süre sessizce yüzüme baktı ve sonra birden homurdanarak koca bir balon gibi sandalyesinden ayağa fırladı, yüzü kıpkırmızı olmuştu.

"Böyle düşünmene üzüldüm, Luke," dedi ve kapıya doğru yürüdü.

"İnsanları daha radikal bir şekilde değiştirmek için bizim keşfettiğimizden daha uygun bir yöntem olmalı..."

"Bunu bulduğun zaman bana da haber ver," dedi.

Kapıda durup döndü ve bana baktı, yüzünde acı ve üzüntü ifadesi vardı, bir süre sessizce bakıştık.

"Olur, haber veririm," dedim.

"Bunun yolunu bulursan bana, Oxford 4-0300'e telefon ediver."

Bir süre daha bakıştık.

"İyi geceler," dedim.

"İyi geceler, Luke. Sabah uyandığında Lil'e selamımı söyle. Ve Luke, Jake'in kitabını bitirmeye çalış. Bir kitabı okuduktan sonra eleştirmek her zaman daha iyidir."

"Şey, ben..."

"İyi geceler."

Kapıyı açıp asansörün önüne gitti, orada bir süre tereddüt etti, durdu ve sonra merdivenden inmeye başladı ve gözden kayboldu.

Bölüm Sekiz

Kapıyı kapadıktan sonra mekanik adımlarla salona döndüm. Pencereye giderek sokak lambalarına ve gece yarısından sonra boşalan caddeye baktım. Dr. Mann binadan çıktı ve Madison Caddesine doğru yürümeye başladı, üç kat yukardan bir cüceye benziyordu. Bir an için onun oturduğu sandalyeyi alıp pencereden ona fırlatmak geldi içimden. Kafamda bozulmuş imajlar dönüp duruyordu: Jake'in kitabı öğle yemeğinde beyaz masa örtüsü üstündeydi. Eric siyah gözlerini gülümseyerek yüzüme dikmişti. Lil ve Arlene kıkırdayarak bana yaklaşırken masamdaki boş kâğıtlara bakıyordum. Dr. Mann'ın pipo dumanları tavana doğru yükseliyordu ve Arlene esneyerek odasına gidiyordu. Neden bilmem, o anda salonun bir ucundan diğerine koşmak ve duvardaki Freud resmini yumruklamak geldi içimden.

Ama pencereden ayrılıp salonda bir aşağı bir yukarı birkaç kez gidip geldim ve sonunda Freud resmine baktım. Freud da ciddi bir ifade ve sabit gözlerle bana bakıp duruyordu. Mantıklı bir adamın olmaya çabaladığı her şeydi o. Gidip resmi tuttum ve yüzü duvara gelecek şekilde çevirdim, çerçeve arkasındaki kartona baktım, sonra onu öyle bırakıp poker masasına gittim, kartları, fişleri kaldırdım, sandalyeleri yerlerine koydum. Oyunda kullandığımız iki zardan biri kayıptı, onu yerde aradım ama bulamadım. Yatak odasına gitmek üzere döndüğüm zaman Dr. Mann'ın oturup bana öğüt verdiği sandalyenin yanındaki sehpanın üzerinde bir oyun kartı gördüm ve kayıp zarın da onun altında olduğunu anladım.

Bir süre orada durdum ve içimdeki öfkenin yatışmasını bekledim. Osterflood da Lil de o gün öğleden sonra böyle hissetmiş olmalıydı, hiçbir şeye yönelik olmayan, düşüncesizce, hedefsiz bir öfkeydi bu. Şömine rafı üzerindeki elektrikli saatin çalışmasını hatırlar gibiyim. Sonra Doğu Nehrinden bir sis düdüğünün sesi duyuldu. Derken içimde bir fırtına koptu, kendi kendime, 'Kartın altında duran şu zarın birli yüzü yukarda ise alt kata inip Arlene'e tecavüz edeceğim,' diye mırıldandım. Ama zarın birli yüzü yukarda değilse yatağıma gidip yatacaktım. Yani zar atılmıştı ve bir (ya da yek) gelirse Arlene'e tecavüz edecek, başka sayı gelirse gidip yatacaktım.

Gidip sehpanın üzerindeki kupa beşlisini yavaşça kaldırdım ve altındaki zara baktım, yukarıya bakan yüzünde koca bir siyah nokta da bana bakıyordu.

Birden şoke oldum ve belki beş saniye kadar donmuş gibi olduğum yerde kaldım, sonra ani bir dönüşle dairenin kapısına gittim, açıp dışarıya çıktım. Ama geriye döndüm, yatak odamızın kapısını araladım ve yüksek sesle, "Ben dışarı çıkıyorum Lil," dedim. "Biraz yürüyeceğim." Sonra tekrar çıktım daireden.

Bir uyurgezer gibi, iki kat aşağıya merdivenden inerken parmaklıkta paslanmış noktalar ve bir basamakta da eski bir reklâm kâğıdı gördüm; üzerinde 'Büyük düşün,' yazıyordu. Ecstein'ların yaşadığı kata inince yine uykudaymış gibi döndüm, onların daire kapısına gittim ve zili çaldım. Ama o anda aklıma bir şey takıldı ve birden paniğe kapıldım, Arlene acaba uyku hapı almış mıydı? Bir yandan da, bir kadına tecavüz etmek ve sonra da onu boğmak üzere olan Karın Deşen Jack'ı düşündüm ve deliler gibi kendi kendime sırıttım.

Yirmi saniye sonra zile tekrar bastım.

Ama aklıma başka bir şey geldi ve yine güldüm. Ya zarı başka biri benden önce bulmuş ve buraya gelmiş de Arlene ile yerde yuvarlanıp sevişiyorsa diye düşündüm.

O sırada kapının zincir sesi duyuldu ve kapı biraz aralandı.

Uykulu bir ses, "Jake?" dedi.

"Hayır, ben geldim Arlene," dedim.

Kapı daha fazla açılmadı ve Arlene, "Ne istiyorsun be adam?" diye sordu.

"Sana tecavüz etmeye geldim," dedim.

"Oh, bir dakika," dedi.

Zinciri çekti ve kapıyı açtı. Üzerinde bol bir bornoz vardı, belki de Jake'in bornozuydu, siyah saçları alnına dökülmüştü, gece kremi sürdüğü yüzü beyazdı ve gözlüğü olmadığı için Hz. İsa melodramındaki bir dilenci kadın gibi gözlerini kısmış yüzüme bakıyordu.

İçeri girip arkamdaki kapıyı kapadım ve ne yapmam gerektiğini düşünerek şaşkın bir halde bekledim.

Arlene kapıda söylediğimi anlamamış gibi, uykulu sesiyle, "Ne için geldim demiştin?" diye sordu.

"Sana tecavüz etmeye geldim," diye tekrarladım ve ona doğru ilerledim, o yerinden kımıldamadı ve hâlâ uyku sersemi, neler olduğunu anlamaya çalışır gibi bana baktı. Ona karşı içimde büyük bir arzu duyarak kollarıma aldım onu ve başımı eğerek boynundan öpmeye başladım.

Fakat hemen ellerini göğsüme koydu ve "Luuukee," diyerek beni itmeye başladı, ama bir yandan da kıkırdayıp duruyordu. Onu biraz öptükten sonda bıraktım, geri çekilip üstünü düzeltti. İkimiz de hipnotize olmuş insanlar gibi bir süre öylece durup konuşmadan birbirimize baktık.

Birden kendimi toparladım, sol kolumu onun beline sardım ve onu yatak odasına doğru sürüklerken boğuk bir sesle, "Hadi gel," dedim.

Sert bir sesle, "Bırak beni Luke!" dedi ve kolumu belinden çekerek itti.

Ne olduğunu anlamadım, gizli ve mekanik bir gücün etkisindeymişim gibi sağ elimin tersiyle onun yüzüne bir tokat vurdum. Arlene dehşete düştü, ama ben de korktum. Yine birbirimize baktık, yüzünün sol tarafı kıpkırmızıydı. Parmaklarıma bulaşan yüz kremini mekanik bir hareketle pantolonuma sildim ve onu bornozunun önünden tutup kendime doğru çektim.

Tekrar, "Hadi gel," dedim.

"Çek ellerini Jake'in bornozundan," diye tısladı.

Onu bıraktım ve yine, "Sana tecavüz etmek istiyorum, Arlene," diye tekrarladım. "Hemen şimdi, hadi gel benimle."

Korkmuş bir kedi yavrusu gibi eğilerek bornozunun yakasını kapadı ve önümden kaçtı, biraz uzaklaşınca yine doğruldu.

Bana çok kızmış gibi, öfke dolu gözlerle yüzüme bakarak, "Pekâlâ, ama Jake'in bornozuna dokunmayacaksın," dedikten sonra holün dibindeki yatak odasına doğru yürümeye başladı.

Tecavüz olayını gerçekleştirirken ona karşı oldukça yumuşak davrandım, hayal gücüm de çok çalışmadı, tutkulu da değildim, beklediğim kadar zevk de almadım. Aslında Arlene benden daha fazla zevk aldı bu tecavüz olayından. Ben önce onu öpüp okşayarak heyecanlandırdım ve sonra da gereğini yerine getirdim. Her şey olup bittikten sonra Arlene yüzüme baktı ve "Neden yaptın bunu Luke?" diye sordu.

"Yapmak zorundaydım, Arlene. Çünkü tahrik edildim."

"Ama Jake öğrenirse hoşlanmayacak bundan."

"Haa... Jake mi?"

"Ben ona her şeyi anlatırım. Söylediğine göre anlattıklarım ona önemli malzeme sağlıyormuş"

"Peki ama . . . yani . . . sen daha önce de tecavüze uğradın mı peki?"

"Hayır, yani evlendikten sonra uğramadım tabii. Jake benim tek erkeğim ve o da bana asla tecavüz etmez."

"Bunu ona anlatmak zorunda mısın peki, emin misin bundan?"

"Oh, evet. Bunu bilmek isteyecektir."

"Peki, ama bunu duyunca müthiş bozulmayacak mı yani?"

"Jake mi? Yok canım! İlginç bir olay olarak alacaktır bunu. O her şeyi ilginç bulur zaten. Aslında ters ilişkiye girseydik o bunu daha da ilginç bulurdu."

"Arlene, acı konuşarak benim canımı sıkma."

"Acı konuşmuyorum ben. Jake bir bilim adamı."

"Evet, haklı olabilirsin ama yine de..."

"Elbette bir zamanlar..."

"Ne oldu bir zamanlar?"

"Jake'in Bellevue'deki meslektaşlarından biri bir partide dirseğiyle göğsümü okşamıştı da Jake onun kafasında bir şişe kırdı, adamın kafasını yardı . . . yanlış hatırlamıyorsam bir konyak şişesiydi."

"Kafasını mı yardı?"

"Evet. Bir başka partide de adamın biri beni yılbaşı çalısı altında ve Jake . . . hatırlarsın, sen de oradaydın..."

"Evet, hatırlıyorum elbette . . . onun için saçmalık etme ve bunu ona anlatma sakın, Arlene."

Arlene düşünür gibi yüzüme baktı. "Ama bu ilginç olayı ona anlatmazsam yanlış bir şey yapmış gibi hissedeceğim."

"Hayır, Arlene, yanlışı yapan benim. Sana tecavüz ettiğim için Jake'in dostluğunu ve güvenini de kaybetmek istemiyorum."

"Anlıyorum."

"Bunu duyarsa kırılacaktır."

"Evet, sanırım kırılır. Objektif olarak düşünmeyecektir tabii. Hele içkili olarak gelirse..."

"Evet, evet, hiç iyi olmaz..."

"O halde ben de bunu ona anlatmam."

Biraz sohbet ettik, mesele kapandı ve ben de orada kırk dakika kadar kaldıktan sonra ayrıldım. Oh, oradan ayrılmadan önce bir olay daha yaşandı. Ben çıkmadan önce Arlene ile kapalı daire kapısının arkasında öpüşüyorduk, onun üzerinde ince bir gecelik vardı ve dışarı fırlamış olan bir göğsü de benim avucumdaydı. Birden dışardan kapı kilidine bir anahtarın sokulduğunu duyunca yerimizden sıçradık ve hemen birbirimizden ayrıldık. Birkaç saniye sonra da daire kapısı açıldı ve Jacob Ecstein kapıda göründü.

Jake sanki on beş dakika kadar uzun bir süre (aslında beş altı saniye) kalın camlı gözlüğünün arkasından soran gözlerle bana baktı ve sonra yüksek sesle, "Luke, dostum, şu anda görmek istediğim adam sensin," dedi. "Şu optometrist hastamı hatırlıyorsun, değil mi? Adam iyileşti, tedavi ettim onu. Artık ünlüyüm."

Bölüm Dokuz

Üst kata çıkıp kendi salonuma girince sanki rüya görüyormuş gibi yek (bir) gösteren zara baktım. Kasığımı kaşıdım ve dehşet içinde başımı iki yana salladım. Kadına tecavüz yıllardan beri işlenen bir suçtu, ama ben onu ancak mümkün olup olmayacağını düşündüğüm zaman anladım, akıllıca ya da arzulanan bir hareket miydi bu? Ama ben onu önceden fazla düşünmeden yaptım, kendi dışımda bazı güçlerin etkisiyle ve bir zarın üstündeki tek noktaya baktıktan sonra gerçekleştirdim. Bunun nedeni şans ya da kaderdi, ben değildim. Bu zarın üst yüzünde tek noktayı görmem altıda bir ihtimaldi. Kayıp zarı orada unutulmuş oyun kartının altında bulma ihtimalim ise belki de milyonda birdi. Benim tecavüz olayım açıkça kaderin bir oyunuydu. Ben suçlu değildim.

Aslında o zarın bana gösterdiği yoldan geri dönmem mümkündü tabii. Ama kendime bir söz vermiştim! Onun yüzünde biri görürsem bir şey yapmaya söz vermiştim. PANY üyesi olan bir profesyonel böyle bir durumda sözünden geri dönebilir miydi yani? Olamazdı böyle bir şey. O halde ben suçlu değildim. Jürinin önünde, önümdeki tükürük hokkasına tükürüyor gibi hissettim kendimi.

Ama aslında oldukça zayıf bir savunmaydı bu ve bu yüzden daha iyi ve güçlü bir savunma aramaya başladım. Ama ben haklıydım, zara itaat etmeliydim, her zaman ederdim zaten. Oyunda onların gösterdiği yoldan giderdim. Bütün güç zarın elindeydi!

Uzun süre heyecanlı ve gururlu bir zihin karmaşası içinde düşündüm durdum. Bundan sonra zarın gösterdiği yolun dışına asla çıkmayacaktım, bunu kafama iyice soktum, zarı asla sorgulamayacaktım, onun dediğini yapacaktım.

Ondan sonraki dakikalar önemliydi benim için. Zarı elime aldım ve kendi kendime konuşarak, "Zar birli, üçlü ya da beşli gelirse gidip yatacağım," dedim. "Eğer ikili gelirse aşağıya inecek ve Jake'e, karısıyla tekrar yatıp yatamayacağımı soracağım. Eğer dörtlü ya da altılı gelirse yatmayacak ve bu konuda biraz daha düşüneceğim." Zarı kutusuna koydum, iki elimle hızla salladım ve poker masasının üstüne attım, yuvarlandı ve beşli geldi. Şaşırdım ve biraz canım sıkıldı ama sözümü tuttum ve gidip yattım. Daha sonraki zar atışlarında birçok kez öğreneceğim bir dersti bu; zarlar da hemen hemen insan kadar yanlış hüküm verebiliyordu.

Bölüm On

Eğitimim sırasında, her açık nedende rasgele anlamsızlık aramayı öğrendim. Sabahleyin kahvaltı, ılık kahve ve akşamdan kalma Lil'in lanet homurdanmalarından önce, suç sahnesini yeniden yaşamak için salona gittim. Salonu adımlayıp dururken, o gece zar ne gösterirse göstersin, ben yine de alt kata, Arlene'e giderdim diye düşündüm. Ama bu konuda kendimi ikna edemedim. Aslında biliyordum ki, beni merdivenden aşağıya, Arlene'in kucağına götürecek olan şey sadece o zardı.

O zarı kartın altında bulmadan önce orada olduğunu biliyormuş gibiydim, bunu kanıtlamaya çalıştım, onun birli yüzünü görürsem Arlene'e gideceğim sözünü vermeden önce orada görmüş gibiydim sanki. O kartla altındaki zarı, tuvalete koşarken Lil bırakmış olacaktı orada. Ama o durumda zarın birli (yek) yüzünün yukarda olduğunu bilemezdim, değil mi? Oturduğum yerden zarın yan yüzlerini görmüş ve yukarı bakan yüzünün bir ya da altı gösterdiğini tahmin etmiş olabilir miydim acaba? Sehpanın yanına gittim, zarı attım ve üst yüzün ne gösterdiğine bakmadan üzerini oyun kâğıdıyla örttüm. Gidip poker masasına oturdum ve oradan gözlüklerimle sehpanın üstündeki kartı görmeye çalıştım, kartın altında bir zar vardı ama benim onu görmem mümkün değildi. Oturduğum yerden kartın altında bir zar olduğunu anlamam için bilinçsizce bir teleskopik görüşüm olması gerekirdi. O halde her şey açıktı, oyun kartının altında ne olduğunu bilmem mümkün değildi ve tecavüz olayı kaderin bir oyunuydu.

Çocukları hizmetçiye bırakıp mutfaktan çıkan Lil, "Freud resmine ne oldu?" diye sordu.

Freud resminin hâlâ duvara dönük olduğunu gördüm ve "Bilmiyorum, "dedim. "Dün akşam yatmaya giderken sen çevirdin onu sandım. Benim ve meslektaşlarımın sembolik bir reddedişi olmalı."

Karmakarışık sarı saçları, kızarmış gözleri, kalkık kaşları ve yüzündeki meraklı ifadeyle kapandaki peynire yaklaşan bir fareyi andıran Lil kuşkulu gözlerle bana baktı. Sonra dün gece neler olduğunu hatırlamaya çalışarak, "Benim çevirdiğimi mi sandın?" diye sordu.

"Elbette sen yaptın sandım. Sanki 'Freud şimdi evin bağırsaklarına bakabilir,' gibi bir şeyler söyledin ve sendeleyerek tuvalete koştun."

"Hiç de koşmadım, gayet ağırbaşlı bir tavırla gittim."

"Evet, haklısın. Ağırbaşlı bir tavırla sağa sola sendeleyerek gittin."

"Ama genelde doğuya yöneldim."

"Bak bu doğru işte."

"Doğuya ve tuvalete doğru gittim."

İkimiz de birer kahkaha attık ve ondan, çalışma odama bir kahveyle bir çörek getirmesini istedim. Evie ve Larry hizmetçinin elinden kaçmış olacaklar ki koşarak salona girdiler ama orada da durmayıp mutfağa doğru kayboldular. Ben ev içindeki sığınağıma, çalışma odama gittim ve masama oturdum.

Bir süre elimdeki iki zarı masanın üzerine atıp onlarla oynayarak, dün gece olanların benim için ne anlama geldiğini düşündüm. Bacaklarım ve belim hafifçe ağrıyordu, bana ağır geldiler, ama zihnim açıktı. Dün gece, iki üç yıldan beri hiç aklıma bile gelmeyen bir şey yapmıştım. Onu yaptıktan sonra değişmiştim, büyük bir değişiklik değildi bu ama yine de değişiklikti işte. Hayatım birkaç hafta süreyle daha karmaşık, biraz daha heyecanlı olacaktı. Son zamanlarda kitabımı yazmak, hastalarımla yeterince uğraşmak ve borsa oyunlarına kafa yormak için zaman bulmaya çalışırken, şimdi bir de Arlene'le eğlenmek için boş bir saat ayarlamaya çalışmak durumundaydım. O zaman belki de daha iyi harcanmış olmayacaktı ama ben yine de daha zevkli vakit geçirecektim. Bunun için de zara teşekkür borçluydum.

Bu zarlar bana başka ne söyleyebilirlerdi acaba? Belki psikanaliz yazıları yazma, hisse senetlerini sat, ya da alabildiğin kadar al, karın yatağın diğer kenarında yatarken sen geniş yatağın bu yanında Arlene ile seviş diyeceklerdi. Belki de San Francisco'ya, Hawaii'ye, Pekin'e seyahat etmemi, poker oynarken blöf yapmamı, evimden, dostlarımdan, mesleğimden vazgeçmemi tavsiye edeceklerdi bana. Psikiyatri çalışmalarımı bırakıp bir üniversite hocası . . . bir borsacı

. . . emlakçı . . . Zen uzmanı . . . kullanılmış araba satıcısı . . . seyahat acentesi ya da asansörcü olabilirdim. Aslında aklımda o kadar çok meslek vardı ki, özelliklerime uygun bir meslek seçmek hiç de kolay olmayacak gibi görünüyordu.

Aklımda bir sürü ihtimal dolaşıp duruyordu. Şimdiye kadar hissettiğim can sıkıntısı aslında tamamen gereksizdi. Her ihtimali iyice düşünmeliydim. Zar atılmıştı ve yuvarlanırken ne geleceğini elbette bilemezsiniz. Eğer insanın hayatı ölüyse, can sıkıcıysa ne yapılabilir ki? Yaşasın yeni hayat!

Fakat nasıl bir yeni hayat olacaktı bu? Son aylarda hiçbir şey yapmaya değer görünmüyordu bana. Zar değiştirmiş miydi acaba bunu? Ben özellikle ne yapmak istiyordum ki? Aslında özellikle istediğim bir şey de yoktu zaten. Peki ama ya genelde? Bütün güç zarlardaydı. Bu da bana yeterdi ama zarlar neye karar verecekti acaba? Her şeye karar verebilirlerdi.

Her şeye mi?

Her şeye.

Bölüm On Bir

Başlangıçta hiçbir şey çok fazlaymış gibi gelmedi bana.

O gün öğleden sonra zarlar benim önüme çeşitli seçenekler serdi ve beni bir ara köşedeki markete götürüp çeşitli okunacak şeyler seçtirdi. Kabul etmeliyim ki, seçtiğim dört derginin sayfalarını karıştırmak *-Acı Veren İtiraflar, Profesyonel Futbol El Kitabı, Boş ver* ve *Sağlık ve Siz-* benim her zamanki psikanaliz çalışmalarımdan daha ilginç geldi bana, ama zarların beni daha önemli ya da daha saçma bir göreve yönlendirmesini isterdim doğrusu.

O akşam ve ertesi gün zarlardan kaçınır gibi davrandım. Ama bunun sonucunda, o özel geceden sonraki iki gece yatakta uykusuz yatarken Arlene konusunda ne yapabileceğimi düşündüm durdum. Hiç kuşkusuz onunla bir kez daha sevişmek istiyordum ama bunun tehlikesi, getireceği sorunlar çok büyük olacaktı. O gece yatakta sağa sola o kadar çok döndüm ki, sonunda Lil bana bir uyku ilacı almamı ya da gidip banyo küvetinde yatmamı söyledi.

Yataktan kalktım ve çalışma odama gittim. Hayalimde Jake ile çok zor bir konuşma yaparak ona yatağının altında ne yaptığımı ve suç işlemenin sonuçlarını anlatıyordum ki, birden kararı zarlara bırakıp rahatlamayı düşündüm. Kararsız mıydım? Endişeli miydim? Kendi kendime, "Bırak fildişi zarlar çözsün sorunlarını," diye mırıldandım. Zarların çifti 2.5 dolardı.

Kalem kâğıt aldım ve birden altıya kadar rakamları yazdım. Aslında tutucu bir adam sayılırdım ama şu anda durum biraz farklı gibiydi; kısa maceramı yaşanmamış gibi kabul edecek ve Arlene ile aramda hiçbir şey olmamış gibi davranacaktım. Ne de olsa başka bir adamın karısını bir kez becermek sorunlara neden olabilirdi. Hele bu kadın en yakın arkadaşınızın, komşunuzun ve de meslektaşınızın karısı olursa, entrika ve ihanet o kadar büyük olurdu ki, bu işin sonu nereye gider bilinmez, bunu yapmak hiçbir şeye değmezdi. Arlene'in sonu Lil'inkinden pek de farklı olmamıştı ve bunu zarlarla kararlaştırma konusunu doğrulamak için ayrıntılı planlamak, uzun süre düşünmek gerekirdi.

Arlene ve Jake on yedi yıl önce, daha liseyi bitirmeden evlenmişlerdi. Jake erken gelişmiş bir çocuktu ve bir yaz günü Arlene'i baştan çıkardı ama daha sonra, sonbaharda Tapper'in Üstün Zekâlı Çocuklar Yatılı Okuluna gönderildiği zaman cinsel açıdan kendini tatmin edemedi, Arlene'in göğüslerini okşadığı günleri hatırladı, mastürbasyon hastası oldu ve çılgına döndü. Noel'de anne ve babasına eski okuluna dönmek ve Arlene ile evlenmek istediğini, yoksa intihar edeceğini söyledi. Ebeveyni onun halini hiç de iyi görmedi ve istemeyerek de olsa evlenmesine izin verdiler.

Arlene okuldan ayrılıp matematik ve kimya sınavlarından kurtulduğuna sevindi elbette. Paskalya Yortusunda evlendiler ve Arlene, Jake'in okulunu bitirmesine yardımcı olmak için çalışmaya başladı. Böylece Arlene hayat okulunda okudu, Gimbel'da sekreterlik yaptı, Cuma günleri Bache and Company'de, Woolworth'da daktilo yazıcısı olarak ve Fashion Institute of Technology'de telefon santralinde çalıştı. Yedi yıl önce çalışma hayatından çekilince, kendini kimsenin duymadığı hayır işlerine verdi (Köpek Yavrularını Koruma, Rejim Yapanlar için Hamur İşleri, Afganistan Çobanlarına Yardım gibi), korkunç kurgu romanlar ve ileri psikanaliz dergileri okumaya başladı. Yaptığı bütün bu işlerden neler anladığı da belirsizdi.

Jake evlendiği günden itibaren kadınlarla ilgilenmekten vazgeçti sanıyorum. Arlene ile evlilik ilişkisi de ne derece yürüdü pek bilemiyorum ama herhalde pek olumlu değildi. Karısıyla seyrek de olsa cinsel ilişkisi de ona pek zevk vermiyordu galiba. Arlene'in hamile kalmaması için onu doğum kontrol hapı kullanmaya zorladığı söyleniyordu ve kendisi de bu konuda gereken önlemleri alıyordu herhalde. Bu yüzden de çocukları olmadı. Jake baba olmadığı için mutluydu ama Arlene onun gibi hissetmiyor, anne olmak istediğini söylüyordu.

Bu durumda benim ilk seçeneğim açıktı; artık macera yaşamak yoktu. İçimden bir isyan duygusu hissederek ikinci seçenek olarak, "Arlene ne derse onu yapacağım," diye yazdım. Üçüncü seçenek olarak, mümkün olan en kısa zamanda Arlene'i yeniden baştan çıkaracaktım. Ama bu belirsiz bir seçenekti, bu yüzden baştan çıkarma işini hiç kuşkusuz Cumartesi akşamı gerçekleştirecektim (Ecstein'lar kokteyl parti veriyorlardı).

Dört numaralı seçenek olarak, onu ne zaman yalnız yakalarsam şöyle diyecektim, "Seni çok seviyorum hayatım, ama çocukların hatırı için aşkımızın platonik olarak devam etmesi gerekiyor." Beş numara, çok dikkatli davranmalı ve dürtülerimin davranışlarımı yönetmesine izin vermeliydim (bir diğer piliç ötüşü). Numara altı, onun dairesine Salı öğleden sonra gider (o zaman yalnız olacağını biliyorum) ve daha gerçekçi olarak sevişirim onunla (onu yumuşatmaya ya da baştan çıkarmaya gerek kalmaz).

O Cumartesi akşamı Arlene beni kapıda hiç görmediğim (Jake de görmemişti) çok güzel mavi bir kokteyl kıyafetiyle, elinde bir viski kadehi ve gözlüksüz olarak, gözlerini açarak karşıladı. Bana bir bardak İskoç viski verdikten sonra (Lil yukarda hâlâ hazırlanıyordu) salonun diğer ucuna gitti. Jake'in de aralarında bulunduğu psikiyatrlar grubuna katıldım ve onların gelir vergisinden kurtulmanın yolları konulu konuşmalarını dinlemeye başladım.

Ama çok geçmeden sıkıldım ve dudaklarımda bir şiirin satırları olduğu halde Arlene'e doğru yürüdüm. Arlene mutfak barında gülümseyerek bazı misafirlerine içki ikram ediyor ve arada bir konuşmalarına katılarak bir şeyler söylüyordu. Onu hiç bu akşamki kadar neşeli görmemiştim. Mutfağa girip yanına gittiğimde yalnızdı, duvardaki Empire State Binası resmine, daha doğrusu resmin altındaki banka tatillerini gösteren takvime bakıyordu.

Gözlerini açarak yüzüme baktı ve korkulu, sinirli ve yüksek bir sesle, "Ya hamile kalırsam ne yaparız?" diye sordu.

"Hişşştt!" dedim.

"Hamile kalırsan Jake asla affetmez beni."

"Ama ben senin her sabah doğum kontrol hapı aldığını sanıyordum."

"Jake de bana almamı söylüyor ama ben son iki yıldır onların yerine vitamin C tabletleri alıyorum."

"Aman Tanrım! Peki, ama ya hamile kaldıysan?"

"O zaman Jake hap almadığımı, ona yalan söylediğimi anlayacaktır."

"Evet, ama seni hamile bırakanın kendisi olduğunu sanır, değil mi?"

"Elbette öyle sanacaktır, başka kim olabilir ki?"

"Şey... Ben..."

"Ama onun çocuk istemediğini biliyorsun, baba olma fikrinden nefret ediyor Jake."

"Evet, bunu biliyorum elbette, Arlene."

"Şimdi bana izin ver, misafirlere içki ikram etmeliyim."

Elinde iki martini kadehiyle yanımdan ayrıldı ve boş bir viski bardağıyla geri döndü. Bardağa buz ve viski koyarken, "Bana sakın bir daha dokunma," dedi.

"Ah, Arlene, nasıl söylersin bunu? Sana olan aşkım..."

"Bu Salı Jake bütün gün kütüphane ek binasında yeni kitabı üstünde çalışacak. Eğer bana yine tecavüz etmeye kalkarsan polise telefon edeceğim."

"Arlene..."

"Karakolun numarasını öğrendim ve telefonu da hep yakınımda tutacağım."

"Arlene, senin için hissettiklerimi bir bilsen..."

"Dün Lil'e de Miriam Teyzemi görmek için Westchester'e gideceğimi söyledim."

Arlene elinde bir içki kadehi ve bir peynir tabağıyla yanımdan ayrıldı ve geri dönmeden önce Lil geldi ve ben de mecburen Sidney Opt adında bir adamın Beatles'ların Amerikan kültürü üzerindeki etkisi konusundaki konuşmasını dinlemek zorunda kaldım. O akşam şiirlere en yakın geldiğim yer orası oldu. Ondan sonra, Salı günü öğleden sonraya kadar Arlene ile bir daha konuşamadım.

O öğleden sonra Arlene kapıyı yüzüme kapatmaya çalışırken ayağımı kapı aralığına koydum ve "Dinle beni Arlene," dedim. "Lütfen bırak da gireyim."

O "hayır, olmaz," dedi.

"Eğer içeri girmeme izin vermezsen ne planladığımı anlatamam ki sana."

"Planını mı?"

"Sana ne söyleyeceğimi asla bilemezsin."

Arlene birkaç saniye tereddüt ettikten sonra meraklanarak kapıyı itmekten vazgeçti ve ben de hemen içeri süzüldüm. O geriye çekilerek telefonun yanına gitti, ahizeyi kaldırdı ve numarayı çevirmeye hazır bir halde, "Sakın yaklaşma bana," dedi.

"Tamam, tamam, yaklaşmam. Ama şu telefonu bırak elinden."

"Hayır, bırakmayacağım."

"Eğer ahizeyi elinde çok uzun süre tutarsan keserler hattını."

Arlene tereddüt içinde ahizeyi yerine koydu, ama telefonun hemen yanına, divanın köşesine oturdu. Ben de diğer uca oturdum.

Ben ona platonik aşkımdan söz etmeye hazırlanırken, Arlene bir süre boş gözlerle bana baktı, sonra birden ellerini yüzüne götürdü ve ağlamaya başladı.

Bir süre ağladı ve sonra hıçkırıklar arasında, "Seni durduramıyorum," diye inledi.

"Sana bir şey yapmayacağım, Hayatım!"

"Seni durduramıyorum, biliyorum bunu. Sana karşı çok zayıfım."

"Ama ben sana dokunmayacağım."

"Sen çok güçlüsün, çok zorlusun..."

"Sana dokunmayacağım dedim ya!"

Başını kaldırıp yüzüme baktı ve "Dokunmayacak mısın?" diye sordu.

"Arlene, seni seviyorum..."

"Bunu biliyordum ve çok zayıfım."

"Seni kelimelerle anlatamayacağım kadar çok seviyorum."

"Sen *kötü* bir adamsın."

"Ama ben aşkımızın her zaman için platonik kalmasına karar verdim, sevgilim."

Arlene sanki pişmanlık duyuyormuş gibi, gözlerini kısarak yüzüme baktı. Bu bakışı belki de Jake'in insanı delen bakışının bir benzeriydi, ama bana sanki eski bir İtalyan filmindeki alt yazıları okumaya çalışıyormuş gibi geldi.

"Platonik mi?" diye sordu.

"Evet, aşkımız platonik olarak kalmalı."

"Platonik," diye mırıldandı.

"Evet," dedim. "Seni kelimelerin anlatamayacağı ve bedenlerin birbirine değmesinin ötesinde bir aşkla sevmek istiyorum ben. Ruhani bir aşkla sevmek istiyorum."

"Peki, ama bu şekilde ne yapacağız?"

"Geçmişte olduğu gibi birbirimizi yine göreceğiz, ama birbirimizi sevdiğimizi, fakat kaderin on yedi yıl önce bir hata yaptığını ve seni Jake'e verdiğini bileceğiz."

Arlene, "Peki ama ne yapacağız?" dedi ve ahizeyi kaldırıp kulağına götürdü.

"Çocukların hatırı için de eşlerimize sadık kalmalı ve tutkularımıza yenik düşmemeliyiz."

"Biliyorum, ama ne yapacağız?"

"Hiçbir şey."

"Hiçbir şey mi?"

"Şey... hiçbir şey... olağandışı hiçbir şey yani."

"Birbirimiz görmeyecek miyiz?"

"Göreceğiz tabii."

"En azından birbirimizi sevdiğimizi söyleyecek miyiz?"

"Evet, sanırım söyleyeceğiz."

"En azından unutmadığını söyle bana."

"Belki."

"Bana dokunmaktan hoşlanmıyor musun?"

"Ah, Arlene, elbette hoşlanıyorum, ama çocukların hatırı için..."

"Hangi çocukların hatırı?"

"Benim çocuklarımın hatırı için elbette."

"Oh, öyle mi?"

Arlene divanın köşesinde oturmuş, bir elini kucağına koymuş, diğeriyle de telefonu kulağına kaldırmıştı. Üzerinde yine göğüslerinin büyük bir kısmını gösteren o güzel mavi kokteyl elbisesi vardı ve ona bakarken aşkım platonik olmaktan çıkmaya başlamıştı.

Yüzüme baktı ve sanki sözcükleri bulmakta zorluk çekiyormuş gibi, kekeleyerek, "Fakat... nasıl..." diye konuştu. "Bana tecavüz etmen çocuklarına nasıl zarar verir ki?"

"Çünkü . . . sana tecavüz etmem çocuklarımı nasıl mı incitir?"

"Evet."

"İncitir işte . . . Senin o güzel, büyüleyici vücuduna tekrar dokunursam bir daha aileme dönmek istemeyebilirim. Seni de alarak yeni bir hayata başlamayı düşünebilirim."

Gözlerini açarak yüzüme baktı ve "Oh, öyle mi?" diye mırıldandı. Sonra, "Ne garipsin sen!" diye ekledi.

"Senin aşkın garipleştirdi beni."

"Beni gerçekten seviyor musun?"

"Seni hep sevdim ben . . . dış görünüşünün altında nasıl bir derinlik, nasıl bir ruh olduğunu anladığım günden beri sevdim ben seni."

"Bir şey anlamıyorum."

Ahizeyi divan kolunun üstüne bıraktı, ellerini yine yüzüne kaldırdı ama bu kez ağlamadı.

"Arlene, artık gitmeliyim. Bir daha da aşkımızdan söz etmeyelim."

Bu kez gözlükleriyle dikkatle yüzüme baktı, yeni bir ifade vardı yüzünde—yorgunluk muydu yoksa üzüntü mü, anlayamadım.

"On yedi yıl."

Ben tereddütlü adımlarla divandan uzaklaşırken, o da benim kalktığım noktaya baktı.

"Evet, on yedi yıl."

"Seninle konuşmama izin verdiğin için teşekkür ederim, Arlene."

Arlene de ayağa kalktı, gözlüğünü çıkardı ve telefonun yanına koydu. Yanıma geldi ve titreyen eliyle kolumun yan tarafına dokundu.

"İstersen kalabilirsin," dedi.

"Hayır, gitmeliyim."

"Çocuklarını terk etmene asla izin vermem."

"O zaman çok güçlü olurum ve hiçbir şey durduramaz beni."

Arlene tereddüt içindeymiş gibi dikkatle yüzüme baktı ve "Çok garipsin," diye mırıldandı.

"Arlene, eğer ki..."

"Kal burada, Luke."

"Kalayım mı?"

"Lütfen."

"Peki ama ne için?"

Başımı tutup öne doğru çekti ve dudaklarını bana verip hırsla öptü beni.

"Ama kendimi kontrol edemeyebilirim," dedim.

Rüyada konuşur gibi, "Bunu denemelisin," diye mırıldandı. "Seninle tekrar yatmayacağıma yemin ettim."

"Ne yaptın?"

"Seninle bir daha asla yatmayacağıma kocamın onuru üstüne yemin ettim."

"O zaman sana tecavüz etmek zorunda kalacağım."

Kederli bir ifadeyle yüzüme baktı ve "Evet, sanırım öyle olacak," dedi.

Bölüm On İki

İlk ay içinde zarın hayatımdaki etkisi küçük oldu. Onları daha ziyade boş zamanlarımı nasıl kullanacağımı düşünmek ve normal bir adam olarak aldırmadığım durumlarda ne yapacağıma karar vermek için kullandım. Zarlar, Lil ile birlikte Critic's Award oyunu yerine Edward Albee oyununu görmemize, büyük bir koleksiyondan seçmeler okumama, kitabı bırakıp 'Psikanaliz Genelde Neden Başarılı Olamaz' konusunda bir yazı yazmama karar verdiler. Ayrıca borsada Wonderfilled Industries yerine General Envelopment hisseleri almama, Chicago'daki toplantıya gitmememe, karımla sevişmeme, Arlene'i görüp görmememe ve benzer konularda bazı kararları da zarlar verdiler.

Kısacası zarlar aslında önemli olmayan konularda karar sahibi oldular. Seçeneklerimin çoğu zevklerim ve kişiliğimle ilgili orta önemde şeylerdi. Yaratacağım çeşitli seçeneklere verdiğim olasılıklarla ilgili oynamaktan hoşlanmayı öğrendim. Örneğin belirli bir gecede gideceğim kadınlarla ilgili oynadığım zarlarda Lil'e altıda bir şans, rasgele seçilmiş bir kadına altıda iki, Arlene'e altıda üç şans veriyordum. Eğer iki zarla oynarsam oyundaki olasılık iki kat artıyordu. İzlemek zorunda olduğum iki prensibim vardı. Birincisi: yerine getirmek istemeyeceğim bir seçeneği asla oyuna dâhil etmemek; ikincisi: seçeneği her zaman düşünmeden ve kaçamak yapmadan yerine getirmek. Zarlı yaşamın başarılı olmasının sırrı, zar ipiyle oynatılan bir kukla olmaktı.

Arlene ile ilişkiye girişimden altı hafta sonra zar oyununu hastalarımda da uygulamaya başladım; kararlı bir adımdı bu. Seçenek olarak, bir hastaya içimden geldiği gibi davranmaya, hatta saldırgan yorumlarda bulunmaya karar verdim. Bir başka standart analitik teori ve yöntemini yeniden ele alıp inceleyecek ve onu bir hasta üzerinde belirli bir süre deneyecek, hastalarıma yeni telkinlerde bulunacaktım.

Bir başka seçenek olarak, bir antrenörün sporcularına fiziksel çalışma yaptırması gibi, ben de hastalarıma saptanmış psikolojik çalışmalar yaptırmaya karar verdim. Utangaç kızın özgür bir sanatçıyla arkadaşlık etmesini, saldırgan ve güçlü bir adamın zayıf bir kişiyle kavga edip, isteyerek dayak yemesini sağlayabilirdim. Çalışkan bir öğrenci deneysel olarak bir hafta süreyle günde beş kez sinemaya, iki kez dansa gidebilir ve en az beş saat briç oynayabilirdi. Elbette en anlamlı atamalarda psikiyatr etik kuralların dışına da çıkacaktı. Hastalarıma ne yapmaları gerektiğini söylediğim zaman sonuçlardan yasal olarak ben sorumlu olacaktım tabii. Tipik bir sinir hastasının davranışları sonuçta kötü sonuçlar doğuracağından, onlara vereceğim talimatlar da sonuçta sorunlu olacaktı. Aslında bu tür bir çalışma mesleğimin sonunu getirebilirdi, ama bunu düşününce neden bilmiyorum, sanki sevinir gibi oldum. Profesyonel bir psikiyatr gibi düşünüyordum ama temel benliğimi süspansiyonla destekliyor, kendimi kaprislere açıyordum.

İlk günlerde zarlara bakarak duygularımı hastalarıma özgürce açtım—aslında tüm psikoterapi'nin ana kuralını kırdım; yargılamamaktı bu kural. Zavallı hastalarımda gördüğüm küçük zayıflıkları açıkça kınamaya, suçlamaya başladım. Tanrı'nın büyük görevini yapıyordum ve eğlenceliydi bu. Daha önce dört yıl süreyle anlayışlı ve aziz gibi davranarak insanların saçmalıklarını, zulüm ve deliliklerini kabul edip affettiğimi hatırlarsanız, tepkilerimi bastırdığımı düşünürseniz, zar sayesinde hastalarıma sadist, salak, korkak ve benzeri sıfatlarla bağırmanın bana nasıl zevk verdiğini de anlayabilirsiniz. Artık bir başka eğlence ve neşe kaynağı bulmuştum.

Hastalarım ve meslektaşlarım benim yeni rollerimi takdir etmez gibiydiler. O günden sonra şöhretim kötüye doğru gitmeye başladı. Bana ilk sorun yaratan kişi, Yale Üniversitesi'nde İngilizce hocalığımı yapmış olan Profesör Orville Boggles oldu.

İriyarı, dişlek, küçük gözleri olan Boggles, yaklaşık altı aydan beri bazı sorunlarının çözümü konusunda arada sırada bana geliyordu. Yaklaşık üç yıldan beri bir İngiliz dili bilim adamı olarak bir makale yazamamış ve sonunda eskilerden, hatta kendi öğrenciliğinden kalan metinlerden yararlanarak bir şeyler yazabilmiş ve bazı dergilerde bastırabilmişti. Yazılarını pek okuyan olmadığı için eleştiri de almıyordu. Aslında bana gelmeye başlamadan bir yıl kadar önce okul yönetiminden bir uyarı aldığını duymuştum.

Onun babasıyla, henüz açığa çıkmamış olan eşcinselliğiyle ve kendisiyle ilgili karmaşık duyguları konusunda isteksiz bir tavırla çalışırken, bir gün zarların etkisiyle kendimi patlamaya hazır bir halde buldum.

Bir sabah yine bana geldiğinde ona, "Boggles," dedim, (daha önce hep Profesör Boggles diye hitap ederdim ona) "neden bu aptalca işi bırakıp da işin temeline inmiyoruz? Neden bilinçli olarak yazmaktan vazgeçmiyor ve bunu kamuoyuna açıklamıyorsun sanki?"

Divana uzanmış ve henüz konuşmamış olan Profesör Boggles bu sözümü duyar duymaz fırtınaya yakalanmış bir ayçiçeği gibi titredi.

"Ne dedin? Anlayamadım?"

"Neden bir şeyler yazmak için uğraşıp duruyorsun?"

"Bunu uzun zamandan beri yaparım ve zevk verir bana."

"Lanet olsun!"

Uzandığı tedavi divanında birden doğruldu ve sanki Yarasa Adamın aniden girip kendisini kurtarmasını bekliyormuş gibi kapıya baktı.

"Ben sana sinir hastası olduğum için değil, sadece basit ve bilinçaltı bir yazma engelinin tedavisi için geliyorum. Sen ise şimdi tutmuş bana..."

"Sen bana soğuk algınlığına yakalandığını söyleyerek geldin, ama aslında kanserden ölmek üzeresin."

"Sen şimdi bu bilinçaltı yazma engelini ortadan kaldıramadığın için yazmaktan vazgeçmemi istiyorsun. Senin bu yaptığını ben..."

"Sen bunu rahatsız edici buluyorsun. Ama yazılarını bastırmak için uğraşmaktan vazgeçsen ne kadar rahatlayacağını düşünsene. Son altı yıldan beri durup bir ağacı seyrettin mi hiç?"

"Çok ağaç seyrettim ben. Yazdıklarımı yayınlamak istiyorum ve senin bu sabah ne yapmak istediğini de anlamış değilim."

"Ben maskemi çıkarıyorum, Boggles. Ben şimdiye kadar seninle psikiyatr oyunu oynadım, obje katetiks, gizli eşcinsellik ve benzeri saçmalıklar gibi hastalıkları araştırıp durduk ama bana göre sen, görünen yüzün arkasındaki gizemlere ulaşarak iyileşebilirsin. Takatin kesilecek ki bu da sembolizmdir, Boggles, yani..."

"Ben bir yere ulaşmak istemiyorum..."

"Bunu biliyorum. Hiçbirimiz istemeyiz bunu. Ama sen bana saatte otuz beş dolar ödüyorsun ve ben de sana paranın karşılığını vermek isterim. Ben her şeyden önce senin üniversiteden istifa etmeni, dekana, rektöre, yönetim kuruluna ve medyaya, Afrika'ya giderek kökenin olan hayvanlarla buluşacağını söylemeni istiyorum."

"Saçmalık bu!"

"Elbette saçmalık. Mesele de burada zaten; bunu yaparsan nasıl ün yapacağını düşünsene bir kez. 'Yale profesörü Gerçeği aramak için istifa etti,' diye yazacaklar, konuşacaklar. Bu haber Rhode Island adlı üç aylık dergide çıkan 'Henry James ve Londra Otobüsleri' adlı yazından çok daha büyük ün sağlayacak sana. Ayrıca..."

"Peki ama neden Afrika'ya gideyim?"

"Çünkü oranın edebiyatla, akademik çalışmalarla ve profesörlükle hiçbir ilgisi yok. Bir yazı için konu aradığını söyleyerek kendini kandıramayacaksın. Kongo'da bir yıl yaşa, bir devrimci ya da karşı devrimci gruba katıl, birkaç kişiyi öldür, yerli ilaçlara alış, kadın, erkek, hayvan, bitki, mineral, neyi, kimi bulursan seni baştan çıkarmalarına izin ver. Bütün bunlardan sonra üç aylık dergiler için yine Henry James gibi yazılar yazmak istersen o zaman yardım ederim sana."

Boggles divanın kenarında oturmuş sinirli bir ifadeyle bana bakıyordu. Bir süre sonra, "Fakat yazı yazmamı neden istemiyorsun ki?" diye sordu.

"Çünkü sen şimdi kaybolmuş bir adamsın, Boggles ve kırk üç yıldan beri de öylesin. Kesinlikle öylesin. Seni eleştirmek istemiyorum, ama öylesin işte. Bunu sen kendin de biliyorsun, meslektaşların da biliyor ve ben de biliyorum. Seni tamamen değiştirmek ve paranı hak ederek almak istiyorum. Normal olarak sana bir öğrenci ile ilişki yaşamanı tavsiye etmek isterdim, ama şu halinle seninle ilişki kuracak olan öğrenci de senden beter olacak ve ondan bir yardım göremeyeceksin."

Boggles ayağa kalktı ama ben konuşmaya devam ettim.

"Senin ihtiyacın olan şey, zulüm, acı çekme, açlık, korku, seks gibi duygularla daha büyük kişisel deneyler yaşamak. Bu temel duyguları tam olarak hissedebilirsen senin için bir kurtuluş kapısı umudu olabilir. O zamana kadar durumun umutsuz."

Boggles şimdi pardösüsünü giydi ve dişlerini gösterip yüzünü buruşturarak, garip bir ifadeyle geri adımlarla kapıya gitti.

"İyi günler dilerim size, Dr. Rhinehart, umarım yakında iyileşirsiniz."

"Sana da iyi günler, Boggles. Ben de senin için aynını dilerim, ama Kongo'lu asiler tarafından esir alınmadıkça, ormanda sekiz ay hastalık çekmedikçe ya da fildişi tüccarlığı yapmadıkça korkarım ki pek umut yok senin için."

Masamdan kalkıp onun elini sıkmak istedim ama adam gerileyerek kapıdan çıktı ve kayboldu. Altı gün sonra Amerikan Çalışan Psikiyatrlar Birliğinden (AAPP) aldığım nazik mektupta, Dr. Orville Boggles tarafından birliğe gönderilen şikâyet mektubundan ve benim hastama karşı kötü davranışımdan söz ediliyordu. AAPP başkanına anlayışı için bir teşekkür mektubu yazdım ve Boggles'a yazdığım mektupta da, AAPP'ye yazdığı uzun mektubun, yazı engeli konusunda gelişme yaşadığını gösterdiğini belirttim. Ona aynı zamanda, bu mektubunu *Güney Dakota Quarterly Review* dergisinde yayınlatabileceğini söyledim.

Bölüm On Üç

Bir sabah Madison Caddesinin korkak mazoşistine, "Hiç ırza tecavüzü düşündün mü, Jenkins?" diye sordum.

"Ne demek istediğini anlamadım," dedi.

"Zorla cinsel ilişki."

"Şey . . . ırza tecavüz derken benden nasıl bir cevap beklediğini anlayamadım doğrusu."

"Şimdiye kadar birini öldürmeyi ya da ona tecavüz etmeyi düşündün mü hiç?"

"Hayır. Hayır. Hiçbir zaman düşünmedim bunu. Kimseye karşı saldırganlık duygusu yok içimde." Bir an durup düşündü ve sonra, "Yani kendimden başkasına," diye ekledi.

"Ben de bundan korkuyordum zaten Jenkins, bu nedenle cinsel taciz, hırsızlık ya da cinayet gibi konuları ciddi olarak düşünmemiz gerekiyor dostum."

Bütün bunları konuşurken Jenkins divanın üzerinde hareketsiz yattı ve bir kez olsun sesini bile yükseltmedi.

"Yani . . . bu tür davranışlarla ilgili hayaller mi kurmalıyım?" diye sordu.

"Ben sana bunları yapmanı söylüyorum, Jenkins. Zaten bu halinle pis bir ihtiyar haline gelmek üzeresin Jenkins, öyle değil mi?"

"Efendim? Ne demek istediğini anlayamadım."

"Sen rahat yatağında uzanıp porno dergiler okumalı ve kendilerini kurtarmanı bekleyen güzel kızları hayal etmelisin. Onlar bir toprak kaymasının altında kalmaktan, bir araç tarafından ezilmekten, bir deli tarafından bıçaklanmaktan ya da yakılmaktan kıl payı kaçmaya çalışırken, sen onları kurtarırsın ve onlar da sana sarılıp öperler. Fakat zirveye ne zaman ulaşırsın, Jenkins?"

"Şey . . . Ben . . . Hiçbir şey anlamıyorum. Ne demek istiyorsun Doktor?"

"Zevkin doruğuna o genç kızı okşayıp teselli ederken mi, alevlerden kurtulduğu zaman mı, bıçaktan kaçarken mi ulaşıyorsun? Ne zaman iyice zevkleniyorsun sen?"

"Ben insanlara yardım etmek istiyorum. Ben kimseye saldırmak istemiyorum. Asla."

"Bak, Jenkins, senin pasifliğinden, kurduğun hayallerden iyice sıkıldım ben. Doğru dürüst bir şey yapmaz mısın sen?"

"Elime hiçbir zaman böyle bir fırsat..."

"Hiç başka bir insanın canını yakmadın mı peki?"

"Yapamam ki. Yapmak istemem bunu. Ben kurtarmak..."

"Önce kendini kurtarmalısın ve bunu da ancak ataletinden kurtularak yapabilirsin. Ben şimdi sana Cuma seansımız için bir görev vereceğim. Bunu yapacak mısın peki?"

"Bilmiyorum. İnsanların canını yakmak istemiyorum ben. Benim ruhumda böyle bir şey yok."

"Bunu ben de biliyorum, Jenkins, ama senin ruhun hasta, bunu da biliyoruz, değil mi? Buraya da bunun için geliyorsun zaten."

"Lütfen, ben kimseye saldırmak, kimseyi taciz etmek istemiyorum."

"Yeni hasta kabul sekreterime dikkat ettin herhalde, sekreteri değiştirdim ben." (Yeni sekreterim sadece Jenkins'le flört etmesi için tuttuğum orta yaşlı bir telefonlu fahişeydi).

"Şey, evet, gördüm onu."

"Güzel kadın, değil mi?"

"Evet, güzel kadın."

"Aynı zamanda çok da iyi bir kadındır."

"Evet."

"Tamam, ona cinsel tacizde bulunmanı istiyorum senden."

"Oh, hayır, hayır, bu hiç de iyi bir fikir değil, yapamam bunu."

"Pekâlâ, zorlama yok, ama onunla arkadaş olmak istersin herhalde, değil mi?"

"Şey . . . ahlaka uygun olur mu bu peki?"

"Sen ona ne yapmayı düşünüyorsun?"

"Şey . . . kadın senin elemanın Doktor... Yani demek istiyorum ki..."

"Bu konu beni hiç ilgilendirmez, onun kendi özel yaşamıyla ilgili bir şey bu (Gerçekten de öyleydi). Onu bu akşam yemeğe davet et ve sonra da evine götür, bakalım ne sonuç alacaksın? Eğer canın ona tecavüz etmek isterse hiç durma yap bunu. Ona bu davranışının terapinin bir parçası olduğunu söylersin."

"Oh, hayır, hayır, onun canını yakmak istemem. Şirin, sempatik bir kadına benziyor o."

"Evet, öyle ve bu da onunla aşk yapmak, sevişmek için bir bahane işte. Ama sen nasıl istersen öyle davranabilirsin, yani ona tecavüz etmekten çekinme sakın."

"Yani biraz saldırgan davranırsam bunun bana gerçekten yardımı olur mu?"

"Kesinlikle. Bütün yaşamını değiştirmelisin. Biraz gayret edersen olayı cinayete kadar bile götürebilirsin. Ama başlangıçta sadece sokaktan geçen insanlara içinden küfrediyorsan üzerinde fazla durma." Konuşmayı keserek ayağa kalktım ve "Artık gidebilirsin," dedim. "Rita'dan randevu almak için biraz dil dökmen gerekebilir, yap bunu, açılırsın, rahatlarsın."

Rita onun randevu teklifini zaten hemen kabul etmeye hazırdı ama yine de plana göre yirmi dakika kadar kibarca konuşmasını, dil dökmesini bekledi. Jenkins onunla üç buçuk hafta nazikçe flört ettikten sonra bir gece Volkswagen arabasının ön koltuğunda becerdi onu ve hepimizi rahatlattı. Daha sonra Jenkins'in dairesine gittiler ve ev içinde de iş pişirdiler. Jenkins'ın kadına saldırgan davranmasını istiyordum ama o, bana anlattığına göre, kadınla sevişirken sadece kazara dirseğiyle kadının burnuna çarptı ama özür dilemedi, saldırganlığı bu kadardı işte. Rita sevişirken eski bir oyuna başvurdu, fazla heyecanlanıp ona kendinden geçmiş bir halde, "Oh, sevgilim, çok güçlüsün, harikasın, vur bana!" diye inledi ama Jenkins ona yine, "Ben kimseye vuramam," diyerek onun istediğini yapmadı. Kadın ona bir sürü oyun oynadı, saldırganlaşmasını istedi ama bir türlü başaramadı bunu.

Jenkins bir süre sonra Rita'dan ayrılmak istedi, sevişmek istemediğini söyledi (Rita'nın harcadığı zamanın faturasını ben ödüyordum), onu kızdırmak için kasten kol saatini kırdı (saati de ben ödedim). Ama Jenkins ne yaparsa yapsın Rita onu bir türlü terk etmedi ve ben de ona haftada üç yüz dolar ödemeye devam ettim.

Ama sonuç oldukça başarılı oldu; bir aylık bir çalışma sonunda Jenkins kadınlarla daha rahat konuşmaya başladı ve hatta Reingold adlı genç kadınla beş dakika flört bile etti. Ama bir yandan da sinir krizi geçirmeye yakın görünüyordu. Bir süre sonra zührevi hastalık kaptı, Rita'yı hamile bıraktı, öfkelendirdi onu ve Rita ondan uzaklaşınca iyice öfkelendi Jenkins. Yaşamının diğer alanlarında da başarısızlıklar yaşamaya başladı. İki kez cüzdanını kaybetti. Bir gün banyo küvetinin musluğunu açık bırakıp sokağa çıktı ve evini sular bastı. Sonunda bir gün bana borsada çok para kaybettiğini ve artık tedaviye gelemeyeceğini söyledi.

Ona tedaviye devam etmesi gerektiğini söyledim, ama birkaç gün sonra bir inşaat alanında çalışan işçilere bakarken bir iş makinesinin çarpmasıyla yaralandı ve altı hafta hastanede yattı. Birkaç ay sonra zarlar bana, Rita'nın hizmetleri için ona bir fatura göndermemi söylediler ve üzülerek söylüyorum ki, Jenkins bana fatura tutarını hemen ödedi. Ben de onun vakasını başarısız olarak kayda geçirdim.

Başka hastalarla ilgili vakalar da çok başarılı olmadı. Cinsel yaşamında zorlayıcı karmaşa yaşayan bir kadında William James'in alışkanlıkları kıran üç numaralı metodunu kullandım; aşırı doyma yöntemi denen yöntemdi bu. Kendini tatmin olmuş hissetmesi için onu bir hafta süreyle bir Brooklyn genelevinde çalışması konusunda ikna ettim, fakat kadın orada bir ay kaldı. Orada kazandığı parayla da erkek müşterilerinden birini yanına alarak Puerto Vallarta'ya tatile gitti. O zamandan beri onu görmedim ve bu vakayı da başarısızlar listesine ekledim.

Analitik seanslarım zarlar olmadan rol-oynama seansları haline geldi. Fakat bu tür rol oynamayı dramla kısıtlamak ve Moreno türü dram oynamak yerine, bunu gerçek hayatla kısıtladım.

Ondan sonraki beş ay süreyle hastalarıma ev ve eşlerinden ayrılmalarını, alışkanlıklarını bırakmalarını, din değiştirmelerini, düzenli uykudan, yemekten, cinsel ilişkiden kaçınmalarını, düşünme âdetlerini değiştirmelerini, kısacası, beklenmeyen arzuları yeniden keşfetmelerini tavsiye ettim. Yerine getirilmemiş potansiyellerini kullanmak için bu öğütlerimi dinlemeliydiler. Ama onlara bunları söylerken zarlardan hiç söz etmedim.

Hastaları daha sonraki terapimde olduğu gibi zar kullanmaya alıştırmadan önce, sonuçlar görmeye başladığınız gibi felaketti. Açılan iki dava dışında bir hastam intihar etti (saatte otuz beş dolar uçup gitti), biri küçük bir çocuğa tecavüz ettiği için tutuklandı, biri de küçük bir kayıkla Tahiti'ye gitmek gibi bir çılgınlığa kalkıştı ve denizde kayboldu. Ama birkaç küçük başarım da olmadı değil.

Yüksek maaşlı bir reklâmcı işini ve ailesini terk edip Barış Gücü'ne katıldı, iki yıl Peru'da kaldı, gelişmekte olan ülkelerdeki sahte toprak reformu konulu bir kitap yazdı ki, kitap Peru ve ABD hükümetleri dışında herkes tarafından çok beğenildi. Bu adam şimdi Tennessee'de bir kulübede yaşıyor ve reklâmların gelişmemiş zihinlerdeki etkileri hakkında bir kitap yazıyor. New York'a her gelişinde bana uğrar ve psikiyatrların gelişmemiş ruh halleriyle ilgili bir kitap yazmamı tavsiye eder bana.

Başka başarılarım da oldu ama onlar o kadar da açık ve hemen ulaştığım başarılar değil.

Örneğin bir Linda Reicmann vardı ki bu genç kız son dört yılını Greenwich Village'da zengin ve özgür kızların yaptıklarını yaparak yaşadı. Benim kendi özgürlüğüm öncesinde dört hafta süreyle ona uyguladığım tedavide, bana gelmeden önce iki kez daha tedavi olduğunu, özellikle kendi karmaşık cinsel yaşamı hakkında konuşmaktan hoşlandığını öğrendim. Erkekler hakkında duygusuzdu, zalimce şeyler düşünüyor, onların kendisini incitmek istediğini sanıyordu. Monologlarında bazen edebiyata, felsefeye ve Freud'a dair anlatımlar ortaya çıkıyordu. Her seansında benim burjuva saygınlığımı şoke edecek bir şeyler söylüyordu.

Zarların bana anarşi dikte ettirmesine izin verdikten üç hafta sonra onunla ilginç bir seans yaptım. O gün bana geldiğinde her zamankinden daha heyecanlı görünüyordu. Kalçalarını sallayarak içeri girdi ve doğruca gidip divana uzandı. Üç dakika hiç konuşmayarak beni şaşırttı, onun için bir suskunluk rekoruydu bu. Sonunda sinirli bir ifadeyle, "Bu pislikten iyice bıktım ben," diye konuştu. "Buraya neden geldiğimi bile bilmiyorum... Senin masaj tedavisi yapan bir uzmandan farkın yok ki. Tanrım, bir gün gerçek bir erkeğe rastlamak için neler vermezdim! Önüme sadece mastürbasyoncular çıkıyor...

Ne saçma bir dünya bu! İnsanlar nasıl katlanıyorlar böyle saçma yaşamlara? Param, aklım, cinsel arzum, her şeyim var, ama sıkıntıdan patlıyorum. Hiçbir şeyleri olmayan bu aptal insanlar nasıl yaşıyorlar, bu hayata nasıl dayanıyorlar ki? (Durup düşündü) Her şeyi mahvetmek, bu şehri uçurmak istiyorum. (Yine durdu ve daha uzun süre düşündü).

"Bu hafta sonunu Curt Rollins ile geçirdim. Belki duymamışsındır, söyleyeyim, *Partisan Review* adlı bir romanı yayınlandı. Ondan bir cümle okuyayım sana... 'yıllardan beri görülmemiş derecede şaşırtıcı şiirsel bir kurgu parçası.' Çok yetenekli bir adam o. Yazıları şimşek gibi, kesiyor, deliyor, parlak. Onda Henry Miller enerjisi var. (Düşündü) Şimdi babasını kaybetmiş bir çocuğun hayatından on beş dakikayı anlatan bir roman yazıyor. Bütün roman sadece on beş dakikayı anlatıyor, düşünsene. Curt aynı zamanda şirin bir adam. Paraya ihtiyacı var, ama nedense seksten pek hoşlanmıyor. Ama yine de benden oldukça hoşlandı işte. Fakat...

"Aslında onun ellerini kesmek isterim. O zaman romanını bana yazdırır... Sanırım onu hadım etmek istiyorum anlamına geliyor bu. Ama bunun onu rahatsız edeceğini pek sanmam. Belki de hadım olunca yazıya daha çok zamanını ayıracağını düşünür. Tanrım, yazdığı romanda müteveffa Herman Melville'in zarafeti, ölmekte olan Emily Dickinson'un gücü var. Onun ne hakkında olduğunu biliyor musun? Hassas bir genç adam annesinin, kendisine şiir sevmeyi öğreten bir adamla aşk yaşadığını öğreniyor. Bu hassas genç adam umutsuzluğa düşüyor. 'Oh Shelley, neden terk ettin beni?' O da bir başka mastürbasyoncu işte. (Durdu ve yine düşündü).

Bugün gerçekten çok sessizsin, Doktor. Ben konuşurken hafifçe baş bile sallamıyor, evet filan bile demiyorsun. Ben sana saat başı kırk dolar ödüyorum, unutma sakın. Bu paranın hatırına bana dakikada bir iki evet diyebilirsin herhalde."

"Bugün bunu yapmak istemiyor canım."

"Canın istemiyor mu? Kimin umurunda peki? Sanki ben haftada üç gün buraya gelip içimi dökmeye can mı atıyorum? Hadi Dr. Rhinehart, bundan hoşlanman gerekir. Dünyada geçerli olan prensibe göre, herkes tadına bakmaksızın bazen pislik yemek zorunda. Hadi yapma, konuş biraz, bir psikiyatr gibi davran bir parça!"

"Bugün, istediğin gibi bir dünya yaratabilirsen neler yapmak isteyeceğini duymak istiyorum senden... büyük hayallerini duymak istiyorum."

"Kes şu saçmalığı. Bunu yapabilsem dünyayı koca bir testise dönüştürmek isterdim." Yine durdu ve bu kez daha uzun düşündü.

"Aslında... önce bütün insanları tasfiye ederdim... sadece... belki birkaçını bırakırım. İnsanların yaptığı her şeyi tahrip ederdim. Ama bütün hayvanlar sağ kalırdı... ama hayır, onları da yok ederdim. Ama çayırlar, çiçekler kalırdı (Yine durup düşündü).

"İnsanları düşünemiyorum. Kendimi bile düşünemiyorum, belki de yok olup gittim bir yerlere. En büyük hayalim bomboş bir dünya! Tanrım, nasıl olurdu bomboş bir dünya acaba? Bazıları da severdi aslında bunu. Ama bu benim dünyamda nerde onlar? Boş, boş, bomboş bir dünya bu."

"Sevebileceğin bir insan düşünebiliyor musun sen?"

"Dinle beni, Doktor. Ben insanlardan nefret ediyorum. Biliyorum bunu. Swift de, Mark Twain de sevmezdi insanları. Ben iyi ellerdeyim. Ahmakları takdir etmek için ahmak, sürüyü takdir etmek için sürünün içinde olmak gerekir. Ben ne olursam olayım yine de en iyi insanların zayıf ya da sahte olduklarını idrak edebiliyorum. Sen de biliyorsun bunu. Aslında siz psikiyatrlar dünyanın en büyük sahtekârlarısınız."

"Neden böyle konuşuyorsun?"

"Senin şu sahte etik kurallarına ne demeli acaba? Sen de onların arkasına saklanıyorsun. Ben dört haftadır buraya gelip sana aptalca, zalimce, karmakarışık, anlamsız davranışlarımı anlatıyorum, içimi döküyorum, sense orda oturup bir kukla gibi sadece baş sallıyor, her dediğime evet diyorsun. Sana kalçamı salladım, bacak gösterdim, ama sen ne yaptığımın farkında bile değilmiş gibi davrandın. Sadece anlattıklarımı dinliyorsun o kadar. Şimdi sana gelip önündeki o şeyi hissetmek istediğimi söylesem hiç etkilenmeyecek ve sadece benim sözlerini tekrarlayıp duracaksın. Öyle değil mi?"

Reichman adlı genç kadın uzandığı divanda başını kaldırdı, bana hiç bakmadan dirsekleri üstünde doğruldu ve sonra masamın ön tarafına, halının üstüne tükürdü.

"Seni ayıplamıyorum. Dediğin gibi, ben bir otomatik makine gibi davrandım hep. Ya da daha doğrusu bir eşek, bir ahmak gibi davrandım."

Bayan Linda Reichman divanda doğrulup oturdu ve dönerek yüzüme baktı.

"Ne dedin sen?"

"Söylediğimi duymadın mı yani?" Bunu söyledikten sonra yüzüme sahte bir psikiyatr ifadesi verdim ve sırıtmaya çalıştım.

"Vay canına! Her şeye rağmen senin bir insanlık yanın var, Doktor. (Yine durup düşündü) Ee, bir şeyler söylesene. Bunca zamandır bir şey söylediğini duymadım senin."

"Dinle beni, Linda. Sanırım artık yönlendirici-olmayan terapiye son verme zamanı geldi. Artık sen de benim, senin hakkında hissettiklerimden bazılarını duymalısın. Haklı değil miyim?"

"Ben de aynen bunu söyledim."

"Her şeyden önce sanırım senin aşırı derecede kendini beğenmiş, kibirli bir insan olduğunu kabul etmeliyiz. İkincisi, göğüslerin küçük ve zayıf olduğun için diğer kadınlardan daha az seksi bir görüntü veriyorsun. Üçüncüsü, entelektüel olarak okudukların ve anlayışınla kısıtlısın. Kısacası bir kadın olarak her açıdan zayıfsın, sadece paran çok, o kadar. Seninle yatmış ya da arkadaşlık teklif etmiş olan erkeklerin sayısı bacaklarının ve cüzdanının açılışını yansıtıyor, kişiliğini değil."

Yüzündeki hakaret ve aşağılama ifadesi gittikçe daha görünür hale geldi ve kadın bununla yetinmiyormuş gibi dudak bükerek, tiksiniyormuş gibi uzaklaştı benden. Ben konuşmamı bitirdikten sonra bu kez o, abartılı ağır, aşırı sakin bir ifadeyle konuştu.

"Oh, zavallı, zavallı Linda. Senin pislik yuvasına dönüşmüş olan o berbat ruhunu sadece büyük Lukie Rhinehart kurtarabilir kızım. (Birden ifade ve tavır değiştirdi) Seni kibirli, aşağılık pislik. Sen kim oluyorsun da bana böyle hakaret edebiliyorsun. Sen beni hiç tanımıyorsun ki. Ben sana kendim hakkımda birkaç yapay duygusallık hikâyesinden başka bir şey anlatmadım ki. Sen de kalkmış beni bunlarla yargılamaya çalışıyorsun."

"Bana göğüslerini göstermek ister misin peki?"

"Lanet olsun sana!"

"Bana gösterebileceğin bazı çalışmaların, hikâyelerin, şiirlerin ya da portrelerin var mı?"

"Sen insanları beden ölçülerine ya da yaptıklarına bakarak yargılayamazsın. Ben bir erkekle seviştiğim zaman adam beni unutamaz. Onlar bir buz dağıyla değil, gerçek bir kadınla seviştiklerini bilirler. Sen ise değerli etiklerinin arkasına gizleniyor ve kendini üstün adam olarak görüyorsun, çünkü sadece yüzeyi görebiliyorsun."

"Başka ne gibi güzel özelliklerin var bakalım?"

"Ben her zaman açık konuşurum bayım. Biliyorum, mükemmel değilim ve bunu da söylüyorum. Ayrıca siz psikiyatrların pis birer hergele olduğunuzu da söylüyorum, bu yüzden sonuçta hep bana saldırıyorsunuz. Çünkü gerçeklere dayanamıyorsunuz."

"Seninle sevişmekten etiklerim mi engelledi beni yani?"

"Elbette, yani, tanıdığım diğer bir kafa derisi yüzücü gibi eşcinsel değilsen elbette."

"O halde sana resmen şunu ifade edeyim ki, bundan sonra seninle olan ilişkilerimde alışılmış doktor-hasta ilişkisi yürütmeyecek, Amerikan Psikiyatrlar Birliğinin koyduğu etik kurallara da uymayacağım. Bugünden itibaren seninle iki basit insan gibi konuşacak, ilgileneceğim. Bir insan psikiyatr olarak sana tavsiyelerde bulunacağım, ama hepsi bu kadar olacak. Ne diyorsun buna?"

Linda ayaklarını hafifçe kımıldattı ve gülümseyerek yüzüme baktı, seksi görünmeye mi çalışıyordu acaba? Aslında oldukça seksi bir genç kadındı. Narin bir vücudu vardı, yüzü güzel, dudakları dolgundu. Ama benim hastam olduğu sürece ona hiçbir zaman cinsel açıdan bakmamıştım ve beş yıldan beri çeşitli imalara rağmen hiçbir kadın hastama da bu tür duygular beslememiştim. Doktor-hasta ilişkileri her zaman benim cinsel duygularımı soğuk duşa girmişim gibi kesmişti. Ama o gün Linda Reichman'ın gülümsemesini, sırtını gerip göğüslerini ileri doğru çıkarışını görünce meslek yaşamımda ilk kez olarak heyecanlandım, cinsel duygularım kabardı.

Gülümsemesi birden alaycı bir ifadeye dönüştü.

"Şimdiki halin öncekinden daha iyi, ama bu da fazla bir anlam ifade etmez."

"Önümü ellemek istediğini sanıyordum."

"Şu anda canım istemiyor."

"O halde sana geri dönelim. Tekrar divana uzan ve kafanı boşalt."

"Tekrar uzan demekle ne demek istiyorsun sen? Biraz önce benimle bundan sonra sadece insan olarak konuşmak istediğini söyledin. İnsanlar birbiriyle konuşurken sırtlarını birbirlerine dönmezler."

"Bak bu doğru işte. O halde yüz yüze konuşacağız."

Linda gözlerini hafifçe kısarak bana dik dik baktı ve üst dudağı iki kez seğirdi. Ayağa kalktı ve gözlerini gözlerime dikti. Masamdaki lambanın ışığında yüzünün hafifçe terlediğini gördüm, yüzünde bu kez gergin bir ifade vardı. Ağır adımlarla bana doğru geldi ve gelirken de eteğinin yan fermuarını açtı.

"Birbirimizi fiziksel olarak da tanısak daha iyi olacak galiba—ne dersin?"

Eteğini çıkarıp yere attı, sonra gelip kucağıma oturdu ve boğuk bir sesle, "Daha iyi olmaz mı? Ne diyorsun?" diye tekrar sordu.

Aslında onun dediği gibi, bu çok daha iyi olacaktı elbette. Ben de tam olarak sevişme aşamasına geçmek üzereydim, tam olarak hazırdım. Linda dudaklarını dudaklarıma yapıştırdı ve parmaklarını enseme, saçlarımın arasına daldırdı. Brigitte Bardot rolü oynuyordu ve ben de ona rol arkadaşlığı yapıyordum. Acele hareketlerle tamamen soyundu, beni de soydu ve ben, hareketsiz beklerken ona, "*Sierra Madre Hazinesi* adlı filmi gördün mü?" diye sordum.

Linda birden durdu, şaşkın bir ifadeyle yüzüme baktı ve sonra hiç sesini çıkarmadan beni iyice tahrik etti. Sonra divana gitti, yüzükoyun uzandı ve o kısık, seksi sesiyle, "Hadi gel," dedi.

Önce şaşkın, hareketsiz kaldım, ama bunu yapmayı sürdürürsem onun birden öfkelenip giyinerek gitmeye kalkabileceğini ve parasını da geri isteyebileceğini düşündüm. Onu hem seksi kedi ve hem de entelektüel fahişe rolünde görmüştüm. Acaba bir üçüncü

Linda da var mıydı? Sol elimle pantolonumu yukarda tutarak divanın yanına gittim ve kenarına iliştim. Linda'nın beyaz çıplak bedeni divanın resmi kahverengi deri kaplaması üzerinde soğuk ve bebekçe görünüyordu. Yüzü duvara dönüktü ama divan ağırlığımla biraz sarsılınca yanına oturduğumu hemen anladı.

Vücudu çıplak olarak daha güzel göründü gözlerime. Kalçalarını bir ölüyü bile diriltecek şekilde hafifçe oynattı ve benim başımı döndürdü. Londralı deli bilim adamının sis içinde mesajı anlaması gibi, hareketinden onun ne demek istediğini hemen anladım ve "Biraz öteye kay," dedim.

Geniş divanda biraz kenara kaydı, bembeyaz iki kolunu kaldırıp başımı tutarak kendine çekti ve dudaklarımdan öpmeye başladı. Öpüşürken kendinden geçiyormuş gibi inlemeye başladı ve bir bacağımı tutarak kendi üzerine çekti. Bir süre onun üzerinde şaşkın, ne yapacağımı bilemiyormuş gibi hareketsiz kaldım.

Hiçbir şey yapmadığımı görünce beni öpmekten vazgeçti ve hafifçe kenara itti. Bir an için bu işten vazgeçeceğini sandım ama yanıldım. Gözlerini yarı kapadı, bacaklarını açtı ve beni kendine doğru çekti.

Onu uyarmak gerektiğini düşündüm ve "Linda!" dedim.

Gözlerini açtı, kendinden geçmek üzereymiş gibi, yarı baygın bir sesle, "Neyin var senin? Hadi gel," diye mırıldandı.

"Linda, tam dönemimdeyim," dedim.

Bunu neden söylediğimi Freud hiç kuşkusuz bilirdi, fakat bunun saçmalığı için bahane arar ve psikanalitik anlamını idrak ederken birden utandığımı hissettim.

Linda ya Freud'u okumamıştı, ya da aldırmıyordu buna; birden değiştiğini hissettim onun, Bardot rolünden aniden, aracı üçüncü Linda'yı umursamadan, fahişe rolüne geçmek üzere olduğunu anladım.

Linda yüzüme bakarak gözlerini kırptı, anlayamadığım bir şeyler mırıldandı ve sonra beni yine çekerek, "Oh, hadi gel, lütfen gel bana!" diye mırıldandı.

Onun insanı çıldırtan arzulu sesine dayanamayıp istediğini yapmak üzereyken, birden kendimi kontrol altına alarak doğruldum ve "Linda, önce bir şey yapmanı isteyeceğim senden," dedim. O da birden doğruldu ve şaşkın bir ifadeyle yüzüme baktı, ne diyeceğini bilemiyormuş gibi bir hali vardı.

"Ne var? Ne diyorsun sen?" diye sordu.

"Biraz önce yaptığın gibi şuraya uzan ve gözlerini kapayıp hareketsiz bekle."

Meraklı gözlerle uzun süre, hiçbir şey söylemeden yüzüme baktı, sonra içini çekti, beni kendine çekmekten vazgeçti ve sessizce beklemeye başladı. Ben de divandan kalktım ve hemen onun yanındaki sandalyeye oturdum.

"Şimdi gevşemeye çalış," dedim.

Bunu duyunca gözlerini iyice açtı ve başını sert bir hareketle arkaya attı.

"Lanet olsun! Neden gevşeyecekmişim ki!"

"Lütfen bunu benim için yap... Bütün güzelliğinle oraya uzan ve tam anlamıyla gevşemeye çalış. Lütfen!"

"Neden peki? Sen hiç de gevşemişe benzemiyorsun." Benim uyarılmış halime bakarak güldü ve eliyle önümü gösterdi.

"Lütfen Linda! Seni istiyorum, seninle sevişeceğim, ama önce seni öpüp koklamak, okşamak ve senin de bu hareketlerimi gevşemiş olarak kabul etmeni istiyorum. Bu halinle bunu yapamayacağını biliyorum, ama yapabilmen için bir yol göstereceğim sana. Şimdi senden, kırlarda çiçek toplayan küçük bir kız çocuğunu düşünmeni istiyorum. Bunu yapabilir misin?"

Fahişe kimliğiyle, öfkeli gözlerle yüzüme baktı.

"Neden?"

"Bunu yaparsan, yani talimatımı yerine getirirsen bir sürprizle karşılaşabilirsin. Eğer işi şimdi, hemen bitirirsek ikimiz de bir şey öğrenemeyeceğiz." Yüzümü ona iyice yaklaştırdım. "Bomboş, yemyeşil kırlarda çiçek toplayan küçük bir kız çocuğu hayal ediyorsun. Görüyor musun onu?"

O öfkeli gözleriyle bir süre daha baktı bana, sonra başını divana koydu ve gözkapakları kapandı. İki üç dakika o şekilde, sessiz geçti. Kapının arkasından, sekreter odasından Bayan Reingold'un daktilosunun sesini duyabiliyordum.

"Bataklığın yanında pars zambakları toplayan küçük bir çocuk görüyorum."

"Küçük kız güzel mi?"

Birkaç saniye düşündü.

"Evet, güzel."

"Peki ya ebeveyni . . . annesiyle babası nasıl insanlar?"

"Orada papatyalar . . . çalılıklar ve leylaklar da var."

Yine bir süre düşündü.

"Kızın ebeveyni berbat insanlar. O zavallı küçük kızı dövüyorlar. Uzun kolyeler alıyor ve kızı onlarla dövüyorlar. Kolyeleri birbirine ekliyor ve kızı onlarla bağlıyorlar. Kıza zehirli şekerleme veriyor, hasta ediyor ve sonra da kusmuğunu içmeye zorluyorlar onu. Kızı bir türlü rahat bırakmıyorlar. Kız kırlara çıkıp eve döndüğü zaman onu hep dövüyorlar."

Ben sesimi çıkarmadan onu dinliyordum ve özellikle, 'Kız kırlara çıkıp eve döndüğü zaman onu hep dövüyorlar,' derken sesi iyice sertleşti. Bunu söyledikten sonra yine uzun süre sustu ve düşündü.

"Kızın başına kitaplarla da vuruyorlar, zavallı çocuğa iğneler, kalemler batırıyorlar. Onu iyice harap ettikten sonra da götürüp bodruma kilitliyorlar."

Linda gevşemedi, ağlamıyordu da; kendi fahişe benliğini bulmuş gibiydi, ebeveyni şikâyet ediyordu ama küçük kız için üzüldüğü söylenemezdi. Sadece acılar hissettiği belliydi.

"Kırdaki o küçük kıza iyice bak, Linda. Çok yakından bak ona. İyi bak küçük kıza."

Linda bir süre düşündü ve sonra boğuk bir sesle, "Küçük kız ağlıyor," diye söylendi.

"Neden acaba . . . küçük kız hiç çiçek toplamış mı?"

"Evet . . . elinde bir gül var . . . beyaz bir gül var, ama nerden bulmuş bilmiyorum."

Yine durup düşündü.

"Ne yapıyor şimdi? Beyaz gülle ne yapıyor acaba?"

". . . Beyaz gül onun dünyada konuşabildiği tek şey . . . kızı seven tek şey o gül . . . kız onu sapından tutup yüzüne kaldırıyor ve onunla konuşuyor. Gül sanki havada duruyor, ona yaklaşıyor, sihirli gibi . . .ama kız ona dokunmuyor ve hiç öpmüyor onu. Kız ona sadece bakıyor, onu görüyor ve bunları yaparken . . . küçük kız . . . çok mutlu görünüyor. Beyaz gülle çok mutlu oluyor küçük kız."

Linda bir dakika kadar sonra gözlerini açtı, kırpıştırdı. Dönerek bana, duvarlara, tavana baktı. O sırada bir zil sesi duyuldu, aslında zilin üçüncü ya da dördüncü çalışıydı bu. Ben harekete geçtim.

Linda uykudan uyanmış gibi, "Saat doldu," dedi, "Ne garip, aptalca bir hikâye bu." Bunu söylerken sesinde bir acılık yoktu, sadece rüyadaymış gibi konuştu.

İkimiz sessizce giyinirken terapi seansı da zaten son bulmuştu.

Bölüm On Dört

Zarla yaşadığım bu ilk aylarda hiçbir zaman zarların yaşantımı kontrol altına almasına izin vermedim ya da bilinçli olarak, hareketleri zarlar tarafından saptanan bir organizma olmadım. Böyle bir düşünce o zaman beni korkutuyordu. Lil ve meslektaşlarım anormal bir şeyler yaptığımın farkına varmasınlar diye seçeneklerimi kısıtlamaya çalıştım. Parlayan yeşil zarları herkesten sakladım ve gerektiğinde gizlice danıştım onlara. Ama zarın arada sırada yaptığı kaprislere de kolayca ve hemen uymaya başladım. Bazen zarın gösterdiği yoldan hoşlanmıyordum ama yine de bir robot gibi onun dediğini yapıyordum.

Zarların talimatıyla barlara gidip içki içmeye, tanımadığım insanlarla konuşmaya başladım. Zarlar konuşmam için yabancı insanlar seçiyorlar, o yabancılarla oynamam için roller veriyorlardı. Örneğin bir Bronx barında eski bir beysbol oyuncusu, Barbizon Plaza'da bir *Guardian* muhabiri, bir başka yerde eşcinsel oyun yazarı, alkolik üniversite hocası, kaçak bir suçlu ve benzeri rolleri oynadım. Zarlar bir gün Brooklyn telefon rehberinden rasgele seçtiğim bir kadına kur yapmama karar verdiler ama şükür ki karşıma çıkan Bayan Anna Maria Sploglio telefonu suratıma kapadı. Bir gün yine zarların talimatıyla tanımadığım bir kişiden on dolar borç almaya kalktım ve yine başarısız oldum. Aynı şekilde yine tanımadığım bir adama yirmi dolar verdim, adam kendisine asıldığımı ve polis çağıracağını söyledi ama parayı alarak kaçtı. Etrafta tanıdığım insanların olmadığı barlarda, restoranlarda, sinemalarda, taksilerde ve mağazalarda hemen kendim olmaktan çıkıyor, başka bir kimliğe bürünüyordum. Bowling oynamaya, belimdeki yağları eritmek için spor salonuna, masaja, konserlere, beysbol maçlarına, açık partilere gitmeye, daha önce yapmadığım şeyleri yapmaya başladım. Çeşitli seçenekler yaratıyordum ve zarlar da beni bunlar arasında oynatıp duruyordu.

Yeni yerlere gider, yeni roller oynarken, diğer insanların bana karşı ne tepki gösterdiklerine dikkat etmeye başladım. İnsan kendisi gibi davranır, doğal hayatını yaşarken ve çevresine uyum sağladığı zaman, normalde başkalarının davranışlarındaki inceliklerin farkına varamaz. Sadece karşınızdaki kişi alışılagelmiş çerçevenin dışına çıkarsa olanlara dikkat edersiniz. Ben de alışılmışın dışına çıkarken etrafıma çok dikkat etmeye başladım, çünkü insan böyle durumlarda bilincini gevşetebileceği yerler arıyor. Kendi kendime sorunlar yaratırken düşünceyi yarattım.

Ayrıca sorunlar da yarattım elbette.

Ayrıca garip davranışlarımı Lil'e açıklayabilmek için, nasıl bir koca ve baba olacağım konusunda zarlara daha çok karar verme yetkisi tanıdım. Bunu özellikle Lil, Larry ve Evie ile birlikte doğu Long Island'daki çiftliğimizde geçirdiğimiz üç haftalık (aslında üçer günlük üç hafta sonu) tatilimizde yaptım.

Şimdi ise dostlarım, ben tarihsel olarak elini ayağını her şeyden çekmiş, ortalarda görünmeyen bir babayım. Geçmişte çocuklarımla temasım genelde şu şekilde olurdu: a) salonda telefonla konuşurken onlara bağırarak bağırmamalarını söylerdim; b) gündüz vakti Lil ile sevişmek istediğim zaman, başka yerde oynamaları için bağırarak onları dışarı gönderirdim; c) annelerini dinlemedikleri zaman onlara bağırarak anneyi dinlemelerini söylerdim; d) matematik çalışırken bir şeyi anlamadığı zaman Larry'ye bağırırdım.

Ama onlara bağırmadığım zamanlar da vardı elbette. Bir Freud teorisinde kayıp bağlantıyı düşünürken, 'Sophia Loren New Yorklu bir Psikiyatr için Ponti'yi Boşuyor' hayalini kurarken ya da benzeri düşüncelere dalarken çocuklarla sakin bir tavırla konuşurdum. Örneğin Lil, Larry'nin yaptığı resmi görünce, 'Harika resim Larry, özelikle baca çok güzel olmuş,' deyince Larry ona, 'Anne, bu baca değil, bir füze,' dediğinde çok gülmüştüm.

Çocuklarımı severdim ama potansiyel Jung'ları Adler'leri ve Anna Freud'ları Sigmund'a tercih ederdim. Kendimi büyük bir psikiyatr olma oyununa öylesine kaptırmıştım ki, baba olma oyununda başarılı olamıyordum. Babalık davranışlarımda hatalar meydana çıkıyordu.

Zarlara verdiğim seçenekler arasında, çocuklarına düşkün baba ifadesi ve çok yardımsever olmayan despot tipleri de vardı.

Zarlar iki kez çocuklarıma karşı çok nazik, dikkatli olmama, üç gün boyunca her gün onlarla en azından beş saat meşgul olmam gerektiğine karar verdiler. Büyük fedakârlıktı bu. Dünya anneleri bile kolayca yapamazdı bunu.

Eylül ayında bir gün, ağaçlar ve sarmaşıklar arasındaki büyük çiftlik evimizin sabah güneşi giren modern ve güzel mutfağında hep birlikte kahvaltı ettikten sonra, o gün ne yapmak istediklerini sordum çocuklara.

Larry tost makinesinin yanındaki sandalyesinden anlamlı bir ifadeyle baktı bana. Kırmızı kısa pantolon, bazı yerleri beyaz kalmış, sözde beyaz tişört giymişti, ayakları çıplaktı, bacaklarında bir sürü sıyrık vardı ve uzun sarı saçları yüzündeki kuşkulu kaş çatışını gizliyordu.

Soruma, "Oynayalım, baba," diye cevap verdi.

"Tamam da ne oynayalım?

"Ben çöpleri dün attım."

"Ben de bugün sizinle oynamak istiyorum evlat, ama yapmak istediğiniz nedir?"

Evie de oturduğu yerden ne yapacaklarını sorar gibi Larry'ye baktı.

"Bizimle oynamak mı istiyorsun?"

"Evet."

"Damperli kamyonla oynamak ister misin?"

"Hayır, senin patron olmana izin vereceğim."

"Öyle mi?"

"Evet."

"Yaşasın, hadi kumlarda oynayalım."

Kum dedikleri aslında çiftçilerin sürülmüş tarlalarıydı ve bu topraklar çiftliği üç buçuk yandan çeviriyorlardı. Orada lahana tarlalarının ortasında garip bir yol sistemi vardı ve ben orada 1963 modeli eski bir kamyonetle bir saat dolaştım ve çevredeki çiftçiler aradaki yolları bozduğumu söyleyip benden şikâyetçi oldular. Yoksa çocuklar orada onlarla birlikte olmamdan hoşlanıyorlar ve ben de bundan zevk alıyordum. Çocuklar kendilerini anlayan büyükleri gerçekten çok seviyorlar.

Benim çocuklarım da çok iyi çocuklardı.

O gün akşamüzeri kumlara uzanmış Atlantik sularının Westhampton Plajında yükselişini izlerken Larry, "Baba," dedi, "okyanusta neden dalgalar oluyor?"

Ben okyanuslar ve gelgitler konusunda bildiklerimi düşündüm ve "Rüzgârdan oluyor," dedim.

"Fakat bazen rüzgâr olmadığı zaman da dalgalar oluyor."

"Denizin nefes tanrısının işi bu."

Bu cevabı duyunca bir süre düşündü.

"Nasıl nefes yani?"

"Suyun nefes alışı, nefes alıp vermesi işte."

"Nerede?"

"Okyanusun ortasında."

"Ne kadar büyük o?"

"Bir mil boyunda ve baban kadar iri ve kaslı."

"Gemiler onun başına çarpmıyorlar mı?"

"Bazen çarparlar ve o da o zaman fırtınalar koparır. O zaman ona 'Öfkeli Deniz' derler."

"Baba, bizimle neden daha çok oynamıyorsun sen?"

Onun bu sözünü duyunca mideme taş oturmuş gibi oldu. Ona 'Çok meşgulüm' demek istedim ama birden utandım, yüzüm kızardı. "Bunu ben de isterim elbette..." diye başladım ama cümlenin sonunu getiremedim. Bir süre düşündüm ve "Bilemiyorum," dedikten sonra kendimi denize attım ve sırtüstü yüzmeye başladım, şimdi sadece gökyüzünü görebiliyordum.

Zarlar ve kendi arzularım Ağustos ve Eylül aylarında çocuklarımla daha çok vakit geçirmeme izin verdiler. Zarlar bir gün bana çocuklarımı Coney Island Eğlence Parkına götürmemi söylediler ve o günü hayatımın en eğlenceli iki ya da üç gününden biri olarak hatırlayacağım.

Birkaç kez çocuklara oyuncaklar alıp hiç beklemedikleri bir şekilde eve götürdüm ve onların bu ani gelen hediyeler karşısındaki mutluluklarını görünce nerdeyse psikiyatriyi ve zarları bir kenara bırakıp bütün zamanımı çocuklarıma vermeye başlayacaktım. Bir gün yine oyuncak götürdüm onlara, ama Larry'nin vinci çalışmadı ve çocuklar üç gün boyunca sağlam vinç için kavga ettiler. O zaman Alaska'da, Sahra'da, Amazon kenarında, nerede olursa olsun, ama yalnız başıma tatil yapmayı düşündüm.

Zarlar beni disiplin konusunda da güvenilmez bir adam yaptılar. Onların talimatına göre, Eylül ayının ilk iki haftasında çocuklara asla bağırmayacak, onları hiçbir şey için cezalandırmayacaktım. Ev uzun zamandan beri bu kadar sessiz ve huzurlu olmamıştı. Eylülün son haftasında (okullar açıldı) zarlar çocukların ev ödevleri, masa davranışları, gürültüleri, temizlikleri ve büyüklere saygıları konusunda tam bir diktatör olmamı istediler. Her yaramazlık için onların kıçlarına on beş tokat atacaktım. Ama bunu yapmaya başladıktan sonraki altıncı günde Lil, çocuklar ve hizmetçi bir odaya kapanıp kapıyı kilitlediler ve beni içeriye almadılar. Daha sonra Lil benim bu sert davranışım konusunda şikâyette bulununca, ona Spiro Agnew'nun konuşmasından etkilendiğimi söyledim.

Bu tür olaylar Lil ile ilişkimizi sertleştirdi. İnsan zeki, hassas ve arada sırada size sevgi gösteren bir kadınla yedi yıl yaşadıktan sonra ona duygusal bağlarla bağlanıyor. İki güzel çocuğa babalık ederken o kadınla olan bağlarınız da güçleniyor.

Lil ve ben tanışıp çıkmaya başladığımızda her ikimiz de yirmi beş yaşındaydık. Birbirimize karşı derin, delice, açıkça nevrotik bir ihtiyaç hissettik; toplumun sosyal olarak kabul edilen çılgınlık türlerinden biriydi bu, yani aşktı. Çok geçmeden evlendik ama evlendikten sonra anladık ki, evlilikteki sorunlar bekâr olarak da halledilebilirdi, ya da bir süre için bize öyle geldi.

Ben tıp fakültesine devam ediyordum ve zengin emlakçı Peter Daupmann'ın şımarık kızı Lil bana destek olmak için çalışmaya başladı. Doktor olmaya çalışan Lucius (Luke) Reinhart'ın tek desteği Lil çok geçmeden hamile kaldı. Lucius karısının kürtaj yaptırmasını istedi ama Lil anne olmak konusunda direndi. Sonuçta yakışıklı Lawrence doğdu ama mutlulukla beraber geçim sıkıntısı da baş gösterdi. Şımarık çocuk Lil iki ay sonra yeniden çalışmaya başladı. Birbirimize olan aşkımız ve bağımız gittikçe güçlendi ama bir önceki yılın tutkusu zayıfladı.

Kısacası, bir süre sonra biz de o tipik evli çiftlerden biri haline geldik. Kimseyle paylaşmadığımız mutlu anlarımız, aramızda şakalaşmalarımız, sıcak cinsel ilişkimiz ve çocuklarımıza beslediğimiz sevgimiz vardı. Ama diğer yanda tecrit edilmiş, sinirli benliklerimiz de duruyordu. Kendi bencil arzularımız evlilikle tatmin olamadı ve yataktaki beraberliğimiz de yok edemedi bunu.

Zarlar artık her şeye ve herkese obje gibi davranmaya başladı ve beni de aynı şeyi yapmaya zorladılar. Hissedeceğim duygularla, kişiler ya da şeylerle aramdaki doğuştan olan ilişkiler zarlar tarafından saptanıyordu. Aşkı beni başka bir objeye bağlayan mantıksız, keyfi bir ilişki olarak görmeye başladım. Zorlamaydı bu, tarihsel benliğin önemli bir parçasıydı. Yok edilmesi gerekirdi bunun. Lillian bir obje olmalıydı, o da beni Nora Hammerhill (Manhattan telefon rehberinden rasgele alınmış bir isimdi) kadar ilgilendirmeliydi. Bu olanaksız mı diyorsunuz? Olabilir. Fakat bir insan değişebiliyorsa, ilişkilerin bu en temeli de değişime karşı hassas olmalıydı. Böylece ben de denedim.

Zarlar bazen benimle işbirliğini reddettiler. Karıma karşı cömert olmamı, onunla ilgilenmemi emrettiler bana. Altı yıldır ilk kez aldığım mücevheri aldırdılar onun için. Lil beni sadakatsiz olmakla suçladı ama onu ikna edince mutlu oldu. Zarlar bizi üç gece arka arkaya tiyatroya, drama izlemeye gönderdi (Ben yılda üç tiyatro planlamıştım ve bunlardan ikisi de müzikal olacaktı). Bütün yıl boyunca haftada bir tiyatroya gitmeye yemin ettik. Ama zarlar başka şey söylediler.

Bir hafta sonra zarlar karımın her kaprisine boyun eğmem gerektiğini söylediler. Lil bana iki kez omurgasız demesine ve hafta sonu bendeki otorite boşluğundan nefret etmesine rağmen onu dinledim ve cevap verdim, aslında onun varlığını bile görmezden gelirdim.

Lil zarların bana tavsiye ettiği garip sevişme pozisyonlarından da çok hoşlandı ve on üç farklı pozisyonu zaman içinde tekrarlamamı istedi. Hatta bir gece onun istediği sevişme pozisyonunu uygulamadığım için çok kızdı bana. Bana bugünlerde neden böyle garip şeyler yaptığımı sorunca, ona belki de hamile olduğumu söyledim.

Fakat ortam bir mesaj veriyordu ve zarların kararları, bazen Lil, Arlene ya da diğerleri için ne kadar güzel olursa olsun, beni insanlardan ayırıyordu. Zarların cinsellik konusundaki kararları özellikle doğal mahremiyetleri tahrip etme konusunda etkiliydi. Bu tür zar emirleri içinde hem kendimi ve hem de kadını (psikolojik ve fiziksel olarak) idare etmeme yarayan yöntemler de vardı. Zarlar bir gün ahlaksızca bir karar verdiler, bir hafta boyunca hiçbir kadınla sevişemeyeceğimi söylediler ve karmaşık duygular hissetmeme neden oldular; ciddi bir vicdan ve prensip meselesiydi bu: Aslında 'cinsel ilişki' tam olarak neyi ifade ediyordu?

Birinci hafta sonunda, bilmeyi çok istediğim bir şey çıktı ortaya: Zarlar acaba kadınlarla yatmak dışında her şey yapmama izin verecek miydiler? Yoksa zarların amacı aslında beni cinsel yaşamımdan tamamen uzaklaştırmak mıydı?

Fakat zarların niyeti ne olursa olsun, yedinci gün kendimi, üzerimde güzel bir tişört, ayaklarımda çoraplarım olduğu halde bir divan üzerinde, Arlene Ecstein'ın yanında yatar halde buldum. Onun sutyeni beline düşmüştü, bir çorabı dizindeydi, bileklerinde birkaç bilezik, bir kulağında küpe vardı ve külotu da sol ayak bileğini sarmıştı, orada duruyordu. Onun katı ahlak kuralları yüzünden ilk günden sonra bir daha yatakta sevişmemiştik, ama o katı kuralları arabalar, oda zeminleri ya da divanlar konusunda bir şey demiyordu ona. Onun bedeninin bazı parçaları da benim bedenimin bazı parçalarına iyice alışmıştı artık. Onu, beni çılgınca arzulayacak hale getirene kadar okşuyor ve sonuçta hedefe kolayca ulaşıyordum.

Genelde o da beni çılgına çeviriyor, ona saldırmamı sağlıyordu. Genelde ikimiz de çılgınlığın zirvesine çıkmak, birbirimizi deliye çevirmek için bildiğimiz tüm oyunları oynuyor, elimizden gelen her türlü deliliği hiç çekinmeden rahatça uyguluyorduk.

O gün de elimizden gelen bütün çılgınlıkları yaşadıktan sonra zar adamın onuru hasar görmedi, Arlene mahmur gözlerle bir süre bana baktı, başını iki yana salladı ve sonra elinin tersiyle ağzını sildi. Sonra yattığı yerde yavaşça doğruldu. Ben de ona platonik aşkımı tekrar ilan ettim, sonra eğildim ve göğüslerini, dudaklarını dakikalarca öptüm.

Bölüm On Beş

Bir gün için Hz. İsa olmuştum. Düzen-kırıcı bir olay olarak, seven bir Hz. İsa olmak insanın değerini artırıyordu ve ne kadar mütevazı, sevecen ve tutkulu hissetmeye başladığımı görünce şaşırdım. Zarlar bana "Hz. İsa olmamı ve tanıdığım her kadınla Hıristiyan aşkı yapmamı emretmişlerdi. O sabah sevecen bir baba olarak çocuklarımı ellerinden tuttum ve okullarına götürdüm. Larry'nin merakla, "Ne oluyor baba? Neden bizimle beraber geliyorsun?" sorusu bile beni hiç şaşırtmadı. Eve döndükten sonra çalışma odama kapanarak Kutsal Kitaptan bazı bölümler okudum. Sonra Lil ile birlikte dışarı çıktım ve onu alışveriş merkezine bırakırken o kadar nazik ve şefkatli davrandım ki, karım olağanüstü bir şeyler olduğunu düşündü. Bir an için Arlene ile olan ilişkimi ona anlatıp af dilemeyi düşününce paniğe kapılır gibi oldum, ama sonra o ilişkiyi yaşayanın başka bir adam, o dünyanın başka bir dünya olduğuna karar verdim ve rahatladım. Lil o akşam bana, o gün kendisine gösterdiğim sevgi ve nezaket yüzünden, her zamankinden üç kat daha fazla para harcadığını anlattı.

O gün akşama doğru Arlene ile buluşacaktım ama ona, günahlarımızın affı için dua etmeyi teklif edeceğime karar verdim. Sabah hastalarım Frank Osterflood ve Linda Reichman'a özellikle nazik davranmaya çalıştım ama bu tür davranışım benim üzerimde büyük bir etki yapmadı. Osterflood'a küçük kızlara tecavüz etmenin belki de günah olduğunu söylediğimde adam biraz rahatsız olur gibi oldu, sonra da patladı ve kızların, onlara yaptığı her şeyi hak ettiklerini söyledi. Ona kutsal Kitaptan bir bölüm okudum ve "Eğer sağ gözün suç işler, seni öfkelendirirse onu çıkar," dedim. "Eğer elin seni kızdırırsa..." diye devam ederken adam yattığı terapi divanından birden fırlayarak masama koştu ve üzerime eğilip boğazıma sarıldı. Jake, onun hastası ve Bayan Reingold koşup beni onun elinden kurtardılar ve ben de onlara, hastama İncil'den bir bölüm okuduğumu ve onun da bundan çok etkilendiğini söyledim.

Linda Reichman terapi sırasında bir ara beline kadar soyundu ama ona birlikte dua etmemizi söylediğimde sakinleşti. Üzerime eğilip kulak mememi öpmeye başladığında, ruhsal sevgiden söz etmeye başladım ona. Bana kızınca ondan özür diledim, ama pantolon fermuarımı açmaya başlayınca ona da Kutsal Kitaptan bir şeyler okudum.

Öfkeli gözlerle yüzüme baktı ve "Neyin var senin bugün?" diye sordu. "Geçen seferden daha da berbat bir haldesin."

"Ruhsal aşkın en mükemmel fiziksel sevişmeden daha zengin, daha zevkli olduğunu göstermeye çalışıyorum sana."

"Sen gerçekten inanıyor musun bu saçmalığa?" diye sordu.

"Bütün insanların insanlık için en büyük ve sıcak aşk olan Hz. İsa aşkını tadana kadar kayıp olduklarına, ancak o zaman kendilerini bulduklarına inanıyorum ben."

"Gerçekten inanıyor musun bu saçmalığa?"

"Evet."

"O halde paramı geri ver bana."

O gün Jake ile öğle yemeğinde beraberken az kalsın ağlayacaktım. İşlerinin ağır yükü altında ezilen ve benim hissettiğim büyük aşkı hissedemeyen, her zevkten mahrum olan bu arkadaşıma yardım etmek istiyordum. O gün de karşıma geçmiş koca et parçalarını fasulyelerle birlikte ağzına tıkıştırırken kazara intihar eden bir hastasını anlatıyordu. Bense onun delinemeyen zırhını delmenin bir yolunu arıyor ama bir türlü bulamıyordum. Yemeğin sonlarına doğru üzüntüm daha da arttı, gözlerimin dolduğunu hissettim. Kendimi zorlayarak duygusallığı bir yana bıraktım ve onu nasıl etkileyebileceğimi düşündüm.

Onun kalbine giden yolu bulmalıydım. Bazı sözler ve tarzlar her kişilik ve her din için uygun olabiliyordu. Ben de Hz. İsa olmanın etkisiyle insanları sevdiğimi anladım ve bu deney de alışılmamış aksiyonlar ve alışılmamış bir lisanla ifade ediyordu kendini.

Bir süre düşündüm ve sonra, "Jake, insanlara karşı içinde bir sıcaklık, bir sevgi hissediyor musun?" diye sordum.

Çatalını ağzına götürürken birden durdu ve boş gözlerle yüzüme baktı.

"Ne demek istiyorsun sen?" diye sordu.

"Belirli bir kişiye ya da bütün insanlara karşı içinde sıcak duygular hissettin mi hiç?"

Yine beni anlamamış gibi baktı ve bir süre düşündükten sonra, "Hayır," dedi. "Freud'a göre bu tür duygular panteizmle ve iki yaş çocuklarının gelişme aşamasıyla ilgilidir. Bana göre de mantıksız sevgi selleri geri çekilmektir."

"Yani sen bu tür duyguları hiç hissetmedin, öyle mi?"

"Hayır. Neden?"

"Peki ama, ya bu tür duygular . . . harika ise. Onlar başka şeylerden çok daha güzel, daha çok arzulanan duygularsa? Böyle bir duygunun bir geri çekilişi ifade etmesi yine de onu arzu edilmeyen bir duygu yapar mı sence?"

"Elbette. Bu hastan kim? Yoksa bana sözünü ettiğin şu Cannon denen çocuk mu?"

"Peki ama ben sana içimde herkes için bir sıcaklık ve sevgi duygusu besliyorum desem ne diyeceksin bana?"

Yine durdu ve soran gözlerle uzun süre yüzüme baktı.

"İçimde özellikle sana karşı büyük bir sevgi var," diye ekledim.

Jake gözlüklerinin arkasında gözlerini kırpıştırarak ve sessizce baktı bana. Yüzünde şimdiye kadar görmediğim bir ifade vardı ve sanırım korku ifadesiydi bu.

Sinirlenmiş gibi bir ses tonuyla, "Şu anda senin gerileme aşamasında olduğunu söyleyebilirim," diye konuştu. "Sen bir gelişme hattında bloke olmuşsun, sorumluluktan kaçmak istiyorsun, herkes için hissettiğin bu çocukça sevgi konusunda yardım arıyorsun. Ama geçecektir bu duygular." Sustu ve tekrar yemeye başladı.

"Bu duygum konusunda sana şaka yaptığımı mı sandın, Jake?"

Bir an gözlerime baktı ve sonra başını sağa sola çevirerek bir süre etrafı seyretti. "Bunu bilemem Luke. Son zamanlarda gerçekten garip davranışlarını gözlüyorum. Bu bir oyun da olabilir, samimi de olabilirsin. Belki de yeniden analize girmen, Tim'le konuşman gerekiyor. Ben arkadaşın olduğum için senin hakkında hüküm veremem dostum."

"Pekâlâ, Jake, ama seni sevdiğimi bilmeni isterim ve bunun obje kateksisi ya da anal aşamayla bir ilgisi olduğunu da hiç sanmıyorum."

Çatalını bıraktı ve gözlerini kısarak dikkatle yine baktı yüzüme.

"Bu bir Hıristiyanlık sevgisi, hatta diyebilirim ki bir Yahuda-Hıristiyanlığı sevgisi," diye ekledim.

Jake şimdi daha da fazla korkmuş gibi bakmaya başlamıştı bana. Ben de onun bu halinden korkmaya başladım.

"Benim sözünü ettiğim şey sadece sıcak, kardeşçe bir sevgi, Jake. Endişelenecek, korkacak hiçbir şey yok bu tür bir sevgide."

Jake sinirli bir ifadeyle ve gözlerini yine kısarak hafifçe gülümsedi ve "Bu krizler sık mı geliyor, Luke?" diye sordu.

"Pekâlâ, Jake, sen şimdi boş ver bu konuyu da bana şu hastandan söz et biraz. Onunla ilgili olarak yazdığın şu makaleyi tamamladın mı?"

Jake bunu duyunca hemen kendine geldi, istediği konu açılmıştı ve o da birden neşelenerek büyük bir arzuyla konuşmaya başladı. Herkesi seven sevgili arkadaşı Lucius Rhinehart kendi konusunu bir yana bırakıp meydanı ona açmış ve her şey normale dönmüştü.

O gün öğleden sonra QSH'daki küçük yeşil odama giren Eric Cannon'a, "Otur bakalım, evlat," dedim. Zile basıp onu getirmelerini istediğim zaman içimde yine Hz. İsa tarzı sıcak duygular vardı ve masamın arkasından ona da sevgi dolu gözlerle baktım. O da bana sanki ruhumu görecekmiş gibi baktı, koca siyah gözleri pırıl pırıldı, eğleniyormuş gibi bir hali vardı. Gri haki karışımı eski pantolonu ve yırtık tişörtüne rağmen gayet sakin ve ciddi bir görünüşü vardı. Her gün spor yapan ve önüne gelen kızla yatan bir delikanlıya benziyordu.

Her zaman yaptığı gibi pencere yanına bir sandalye çekerek oturdu, hiçbir şey umurunda değilmiş gibi bacaklarını ileri doğru uzatarak sandalyede iyice yayıldı ve ayaklarındaki basket ayakkabılarının sol teki altındaki deliği gösterdi bana.

Ben başımı hafifçe öne eğdim ve "Hadi dua edelim," dedim.

Esnemek için ağzını açmıştı ama şaşkınlıktan esneyemedi, ağzını kapadı, ellerini ensesinde kenetledi ve şaşkın gözlerle yüzüme baktı. Sonra bacaklarını topladı, başını öne doğru eğdi ve hafifçe öne eğildi.

"Yüce Tanrım!" diye mırıldandım. "Senin emirlerini yerine getirmemiz için yardım et bize. Ruhumuz Seninle olsun, Senin şanına yakışır şekilde nefes alalım ve verelim. Amin."

Oturduğum yerde bir süre başımı kaldırmadan yere baktım ve duadan sonra ne yapacağımı düşündüm. Eric'le yaptığım daha önceki seanslarda ona direktif vermemiştim ve o da kayda geçmiş psikoterapi tarihinde, arka arkaya yaptığımız üç seansta hep sessiz ve sakin oturan ilk hasta olmuştu. Dördüncü seansta bir saat boyunca kaldığı koğuşun ve dünyanın durumu hakkında konuştuk. Daha sonraki seanslarda Eric bazen sessiz kalmış, bazen de kendi kendine konuşmuştu. Bundan önceki üç haftada sadece birkaç zar emirli deney yapmış, Eric'e bütün yetkilileri sevmeye çalışmasını söylemiştim ama o bütün denemelerimde hep sessiz kaldı. Birkaç dakika sonra başımı kaldırdığım zaman onun dikkatle bana baktığını gördüm. Kara gözlerini yüzümden almadı, elini cebine attı ve sigara paketini çıkarıp bana bir Winston ikram etti.

"İstemem, teşekkür ederim," dedim.

Alaycı bir gülümsemeyle başını salladı ve "Bir Hz. İsa'dan diğerine ikram işte," dedi.

"Hayır, teşekkür ederim."

"Bu dua etmek de nerden çıktı şimdi?" diye sordu.

"Bugün kendimi bir dindar gibi hissediyorum işte . . . ayrıca . . ."

"Bravo sana."

"Ayrıca senin de bu duygularımı paylaşmanı istedim."

Soğukkanlılıkla biraz düşündü ve "Sen nasıl dindar olabilirsin ki?" diye sordu.

"Şey . . . ben Hz. İsa'yım," diye cevap verdim ona.

Önce sakin ve sessiz yüzüme baktı, sonra beni aşağılar gibi başını salladı ve gülümsedi.

"Sende bunu yapacak arzu yok."

"Ne demek istiyorsun?" diye sordum ona.

"Sen acı çekmiyorsun, etrafınla yeterince ilgilenmiyorsun, aslında dünyada yaşayan bir Hz. İsa olmak için gerekli ateş yok sende."

"Ya sen, evlat?"

"O ateş bende var. Ben bu dünyayı uyandırmak için o ateşi her zaman taşıdım içimde, o lanet salakları kamçılayarak tapınaklardan çıkarmak, barış isteyen ruhlarına kılıç dayamak istedim hep."

"Peki ya sevgi?"

"Sevgi mi?" diye bağırdı ve sandalyesinde birden dikleşti. Sonra sakinleşti ve hafif bir sesle, "Evet, sevgi," diye tekrarladı. "Acı çekenler, makinenin önünde olanlar için sevgi besliyorum, ama kontrolü ellerinde tutanlar, işkence edenler için sevgi yok içimde. Onları hiç sevmiyorum ben."

"Kim onlar peki?"

"Sen dostum ve makineyi kontrol edenler, ya da istemedikleri zaman çalışmayı, makineyi bırakıp gidenler, terk edenler."

"Ben de makinenin bir parçası mıyım yani?"

"Hemşire dolu bu hapishanede terapi denen bu oyunu oynadığın sürece tırnaklarını o eski haçın tahtasına geçiriyorsun demektir."

"Ama ben sana yardım etmek, seni sağlığına kavuşturmak, mutlu etmek istiyorum."

"Dikkat et, kusturacaksın beni."

"Peki, ya o makine için çalışmayı bırakırsam?"

"O zaman senin için bir umut doğabilir. O zaman seni dinleyebilirim ve sen de sayabilirsin."

"Ama bu sistemi terk edersem o zaman seni nasıl görebileceğim?"

"Burada ziyaret saatleri var. Ben de zaten burada seninle kısa bir süre kalacağım."

Bir süre sandalyelerimizde karşı karşıya oturduk ve meraklı gözlerle sessizce birbirimizi süzdük.

"Seansa neden duayla başladığımı ya da Hz. İsa olduğumu söylediğimi merak etmedin mi peki?"

"Sen oyunlar oynayıp duruyorsun," diyerek güldü. "Nedenini bilmiyorum ama oynuyorsun işte. Bu yüzden diğerlerinden daha az nefret ediyorum senden, ama asla güvenemem sana."

"Peki sen Hz. İsa olduğunu mu düşünüyorsun, Eric?"

Gözlerini yüzümden çekerek isli pencere camına çevirdi. Gözlerini kıstı ve "Duymak için kulakları olanlar duysun," diye mırıldandı.

"Senin içinde yeterince sevgi olduğunu sanmıyorum," dedim. "Bana sorarsan her şeyin anahtarı sevgidir, ama senin için nefretle dolu."

Başını yavaşça bana doğru çevirdi ve "Sen savaşabilirsin, Rhinehart," dedi. "Ama oyun yok. Dostunu tanımalı ve sevmeli ama düşmanını da tanımalı ve saldırmalısın."

"Bu biraz güç ama," dedim.

"Sadece gözlerini açmalısın. Görmek için gözleri olanı bırak görsün seni."

"Ben aynı kişilikte hem iyi ve hem de kötü insan rolü oynayanları görüyorum. Ben asla hedef gözetmem. Her zaman affetmek, sevmek isterim."

"Makinenin arkasında ve makinenin parçası olan adamları görmek zor değildir, Rhinehart. Uzanıp yatan, idare eden ve öldüren adamlar; sen gördün onları. Sadece sokağa çık ve gözlerini açarak biraz dolaş, hedefleri mutlaka göreceksin."

"Yani sen şimdi onları öldürmemizi mi söylüyorsun?"

"Ben sana onlarla savaşmanı söylüyorum. Dünyada bir savaş devam ediyor, herkes askere alındı, ya makineden yanasın, ya da ona karşısın, ya onun bir parçasısın ya da husyelerin her gün onun tarafından tırmıklanıyordur. Sen istesen de, istemesen de hayat artık bir savaş ve sen Rhinehart, şimdiye kadar diğer taraf için çalıştın."

"Ama sen düşmanlarını seveceksin."

"Elbette, ama sen de kötülüklerden nefret edeceksin, Doktor."

"Kitapta der ki, yargılama ki yargılanmayasın."

Ciddi bir ifadeyle, "Çitin üzerinde oturanın kıçı acır," diye karşılık verdi.

Üzgün bir ifadeyle, "Ateşe ihtiyacım var: Ben herkesi seviyorum," dedim.

"Demek ateşe ihtiyacın var."

"Yoksa nasıl iyi insan olacağım ben? Ben aslında dindar bir insan olmak istiyorum."

"Yoksa bir mürit, bir havari mi olmak istiyorsun, Doktor?"

"Yani, on iki havariden biri gibi mi demek istiyorsun?"

"Büyük ihtimalle. Ama sen bir saatlik seansın için otuz dolar mı alıyorsun?"

Yarım saat sonra diğer hastam Arturo Toscanini Jones'un karşısında otururken kendimi yorgun, morali bozulmuş biri gibi hissediyordum, hiç de Hz. İsa tavrına benzemiyordu davranışım ve pek konuşmadım. Jones da genelde pek konuşkan biri olmadığından, uzunca bir süre birbirimize bakarak sessizce oturduk ve en sonunda dayanamadım ve görevimi yapacak kadar enerji topladığıma inanarak konuştum.

Onun gergin vücuduna ve çatık kaşlı yüzüne bakarak, "Bay Jones," dedim, "beyazlara güvenmemen konusunda sana belki de hak veriyorum, ama buna rağmen kendime ait bazı nedenlerle ben içimde sana karşı sıcak duydular besliyor ve sana yardım etmek istediğimi söylüyorum. Bu konuda ne yapabilirim?"

Adam bu sorumu bekliyormuş gibi, hiç düşünmeden, "Beni buradan çıkar," diye cevap verdi.

Onun bu talebini düşündüm. Şimdiye kadar onunla belki yirmi seans yapmıştım ve en büyük arzusunun bu hastaneden çıkmak olduğunu biliyordum. Kafes içindeki bir hayvan gibi onun kafasında da sadece bu düşünce vardı.

"Peki seni buradan çıkardıktan sonra başka ne yapabilirim?"

"Önce beni buradan çıkarmalısın. Özgür kalana kadar başka bir şey düşünemem. Ama buradan çıktıktan sonra... şey..."

"Dışarı çıkınca ne yapacaksın?"

Birden sinirlendi ve gözlerini kısarak yüzüme baktı. "Lanet olsun be adam! Sana beni buradan çıkarmanı söyledim, durmadan konuşmayı bırak da dediğimi yap. Bana yardım etmek istediğini söyledin ama gevezelik edip duruyorsun."

Bu hastanede yapabileceğim her şey Jones için beyaz doktor işi olmaktan ileri gitmeyecekti, bunu iyice anlamıştım. Ona güven veremediğim takdirde kendisini sevip saydığımı asla anlamayacaktı bu adam. Buradan çıktıktan sonra büyük olasılıkla beni kandırdığını, benim aptal bir beyaz adam olduğumu düşünebilirdi. Ama hastanede kaldığı sürece içinde sadece nefret duygusu olacaktı. Dışarıda belki...

Ayağa kalkıp kirli cama gittim ve bir süre bahçede top oynayan hastaları seyrettim. Sonra döndüm ve onun yüzüne bakarak, "Seni bugün çıkaracağım buradan," dedim. "Akşam yemeğinden önce evinde olabilirsin. Bu yapacağım şey hafifçe yasadışı olabilir ve başıma dert açabilir, ama sana verebileceğim şey sadece özgürlüğünse, bunu vereceğim sana."

"Benimle dalga geçmiyorsun, değil mi?"

"Seni kendi arabamla götürmek zorunda kalsam bile bir saat içinde şehirde olacaksın."

"Peki ama ne demek oluyor bu? Mademki şimdi çıkabiliyorum bu hastaneden, neden bir ay önce çıkmadım? Bende bir değişiklik yok ki!" Bunu söyledikten sonra hata yapıp yapmadığını düşündü.

"Biliyorum, sen değişmedin, ama ben değiştim." Tekrar pencereye döndüm ve bu kez hastane bahçesinde top oynayanları değil de dışarıda uçurtma uçuran küçük bir çocuğu seyrettim.

"Sanırım bu hastane bir hapishane ve doktorlar da gardiyan," diye devam ettim. "Bu şehir bir cehennem ve bizim toplumumuz insanlar arasındaki sevgi bağlarını koparıyor. Ben yine de şanslı sayılırım. Ben hapiste olanlardan biri değil, sadece bir gardiyanım ve bu durumda sana yardım edebileceğim. Ama senden de bana bir iyilik yapmanı isteyeceğim."

Pencere önünden ayrılıp ona döndüğümde sandalyesinde öne doğru eğilmiş, büyük bir dikkatle beni dinlediğini gördüm, gergin görünüyordu. Ben susunca kaşlarını çatarak yüzüme baktı ve "Nasıl bir iyilik bu?" diye sordu.

Onun bu kaş çatışı ve soruyu fısıldayarak sorması üzerine, aklımdaki iki muhtemel iyiliğin pek de işe yaramayabileceğini düşündüm. "Buradan çıkınca gelip ofisimde gör beni ve arkadaşım ol," dedim. Bir adam eğer özgürlüğü hak ettiyse, kendisine özgürlük sağlayan gardiyanı ile arkadaş olmazdı ve doktor-hasta ilişkilerinde her zaman hataya yer vardı. Onun karşısında durdum ve boş gözlerle yüzüne baktım.

"Ne yapmamı istiyorsun?" diye sordu.

O sırada nehirdeki teknelerden biri iki kez korna çaldı. Bir uyarı olmalıydı bu korna sesleri.

"Hiçbir şey istemiyorum senden," diye cevap verdim. "Sadece sana yardım etmek istediğimi hatırladım, hepsi bu. Hiçbir şey yapmak zorunda değilsin. Özgür kalacaksın ve dışarıda istediğini yapabilirsin. Bu hastaneden ve benden de kurtulmuş olacaksın."

Kuşkulu gözlerle yüzüme bakarken ben de ciddi ve asalet kokan bir ifadeyle ona baktım. Onu hastaneden çıkardığım için büyük adam olduğumu söylemesini bekledim ama hiç sesimi çıkarmadım, mütevazı Hz. İsa için doğal bir davranıştı bu.

"Hadi benimle gel," dedim. "Elbiselerini alalım, giyin de çıkalım buradan."

Arturo Toscanini Jones'u hastaneden çıkarmak düşündüğümden uzun, bir saatten fazla sürdü ve bu talep korktuğum gibi yasadışı sayılıyordu. Onu benim refakatimde kaldığı koğuştan çıkarmayı başardım ama hastaneden çıkmasına kolayca izin vermediler. Hastane müdürlerinden birinin de resmi olarak izin vermesi gerekiyordu ve çıkış o gün için mümkün değildi. Dr. Mann ile Cuma günü yemekte konuşabilir, ya da ona telefon edebilirdim.

Sonunda Jones'u hastaneden çıkarıp kendi arabamla Manhattan'a ve annesinin 142. Sokaktaki evine götürdüm. Yolda ikimiz de hiç konuşmadık ve adam arabadan inerken sadece, "Getirdiğin için teşekkür ederim," dedi.

"Önemli değil," dedim.

Birkaç saniye durup yüzüme baktı ve sonra arabanın kapısını kapayarak uzaklaştı.

Hz. İsa bir iyilik daha yapmış ama sonuçta hiçbir şey yapmamış gibi, sadece sırasını savmıştı.

Jones'u hastaneden çıkarana kadar çok yoruldum ve arabada onunla hiç konuşmamak iyice can sıkıcı oldu. Onun kişiliği yanında normal bir insan olmaya çalışmak çok yorucu bir işti, nerdeyse olanaksızdı. O gün yaklaşık kırk dakika kadar seven Hz. İsa rolü oynadıktan sonra, sistemim kayıtsızlığa doğru kaymaya başladı. Kırk dakikadan sonra Hz. İsa rolüne devam ettiysem bile bu rol hissederek değil de tamamen mekanik olarak oynandı.

Arlene ile buluşmaya giderken karışık kafamda onunla olan ilişkimi gözden geçirmeye çalıştım. Hıristiyanlık zinayı günah sayıyordu, şimdiye kadar epey günah işlemiştim. Hz. İsa sevgilisiyle olan bir randevusunu iptal edebilir miydi acaba? Hayır, ona olan sevgisini dile getirmeliydi. Onu seviyor ve ona bu konuyla ilgili çeşitli emirleri hatırlatmak istiyordu.

Hz. İsa o gün öğleden sonra Bayan Jacob Ecstein ile Harlem'de, 125. Sokak ve Lexington Bulvarı köşesinde buluşup La Guardia Havaalanı otoparkında kuytu bir köşeye götürdüğü zaman niyeti buydu işte. Kadın çok neşeliydi ve yolculuk boyunca Hz. İsa'nın okumadığı *Portnoy's Complaint* adlı kitaptan söz etti durdu. Arlene'in konuşmasından, yazarın aşkı keşfetmemiş olduğu ve ayrıca kadının cin kadehini birkaç kez doldurup iyice açıldığı belli oluyordu. Hz. İsa'ya göre, Arlene'in bu alkollü durumunda, ona Yahuda-Hıristiyan aşkından söz etmek hiç de kolay olmayacaktı.

Hz. İsa, arabayı park ettikten sonra, "Arlene, insanlara karşı içinde sıcak bir sevgi var mı hayatım?" diye sordu.

Arlene güldü ve "Sadece sana karşı sevgilim," diye cevap verdi.

"Birine ya da bütün insanlara karşı içinde büyük bir sempati, bir sıcaklık ve sevgi dalgası hissettin mi hiç?"

Kadın başını hafifçe yana eğerek düşündü ve sonra, "Arada sırada," dedi.

"Peki bu yakınlığı, sevgiyi neye atfediyorsun?"

"Alkole."

Arlene bunu söyledikten sonra Hz. İsa'nın pantolon fermuarını açtı ve elini onun önüne attı. Hz. İsa şaşkınlıktan ne yapacağını bilemedi elbette.

Vaaz verir gibi, ciddi bir ifadeyle, "Evladım, kızım!" diye konuştu. "Kocanı ya da Lillian'ı mutsuz edeceğini düşünmüyor musun hiç?"

Bu kez kadın şaşkın gözlerle baktı ona ve "Elbette düşünmüyorum," dedi. "Hoşuma gidiyor bunu tutmak."

"Kocanın duyguları hiç ilgilendirmiyor mu seni peki?"

Arlene, "Jake'in duyguları mı?" diye bağırdı. "Jake kendini başka şeylere göre ayarlamış. Onun duyguları filan yok."

"Sevgisi de mi yok peki?"

"Sevgisini belki haftada bir hatırlar."

"Fakat Lillian'ın duyguları var. Tanrı'nın da duyguları vardır."

"Biliyorum ve sanırım senin karına yaptığın bu şey çok zalimce."

"Bak bu doğru işte. Bunun için sen ve Dr. Rhinehart günah sayılan ve onu incitecek olan bu tür hareketlerden kaçınmalısınız."

"Biz kötü bir şey yapmıyoruz ki, o kadına acı çektiren adam *sensin*."

"Dr. Rhinehart daha iyi bir adam olacak."

"Güzel, karının üzüldüğünü görmek benim de hoşuma gitmiyor." Arlene elini onun önünden çekti ve arabadan dışarıya baktı.

"Fakat Arlene, bu bizim yaptığımıza zina deniyor ki bu da büyük bir günahtır. Karımı inciten de bu zaten."

Hz. İsa'yı baştan çıkaran kadın sesini çıkarmadan başını çevirdi ve onun gözlerine baktı, pırıl pırıldı o gözler, arzu doluydu.

"Dr. Rhinehart ile cinsel ilişki kurmak büyük günah, Arlene."

"Durmadan bahsettiğin şu Dr. Rhinehart da kim oluyor? Senin neyin var bugün?"

"Senin bu yaptığın Tanrı sözüne karşı zalimce ve bencilce bir davranıştır. Bu davranışın sonuçları Lillian ve çocuklar için felaket olabilir."

"Nasıl yani?"

"Bunu öğrenirlerse yani."

"Senden boşanır, olur biter."

Hz. İsa kadına baktı. Başını iki yana salladı ve yine vaaz verir gibi, ciddi bir ses tonuyla, "Biz burada insanlardan ve Kutsal Evlilik Kurumundan söz ediyoruz," dedi.

"Senin neler saçmaladığını anlamıyorum ben."

Hz. İsa birden sinirlenir gibi oldu ve kadının kendisine doğru uzanan elini sert bir hareketle geriye itti.

"Günaha o kadar gömülmüşsün ki ne yaptığının farkında bile değilsin sen."

Arlene de sinirlenmişti şimdi.

"Üç aydır benimle gönül eğlendiriyorsun ama şimdi birdenbire bunun günah olduğunu keşfettin ve burada günahkâr olan da *benim,* öyle mi?"

"Dr. Rhinehart da günahkâr elbette."

Arlene şaşkın gözlerle bir süre ona baktı ve sonra, "Ama bugün pek günahkâr olmak istemiyor galiba," dedi.

Otoparkın bulunduğu yerden körfez görünüyordu ve Hz. İsa bir süre arabanın camından körfezden geçen bir yolcu gemisini seyretti. İki martı geminin üzerinde bir tur attıktan sonra yaklaşık on beş metre yükseldiler ve sonra otoparka doğru süzüldüler ve arabanın arkasında kayboldular. Bu bir işaret miydi yoksa?

Hz. İsa mütevazı bir tavırla çevresine bakındı ve hiç kuşkusuz delirdiğini idrak etti. Aylardan beri Dr. Rhinehart'ın bedeninde Bayan Ecstein'la aşk hayatı yaşıyordu ve şimdi de kadının kafasını karıştırmıştı. Arlene'in, başkasının bedenine girerek günahkâr rolü oynayan onu tanıması olanaksızdı. Arlene de şimdi şaşkın bir halde ellerini kucağında kavuşturmuş, Körfez sularına bakıyordu. Kadının çıplak dizleri ona küçük bir çocuğun dizleri gibi göründü, heyecanı da küçük bir kızın heyecanını andırıyordu zaten. Çocuklar hakkında verdiği emirleri, vaazları hatırladı.

"Çok üzgünüm, Arlene. Ben bir deliyim. Eminim bundan. Kendimde değilim ben. Kendimi sık sık kaybediyorum. Birden günah, Lil ve Jake hakkında konuşarak senin kafanı da karıştırdım, benim bu yaptığıma riyakârlık denir."

Arlene başını birden çevirip ona baktı, gözleri yaşlıydı.

"Ben seninle sevişmekten hoşlanıyorum, sen de benim göğüslerimi çok seviyorsun ve bunlar da günah sayılmaz."

Hz. İsa kadının bu sözlerini düşündü ve bunlar ona oldukça mantıklı geldi.

"Evet, bunlar güzel, ama bunlardan daha güzel olan şeyler de var."

"Biliyorum bunu, ama ben bizim güzel şeylerimizi daha çok seviyorum."

Bir süre hiç konuşmadılar ve iki yabancı ruh dünyasının insanları gibi birbirlerine baktılar. Sonunda Hz. İsa, "Artık gitmeliyim," dedi. "Geri dönmem gerekiyor. Deliliğim gönderiyor beni. Deliliğim bana, seninle bir süre sevişemeyeceğimi söylüyor." Hz. İsa bunu söyledikten sonra arabasını çalıştırdı.

Kadın cebinden çıkardığı çikolatadan bir lokma ısırdı ve onu yerken, "Aman Tanrım!" dedi. "Bana sorarsan sen kendin haftada beş kez gidip bir psikiyatr görmelisin."

Hz. İsa sesini çıkarmadı ve otoparktan çıkıp arabasını şehre doğru gazladı.

Bölüm On Altı

Ego; dostum ego. Onu zarların yardımıyla yok etmeye çalışmama rağmen o daha çok güçlendi. Zar her atılışında, zar adam egosunun gelişen dokularını beslemek için eski benlikten bir küçük parça daha koparıyordu. Bir psikiyatr, bir makale yazarı, yakışıklı bir erkek, seven bir koca olarak içimdeki geçmişle ilgili gururu öldürüyordum ama bir yandan da bunlar, olmayı hissettiğim insanüstü yaratığın yamyam egosunu besliyorlardı. Şu anda Zar Adam olmakla ne kadar gururlandığımı bilemezsiniz! İçindeki gurur duygusunu kim öldürmek ister ki? Hiçbir zaman izin vermediğim seçenekler onun gücüne ve ihtişamına meydan okuyabilecek olanlardı. Tüm değerler buna göre ölçülmeliydi. Bu kimliğimi benden alsanız ben boş bir evrende korkudan titreyen bir salak olarak kalırdım. Ama kararlı ve de zarlara sahip olunca Tanrıyım ben.

Bir gün, zarda altıda bir seçenek olarak, bir ay boyunca istediğim zaman ve tek sayı atarsam zarın kararına uymayacağım dedim ve bu kararımı bir kâğıda yazdım. Bu olasılıktan korkuyordum. Ama itaat etmemenin aslında zara itaat etmek olacağını düşününce korkum yok oldu. Zarlar seçeneği ihmal ettiler. Bir başka gün de, bütün zar kararlarının emir değil de tavsiye kararı olmasını not etmeyi düşündüm. Aslında zarlar artık komutan olmaktan çıkacak ve danışma konseyi olacaklardı. Ama 'özgür irade' sahibi olma tehdidi beni yine felç etti. Ama bu seçeneği hiç yazmadım.

Zarlar bana karşı hep saygılı oldular. Bir Cumartesi günü zarlar bana sarhoş olmamı emrettiler ama bu benim asaletime ters düştü. Sarhoş olmak insanın kendini kontrol edememesi anlamına geliyordu ki bu da Zar Adam olarak bağımsız, deneysel bir yaratık olmamla uyumsuz oluyordu. Ama ben yine de zevk aldım bundan. Sarhoş olmanın, ayıkken delilik gösterisinde bulunmaktan pek de farkı yok gibiydi. O akşamı Lil ve Ecstein'larla birlikte geçirdim ve gece yarısı da sadizmle ilgili yazmaya başladığım kitabımın müsvedde kâğıtlarından uçaklar yaparak pencereden uçurdum. Arlene'i birkaç kez okşadım ama bunu sarhoşluğuma verdiler. Fakat bu olay da Luke Rhinehart'ın yavaşça dağılmaya başladığının bir başka göstergesiydi.

Bu konuda arkadaşlarıma bir sürü başka ipucu da sağladım. Zarlar beni başka yerlere gönderdiği için, artık meslektaşlarımla eskisi kadar sık yemek yiyemiyordum. Meslektaşlarla yemeğe gittiğim zamanlarda da zarlar bana ilginç şeyler yaptırıyorlardı ve onları şaşırtıyordum. Bir gün zarların emriyle kırk sekiz saatlik oruç tutarken (su içmek dışında) kendimi zayıf hissettim ve onların emrettiği bir yere gitmemeye karar verdim. Orucumu Tim, Jake ve Renata ile paylaşacaktım.

Onlar daha önce de yaptıkları gibi, çoğu zaman birbirleriyle konuştular. Bana soru sorarken ya da benimle konuşurken, yaralı bir aslanı tedavi eden hayvan bakıcıları gibi dikkatliydiler. O gün öğleden sonra hastanenin hastaları taburcu etme koşullarını tartışırken ben açlıktan ölüyordum ve Jake'in pirzolasındaydı gözlerim. Dr. Mann tereyağlı ekmeğinden bir parça koparıp ağzına atarken, Dr. Felloni de önündeki kuzu etinden bir parça keserek ağzına attı ve ben de çıldırmak üzereydim. Jake her zamanki gibi hem konuştu ve hem de yemeğini diğerlerinden önce bitirdi.

Jake, "Hastaları bu kadar çabuk taburcu edemeyiz," diye konuştu, "Bir akıl hastası iyileşti sanılarak vaktinden önce taburcu edilirse bize, hastaneye, topluma, herkese zarar verebilir. Bowerly'yi okuyun."

Önce derin bir sessizlik oldu. Sonra restoranda yemek yiyen diğer müşterilerin konuşmaları, gülüşmeleri çatal kaşık sesleri geldi kulağıma. Hatta birinin yüksek sesle, adeta bağırarak, "Bir daha mı? Asla!" dediğini duydum.

Birden kendimi tutamadım ve "Tamamen haklısın, Jake," dedim. O gün söylediğim ilk cümle oluyordu bu.

Jake, "Geçici izinle taburcu edilen ve ebeveynini öldüren şu zenciyi hatırlıyorsunuz, değil mi? Biz çok aptallık ettik onu taburcu etmekle. Onları sadece yaralasaydı bari!"

"Jake doğru söylüyor, Tim," dedim.

Dr. Mann lütfederek yemeğini kesmedi bile ve Jake yine gözlerini kısarak baktı bana.

Jake, "Sizinle iddiaya girerim ki, QSH'dan -ve diğer hastanelerden de elbette- taburcu edilen hastaların üçte ikisi vaktinden önce çıkarılmış oluyor," diye devam etti, "yani hâlâ kendileri ve toplum için bir tehdit olmayı sürdürürken serbest bırakılıyorlar."

Başımı salladım ve "Bak bu doğru işte," dedim.

"Profesyonellerde moda olan düşünce tarzına göre, bu tür insanları hastaneye yatırmak aslında gerekli olan bir kötülük, ama aptalca bir moda bu. Eğer biz hastalarımıza bir şeyler verebiliyorsak, hastaneler de verebiliyorlar. Hastanede hastalar dışarıda terapi görenlerden üç kat fazla tedavi görüyorlar aslında. Hegalson, Potter ve Busch'un düzeltilmiş yazılarını okuyun."

"Onlarda randevusunu kaçıran da olmuyor," diye ekledim.

Jake, "Doğru söylüyorsun," diyerek devam etti, "onların hayatını karıştıracak normal yaşamlar da yok ayrıca."

"Karıları, kocaları, çocukları ya da evde pişen yemekleri de yok."

"Evet, öyle."

Dr. Felloni, "Peki ama bizim çabalarımız hastaları ev ortamına alıştırmak için değil mi?" diyerek araya girdi.

Jake, "*Belirli bir* ortama hazırlamak," diye cevap verdi ona. "Ben Zenci hastalarımı grup terapisine almaya çalışıyorum, böylece beyaz dünyanın hasta yanlarını görerek onlara olan öfkelerinden vazgeçiyor ve koğuş yaşamlarıyla ya da kendi bölgelerindeki hayatlarıyla tatmin olmayı öğreniyorlar."

"Tanrı bilir ya, beyaz dünya gerçekten hasta," dedim. "Doğu Almanya'da açlık çeken milyonlara bakar mısınız?"

Jake bunu duyunca konuşmasına biraz ara verdi; benimle aynı fikirdeymiş gibi görünüyordu ama cümlemin tam olarak tatmin edici olup olmadığından emin değildi. Biraz düşündükten sonra, "Bizim görevimiz beyaz ya da siyah, tüm sosyal yapıya psikolojik penisilin iğnesi yapmak," dedi. "Ve biz de zaten bunu yapıyoruz."

Dr. Felloni, "Fakat Bayan Lansing konusunda ne diyorsunuz?" diye sordu. "O kadın gerçekten taburcu edilebilir mi sizce?"

"O senin bebeğin, Renata, ama 'Kuşkunuz olduğu zaman hastanızı sakın bırakmayın,' sözünü asla unutma."

Dr. Mann hafifçe geğirdi ki biz bunu bir işaret kabul ettik, adam konuşmak istiyordu. Hepimiz sustuk ve saygılı bir ifadeyle onun yüzüne baktık.

Dr. Mann hafifçe öksürdü ve "Jake, bir toplama kampının komutanı olsaydın tam yerini bulmuş olurdun," dedi.

Masada derin bir sessizlik oldu.

Kimsenin konuşmadığını görünce, "Bu hiç de nazikâne bir söz değil," dedim. "Jake hastalarını yok etmek değil, onlara yardım etmek istiyor. Hem toplama kamplarında komutanlar bazen esirlere yiyecek bile vermezlerdi."

Masada yine sessizlik oldu. Dr. Mann ağzındaki lokmayı çiğnerken derin derin düşünür gibiydi. Dr. Felloni sanki bir tenis maçı izliyormuş gibi başını hafifçe bazen aşağı yukarı, bazen de sağa sola sallıyordu. Jake biraz düşündükten sonra biraz öne doğru eğildi ve Dr. Mann'ın ifadesiz yüzüne bakarak makineli tüfek gibi konuştu:

"Neden böyle konuştuğunu bilmiyorum Tim. Hasta kayıtlarımı istediğin zaman seninkilerle karşılaştırabilir, kıyaslayabilirim. Benim hasta taburcu politikam hastane müdürününkiyle aynıdır. Bence sen özür dilemelisin."

Dr. Mann peçetesini alıp ağzını sildi ve "Evet, özür dilerim," diye mırıldandı. "Aslında ben de bir komutan olabilirdim. Sadece Luke olamazdı komutan . . . o esirlerin kaprislerine boyun eğer ve onları kolayca salıverirdi." Dr. Mann, Arturo Toscanini Jones'un taburcu edilmesi konusuna hiç de olumlu bakmamıştı.

"Hayır, ben komutan olamazdım," dedim. "Eğer ben komutan olsaydım hastaların, ya da esirlerin yiyecek miktarlarını iki katına çıkarır, hastalar üzerinde deneyler yaparak psikiyatri bilimini on iki ay içinde Freud'un yüz yıl ilerisine geçirirdim."

Jake, "Yahudi esirlerden mi söz ediyorsun sen?" diye sordu.

"Tamamen haklısın, dostum. Yahudiler psikolojik deneyler için en uygun esirler olurdu." Durup birkaç saniye düşündüm ama Jake'in konuşmak istediğini görünce, "Çünkü onlar çok zeki insanlardır," diye devem ettim, "hassas ve aynı zamanda esnektirler."

Bu sözüm Jake'i biraz yavaşlatır gibi oldu. Nedense üç sıfatımla yarattığım ırkçı stereotip ona atış yapabileceği fazla hedef bırakmamış gibiydi.

"Esnek demekle ne demek istedin?" diye sordu.

"Katı değiller . . . açık fikirli, değişebilme yeteneğine sahip olan insanlardır."

Dr. Mann elinde ıstakoz tepsisiyle yanımızdan geçen garsona baktıktan sonra bana döndü ve "Ne gibi deneyler yapardın acaba, Luke?" diye sordu.

"Ben esirlere, ya da hastalara fiziksel olarak dokunmazdım. Yani sterilizasyon, beyin ameliyatları gibi şeyler yapmazdım. Sadece sofulara, münzevilere hedonizmi, zevkli yaşamı öğretirdim. Epikürcüleri kendini kırbaçlayanlara, nemfomanyakları rahibelere, eşcinselleri heteroseksüellere çevirir ve benzer değişiklikleri yapardım. Onlara Musevi yemekleri dışında yemekler yemeyi öğretir, dinlerini, kıyafetlerini, her şeylerini değiştirmelerini ister, fazla zeki, hassas ve esnek olmamaları konusunda eğitim verirdim. Böylece insanların değişebileceğini kanıtlardım."

Dr. Felloni şaşkın gözlerle yüzüme bakıyor ve başını sallayıp duruyordu. Sustuğumu görünce heyecanlı bir ifadeyle, "Bütün bunları Queensborough Devlet Hastanesinde (QDH) mi yapacağız yani?" diye sordu.

"Ben hastane müdürü olursam," diye cevap verdim.

Dr. Felloni, "Ama ben bunun etik olacağından emin değilim," dedi.

Dr. Mann, "Nasıl yapabilirsin tüm bunları?" diye sordu.

"Garip, komik terapiyle."

Jake şaşkın bir ifadeyle, "Komik terapi mi?" diye sordu.

"Evet. Honker, Ronson ve Gloop, *APB Journal*, Ağustos, 1958, sayfa 16-23, yorumlu bibliyografi. Dram-rollü terapi için kısa bir anlatım."

Dr. Mann yanımızdan geçen garsona, "Lütfen tatlı mönüsünü verir misin garson?" diye sordu. Konuşmayı umursamaz gibi bir hali vardı.

Jake," Moreno'daki aynı şey mi?" diye sorarak yüzüme baktı.

"Hayır, Moreno hastalarına aşamalı olarak fantezilerini oynatır. Garip ya da komik terapide hastalar bastırılmış, gelişmemiş dürtülerini yaşamaya zorlanırlar."

Jake, "*APB Journal* da nedir?" diye sordu.

"Jake, ben senin her söylediğinle hemfikirim," dedim. "Bana meydan okuma. Tartışmamızı destekleyen bütün ince doku parçalanıp üzerimize yıkılabilir."

"Hastalar üzerinde deneyler konusunu ben açmadım."

"O zaman tipik bir çalışma saatinde ne yaparsın sen?"

"Onları tedavi etmeye çalışırım tabii."

Dr. Mann bize bakarak gülmeye başladı ama boğazına bir şeyler takılmış olacak ki birden gülmeyi bıraktı ve uzun uzun öksürdü.

"Fakat Jake, biliyorsun," dedim, "tedavi merkezlerini artırıp daha fazla insanı tedavi etme konusunda bir fikrimiz vardı seninle."

Jake bir süre sessiz kaldı ama sonra yüzüme baktı ve "Yeni tedavi merkezlerinin ilk hastası da sen olursun, Luke," dedi.

"O halde bırak da bugünden başlayayım tedavi görmeye. Yardıma ihtiyacım var, karnım aç, gıdaya ihtiyacım var."

"Yani psikanalize mi ihtiyacın var?"

"Evet, hepimiz buna ihtiyacım olduğunu biliyoruz."

"Senin doktorun Dr. Mann idi."

"Ona olan güvenimi kaybettim. Yemek masası davranışları kötü. Yemekleri ziyan ediyor."

"Bunu daha önce de biliyordun."

"Fakat gıdanın değerini şimdiye kadar bilmiyordum."

Bir süre hiç kimse konuşmadı, sonra Dr. Felloni, "Tim'in yemek masası davranışlarından söz etmen iyi oldu Luke," diye konuştu, "çünkü bir süreden beri..."

Jake, "Sen ne diyorsun buna, Tim?" diye sordu. "Luke'a inanabilir miyim?"

"Elbette. Ben sadece sinir hastalarıyla çalışırım."

Bu belirsiz ifade (akış sağlığım yerinde miydi, değil miydi?) üzerine konuşmamız sona ermiş gibi oldu. Birkaç dakika sonra masadan kalkarken, Dr. Jacob Ecstein'la ortak ofisimizde Cuma günü psikoterapi seansı için anlaşmıştık.

Jake masadan kalkarken çok mutlu görünüyordu. En büyük zaferini kazanmaya başlamak üzere hissediyordu kendini. Ve hiç de haksız sayılmazdı aslında.

Bana gelince, on sekiz saat sonra bir şeyler yedikten sonra terapi için iştahım kapanmış gibi oldu, ama Jake'in beni psikanaliz hastası olarak kabul etmesi de dahice bir olaydı. Zarın gösterdiği yolu hiçbir zaman sorgulamamalıydım. Açlıktan ölmek üzere olan kişi bile yapmamalı bunu.

Bölüm On Yedi

Sonuçta olmak zorundaydı bu; zarlar Dr. Rhinehart'ın belayı yaymasına karar vermişlerdi—Dr. Rhinehart zar yaşamı yüzünden çocuklarını bile feda etme emri almıştı.

Luke karısına, bakıcı Bayan Roberts ve kendisinin çocuklara çok iyi bakacaklarını söyledi ve onu üç günlük bir ziyaret için Daytona Beach'deki anne babasının evine gönderdi. Sonra da Bayan Roberts'ı kandırıp Radio City Konser Salonuna gitmesine izin verdi.

Dr. Rhinehart daha sonra ellerini ovuşturarak sinsice sırıttı ve masum çocuklarına oynayacağı haince ve ahlaksızca oyunun uygulamasına geçti.

Salondaki divana oturdu, onları yanına çağırdı ve sevecen baba rolüyle, tatlı bir sesle, "Çocuklar, bugün sizinle özel bir oyun oynayacağız," diye konuştu.

Lawrence ve küçük Evie öldürücü ateşe koşan masum kelebekler gibi babalarının yanına koştular. Luke cebinden iki zar çıkardı ve onları divanın koluna koydu; daha önce acı meyveler vermiş olan korkunç tohumlardı bunlar.

Çocuklar şaşkın gözlerle baktılar zarlara; daha önce kötülük saçan bu aletleri yakından hiç görmemişlerdi, ama zarlardan fışkıran yeşil ışıltılar onların küçük kalplerinde nedense garip kıpırtılar oluşturdular. Lawrence içindeki korkuyu bastırarak sordu:

"Nedir bu oyun baba?"

Evie, "Ben de bilmek istiyorum," dedi.

"Buna zar adam oyunu diyorlar çocuklarım."

Lawrence, "Nedir bu?" diye sordu. Henüz yedi yaşındaydı ama çok geçmeden kötülüklerin içinde büyüyecekti.

"Zar adam oyunu şöyle oynanır: Yapmak istediğimiz altı şeyi bir kâğıda yazıp zar atar ve zarda gelen rakama göre listedeki işi yaparız."

"Haa, öyle mi?"

"Ya da olmak istediğin altı kişiliği yazar ve zara göre, o kişiliği oynarsın."

Lawrenve ve Evie duydukları sapıklık karşısında şaşkına döndüler ve hiçbir şey anlamamış gibi babalarına baktılar. Lawrence bir süre düşündü ve sonra omuz silkti ve "Pekâlâ," dedi.

Evie, "Ben de peki diyorum," diyerek Lawrence'a katıldı.

Lawrence, "Peki ama yazacaklarımıza nasıl karar vereceğiz?" diye sordu.

"Sen bana eğlenceli ya da garip olacağını düşündüğün bazı şeyleri söyle, ben de onları yazayım."

Lawrence bu garip, çılgınca oyunun başına neler getirebileceğinden tamamen habersiz olarak bir süre düşündü ve sonra, "Hayvanat bahçesine gitmek," dedi.

Dr. Reinhart hemen masasına gitti ve bir kalemle kâğıt alarak oğlunun söylediğini yazdı.

Lawrence, "Çatıya çıkmak ve oradan kâğıt uçurmak," dedi. Şimdi iki kardeş babalarının masasına gitmiş, onun yazdıklarına bakıyorlardı.

Lawrence, "Gidip Jerry Brass'ı dövmek," diye devam etti.

Dr. Rhinehart başını sallayarak bunu yazdı ve "Bu üç numara oldu," dedi.

"Seninle atçılık oynamak."

Evie ellerini çırptı ve "Yaşasın!" diye bağırdı.

"Numara dört oldu bu."

Çocuk bir süre düşündü ve sonra, "Başka bir şey bulamıyorum," dedi.

"Sen ne diyorsun peki, Evie?"

"Dondurma yemek."

Lawrence bunu beğendi ve "Evet," dedi.

"Tamam, beş oldu, bir tane daha söyleyin bakalım."

Lawrence, "Harlem'de uzun bir yürüyüş yapalım," diye bağırdıktan sonra divana koşarak zarı aldı. "Zarı ben atabilir miyim, baba?"

"Atabilirsin, ama unutma sadece bir kez atacaksın."

Çocuk zarı yere attı ve dört geldi; babayla atçılık oynamaktı bu. Luke Rhinehart kurt acaba kimin kılığında gelecek diye düşündü. Bağırıp çağırarak, çocukların el çırpmaları arasında yirmi dakika kadar oynadılar, yoruldular ve Lawrence, tuzağa düştüğünü fark etmeden, zar adamı yine oynamalarını istedi. Babası garip bir gülümsemeyle masaya gitti ve kâğıtla kalemi yine eline aldı. Lawrence eski seçimlerin yanına bazı yeniler de ekledi ama zar 'Gidip Jerry Brass'ı dövmek,' seçeneğini verdi.

Lawrence biraz şaşırmış gibi babasının yüzüne baktı ve "Şimdi ne yapacağız peki?" diye sordu.

"Yapacağın şey belli işte; aşağıya inip Brass'ların kapısını çalacak, Jerry'yi çağıracak ve onu dövmeye çalışacaksın, hepsi bu."

Lawrence gözlerini indirdi ve yere baktı, bu aptalca oyunun sapıklığını şimdi anlamaya başlamış gibiydi. Biraz düşündü ve sonra, "Peki ama ya Jerry evde değilse?" diye sordu.

"O zaman daha sonra denersin bu oyunu?"

"Onu döverken ne diyeceğim?"

"Bunu neden zara sormuyorsun?"

Çocuk başını kaldırıp şaşkın bir ifadeyle babasının yüzüne baktı. "Nasıl yani?"

"Jerry'yi dövmek zorundasın. Şimdi ona ne söyleyeceğin konusunda neden zara altı seçenek vermiyorsun?"

"Tamam, bu harika, bunlar ne olabilir ki?"

Babası yine o korkunç gülümsemesi ve garip ifadesiyle onun yüzüne baktı ve "Sen şimdi Tanrı olduğunu düşün ve söylemek istediklerini zara bildir," dedi.

"Bunu yapmamı babamın istediğini söylerim ona."

Dr. Rhinehart hafifçe öksürdü, bir an tereddüt etti ve sonra, "Pekala . . . bu numara bir," dedi.

"Bunu yapmamı annem söyledi diyebilirim."

"Tamam."

"Sarhoşum diyebilirim."

"Numara üç."

"Şey . . . ona dayanamadığımı söylerim."

Çocuk heyecan içinde düşünüyordu.

Lawrence, "Ona boks çalışmamı yaptığımı söylerim," dedi ve gülerek zıplamaya başladı.

"Bir de bunu bana zar söyledi diyebilirim."

"Bu da altı numara oldu, çok güzel, Larry."

Çocuk gülerek bir boksör gibi oynamaya başladı ve "Boks antrenmanındayım," diye bağırdı. "Şimdi zarı atıyorum . . . hoop . . . üç geldi baba!"

"Tamam, Larry, o zaman sarhoşsun sen, şimdi git ve bitir onun işini."

Lawrence alt kata inerek komşunun kapısını çaldı, Jerry Brass'ın annesiyle babası evde değildi, hizmetçileri vardı ama Lawrence ona aldırmadan Jerry'ye birkaç kez vurdu, sarhoş olduğunu söyledi ve sonra da yakalanmadan kaçtı, ama bu mantıksız kötülük elbette cezasız kalmayacaktı. Lawrence kendi evine dönünce aynen şunu söyledi: "Zarlar nerde baba?"

Ah dostlarım, Larry ile o öğleden sonra o zar adam oyununu oynadıktan sonra kendi zar adam yaşantımı iyice düşündüm. Larry zar adam oyununa ve zarların verdiği kararlara o kadar kolay alıştı ki, yedi ile yirmi yedi yaşlar arasındaki insanların o yirmi yıl boyunca kararlarını nasıl verdiklerini iyice merak etmeye başladım. Yetişkinler kontrollü, endişeli olur ve ayrıntılarla uğraşırken, çocuklar nasıl çoğu zaman içten, neşeli oluyor ve zihinlerini daha hızlı topluyorlardı?

İnsanın kendine sahip olması denen lanet duyguydu bu: Psikologların, hepimizin sahip olması gerektiğini söyledikleri kişilik duygusuydu. Ya kişilik duygusunun gelişmesi –o zaman bana orijinal bir düşünce tarzı gibi geldiydi– normal ve doğal ise, ama kaçınılmaz ya da *arzu edilebilir* değilse, diye düşündüm. Ya psikolojik bir eki temsil ediyorsa, açıkta bulunan bir tarih hatası ise? Ya da ağır, yararsız ve sonuçta kendini tahrip edecek bir yükse? Ya birisi olma duygusu, salyangoz ve kaplumbağa gibi kabuklu hayvanların daha fazla gelişmesine engel olan bir evrimsel engeli temsil ediyorsa?

Aslında insanlar hataları safdışı bırakma girişiminde bulunmalı; kendi içlerinde ve çocuklarında kişilik duygusundan ayrı olarak özgürlük duygusunu da geliştirmeli. İnsan bir rolden diğerine, bir değerden diğerine, bir hayattan diğerine geçerken rahat olmalı. İnsan rahatça düşünebilmek, hissedebilmek ve yeni şeyler yapabilmek için sınırlanmamalı, bağımlı olmamalı. İnsanlar Prometheus ve Mars'a fazla hayran oldular; bizim Tanrımız Proteus olmalı.

Bunları düşünmek beni heyecanlandırdı; insanlar bir rolden diğerine geçmekte özgür olmalıydı, neden değillerdi peki? Çocuklar üç ya da dört yaşlarında iyi ya da kötü çocuk, Amerikalı ya da Komünist, öğrenci ya da başka bir şey olmak isterlerdi. Ama kültürleri onları yoğururken daima ya iyi bir çocuk, ya da kötü adam veya asi olurlar. Her iki rolü birden oynama kapasitesi kaybolur. Çocuk belirli bir aşamada kim olması gerektiğini anlamaya başlar.

Daimi kişilik duygusu: Ah, psikologlar ve ebeveynler çocukları tarifi mümkün bir kafese kilitlemek için nasıl karşı konulmaz bir arzu duyarlar. Bağlılık, örnekler, adlandırabileceğimiz herhangi bir şey—çocuğumuzda istediğimiz budur işte.

"Oh, bizim Johnny her sabah kahvaltıdan sonra mutlaka tuvalete gider."

"Billy sürekli bir şeyler okur, bayılır okumaya..."

"Joan ne tatlı bir kız, değil mi? Her zaman rakibinin kazanmasından hoşlanır."

"Sylvia çok güzel ve gelişmiş bir kız, güzel giyinmekten büyük zevk alır."

Bana öyle geliyor ki, yılda yapılacak bin tane aşırı basitleştirme çocuğun kalbindeki gerçekleri açığa çıkarır: Çocuk belki de her kahvaltıdan sonra tuvalete gitmek istemez ama annesi hoşlandığı için yapar bunu. Billy okumak yerine belki de dışarı çıkıp diğer çocuklarla çamurda oynamak ister, fakat... Joan erkek kardeşinin her kazanışında onu pataklamak ister ama . . . Sylvia da üstüne başına dikkat etmekten kurtulacağı bir yerde yaşamak ister...

Örnekler ebeveynlerin pıtırtılarını kötü amaçlı kullanmaktır. Erişkinler hükmeder ve örnekleri ödüllendirirler. Örnekler budur. Sonunda dertler, acılar gelir.

Peki ama çocuklarımızı farklı büyütseydik ne olurdu? Alışkanlıklarını, zevklerini, rollerini değiştirdiklerinde, tutarsız, kararsız olduklarında onları ödüllendirseydik? O zaman ne olurdu acaba? O zaman onları değişken, her zaman tutarsız, kararsız, alışkanlıklarından arındırılmış bir şekilde büyütmüş, disipline etmiş olurduk.

"Aman evladım, bugün hâlâ bir yalan söylemedin mi sen? O halde odana git, bir yalan düşünene kadar çıkma dışarı ve bundan sonra bu konuda daha iyi ol."

"Oh, benim Johnny'm harikadır. Geçen yıl bütün dersleri pekiyi idi, bu sene ise çoğundan kırık not getirdi, onunla gurur duyuyoruz."

"Bizim küçük Eileen hâlâ arada sırada donuna kaçırıyor ve nerdeyse on ikisine basacak."

"Oh, harika bir şey bu! Demek ki kızınız çok *canlı*."

"Bravo sana Roger, takımınız yenik durumdayken kimseye bir şey söylemeden oyunu bırakıp evine dönerek kardeşinle pingpong oynaman büyük cesaret işiydi doğrusu! Maçı seyreden diğer babalar da oğullarının senin kadar cesur olmasını dilediler."

"Donnie! Sakın bu gece dişlerini yeniden fırçalamaya kalkmayasın! Bu sende bir alışkanlık olmaya başladı."

"Özür dilerim, anne!"

"Şu benim lanet oğlum bütün hafta boş durmadı yine, her yeri temizledi. Bugünlerde bir daha çimleri biçilmemiş, çöp tenekelerini dolu görmezsem onu iyice azarlayacağım."

"Larry, kendinden utanmalısın. Bütün yaz boyunca mahalledeki küçük çocuklardan hiçbirini dövmedin."

"Bunu yapmak istemiyorum, anne."

"Evet ama en azından *deneyebilirdin*."

"Ne giyebilirim, anne?"

"Oh, bilemiyorum Sylvia. Neden seni sıska gösteren şu hırkayı ve büyükannenin verdiği ve her zaman buruşuk görünen şu etekliği giymiyorsun kızım? Böyle özel bir günde giymen için sakladığım bir çift naylon çorap var, gerçi ikisinde de delik var ama zararı yok."

"Harika olur anne, teşekkür ederim."

Aslında öğretmenlerin de değişmeleri gerekir.

"Resimlerin her zaman çok güzel oluyor evlat, artık rahatla ve berbat şeyler de yap biraz."

"Bu deneme yazın çok mantıklı ve düzenli. Eğer iyi bir yazar olmak istiyorsan arada bir konu dışına çıkmalı ve saçma şeyler de yazmalısın."

"Oğlunun çalışmasında büyük gelişme var. Tarih görevleri yine düzensiz, kararsız olmaya başladı ve davranışları da güvenilmez. Matematiği zorlamayla da olsa biraz düzeldi, ama hecelemesi çok iyi. Bazı sözcükleri yanlış hecelemesi çok hoşuma gidiyor."

"Size üzülerek söylüyorum ki oğlunuz her zaman bir erkek gibi davranıyor. Zamanı geldiğinde bir kız gibi davranmayı asla beceremiyor. Sadece kızlarla çıkıyor ve psikiyatri tedavisi görmeli."

"Üzülerek söylemeliyim ki George, bu hafta anaokulu çocuğu gibi davranmayan dokuzuncu sınıf öğrencilerinden biri de sensin. Son dersten sonra okulda kalıp bu konuya çalışmalısın."

Öğrendiğimize göre çocuk dünyada düzen ve tutarlılık görmek ister, aksi takdirde güvensizlik hisseder ve korkar. Ama nasıl bir düzen olmalı bu? Çocuk uygun tutarlılık görmek zorunda değildir, bana göre çocuk uyumlu, güvenilir uyumsuzlukla da büyüyebilir. Aslında hayat böyledir; eğer ebeveynler sadece uyumsuzluğu kabul etseler ve övseler, çocuklar ebeveynlerinin riyakârlığından ve cehaletinden asla korkmayacaklardır.

"Sütünü döktüğün için seni bazen tokatlar, bazen de buna hiç aldırmam."

"Bazen bana kafa tutman hoşuma gidiyor oğlum, ama bazen de kafanı kırmak istiyorum."

"Okulda derslerinin iyi gitmesi bazen hoşuma gidiyor ama bazen de fazla inekliyorsun gibi geliyor bana."

Yetişkinler böyle hissediyor ve çocuklar da onların böyle hissettiğini hissediyor. Neden hepsi birbirinin uyumsuzluğunu doğrulayıp övemiyorlar acaba? Çünkü bir 'kişilik' olduklarını düşünüyorlar.

Kaplumbağanın kabuğu gibi, kişilik duygusu da tahriklere karşı bir kalkan görevi yaparken, muhtemel tehlikeli bölgelere girişi kısıtlayan bir sorumluluk duygusu sağlar. Kaplumbağa kabuğunun ötesinde neler olduğunu nadiren düşünür, kabuğu onu her şeye karşı koruyacaktır. Erişkinler de kendileri ve çocukları için uyumlu bir kişilik kabuğu isterler ve dost olarak da kaplumbağaları takdir ederler. Onlar da kendilerini korumak, başkalarının dokunmasından kaçınmak isterler ama bu konuda düşünmek zorunda kalmak istemezler. Eğer bir insan tutarlı olmaya, uyuma güvenirse, ilk birkaç defadan sonra insanlara dikkat etmese de olur. Fakat benim hayal ettiğim dünyada herkes âşık, hayırsever, asalak, saldırgan, dost rolü oynamaya hazırdır. Ama bir gün bunlardan biri olurken, ertesi gün bir başkası olabilir. Bu insana dikkat etmemiz gerekir mi peki? Hayat can sıkıcı ya da yaşanabilir olur mu?

Bir süre sonra ilk kez ve açık olarak gördüm ki, başarısızlık korkusu bizi kişilik mağarasında sıkıştırmış tutuyor—bazı davranış biçimlerine sahip olmuşuz ve onları terk ederek başarısız olma riskini göze alamıyoruz.

Ya gizlice attığım zarlar 'kazanma' ya da 'kaybetme' konusunda bana yüzde elli, yani yarı yarıya şans tanısaydı, o zaman ne olurdu acaba? O zaman oyunda kaybeden taraf zamanın yarısında kaybettiği için kutlanır ve aynı zamanda kazanmış da olurdu. Oyunu kazanan adam da çok iyi oynadığı için teselli edilirdi.

"Fakat!!! Oyunda kaybeden kendini yine kötü, kazanan da yine iyi hissederdi." Çocuk oyunları hakkında yazılmış bir kitapta okuduğum bir bölümü hatırlayınca Larry'nin zar oyunundan neden bu kadar hoşlandığını daha iyi anladım. O kitabı buldum ve yeniden okuyarak doğru düşündüğümü gördüm. O bölümde şöyle yazıyordu:

"Çocuklar sayı tutma sıkıntısına nadiren katlanırlar, kim kazandı, kim kaybetti konusuna pek önem vermezler, ödül düşünmezler, oyun sona ermese bile aldırmazlar. Aslında çocuklar şans elemanının fazla olduğu oyunları severler, çünkü böyle oyunlarda bireysel yetenekler doğrudan doğruya kıyaslanamaz. Otomatik olarak yeniden başlayan oyunlardan hoşlanırlar, böylece herkese yeniden şans tanınmış olur.

Bana göre başarısızlığın tamamen farklı iki anlamı vardı. Anladığım kadarıyla, zihin ne zaman bloke olduğunu ve ne zaman soruna çözüm bulduğunu biliyor. Bir çocuk bir meseleyi çözmeye çalışırken başarılı olup olamayacağını bilir, bunu ona söyleyecek bir yetişkine ihtiyacı yoktur. Oyun küplerinden ev inşa eden bir çocuk onu fazla yüksek yaptığı zaman yıkılacağını ve bunun bir başarısızlık olduğunu bildiği gibi, yıkılacağı zamanı bilmenin başarı olduğunu da bilir. Başarı ve başarısızlık sadece arzunun tatmin olması ve boşuna uğraşmak demektir. Bu bir gerçektir, aynı zamanda önemlidir; başarı ya da başarısızlığı tercih etmek için çocuğun toplum tarafından ödüllendirilmesi ya da cezalandırılması gerekmez.

Başarısızlığın ikinci anlamı da basittir; başarısızlık, yetişkini memnun etmekte başarılı olamamak; başarı da yetişkini mutlu etmektir. Para kazanmak, ünlü olmak, beysbol maçı kazanmak, güzel ve şık görünmek, otomobil, ev sahibi olmak hep temelde erişkinler dünyasını mutlu edecek başarılardır. Bu tür korkular ya da hatalarda insan ruhu için doğuştan olan hiçbir şey yoktur.

Zar adam olmak zordu elbette, çünkü erişkin dünyanın gözünde sürekli bir başarısızlık riskini içeriyordu. Ben zar adam olarak tekrar tekrar 'başarısız oldum' (ikinci anlamda). Lil, çocuklar, saygın meslektaşlarım, hastalarım, yabancılar ve otuz yıl boyunca içime işlemiş olan toplum değerleri imajı tarafından reddedildim. Başarısızlığın ikinci anlamında hep başarısız oluyor, acı çekiyordum, ama birinci anlamda hiç başarısız olmadım. Zarın gösterdiği yoldan gittiğim her zaman ev inşa etme konusunda başarılı oldum ya da yaptığım evi isteyerek yıktım. Karışık sorunlarım hep çözümlendi. Yeni sorunlar yaratıyor ve onları çözerek mutlu oluyordum.

Çocukluktan erişkinliğe geçerken, yeni sorunlar ve muhtemel başarısızlıklarla karşılaşmamak için kendimizi örnekler içine hapsederiz; insanlar bir süre sonra sıkılmaya başlarlar, çünkü yeni sorunlar çıkmaz önlerine. Böyle bir yaşamda başarısızlık korkusu vardır.

Başarısız ol! Kaybet! Kötü ol! Oyna, riske gir, cesur ol.

Bu nedenle akşam Larry'nin ilk zar oyununda çok sevindim. Larry ve Evie'yi korkusuz, kafese tıkılmamış, egosuz insanlar olarak yetiştirmeye kararlıydım. Larry, Lao-Tzu'dan sonraki ilk egosuz insan olacaktı. Ona evin babası, Evie'ye de annesi rolü oynatacaktım. Daha sonra onların rollerini değiştirecektim, birbirlerinin rollerini oynayacaklardı. Bazen bizim olmamızı istedikleri gibi ebeveyn rolü oynayacaklar, bizim düşünmemizi istedikleri gibi düşüneceklerdi. Hepimiz televizyondaki kahramanların rollerini oynayacaktık. Lil ve ben de –ve her vicdanlı, düşünceli ebeveyn– gün aşırı ya da haftada bir kişilik değiştirecekti.

"Ben pek çok oyun oynayabilen bir çocuğum." Dört yaşındaki mutlu bir çocuğun özü, ruhu budur işte ve o asla kaybettiğini hissetmez. "Ben istediğim zaman x, y ve z olurum ve onların kişiliğine bürünürüm": Mutsuz bir erişkinin özü, ruhu da budur. Ben çocuklarımın içindeki çocukluğu artırmaya çalışacaktım. J. Edgar Hoover'ın ölümsüz sözlerini hatırladım: "Küçük çocuklar gibi olamazsan hiçbir zaman Tanrı'yı göremezsin."

Bölüm On Sekiz

Larry'nin zar çocuk olarak yaşadığı ilk gününde aynı şeyler tekrarlanınca canı sıkıldı çocuğun. Oyundan hoşlandı, zarın söyledikleri normal düşünce tarzına uymasa bile onu yerine getirdi, ama yaklaşık üç saat sonra kamyonuyla oynamak istedi ve bu zevki zarla paylaşma riskine girmedi. Ben de çoğu zaman onun gibi hissetmiştim elbette (oyuncak kamyon konusunda değil tabii) ve zar adam oyununu zorla değil, istediği zaman oynayabileceğini söyledim ona. Ama bu oyunu oynadığı zaman da zarın kararını mutlaka yerine getirmesi gerektiğini ısrarla söyledim.

Fakat Larry'yi Lao-Tzu'ya çevirmek için iki gün uğraştığım halde, onun çocukça mantıklı düşünüşü yüzünden bunu başaramadım. Larry zara sadece dondurma, sinema, hayvanat bahçesi, atçılık oyunu, bisiklete binme, benden para isteme gibi zevkli seçenekler verdi. Oğlum zarı bir hazine sandığı gibi kullanmaya başladı. Sonunda dayanamadım ve ona, "Evlat, zar adam oyununda riskler de olmalı ve ona biraz kötü seçenekler de vermen gerekir," dedim. Bana itiraz etmedi ve ben de ona o hafta, daha sonra klasiklerimizden biri haline gelen Rus ruletini öğrettim. Larry için başlangıçta basitti bu; zardaki altı seçenekten biri kesinlikle zevk vermeyen bir şey oluyordu.

Böylece Larry, uygulama başladıktan sonraki beş, altı günde bazı ilginç deneyler yaşadı. Evie yine bebekleriyle ve Bayan Roberts'la oynuyordu. Larry Harlem'de uzun bir yürüyüş yaptı ve ona elinde şekerleme olan Osterflood adlı iri bir beyaz adama dikkat etmesini söyledim, adam kaçaktı ama o sırada yakalandı. Ama yedi yaşındaki oğlumun bir oyun gereği Harlem'de yalnız başına dolaşacağını ve korunması gerektiğini söylediğim polisleri ikna etmem kolay olmadı.

Zarlar onu bir gün *Meraklıyım - Korkak* adlı açık saçık bir filme gönderdi ve Larry eve geldiğinde oldukça meraklı ve de utanmış görünüyordu. Bir başka oyunda emekleyerek dört kat aşağıya indi ve Madison Caddesinde Walgreen'e kadar giderek dondurma aldı. Bir başka gün zar ona üç oyuncağını sokağa atmasını söyledi ama sonra da yeni yarış arabaları satın aldırdılar. Zar talimatına göre, satrançta ben onu iki kez yenerken o da beni üç oyunda yendi. Oyunda isteyerek ve abartılı bir şekilde yanlış taşlar oynadı ve kazanmamı sağladı.

Bir başka gün zarlar ona bir saat için baba, bana da küçük Evie rolü oynamamı söylediler ama Larry çok geçmeden sıkıldı, benim Evie rolüm çok aptalcaydı ve oğlum buna dayanamadı. Ama iki gün sonra ben Lil rolü oynarken o da baba rolü oynamaya bayıldı. Ama ben Larry ile baba ve Lil, Süpermen ve haydut ya da Lassie ve tehlikeli hipopotam rolleri oynarken, bir yandan da grup zar terapisinin temelini attığımın farkında değildim.

Larry'nin zar yaşamının bu aşamasındaki ilk ve son kriz, Lil'in Florida'dan dönüşünden dört gün sonra patlak verdi. Larry ile oyunlarım artmıştı ve o da bazen zarlara öyle zor seçenekler veriyordu ki, zarın seçtiği seçeneğin gereğini bazen yerine getiremiyordu. Örneğin krizden önce bir gün bana, zara Evie'yi öldürme seçeneğini (Evie onun yarış otomobilini kırmıştı) verdiğini söyledi. Ama zar ona bu seçeneği verdiğinde bunu yapamamıştı tabii. Ona bunu neden yaptığını sordum.

"Evie onu öldürmeye kalktığımı sana gammazlardı ve sen de arabamı tamir etmezdin."

"Onu öldürseydin nasıl gammazlayacaktı ki seni?"

Dudaklarını büzdü ve "Boş ver, o bir yolunu bulurdu," dedi.

Kriz basitti; Larry'nin zarı ona, annesinin çantasından üç dolar çalmasını söyledi ve Larry de bu parayla çiklet, çikolata, şekerleme gibi sevdiği şeyler almak yerine, zarın talimatına göre resimli romanlar satın aldı. Lil onun bu resimli romanlar için parayı nerden bulduğunu merak etti. Larry ona cevap vermedi ve bunu kocasına sormasını söyledi. Lil de bunu bana sordu.

"Bunun cevabı çok basit Lil," dedim ve Lil kızının ayakkabısını giydirirken ben zara ne yapacağımı sordum. Zar bana (altıda bir şanstı bu) gerçeği söylememi emretti.

"Larry ile zar adam oyunu oynadık, o kaybetti ve senin çantandan üç dolar almak zorunda kaldı."

Lil başını salladı ve o güzel mavi gözlerini kırpıştırarak meraklı bir ifadeyle yüzüme baktı.

"Benim çantamdan üç dolar çalmak zorunda mı kaldı?"

Ben koltuğuma yayılıp *Times* gazetesini kucağıma bıraktım ve pipomdan derin birkaç nefes çektim.

"Sen gittikten sonra Larry'ye kendini disipline etmesi için icat ettiğim aptalca bir oyun bu. Oyuncu bazıları örneğin hırsızlık gibi hoş olmayan seçenekler yazıp zarın sayılarına veriyor ve zar da sana bu seçeneklerden hangisini yapman gerektiğini söylüyor işte."

"Zar mı söylüyor?" Evie'yi dışarı çıkardı ve divanın yanına gelerek bir sigara yaktı. Lil Daytona'da iyi vakit geçirmişti ve biz de çocuklarla iyi eğlenmiştik ama karımın yüzü öfkeden öyle kızardı ki plajda aldığı güneş yanığını bile geride bıraktı.

"Oyuncu ya da oyuncular söylüyor aslında."

"Söylediklerinden hiçbir şey anlamadım, Luke."

"Çok basit, hayatım!" dedim. Bu sözü çok severdim, bunu her zaman Immanuel Kant'ın *The Critique of Pure Reason*'ın ilk cümlesinden önce ya da bir Amerikan başkanının Vietnam Savaş Politikasının açıklamasından önce söylediğini hayal ederim. "Larry'ye hayatın yeni alanlarını tanıtmak ve aynı zamanda..."

"Para çalarak mı?"

"...aynı zamanda onu hayata hazırlamak için yeni bir oyun icat ettim ve orada bazı seçenekler..."

"Fakat burada çalmak fiili var, Luke. Yani..."

"Evet, ama zarın seçtiği seçeneklerden sadece biriydi bu."

"Demek seçenekler arasında çalmak da vardı, öyle mi?"

"Bu sadece aile içinde kalan bir olay, Lil."

Lil divanın kenarında kollarını göğsünde kavuşturarak bir süre sesini çıkarmadan yüzüme baktı. Son derece sakin görünüyordu.

Sonra düşünçeli bir ifadeyle ve sakin bir sesle, "Son zamanlarda ne yaptığını bilmiyorum, Luke," diye konuştu. "Akıl sağlığın yerinde mi, yoksa aklını mı kaçırıyorsun, bunu da kestiremiyorum. Beni mi, çocuklarını mı, yoksa kendini mi yok etmeye çalışıyorsun, anlamıyorum. Ama sana şunu söylüyorum ki, eğer Larry'yi o tımarhanelik oyunlarından birine bir kez daha alet edersen, yemin ederim ki..."

Lil'in o sakin yüzünde aniden bir dehşet ifadesi belirdi, kıpkırmızı kesildi, gözlerinde yaşlar belirdi, başını yana eğdi ve bağırmamak için ağzını kapadı.

"Yapma, lütfen yapma," diye fısıldadı ve birden divanın koluna oturarak başını yana çevirdi. "Şimdi git söyle ona, bundan sonra oyun yok oğlum de."

Şaşkın bir halde ayağa kalktım ve kucağımdaki gazete yere düştü.

"Özür dilerim, Lil. Bu kadar..."

"Bir daha asla... Larry ile oyun yok!"

"Tamam, tamam! Söylerim ona."

Hemen Larry'nin odasına gittim ve sadece sekiz gün sonra zar çocuk oyununun sona erdiğini söyledim ona, artık zar oyunu yoktu.

Ama zar bu oyunu diriltinceye kadar sürdü bu son verme işi.

Bölüm On Dokuz

Çocukluğum! Benim çocukluğum! Tanrım, kendi hakkımda yüz on sayfadan fazla yazdım ama siz hâlâ benim şişe sütüyle mi, yoksa anne sütüyle mi büyüdüğümü bile bilmiyorsunuz! Sütten ne zaman ve nasıl kesildiğim konusunda da bilginiz yok. Kız çocuklarının biz erkek çocuklarından yaratılış olarak nasıl farklı olduklarını ne zaman ve nasıl anladığımı, bu konuyu nasıl öğrendiğimi de bilmiyorsunuz elbette. Benim büyük-büyük dedelerimi ninelerimi ve dedelerimle büyük annelerimi de hiç tanımıyorsunuz. Onları bırakın, annemle babam hakkında bile bir şey bilmiyorsunuz. Ya kardeşlerim, aile ortamım, sosyo-ekonomik geçmişim, sarsıntılarım, ilk eğlencelerim neydi, nasıldı, biliyor musunuz? Doğumumla ilgili olaylar konusu da tamamen meçhul sizin için. Sevgili dostlar, otobiyografinin özü olan 'David Copperfield tarzı saçmalıklar' konusunda da (Howard Hughes'dan aktarma yapılabilir) bir şey bildiğiniz yok sizin!

Sakin olun dostlarım, benim de bunları anlatmaya niyetim yok zaten.

Geleneksel otobiyograficiler erişkinin nasıl oluştuğunu anlamanıza yardım etmek isterler. Sanırım insanların çoğu toprak kaplar gibi amaca yönelik olarak şekillendirilir ve ona göre kullanılırlar. Peki ama ya ben? Ben zarın her atılışında yeniden doğuyor ve eski halimi silip geçiyorum. Geçmiş benim için sadece, hayali durgun şimdiki zamanı doğrulamak için bir taş maskenin yarattığı yanıltıcı olaylar. Canlı akıntılar ve bir otobiyografinin tek muhtemel doğrulaması, şans eseri yazılmış olmasıdır—bunun gibi. Günün birinde daha ileri bir yaratık hemen hemen mükemmel ve çok dürüst bir otobiyografi yazacaktır:

"Ben yaşıyorum."

Her şeye rağmen, aslında benim de insan bir annem olduğunu doğruluyorum. Bunu da bu kadar kabul etmeliyim.

Bölüm Yirmi

Kasım ayında Houston'da bir hafta sürecek bir konferansa gittiğim zaman Dr. Mann beni telefonla aradı ve Eric Cannon'un kötüleştiğini haber verdi; onun sakinleştirici ilaçlarını artırmışlardı ve en kısa zamanda hemen oraya gidip onu görmeliydim. Eric'in başka bir akıl hastanesine nakli daha iyi olacaktı. Adadaki geçici ofisimde, Baş Hastabakıcı Herbie Flamm'ın Eric Cannon hakkındaki raporunu okudum. Bu raporda Henry James'in elli yıl aradığı ama bulamadığı bir tür roman gücü vardı:

Bu raporda Hasta Eric Cannon'un bir sorun yaratıcı olduğunu belirtmem gerekiyor. Hayatımda bu sıfatı vermek istediğim pek fazla hastam olmadı ama bu hasta böyle. Cannon bilinçli olarak sorun yaratan bir insan. Diğer hastaları da rahatsız ediyor. Buraya geldiğinden beri onu en sakin koğuşta tuttuğum halde orasını da karıştırdı, gürültülü bir yer haline getirdi. Yıllardan beri ağızlarını açmayan hastalar artık durmadan konuşuyorlar. Hep aynı köşede sakin duran hastalar şimdi sandalyelerle köşe kapmaca oynuyorlar. Hastalardan çoğu şarkı söylüyor, oyun oynuyor. İyileşmek için sükûnet isteyen hastalar bundan rahatsız oluyorlar. Birisi durmadan televizyonu bozuyor. Sanırım Cannon şizofreni hastası. Bazen koğuşta hayal dünyasındaymış gibi sessiz ve sakin dolaşıyor, bazen de koğuşun patronuymuş gibi bana ve diğer hastalara tıslıyor.

Ne yazık ki onun izinden gidenler de var. Birçok hasta artık teskin edici ilaç almak istemiyor. Bazıları fabrika terapisi için makine bölümüne gitmiyorlar. Tekerlekli sandalyede olan iki hasta kalkıp yürümek istediler. Hastalar artık hastane yemeklerini beğenmiyorlar. Bir gün bir hasta bir başkasının kusmuğunu yedi ve bunun hastane yemeğinden daha iyi olduğunu söyledi. Koğuştaki hastalar için yeterli sayıda azami güvenlik odamız yok. Teskin edici ilaçlarını almayan hastalar gülmeye, şarkılar söylemeye başlıyorlar ve bizi dinleyip susmuyorlar. Saygısızlık her yere yayıldı. Çoğu zaman ben yokmuşum gibi davranıyorlar. Yardımcılarım hastalar üzerinde güç kullanmaya kalkıyorlar ama onlara Hipokrat Yeminini hatırlatıyorum. Hastalar geceleri yataklarından kalkıyor, birbirleriyle sohbet ediyorlar. Çoğu zaman da fısıldayarak konuşuyorlar ve buna karşı bir kural konmasından yanayım.

Onun yandaşlarından çoğunu W koğuşuna (şiddet koğuşu) gönderdik ama Cannon kurnaz bir adam, kendisi kötü şeyler yapmıyor. Sanırım koğuşta yasadışı ilaçlar dağıtıyor ama onları hiç bulamadık. O hiçbir şey yapmaz görünüyor ama ortada bir sürü dolap dönüyor.

Bunu rapor etmek zorundayım, ciddi bir konu bu. 10 Eylül günü öğleden sonra saat 2.30'da Büyük Odada, bozulmuş televizyonun önünde bir sürü hasta birbirlerine sarılarak bir halka oluşturdular ve sallanarak bir şeyler mırıldanmaya, inleyerek açılıp kapanmaya başladılar, hepsi de erkek hastalardı. Yardımcılarımdan R. Smith onların halkasını kırmaya, onları birbirinden ayırmaya çalıştı ama başaramadı, birbirlerini çok sıkı tutuyorlardı. Ben de onları yumuşak sözlerle ikna ederek birbirlerinden ayırmaya çalıştım ama iki tanesi halkadan ayrılıp beni yakaladılar ve aralarına alarak sıkıca tuttular. Ne yapacağımı şaşırdım, çırpındım ama kurtulamadım.

Hastalar beni uzun süre bırakmadılar ama sonunda T koğuşundan gelen dört hastabakıcı ile R. Smith halkayı mümkün olduğunca yumuşak bir şekilde kırarak beni kurtarmayı başardılar ama bunu yaparlarken ne yazık ki kaza ile kolum kırıldı.

Bu olay Cannon geldikten sonra olanlara tipik bir örnektir. O da dairenin içindeydi ama hepsi sekiz kişi oldukları için Dr. Vener hepsini birden W koğuşuna göndermeyeceklerini söyledi. Huggins de teknik olarak daha çok düşünme ihtiyacı doğuran kurallara karşı olmadığını belirtti.

Cannon denen çocuk benimle hiç konuşmuyor ama ben duyuyorum, hastalar arasında dostlarım var. Söylediklerine göre Cannon akıl hastanelerine karşıymış. Bunu bilmelisiniz. Söylediklerine göre her şeyin başı o çocukmuş. Sözde bütün hastaları mutlu etmeye çalışıyor, bize aldırmamalarını söylüyormuş onlara. Hastalara hastaneyi işgal etmelerini, buradan çıksa bile onlara geri döneceğini söylüyormuş.

Bu yazdıklarımın ışığında size şunları tavsiye ederim:

(1) Hastaların teskin edici ilaçları yutar gibi yaparak sonradan çıkarmalarını ve bütün gün aktif ve gürültülü olmalarını önlemek için ilaçlar iğneyle verilmeli.

(2) Bütün yasadışı ilaçlar kesin olarak yasaklanmalı.

(3) Şarkı söylemeyi, kahkahalarla gülmeyi, fısıldamayı ve hastaların birbirine sarılmalarını engelleyen kesin kurallar getirilmeli.

(4) Televizyonu korumak için demir bir kafes yaptırılmalı ve kablosu da televizyonu bozmak isteyenlerin ulaşamayacakları kadar yükseğe takılmalı. Televizyon izlemek isteyenlere engel olunmamalı. TV kafesinin demir parmaklıkları arası en fazla iki buçuk santim olmalı, böylece ekrana sert cisimler atılarak kırılması önlenmeli ve izlemek isteyenler de ekranı rahatça görebilmeli. TV'nin her zaman çalışması sağlanmalı.

(5) En önemli konu. Hasta Eric Cannon başka bir hastaneye nakledilmeli.

Baş hastabakıcı Flamm bu raporu bana, Dr. Vener'e, Dr. Mann'a, Başmüfettiş Hennings'e, Eyalet Akıl Hastanesi Müdürü Alfred Coles'a, Belediye Başkanı John Lindsay'e ve Vali Nelson Rockefeller'e gönderdi.

Onunla yaptığımız Hz. İsa seansından sonra Eric'i sadece üç kez görmüştüm ve her seferinde de çok gergindi, çok az konuşmuştu, ama o gün öğleden sonra ofisime girdiğinde bir kuzudan hiç farkı yok gibi görünüyordu.

Doğruca pencere önüne gitti ve dışarıya baktı. Blucin pantolon, kirli bir tişört, düğmeleri açık gri bir hastane gömleği ve lastik basket ayakkabıları giymişti. Saçları çok uzamıştı ama yüzü Eylül ayında gördüğümden daha soluktu. Bir dakika kadar pencere önünde durdu ve sonra dönerek masanın solundaki kısa divana uzandı.

"Baş hastabakıcı Bay Flamm'ın raporuna göre, diğer hastaları kışkırtıyor, onlara kural dışı işler yaptırıyormuşsun."

Bana hiç düşünmeden cevap vermesi şaşırttı beni. Yeşil tavana bakarak, "Evet, berbat, korkunç bir adamım ben," diye konuştu. "O hergelelerin neler yaptığını anlamam için uzun zaman geçmesi gerekti, lanet sistemlerini devam ettirmek için öyle davranmaları gerektiğini ancak anlayabildim. Bunu anladığım zaman da beni kandırdıklarını anladım ve öfkelendim. Benim uysallığım, nezaketim ve affedici olmam sayesinde sistemlerini herkes üzerinde daha rahatça kullandılar. Sevgi iyi insanlar içinse mükemmeldir, ama sen her şeyi sev, orduyu, Nixon'u, kiliseyi sev bakalım, hey adamım bunun sonu yok ki."

O konuşurken pipomu çıkardım ve tütün yerine marihuana ile doldurdum. Eric susunca ona baktım ve "Dr. Mann'ın bana söylediğine göre, Flamın seni şikâyete devam ederse sonunda W Koğuşuna gideceksin," dedim.

Bana bakmadan, "Heyy, ne fark eder ki!" diye konuştu. "Bu bir sistem, bir makine. Makineyi hiç durmadan çalıştırırsan iyi adamsın, ama durdurursan komünist ya da deli olursun. Makine patlayabilir ya da Vietnam üzerine on tonluk bombalar atabilir veya Latin Amerika'da hükümet reformları yapabilir, ama *eski makinenin çalışması devam etmelidir.* Hey adamım, ben bunu gördüğüm zaman bir hafta boyunca durmadan kustum. Altı ay boyunca odama kapandım."

Eric sustu ve bir süre ikimiz de konuşmadan bahçedeki ağaçlar arasına uçuşup duran kuşların seslerini dinledik. Pipomu yaktım, derin bir nefes çektim ve dumanı onun üzerine doğru üfledim.

Eric, "Bütün bu zaman zarfında bana önemli şeyler olacağını yavaşça anlamaya başladım," diye devam etti. "Ben özel bir görev için seçilmiştim. Ama çok hızlıydım ve sabırlı olmam, beklemem gerekiyordu. Babamın suratına vurup buraya tıkıldığım zaman da bir şeyler olacağını daha iyi anladım. *Biliyordum bunu.*"

Birden sustu ve pipo dumanını iki kez kokladı, içine çekti. Ben pipodan derin bir nefes daha çektim.

"Şimdiye kadar bir şey oldu mu peki?" diye sordum.

Benim pipodan bir nefes daha çekişimi seyretti ve sonra divana iyice uzandı. Elini saçlarının arasına soktu ve bir esrarlı sigara çıkardı.

"Kibritin var mı?"

"Bunu içeceksen benimkini paylaşabilirsin."

Uzanıp pipoyu aldı ama pipo sönmüştü, ona kibriti de uzattım. Pipoyu yaktı ve ondan sonra üç dakika kadar onu birbirimize uzatıp birlikte içtik. Kaplumbağa kabuğu gibi çatlakları sanki gelecekten haberler verecekmiş gibi dalgın gözlerle yeşil tavana bakıyordu. Pipo ikinci kez söndüğünde ben kafayı iyice bulmuştum. Sanki zar adam yaşantımda bile ilk kez yeni bir yolculuğa çıkıyordum, yapay değil de gerçek bir değişim yaşıyordum.

Gözlerim onun belki de uyuşturucu etkisiyle parlayan gözlerine dikilmişti. Benim anlayabileceğim barışçı bir ifadeyle gülümsedi. Ellerini göbeğinde kenetlemişti, ölü gibi yatıyordu ama yüzü parlıyordu. Konuşmaya başladığında sesi kalın ve yumuşaktı, sanki bulutların üstünden geliyordu.

"Yaklaşık üç hafta önce, bütün hastabakıcılar uyurken birden uyandım ve tuvalete gitmek istedim, ama çişim yoktu. Gündüz odasına gittim ve pencereden Manhattan manzarasını seyrettim; orası makinenin merkez dişli çarkıydı, belki de kanalizasyon sistemiydi. Orada diz çöktüm ve dua ettim. Evet, ben dua ettim dostum. Hz. İsa'yı insan kitlelerinin üstüne kaldıran Ruha, onun ruhunu bana getirmesi, dünyayı aydınlatacak ışığı bana vermesi için dua ettim. Benim yol gösterici, gerçek ve ışık olmama izin vermesini diledim. Evet, bunun için dua ettim işte."

Eric sustu, pipodaki külü bir kül tablasına boşalttım ve yeniden doldurmaya başladım.

"Ne kadar dua ettiğimi bilmiyorum. Sonra birden, Boom! Aniden gözlerimi kamaştıran bir ışık, bir aydınlık içinde kaldım. Bir şey göremedim, bedenim şişti, kabardı, ruhum kabardı, sanki bütün evreni dolduracakmış gibi genişledim, büyüdüm. Ben dünya olmuştum."

Bir süre sustu ve düşündü, uzaklardan bir yerden hafif bir uçak sesi geldi kulaklarımıza.

"Üç günden beri bir şey içmemiş, çekmemiştim, deli de değildim. Bütün dünyayı doldurdum işte."

Yine durup biraz daha düşündü ve sonra, "Ağlıyordum, sevinçten, mutluluktan ağlıyordum," diye devam etti. "Sanıyorum ayaktaydım ve her taraf ışık içindeydi, her yerde ben vardım, her şey çok, ama çok güzeldi. Her şeyi kucaklamak için kollarımı ileri doğru uzattım ve o anda yine yüzümdeki o delice gülüşü hissettim, o aydınlık kayboldu ve ben yine eski halime döndüm. Ama hissettim onu, bana bir görev verildiğini anladım . . . bir rol, bir misyon verildi bana . . . evet dostum. Bu gri-yeşil cehennem evi böyle kalamaz. Gri fabrikalar, gri ofisler, gri binalar, gri insanlar . . . ışıksız olan her şeyin gitmesi gerekiyor. Ben gördüm bunu, görüyorum. Bunun olmasını bekliyordum zaten. Aradığım o Ruh, ben . . . biliyorum, herkes için iyi değilim ben. Büyük kitleler daima gri dünya görecek, orada yaşayacak. Ama bazıları benim peşimden gelecek ve biz dünyayı değiştireceğiz."

Doldurup yaktığım pipoyu yakarak ona uzattım, onu alıp derin bir nefes çektikten sonra yavaşça bana uzattı. Bana bakmıyordu.

Sonra derin bir iç çekti ve "Peki senin oyunun nedir?" diye sordu. "Sadece benimle birlikte içmiş olmak için içmiyorsun bu mereti, değil mi?"

"Hayır," dedim.

"O halde neden?"

"Sadece şansımı denemek istedim."

Benden pipoyu alana kadar bekledi ve yeşil tavanı seyretti. Yine derin bir nefes çekti ve sonra uzaklardan konuşur gibi, "Eğer beni izlemek istiyorsan her şeyi terk etmelisin, dostum."

"Biliyorum."

"Akıl hastalarıyla uyuşturucu içerek kafa bulan doktorlar uzun süre doktor olarak kalamazlar."

"Biliyorum," dedim ve kıkırdamak istedim.

"İnsanların eşleri, kardeşleri, anne ve babaları genelde benim yaptıklarımdan hoşlanmazlar."

"Ben de öyle düşünüyorum zaten."

"Günün birinde sen yardım edeceksin bana."

Bir süre pipoyu avucumda tuttum ve ikimiz de hiç konuşmadan tavanı seyrettik. Sonra ben hafif bir sesle, "Evet," dedim.

"İkimiz harika bir oyun oynayacağız," dedi. "En iyi oyun olacak bu."

"Neden bilmiyorum ama seninle beraber olduğumu hissediyorum," dedim. "Senin istediklerini yapmak isteyeceğim gibi geliyor bana."

"Her şey yoluna girecek."

"Evet."

Sakin ve sanki uzaklardan gelir gibi bir sesle, "O kör hergeleler paniğe kapılacak ve öldürecekler," diye konuştu. "Kontrol edilmesi mümkün olmayanı kontrol etmeye çalışacaklar, yaşamak isteyenleri öldürecekler."

Biraz durdu ve sonra, "Hepimiz paniğe kapılacak ve birbirimizi öldüreceğiz!" diye devam etti. Sonra kıkırdayarak güldü. "Ama ben tüm bu lanet dünyayı kurtaracağım!"

"Evet."

Yüzüme baktı ve "Ben kutsalım, biliyorsun," dedi.

"Evet," dedim ve söylediğime de inanıyordum.

"Ben bu dünyayı kötülüklere karşı uyandırmak, insanları iyi yola sevk etmek için geldim."

"Ama biz senden nefret edeceğiz..."

"Kafaları haşlanmış patatese dönmüş insanları günahlarını görene kadar uyaracağım."

"Bizler kör olacağız..."

Bir kahkaha attı ve "Körlerin gözlerini açacağım, görecekler, topallar yürüyecek, ölenler tekrar yaşamaya başlayacaklar," diyerek yüzüme baktı.

Ben de güldüm ve "Evet, körler yeniden görecek, sakatlar ayağa kalkacak, ölüler yaşayacak," diye tekrarladım.

"Ben dünyayı kurtaran deli olacağım ve sen de beni öldüreceksin."

Sırıtarak onun yüzüne baktım ve başımı salladım. "Sen ne istersen o olacak."

O yine kıkır kıkır güldü ve "Ben . . . ben . . . ben büyük Kurtarıcı olacağım," diye konuştu. "Dünyayı kurtaracağım . . . ve . . . ve sen de beni öldüreceksin!"

"Ve ben..." Lanet olsun, çok garipti bu! Harika bir şeydi bu. "... Ben de seni öldüreceğim!"

Oda şimdi bana bulanık görünüyor, sağa sola, aşağı yukarı

sallanıp duruyordu. Gözlerim yaşarmıştı, gözlüğümü çıkarıp başımı katladığım kollarımın üzerine koydum, gülmeye başladım, koca vücudum sarsılarak gülüyordum, gözyaşlarım önüme akıyordu, birden sarsılarak ağlamaya başladım, şimdiye kadar hiç böyle ağlamamıştım. Başımı kaldırıp Eric'e baktım, Eric'in yüzünü bulanık gördüm ve gözlüğüme uzandım. Bir daha hiç göremeyeceğim korkusu kapladı benliğimi, sonunda gözlüğümü bulup taktım ve Eric'in yüzüne baktım; Eric'in kutsal yüzü de gözyaşları içindeydi, ama o da gülmüyordu.

Bölüm Yirmi Bir

(Aşağıdaki bölüm Dr. Jacob Ecstein'ın Dr. Lucius Rhinehart'ı hasta olarak kabul edip yaptığı psikoterapi seansların birinden alınmış bir bant kaydıdır. Burada seansın yaklaşık olarak yarısının kaydı vardır. İlk konuşan kişi Dr. Rhinehart'tır.)

"Bu işe neden girdim bilmiyorum, ama sanırım nedenlerden biri kocaya karşı saldırı olabilir."

"Son zamanlarda Lillian'la ilişkilerin nasıldı?"

"İyiydi. Yani her zamanki gibiydi, yani hem iyi, hem de kötü ama temelde mutluyuz. Lil'e karşı bir saldırganlık yaptığımı düşünmüyorum. Yani en azından ben böyle düşünüyorum."

"Ama kocaya karşı saldırganlık var, öyle mi?"

"Evet. Ama isim vermeyecek ve ayrıntılara girmeyeceğim, çünkü bu kişileri tanıyorsun, ama kocayı çok hırslı ve kibirli buluyorum. Onu bir rakip olarak deniyorum."

"İsimleri saklamak zorunda değilsin. Burada hastalarla tedavi amaçlı yapılan konuşmalar tamamen burada kalır, bunu sen de çok iyi bilirsin."

"Olabilir ve sanırım sen haklısın, ama her şeyi dürüstçe anlatabilirsem isimlere gerek kalmayacağını düşünüyorum."

"Ayrıntılar."

"Evet. Aslında sanırım sözünü ettiğim kişileri hemen tanıyacak, kimler olduğunu anlayacaksın. Ama ben yine de isim vermeyeceğim."

"Nasıl başladı bu ilişki?"

"Onu izledim . . . bir gece kafama takıldı, evine gittim, onu yalnız buldum ve tecavüz ettim."

"*Tecavüz* mü ettin?"

"Şey, aslında onun da oldukça büyük yardımı, işbirliği oldu tabii. Aslına bakarsan o benden daha büyük zevk aldı bu ilişkiden. Ama orijinal fikir benden çıktı."

"Yaa, demek öyle!"

"Şimdi yaklaşık altı aydır arada sırada buluşuyoruz."

"Yaaa!"

"Kocasının olmadığı zamanlarda onun evine gidiyorum, ya da Puerto Rico mahallesinde kiraladığım bir evde buluşuyoruz."

"Yaaa!"

"Cinsel olarak tatmin edici bir ilişki oldu bu. Kadın hiçbir şeyden sakınmıyor gibi davranıyor. Sevişmenin pek çok yolunu denedim ama o benden daha çok şey biliyor gibi."

"Anlıyorum."

"Kocasının bir şeyden kuşkulandığını sanmıyorum."

"Demek hiçbir şeyden kuşkulanmıyor."

"Hayır, adam kendini tamamen işine vermiş, dünyayı görmüyor. Karısının söylediğine göre iki haftada bir kez yatıyormuş onunla ve cinsel ilişkiden hiç de zevk almıyor gibi davranıyormuş."

"Yaaa, demek öyle!"

"Bir akşam kadın banyodaki kocasına havlu uzatırken ben kadını becerdim."

"Nasıl yani?"

"Kadın banyo perdesini aralayıp kocasına havlu vermek için eğilip onunla konuşurken ben de arkadan pompaladım onu."

"Bana bak Rhinehart, sen ne söylediğinin farkında mısın acaba?"

"Sanırım farkındayım."

"Peki ama . . . peki ama bunu nasıl..."

"Mesele nedir?"

"Bu ilişkinin anlamını, önemini nasıl böyle küçümseyebilirsin?"

"Bilmiyorum, bana sadece..."

"Özgür ilişki gibi mi geldi bu sana?"

"Ne dedin?"

"Ben sana bazı sözcükler söyleyeceğim ve sen de bana bununla ilişkili bir cevap vereceksin."

"Pekala, tamam."

"Siyah."

"Beyaz."

"Ay."

"Güneş."

"Baba."

"Anne."

"Su."

"Şey . . . banyo küveti."

"Yol."

"Araba yolu."

"Yeşil."

"Sarı."

"Geriden ilişki."

"Haa . . . şey . . . yapay."

"Yapay mı?"

"Yapay."

"Nasıl yani?"

"Nerden bileyim? Özgürce ilişki işte."

"Pekâlâ, devam edelim. Baba."

"Kişilik."

"Göl."

"Tahoe."

"Susuzluk."

"Su."

"Aşk."

"Kadınlar."

"Anne."

"Kadınlar."

"Baba."

"Kadınlar."

"Beyaz."

"Kadınlar."

"Siyah."

"Zenci kadınlar."

"Pekâlâ, bu kadar yeter. Tam beklediğim gibi bir sonuç çıkıyor."

"Ne demek istiyorsun sen?"

"Banyo küvetinde olan senin babandı."

"Öyle mi?"

"Açıkça görülüyor. Madde bir: Baba kişiliğiyle ilişkilendiriyorsun meseleyi. Sen bunu bilinçli olarak psikanaliz cümlenin bir sonucu olarak açıklayabilirsin ve o da bunu işaret eder, fakat ilişkilendirme aynı zamanda senin bir kişiliği -doğal olarak dişi bir kişiliği- baba ile ilişkilendirdiğini ima eder."

"Vay canına!"

"Madde iki: Sen "geriden ilişkiyi" yapay ile ilişkilendiriyorsun ve bunu belirli bir gecikmeden sonra ağzından kaçırıyorsun. Aklına ilk olarak ne geldiği konusunda seni konuşturmak için zorlamak istiyorum."

"Şey..."

"Hadi, konuş benimle."

"Açıkçası sevişmenin yapay, gereksiz ve konu dışı olduğunu düşündüm. Amacım birini incitmekti . . . daha büyük birini."

"Çok doğru. Madde üç: Geriden sevişme hiç kuşkusuz cinsel sapıklıktır, ya da iki eşcinsel erkeğin ilişkisidir."

"Fakat..."

"Madde dört: Göl sözcüğünü Tahoe ile ilişkilendirdin. Senin bilinçli zihnin inkâr etse bile Tahoe aslında Cherokee dilinde 'Büyük Baba Şef' anlamına gelir. Göl hiç kuşkusuz su demektir ve sen de suyu banyo küvetiyle ilişkilendirdin ve bu yüzden Büyük Baba Şef küvette gibi bir sonuç çıktı."

"Vay canına!"

"Sonuçta bunlar senin için açık olanların saçma, önemsiz doğrulamaları olsa bile, sen 'susuzluğu' 'su' ile ilişkilendirdin. Senin susuzluğun kadınlar için değil, su için, baban için. Sonuç olarak özgür ilişkilendirme analizinde hem anneni ve hem de babanı kadınlarla ilişkilendiriyorsun gibi bir durum ortaya çıkıyor, fakat aslında bu senin evlilik dışı ilişkinin doğrulanması anlamına geliyor ve aynı zamanda babana karşı hissettiğin eşcinsel sevgiyi de ima ediyor."

"Saçmalık bu! İnanılacak gibi değil!.. Olamaz... (Uzun bir sessizlik) . . . Peki ama ne demek oluyor bu, anlamı nedir bunun?"

"Söyledim ya sana."

"Evet ama . . . yani bu konuda ne yapmam gerekiyor?"

"Haa, o zaman ayrıntılar var elbette. Şimdi gerçeği bildiğine göre bu kadına karşı olan hislerin de büyük olasılıkla yok olacak."

"Evet ama babam ben iki yaşındayken öldü."

"Tamam işte. Başka bir şey söylememe gerek yok."

"Babam bir seksen boyunda ve sarışındı. İlişkim olan kadının kocası ise bir yetmiş ve esmer."

"Bu bir değişiklik tabii."

"Annemin söylediğine göre babam asla küvete girmez, her zaman duş yaparmış."

"Konu dışı."

"Bir kadın küvetteki kocasına havlu verip onunla konuşurken o kadınla önden ilişki kurmak mümkün olmaz."

"Saçmalık."

"Tahoe'nın Büyük Baba Şef anlamına geldiğini bilmiyordum."

"Baskı altında tutma."

"Sanırım o kadınla ilişkime devam edeceğim."

"Bunu yaptığın zaman hayallerine dikkat etmeni öneririm sana."

"Ben onunla sevişirken karımla seviştiğimi hayal ederim hep."

"Bir saat tamam."

Bölüm Yirmi İki

Günler, haftalar geçip gidiyor dostlar. Hafızam zayıf olduğundan ve aslında not tutmam gereken bu günlerde not da tutmadığımdan, her şeyi hatırlamıyor ve bu satırlara da yansıtamıyorum. Zarlar bana otobiyografimi yazma oyununu bulduktan yaklaşık üç yıl sonra emrettiler ve yaptıklarımın tarihsel değerlerini o zaman idrak edememiştim.

Diğer yandan, benim seçici savunma hafızam büyük ihtimalle sadece önemli noktaları hatırlıyor. Belki de her şeyi hatırlamam yaşantımı bulanıklaştıracaktı ve bu durum rasgele hayatıma bir çekidüzen getirdi. O halde diyelim ki önceki yaşantımda unuttuklarım önemsiz şeylerdi ve sadece hatırladıklarım önemli olaylardır. Bu ne size, ne de bana uygun düşmez aslında ama otobiyografi yazma açısından uygun bir teori getirir. Ayrıca bölümden bölüme, sahneden sahneye geçişlerde mantıksız şeyler görürseniz, bunu benim keyfi hafızama ya da zarın rasgele atılışına verin; anlatımı daha da renklendiriyor bu durum.

Tamamen rasgele adamın gelişmesinde ilgi çekmesi gereken bir olay da, 2 Ocak 1969'da gece yarısından sonra saat 1'de yaşandı. Yeni yıla başlarken, (bu konuda biraz ağırım) zarların uzun-vadeli kaderimi tayin etmesini istedim.

İlk seçenek olarak hafifçe titreyen elimle ve şaşkın gözlerle korkunç bir şey yazdım; hepyek (iki birli) ya da düşeş (iki altılı) gelirse karımı ve çocuklarımı terk edecek, ayrı yaşayacaktım. İri bir adamdım, benim gibi birinin titremesi zordu ama ben yine de titredim ve kendimle gurur duydum. Zarlar günün birinde hepyek ya da düşeş gelecek ve benim yaşamımı mahvedeceklerdi. Lil'i terk edersem bir daha ona dönmeyecektim ve bunlar ölüm zarları olacaktı.

Ama bir süre sonra yorulduğumu hissettim. Zar adam olmak can sıkıcı olmaya başladı. Neden rahatlayıp günlük hayatımı yaşamıyor, zarları sadece oyunlarda elime alıp kendime meydan okumaktan vazgeçmiyordum sanki? Alkolden daha değişik, LSD'den daha az tehlikeli, seksten daha heyecanlı bir tonik keşfettim. Onu sihirli bir ilaç olarak değil de sadece bir kuvvet ilacı olarak kabul etsem ne olurdu? Sadece bir hayatım vardı ve onu neden zarlar yüzünden bir kafese kapatmış gibi yaşayacaktım ki? Zar adam olarak yaşamaya başladığım altı aydan beri ilk kez olarak, zarları hayatımdan çıkarma fikri çekici geldi bana.

Zarlarda 6, 7 ve 8 gelmesi halinde altı ay için zarsız bir hayatı deneyecektim. Bu kararı verince rahatladım, mutlu oldum.

Fakat bu kararı verir vermez çok geçmeden korktum, depresyona girdim. Zarsız bir yaşam da bana Lil'siz bir yaşam kadar ağır gelecekti. Zarsız bir yaşam için seçenek olarak yazdığım rakamlardan 7'yi sildim, biraz rahatladım ve sonra o kâğıdı yırtıp çöpe attım; artık uzun vadeli zar kararları alma kavramını terk edecektim. Koltuğumdan kalkıp banyoya gittim, dişlerimi fırçaladım, yüzümü yıkadım, sonra aynada yüzüme baktım.

Aynada bana bakan adam sanki doğal haliyle Clark Kent idi. Gözlüklerimi çıkarınca görüşüm bozuldu, bulanıklaştı ve hayal gücüm daha iyi çalışmaya başladı. Hayalimde iki gri yarık ve dişsiz bir ağız canlandırdım; bir ölünün yüzüydü bu. Ama gözlüğümü takınca aynadan bana bakan adam yine kendim oldum. Aynadaki adam New York'lu psikanaliz uzmanlarından biri olan Dr. Luke Rhinehart, ya da Clark Kent idi. Peki ama Clark Kent'in diğer kimliği olan Süpermen nerdeydi? Aslında bu banyo kimliği krizinin temeli buydu işte. Ben şimdi yatağıma yatınca Süpermen nerde olacaktı?

Tekrar masama döndüm ve ilk iki seçeneği yeniden yazdım; Lil'i terk etmek ve zarlardan vazgeçmek. Sonra, bundan sonraki yedi ay boyunca, her aybaşında (Ağustos ortası D-günü ortasına kadar) o ay neler yapılacağına karar verme seçeneğine beşte bir şans verdim. Yedi ay boyunca bir roman yazma seçeneğine de aynı olasılığı verdim. Üç aylık Avrupa turu ve geriye kalan zamanda da zar kararlarına göre seyahat etme seçenekleri yazdım. Son seçeneğim, Dr. Felloni ile birlikte yaptığım seks araştırmasını zarların hayal gücüne bırakma konusunda oldu.

Yılda iki kez yapılan kader-çalışmasının birincisi gelip çattı—önemli bir olaydı bu. Zarları Nietzsche, Freud, Jake Ecstein ve Norman Vincent Peale adlarına kutsadım, iki avucumun arasına aldım ve iyice salladım; hayatımın gelecek altı ayı, belki de daha uzun bir süre, avuçlarımda birbirine çarpıp duruyordu. Onları iyice salladım ve masamın üstüne attım; önce bir altı ve sonra . . . üç geldi. Toplam dokuzdu—hayatta kalma, heyecanın ölmesi, hatta hayal kırıklığıydı bu. Bu durumda zarlar bana her aybaşında özel kaderimin ne olacağına karar vermemi emrediyorlardı.

Bölüm Yirmi Üç

Zar bana Ulusal Alışkanlık-Kırma Ayını zar hayatımdaki kolay zevklenme anlarından birinde dikte ettirmiş olmalıydı; bu ay Dr. Lucius Rhinehart'ı kırabilecek yüz tane küçük darbe getirdi. Alışkanlık kırma şunları getirdi bana: (1) tahsis edilmiş psikiyatr ayı oldu, (2) yeni bir roman yazmaya başlama ayı oldu, (3) İtalya'da tatil getirdi, (4) herkese karşı nazik olmamı söyledi ve (5) Arturo-X'e yardım ayı oldu. Emre göre şunu söylemek zorundaydım, "Bu ayın her gününün her dakikasında eski alışkanlıklarımı değiştirmeye çalışacağım."

Bu durumda sabaha karşı Lil'e sarılmak istediğim zaman, kendimi tutacak, yatakta kendi tarafıma çekilecek ve duvara bakacaktım. Birkaç kez duvarı seyredip sonra uykuya daldığımda geç saatlere kadar uyanamadığımı görünce erkenden kalkmaya başladım. O sabah da yataktan kalkıp banyoya doğru yürüdüm ama eski alışkanlıktan kurtulamadığımı anladım. Terliklerimi çıkardım ve salona geçtim, ama tuvalete gitmek zorundaydım, sıkışmıştım. Ama eski alışkanlık yok olmalı, tuvalete gitmemeliydim, ben de bu durumda bir çiçek vazosu alıp boşalttım ve içine işedim. Sonra kendi kendime sinsice güldüm. Ama geçmiş yaşamımda ayakta uyumadığımı hatırlayınca bunun bir alışkanlık olmadığını anladım çişimi ettikten sonra tekrar yatabileceğimi düşündüm.

Uykumda bir ses bana, "Hey, ne yapıyorsun sen?" diye sordu.

"Haa?"

"Luke, ne yapıyorsun?"

"Oh! Sen misin?" Lil çıplak olarak ayakta durmuş, kollarını göğsünde kavuşturmuş bana bakıyordu.

"Düşünüyordum."

"Ne düşünüyorsun?"

"Dinozorları düşünüyordum canım."

"Hadi gel at şu yatağa."

"Tamam."

Onun arkasından yatağa doğru yürüdüm ama çıplak kadınların arkasında yatağa gitmenin bir alışkanlık olduğunu hatırladım. Lil yatağa girip battaniyeyi üzerine çekince ben de sürünerek yatağın altına girdim.

"Luke???"

Ona cevap vermedim.

Yatak yaylarının gıcırdamasından ve üstümde sırtıma değen yatak yayının hareketlerinden anladığım kadarıyla, Lil yatağın önce bir, sonra diğer kenarına kaymıştı. Sonra yatağın çarşafı kalktı ve onun yüzünü tersten gördüm, şaşkın gözlerini açmış bana bakıyordu. Otuz saniye kadar hiç konuşmadan öylece birbirimize baktık. Sonra Lil başını iki yana salladı, yüzü kayboldu ve üstümdeki yatak tamamen hareketsiz kaldı.

Yatağın altından ona, "Seni istiyorum," diye seslendim. "Seni sevmek istiyorum." Sadece bulunduğum pozisyonda bu tür sözler elbette çok komik kaçıyordu.

Yatağın üstündeki sessizlik devam edince Lil'e bir kez daha hayran oldum. Başka herhangi bir kadın olsa bana (a) küfreder, (b) yine yatağın altına bakar, ya da (c) bağırırdı. Sadece zeki ve çok hassas bir kadın böyle bir durumda sessiz kalabilirdi.

Ama birden onun, "Ben de sevişmek isterim," diyen sesini duydum.

Bunu duyunca korktum; burada bir muhalefet durumu ortaya çıkıyordu, onun bu sözüne alışık olduğum şekilde cevap vermemem gerekiyordu.

"Ben senin sol dizini istiyorum," diye delice bir cevap verdim.

Bir süre ses çıkarmadı. Ben bu kez, "Ayak parmaklarının arasına girmek istiyorum," diyerek saçmaladım.

Bu kez de o saçmaladı ve "Ben de senin gırtlağının aşağı yukarı hareketini görmek isterim," dedi.

Bir süre kestik saçmalamayı ve hiç konuşmadık. Sonra ben 'Cumhuriyet Savaş Marşı'nı söylemeye başladım ve karyolanın altında sırtımı yatağa dayayarak bütün gücümle yukarı doğru ittim onu. Lil yatağın diğer kenarına yuvarlandı ve ben bu kez pozisyon değiştirip onu yataktan düşürmeye çalıştım. Lil bu kez yatağın ortasına kaçtı, ama kollarım yorulmuştu. Gerçi yatağın altında yaptığım bütün hareketler alışılmışın dışındaydı ama sırtım da ağrımaya başladı. Karyolanın altından çıkıp ayağa kalktım ve gerindim.

Lil bana baktı ve sakin bir ifadeyle, "Senin bu deli saçması oyunlarını sevmiyorum, Luke," dedi.

"Pittsburgh takımı arka arkaya üç gol attı ama sonra tamamen durdu."

"Lütfen yatağa yat ve bu deli saçmalığını da bırak, kendine gel."

"Hangi kendime geleyim?"

"Herhangi birine, ama bu sabahki sen olmayasın sakın."

Alışkanlık beni yatağa doğru itti ama zarlar da geri çektiler.

"Dinozorları düşünmek zorundayım," dedim ama bunu normal sesimle söylediğimi fark edince aynı şeyi bir kez de bağırarak tekrarladım. Fakat her zamanki gibi bağırdığımı anladım ve bu kez daha değişik bir sesle, yarı haykırış, yarı mırıldanma arası, "Dinozorlarla yatakta kahvaltı," dedikten sonra mutfağa gittim.

Mutfağa yaklaşınca yürüyüşümü değiştirmeye karar verdim ve son beş metreyi emekleyerek tamamladım.

Birden Larry'nin, "Sen ne yapıyorsun baba?" diye soran sesini duyunca şaşırdım. Küçük oğlum mutfağın kapısında durup uykulu gözlerini açmış, aptallaşmış bir halde bana bakıyordu. Onun aklını karıştırmamam gerekiyordu. Ne söyleyeceğime çok dikkat etmeliydim.

"Fare arıyorum evladım."

"Vay canına! Ben de bakabilir miyim baba?"

"Hayır, bakamazsın, onlar tehlikelidir"

"Fareler mi?"

"Bunlar insan yiyen fareler evlat."

Larry başını iki yana salladı ve alaycı bir ifadeyle, "Yapma baba!" dedi.

"Şaka yaptım," dedim ama bunun alışılagelmiş bir söz olduğunu düşününce başımı iki yana salladım. "Hadi sen git yat," diye ekledim ama bu da her zaman söylenen sözlerden biriydi.

Güldüm ve "Git annenin yatağının altına bak," dedim. "Bazı fareler oraya gitmiş olabilirler."

Larry bizim yatak odasına gitti ama çok geçmeden geri döndü, Lil de sabahlığını giymiş onun elini tutuyordu. Ben yere diz çökmüş ocakta su ısıtmaya çalışıyordum.

Lil sinirli bir ifadeyle, "Saçma oyunlarına çocukları bari karıştırma," dedi.

Normalde Lil'e hiç sinirlenmezdim, bu yüzden bu kez birden sinirlendim ve "Kapa çeneni!" diye tersledim onu. "Korkutup kaçıracaksın onları."

"Kapa çeneni diyemezsin sen bana!"

Ayağa kalkıp yumruklarımı sıkarak ona doğru bir adım attım ve "Bir kelime daha edersen ağzına bir dinozor sokarım!" diye bağırdım. Anne oğul, ikisi de dehşet içindeydiler ama ben kendimden memnundum.

Lil oğlunu arkasına alarak bir adım geriledi ve "Sen git yatağına yat oğlum," dedi.

Aynı anda ben, "Hemen dizüstü çök ve af dile, Lawrence!" diye homurdandım.

Larry ağlayarak odasına koştu.

Lil, "Utanmalısın bu yaptığından!" diye söylendi.

"Üzerime gelme sakın, kadın!"

"Tanrım, sen gerçekten delirdin, Luke."

Onun canını yakmak istemediğim için kontrollü olarak sol omzuna hafifçe vurdum.

Ama o kendini kontrol etmeyi düşünmedi ve sol gözüme bir yumruk indirdi. Şaşırdım ve mutfakta yere oturdum. Sonra hiçbir şey olmamış gibi, "Kahvaltıda ne var?" diye sordum.

"Oyunun bitti mi?"

"Teslim oluyorum."

"Hadi yatağa gel."

"Ama onurum çiğnendi."

"Başlatma şimdi onuruna, kendini toparla da gelip yatağına yat artık."

Ortalığı daha fazla karıştırmamak için ondan önce gidip yatağın bir köşesine kıvrıldım ve orada öylece, hiç kımıldamadan kırk dakika kadar yattıktan sonra Lil yataktan kalkmamı istedi. Onun emrini hemen dinledim ve bir gibi kalkıp yatağın yanında durdum.

Lil şifoniyerin yanından sinirli bir sesle, "Rahatla biraz," dedi. Canımın yanmaması için dikkatle ve yumuşak bir düşüşle kendimi yere bıraktım. Lil merakla yanıma gelip bir şeyim olup olmadığına baktı ve sonra kalçama bir tekme atarak, "Deliliği bırak da normal adam gibi davran," dedi.

Ayağa kalktım, kollarımı ileri uzatarak altı kez çömel-kalk hareketi yaptım ve sonra mutfağa gittim. Kahvaltıda bir sosisle iki dilim tereyağlı kızarmış ekmek ve iki parça çiğ havuç yedim ve kahve içtim. Lil iyice sinirliydi, Larry ve Evie de kahvaltıda benim yediklerimden istediler ve ağladılar. Lil de onlarla birlikte ağladı.

Evden çıktım ve Beşinci Cadde üzerinde ofisime doğru yürürken herkesin dikkatini çektim, çünkü, (1) spor yürüyüşü yapıyordum, (2) sudan çıkarılmış bir balık gibi nefes alıp veriyordum ve (3) üzerimde Büyük Kızıl yazılı bir tişörtle bir smokin vardı.

Ofise geldiğimde Bayan Reingold beni tam aklı başında bir sekreter gibi, her zamanki ciddiyetiyle ve saygıyla selamlayarak karşıladı. Onun soğuk ve çirkin etkinliği karşısında ben de onunla olan iş ilişkimde bazı yenilikler yapmayı düşündüm.

Onun bana baktığını görünce, "Mary Jane, şekerim," dedim. "Bu sabah sana bir sürprizim var," dedim. "Seni işten çıkarmaya karar verdim."

Bayan Reingold'un ağzı bir karış açıldı ve iki sıra çarpık diş ortaya çıktı.

"Yarın sabahtan itibaren işi bırakıyorsun."

"Fakat Dr. Rhinehart . . . anlamıyorum..."

"Bunda anlamayacak bir şey yok ki hayatım . . . son zamanlarda canlandım, artık karşımda güzel bir kız görmek istiyorum."

"Ama Dr. Rhinehart..."

"Sen iyi, çalışkan bir sekretersin ama kusura bakma, gözüme hoş görünmüyorsun, ben güzel vücutlu, konuşurken insanın içinde hoş duygular uyandıran ve aynı zamanda dosyalama işini de iyi bilen bir fıstık buldum."

Kadın yavaşça Dr. Ecstein'ın bürosuna doğru gerilerken şaşkın bir ifadeyle bana bakıyordu, çarpık dişleri şimdi iyice meydana çıkmıştı.

Ben, "Yeni sekreter yarın sabah işe başlıyor," dedim. "Sanırım doğum kontrol sistemi de var. Sana da maaşını vermeye devam edeceğim canım, şansın açık olsun."

Ona bunları söylerken odanın içinde dolaşıp durdum ve sözümü bitirir bitirmez kendi ofisime dalarak kapıyı kapadım. Bayan Reingold'u en son gördüğümde Jake'in ofisine doğru gidiyordu.

Masamın üstüne çıkarak geleneksel nilüfer çiçeği pozisyonumu aldım ve Bayan Reingold beni bu halimle görse ne yapardı acaba diye düşündüm. Onunla ilgili küçük bir araştırma yapınca sıkıcı hayatını dolduracak bir şeyler verildiğini anladım. Yıllarca sonra onu, buruşuk bacaklarının dibine toplanmış bir sürü torunu ve yeğenine, hastalarına iğneler batıran, bazılarına tecavüz eden, uyuşturucu kullanan ve çalışkan, iyi sekreterleri kovarak yerlerine sevişme delisi kızları alan cadı doktorun hikâyesini anlatırken tahayyül ettim.

Hayal gücümü çalıştırıp rahatsız yoga pozisyonunda yatarken, kollarımı havaya kaldırdım. O sırada kapı vuruldu.

Kollarımı indirmedim ve üzerimdeki smokin iyice gerilirken, "Kim o?" diye seslendim. Jake kapıyı araladı ve başını içeri uzattı.

"Hey Luke, Bayan Reingold'un bana söylediğine göre..." derken halimi ve kıyafetimi fark etti. Gözlerini kısarak dikkatle baktı, sonra iki kez kırpıştırdı.

Bir şeyler demiş olmak için, "Hey, neler oluyor burada, Luke?" diye sordu.

Güldüm ve parmağımla smokinimi göstererek, "Oh, bunu mu merak ettin," dedim. "Dün gece bir partiden geç döndüm de, böyle kaldım. Osterflood gelmeden önce kendimi toparlamaya çalışıyordum. Bayan R.'nin canını sıkmamışımdır umarım."

Jake bir süre tereddüt eder gibi, konuşmadan düşündü, odama giren sadece tombul boynu ve yuvarlak yüzüydü, gövdesi hâlâ dışarıda duruyordu.

"Şey, evet," dedi. "Onu kovduğunu söyledi bana."

"Saçma! Ben ona sadece akşamki partide dinlediğim bir fıkrayı anlattım. Fıkrayı belki de biraz ters anlamış olabilir, ama aslında canının sıkılmasına hiç gerek yok."

"Evet, olabilir," dedi ve gözlük camlarının arkasından yine gözlerini kısarak ne yaptığımı anlamak ister gibi bir süre dikkatle baktı bana. "Pekâlâ, özür dilerim, seni rahatsız ettim."

Yüzü kayboldu ve kapı kapandı. Ben meditasyona başladım ama birkaç dakika sonra kapı yine aralandı ve Jake yine uzattı başını içeriye.

"Bayan Reingold kovulmadığından emin olmak istiyor, sana tekrar sormamı rica etti."

"Ona söyle yarın sabah her zamanki gibi işinin başına gelsin."

"Tamam, oldu."

Osterflood odama girdiğinde ben masadan kalkmış, ayaklarımdaki kan dolaşımını harekete geçirmek için zıplayıp duruyordum. Adam otomatik olarak divana doğru yürüdü ama ben onu hemen durdurdum.

"Hayır, Osterflood, bugün sen buraya, benim yerime oturacaksın ve ben divana uzanacağım."

Adam şaşkın bir ifadeyle sesini çıkarmadan masamın arkasına geçip sandalyeme oturdu ve ben de rahatça hasta divanına sırtüstü uzandım.

"Neler oluyor, Dr. Rhinehart, hasta olmaya mı..." diye sorarken sözünü kestim onun.

"Bugün kendimi çok mutlu, neşeli hissediyorum," dedim ama o sırada tavanın köşesinde kocaman bir örümcek ağı çarptı gözüme. Hastalarım kaç yıldır bakıyorlardı ona acaba?

"Yeni Adam olma yolunda büyük bir hamle yaptım?"

"Hangi yeni adam?"

"Rasgele Adam işte, tahmin edilemeyen adam olmak istiyorum. Bugün alışkanlıklardan vazgeçilebileceğini göstermek, kanıtlamak için bir şeyler yapıyorum. Yani insanın *özgür* olduğunu kanıtlamak istiyorum."

Hastam dikkatimi kendi üzerine çekmek için, "Keşke ben de küçük kızlara tecavüz etme alışkanlığımdan vazgeçebilsem," dedi.

"Bunun için umut var, Osterflood, evet dostum, umut var. Sadece normal alışkanlıklarının tersini yapmaya çalışacaksın. Eğer gördüğün bir küçük kıza tecavüz etmeyi düşünüyorsan, ona çikolata al, nazik davran ve bırak gitsin. İçinden bir fahişeyi dövmek geçiyorsa, bırak o seni dövsün. Beni görmek istediğinde de kalkıp bir sinemaya git ve bir film seyret."

"Ama kolay değil ki bu, ben insanların canını yakmaktan zevk alıyorum."

"Doğru, haklı olabilirsin, ama denersen nazik olmaktan da zevk aldığını göreceksin. Örneğin ben bugün işe gelirken, taksiye binmek yerine koşar adım yürümenin daha anlamlı olduğunu anladım. Bayan Reingold'a zalimce davranmak da zevk verdi bana, yeniledi beni. Hâlbuki ona her zaman nazik davranır ve bundan zevk alırdım."

"Ben de onun neden ağladığını merak ettim. Neler oldu?"

"Ona çirkin olduğunu söyledim."

"Tanrım!"

"Evet."

"Çok kötü bir davranış bu, Doktor. Ben asla böyle davranmazdım."

"Umarım davranmazsın. Fakat belediye yetkilileri bu binanın bakımsız olduğu ve kötü koktuğu konusunda rapor yazdılar ve ben ona da kötü koktuğunu söyledim."

Bunu neden söylediğimi düşünürken Osterflood'ın sandalyesinin gıcırdadığını duydum, belki de sandalyeyi geriye itmişti ama yattığım yerden göremiyordum onu. Sırtüstü yattığım divandan ancak iki duvarın bir kısmını, kitap raflarını, köşedeki örümcek ağını ve Socrates resmini görebiliyordum. Benim hastaları sakinleştirmek için duvarlara resim asma fikrimin başarılı olup olmadığı da bu durumda kuşkulu oluyordu.

Osterflood düşünceli bir tavırla, "Son zamanlarda ben de kendimi neşeli hissetmeye başladım," deyince, konuyu kendi sorunlarıma çekmek istediğimi fark ettim.

"Alışkanlıklardan kurtulmak aynı zamanda zor ve zevksiz bir iş de olabilir," dedim. "Örneğin ben çişimi yapmak için alışkanlık dışında yeni yöntemler bulma konusunda güçlük çekiyorum."

Osterflood benim söylediğime hiç aldırmıyormuş gibi, "Sanırım sen beni de bir yenilikler hamlesine doğru sürmüş olabilirsin," dedi.

Ben, "Benim üzerinde kafa yorduğum bir başka konu da dışkı çıkarma konusu," diye devam ettim. "Bu konuda toplumda kesin sınırlar var—savaş, cinayet, evlilik ve benzeri konularda her türlü gariplik ve saçmalık kabul edilebilir, ama insanın tuvalet dışında bir yerde içini boşaltması korkunç bir şey olarak kabul edilir."

"Biliyor musun, Doktor, ben içimdeki şu küçük kızlara tecavüz dürtüsünden bir kurtulsam . . . onlara olan ilgim yok olsa . . . kurtulacağım bu dertten. Büyük kızlar onlara saldırmama aldırmıyorlar zaten ve onları satın almak da mümkün."

"Bir de hareket konusu var. Örneğin bir A noktasından B noktasına gitmek için belirli yollar oluyor. Örneğin yarın evden buraya gelirken yine koşar adım yürümek istemeyeceğim diyelim, o zaman ne yapacağım? Geri geri mi yürüyeceğim yani?" Başımı kaldırıp Osterflood'a baktım ama o sırada o kendi sorununu düşünüyordu.

"Ama şimdi düşünüyorum da . . . son zamanlarda . . . kabul etmeliyim ki, küçük kızlara olan ilgimi biraz kaybeder gibi olmaya başladım."

"Geri adımlarla yürümek de bir çözüm yolu olabilir elbette, ama sadece geçici bir çare olur bu. Sonra emeklemek, geri geri koşmak ve tek ayak üzerinde hoplayıp zıplayarak yol almak gibi yollar var ama bunların hepsi tekrarlanabilir, kısıtlı yöntemler."

"Ve bu durum bende bir ilerleme sayılır. Yani şimdi küçük kızlardan hoşlanmak bir yana, onlardan soğumaya, hatta nefret etmeye başlarsam . . . bu kesinlikle bir gelişme sayılır..." Sustu ve eğilip benim yüzüme baktı, ben de ona baktım.

Ben, "Konuşmak, sohbet etmek de bir sorun yaratıyor," diye devam ettim. "Sentaks kurallarımız alışılmış şeyler, konuşma kurallarımız, ahengimiz belirli. Ben şu mantıklı düşünme alışkanlığından da kurtulmak zorundayım. Kelime haznesi de değişmeli, neden hep alışık olduğumuz sözcükleri kullanmak zorunda kalıyoruz sanki? Aptal mıyım ben yani?"

Osterflood dalgın bir ifadeyle, "Fakat . . . fakat . . . son zamanlarda bir şeyler hissediyorum...bunu söylemeye bile korkuyorum..." diye söylendi.

Ben, "Sanatı beslemek, temenni etmek," diye devam ettim. "Dünyada saçmalıktan geçilmiyor. İnsanoğlu yapay olarak kendini geçmişle kısıtladı. Ben kendimi özgürlüğe doğru götürüyorum."

"...ben galiba başka şeyler istiyorum, öyle hissediyorum . . . yani küçük oğlan çocukları..."

"Büyük bir hamle olacak. Yani bu sabah yaptığım gibi, eski alışkanlıklarıma ters düşen şeyler yapmaya devam edersem müthiş bir şey olacak. Ve tabii seks konusu var. Cinsel örneklerin de dışına çıkmamız gerekiyor.

Osterflood, "Yani onları gerçekten seviyorum," diye söylendi. "Aslında onlara tecavüz etmek, canlarını yakmak istemiyorum, ama onları kucağıma almak istiyorum, onlar da beni sevsinler yeter."

"Bu deneyler beni tehlikeli alanlara götürebilir elbette. Düşünüyorum da, şimdiye kadar küçük kızlara karşı ilgi duymadığıma göre, alışkanlık dışı bir davranış olarak buna yönelebilirim gibi geliyor bana."

Osterflood, "Hem küçük oğlan çocuklarını kandırmak daha kolay olmalı," diye mırıldandı. "Onlar büyüklere daha çok güvenirler, daha az kuşku duyarlar."

Ben onu hiç duymamış gibi, "Ama başka birinin canını yakmak korkutuyor beni," diye devam ettim. "Sanırım—Hayır! Bu bir sınır çizgisi olmalı, bunun üstesinden gelmem gerekir. Alışılmış yasaklamalardan kurtulmak için benim de insanların ırzına tecavüz etmem ve öldürmem gerekiyor."

Osterflood'ın sandalyesi tekrar gıcırdadı ve adam bir ayağını hızla yere vurdu. Sonra, "Hayır, Dr. Rhinehart," diye konuştu. "Sana söylemeye çalışıyorum, ırza tecavüz etmeye ve öldürmeye gerek yok artık. İnsanlara vurmaktan bile vazgeçmeliyim."

"Rastlantı Adam mutlaka ırza tecavüz etmeli, en azından öldürmeli. Bundan hile yoluyla kaçmaya çalışmak görevi yerine getirmemek olur," diye mırıldandım.

Hastam, "Küçük oğlan çocukları, hatta yirmi yaş altı genç delikanlılar bile işe yarar. Küçük kızlara tecavüz etmek çok tehlikeli olur, inan bana Doktor," diyerek bana baktı.

"Tehlike gerekiyor zaten," dedim. "Rastlantı Adam kavramı

şimdiye kadar insanoğlunun bulduğu en devrimci ve en tehlikeli adam kavramıdır. Eğer bunun başarılı olması için kan akıtmak gerekiyorsa kan akıtılacaktır."

"Hayır, Dr. Rhinehart, hayır. Alışkanlıklarından kurtulmak için başka yollar bulmalısın. Daha az tehlikeli yollar bulman gerekir. Sen şu anda insanlardan söz ediyorsun dostum."

"Alışkanlıklarımızdan kurtulmamız öyle pek kolay değil, Osterflood. Aslına bakarsan, o acımaya başladığın küçük kızlar başka dünyalardan bizi yok etmek için gönderilmiş kötü cinler olabilirler."

Hastam bana cevap vermedi ama sandalyenin yine gıcırdadığını duydum.

Ben, "Şurası bir gerçek ki," diye devam ettim, "küçük kızlar olmasa yetişkin kadınlar da olmazdı ve yetişkin kadınlar da iblisten farklı değillerdir."

"Hayır, Doktor, hayır, sen beni kandırmaya çalışıyorsun. Biliyorum, şimdi açıkça görebiliyorum bunu. Kadınlar insandır, öyle olmaları gerekir."

"Onlar için ne dersen de Osterflood, kadınlar bizden farklıdır ve bunu sen de inkâr edemezsin"

"Biliyorum, biliyorum-ve oğlan çocukları bizdendir, onlar iyidir. Sanırım oğlan çocuklarını sevmeyi öğrenebilirim ve böylece artık polis korkusundan da kurtulmuş olurum."

"Kızlara nazik davran, çikolata al ve oğlan çocuklarıyla da istediğin gibi eğlen, böylece sen de eski alışkanlığından kurtulmuş olacaksın Osterflood."

"Evet, evet."

O sırada birisi kapıyı vurdu, seansın bir saatlik süresi dolmuştu. Ben şaşkın bir halde hasta divanından kalkınca Osterflood elimi tutup sıktı ve birkaç kez kuvvetlice salladı, gözleri parlıyor, çok neşeli görünüyordu.

"Hayatımın en büyük terapi seansı oldu bu Dr. Rhinehart . . . Sen . . . sen gerçekten büyük *adamsın,* çok iyi bir çocuksun."

"Teşekkür ederim, Osterflood, umarım haklısındır."

Bölüm Yirmi Dört

Yavaşça ama sürekli olarak deliliğe doğru ilerliyordum, dostlarım. Benliğimden geriye kalan her ne varsa değişiyordu. Zarları bir kenara bırakıp eski doğal halime dönmek istediğim zaman, saçma konuşma ve davranışlardan hoşlandığımı gördüm. Central Park'ta ağaçlara tırmandım, bir kokteyl partide meditasyon yapmaya kalktım, yoga pozisyonu aldım ve kendim dahil etrafımdaki herkesin kafasını karıştıran saçma sapan laflar ettim. Dr. Mann ile telefonda konuşurken ahizeye birden, "Ben Yarasa Adamım!" diye bağırdım ve bunu bana zarlar söylemedi, kendim istedim.

Durup dururken gülmeye başlıyor, anormal davranışlarda bulunuyor, olmayacak nedenlerle aşırı sinirleniyor, bağırıp çağırıyor, korkuya kapılıyor, aşırı heyecanlanıyordum. Davranışlarım hiç tutarlı değildi. Bazen neşeli, bazen kederli, bazen ciddi, parlak, zeki oluyordum ama bazı zamanlarda da iyice saçmalıyordum. Ancak Jake'in terapi seanslarına devamlı olarak katılmam sayesinde sokaklarda rahatça yürüyebiliyordum. Şiddete başvurmadığım sürece etrafımdaki insanlar da rahatlıyor, bana acıyıp, "Zavallı Dr. Rhinehart, neyse ki Dr. Ecstein ona yardımcı oluyor," diyorlardı.

Lil benim saçmalıklarımdan korkmaya, endişelenmeye başladı, ama zarlar ona gerçeği söylememi engellediği için ben de ondan davranışlarımla ilgili olarak yine saçma özürler diliyordum. Lil birkaç kez Jake, Arlene ve Dr. Mann ile de konuştu ve onlar da ona mantıklı açıklamalar yaptılar ama saçma davranışlarımın nasıl yok edileceği konusunda yardımcı olamadılar.

Dr. Mann ona, "Bir iki yıl içinde eski haline kavuşabilir..." deyince Lil'in gözlerinin dolduğunu söyledi bana. Ben de Lil'e, kendimi daha iyi kontrol edeceğime dair söz verdim.

Ulusal Alışkanlıkları-Kırma Ayının pek de yardımı olmadı bana. Ben alışkanlıklarımdan kurtulmaya çalışırken insanlar şaşkına dönüyor, aptallaşıyor ve bazen de neşeleniyorlar. Ofise koşar adım yürüyerek gitmem, saçma konuşmalarım, seks konusunda bir buzdağı olan Bayan Reingold'u baştan çıkarmaya çalışmam, sarhoş dolaşmam ve hastalarıma karşı garip davranışlarda bulunmam, beni izleyenleri şoke ediyor, şaşkına çeviriyordu, ama onların bir yandan da neşelendikleri gözümden kaçmıyordu.

Mantıksızlıklara, saçmalıklara, amacı olmayan davranışlara ne kadar da güler ve bunlarla eğlenir, neşeleniriz, değil mi? Bütün ahlak ve mantık kurallarına rağmen bunlardan hoşlanırız, özleriz onları. İsyanlar, devrimler, felaketler bile eğlendirir bizi. Aynı haberleri günlerce sürekli okumak ne kadar da sıkıcıdır. Böyle zamanlarda hep bazı değişiklikler olmasını diler, bekleriz.

O ayın sonunda sadece, Nixon'un sarhoş olmasını ve doğal davranışları dışına çıkıp çevresindeki adamlardan birine okkalı bir küfür savurmasını bekledim hep. William Buckley ya da Billy Graham ortaya çıkıp, "Benim en iyi dostlarımdan bazıları Komünisttir," deseler, bir spor spikeri bir maçı anlatırken, "Çok sıkıcı bir maç bu," dese ne kadar güzel olurdu, ama asla böyle konuşmuyorlar onlar. Bu nedenle çoğumuz yeni bir şeyler bulmak için Fort Lauderdale'e, Vietnam'a, Fas'a gidiyoruz, boşanıyoruz, yeni bir sevgili ya da iş arıyoruz, mahalle ya da uyuşturucu türü değiştiriyoruz. Zincirleri kırmak, alışkanlıklardan kurtulmak için neler yapmıyoruz ki. Ama eski benliklerimizi de kendimizle beraber sürükleriz ve onlar da bizi tüm deneylerimizde katı çerçeveleri içinde tutmak isterler.

Fakat Ulusal Alışkanlık-Kırma Ayı pek çok konuda pratik olmadı benim için; bir zaman geldi ki, ne zaman yatacağımı, ne kadar uyuyacağımı bile zarlara sormak durumunda kaldım. Rasgele saatlerde yatıp rasgele seçilen saatler kadar uyumak beni sinirli yaptı, özellikle uyuşturucu ya da alkol aldığım zamanlarda çok kötü oluyordum. Yemek yiyip yememeyi, ne zaman yiyeceğimi, ne zaman banyo yapıp tıraş olacağımı, dişlerimi ne zaman fırçalayacağımı bile üç gün boyunca zarlara sordum. Bunun sonucu olarak bir iki kez pilli tıraş makinemi sokakta, kalabalık kaldırımlarda yürürken (insanlar bunu reklâm sanarak çevremde TV kameramanları aradılar) kullandım, sakal tıraşı oldum, dişlerimi bir gece kulübü tuvaletinde fırçaladım, Vic Tanny'de banyo yaptım ve bir gün öğle yemeğimi sabahın saat 4'ünde Nedick'te yedim.

Bir başka gün zar bana hassaslaşmamı, her anımı tamamen uyanık olarak yaşamamı söyledi. Bana da çok estetik bir şeymiş gibi geldi bu. Kendimi Walter Peter, John Ruskin Oscar Wilde karışımı olarak gördüm. Estetik Hassasiyet Gününde ilk dikkat ettiğim şey burnumu çekmeye başlamam oldu. Belki daha önce de aylarca, hatta yıllarca burnumu çekmiş ama farkına bile varmamıştım. Ocak ayında zarın verdiği emir sayesinde burnumun aktığını ve durmadan burun çektiğimi fark ettim. Zarlar olmasaydı bunu her yerde yapacak ve aptal durumuna düşecektim.

Bu Hassasiyet Haftasında sayesinde daha önce fark etmediğim bazı hassas noktalarımı da öğrenmiş oldum. Sabahın erken saatlerinde Lil ile yatakta yatarken daha önce bana sessizlik gibi gelen bazı sokak seslerini dinlemeye başladım—bu da Larry ve Evie'in uyudukları anlamına geliyordu. İki gün sonra bu sokak sesleri bana tamamen doğal gelmeye başladı ama ilk iki gün onlarla beraber yaşadım. Bir başka gün Modern Sanat Müzesine gittim ve estetik sanat eserlerini seyrederek zevk duymaya çalıştım ama uzun bir süre salonları dolaştıktan sonra yorulduğumu ve ayaklarımın ağrımaya başladığını hissettim. İzleme duygum oldukça körelmiş olmalıydı ki benim muhteşem zarlarım bile onu canlandıramadılar. Zarlar ertesi gün Walter Peter'i ortadan kaldırınca çok sevindim.

Genelde o ay boyunca hiç giymediğim kıyafetleri giydim, hiç etmediğim küfürleri ettim, hiç gitmediğim fahişelere gittim.

En güç olan şey, seks alışkanlıklarını ve değerlerini değiştirmek oldu. Arlene ile buluşmak için merdivenden aşağıya inerken cinsel değerlerimi değiştirmiyor, onları sadece uyguluyordum. Zina olayı sadakat alışkanlığını kırıyordu ama sadakat zaten cinsel alışkanlıkdeğerlerimin en önemsiziydi. Hz. İsa'nın annesi Hz. Meryem, insanın cinsellik doğasının tüm hayatını tanımladığını söylemişti ama o da biliyordu ki, bir insana heteroseksüel, homoseksüel, iki cinsiyetli ya da aseksüel dendiği zaman o kişi öyle kalırdı. Ben ilk zamanlar bu konuyu iyi bilmiyordum. Ben tipik mekanik davranışımla, seks alışkanlıklarını değiştirmek, sevdiğim pozisyonları, kadınları değiştirmek, kadınlardan erkeklere, erkeklerden kadınlara geçmek ve her şeyi değiştirmek anlamına gelir diye düşünüyordum. Ters ilişki konusu beni öyle etkiledi ki, bir gece Lil ile birlikte bir partiden dönerken, sabahın 2'sinde asansörde onunla ters ilişkiye girmeyi denedim. Fakat Lil yine mantıklı davrandı ve benim deliliğimi hoş görüp yatıp uyumamızı istedi.

Arlene ile kabul edilebilir her pozisyonda seviştiğimiz için, onunla olan ilişkimde alışkanlıklardan kurtulmanın tek yolunun, bu ilişkiden kaçınmak olduğunu, hatta zina yaptığımız için kendimizi suçlu hissetmemiz gerektiğini düşündüm.

Yeni bir kadın aramayı düşündüm ama o zaman da, emre göre, kadınlar konusunda zevklerimi değiştirmem gerektiğini anladım. Bu nedenle bulacağım yeni kadın yaşlı, zayıf, kır saçlı, gözlüklü, koca ayaklı olmalı ve Doris Day – Rock Hudson filmlerinden hoşlanmalıydı. New York'ta böyle kadın sayısı çok olmalıydı, ama bunlardan birini bulmak yine de Raquel Welch benzeri kadınlardan birini bulmak kadar zor olacaktı. Standartlarımı sadece yaşlı, zayıf ve ruhsal durumu iyi olarak düşürmem gerekti, diğer özellikler önemli değildi.

Standartlar düşürülünce Bayan Reingold geldi aklıma ve birden titredim. Seks değerlerimde alışkanlıklarımdan vazgeçeceksem sekreterimi baştan çıkarmam gerekecekti. Bunu zarlara danıştığımda bana evet dediler.

Zarın hükmüne nadiren saygısızlık hissetmiştim. Bayan Reingold hiç kuşkusuz bütün cinsel iştahımı kapatacak bir kadındı, benim için ölüler diyarının Brigitte Bardot'suydu. Bu kadın elbette yaşlı değildi ama otuz altı yaşında olmasına rağmen altmış üç yaşındaymış gibi görünebilme yeteneği vardı onda. Onun tuvalete gidip işediğini bile düşünemiyordum ve bunu burada yazarken bile utandım. Ecstein ile ofisleri ortak olarak kullandığımız bin iki yüz altı günden beri o kadının bir gün bile ofis tuvaletine gittiğini görmemiştim. Onun yakınına gittiğim zaman sadece bebek pudrası kokusu duyuyordum. Bayan Reingold'un göğüsleri olup olmadığının bile farkında değildim, hep yaşlı bir kadınmış gibi baktım ona.

Bayan Reingold'un sözleri her zaman soğuk, terbiyeli, naziktı; kadın seks delisi bir hastanın cinsel davranışları hakkındaki bir raporu okurken bile sanki bir şirket raporu okur gibi sakin olurdu, onun heyecanlandığını hiç görmedim. Böyle açık yazılmış bir raporu okurken bile bazen, örneğin, "Bayan Werner hakkındaki şu açık saçık cinsel ilişki anlatımında biraz yumuşatma yapmamı ister misiniz acaba?" diye sorabilirdi.

İşte böylece, hiç istemediğim halde, sırf senin istediğin olsun diye Zar efendi, Ulusal Alışkanlık-Kırma Ayının üçüncü haftasında bir akşam sekreterimiz Bayan Reingold'u yemeğe götürdüm ve gece ilerlerken bu işte başarılı olabileceğimi görerek dehşete düştüm. Yemekten sonra restoranın erkekler tuvaletine giderek zara muhtemel seçenekler konusunda fikir danıştım ve o da bana sadece, kadınla ilişki kurmadan önce kokain değil de marihuanalı sigara içmemi söyledi. Huzursuz olmama rağmen daha sonra onu ofise götürdüm ve divana oturtup nemfomanyaklarla (sevişme hastası kadınlar) ilgili (yemin ederim ki konuyu ben açmadım) konuyu tartışmaya başladık. Saatler ilerlerken onun sevimli bir ifadeyle gülümsediğini (ağzı tamamen kapalı olduğu zaman) fark ettim, ama beyaz teninde göğsü oldukça açık siyah gece elbisesi bana dik duran bir tabutu örten siyah bir örtü gibi göründü.

Uyuşturucunun da etkisiyle bir ara ona, "Acaba nemfomanyaklar o hayatlarından zevk alıyorlar mı, ne dersin?" diye sordum.

Gözlüğünü hafifçe yukarı doğru iterek, "Oh, hayır," diye cevap verdi. "Bence o tür kadınlar mutsuz olmalılar."

"Evet, haklı olabilirsin," dedim. "Ama değişik erkeklerle sevişmek en azından onları yine de biraz mutlu etmeli diye düşünüyorum."

"Oh, hayır. Dr. Ecstein'ın, aslında Rogers ve Hillsman'dan Rogers'ın söylediğine göre, bu tür kadınların yüzde seksen iki buçuğu çiftleşmeden zevk almazlarmış." Kadın divanın kenarında o kadar dik oturuyordu ki, uyuşturucudan dönmüş kafamla bir ara kendimi bir terzinin cansız mankeniyle konuşur gibi hissettim.

"Evet, ama Rogers ve Hillsman hayatlarında hiçbir zaman nemfomanyak olmadılar," dedim. "Onların kadın olmayı denemediklerinden de eminim." Durup güldüm ve sonra, "Bana sorarsan nemfomanyaklar aslında zevk delisi kadınlar ama psikiyatrları baştan çıkarmak için onlara soğuk olduklarını, yani yalan söylüyorlar," diye devam ettim.

"Oh, hayır, kim baştan çıkarmak ister bir psikiyatrı?"

Bir süre birbirimize baktık, Bayan Reingold'un yüzü önce kıpkırmızı oldu, sonra da bembeyaz kesildi.

"Haklısın galiba," dedim. "O tür bir kadın hastadır ve bizim meslek kurallarımıza göre bir kadın hastaya . . . ama . . ." derken daha fazla konuşamadım ve sustum.

İki eliyle mendilini didiklerken, hafif bir sesle, "Ama?..." diye sordu.

"Ama ne?" diye ben ona sordum bu kez.

"Meslek etiğinin onlarla ilişkiyi yasakladığını, ama..." dediniz.

"Oh, evet, ama bunu anlatmak biraz zor. Biz her zaman heyecanlanırız ama kendimizi tatmin etmek için etik bir yol bulmak zor."

"Oh, Dr. Rhinehart, siz evlisiniz."

"Evet, evliyim elbette. Bak bunu unuttum." İfadesiz bir yüzle ona baktım. "Ama karım yoga yapıyor ve bu durumda sadece bir guru ile ilişki kurabilir."

Ne dediğimi anlamamış gibi yüzüme baktı ve "Emin misiniz?" diye sordu.

"Ben kafamı değiştiremiyorum bir türlü. Bazen bir erkek olduğumdan bile kuşkulanıyorum."

"Oh, hayır Dr. Rhinehart."

"Senin de bana cinsel açıdan hiçbir zaman olumlu baktığını görmedim ve bu da beni çok üzüyor aslında."

Bayan Reingold'un yüzü yine renkten renge girdi ve sonunda her zamanki gibi bembeyaz oldu. Sonra güçlükle duyulan çok hafif bir sesle, "Fakat ben..." dedi ve sustu.

"Sen ya . . . evet, sen..."

"Ama ben sizden hoşlanıyorum."

"Oh, öyle mi?"

Durup bir süre düşündüm ve bir ara kalkıp kapıya koşmak istedim ama içimdeki dinsel disiplin oradan ayrılmamı engelledi.

Bir anda kendimi tutamadım ve ona doğru eğilerek, "Bayan Reingold" diye bağırdım, "Bana bir erkek olduğumu hissettirir misin?"

Bayan Reingold yüzüme baktı, sonra yavaşça gözlüğünü çıkardı ve divanın yanındaki sehpanın üstüne bıraktı. Sonra başını iki yana salladı ve hafif bir sesle, "Hayır, hayır," dedi. "Yapamam bunu."

Başlangıçta zardan talimat almadığım halde ilk kez olarak kendimi aciz hissettim. Yatağın üzerinde onun yanında bir süre çıplak olarak oturdum ve yedi sekiz dakika kadar ona dokunamadan meditasyon yaptım, Arlene'in göğüslerini, Linda Reichman'ın poposunu ve Lil'in mahrem yerlerini düşündüm. Sonunda tüm gücümü topladım ve Bayan Reingold'un üzerine kapandım.

İnsanın daha önce annesine bakar gibi baktığı, hiç cinsel arzu duymadığı bir kadınla sevişmesi aslında korkunç bir deney. Fakat her şeye rağmen onunla sevişme pozisyonuna girebildiğim için kendimi kutlamalıyım. Psikolojik engelleri aşabilme konusunda büyük bir adımdı bu ve ertesi gün o ilişkiyi düşünerek bütün gün titredim. İşin en garip yanı da, o günden sonra Bayan Reingold'dan hoşlanmaya, kendimi ona daha yakın hissetmeye başladım.

Bölüm Yirmi Beş

Ama *o kadar* da yakın değil elbette.

Bölüm Yirmi Altı

İtiraf etmenin zamanı geldi dostlar. Ben ya da siz, benim zar adam yaşantımın ilk zamanlarında bazı olayları eğlenceli bulmuş olabiliriz ama itiraf etmeliyim ki zar adam olmak bazen çok zor oluyordu. Depresyon geçiriyordum, yalnızdım ve zor bir hayatım vardı. Gerçek şu ki bowling oynamaya gitmedim, bir ay boyunca Arlene'i terk etmek istemedim. Bayan Reingold'u baştan çıkarmak da istemedim ama oldu işte. Lil'in istediği pozisyonda sevişmekten de kaçındım. Bütün bunlar ve bunlara benzeyen işler bana bir görev, zorunlu bir iş gibi geliyordu. Bazen zarın emrine uyarak bowling oynamaya gittim ama bunu zorla yaptım, kendimi bir köle gibi, boynuna boyunduruk vurulmuş bir esir gibi hissettim, efendimin kaprisleri sanki sinirlerimi ayağa kaldırıyordu. Geriye kalan benliğimin zar emirlerine direnci hiç bitmedi ve her zaman Rasgele Adam olma arzusu uyandırdı bende. Sadece bir tek arzuya izin vermek, eski benliğimi öldürüp insan doğası konusunda yeni bir şeyler öğrenmek, geriye kalan arzularımın çoğuna egemen olmak istiyordum. Sofuca, dindarca bir mücadeleydi bu.

Zarlar bazen benim en derin (ve daha önceden gerçekleşmemiş) dürtülerimi keşfediyor ve ifade etmeme izin veriyorlardı ve zamanla bu olay daha sık olmaya başladı. Zarlar bir gün bowlingden hoşlanmadığımı, on dört yıldan beri bu oyunu oynamadığımı ve şişman kadınlardan hoşlanmadığım için onlarla sevişmediğimi keşfettiler. Sanırım zarlar bana bowlingi ve şişman ve aptal kadınları da sevdirmeye çalıştılar ama benim algılama düzeyim bunu kayda alamadı.

Burada size şunu söylemek isterim ki dostlarım, seçeneklerinizi yazıp zarlarınızı attığınız zaman hayal kırıklığına uğrayabilirsiniz. Bunu birkaç kez uyguladıktan sonra zar hayatının bir şarlatanlık ya da sahtekârlık ve benim de bir sahtekâr olduğumu düşünebilirsiniz.

Bir arzu, dostlarım, bir tek şeyi arzulayabilir, kendinizi öldürmek isteyebilirsiniz. Keşif seyahatinin normal tüketici benliğin yapmak istediği tüm küçük gezilerden daha önemli olduğunu hissetmeniz gerekir.

Zarlar sadece kayıpları kurtarır. Normal, bütünlenmiş kişilik değişikliğe direnç gösterir. Fakat parçalanmış, zorlayıcı, mutsuz nevrotik adam, çekler ve hesaplar hapishanesinden serbest bırakılmıştır. O bir anlamda 'otoriter bir kişilik' olur, ama Tanrıya, babaya, kiliseye, diktatöre ya da filozofa değil de kendi yaratıcı hayal gücüne ve de zarlara inanır. Yossarian bir zamanlar, "Ahmak adam ahmaklığında ısrarcı olsaydı zar adam olurdu," demişti.

Bölüm Yirmi Yedi

Şubat ayında zarlar bana Felloni - Rhinehart seks araştırması konusunda çalışmamı emrettiler ve özellikle de, "Yeni ve değerli bir şey yap," dediler. Zarları kutuya koydum ve birkaç gün ne yapabilirim diye düşündüm. Sonunda depresyona girdim.

İnsanlar üzerinde deney yapma konusunda sınırlar genişti. Onları herhangi bir soruya cevap verme konusunda zorlayabilirdiniz ama bir şey *yapmaya* zorlayamazdınız. Hayvanlara ise bir şey soramazsınız ama genelde istediğinizi yaptırabilirsiniz. Onları hadım edebilirsiniz, beyinlerinden parça kesebilirsiniz, isteddiklerini alabilmeleri için ateş üzerinde yürütebilirsiniz, günlerce aç susuz, dişisiz bırakabilirsiniz, yüksek dozda LSD verip kendinden geçip ölmesine neden olabilirsiniz. Hayvanların organlarını alıp inceleyebilirsiniz v.s. Hayvanlar üzerinde yapılan bu tür deneyler sonucunda onlar hakkında pek çok şey öğrenirsiniz ama bunlar size insanlar konusunda hiçbir şey söylemezler.

Etik nedenlerle insanlardan, onların ya da toplumun etik dışı saydığı bir şeyi yapmalarını isteyemeyiz. Benim hayatımı adadığım sorun -bir insan ne kadar değişebilir- bilim adamlarının asla dokunmadıkları bir konuydu, çünkü insanların bir parçası olan kemikler değişime direnç gösteriyordu ve ayrıca, insanlara istemedikleri bir şeyi yapmalarını söylemek de etik olmazdı.

Bir süre sonra, Felloni - Rhinehart araştırmasında bazı konuları değiştirmeye çalışmayı düşündüm. Araştırmanın konusu cinsel davranışlar olduğu için, cinsel davranışları, eğilimleri ve hareketleri değiştirmeye çalışabilirdim. Ne yazık ki bir eşcinseli heteroseksüel yapmak için iki yıl uğraştığımı ve buna rağmen bu değişimin nadiren gerçekleştiğini biliyordum. Bakireleri nemfomanyak yapabilir ya da mastürbasyon hastalarını bundan vazgeçirebilir miydim? Kocalarına sadık olan kadınlara zina yaptırabilir ya da baştan çıkaranları inzivaya çekilmiş insanlar haline dönüştürebilir miydim? Bunlardan kuşkuluydum ama yine de mümkün olabilirdi bunları başarmak.

İnsanın değiştirilmesi için, onun hakkında hüküm verecek olan çevresinin değişmesi gerekir. İnsan çevresi, etrafındaki insanlar, kurumlar, mağazalar, sinema kahramanları kendisini neşelendiren ya da kızdıran filozoflar tarafından tanımlanır. Büyük psikolojik rahatsızlıklar, 'kimlik çatışmaları' bir birey çevresindeki insanları değiştirmeye başladığında meydana gelir. Ben-iyi-bir-oğulum olgusundan ben-iyi-bir-dostum olgusuna geçiş bir devrim sayılır. Diğer yandan, adamın dostları ona bir yıl sadık kalır, ertesi yıl ihanet ederlerse ve adam da sadık koca iken değişip hergele olursa devrim olmamış demektir. Sınıf kuralı dokunulmamış olarak kalır; sadece küçük meselede politika değişikliği olmuştur.

Zar adam olduğumda ilk olarak çevremdekiler psikiyatrideki emsallerimden Blake, Nietzsche, Lao-Tzu'ya geçtiler, değiştiler. Benim amacım çevremdekilerle ilgili duygularımı yok etmekti; değersiz, arzusuz bir değerlendirici olmaktı amacım, yani insanlıktan çıkmak, adeta Tanrı olmak istiyordum.

Fakat zar adamı seks araştırmasına itmekle arzuladığım şey ise insan poposuydu. Zeus da bir canavar kılığına girerek değişmek ve güzel bir kadınla zina yapmak istemişti. Fakat ben aynı zamanda çevremdekiler için bir gözlemci, bir dinleyici olmayı da arzu ediyordum. Gözlemci olarak, her şeyi kucaklayan bir serbestlik atmosferi yaratabilirdim ki bu atmosferde bir bakire son kez hissettiği seks arzusunu, bir eşcinsel ne istediğini açıklayabilsin isterdim. Zar adam bir araştırıcının hemen her şeyi yapabileceğini, deneyebileceğini keşfetti. Deneklerim için de aynı oranda serbestliği olan deneysel bir durum yaratabilir miydim acaba?

Umudum buydu işte. Baştan çıkarma sanatı daha önce anormal, istenmeyen, kötü şeyleri normal, iyi ve istenen şeyler haline getirebilme sanatıydı. Baştan çıkarma, bir insanın etrafındaki gözlemcileri, izleyicileri ve sonuçta da o insanın kişiliğini değiştirme sanatıydı. Ben burada hiç kuşkusuz karışık ilişkiler yaşayan mastürbasyonculardan değil, 'masum' insanın klasik baştan çıkarılması olayından söz ediyorum.

Dr. Felloni'nin bilim kadını ciddiyeti ve benim sert, profesyonel görünüşüme bakan deneklerimiz bizim saygın bilim insanları olduğumuza inanıyorlardı. Tüm cinsel konuları ve sorunlarını bizimle tamamen açık olarak konuşabiliyorlardı. Ben de bu durumda onlara teklif edeceğimiz her şeyi rahatça yaptırabileceğimizi düşünüyordum.

Bir gün bir denek hastama, "Bak Bay F," diyebilirdim. "Yandaki odada senin yaşında utangaç görünen ama sevişmekten büyük zevk alan bir kadın var. Seninle sevişmesi için ödeme yapıldı ona, çok nazik davran o kadına ve istediğin gibi seviş onunla. Sonra bu kapalı zarfın içindeki soru kâğıdını doldur. Cevaplarını verirken dürüst ol, çekinmeden yaz istediklerini, senin adın gizli kalacak."

Sonra yandaki odada bekleyen kadına, "Yandaki odada hayatında ilk kez bir kadınla sevişecek senin yaşında bir genç erkek var Bayan F," diye konuşurdum. "Ona, senin parayla tutulan bir fahişe olduğun ve sevişme sanatını öğreteceğin söylendi. Bu deneyde, onunla sevişirken bu rolü ne kadar güzel oynayabileceğini görmek ve bu konuda mümkün olduğunca çok bilgi toplamak istiyoruz. Eğer çıplaklık ve bir erkekle sevişme konusunda çekingenliğini yenerek rahatça yapabilirsen bu işi, sana yüz dolar verilecek. Eğer adamın seninle sonuna kadar sevişmesine izin verirsen iki yüz dolar daha alacaksın. Başka muhtemel ödemeler için kapalı zarftaki talimatların bulunduğu beşinci ve altıncı sayfa ile soruları okumalısın. Hamile kalacağım diye korkma sakın, çünkü diğer denek kısırdır ve bu konuda doktor raporu var."

Bir başka gün, başka bir deneğe şöyle diyebilirdim: "Bay J, yarın öğleden sonra bu karttaki adrese gideceksin. Orada göreceğin adama senin de onun gibi bir eşcinsel olduğun söylendi. Adam seni baştan çıkarmaya çalışırken sen de kendi duygu ve davranışlarına dikkat edeceksin. Adam orgazm olursa bu bilgiyi bize verdiğinde yüz dolar alacaksın. Sen de onunla beraber orgazm olursan iki yüz dolar daha ödenecek sana. Burada bizim amacımız, senin gibi normal erkeklerle eşcinseller arasındaki cinsel ilişki konusunda bilgi toplamak. Bu kapalı zarfta..."

Deneklere vereceğim buna benzer talimatlar kafamdan geçip duruyordu. Bu deneyler için parayla fahişeler ve eşcinseller tutmam gerekecekti, ama bazı deneylerde denekler her iki rolü de başarıyla oynamalıydılar.

İnsanoğlunun her şeyi yapabileceğine inanmaya başladım. Başka-yönlendirilmiş modern erkekler doğrulama ya da reddetme konusunda yakın çevrelerine bakmaya o kadar alışmışlardı ki, doğru deneysel lider, ton ve durum verildiğinde, deneklere alışılagelmiş cinsel rollerini değiştirtebilirdim.

Bu çalışma Marki de Sade'ye yaraşır bir proje gibi görünüyordu bana. Bilinçli olarak, insanın uysallığı konusundaki teorimi doğrulamak istiyordum, ama bunu yaparken şeytanca, mantık dışı bir zevk almaya başlamıştım bu işten.

Bölüm Yirmi Sekiz

Heyecanlı ve telaşlıydım, gittikçe daha hırslı oluyordum. Deneyler yapan bir araştırıcının hayatı hiç de kolay değildir. Labirentler kurmak, fareler bularak bunları koridorlarında dolaştırmak, bunların sonuçlarını kayda geçirmek zor işlerdir. İnsanlar arasında cinsel ilişkileri araştırmak, hele bunları yapacak insanları bulmak ve sonuçları yazmak çok daha zordur.

Her şeye rağmen, birkaç hafta içinde, resmi adı Rhinehart-Felloni Ahlakdışı Tolerans Araştırması olan çalışmamız için gereken karmaşık hazırlıkları yapmayı başardım. Ama New York psikiyatrları bu araştırmaya 'Eğlence ve Rant Amaçlı Korkusuz Sevişme' adını verdiler ve *Daily News* gazetesi de 'Columbia Çiftleşme Oyunu' dedi. Ben ise Dr. Felloni'yi ortak çalışmamızın doğru olduğu konusunda zor ikna edebildim. Bir gün bu değerli bilim kadınını öğle yemeğine götürdüm, 'deneysel koşullarda davranış ve tutum örnekleri denge testleri', 'Bir eşcinseli tanımlayabilmek için gerekli Leibetwitz-Loom Kriterleri' ve heteroseksüellik konularında uzun süre konuştuktan sonra ikna ettim onu ve deneklerin adlarının gizli kalması konusunda da anlaştık.

Araştırmanın ilk iki haftası son derece kafa karıştırıcı oldu. Parayla tuttuğumuz personelin çoğu –erkek ve kadın fahişeler– çalışmaya gelmiyor ya da talimatlara uymuyorlardı. Bulunması zor kadın rolü oynayacak olan bazı fahişeler yanında bir de arkadaş getiriyor ve denek erkeği seks oyunlarıyla çılgına çeviriyorlardı. Don Juan tipli bir erkeği sevişerek yorması için tutulan bir fahişe, on beş dakika sonra kendisi yorularak uykuya daldı ve ancak birkaç tokat yedikten sonra uyandı.

Deneylerde isteneni yapacaklarını söyleyen deneklerden birçoğu ortadan kayboldular. Bazılarına peşin ödeme yaptığımız için bütçemiz de zorlanmaya başladı. Bir ara bazı tehlikesiz deneylerde karımı, Arlene'i ve hatta Bayan Reingold'u bile kullanmayı düşündüm. Dr. Felloni bir gün telefon ederek denekler konusunda benimle aynı sorunları yaşadığını söyledi. Tüm deneylerimizde aynı iki daireyi kullanmak zorunda olduğumuz için karmaşa daha da artıyordu.

Bir gün Henry Miller rolü oynayacak olan çekingen bir üniversite öğrencisini baştan çıkarması için Arlene'i gönderdim, yalnızlık çeken, aşka susamış bir ev kadını rolü oynayacaktı ve geri geldiğinde çok mutlu, neşeli görünüyordu. Anlattığına göre deney tam bir başarıydı, aslında ilk iki saat utangaç genç ona hiç yaklaşmamış, ama Arlene duş alıp odaya çıplak girince her şey değişivermişti. Arlene bu tür deneylerde gönüllü olarak görev alabileceğini söyledi ve Jake'e de bu konuda bir şey söylemeyeceğine dair söz verdi bana.

Sonunda takım hocasının da sahaya girip oyuna katılması gerektiğini düşündüm. Deneklere biraz da kendim sahada talimat vermeli ve sonucu bizzat görmeliydim. Ama ben sahaya çıkınca nedense oradaki herkes derin bir sessizliğe gömüldü.

T adlı kız, verilen talimata göre, o akşamı otuz beş yaşındaki Bay O.'nun dairesinde geçirecekti. Genç kıza, "Adam akşamı seninle geçirmek için yüz dolar ödeyecek," dendi. "Bay O, yalnız yaşayan bir üniversite öğretmeni, karısı geçen yıl öldü. Deney konusunda bir şey bilmiyor ve bir arkadaşının kendisine genç, deneyimsiz bir fahişe bulduğunu sanıyor. Kendini ona tamamen vermen gerekiyor. Bu deney sırasında kendi davranış ve duygularını da incele ve kapalı zarftaki soruları doğru yanıtla."

Sorulara verdiği cevaplara göre, T adlı kız on dokuz yaşındaydı, daha önce hiçbir erkekle cinsel ilişki kurmamış, sadece yaklaşık on erkek arkadaşıyla öpüşmüş, hiçbir lezbiyen deneyimi de yaşamamıştı. Genç kız evlilik öncesi cinsel ilişkinin yanlış olduğuna, Tanrının bunu cezalandırdığına, bu tür ilişkilerin psikolojik olarak sağlıksız olduğuna ve hamilelik tehlikesi de bulunduğuna inanıyordu. Genç kız günah olduğuna inandığı için daha önce mastürbasyon da yapmamış, şimdiye kadar annesi dışında kimsenin yanında yatmamıştı. İnançlı bir Katolik'ti ve gelecekte duygusal sorunları olan çocuklar için çalışmayı düşünüyordu.

T gibi bir genç kızın bizim deneylerimiz için gelebileceğini bile düşünemezdim. Aynı talimatları verdiğim diğer yedi denekten üçü hiç gelmedi ve gelmeyenlerden ikisi de T. gibi sessiz tiplerdi. O gün deneklerin buluşma yerine sekizde gitmesi gerekiyordu ama ben durumu daha önceden görmek için yedi buçukta gittim boş daireye, kendime bir içki aldım ve beklemeye hazırlanıyordum ki kapı zili çaldı. Kapıyı açtığımda karşımda duran genç kız bana adının Terry Tracy olduğunu söyledi. Saat sekizi beş geçiyordu.

Terry Tracy sanki oraya bebek bakıcısı olarak gelmiş gibi gülümseyerek yüzüme baktı. Kısa boylu, biraz toplucaydı, sıcak ve yumuşak kahverengi gözleriyle biraz Natalie Wood'a benzettim onu. Üzerinde bir eteklikle bol bir balıkçı yaka süveter vardı ve sol koltuğunda da okul notlarını taşıyordu (sonradan onun bizim kapalı zarfımız olduğunu anladım). Biraz şaşırdım onu görünce ve içeriye davet ederken kendimi kart bir zampara gibi hissettim.

"Sana bir içki vereyim mi?" diye sorarken, onun verilen talimatları yanlış anlamış olabileceğini düşündüm bir an.

"Evet, lütfen," derken odanın ortasına geldi ve içerdeki modern divana, sandalyelere, çalışma masasına, kitap raflarına ve yerdeki halılara sanki aydan getirilmişler gibi meraklı gözlerle baktı.

"Benim adım Robert O'Connor," dedim. "Long Island Üniversitesinde tarih hocasıyım."

Genç kız sanki karşısında amcası varmış gibi rahat bir ifadeyle ve gülümseyerek, "Benim adım da Terry Tracy," dedi.

Elimdeki içkiye bakarak biraz düşündüm ama serinkanlı olmaya çalışırken nedense gülünç duruma düştüğümü hissettim.

Kızın yüzüne bakarak, "Son günlerde güzel bir film izledin mi?" diye sordum.

"Oh, hayır. Sinemaya pek gitmem ben."

"Zaten bilet fiyatları da zamlandı."

"Evet ve ama zaten filmlerin çoğu da izlemeye değmez bana göre . . . şey yani ben..."

"Haklısın."

Genç kız şömineye baktı, ben de onun baktığı yere baktım. Şöminede odun yakmak için bir demir ızgara vardı ama sanki bina doksan yıl önce inşa edildiğinden beri hiç kullanılmamış gibi görünüyordu.

"Şömineyi yakmamı ister misin?" diye sordum ona.

"Oh, hayır. Hava yeterince sıcak, teşekkür ederim."

Elimdeki içkiden bir yudum aldım ve soğuk bardağın yan tarafındaki buğuyu parmağımla sildim. Bir an için, o akşam yapabileceğim en duygusal hareketin bu olabileceği geldi aklıma.

"Şöyle gel de yanıma otur hayatım," dedim.

Önce, "Hayır, burası çok rahat," dedi ama sonra endişeli bir ifadeyle şömineye baktı ve başını salladı. "Pekâlâ."

Elindeki süt bardağına dikkat eden bir çocuk gibi, içki bardağını dökmemek için dengeleyerek geldi ve divanda otuz santim yakınıma oturdu. Biraz durup mini eteğini çekiştirdi ama etek yine de dizlerinin çok yukarısında kaldı. Kız gözüme çok ufak tefek göründü. Bir doksan boyumla insanların çoğuna tepeden bakardım zaten, ama solumda oturan Terry Tracy yanımda çok küçük kalmıştı, sanki onun sadece kıvırcık saçlarını ve çıplak bacaklarını görüyordum.

"Ee, nasılsın bakalım?" diye sorunca yüzüme bakıp gülümsedi ama gözlerinde bir endişe ifadesi belirip kayboldu gibi geldi bana.

"Seni öpebilir miyim?" diye sordum. Yüz dolar ödediğime göre onu en azından öpebilirdim herhalde.

Gözlerinde bu kez kuşkulu bir ifade belirdi ama "Oh, evet," diye cevap verdi.

Onun küçük bedenini kendime doğru çektim ve dudaklarından öpmek için üzerine eğildim. Ama dudaklarım onun kapalı dudaklarının üstünde kaldı. Ağzı küçük, dudakları kupkuruydu. Birkaç saniye sonra doğruldum.

"Çok güzelsin," dedim.

"Teşekkür ederim."

"Dudakların da çok güzel."

"Seninkiler de öyle," dedi.

"Şimdi de sen beni öp öyleyse."

Başını kaldırıp yüzüme baktı ve başımı eğmemi bekledi, ama ben eğilmedim ve hatta divanın arkasına yaslanarak arzulu gözlerimi onun yüzüne diktim.

Kız birkaç saniye tereddüt ettikten sonra elindeki içki bardağını yandaki sehpaya bıraktı ve dizlerinin üstünde dikildi. Ellerini enseme koydu ve yavaşça üzerime eğildi. Onu kollarıma aldım ve kendime çekerek arzuyla öperken bir yandan da okşamaya başladım. Birkaç dakika öptükten sonra geri çekildim ve onun yüzüne baktım.

O da bana baktı ve tatlı tatlı gülümsedi.

"Seni öpmek büyük zevk" dedim.

"Oh, benim de çok hoşuma gitti," dedi.

Onu yeniden öperken divana uzandım ve elimi eteğinin altına, iki bacağının arasına soktum ama kız birden doğruldu ve "Lütfen orama dokunma, olur mu?" dedi.

"Özür dilerim," diyerek elimi onun bacak arasından çektim ve eteğini düzelttim. Kız bir an tereddüt etti, ama sonra üzerime eğilip beni yeniden öpmeye başladı. Daha fazla dayanamayacağımı anlayınca onu üzerimden ittim ve ikimiz de doğrulduk. Ben adeta sarhoş olmuş gibi onun yüzüne baktım ve arzu dolu bir sesle, "Banyoya gidelim mi?" diye sordum.

"Hayır, içkimi bitirmek istiyorum," dedi ve sehpaya bıraktığı bardağını alıp büyük bir yudum cin tonik içti. Ben de yere bıraktığım bardağımı aldım ve bir yudumda bitirdim içkimi.

Terry, "Demek bir hocasın, öyle mi?" diye sordu.

"Evet."

"Ne hocasıyım demiştin?"

"Tarih."

"Oh, evet, hatırladım. Tarih dersleri ilginç olmalı. En çok hangi tarihi seviyorsun peki?"

"Rönesans dönemi papalık tarihi uzmanıyım ben. Pekâlâ, bir içki daha alır mısın?"

"Yaa, öyle mi? Sezar Borjiya ve Papalar konusunu okumak hoşuma gitmişti. Evet, bir içki daha içerim. Papalar gerçekten de okuduğum kadar kötü mü imişler?"

İçki dolabına doğru giderken omzumun üzerinden ona baktım ve "Bu neye kötü dediğine bağlı bir konu," dedim.

"Yani çocukları varmış gibi şeyler de okumuştum."

"Alexander I'in de Papa John IX gibi birçok çocuğu varmış, ama daha önce papa olmuşlar."

"Günümüzde Kilise çok daha temiz."

Ona cini bol, toniği az bir içki hazırladım ve kendime de yarım bardak viski alarak tekrar divana döndüm.

"Senin üniversite durumun nedir?" diye sordum.

"Hunter'da dördüncü sömestrim bu. Sanırım sosyolojiye devam edeceğim. Oh! Şey!..."

"Ne oldu?" Bir an için içkisini ona uzatırken döktüğümü sandım ama öyle bir şey yoktu. Fakat kızın yüzünde bir korku ifadesi vardı.

Ama kız başını iki yana sallayarak, "Bir şey yok," dedi ve içkisinden büyük bir yudum aldı. "Peki ama . . . yani . . . üniversiteye gittiğimi nerden anladın?"

"Zeki bir kıza benziyorsun," dedim. "Sadece lise bitirmiş olsaydın Rönesans tarihini bilemezdin."

Genç kız başını çevirip boş şömineye baktı ama biraz önceki neşesini kaybetmiş gibi bir hali vardı.

"Üniversiteli bir genç kızın böyle bir yere gelmiş olması sana biraz garip gelmedi mi?" diye sordu.

Anladığım kadarıyla oynadığı rolün dışına çıkmak onu rahatsız etmiş gibiydi.

Kesin bir ifadeyle, "Hayır, gelmedi," dedim. "Arkadaşımın söylediğine göre bu şekilde telefonla çalışan birçok üniversite öğrencisi kız varmış. Eğitim harcamalarının ne kadar yüksek olduğunu düşünürsek bunu da doğal karşılamalıyız."

Benim bu mantığımı anlamakta zorlanıyormuş gibi bir süre düşündü. Telefonla çalışan kız deyimi onu rahatsız etmiş gibiydi, kızaran yüzünü duvara çevirdi ve sonra hafif bir sesle, "Bu doğru," dedi.

"Üniversiteli kızlar aynı zamanda cinsel yasakların ne kadar mantıksız olduğunu da öğreniyorlar," diye devam ettim. "Cinsel ilişkinin ne kadar güvenli ve aynı zamanda kazançlı bir şey olduğunu da görebiliyorlar."

"Evet, ama . . . bazı kızlar hâlâ Tanrı korkusu taşıyorlar . . . evlilik öncesi seks..."

"O konuda haklı olabilirsin," diyerek onun sözünü kestim, "ama çok sayıda dindar üniversiteli kız bile telefonla seks davetlerine gidiyorlar."

Başını kaldırdı ve soran gözlerle yüzüme baktı.

"Onlar da anlıyorlar ki, Tanrı her zaman yaptıklarımızda mantık olup olmadığına bakar," diye devam ettim. "Eğer bir kız kendini bir erkeğe verirken onu mutlu ediyorsa ve aynı zamanda da eğitimi için para kazanarak Tanrı'ya hizmet etme yeteneğini de artırıyorsa, o zaman iyi ve yararlı bir iş yapıyor demektir."

Kız bunu duyunca tedirgin olmuş gibi bana baktı ve sonra başını yine diğer yana çevirdi. Biraz düşündü ve sonra hafif bir sesle, "Fakat Tanrı zinanın günah olduğunu söylüyor," dedi.

"Bak sana ne diyeceğim, hayatım, İbranicede zinaya *fornucatio* derler ki bu sözcük aslında sadece zevk için sevişmek anlamına gelir. Bu konuda Emir çevirisi, 'Zina yaparken bencilce davranmayacaksan,' şeklinde olmalıdır. LIU'da İncil Tarihi 162 dersi alan kızların çoğu Tanrı emrinin doğrusunu öğrenince şaşırmış ve sevinmişlerdir."

Genç kız divanda yanımda oturmuş, içkisini yudumlarken merakla beni dinliyordu. Ben susunca sanki bütün cevapları içki bardağında bulabilecekmiş gibi uzun uzun bardağına baktı.

"Evet ama Tanrı der ki . . . yani Paul der ki . . . yani Kilise vazlarında..."

"Sadece *bencilce* zevk derler. İbranicede açıkça belirtilir. İkinci Korintlilerde, sekizinci ayette şöyle der: 'Tanrı aşkı için bir erkeğin kendisini tanımasına izin veren kadın kutsaldır, ama bencilce zina yapan kadına yazıklar olsun! Toprak onu yutup yok edecektir!'"

Genç kız yine bir süre düşündü ve sonra, "Tanrı aşkı için mi?" diye sordu.

"Aziz Thomas Aquinas bunu aynı zamanda bireyin Tanrıya ibadet yeteneğini artırma gayreti olarak da açıklar. Aramite'i Hıristiyan yapmak için Bathsheba'nın kızının kendisini ona verdiğini anlatır. Yeni Ahit'te fahişe Magdalen de anlatılır, kadın geleneğe göre, erkekleri daha iyi tanımak ve Hz. İsa'nın Kutsallığına tanıklık etmek için kendini sürekli olarak erkeklere satmıştır."

Kız sanki son gerçeği öğrenmiş gibi, birden şaşkın bir ifadeyle, "Gerçekten mi?" diye sordu.

"Belki de okumuşsundur, Dante'nin *Paradisio*'sunda dindar fahişeler cennetin üçüncü katına, azizlerin hemen altına, ama rahibeler ve bakirelerin üstüne yerleştirilmiştir. Beatrice'in sözlerine göre rehberi şöyle der, 'Kaçak ve manastıra kapanmış bir erdemli Tanrıya hiçbir zaman bir aktif kadar yaklaşamaz. Eğer ruh temiz ise beden kirletilemez.'"

"Oh, bunu okumuştum, Dante'den miydi bu?"

"*Paradisio,* Canto On Yedi sanırım. Milton bunu boşanma konusundaki ünlü şiirinde açıkladı."

Kız kıkırdadı ve bardağındaki buzları şıngırdattıktan sona içkisinden bir yudum daha aldı. Ben de bardağımdan bir yudum aldım ve "Kilise de bu konuya önem vermedi tabii," diye devam ettim. "Kilise genç kızların erkekleri Hıristiyan yapmak için boş yere baştan çıkarılacağını düşündü ve bu davranış günah sayılmasa bile, seksin her türünün günah olduğu gibi bir izlenim yaratmanın iyi olacağına karar verildi. İnsanlar böylece Tanrının gerçek amacını bilmeden, cehalet içinde yaşadılar."

Kız başını salladı, yüzüme baktı ve sonra da üzgün bir ifadeyle gülümsedi. Yine biraz düşündü ve "Sanırım tarih derslerimi artıracağım," dedi.

Ona doğru döndüm ve sağ elimi uzatıp yanağına düşmüş olan bir tutam saçını geriye ittim.

"Derslerimde senin gibi bir öğrencim olmasını çok isterdim doğrusu. Bazen kendimi çok yalnız hissediyor ve konuşmak için bir dost arıyorum."

"Gerçekten mi?"

"Karımı kaybettikten sonra ruhsal bir yalnızlık içinde kaldım, ruhum sıkılıyor. Bir kadın aklının ve bedeninin sıcaklığına ihtiyacım var, ama şimdiye kadar hep sıkıcı, bilgiçlik taslayan kadınlar çıktı karşıma . . . benimle sevişirken bencilce davrandılar ve hep kendilerini düşündüler."

Genç kız hiç düşünmeden, "Ben senden çok hoşlandım," dedi.

"Ah, Terry, çok tatlı bir kızsın sen..."

Birden uzanıp onu kollarımın arasına alınca içkisinden bir kısmı yere ve divanın üstüne döküldü. Onu kucaklayıp okşarken gözlerim bir ara kitap rafında duran dosyaya takıldı. O sırada radyoda, "Bunu Neden Yolda Yapmıyoruz?" diye bir şarkı vardı.

Doğruldum ve "Lütfen benimle beraber yatak odasına gel, sevgilim," dedim.

Kollarımdan sıyrılmak için bir şey yapmadı ama bana cevap da vermedi. Radyoda müzik sona erdi ve bir diş macunu reklâmı başladı. Arkasından Robert Hall ile ilgili bir konuşmaya geçti spiker.

Terry bir süre sonra, "Sen çok iri bir adamsın," dedi.

"Evet ama sana çok ihtiyacım var hayatım."

Kız kollarımda bir süre hareketsiz durdu, ben kollarımı gevşetince başını kaldırıp yüzüme baktı ve tedirgin bir ifadeyle, "Önce beni öp," diye fısıldadı. Kollarını uzatıp boynuma doladı ve bir dakikadan uzun bir süre arzuyla öpüştük.

"Ağırlığım seni rahatsız ediyor mu?" diye sordum.

"Çok değil," diye fısıldadı.

"Hadi, yatak odasına gidelim."

Ona yatak odasına yakın olan banyoyu göstererek, "Sen orada soyun," dedim. "Ben de burada soyunurum."

O soyunmak için banyoya girerken ben de yatak odasına girip soyundum ve üzerimden çıkanları yatakla gardırop arasına, koltuk üzerine koydum. Sonra çift kişilik geniş yatağa sırtüstü uzandım, bir elimi başımın arkasına koydum ve tavana bakarak kızı beklemeye başladım.

Bir süre sonra sabırsızlanmaya başladım ve "Terry?" diye seslendim ona.

Banyodan, "Yapamam," diye cevap verdi bana.

Yüksek sesle, "Neyi yapamazsın?" diye sordum.

Banyodan giyinik olarak çıktı, gözleri kızarmıştı ve alt dudağındaki ruju emerek silmişti. Yatakla banyo kapısının tam ortasında dimdik durdu ve "Bu bir hataydı," dedi. "Ben senin düşündüğün o kızlardan biri değilim."

"Kimsin öyleyse sen?"

"Ben . . . şey . . . ben hiç kimseyim."

"Oh, hayır Terry, kim olursan ol, harika bir kızsın sen."

"Teşekkür ederim, ama seninle yatamam."

"Ah, Terry," diyerek yatakta doğruldum ama yüzündeki korku ifadesini görünce durdum, genç kız öyle korkuyordu ki fırlayıp kaçabilirdi. Yatağın içinde oturdum ve "Ee, söyle bakalım, neden geldin o halde buraya?" diye sordum.

"Beni Columbia Tıp Fakültesinin bir deneyine katılmam için gönderdiler buraya."

Şaşırdım ve "Olamaz!" dedim. "Gerçekten mi?"

"Evet, ben gerçekten de oldukça masum bir üniversite öğrencisiyim. Bu deneye katılmayı çok istiyordum ama bunu yapamam."

"Aman Tanrım, Terry! İnanılacak gibi değil, harika bir şey bu! Ben de aynı amaçla geldim."

Boş gözlerle yüzüme baktı, hiçbir şey anlamamış gibiydi.

"Nasıl yani? Sen de mi...?"

"Evet, Columbia Tıp Fakültesinin, insanların cinsel yaşamı konusunda yaptığı bir araştırmanın bir parçası, bir deneyin bir parçası olmak üzere geldim buraya. Ben aslında Kutsal St. John Katedralinde görevli Rahip Forbes'im."

Terry bir süre hiçbir şey anlamamış gibi, şaşkın gözlerle yüzüme baktı ve sonra güç duyulan bir sesle, "Anlıyorum," dedi.

"Kaderin bir cilvesi iki masum insanı burada bir araya getirdi!" Gözlerimi kaldırıp tavana baktım ama tavan dönüyormuş gibi geldi bana.

Terry başını iki yana salladı ve "Ben gidiyorum," dedi.

"Evladım, gidemezsin. Bunda Tanrının eli olduğunu görmüyor musun? Hayatında hiçbir erkekle yattın mı?"

"Hayır, Peder, ama şimdi gitmeliyim."

"Burada kalman gerekiyor çocuğum. Kutsal olan her şey adına kalmalısın burada." Bunu söyledikten sonra ciddi bir ifadeyle yataktan kalktım ve vaaz vermek üzere olan bir rahip gibi kollarımı öne doğru uzatarak ona yaklaştım.

Terry, bir kolunu yavaşça havaya kaldırdı ve hafif bir sesle, "Hayır," dedi.

Ama ben durmadım, onu babacan bir tavırla kucakladım, bir elimle saçlarını, diğeriyle de sırtını okşamaya başladım.

"Tatlı çocuğum," diye konuştum, "sen benim kurtuluşumsun. Bir fahişe ile yatarak günah işleseydim sonsuza kadar lanetlenmiş olacaktım. O kadın bencilce davranmış olacak ve ben de onun günah işlemesine yol açacaktım. Ama kendisini istemeden ve bencillik etmeden veren bir Katolik kızla cinsel görüşme olayı seni günah işlemekten ve beni de çürümekten, lanetlenmekten korumuş olacak."

Genç kız kollarımın arasında dimdik duruyordu, çok gergindi ve sonra birden ağlamaya başladı. Kollarımın arasında direndi ve "Senin bir rahip olduğuna inanmıyorum, gitmek istiyorum ben," dedi.

Hemen Latince'ye başladım, "In domine Pater incubus dolorarum; et filia spiritus grandus magnum est. Non solere sanctum raro punctilius insularum. Noncuninglingus variorum delictim. Habere est cogitare."

Şaşkın bir ifadeyle uzun süre yüzüme baktı ve sonra, "Peki ama neden geldin buraya?" diye sordu.

"Manus Patri. Manus Patri. Senin için geldim çocuğum, spiritus delicti ve corpus boner aşkıyla bir araya gelmemiz için geldim."

Gözlerini kısarak yine bir süre baktı bana ve sonra, "Sen garip bir adamsın," dedi.

"Bu kutsal bir an. Hadi, korkma, gel bana."

İki dakika sonra banyodan ikinci kez çıktığında belinden aşağısını bir havluyla sarmıştı ama küçük pembe göğüsleri açıktaydı. Onun tarafındaki yatak örtüsünü kaldırdım ve o da oyuncak ayısıyla yatağına giren küçük bir çocuk gibi hoplayarak girdi yatağa.

Burada açıkça belirteyim ki Terry Tracy ruhani görevini hiç aksatmadan yerine getirdi dostlarım. Onunla birlikteyken Kutsal Ruhu gerçekten hisseder gibi oldum. Onunla seviştikten sonra elimi onun elinin üstüne koydum ve "Terry," diye fısıldadım. Bir ara kendimi depresyona girmiş gibi suçlu, öfkeli ve yetersiz kalmış gibi hissettim. Fakat profesör-rahip-müşteri rolü oynayan zar adam olduğumu hatırladım ve ondan biraz uzaklaşarak harika olduğunu fısıldadım ona.

Terry hiç sesini çıkarmadı, belki on dakika kadar hiç kımıldamadan yattı yanımda. Ona bir kez daha sahip olmayı düşünüyordum ama kendimi yeterince güçlü hissedemedim. Onun bir şeyler düşündüğünü biliyordum ama neler düşündüğünü merak bile etmedim.

Oldukça uzun süre dinlendikten sonra o tatlı deneyi tekrarlamaya karar verdim ama tam harekete geçeceğim sırada kapı zili çaldı. Terry de heyecanla benim saldırıya geçmemi bekliyordu ve kapı zilini duyunca birden irkildi ve başını kaldırıp, "Bu da ne şimdi?" diye sordu.

"Kapı zili," diyerek aptalca bir cevap verdim ona.

Terry yatağın üzerinde yuvarlanarak diğer kenara gitti ve "Kim bu gelen?" diye sordu.

"Bilmiyorum," dedim. "Belki de yanlış dairenin zilini çalan biridir."

"Hayır. Bence gidip bir baksan iyi olur."

Kapıyı açınca karşımda kısa boylu, gözlüklü, tıknaz bir delikanlı görünce şaşırdım. O da kapıda beni görünce şaşırmışa benziyordu. Hafifçe aralık tuttuğum kapının üstündeki numaraya tekrar baktı ve "Burası Daire 4-G değil mi?" diye sordu.

Ben daire numarasını hatırlayamadım ve başımı dışarıya uzatarak onun baktığı yere baktım. Evet, daire numarası 4-G idi.

"Evet, öyle," dedim.

Şaşkın bir ifadeyle bir süre daha baktı yüzüme ve sonra, "Galiba . . . şey . . . yani saat dokuzda burada biriyle buluşmam gerekiyordu," diye konuştu.

Yavaş yavaş neler olduğunu anlamaya başlamıştım. "Saat dokuzda mı?"

"Galiba biraz geç kaldım . . . şey, belki..."

"Yani burada bir kızla mı buluşacaktın? Bir..."

"Evet," diyerek sözümü kesti. "Evet, evet, bir kızla buluşacaktım," diyerek sinirli bir ifadeyle gülümsedi ve gözlüğünü düzeltti.

Kapıyı hâlâ aralık tutarak, "Adın ne senin?" diye sordum.

"Şey... Ray Smith."

"Pekâlâ." Soru kâğıdında verdiği cevaplara göre delikanlının gerçek adı O'Reilly idi ve kızlara, kadınlara karşı yumuşak ve girişken bir tipti. Ona söylendiğine göre burada bir fahişeyle buluşacak ve cinsel gücünü kanıtlayacaktı. Fakat zamansız gelmişti randevusuna.

Bir an düşündüm ve sonra kapıyı iyice açarak, "İçeri gir, Ray," dedim. "Benim adım Ned Petersen ve seni Terry ile -yani buluşacağın kızla- tanıştırmak için geldim buraya."

Ben ona bunu söylerken tamamen çıplaktım ve delikanlı içeri girince önce bana, sonra da sanki bir Marslının odasına girmiş gibi etraftaki eşyalara şaşkın gözlerle uzun süre baktı.

"Terry şu anda zaten yatakta. Ben onu işe alıştırıyordum. Onu hemen ister misin?"

"Hayır, hayır, sen işini bitirebilirsin. Ben biraz kitaplara bakarım." Genç adam bunu söyledikten sonra gözlerini kitap rafıma çevirdi.

"Saçmalama," diyerek gülümsedim, "O kız senin için geldi buraya delikanlı. Ben sadece alıştırma yapıyordum."

Neler olduğunu anlamaya çalışır gibi dikkatle yüzüme baktı, yanlış bir şey yapmaktan korkar gibi bir hali vardı. "Evet ama sen daha önce..." diye başladı ama birden sustu.

"Bak sana ne diyeceğim," diye devam ettim, "istersen kızın yanına ikimiz birden gidelim. Burada yalnız kalırsak ikimiz de sıkılabiliriz, ne dersin?"

"Hayır, hayır, önce sen git."

"Ama bunu yapmak istemiyorum, nazikçe bir davranış olmaz bu. Seni salonda yalnız başına bırakmak yakışmaz bana. Hadi nazlanma canım, gel benimle."

Onu dirseğinde tutup yatak odasına götürdüm, ama yatak boştu.

"Terry?"

Banyodan onun, "Evet," diyen sesi geldi.

"Benim genç öğrencilerimden biri geldi. İlahiyat öğrencilerimden biridir o. Yalnızlık hisseden ve arkadaş arayan bir genç adam bu. O da bize katılabilir mi?"

Aslında Ray Smith O'Reilly'nin bu konuda ne düşündüğünü bilmiyordum elbette. Banyodan hiçbir ses gelmedi.

Bir süre sonra Terry, "Kim dedin?" diye seslendi.

Banyonun kapısına yaklaştım ve "Kendisini çok yalnız hisseden bir delikanlı senden ilgi bekliyor," diye konuştum. "Bir kadına çok ihtiyacı var, o da yatakta bize katılabilir mi?"

Terry hiç tereddüt etmedi ve "Oh, evet," diye cevap verdi.

Smith yatağın yanında ayakta, ipnotize edilmiş gibi, hiç kımıldamadan ve bir şey söylemeden duruyordu. Soyunması için ona yardım ederken hiç itiraz etmedi ve yatağa girip örtüyü boğazına kadar çekti. Çok geçmeden Terry yine havluyu beline sarmış olarak gelince, Smith ona da bir Marslı gibi baktı, şoke olmuşa benziyordu.

"Terry Thrush, seni George Lovelace ile tanıştırayım. George, bu kızımız da Terry."

Terry samimi bir gülümsemeyle delikanlının yüzüne baktı ve "Memnun oldum," dedi.

Delikanlı dilini yutmuş gibi önce sesini çıkarmadı, sonra başını hafifçe sallayarak, "Ben de," diye cevap verdi.

Delikanlıya baktım ve "Onunla sevişmek ister misin dostum?" diye sordum.

Ciddi bir ifadeyle, "Önce sen," dedi. Ama ben Terry ile sevişirken delikanlı midesi bulanmış gibi yüzünü buruşturdu. Terry tamamen değişmişti, benimle sevişirken bir yandan da eğilip George'u dudaklarından öpüyordu. Bir süre sonra beni bıraktı ve onun da işini gördü.

Hepimiz bir süre yatakta sırtüstü yatıp dinlendik ve daha sonra George'a, "Nasıl, hayatından memnun musun delikanlı?" diye sordum. "Bu genç hanım ihtiyacın olan ruhani gıdayı verdi mi sana?"

"Biraz verdi sanırım."

"Duydun mu Terry? Dostumuzu tam olarak tatmin edememişsin demek ki. Fakat Terry seni sen hiç istemeden öpüp okşadı ve sonra da sevdi, George, bunu düşündün mü hiç? Kendisini sana verirken hiç de bencilce davranmadı, senin zevk almanı istedi, öyle değil mi? Buna ne diyorsun peki?"

Delikanlı yüzünü buruşturdu ve sert bir sesle, "Teşekkür ederim," dedi.

Önce delikanlıya, sonra da Terry'nin yüzüne bakarak güldüm ve sonra, "Pekâlâ, deneyimiz başarıyla tamamlandı sayılır," dedim. "Artık hepimiz birer içkiyi hak ettik, değil mi?"

İçki dolabında üçümüze de içki hazırlarken ilk kez olarak, araştırmadaki deneklere sorduğumuz soruların güvenilir olup olmadığı konusunu düşündüm. Bizim küçük bakire Katolik kızımız Terry ortama hemen uyum sağlamış, deneyimli bir fahişeye parmak ısırtacak kadar becerikli ve arzulu davranmıştı. Aşk çocuğu O'Reilly de beklediğim gibi çıkmamıştı. Elimizdeki bilgi ve sonuçları yeniden gözden geçirmemiz gerekecekti galiba.

İçkilerimizi yudumlayarak çeşitli konularda sohbet ederken bir süre sonra kapının zili tekrar çalınca üçümüz de şaşkın gözlerle önce birbirimize, sonra da kapıya baktık. Ben bu kez üzerime bir ropdöşambr geçirdim ve kapıyı araladığım zaman Dr. Felloni'yi gördüm karşımda. İkimiz de şoke olmuş durumda beş saniye kadar bakıştıktan sonra Dr. Felloni'nin yüzü kıpkırmızı kesildi ve kadın çılgın gibi başını iki yana sallamaya başladı. Sonra geri döndü ve koridorda kayboldu. Ertesi gün Dr. Felloni'nin sekreteri telefon ederek onun bir konferans için Zürih'e gittiğini ve orada iki hafta kadar kalacağını bildirdi.

Bölüm Yirmi Dokuz

Terry Tracy ile yaptığım deney ve Columbia Cinsel İlişki Araştırması sonuçları genelde benim için yeni keşifler oldu. O gece Dr. Felloni daire kapısından geri dönüp ortadan kaybolduktan sonra yatak odasına döndüğüm zaman Terry ve George'u, ben sanki orada yokmuşum gibi rahatça sevişirlerken bulmuştum. Bir süre onların yatak örtüsü altındaki ritmik hareketlerini seyrederken sanki bir Dinsel İfşaat dinler gibi hissettim. Diğer insanlar da kendilerine yapay olarak verilmiş rolleri, yani zar adam rollerini oynayabiliyorlardı demek ki. Eğer Terry o geceye kadar gerçekten de bakire olarak yaşadıysa orada yeni bir deney yaşarken muhteşem bir performans göstermiş, üstün bir yetenek sergilemişti. Eğer gerçekte bir nemfomanyak idiyse, o geceye kadar utangaç ve dindar bir kız rolünü de mükemmel oynamış demekti. George Lovelace de çabuk öğrenen bir adam olduğunu kanıtlamış, cinsel yaşamın inceliklerini yarım saat içinde öğrenivermişti.

Orada dururken sadece zar adam rolümü oynadığımı hissetmeye başladım. Bu oyun sadece benim gurur duyduğum bir *ruh oyunu* olmuştu, başka bir şey değildi; burjuvaları onların haberi bile olmadan harekete geçiren ayarsız bir adamdım ben. Ama ben masumane bir biçimde barutu bulup havai fişekler yapmak isterken daha büyük bir adam çıkıp onu patlayıcılar için kullanmış olabilir miydi? Ya da benim hoş imajlar yaratmak için kullandığım pertavsızı başkası yeni şeyler görmek için kullanır mıydı acaba?

Başka insanları zar adam yapmayı denemeli miydim? Arlene bir gün için şehvetli kadın rolünden, Terry de fahişe rolünden hoşlandılarsa, zar adamın onlara vereceği başka rolleri de yapmaktan zevk almayacaklar mıydı acaba? Dostlarım ve hastalarım için zar oyunlarını zar terapisi olarak kullanamaz mıydım yani?

Benim zarlı yaşantım nerdeyse bir şaka halini almıştı; şu anda bana bir görev gibi geliyordu bu yaşantı çevremdeki insanları yeni yüksekliklere çıkarmak için giriştiğim bir maceraydı. Zarları dünyaya karşı oynadığım acı bir oyun için atmıştım, şimdi de Yeni Benlikler, Rasgele Adamlar yaratmak için atmalıydım. Çocuk felcinin yok olması gibi, zarların aşı etkisiyle can sıkıntısı da yok olmalıydı. Yeni bir dünya, daha iyi bir dünya, bir eğlence ortamı yaratmalıydım. Yeni bir Irkın, Zar İnsanlarının babası olmalıydım.

O gece ben bunları düşünürken Terry, George ile seviştiği yataktan bana, "Bize bir havlu verir misin?" diye seslenmiş ve beni kendime getirmişti.

Ama o uyanış bile benim havalarda uçmamı engelleyemedi. Kendimi zafer kazanmış gibi hissettiğim o anlarda kendimi çok ciddiye alıyordum. Onlara banyodan bir havlu getirip verdim ve onlar da kıkırdayarak tekrar örtünün altında kayboldular, onlar için o anda ben orada yoktum. Onlar örtünün altında oynaşırlarken ben elbiselerimi bıraktığım yere gittim ve pantolon cebimden zarlarımı çıkardım. Tek gelirse bu gece zar terapime burada Terry ve George ile başlayacaktım. Çift gelirse yapmayacaktım bunu. Zarlardan birini avucuma aldım ve yatağın ayağına doğru attım; şeş (altı) geldi. Demek bu iş olmayacaktı, yastık altına para bırakıp kaybolan peri gibi ben de hemen giyindim ve evden çıkıp gecenin karanlığına karıştım. Hz. İsa'nın ölümsüz sözleri kulaklarımda çınlıyordu: "Doktor, kendine yardım et: Böylece hastalarına da yardım etmiş olursun. O kendini tedavi eden adama bakabilsin ve bu da onun en büyük yardımı olsun." Dr. Lucius Rhinehart'ın değersiz giysilerini üzerimden çıkarıp atacak ve hastalarımın önünde bütün çıplaklığımla, açıklığımla duracaktım: Zar Adam olarak yani.

Bölüm Otuz

Dr. Rhinehart'ın zar yaşantısına girecek ilk yetişkin, ünlü psikiyatr ve yazar Dr. Jacob Ecstein'ın önemsiz karısı Arlene Ecstein olacaktı. Bayan Arlene Ecstein birkaç yıldan beri kocasının kendisini ihmal ettiğinden ve cinsel açıdan tatmin olamadığından şikâyet eder dururdu. Aşk için vakti olmayan Dr. Ecstein sonunda, Ocak ayının ortalarında, karısının sorunlarını çözmek için psikanaliz seanslarına girmesine karar verdi. Arlene kocasının da desteğiyle Dr. Rhinehart'ın terapi seanslarına devam etmeye başladı. Bayan Ecstein bu tedavi seanslarında Dr. Rhinehart'ın karşısında açılabildiği kadar açıldı ve Dr. Ecstein çok geçmeden karısındaki sinir krizlerinin yok olduğunu ve onun rahatladığını gördü, o da sevindi.

Dr. Rhinehart (haftada üç kez) altı hafta kadar devam eden seanslardan sonra, Rhinehart-Felloni araştırmasındaki sonuçları da dikkate alarak zar tedavisine başlamaya karar verdi. Çok geçmeden hayatının bu aşamasına damga vuran bu çalışmaya bütün ağırbaşlılığıyla başladı.

O gün hastasına, "Sutyenini çıkarma, Arlene," dedi. "Seninle önemli bir konuda konuşmak istiyorum."

"Şimdi bekleyemez mi bu önemli konu, canım?"

"Hayır, bekleyemez." Dr. Rhinehart, Taxco, Meksika'daki bir fabrikanın üretimi olan iki yeni gümüş zarı çıkarıp masasının üstüne koydu, sonra da Bayan Ecstein'a, masanın önündeki sandalyeye oturmasını söyledi.

"Neler oluyor, Luke."

"Bunlar oyun zarları."

"Görüyorum."

"Şimdi zar terapisine başlayacağız."

"Zar terapisi mi?"

Dr. Rhinehart insanın hareketlerini saptamak için zar atma teorisi ve uygulamasını açıkça anlattı ona. Bayan Ecstein onu dikkatle dinledi ama oturduğu yerde huzursuzmuş gibi kıpırdanıp durdu.

Konuşma tamamen sona erince Arlene bir süre sessiz kaldı, derin düşüncelere daldı ve sonra da derin bir iç çekti.

Başını kaldırıp Dr. Rhinehart'ın yüzüne baktı ve "Peki ama anlamadım, neden yapacağız bunu?" diye sordu. "Yani senin söylediğine göre, bu sabah sevişip sevişmeyeceğimize zarlar karar verecek, öyle mi? Sen benimle sevişmek istiyorsun, ben de seninle. Zarları neden karıştırıyoruz bu işe?"

"Çünkü senin bazı küçük parçaların sevişmek istemiyor aslında. İçindeki küçük bir parça bana vurmak, Jake'e geri dönmek ya da benimle psikanaliz konusunda konuşmak istiyor. Fakat senin bu parçalarının yaşamasına izin verilmiyor. Sen onları baskı altında tutuyorsun, çünkü benliğinin büyük bir parçası sevişmek istiyor."

"İstemeyenler benim küçük parçalarımsa, o zaman bırak öyle küçük kalsınlar."

Dr. Rhinehart sandalyesini geriye iterek ön ayaklarını yerden kesti ve içini çekti. Bir pipo alıp doldurdu ve sonra gümüş zarlardan birini alıp avucunda sallayarak masanın üstüne attı. Zara baktı ve kaşlarını çattı.

"Bak sana şimdi bir Tanrının nasıl doğduğunu anlatacağım; Zar Adamın doğuşunu yani."

Dr. Rhinehart bunu söyledikten sonra ona zarları nasıl keşfettiğini ve Bayan Ecstein'ı nasıl iğfal ettiğini hafif değişiklikler ve düzeltmelerle anlattı ve sonunda, "Eğer ben içimdeki küçük bir parçamın zarın istediğini yapmasına izin vermeseydim şimdi ikimiz de burada olamazdık," dedi.

"Yani sen ona altıda bir şans mı tanıdın?"

"Evet. Yani burada amaç, benliğimdeki azınlığa sesini duyurma fırsatı tanımaktı."

"Altıda bir şans, öyle mi?"

"Benliğimizin bütün önemli yanlarını geliştirene kadar tam anlamıyla insan olamayız."

"Demek benliğinin sadece altıda biri istedi beni, öyle mi?"

"Arlene, bu bir tarihi kazaydı. Biz şimdi burada teori konuşuyoruz. Zarlara bu fırsatı tanımanın hayatta bizlere ne kadar büyük yeni alanlar açtığını görmüyor musun?"

"Ben kendimi kullanılmış gibi hissediyorum."

"Seni sadece şehvetle, arzulayarak baştan çıkarmış olsaydım mutlu olurdun tabii. Çünkü ben araya şansı sokarak kullanılmış olmanı engelledim."

"Ne dediğini anlamadım. Yani senin, zarları kullanmadan karar verecek kadar arzuladığın bir şey yok mu?"

"Var elbette, ama onun üstesinden gelmeye çalışıyorum."

İkisi uzun süre hiç konuşmadan birbirlerine baktılar. Sonra Dr. Rhinehart kendinden emin bir ifadeyle hafifçe gülümsedi, ama Bayan Ecstein'ın yüzünde korku ifadesi vardı, dehşete düşmüş gibiydi Arlene.

Arlene uzun bir sessizlikten sonra, "Sen delisin, Luke," dedi.

"Kesinlikle öyleyim. Bak sana bunun nasıl yapıldığını anlatayım. Örneğin iki üç seçenek yazıyorum şimdi. Bir ya da iki gelirse bu sohbetimize devam edeceğiz, üç ya da dört gelirse seansı kesecek ve bundan sonraki kırk dakika içinde neler yapacağımıza zarlar karar verecek. Şayet beş ve..."

"Beş ve altı gelirse sevişeceğiz, tamam mı?"

"Pekâlâ, tamam."

Dr. Rhinehart zarlardan birini Arlene'e verdi ve o da zarı iki avucu içinde hızla çalkaladı ama atmadan önce, "Bunu atmadan önce büyülü birkaç saçmalık mırıldanmam gerekmiyor mu peki?" diye sordu.

"Şey . . . istersen, 'Benim değil, senin arzun yerine getirilecek Zar,' diyebilirsin."

Arlene, "Bize güzel bir sevişme sağla Ey Zar!" dedi ve zarı attı; beş geldi.

Arlene zara baktı ve "Şimdi de ben sevişmek istemiyorum işte!" diye söylenmeye başladı ama Dr. Rhinehart'ın yüzündeki ifadeyi, onun kaşlarını çattığını görünce gülümsedi ve zar yaşantısının yararlarını görmeye başladığını hissetti. Ama tam benliğinin büyük kısmının arzusunu yerine getirmeye hazırlanırken, Dr. Rhinehart, "Şimdi de nasıl sevişeceğimizi öğrenmek için zar atacağız," dedi.

Arlene şaşırdı ve onun yüzüne baktı. "Ne dedin?"

"Biliyorsun ki sevişmenin de çeşitli şekilleri, pozisyonları vardır. Buna da zarların karar vermesi gerekiyor."

"Anlıyorum."

"Her şeyden önce bu ilişkide hangimiz aktif, hangimiz pasif taraf olacağız, değil mi? Eğer zarlar tek sayı gelirse..."

"Bir dakika Luke, ben anladım bu oyunu, eğer tek sayı gelirse senin istediğin gibi sevişeceğiz... Şey, dört ve beş gelirse bebek yapacağız."

"Evet."

Arlene zarlardan birini attı, dört geldi. Arlene, "Bu iş hoşuma gitti," dedi ve soyunmaya başladı. "Bu tedavi şekline neden daha önce başlamadık peki?"

Dr. Rhinehart bu sevişmede çocuk yapma serbest olduğu ve çalışma oldukça uzun süreceği için dahili konuşma sisteminin düğmesine basarak sekreterine yeni, uzun bir terapi çalışması yapacağını ve Bayan Ecstein'ın süresini uzattığını bildirdi, bu nedenle bir sonraki hastası Bay Jenkins'i daha sonra alabilecekti.

Bayan Ecstein tam öğle vakti Dr. Rhinehart'ın muayenehanesinden ayrılırken yüzü parlıyordu, çok mutlu olduğu belliydi. Zar terapisi tarihinin yazılmasına başlanmıştı.

Bölüm Otuz Bir

Yale'den Profesör Orville Boggles da denedi zar terapisini. Arlene Ecstein bu tedavi şeklini çok yararlı buldu. Terry Tracy bu tedavi şekliyle Tanrıyı buldu. Akıl hastanesi QSD'deki hastalardan Joseph Spezio bu tedavi şeklinin kendisini daha da delirttiğini düşündü. Zar tedavisi yavaşça ve emin adımlarla, ama meslektaşlarımın ve karımın haberi olmadan büyüdü, gelişti. Buna paralel olarak Columbia Seks Araştırması da ilerledi. Birbirlerinden habersiz olarak Lezbiyen ilişkiye girme talimatı alan iki Barnard Üniversitesi kız öğrencisi kadın dekana şikâyette bulundular ve dekan soruşturma açtırdı. Dekana, Dr. Felloni ile birlikte ve ikimiz de tamamen profesyonel olarak, insanların cinsel eğilimleri hakkında bir araştırma yaptığımızı ve bunun tam bir bilimsel çalışma olduğunu söyledim, onu ikna etmeye çalıştım ama kadın beni anlamamakta ısrar etti ve sonuçta bu deneyden vazgeçtim.

Aslında programlanmış randevuların hepsi tamamlandı. Deneklerin yüzde altmışı kadarı deneylere katıldı ve deneyler tamamlandıktan sonra ben ve iki üniversite mezunu yardımcım haftalarca anket kâğıtlarını toplayarak değerlendirme çalışmaları yaptık ve Laboratuvar asistanlarının fikirlerini almaya çalıştık, ama sonuçta çalışma sona erdi. Sonbaharda çalışmamızla ilgili bir makale yazdığım zaman (Dr. Felloni deneylerle ve yazıyla bir ilgisi olmadığını açıkladı) ortalık biraz karıştı ve düşmanlarım tarafından AMA'dan atılmama neden olan kanıtlardan biri olarak kullanıldı.

Deneklerden çoğu çalışmalara katıldıkları için sevindiklerini söylediler ama içlerinden bazıları hastalanır gibi oldu. Olaylar tam olarak sona erdikten yaklaşık on gün sonra, Dr. Felloni'nin bir hastasını tedavi etmemi isteyen bir talep geldi. Bayan Vigliota adındaki bu hanım bizim araştırmamıza katılmış ama çalışmalar yüzünden sinirleri bozulmuştu, kendisini tedavi etmemi istiyordu. Ona bir randevu verdim ve ertesi gün ofisime giderek onu beklerken, yeni zar uygulamaları konusunda bazı notlar almaya başladım. Randevu saatinde ofisime ufak tefek bir genç kız girdi ve bana bakıp hafifçe sendeledikten sonra divana uzandı.

Bu genç kadın Terry 'Tracy' Vigliota idi. Ona aslında Dr. Rhinehart ve psikiyatr olduğumu ve onunla o evde kurduğum ilişkinin tamamen bir araştırma konusu olduğunu anlatabilmek, onu ikna edebilmek için yirmi dakika uğraştım. Terry sakinleştikten sonra bana neden tedavi için geldiğini söyledi. Divanın kenarına oturup kısa bacaklarını aşağıya sarkıttığı zaman ayakları yere değmedi. Üzerindeki gri renkli, kısa etekli elbiseyle, iki haftadan az bir zaman önce bana geldiğinden daha sinirli, gergin görünüyordu. O gün ve ondan sonraki terapi seanslarında Terry benim yüzüme hemen hiç bakmadı, odama girip çıkarken de gözleri hep yerdeydi.

Terry benimle ve George ile birlikte geçirdiği o geceden sonra belli ki bir kişilik krizine girmişti. Onun benimle, tarih hocası ve Peder Forbes kimliğimle yaptığı temaslar sonucu Katolik inancında bazı değişimler olmuş, yaşadığı cinsel deneyimden sonra Tanrı hakkında daha değişik şeyler düşünmeye başlamıştı. Artık Tanrının kutsallığını pek umursamıyor, erkeklerle gittikçe daha çok ilgileniyordu. Fakat önceki yaşantısında seksin, şehvetin günah olduğu söylenmişti ona. Diğer yandan Rahip Forbes'in söylediğine göre, Kilise de hoşlanırdı seksten. Daha sonra Peder Forbes'in bir psikiyatr, bir bilim adamı, doktor olduğu anlaşılmıştı ama onlar da zevk alıyordu seksten. Genç kadın George X'i yalnızlık duygusundan kurtarmıştı ama Peder Forbes gittikten sonra George onunla tekrar sevişmiş ve sonra da ona bir fahişeymiş gibi davranmış, azarlamıştı onu. Terry o geceden sonra hiçbir şeye inanmıyordu, insanlara olan inancını yitirmişti. O deney gecesi yaşadığı heyecan bütün arzularını, inançlarını parçalamış, yok etmişti, onların yerine de yeni hiçbir şey gelmiyordu.

Terry ile zar tedavisine başlamak için sabırsızlanıyordum, ama ilk iki seans saatinde onun bütün sorunlarını anlatmasını bekledim. Üçüncü bir saatlik seansta -yine divanın kenarına oturup bacaklarını sarkıttı ve gözlerini tavana dikti- dertlerini iyice döktü ve sonunda çoğu hasta gibi o da, "Ne yapacağımı bilemiyorum," diye şikâyet etti.

"Dönüp dolaşıp aynı temel duygudan söz ediyorsun," dedim. "Yani tüm arzu ve inançlarının yanıltıcı ve anlamsız olduğunu söylüyorsun."

"Evet, tedavi olmak istedim, çünkü boşluk duygusuna katlanamıyorum. O akşamdan sonra kim olduğunu bilmiyordum. Geçen hafta terapist olarak karşımda seni görünce deliriyorum sandım. İçimdeki boşluk bile boşaldı sanki."

Gözlerini yere indirdi ve Natalie Wood gibi hafifçe gülümsedi.

"Ya haklıysan?" dedim.

"Anlamadım?"

"Ya tüm arzularının güvenilmez ve tüm inançlarının boş olduğu konusundaki duygularında haklıysan, bu bir gerçekse, ya bütün erkekler senin deneyinle atlattığın hayallerle yaşıyorsa?"

"Elbette, ben de böyle düşünüyorum."

"O halde neden inancına göre davranmıyorsun?"

Yüzündeki gülümseme kayboldu, kaşlarını çattı ama hâlâ benim yüzüme bakmıyordu.

"Ne demek istiyorsun sen?"

"Bütün arzuların aynı değerdeymiş, her bir inancın bir sonraki kadar hayalmiş gibi davran."

"Nasıl olacak bu?"

"Bir örnek, bir kişilik yaratmaya çalışmaktan vazgeç, sadece yapmak istediklerini, hissettiklerini yap."

"Ama bir şey yapmak istemiyorum ki, bütün mesele de bu zaten."

"İstemezsin, çünkü bir arzunu, çok inandığın ve açık tanımlanmış bir kişilik olma arzunu bir yana bırakıyor, diğer çeşitli arzularını engelliyorsun."

"Olabilir, ama bunu nasıl değiştirebileceğimi bilemiyorum."

"Bir zar insanı ol."

Terry bu kez başını kaldırdı ve ifadesiz gözlerle, hiçbir şey hissetmiyormuş gibi benim gözlerime baktı.

"Ne demek bu şimdi?"

"Bir zar insanı ol," diye tekrarladım.

"Ne demek istediğini anlamış değilim."

Ona doğru eğildim ve bütün ciddiyetimle, "Ben bir Zar Adamım," dedim.

Terry hafifçe gülümsedi ve sonra başını çevirip yan tarafa baktı. "Neden söz ettiğini bir türlü anlayamadım."

"Bütün arzularının bir sonraki kadar kendince, ihtiyari, anlamsız ve önemsiz olduğuna mı inanıyorsun?"

"Evet."

"Bir anlamda, yaptıklarınla yapmadıkların arasında hiçbir fark olmadığını düşünüyorsun, değil mi?"

"Tamamen öyle."

"O zaman neden zar atıp onların –şansın– senin yerine karar vermesini denemiyorsun?"

Başını kaldırıp yine yukarıya baktı ve sonra, "Sen bunun için mi durmadan kimlik değiştiriyor ve garip davranıyorsun?" diye sordu.

"Eh, biraz da o nedenle diyebilirim."

"Yani . . . yani hayatının akışını iki zarın kararlarına mı bıraktın?"

"Belirli sınırlar içinde evet."

"Nasıl yapıyorsun bunu peki?"

Terry'nin gözleri ilk kez parladı ve bacaklarını divanın kenarında sallayarak, seçenekli ve kararı zarlara bırakan Zar Adam yaşantımı kısaca anlatırken büyük bir dikkatle dinledi beni.

Konuşmam sona erince bir süre boşluğa baktı ve sonunda, "Tanrım," diye mırıldandı. "Çok güzel bir şey bu. Önce tarih hocası, sonra Peder Forbes, sonra bir aşık, bir muhabbet tellalı, bir psikiyatr oldun ve şimdi de bir Zar Adamsın."

Bu söylediği çok hoşuma gitti ve gülmeye başladım.

"Aslında 'Samimi Kamera' için çalışıyorum ben," dedim. O da iki dakika kadar kıkır kıkır güldü, sonra durdu ve cebinden bir mendil çıkarıp gözlerindeki yaşları sildi. Bir süre sessizce bana baktı, alt dudağını ısırdı ve hafif bir sesle, "Sanırım ben de bir Zar Kadın olmayı deneyebilirim," dedi.

"Senin için çok iyi olur," dedim.

"Şimdiki halimden daha kötü olamam ya!"

"İşte böyle düşünmelisin."

Aslında başlangıçta Terry ile bir yere varamadık. Zarların kararlarına uyma konusunda ilgisiz ve kuşkuluydu, düşüncesizce konuşuyordu. İlgisizliği yüzünden akla hayale gelmeyecek seçenekler söylüyor ya da ona daha açık ve cesur olmasını söylediğimde zara itaat etmiyordu.

Terry ancak iki hafta kadar sonra zarlı yaşama inanmaya, güvenmeye başladı. Sorunun özüne inen de kendisi oldu.

Bir gün seans sırasında, "Şey . . . hiç rahat değilim . . . inanmakta zorluk çekiyorum bu zar işine..." diye söylendi.

Ona hafif bir sesle, "Biliyorum," diye cevap verdim. "Zar yaşamı dine inanmakla ilgilidir."

Bir süre hiç konuşmadı ve derin düşüncelere daldı. Sonra başını kaldırdı, "Evet Peder," dedi ve tatlı bir gülümsemeyle yüzüme baktı.

Ben de gülümsedim ve "Sağlıklı bir şüphecilik gerçek dinin gerekli bir parçasıdır," dedim.

Yine gülümsedi ve "Evet, Peder," dedi.

Koltuğumda arkama yaslandım. Aramızdaki masanın üstüne bir zar attım ve "Belki de sana öğüt vermeliyim," dedim. Zar bana vaaz ya da öğüt vermemi söyledi, kaşlarımı çattım.

Ben ne yapacağımı düşünürken Terry, "Seni dinliyorum," dedi.

Ciddi bir ifadeyle ona baktım ve "Bu sözüm bir Peder Forbes sözüne benzeyecek belki," dedim. "Ama ben kim oluyorum da Zarın arzusunu sorguluyorum? Ne diyor Hz. İsa: 'Kendini kurtarmak için yine kendini kaybetmelisin. Ruhen fakir olmak için kişisel, dünyevi arzularından vazgeçmelisin. Kişisel arzularını zarın verdiği karara bırakarak kutsal kitapta feragat etmek, fedakârlık hakkında yazılanları uygulamış oluyorsun."

Terry söylediklerimden bir şey anlamamış gibi, boş gözlerle yüzüme baktı.

"Görüyorsun işte," diye devam ettim, "sadece bencilce olmayan hareket kişi tarafından dikte edilmemiş olandır."

Genç kadın kaşlarını çattı, söylediklerimi anlamaya çalışıyordu.

"Anlamakta güçlük çekebilirsin tabii," diye devam ettim konuşmama, "zarların emrini dinlemek de bencillik olabilir, ama bana göre, Kilise günahkârlığın üstesinden kendi gayretimizle gelmemizi ister."

Uzandım ve Terry'nin küçük ellerinden birini tuttum. O anda gerçekten de samimi göründüğüme ve konuştuğuma inanıyordum.

"Beni dikkatle dinle, Terry," diye devam ettim. "Sana şimdi söyleyeceğim sözde dünyanın en büyük dininin bilgeliği, hikmeti vardır. Eğer bir insan günahlarından kendi iradesiyle kurtulabilirse, kendi gururunu artırmış olur ki, İncil'e göre bile günahın temel taşıdır bu. İnsan ancak dış güçlerin desteğiyle günahlarının üstesinden gelirse kendi önemsizliğini anlayabilir; sadece o zaman gurur bertaraf edilmiş olur. Bir birey olarak iyi şeyler yapmaya gayret ettiğin sürece ya hata yaparsın -ve bunun yanında suç işlersin- ya da gururlanırsın ki bu da kötülüğün temel şeklidir. Suç ya da gurur: Bunlar benliğin hediyeleridir. Tek kurtuluş yolu inanmaktır, iman etmektir."

Terry, "Evet ama neye inanmak?" diye sordu.

"Elbette Tanrıya inanmak," diye cevap verdim.

Şaşkın gözlerle hiç konuşmadan uzun süre yüzüme baktı.

"Peki, ama zarlara ne oldu?" diye sordu.

"Bak sana kutsal bir kitaptan bir bölüm okuyacağım, dikkatle dinle," diyerek çekmecemden geliştirmekte olduğum zar teorisiyle ilgili notları çıkardım ve aradığım bölümü bularak ona okumaya başladım: "'Gerçekte, öğrettiğim zaman günaha girmiş olmuyorum; Kaza cenneti, Masumiyet cenneti, Gösteriş cenneti ve Talih cenneti her şeyin üstündedir. Şans en eski ilahi vasıftır ve dikkat et, ben her şeyi Amaç adı altındaki esaret bağlarından kurtarmaya ve Talih cennetinin kapılarını sana açmaya geldim. İnsan aklı Amaç ve Arzunun esiridir, ama ben mantığın her zaman mümkün olmadığını öğrettiğimde, onu kurtarıp İlahi Kaza ve Gösterişe vereceğim. Aslında biraz akıl mümkündür, sadece işleri biraz karıştırtacak kadar tabii, ama her atomda, molekülde, maddede, bitkide, yaratık ya da yıldızda bulduğum bu kutsal kesinlik daha ziyade Talih ayağında dans eder durur.

"'Oh, üzerimdeki tertemiz ve yüksel cennet! Şimdi amaca yönelik hiçbir ebedi örümcek ve hiçbir mantıklı örümcek ağı olmadığını öğrendiğime göre, sen benim için, kutsal kazalar için bir dans pisti haline geldin; kutsal zarlar ve zarcılar için kutsal bir masa oldun. Ama benim dinleyicilerimin yüzleri mi kızarıyor? Konuşulmayacak şeyler mi söylüyorum? Sizi kutsamak isterken küfür mü ediyorum?'"

Notlarımı okuyup bitirdikten sonra, okuyabileceğim başka bir şey olup olmadığını kontrol edip Terry'ye baktım.

"Nerden çıktı bütün bunlar?" diye soru.

"Zerdüşt'ten bunlar. Anlayabildin mi peki."

"Pek sanmıyorum . . . ama yine de bazı yerleri hoşuma gitti diyebilirim. Fakat zarlara neden inanayım bilemiyorum doğrusu? Sanırım benim için de sorun burada."

"Tanrı yere düşen bütün serçeleri görür."

"Biliyorum."

"Bir zar Tanrı görmeden masaya atılabilir mi?"

"Hayır, sanmıyorum."

"Hz. Eyüp Kitabının büyük sonunu hatırlıyor musun? Tanrı bir kasırganın içinden konuşur ve Tanrı'nın yaptıklarını sorgulamayı nasıl düşündüğünü sorar Hz. Eyüp'e. Orada Tanrı üç güzel ve uzun bölümde insanın derin cehaletini ve güçsüzlüğünü anlatır, suçlar. Örneğin şöyle ifadeler vardır orada:

'Ben dünyanın temelini atarken sen nerdeydin?..."
'O rahimden fırlayıp çıkarken denizi kapılarla kim kapattı?'
'Günlerin başladığından beri sabah emri verdin mi?'
'Ölümün kapıları açıklandı mı sana?'

Tanrı bütün bunları zavallı Hz. Eyüp'e dünyanın en güzel şiiriyle anlatır, açıklar ve sonunda Hz. Eyüp de şikâyetçi olmakla ve sorgulamakla hata yaptığının farkına varır, anlar bunu. Onun Tanrıya son sözleri de şöyledir:

"Senin her şeye gücünün yettiğini, her şeyi yapabildiğini ve yaptığın hiçbir şeyin hiçbir zaman engellenemeyeceğini biliyorum Tanrım...

Bu yüzden kendimi hakir görüyorum, tozlar ve küller içinde tövbe ediyorum.'"

Okuyacaklarım burada bitti ve Terry ile hiç konuşmadan uzun süre bakıştık. Sonra ben, "Tanrı her şeyi yapabilir," diye devam ettim. "Onun yapmak istediklerini hiçbir güç, asla engelleyemez.

Terry hafifçe başını salladı ve "Evet," diye mırıldandı.

"Eğer kurtarılmak istiyorsak kendimizi hakir görmeli, küçümsemeli ve kendimizi kaybetmeliyiz."

"Evet."

"Tanrı en minik serçenin düştüğünü bile görür."

"Evet."

"Küçücük zar masa üzerinde yuvarlanır."

"Evet."

"Sen de her zaman zara verdiğin seçenekleri bileceksin."

"Evet."

"Terry, zara inanman gerekiyor ve bunun nedeni de basit."

"Evet."

"Zar Tanrıdır."

Terry başını salladı ve, "Zar Tanrıdır," diye tekrarladı.

Bölüm Otuz İki

Baharda bir Çarşamba akşamı Queensborough Devlet Hastanesinde bir yönetim kurulu toplantısına katıldığımda, Toplam Rastlantı Ortamında Deneyler Merkezi fikri geldi aklıma. Hepsi doktor ve zengin olan on beş adam koca bir masanın çevresinde oturmuş, hastane tesisatlarının büyütülmesi, maaş bordroları, personelin çalışma koşulları ve benzeri konularda tartışırken çevremizdeki koğuşlarda hastalar dolaşıyor ya da yataklarında yatıyorlardı. Tüm bu karmaşık ortamda birden aklıma geldi bu fikir; hastaları rasgele adam haline getirmek için bir Zar Merkezi kurulabilirdi burada. Beni aylarca uğraştan sonra etkisi altına alan zar yaşamı uygulamaları, böyle uygun bir ortamda hastaları birkaç haftalık çalışma sonunda etkileyebilirdi. Bunları düşünürken gözlerimin önünde bir zar insanlar toplumu, yepyeni bir dünya beliriverdi.

Uzun boylu, saygın başkanımız yaşlı Cobblestone o sırada bazı konuların onaylanmasıyla ilgili Queensborough yasasındaki entrikalar hakkında konuşuyordu. Salonda içilen altı pipo, üç puro ve beş sigaranın dumanları yeşil duvarlı odaya bulanık, adeta bir sualtı görüntüsü vermişti. Yanımda oturan genç doktor (kırk altı yaşındaydı) kırk dakikadan beri ayaklarını aynı şekilde kıpırdatıp duruyordu. Benimki dışında herkesin kalemi not defterinin yanında kullanılmadan duruyordu. Bazıları esnemelerini öksürerek ya da pipolarıyla gizlemeye çalışıyorlardı. Cobblestone hastanenin boru tesisatıyla ilgili konuşması için Dr. Wink'e söz verdi ve aynı anda benim kafamda da Zar Merkezi fikri doğdu.

Yeleğimin cebinden yeşil zarımı çıkardım ve böyle bir tedavi merkezi kurma konusunda yüzde elli şans tanıdım ona. Zar olumlu yanıt verince bağırmamak için güç tuttum kendimi. Kendi kendime hafifçe güldüm ama yanımdaki doktor ayaklarını kıpırdatmaktan bir türlü vazgeçmiyordu. Gülümsediğimi gören dört kurul üyesi önce garip ifadelerle bana baktılar ama sonra hemen Dr. Wink'e döndüler. Kafamdaki fikir muhteşemdi. Elimdeki zarfı önümdeki masaya tekrar attım ve sonra ayağa kalktım.

Dr. Wink şaşkın bir ifadeyle bana bakarken, "Baylar!" diye konuştum. "Kanalizasyon sistemine ek yapılması meseleyi biraz daha kolaylaştırır ama tamamen halletmez."

Masadakilerden biri, "Doğru söylüyorsun," derken diğerleri de başlarını salladılar.

Ben devam ettim ve "Eğer yönetim kurulu olarak görevimizi tam olarak yapmak istiyorsak, hastalarımızı değiştirecek ve dünyaya özgür insanlar olarak göndermemizi sağlayacak bir merkez düşünmeliyiz," dedim. Bunları söylerken yavaş ve anlaşılır bir tarzda konuşuyordum. "Ezra Pound'un da son şiirlerinden birinde anlattığı gibi, bir akıl hastanesi kapsamlı bir kurumdur; her hastasını tedavi için kabul ederken aynı zamanda onu dış dünyanın beklenmeyen sorunlarından da çekip alır, tecrit eder. Hasta kendini hastane yaşantısına başarıyla uydurur, çünkü onun, içindeki dehşeti kısıtlayıp engelleyeceğine inanır. Hâlbuki dış dünya ona böyle bir umut vermez. Hasta böylece hastane yaşantısına ayak uydururken, taburcu edilme korkusu da yaşamaya başlar. Biz hastalarımızı akıl hastanesinde rahatça ve huzur içinde yaşayacak şekilde hazırlarız."

Masanın başında oturan Cobblestone, "Bütün mesele bu mu yani?" diye sordu.

"Oh, evet efendim, mesele bu işte," diye devam ettim. "Benim bir hayalim var. Biz doktorlar hastalarımızı her ortamda mutlu hissedecekleri şekilde hazırlamalıyız. Hasta kendini değişimlerden ve meydan okumalardan korkmayacak kadar güçlü hissetmeli. Bizler..."

Dr. Wink, "Şey... fakat Dr. Rhinehart..." diyerek sözümü kesmek istedi.

Ona aldırmadım ve "Biz korkmayan bir yetişkin çocuklar dünyası yaratmak istiyoruz," diyerek sürdürdüm konuşmamı. "Anarşik ve zıt toplumdan kurtulmalı, değişimlere açık olmalıyız. Biz sokakta yürüyen insanların, birbirlerini tanımasalar bile selamlaşmalarını istiyoruz. Bireysel kimlikten çıkıp özgürlüğe adım atmak istiyoruz. Güvenlik, denge ve bağımlılık duygularından kurtulmak istiyoruz. Biz bir yaratıcılar toplumu, neşeli delilerle dolu bir manastır istiyoruz."

Yönetim Kurulu Başkanı Cobblestone birden ayağa kalktı ve "Sen neler saçmalıyorsun, Rhinehart?" dedi.

Dr. Mann da, "Tanrı aşkına, otur yerine, Luke!" diye söylendi. Yönetim Kurulu üyeleri önce şaşkın gözlerle birbirlerine, sonra da bana baktılar.

Yumruğumu masaya vurdum ve "Oh, bizler hep aptal gibi davrandık!" diye bağırdım. "Hep aptallık ettik dostlarım! Yüzyıllardan beri seçimin bir yandan kontrol ve disiplin, diğer yandan da bırak yapsın fikri arasında olduğunu düşündük. Her ikisinin de ısrarcı alışkanlıklar, davranışlar ve kişilikleri destekleme yöntemleri olduğunu idrak edemiyoruz. Lanet kişilik!" Sustum, dişlerimi gıcırdattım ve birden titredim. "Bizim disiplinli anarşiye, kontrollü bırak yapsın olayına, günlük kraliçeye, Rus ruletine, vetoya ve bazı oyunlara ihtiyacımız var dostlar. Yeni bir yaşam tarzına, yeni bir dünyaya, bir zar adamlar toplumuna ihtiyacımız var." Bunu söylerken doğruca Cobblestone'un yüzüne baktım ama adam gözlerini bile kırpmadı.

Ama bu kez biraz daha nazik bir ifadeyle, "Neden söz ediyorsun sen?" diye sordu.

"QSH'nın yeni bir tedavi merkezi haline dönüştürülmesinden söz ediyorum. Bu yeni merkezde hastalara hayatla oyun oynamaları, hayallerini yaşayabilmeleri, dürüst olmayan davranışlarla bundan zevk almaları, yalan söylemeleri, zarların kararlarına göre nefret, öfke, aşk ve tutku hissetmeleri öğretilebilir. Benim sözünü ettiğim tedavi merkezinde doktorlar zaman zaman birkaç gün ya da hafta için hasta rolü, hastalar da doktor rolü oynayabilir, terapi seansları yapabilirler, bu ortamda yaşayan herkes belirli sürelerle değişik roller üstlenebilir, değişik hayatlar yaşayabilir."

"Bu kadar yeter, Dr. Rhinehart, söz hakkınız sona erdi, lütfen yerinize oturun."

Dr. Rhinehart bunu söylerken ayaktaydı ve gözlerini bana dikmiş, öfkeli bir ifadeyle bakıyordu. Herkes gözlerini şimdi bana çevirmişti ama kimse bir şey söylemiyordu.

Ben başkana aldırmadım ve "Lanet makine toplumu hepimizi kemirici hayvanlara çevirdi," diye devam ettim. İçimizde doğma anını bekleyen dünyaların farkında bile değiliz. Aktörler sadece bir rol oynayabilir deniyor, kim duydu böyle bir saçmalık? Biz rasgele adamlar, zar adamlar yaratmalıyız. Dünyanın zar adamlara ihtiyacı var dostlarım. Dünya sonunda zar halkına kavuşacaktır."

O sırada birisi kolumdan tutmuş beni masadan uzaklaştırmaya çalışıyordu. Masada oturanların yarısı şimdi ayağa kalkmış, herkes birbiriyle sinirli ifadelerle ve hızlı hızlı konuşuyordu. Ben kolumu çekip kurtardım ve sağ yumruğumu havaya kaldırıp Cobblestone'a doğru bağırdım.

"Bir şey daha var dostlarım!"

Herkes sustu ve endişeli ifadelerle bana baktı. Ben yumruğumu indirdim ve yeşil zarımı masaya attım, beş geldi.

"Pekâlâ, işte gidiyorum," dedim. Zarı alıp yelek cebime koydum ve toplantı odasından çıktım. Sonradan öğrendiğime göre, hastaneye yeni bir kanalizasyon sistemi yapılması teklifi oy birliğiyle reddedilmiş ve hiç kimseyi tatmin etmeyen onarım çalışmaları başlamıştı.

Bölüm Otuz Üç

Normal, sağlıklı ama nevrotik okurların bileceği gibi, hayatın büyük zevklerinden biri de hayal kurmaktır. Kendi hayallerimi ve zar tedavisinde tanıdığım yüzlerce zar öğrencisinin hayallerini dikkatle inceledikten sonra dikkat ettim ki, hayallerimiz farklı roller oynamamızı bazen engelliyor, bazen de teşvik ediyor. Ayrıca gördüm ki, çocukluktan ölüme kadar geçen süreçte insanların bazıları yaklaşık dört yılda bir hayallerinin hedefini değiştiriyor ve bu değişimler önceden belirlenebilir bir şekilde gelişiyor. Bütün hayaller bir şekilde güçle ilgili olduğu için, mütevazı bir davranışla bu fenomene Erkekler için Rhinehart Güç Modeli denmesini istiyorum.

Bir çocuğun yaşamında hayal kurmalar genelde sekiz, dokuz yaşlarında başlar. Çocuk bu yaşta ham gücünü kullanmayı düşünür. Bu yaştaki çocuklar genelde çok hızlı, çok güçlüdürler. Böyle bir çocuk dördüncü sınıfta kendini bir Cengiz Han, Attila ve General George Patton ya da bir benzeri gibi görme eğilimindedir. Bazıları anne babalarına işkence yapıldığını hayal ederler, onları bazen kurtarır, bazen de geç kalır ve öldürülmelerini engelleyemez, sonra da gözyaşları içinde cenazelerine katıldıklarının hayalini kurarlar. Bazen cenaze törenleri rakip çetenin saldırısına uğrar ve hayalci çocuk kılıcını çekip onların üstüne gider...

Çocuğun hayal dünyası on üç yaşında değişir ve çocuk kendini Yankee Stadında, yenik durumda olan Yankees takımını kurtaran oyuncu olarak hayal eder çoğu zaman. İyi bir vuruş ve koşudan sonra müthiş bir sayı yapar ve binlerce taraftarın alkışlarıyla hayatının en mutlu anlarını yaşar. Bir ara tribünden atlayan birkaç taraftar onu öper ve omuzlarına alarak sahada koşarlar, müthiş bir hayaldir bu. Bu şekilde kendisini birkaç maçın kahramanı olarak hayal eder çocuk.

Spor dünyasında kızlar yoktur ama on altı, on yedi yaşlarında erkek çocukların hayallerindeki beysbol vuruşlarının yerini başka darbeler almaya başlar ve verilen paslarda bu kez kızlar alırlar yerlerini. Çocuğun yaşı biraz daha büyüyünce kendini yetişkin bir erkek ve sonra da bir haremde başkomutan olarak hayal etmeye başlar. O yaşlarda erkek çocukların hayallerini gerçekleşmesi aslında pek de mümkün olmayan varlıklar, olaylar süsler. O yaşta bir erkek çocuk kendini genç ve çıplak bir kadını bir saldırgandan korurken hayal eder, yine hayalinde Korsika sigarası içer, çok pahalı bir şarabı yudumlar, Alplerin dolambaçlı ve dar yollarında Aston Martin arabasını saatte 165 mil hızla sürer, kurtardığı genç kızla hayatının en müthiş aşk macerasını yaşar. On yedi yaşında bir delikanlı yeniden Hun İmparatoru Attila olduğunu hayal ederse, bunu Romalı güzel kızları kurtarmak ve geceyi onlarla birlikte geçirmek için yapar.

Delikanlı yirmi bir yaşına geldiğinde nişanlıdır, evlidir ya da kadınlara doymuştur, artık yeni bir dünyayı yönetmek ister ve hayalinde Horatio Alger olur. Biriktirdiği elli altı dolarla hayal dünyasında hisse senedi alır, çok akıllıca yatırımlar yapar ve borsada sürekli kazanarak altı ay içinde 4.862 dolar kazanır. General Motors şirketinin yönetim kurulu silahsızlanma tehdidiyle paniğe kapılınca, hayal dünyasında yaşayan kahramanımız Polaris füzesi şeklinde, maliyeti düşük, bir galon jet yakıtıyla elli mil yapan bir jet motorlu spor otomobil planıyla herkesin kahramanı olur. Üç hafta içinde *Time ve Fortune* dergileri tarafından dünyaya tanıtılır, büyük şöhret olur.

Fakat hayal dünyasında krallar gibi yaşayan kahramanımız çok geçmeden bir şirkette düşük bir ücretle çalışmaya başlar ve dünyada var olan haksızlıklar ve riyakârlık karşısında çevreye küser. Bu dünyada yine yıldız sporcular, zenginler ve ünlüler vardır ama kendisi fakirdir, kimse tanımaz onu. O yine hayal dünyasına döner, yanlışları düzeltir, acı çekenleri kurtarır, fakirlere yardım eder, kadınları teselli eder, savaşlara son verir. Gautama Buda'yı Hz. İsa'yı, Hugh Hefner'i yeniden yaşatır. Kötü hükümetler çöker, ahlaksızlık yapan kiliseler yıkılır, kötü yasalar yeniden yapılır ve kahramanımızın yazdığı Gerçek tabletleri dünyaya dağıtılır. Onun yardımıyla herkes mutludur.

Ne yazık ki kahramanımızın kendisi mutlu değildir, ücreti hep düşüktür. Ama yirmi beş yaşına geldiğinde Erkekler için Rhinehart Güç Modelinin ilk zirvesine ulaşır: Dünyada reform yapma hayalidir bu. Ama yirmi sekiz ya da dokuz yaşında gerileme dönemi başladı. Karısı ona dünyayı düzeltemediğini ve başka erkeklerin çok para kazandığını ve buna benzer şeyler söyledi. Kahramanımız tekrar başarılı olan hayal dünyasına döndü. Ama hayalleri artık daha mütevazı, daha sınırlıydı. Artık hayallerinde General Motors'u değil de Pierce, Perkins and Poof şirketini yönetiyordu. Şimdi borsada dört milyon değil de sadece bin dolarlık yatırımı vardı. Artık orta yaşlı bir erkek oluyordu.

Gerileme süreci devam etti; üç, dört yıl sonra yine bir haremin efendisiydi ama burası artık eski harem değildi. Hayalindeki haremde şimdi sekreterler, kabul yeri memurları ve bazı özel günlerde de ünlü bir sinema yıldızı vardı. Hayalinde Jane Fonda şirket grevinde gözlemcilik yaparken onu gördü ve alıp özel bir yere götürdü—fakat bu hayal oldukça abartılı olduğu için kahramanımız onu bırakıp telefoncu kız Maggie Blemish'e döndü.

Hayal dünyasında yaşayan kahramanımız otuz yedi yaşında Pierce, Perkins and Poof şirketinden istifa etti ve New York Giants Futbol Takımına gitti. Artık on üç yaşındaki kadar iyi koşamıyor, oynayamıyordu ama takıma çalıştırıcı oldu. Giants takımı sezon başlarında pekiyi sonuçlar alamadı ama çalıştırıcı olan kahramanımızın yeni transferleri sayesinde mevsimi şampiyon olarak kapadı. Kahramanımız daha sonra yine hayal dünyasında baş çalıştırıcı olarak New York Hockey Rangers takımına transfer oldu ve orada da takımı onun sayesinde büyük ve başarılı maçlar çıkardı.

Kahramanımız hâlâ hayal dünyasında yaşarken, kırk bir yaşında spor sahalarından ayrıldı ve yeniden dünyayı fethetme hayalleri kurmaya başladı. Eski günlerin hayalinde canlanan anıları sayesinde yine çok hızlı koşmaya başladı ve çok güçlü oldu. Bir süre sonra yine hayal dünyasında General Curtis LeMay oldu ve Çin hedeflerini bombaladı. Bir ara hayalinde Spiro Agnew olarak yaşadı, zencileri, hippileri ve liberalleri yerlerine yerleştirdi. Hayalinde karısı ve çocuklarının kazıklara çakıldığını, işkence edilerek yakıldığını yaşadı. Aynı hayali birkaç kez yaşadı, onları bazen kurtardı, bazen de kurtaramadı. Bir kez yine cenaze töreni saldırıya uğradı ve o da düşmanlarına karşı taktik nükleer silah kullandı...

Erkekler için Rhinehart Güç Merkezi artık anlaşılmış olmalıdır. Zar Terapisi sürecinde bir erkek öğrencinin yaşını öğrenerek ve bunu modellerimize uygulayarak en çok hangi rolleri oynamak isteyeceğini büyük bir isabet oranıyla tahmin edebiliyoruz. Elbette değişiklikler olabiliyor, bazı erkekler daha geç olgunlaşıyor, bazılar da erken gelişiyor. Örneğin on dokuz yaşında olan Eric Cannon hayalinde dünyayı kurtarırken, ben otuz beş yaşımda hâlâ, sekiz yaşımda olduğum gibi, dünyayı mahvetmeye çalışıyorum...

Bölüm Otuz Dört

Eric Cannon'u zar terapisine almak için sadece bir seans çalışabildim, çünkü Eric ve babası onun üç gün sonra taburcu edilmesi konusunda anlaşma yapmışlardı. Eric'in kafasında gitmekten başka düşünce olmadığı için ona zar tedavisi konusunda anlattıklarımı dikkatle dinlemedi. Seansta kullandığım Sokrat yönteminde ikinci kişinin en azından arada bir homurdanması gerekiyordu, ama Eric hiç sesini çıkarmadığı için ben de yirmi dakika boyunca ona zar yaşantısının ne olduğunu anlatmaya çalıştım. Sonradan biraz daha dikkatli dinledi beni, ama konuşmamı bitirdiğim zaman başını yavaşça sağa sola salladı.

Başını kaldırıp yüzüme baktı ve "Seni nasıl serbest bırakıyorlar, Doktor?" diye sordu. "Yani masanın arkasında oturup doktorluk yapmayı nasıl beceriyorsun?"

"Ne demek istiyorsun sen?"

"Neden bir yere kapatmıyorlar yani seni?"

Ona baktım ve hafifçe gülümsedim. "Ben profesyonel bir tıp adamıyım delikanlı," dedim.

"Bence profesyonel bir delisin sen." Yine başını birkaç kez sağa sola salladı. "Psikoterapi yapan bir delisin sen. Zavallı babam da senin sayende iyileştiğimi düşündü."

"Şu zarlı yaşam kavramı sana ilginç gelmedi mi yani?"

"Elbette geldi. Aslında sen kendini bizim hava kuvvetlerinin Vietnam'da kullandığı bilgisayar gibi bir şeye dönüştürmüşsün. Ama sen, azami sayıda düşman öldürmeye çalışmak yerine, bombalarını rasgele atmaya programlamışsın."

"Sen konuyu iyi anlamadın. Burada gerçek düşman olmadığı için, hayatın bütün savaşları oyundur ve zar yaşamı insana, sürekli tipik siper savaşı yerine, çeşitli savaş oyunları oynama izni veriyor."

Eric, "Demek düşman yok," diye tekrarladı ve yere bakarak bunu bir kez daha söyledi. "Sana bir şey söyleyeyim mi, Doktor, düşman olmadığını sanan insanlar beni kusturuyor. Senin şu zarlı yaşamın babamdan bile yüz kez daha hastalıklı bir olay. Babam kör olduğu için bir mazereti var, ama sen! Demek düşman yok ha!" Eric oturduğu yerde sinirlenmiş gibi kıpırdadı ve yüzü gerildi. Yavaşça yerinden kalktı ama yine yere bakıyordu. Bir ara yumruklarını sıktı ama sesini çıkarmadı.

Bir süre düşündü ve sonra, "Seni koca sersem!" diye konuştu. "Bu dünya serbest dolaşan katiller, işkenceciler, kiliseleri dolduran sadistler, çılgın şirketler ve ülkelerle dolu. Bu dünya daha farklı, daha iyi bir yer olabilir, ama sen burada koca kıçının üstüne oturmuş zar atmaktan söz ediyorsun."

Ona bir şey söylemedim, çünkü o anda kavga etmek istemiyordum ve aslında kendimi biraz da suçlu gibi hissediyordum.

Benim konuşmadığımı görünce, "Bu hastanenin bir maskaralık olduğunu sen de çok iyi biliyorsun!" dedi. "Bu hastaneyi yönetenlerin hepsi kaçık aslında, öyle değil mi? Seni saymıyorum bile! Bana göre burada bir tek akıllı adam yok. Amerikan ırkçılığının ne olduğunu da iyi bilirsin sen. Vietnam savaşını da biliyorsun elbette. Sonra da kalkmış zar atmaya kalkıyorsun, ha! Zar atıyorsun!"

Masamın önünde durdu ve iki yumruğunu birden üç, dört kez masaya indirdi, sonra durdu ve yüzüne düşen uzun saçlarını arkaya attı.

Bir süre sessiz kaldı, sonra sakin bir ifadeyle, "Ben gidiyorum, Doktor," dedi. "Buradan çıkıp dünyayı daha iyi bir yer yapacağım. Sen burada kalıp rasgele bombalarını atabilirsin."

Ben de ayağa kalktım ve "Bir dakika, Eric," dedim. "Gitmeden önce sana..."

"Ben gidiyorum Doktor, haşiş için teşekkürler, sessizlik ve hatta oyunlar için de teşekkürler, ama bana zarlarınla ilgili bir şey daha söylersen öldürürüm seni."

"Eric...dur...bekle...Sen..."

Ama o beni dinlemedi ve çıkıp gitti.

Bölüm Otuz Beş

Dr. Mann onu QSH'daki odasına çağırdığı zaman Dr. Rhinehart bir sorun olduğunu anlamalıydı. Ama odaya girdiğinde Dr. Cobblestone'u da orada sandalyeye dimdik oturmuş, ciddi bir yüz ifadesiyle bekler görünce başının dertte olduğunu iyice anladı. Dr. Cobblestone zayıf, uzun boylu ve kır saçlı, Dr. Mann ise kısa boylu, tıknazdı ve saçları dökülmüştü ama ikisinin yüzünde de sert, ciddi bir ifade vardı. QSH'da müdür odasına çağırılmak Rhinehart'a, sekiz yaşında, ilkokulda kumar oynayıp para kazandığı için, şikâyet üzerine müdür odasına çağırıldığı günü hatırlattı. O zamandan bu yana sorunları pek değişmemişti.

Dr. Cobblestone oturduğu yerde öne doğru eğildi ve bacakları arasındaki bastonu hızla yere vurarak, "Nedir senin bu zarlar saçmalığın genç adam?" diye sordu. Adam hastanenin genel müdürüydü ve neler olduğunu sorabilirdi.

Dr. Rhinehart şaşkın bir ifadeyle, "Zarlar mı?" diye sorarken hafifçe gülümsedi. Zarlara danıştığı için üzerinde blucin pantolon, beyaz bir tişört ve ayaklarında da lastik spor ayakkabılar vardı, bu kıyafetle içeri girince Dr. Mann'ın yüzü bembeyaz kesilmişti. Ama Dr. Cobblestone onun bu spor kıyafetine dikkat etmemiş gibi görünüyordu.

Dr. Mann, "İstersen meseleye daha önce dediğin gibi sırayla bakalım Müdür Bey," dedi.

Dr. Cobblestone bastonunu sanki bir oyuna başlama işaretiymiş gibi tekrar yere vurdu ve "Evet, haklısın dostum," dedi. "Pekâlâ, Rhinehart, seks araştırmanda fahişeler ve eşcinseller kullandığını duyduk, nedir bu saçmalık, açıklar mısın bize?"

Dr. Rhinehart ona hemen cevap vermedi ve uzun bir süre ikisinin de yüzlerine bakıp düşündü. Sonra sakin bir ifadeyle, "Raporumda araştırmanın ayrıntılarını göreceksiniz. Bir sorun mu vardı?" dedi.

Dr. Mann, "Dr. Felloni araştırma projesinden çekildiğini söyledi bize," diyerek araya girdi.

"Yaa! Zürih'ten döndü mü yani?"

Cobblestone, "Dr. Felloni çalışmayı bırakmış, çünkü söylediğine göre deneklerden ahlaksızca davranışlar isteniyormuş," diye konuştu.

"Araştırmanın konusu cinsel değişimlerdi, Doktor."

"Olabilir, ama deneklere ahlaksızca tekliflerde bulunuldu mu?"

"Verilen talimatlara göre, denekler hiçbir şekilde zorlanmayacak, istemedikleri şeyleri yapmak zorunda kalmayacaklardı ve çalışmada da bu uygulamaya uyuldu."

Dr. Mann yüzüme bakarak, "Dr. Felloni'nin raporuna göre, denekler evlilik dışı cinsel ilişkiye teşvik edilmişler," diye konuştu.

"O da bu konuyu iyi bilir. Talimatları birlikte hazırlamıştık."

Dr. Cobblestone, "Bu proje genç denekleri ahlak dışı cinsel ilişkiye teşvik etti mi, etmedi mi, sen onu söyle bize?" diye sordu.

"Bu araştırmada yaşlı insanlar da vardı... Şey... Siz en iyisi raporum tamamlandığı zaman onu okuyun, bu çok iyi olur."

İki doktorun yüzlerindeki ifade hiç yumuşamadı ve Dr. Cobblestone, "Deneklerden biri kendisine tecavüz edildiğini bildirdi," diye devam etti.

Dr. Rhinehart, "Bu doğru," diyerek başını salladı. "Fakat araştırmamızın sonuçlarına göre, bu denek şikâyetçi olduğu davranış biçimine aktif bilinçsiz katılımını örtmek için ya hayal kurdu, ya da yalan söyledi."

Dr. Cobblesotone onun açıklamasını anlamamış gibi gözlerini açarak dikkatle yüzüne baktı ve "Ne demek istediğini pek anlayamadım," dedi.

"Demek istiyorum ki, o delikanlı bir eşcinsel, yaşadığı ilişkiden hoşlandı ve kendisine tecavüz edildiğini söylerken yalan söylüyor."

"Yaa, açıklamana teşekkür ederim."

Dr. Mann araya girdi ve "Baksana Luke," diye konuştu. "Araştırmanda QSH'daki hastalardan bazılarını da denek olarak kullanmana izin verdiğimiz için, bu hastanenin yöneticileri olarak senin bu araştırmanda olanlardan biz de sorumlu sayılırız."

"Haklısın."

"Bazı hastane çalışanları ve hemşire raporlarına göre, hastalardan birçoğu senin araştırmanda denek olmak için gönüllü olmuş ve bunlar hastalara fahişeler getirildiğini söylemişler."

"Raporum bittiğinde onu okur ve neler olduğunu anlarsınız."

Dr. Cobblestone bastonunu bir kez daha yere vurdu ve öfkeli bir ifadeyle, adeta bağırarak, "Bana bak Doktor," dedi. "Bize gelen bir rapora göre . . . şey . . . bu araştırmaya denek olarak kendin de..."

"Elbette katıldım, bu çok doğal."

"Doğal mı?"

"Bu benim araştırmam, katılmam da doğaldır."

Dr. Cobblestone, "Ama bu rapora göre sen . . . sen . . ." dedi ama ne söyleyeceğini bilemiyormuş gibi kıpkırmızı kesildi ve kekeledi. Sonra kendini toparladı ve "Sen de deneklerle cinsel ilişki kurmuşsun," dedi.

"Yaa, demek öyle!"

Dr. Mann, "Bu doğru mu, değil mi?" diye sordu.

Dr. Rhinehart, "Bu iftirayı ortaya atan kişi yanılmıyorsam nevrotik bir delikanlı, değil mi?" dedi.

Dr. Cobblestone hemen başını salladı ve "Evet, evet," diye cevap verdi.

"Daha önce belirti göstermeyen, gizli kalmış arzularını korkulan yetkililere açan bir hasta, öyle değil mi?"

Dr. Cobblestone biraz rahatlamış gibiydi, başını yine salladı ve "Tam olarak öyle," dedi.

"O hastanın durumu tam bir trajedi. Ona yardım eden kimse var mı peki?"

"Evet, evet, Dr. Vener tedavi ediyor onu . . . onun bir delikanlı olduğunu nasıl bildin peki?"

"Adı George Lovelace Ray O'Reilly. Bu hastanede uzun süre kalması gerekir onun."

"Evet, haklısın."

Dr. Rhinehart elini kaldırıp gitmek istediğini belirtti ve "Soracağınız başka bir şey var mıydı?" diye sordu.

Dr. Mann, "Korkarım ki var, Luke," dedi.

"Pekâlâ."

Dr. Cobblestone bastonunu bir kez daha yere vurduktan sonra, "Evet, şimdi bize şu zarlarından söz et bakalım Doktor," dedi.

"Zarlar mı?"

"Hastalarından biri ona zarlarla garip bir oyun oynattığından şikâyet etti."

"Şu yeni hasta, Bay Spezio mu?"

"Evet."

"Biz hastalarımıza çamur, kumaş, tahta parçaları, deri, boncuk, karton, tel ve benzeri bir sürü madde ile çeşitli oyunlar oynatıyor, çalıştırıyoruz onları . . . bazı hastalarımızı da zarlarla oynatıp yeni bir yöntem deneyebilirim diye düşündüm."

Dr. Cobblestone hafif bir sesle, "Anlıyorum," dedi.

Dr. Mann ise, "Peki ama neden?" diye sordu.

"Raporumu okuyunca nedenini anlarsınız"

Bir süre hiçbiri konuşmadı ve sonunda Dr. Rhinehart, "Başka bir şey var mıydı efendim?" diye sordu.

Hastanenin iki yöneticisi bir süre birbirlerine baktılar ve Dr. Cobblestone hafifçe öksürdü. Dr. Mann, "Son zamanlarda çok garip davranmaya başladın, Luke," diyerek sustu ve Dr. Cobblestone, "Son yönetim kurulu toplantısında gerçekten de garip ve kaba davrandın," diye ekledi.

"Evet."

"Kararsız bir halin var, insanların canını sıkıyor, garip davranışlar gösteriyorsun, Luke."

"Örneğin Dr. Wink konuşurken onu susturdun ve konuşmaya başladın. Birçok yönetim kurulu üyesi, hemşire, hastabakıcı ve tabii Bay Spezio senin hakkında şikâyette bulundular, sonra..."

"Başka ne vardı?"

"Telefonda örümcek adam taklidi yapman da şakanın ötesinde bir davranıştı. Yani son zamanlarda gerçekten ağırbaşlı bir doktora yakışmayacak davranışlar gösterdin."

Odada yine uzun bir sessizlik oldu ve sonunda Dr. Rhinehart yine, "Raporumu okuyunca her şeyi anlayacaksınız," diyerek kestirip attı.

"Ne raporu bu peki?"

"İnsanların sosyal olarak eksantrik davranışlara karşı gösterdikleri çeşitli tepkilerle ilgili bir rapor yazmaya başladım."

Dr. Cobblestone, "Yaa, demek öyle," diyerek başını salladı.

"Benim hipotezime göre..."

Dr. Mann, "Yeter artık, Luke," diyerek onun sözünü kesti.

"Efendim? Anlayamadım?"

"Daha fazla konuşmana gerek yok. Herkesi kandırdın ama Jake senin aklının çok karışık bir durumda olduğunu gördü. Sadece onu kandıramadın ve ona göre sen..."

"Benim hipotezime göre..."

"Kes artık konuşmayı, Luke. Arkadaşların seni yeterince savundular. Ya eski Luke Rhinehart olur, eski normal haline dönersin, ya da bir psikiyatr olarak işin biter."

Dr. Cobblestone yavaşça yerinden kalktı ve "Eğer hastalarımızın daha iyi tedavi görebilmesi için gerekli olan yeni bir tedavi merkezi gibi bir fikrin varsa, bunu gelecek yönetim kurulu toplantısından önce gündeme getirirsin," diye ekledi.

Dr. Rhinehart da yerinden kalktı ve "Anlıyorum," dedi.

Dr. Mann bir kez daha, "Yeter artık, Luke," diyerek tekrar uyardı onu ve Dr. Rhinehart da onun ne demek istediğini çok iyi anladı.

Bölüm Otuz Altı

Lil ona verdiğim şampanya kadehine dokunmadan divanda karşıma geçerek oturduğu zaman bir sorun olduğunu anlamalıydım. Yine zar atarak onunla yeni aşk oyunları oynamanın yollarını arıyordum ve bu şekilde harika bir hafta yaşamıştık. Dört gün içinde iki tiyatroya, bir konsere gitmiş, bir akşam haşiş içerek aşk oyunları oynamış, çılgınlar gibi sevişmiş ve hafta sonu da Kanada'ya gidip bir kış tatil merkezinde kayak yapmaya karar vermiştik. Oteldeki ilk gecemiz için havaalanında ona çiçekler ve bir şişe de şampanya almıştım. İkinci günümüzde çok kar yağdı ve uzun süre kayarak çok eğlendik, ama yorulduktan sonra birkaç kez düşüp karların içinde yuvarlandık. Öğleden sonra kar yağışı oldukça azaldı ve kayaklarımızı çıkarıp karların üzerinde güle oynaya dolaştık, birbirimiz sarılarak dönüp durduk.

Lil karların üzerinde yuvarlanırken büyük zevk alıyordu, gözleri pırıl pırıldı, ben de çok mutluydum ve harika zaman geçiriyorduk. Otelin yanan şöminesi önünde uzun süre dans ettik, şampanya içtik, bir süre Boston'lu bir karı kocayla briç oynadık, kalın battaniyeler altında yine seviştik ve çok rahat uyuduk.

Ondan sonraki günlerimiz de aynı şekilde, çok zevkli ve eğlenceli geçti. Oteldeki son akşamımızda şampanya ve marihuana ile kafaları bulduktan sonra şömine karşısında yarım saat kadar el ele tutuşarak oturduk, sonra ışıkları kapadık ve yatağın üzerine oturup pencereden dışarı baktık, mehtapta parlayan karlı tepeleri seyrettik. Bir süre sonra şişeyi bitirdik ve ben ikinci şampanya şişesini açtım. Lil'in sıcacık elini avucuma alarak okşadım. Ama Lil o sırada divanda karşıma geçip oturdu ve uzattığım şampanya kadehini başını iki yana sallayarak reddettiği zaman bir sorun olduğunu anladım.

Gece lambasını yakıp Lil'in yüzüne bakınca gözlerindeki yaşları gördüm. Karım uzanıp elimi tuttu ve yüzüne götürdü, parmaklarımı hafifçe öptü ve gözlerime baktı. Sevecen bir ifadeyle hafifçe gülümsedi ama bir gözyaşı yanağına düştü.

Bir süre düşündükten sonra, "Luke," dedi ve gözlerime bakarak bir süre daha düşündü. "Son zamanlarda neden garip davranmaya başladın sen?" diye sordu.

"Dinle beni sevgilim... sana söylemek..." diye başladım ama sözümü tamamlayamadım.

Lil, "Dengenin gerçekten bozulmuş olduğunu sanmıyorum," diye devam etti. "Sen . . . sen bir teori üzerinde çalışıyorsun, değil mi?"

İçim birden buz gibi oldu, sanki taşlaştım. O anda eli karısının elinde olan ve ne diyeceğini bilemeden sessizce ve tedirgin bir halde oturan bir zar adamdım.

Lil dudaklarını ıslattı ve elimi iyice sıktı.

"Luke, işte yine beraberiz. Seni çok seviyorum, içim senin aşkınla dolu ama... biliyorum ki yarın, öbür gün tekrar değişeceksin. Şu son birkaç gündür yaşadığımız mutlu hayat yok olacak ve ben bunun nedenini bilmiyorum. Asla da bilemeyeceğim galiba."

O anda Lil'in de bir Zar Kadın olup olamayacağını düşündüm. Aslında iyi bir şey olmazdı belki bu, ama o anda hayatımın gizemini ona açmak için bundan başka bir yol düşünemedim, ancak bu şekilde koruyabilirdim onun aşkını ve mutluluğunu. O sırada aşağıda, otelin orkestrası bir vals çalmaya başladı. Modern bir kayak merkezi değildi burası.

"Şey... ben..." diye başladım ama arkasını getiremedim.

Lil, "Anlat bana, neler oluyor Luke," dedi.

"Bir araştırma yapıyorum Lil. İnsanların tuhaf davranışlarını, olağanüstü tavırlarını, rollerini, duygularını araştırıyorum . . . insan doğasındaki değişimleri ortaya çıkarmak, keşfetmek için yapıyorum bu araştırmayı."

Lil gözlerini meraklı bir ifadeyle yüzüme dikmiş, gözlerime bakıyordu ama bu bakışta açık bir endişe ifadesi de vardı, tedirgindi karım. Yan tarafa döndüm ve gece lambasını söndürdüm, ama aramızda sadece bir metre mesafe vardı ve ay ışığında birbirimizi çok iyi görebiliyorduk.

"Şimdiye kadar bundan söz etmedim sana Lil . . . yani araştırmanın bir değeri olup olmadığını öğrenmeden önce söylemek istemedim sana. Beni reddetmenden, araştırmaya karşı çıkmandan, aşkımızın sona ermesinden korkuyordum."

"Hayır sevgilim, yapmazdım böyle bir şey."

"Bir gün sana her şeyi anlatacağımdan emindim. Geçen hafta araştırmayı bir süre için bırakmaya karar verdim, böylece yine eskisi gibi her zaman beraber olabilecektik."

Lil elimi şimdi daha çok sıkmaya başladı.

"Ben sana destek olurdum Luke. Etraftaki bazı eşekler senin delirdiğini düşünüyorlar. Gerçeği bilseydim onlara güler geçerdim. Keşke neler yaptığını söyleseydin bana sevgilim."

"Şimdi anlıyorum bunu Lil. Araştırmayı bırakır bırakmaz anladım bunu; seninle beraber yapmalıydık bu çalışmayı."

Lil, "Fakat..." dedi ama konuşmasına devam edemedi, ay ışığında gözleri parlıyordu ve yüzünde hâlâ bir merak ve korku ifadesi vardı, üzerindeki tedirginliği atamamıştı. Bir süre düşündü ve sonra, "Nasıl bir araştırmaydı bu peki?" diye sordu.

Ay ışığında yüzümün sapsarı, taş gibi göründüğünden emindim, o anda hiç kuşkusuz bir taş heykel gibi görünüyordum.

"Şey . . . daha önce hiç gitmediğim yerlere gittim, insanların tepkilerini görmek için kendimi bir başkası gibi hissetmeye çalıştım. Yiyeceklerle deneyler yaptım, oruç tuttum, sarhoş olmak bile bu araştırmanın bir parçasıydı o zaman."

Lil gülümsedi ve "Gerçekten mi?" dedi. Yanaklarına damlayan gözyaşlarıyla yağmurda dolaşan küçük bir kız çocuğuna benziyordu.

"Bu araştırma sırasında gördüm ki, sarhoş olduğum zamanlar ben de başka sarhoşlar gibi davranıyordum."

"Luke, sevgilim, neden bunları daha önce anlatmadın bana?"

"İçimdeki deli araştırmacıya göre, çalışmamdan sana söz edersem, tepkinin bana hiçbir yararı olmayacak ve topladığım birçok bilgi, kanıt yok olup gidecekti."

"Peki bitti mi şimdi bu araştırma?"

"Hayır, Lil. Henüz bitmedi. Fakat bundan sonra buna yeniden ve birlikte başlayacağız . . . ve daha önce hissettiğimiz yalnızlık duygusu da sona erecek."

"Evet ama..."

"Ne var sevgilim?"

"Birkaç gündür yaşadığımız mutlu hayatımız da son mu bulacak?"

O sırada aşağıdan, otelin büyük salonunda oturan müşterilerden kahkaha sesleri yükseldi. "Aşağıdaki müşteriler çok eğleniyorlar galiba," diyerek gülümsedim.

Lil yumuşak bir ifadeyle tekrar, "Bu mutlu günler bitecek mi?" diye sordu.

Cesaretimi toplayıp onun yüzüne bakarak, "Elbette bitecek sevgilim," dedim. "Araştırmaya geri dönsem de bitecek, dönmesem de, sen de biliyorsun bunu. Son birkaç gündür yaşadığımız mutluluğun nedeni daha önce yaşanmış olan cehennem hayatı. Mutluluğun devam etmeyeceğini bilmek için bilim adamı olmaya gerek yok."

Lil içini çekerek kollarıma kapandı. Sonra da "Ama ben devam etsin istiyorum," diye hıçkırdı. "Bu mutluluk devam etmeli."

Onun başını okşamaya, tatlı sözler mırıldanmaya başladım ama birden berbat hissettim kendimi. Ama o sırada benliğimin bir parçası da Lil'i çok daha zorlu zar oyunlarına çekmem için teşvik ediyordu beni; belki onu da değiştirebilirdim. Bir parçam da herkes tarafından terk edilmişim gibi hissediyordu.

Lil bir süre daha hıçkırdıktan sonra burnunu çekerek banyoya gitti. Birkaç dakika sonra geri döndü, saçlarını toplamış, morali yerine gelmiş gibiydi, gelip eski yerine oturdu ama bu kez bana soğuk bir ifadeyle baktığını görünce şaşırdım.

"Bu araştırmanla ilgili notlar aldın mı peki?" diye sordu.

"Bazı notlar aldım elbette. Ayrıca test ettiğim çeşitli hipotezlerle ilgili kısa analiz denemeleri de yazdım."

"Beni de denek olarak kullandın mı hiç?"

"Elbette kullandım hayatım. Araştırmayı ben yaptığıma ve seninle beraber yaşadığıma göre birçok deneyde seni de denek olarak kullanmam doğaldı."

"Yani direkt olarak kullandın mı demek istiyorum . . . bana da bir şeyler yaptırmaya kalktın mı?"

"Şey . . . hayır, böyle bir şey yapmadım."

"Pekâlâ, seks araştırmaları da yaptın mı? Yani başka kadınlarla?"

Bu kez tam isabet kaydetmişti Lil. Bir süre ne diyeceğimi bilemedim.

Erkek dostlarım, bu konuya çok dikkat etmelisiniz. Öyle sorular vardır ki, onlara herhangi bir cevap verebilirsiniz ama bunu hiç tereddüt etmeden yapmalısınız. Örneğin "Beni seviyor musun?" sorusu aslında bir soru değildir, dürtü-cevap düzeninde bir dürtü, bir uyarıcı olarak sorulur. "O kadınla seviştin mi?" sorusuna anında cevap vermek gerekir, bir yalan uydurmak için en küçük tereddüt, suçu kabul etmek anlamına gelir. "Diğer kadınlarla da deney yaptın mı?" sorusuna da hemen, "Elbette yaptım hayatım ve bu deneyler beni sana daha çok yaklaştırdı," yanıtı vermem gerekiyordu. Bunun sonucunda gözyaşları, tokatlar, küfürler, küsmeler olacak, ama en sonunda da merak ve barışma olayı gelecekti. Ama cevapta tereddüt olursa...

Birkaç saniyelik tereddüdüm üzerine Lil ayağa fırladı ve "Seni lanet hergele!" diye bastı küfrü.

"Sakın dokunma bana!" dedim. "Araştırmanın ne olduğunu bile bilmiyorsun sen."

"Ben senin kafandan geçenleri biliyorum, Luke... Aman Tanrım! Biliyorum! Arlene vardı, değil mi? Sen ve Arlene, değil mi?" Lil şimdi hırsından titriyordu.

"Hayatım, yapma hayatım! Bir hiç yüzünden mahvetme kendini. Bu araştırmamda sadakatsizlik olayına yer yoktu..."

"Elbette yoktu . . . eminim yoktu . . . ben aptal değilim, her şeyi biliyorum." Lil bağırdı ve hıçkırarak divana kapandı.

Yanına giderek onu teselli etmeye çalıştım ama o anda beni görecek gözü yoktu. Bir süre ağladı ve sonra kalkıp banyoya gitti. İki dakika sonra peşinden gittim ama banyo kapısına kanca takmıştı.

Şunu da unutmayın dostlarım, benim hâlâ sevgili rolü oynamam gerekiyordu. Bir haftadır bu rolü oynuyordum ama şimdi bunun bir rol olduğu ortaya çıkmıştı, devam etmeliydim. Aşk ölmüştü ama âşık bu hayatı devam ettirme emri almıştı.

Banyonun kapısını vurdum ama çok geçmeden içerden "Defol!" emri geldi. Aslında ben de oradan hemen kaçmak istiyordum ama aklım beni uyardı; gerçek âşıklar böyle durumlarda sevdiklerini asla terk etmezler, çare ararlar ya da sarhoş olurlardı. Seçenekleri gözden geçirdikten sonra kapıyı omuzladım ve açtım.

Lil banyo küvetinin kenarına oturmuş, eline de bir makas almıştı. Etrafı birkaç saniye içinde kontrol edince onun herhangi bir şey kesmediğini anladım.

"Ne yapıyorsun sen böyle?" diye sordum.

"Bir itirazın yoksa pantolonunun yırtılan yerini dikmek istedim," diye cevap verdi. Dikkat edince diğer yanında gerçekten de iplik ve düştüğüm zaman yan tarafı biraz açılmış olan kayak pantolonum olduğunu gördüm.

"Pantolonumu mu onaracaksın?"

"Senin araştırmaların var, benim de sanatkar olma projem..." Durdu ve yeniden ağlayacakmış gibi yüzüme baktı. "Pantolonlar ve . . . acınacak haldeyim ve aşırı duygusalım."

Pantolonu küvetin kenarına bıraktı, musluğu açtı ve yüzüne birkaç kez su serpti. Sonra dişlerini fırçalamaya başladı. Ben de banyonun kapısında kenara yaslandım ve ona nasıl bir masal anlatacağımı düşünmeye başladım.

"Lil, bir saat önce bir şeyler yaptık ve onu yine yapacağız. Ama daha önce sen benim araştırma konumu iyice öğrenmelisin, yoksa..."

Diş fırçasını ağzından çekti ve ağzındaki köpüğü tükürmeden uzun uzun yüzüme baktı.

"Senin bütün bilimsel hikâyelerini dinleyeceğim, Luke, ama şu anda değil. Şimdi yapamam bunu."

"Sen dinlemek istemeyebilirsin, ama ben anlatmak zorundayım, Lil. Bu saat çok önemli, aşkımız da çok..."

"Saçmalama!"

"Evet, Lil, aşkımız da çok önemli, bu geceyi aramıza bir kaya parçası koyarak geçiremeyiz."

Banyodan çıkarken, "Ben yatıyorum," dedi ve hemen soyunmaya başladı.

"Yatabilirsin, ama yine de beni dinleyeceksin."

Lil soyunup geceliğini giydi ve hiçbir şey söylemeden yatağa uzandı. Battaniyeyi yüzünün yarısına kadar çekti ve sırtını bana döndü. Yatağın ayakucunda bir aşağı, bir yukarı dolaşmaya başladım, ona neler söylemem gerektiğini düşünüyorum. Ona zararsız, sadık-koca deneklerden söz etmek istiyordum ama aklıma sadece zararlı, sadakatsiz kocaların hikâyeleri geliyordu. Ne yapacağımı bilemez bir haldeydim.

Banyo kapısını omuzlayarak açmam kavganın büyümesini şimdilik önlemiş gibi görünüyordu ama Lil'i yatıştırmak için ona başka şeyler söylemem, tatlı sözlerle onu yumuşatmam gerekiyordu, fakat bunu nasıl yapacağımı da bilemiyordum. Ayrıca yumuşak okşamalar onun düşünmesine neden olurdu ve insan suçlu olduğu zaman kadının aklından geçenler de genelde tehlikeli şeylerdi, onun için Lil'in fazla derin düşünmesi iyi olmazdı. Onu okşadığım takdirde kendisinin suçsuz ve kullanılmış taraf olduğunu düşünecekti ki, bu gerçeğin de şimdilik yok sayılması gerekiyordu.

Yatağın ayakucunda ne yapacağımı bilmeden bir aşağı, bir yukarı dolaşırken bir yandan kucaklamak istediğim Lil'e bakıyor, bir yandan da ona sokulmaya korkuyordum. Bir süre sonra dayanamadım ve battaniyeyi kaldırıp, dizlerine kadar sıyrılmış geceliğinden görünen bacaklarına baktım ve içimden gelen korkunç sevişme arzusunu bastırmaya çalıştım.

Bir süre onun elinde gördüğüm makası alıp yatağın yanına geldim, makası sessizce Lil'in geceliğinin yakasına yaklaştırdım ve yakayı aniden keserek geceliği yakadan eteğine kadar kesip açtım. Lil birden çığlık atarak doğruldu ve beni yumruklamaya başladı.

Olayın bundan sonraki ayrıntıları antropolojik açıdan belki değerli olabilir, ama bana göre daha çok, İkinci Dünya Savaşı'nda Pasifik'te bir Japon adasının işgalini gösteren bir filmi andırıyordu. Lil önce savaştı benimle, ama bir süre sonra fazla direnç göstermeden bacaklarını açtı ve bana kısa sürede teslim olarak bir savunma ya da hedefe varmamı engelleme harekâtında bulunmadı.

Bu tür karı koca kavgalarından sonra sevişmenin de bir başka tadı olduğunu söyleyebilirim, bu da güzel bir fiziksel egzersiz oluyor, normal evlilik ilişkilerinde bir değişiklik anlamına geliyor. Fakat zevk alma açısından bakıldığında bunun bir sınırı varmış gibi geliyor bana. Ben o gece bağırışlar, ısırmalar ve tırmalamalar arasında Lil ile sevişmeye çalışırken, bir yandan da bir erkeğin kendi karısına tecavüz etmekten tutuklanıp tutuklanmayacağını düşündüm.

Ertesi sabah kulaklarım, boynum, omuzlarım ve sırtım tırnak izi içindeydi, sanki bütün gece bir sürü kedi yavrusuyla oynaşmış, onlar tarafından tırmalanıp ısırılmış gibi hissettim kendimi. Tırmıklanan yerlerde kan kurumuştu ama ben hedefe varmıştım ve Lil ise direndiğini sanarak tatmin oldu. New York'a dönmek için otobüsle havaalanına giderken ve uçakta da bana soğuk ve mesafeli durmasına rağmen, uzun bilimsel raporumu sabırla dinledi. Arlene konusunda masum olduğumu söylerken bana pek inanmadı, anlattıklarımla ilgilenmedi elbette, ama raporun diğer bölümlerine inanmış gibi göründü. Deneklerde zar kullandığım konusunda hemen hiçbir şey anlatmadım ona, o konuyu garip örneklere cevap bulmak için kullanılan gizli bir yöntem olarak kendime sakladım. Lil'in anlattıklarımdan ne kadarını anladığını bilemiyorum, ama o bana bir konuyu çok iyi açıkladı—yani ben araştırma çalışmamı hemen bırakmazsam çocukları alıp evden gidecekti.

Ertesi sabah evden çıkıp çalışmaya giderken Lil bana, "Artık değişim yok Luke," dedi. "Şu andan itibaren eski normal, garip, sıkıcı Luke oluyorsun, aksi takdirde beni yok bil."

"Tamam, hayatım," dedim (zar ikili gelmişti) ve ayrıldım evden.

Bölüm Otuz Yedi

O Çarşamba Bayan Ecstein onu salonundaki divana çağırdığı zaman, Dr. Rhinehart ortada bir sorun olduğunu anlamalıydı. Kadının terapi seansları başladığından beri onun evinde buluşmamışlardı. Arlene onun oturmasını bekledikten sonra kendisi de onun yanına oturdu, ellerini kenetledi ve bir süre hiç konuşmadan yere baktı. Üzerindeki erkek elbisesine benzeyen gri kıyafeti, gözlüğü ve ensesinde topuz yapılmış saçıyla kapı kapı dolaşan Protestan Baptist temsilcilerini andırıyordu.

Yeterince düşündükten sonra başını kaldırdı ve sakin bir ifadeyle, "Hamileyim," dedi.

Dr. Rhinehart divanın diğer ucunda oturmuş, doğal bir hareket olarak bacak bacak üstüne atmıştı. Arlene'nin söylediğini duyunca boş gözlerle Kraliçe Victoria'nın eski bir litografisinin asılı olduğu karşı duvara baktı.

Bir süre düşündü ve sonra "Senin için mutlu oldum, Arlene," dedi.

"Bu ay ikinci kez olarak âdet görmedim."

"Güzel."

"Zara ona nasıl bir isim vereceğimi sordum, otuz altı seçenek verdim ve zar da bana Edgar adını verdi."

"Edgar, öyle mi?"

"Evet, Edgar Ecstein olacak bebeğin adı."

Bir süre hiç konuşmadan divanda oturup karşı duvara baktılar.

"Lucius'a on şans tanıdım ama zar Edgar dedi."

"Vay canına!"

Bir süre daha sessiz kaldılar ve sonra Dr. Rhinehart, "Peki ama ya kız olursa?" diye sordu.

"O zaman da Edgarina olur."

"Yaaa!"

"Evet, Edgarina Ecstein."

Yine uzun bir sessizlikten sonra Dr. Rhinehart, "Bunun için mutlu musun, Arlene?" diye sordu.

Arlene, "Evet, dedikten sonra yine bir süre düşündü ve sonra, "Babanın kim olacağı konusunda henüz kararımı vermedim," diye ekledi.

"Yani babanın kim olduğunu bilmiyor musun?"

Arlene gülerek, "Biliyorum canım," diye cevap verdi. "Ama kimin baba olarak açıklanacağı konusunu zara henüz sormadım."

"Anlıyorum."

"Baba olma konusunda sana üçte iki şans tanımayı düşündüm."

"Yaa, demek öyle?"

"Jake'in de altıda bir şansı olacak elbette."

"Anlıyorum."

"Senin tanımadığın birine de altıda bir şans tanımayı düşündüm."

"Yani Jake'e babanın kim olduğunu açıklamadan önce bu adı zar söyleyecek, öyle mi?"

"Evet."

"Peki ya kürtaj konusunda ne düşünüyorsun? Daha ikinci ayındasın, zara kürtaj konusunu sordun mu peki?"

Arlene yine güldü ve "Elbette sordum," diye cevap verdi. "Kürtaj konusuna iki yüz on altıda bir şans verdim."

"Yaa, demek öyle!"

"Evet ve zar bana 'hayır' dedi."

"Vay canına!"

Yine uzun süre konuşmadılar ve sonra Luke, "Demek yedi ay sonra bir bebeğin olacak ha!" dedi.

"Evet, harika bir şey değil mi?"

"Senin adına mutluyum, Arlene."

"Zar babanın kim olduğuna karar verdikten sonra, babaya sadık kalmak için Jake'ten ayrılıp ayrılmama konusunu da zara soracağım elbette."

"Anlıyorum."

"Başka çocuklarım olup olmayacağı konusunu da danışacağım zarlara tabii."

"Yaaa!"

"Ama daha önce zara soracağım bir şey daha var; hamile olduğumu Lil'e söylemem gerekiyor mu, gerekmiyor mu?"

"Vay canına!"

"Ayrıca babanın kim olduğunu Lil'e söyleme konusu da var tabii."

Luke yine bir şey söylemedi ve hafifçe başını salladı.

"Her şey heyecan dolu, değil mi, Luke?"

Dr. Rhinehart ceketinin yan cebinden bir zar çıkarıp avuçları arasında yuvarladıktan sonra Arlene ile kendi arasına, divanın üstüne attı. Zar ikili geldi.

Dr. Rhinehart içini çekti ve "Senin için mutluyum Arlene," dedikten sonra yavaşça divanın üstünde arkaya doğru yaslandı kaldı, boş gözlerle karşı duvarda asılı olan Kraliçe Victoria litografisine bakıyor ve hafifçe de gülümsüyordu.

Bölüm Otuz Sekiz

Ne yazık ki eski normal Luke Rhinehart, dostları ve hayranları için zarların atılmasına devam edildi, Haziran ayı Ulusal Rol-Oynama Ayı oldu ve işler biraz da çığırından çıkar gibi oldu. Saatlere, günlere ya da haftalara göre kişilik değiştirme konusunda zarlara danışmam emredildi. Benden her zaman rollerimi geliştirmem, hatta belki de insan ruhunun uyum sağlama yeteneğinin sınırlarını test etmem isteniyordu.

Tam Kapsamlı bir Rasgele Adam var olabilir miydi? Bir insan ruhunu kaprislere göre her saat değiştirebilir, yeteneğini bunu yapabilecek kadar geliştirebilir miydi acaba? Bir adam sürekli olarak birden fazla kişilik sahibi olabilir miydi? Yani bazı teoricilere göre dünyanın kasılması gibi, sürekli genişleyen ve ancak ölüm anında kasılıp tek bir kişilik olan birçoklu kişilik olabilir miydi? Kim bilir, belki de olabilirdi?

İkinci gün sabaha karşı, zarlara altı farklı kişilik seçeneği verdim ki o gün bunlardan biri olmaya çalışacaktım. Sadece basit, sosyal olarak düzeni bozulmamış seçenekler yaratmaya çalışıyordum. Verdiğim seçenekler şunlardı: Molly Bloom, Sigmund Freud, Henry Miller, Jake Ecstein, yedi kardeşten biri olan bir çocuk ve eski zar adam Dr. Lucius Rhinehart.

Zarlar önce Freud'u seçtiler ama ilk günün sonunda Sigmund Freud olmanın can sıkıcı bir şey olduğunu düşündüm. Genelde pek umursamadığım bir sürü bilinçsiz motivasyon kaynağının farkındaydım, ama onları gördükten sonra fazla bir şey kazanmadığımı hissettim. Freud olmaya karşı bilinçsiz direncimi incelemeye çalıştım ve Jake'in analizlerde iyi olduğu şeyi keşfettim; Baba ile rekabet, açığa çıkarılmanın bilinçsiz saldırganlık korkusuydu bu;.fakat anlayışımı ikna edici bulmadım, daha ziyade onu konuyla ilgili bulmadım. Bir 'sözlü kişilik' sahibi olabilirdim ama bu bilgi de beni zarın değiştirdiği kadar değiştiremedi.

Diğer yandan, bileklerini keserek intihar eden adam haberini okuduğum zaman, hemen insanın bir uzvunu kesmesinin cinsel sembolizmine dikkat ettim. Diğer intihar çeşitlerini düşünmeye başladım; insanın kendini denize atması, ağzına bir kurşun sıkması, gaz soluyarak intihar, kendini bir tren altına atmak ve daha pek çok intihar yöntemi vardı. Hepsinde de açık cinsel simgesellik vardı ve hepsi de hastanın psikoseksüel gelişmesiyle bağlantılıydı. Ben bundan bir tür vecize çıkardım: 'Bana bir hastanın intihar girişiminde kullandığı yöntemi söyle, sana onun nasıl tedavi edileceğini söyleyeyim.'

Ertesi gün listede Freud'un adını çizdim ve onun yerine 'hafif psikozlu, saldırgan tavırlı kurumlar-karşıtı hippi' tipini koydum ve zar attım, o da bana Jake Ecstein'ı seçti.

Jake rolünü kolayca oynayabilirdim. O benim bir parçam sayılırdı, onun yapay tavırlarını ve konuşma tarzını kolayca taklit edebilirdim. *Anormal Psikoloji Gazetesi* için kısa bir makale yazdım, Jake'in bakış açısına göre zar adam kavramını analiz ettim ve kendimi harika hissettim. Jake ile yaptığım son analiz seansında onun düşünme tarzına o kadar iyi girdim ki, o seansın sonunda bana, analizlere başladığımızdan bu yana geçen iki buçuk ayda aldığımızdan çok daha fazla yol aldığımızı söyledi Jake. O da daha sonra benim analizlerimle ilgili, 'Altı-Yanlı Adam Vakası' adlı bir makale yazdı—(Jake sadece makalelerinin başlıklarıyla bile ününü sürdürecektir) ve son analiz seansını ayrıntılı olarak anlatarak, başarısını Ferenczi'nin tesadüfen bulup okuduğu bir yazısına atfetti. O yazıyı banyo küvetinin yanında yere atılmış bir gazetenin görünen açık sayfasında son seanstan bir gece önce bulup okumuş ve yazı onun için altı kenarlı küpe açılan kapının anahtarı olmuştu. Onu okurken adeta vecde gelmişti.

Zarlar durmadan atılarak beni dramatik oyunun şizofrenik kaleydoskopunda rolden role yuvarlıyordu. Hayatım senaryosuz, yönetmensiz ve rollerini bilmeyen berbat sanatçıların oynadığı kötü bir filmin parçaları haline geldi. Ben rollerimi elbette beni tanıyan insanlardan uzaklarda oynuyordum ve bunun nedeni de açıktı.

O günlerde neler yaptığımı ve söylediğimi pek net olmasa bile hatırlayabiliyorum; imajlar diyaloglardan daha açık oluyor: Ben bir gün Zen üstadı Oboko kimliğimle sessizce ve hafifçe gülümseyerek otururken, genç bir üniversite öğrencisi bana psikanaliz ve hayatın anlamı konularında sorular sormak istedi. Bir başka gün, yedi yaşında bir çocuk olarak Central Park'ta bisikletle dolaştım, göldeki ördekleri seyrettim, yere oturup gölde balık tutan yaşlı bir zenciyi seyrettim ve bisikletle giderken düşüp dizimi yaraladım ve herkesin şaşkın bakışları karşısında ağladım. Beni görenler iriyarı bir genç adamın neden durup dururken ağladığını bir türlü anlayamadılar elbette.

Her zaman değişen kişiliklerimi sınırlayıp yabancıların rolünü oynama ve belirli zamanlarda dostlarım ve meslektaşlarım arasında normal hayatımı yaşama çabalarıma rağmen, zara her zaman yeni kimliğim için şans verdim ve o da Tanrı olarak bana uzun süre direnemedi.

Bölüm Otuz Dokuz

Dr. Rhinehart bir zamanlar kendini, vızıldayarak etraftaki çiçeklere konup kalkan, mutlu bir şekilde uçup duran iri ve renkli bir arı olarak hayal etti. Artık Dr. Rhinehart olduğuna inanmıyordu. Ama bir gün birden uyandı ve kendini eski Luke Rhinehart olarak yatakta, Lil adındaki güzel kadının yanında yatarken buldu. Fakat o rüyasında bir arı rolü oynayan Dr. Rhinehart mıydı, yoksa Dr. Rhinehart olduğunu düşünen bir arı mıydı, bunu bilemiyordu. Ne olduğunu bilmiyordu ama başında bir vızıltı vardı. Birkaç dakika düşündükten sonra omuzlarını silkti ve kendi kendine, "Ben belki de rüyasında Dr. Rhinehart olduğunu gören bir arı olduğunu hayal eden Hubert Humphrey'yim," dedi.

Bir süre daha düşündü ve sonra yatağın diğer tarafına kayarak karısına sarıldı.

Gözlerini kapamadan önce kendi kendine, "Her şeye rağmen, kendimi Dr. Rhinehart olarak gördüğüm şu rüyada bir arının yanında değil de bir kadının yanında yattığım için mutluyum," diye mırıldandı.

Bölüm Kırk

Almak kökenli Amerikalı araştırmacı Dr. Abraham Krum beş yıl içinde, her biri çok önemli şeyler kanıtlayan üç araştırması ve aldığı sonuçlarla psikiyatri dünyasını şaşkına çevirdi. Dr. Krum daha önce psikoz olamayacak kadar akılsız olduğu düşünülen tavuklarda deneysel olarak psikoz yaratabilen bilim adamı olarak tarihe geçti. Daha sonra, psikoza neden olan ya da onunla ilgili olduğu düşünülen kimyasal maddeyi (moratycmate) tecrit etmeyi başardı ve böylece tavuk psikozunda çok önemli değişken olarak kimyasal değişimin izole edilebileceğini kanıtladı. Üçüncü olarak, hasta tavukların yüzde doksan üçünde psikozu üç gün içinde tedavi eden bir antidot (amoratycemate) keşfetti ve psikozu sadece ilaçla tedavi edebilen ilk doktor oldu.

Nobel Ödülünün ona verilip verilmemesi konusunda tartışmalar yaşandı. Dr. Krum'un güvercinlerde şizofreni konulu araştırması da psikiyatri dünyasında çok sayıda bilim adamı tarafından borsa haberleri gibi heyecanla izlendi. Amoratycemate denen ilaç deneysel olarak Almanya ve ABD'de birçok akıl hastanesinde psikoz hastalarına verildi ve tedavide ilginç sonuçlar alındı (Kan pıhtılaşması ve kolit gibi yan etkiler kesin olarak doğrulanmadı ama birçok hastada görüldü).

Dr. Mann'ın dostları ve New York psikiyatri dünyasının tanınmış isimleri için verdiği bir partide Dr. Krum şeref konuğu olacaktı. Partiye PANY Başkanı Dr. Joseph Weinburger, New York Eyaleti Akıl Sağlığı Dairesi müdürü ve adlarını hatırlayamadığım birkaç ünlü kişi de davetliydi. Zarlar bana partide yaklaşık her on, on beş dakikada bir kimlik değiştirmemi emrettiler; emre göre, Hz. İsa, dürüst bir zar adam, bir seks manyağı, sessiz bir ahmak, saçma bir sanatçı ve Solcu bir anarşist gibi altı farklı kişilik sergileyecektim.

Bu seçenekleri yine zarlara danışarak içtiğim içkilerden ve marihuanadan sonra özenle seçerek vermiştim zarlara. Zar adam olarak hayatım her geçen gün biraz daha kontrolden çıkıyordu ve Dr. Krum için verilen parti de bu işin zirvesi olacaktı.

Dr. Mann'ın evi hem bir cenaze evine, hem de bir müzeye benzerdi. Oraya varıp kapıyı çaldığımız zaman bize kapıyı Dr. Mann'ın iskeleti andıran uşağı Thornton açtı, gayet ciddi bir ifadeyle, Lil'in açık göğüslerine hiç aldırmadan, sanki Dr. Mann'ın cenazesine gelmişiz gibi, "İyi akşamlar, Dr. Rhinehart," dedi. Sonra Lil'in mantosunu aldı ve bizi duvarlarında ünlü psikiyatrların portreleri asılı olan koridordan geçirerek salona götürdü.

Salonda kalabalık bir davetli grubu görünce önce şaşırdım ama sonra doğal buldum bunu. Jake kitap raflarının bir kenarına dayanmış Bayan Reingold (oraya Jake adına not almak için gelmişti) ile konuşuyordu. Profesör Boggles (zarlarım bana onu davet etmemi emretmiş ve onun zarları da daveti kabul etmesini söylemişti) ünlü psikiyatrlar olduklarını sandığım birkaç kişiyle sohbet ediyordu. Arlene, Dr. Felloni (beni görünce hızlı bir baş sallamasıyla selamladı) ve muhtemelen birinin annesi olan yaşlıca bir kadın şömine karşısındaki büyük bir divanda oturuyorlardı. Arlene de göğüslerini Lil'in elbisesi gibi iyice gösteren, hatta onunkinden bile daha açık bir elbise giymiş ve herkesin görmesini ister gibi öne doğru çıkarmıştı onları. Divanın karşısındaki koltuklarda adını hatırlayamadığım yaşlı bir ünlü, muhtemelen birinin karısı olan şişman bir kadın ve keçi sakallı, omuzları düşmüş ama keskin bakışlı ufak tefek bir adam oturuyordu; resimlerinden tanıdım onu, Dr. Krum'du bu adam.

Dr. Mann elinde şarap kadehi olduğu halde, yüzü içkiden hafifçe kızarmış, hafifçe gülümseyerek karşıladı bizi ve kadınlarla Dr. Krum'un oturdukları tarafa götürdü ama gözlerinde hafif bir endişe ifadesi vardı. Gelecek on, on beş dakika kadar oynayacağım rolü öğrenmek için cebimde, küçük bir kutuda duran zarı kutuyla birlikte salladım ve sonra kimseye belli etmeden çıkarıp baktım.

Dr. Mann, "Dr. Krum, size eski öğrencilerimden ve meslektaşım olan Dr. Lucius Rhinehart'ı tanıştırayım," diye konuştu. "Luke, bu bay Dr. Krum."

"Çok memnun oldum sizi tanıdığıma Dr. Rhinehart. Çalışmalarınızla ilgili yazıları vakit bulup henüz okuyamadım ama Dr. Mann sizden övgüyle söz etti." Dr. Krum benden yaklaşık otuz santim daha kısaydı ve dişlerini gösterip gülerek elimi sıkarken başını kaldırıp yüzüme baktı.

"Dr. Krum, sizinle tanışmak büyük onur benim için. Ne diyeceğimi bilemiyorum doğrusu. Sizin gibi büyük başarılar kazanmış bir bilim adamıyla karşılaşıp tanışacağım asla aklıma gelmezdi. Büyük onur duydum, Doktor."

"Abartmayalım canım, evet oldukça iyi sonuçlar aldım. Birkaç yıl içinde daha da güzel şeyler yapabiliriz sanıyorum, daha doğrusu umuyorum."

Dr. Krum Lil'in elini sıkarken topuklarını birbirine vurdu ve hafifçe eğildi. Önce onun, sonra da benim yüzüme baktı, yüzü hafifçe kızardı.

"Bu akşam çok güzel hanımlar var burada," dedi. "Çok güzel hanımlar. Tavuklarla çalıştığıma pişman oldum doğrusu." Bir an durdu ve sonra hafif bir kahkaha attı.

"Üzülmeyin Dr. Krum, sizin kaybınız dünyanın kazancı oldu," dedim. Lil yüzüme baktı ve sonra dönerek grubumuzun yanına gelen Jake ile konuşmaya başladı. Arlene oturduğu yerde dönerek bana bakıp gülümsedi ve ben de herkese yaptığım gibi, onu da gülümseyerek selamladım ve oturduğu divana yaklaştım.

"Bu akşam harika görünüyorsun, Arlene," dedim. "Her zaman güzelsin ama bu akşam müthişsin. Seni her gördüğümde daha seksi oluyorsun."

Arlene anlamlı bir gülümsemeyle yüzüme baktı ve "Bu akşam kim olacaksın?" diye sordu ve göğüslerini biraz daha öne çıkardı.

Arlene'e bir kez daha, "Müthişsin," dedikten sonra yeniden Dr. Krum'a yaklaştım ve "Bu güzel hanımlar aklımızı çelmesin, Doktor," dedim. "Ben aslında çalışmalarınız hakkında konuşmak isterdim sizinle."

Dr. Krum eliyle keçi sakalını sıvazladı ve "Evet, evet," dedi. "Şimdilik güvercinlerle bazı deneyler yapıyorum."

"Bunu bütün dünya biliyor zaten," dedim.

Jake bir elindeki Viski bardağını bana uzatırken, içinde mor bir içki olan kadehi de Dr. Krum'a uzattı ve "Dünya neyi biliyor?" diye sordu.

"Dr. Krum, meslektaşım Dr. Ecstein ile tanıştınız herhalde, değil mi?"

"Elbette, elbette, onunla tanıştığıma sevindim."

"Günümüzde Jake'in muhtemelen Amerika'nın en iyi teorik analizcisi olduğunu söyleyebilirim."

Jake başını iki yana salladı ve "Boş ver şimdi, siz neden söz ediyordunuz ben geldiğimde?" diye sordu.

"Dr. Krum güvercinlerle çalışıyor ve dünya da bunu biliyor dedim."

"Evet, peki çalışmalar nasıl gidiyor Dr. Krum?"

"Oldukça iyi gidiyor diyebilirim. Tam olarak şizofreni yaratabildiğimizi henüz söyleyemem, ama güvercinler sinirli oldular diyebilirim." Alman kökenli doktor bunu söyledikten sonra garip bir kahkaha attı.

Jake onun yüzüne baktı ve "Keşfettiğiniz şu ilacı güvercinleriniz üzerinde denediniz mi, Doktor?" diye sordu.

"Oh, hayır. Güvercinler üzerinde etkili değil o ilaç."

"Kübik labirentiniz başarısız olduktan sonra deneklerinizde şizofreni oluşturmak için hangi yöntemleri kullandınız, Doktor?" diye sordum.

"Şu anda güvercinlere yuvalarını nasıl bulacaklarını öğretiyoruz. Güvercini alıp yuvasından çok uzak yerlerde serbest bırakıyor ve yuvanın yerini de değiştiriyoruz. Güvercin yuvasını bulamadığı zaman çok endişeleniyor, korkuya kapılıyor."

"Peki, ne gibi sorunlarla karşılaştınız, Doktor?"

"Devamlı olarak güvercin kaybediyoruz elbette."

Jake gülmeye başladı ama benim kaşlarımı çatarak kendisine baktığımı görünce birden ciddileşti. Dr. Krum yine sakalını sıvazladı, gözlerini nedense benim dizlerime dikti ve "Güvercin kaybetmek önemli değil tabii," diye devam etti. Elimizde çok sayıda güvercin var, fakat tavuklar uçamıyor. Aslında güvercinler akıllı hayvanlar ama onların kanatlarını kesmek durumunda kalabiliriz."

O sırada Dr. Mann elinde içki kadehiyle yanımıza geldi, Jake başka bir soru sordu ve ben de cebimdeki zarı sallayıp ikinci rolümü öğrenmek için ona baktım. O sırada sıska uşak Thornton elindeki meze tepsisiyle yanımıza geldi ve bize küçük peynirli bisküviler ve salamlı minik sandviçler ikram etti. Jake bir sandviç alıp hemen ağzına attı ve birkaç kez çiğneyip yuttu, Dr. Mann sandviçini önce burnuna tutup kokladı ve sonra ağzına atıp uzun süre çiğnedi. Dr. Krum ise sandviçinden deneysel küçük bir yudum ısırıp tadına baktı ve beğenmiş gibi başını salladı.

Uşak Thornton tepsiyi bana doğru uzattı ve "Dr. Rhinehart?" dedi.

Ben yüksek sesle, "Haaa!" diye homurdanarak önce boş gözlerle etrafa baktım, sonra aniden uzanarak altı yedi tane tuzlu kraker aldım, hepsini birden ağzıma attım ve çiğnerken kırıntılardan bir kısmını önüme ve yere döktüm. Thornton benim ne yapmak istediğimi anlamaya çalışırken şaşkın bir ifadeyle yüzüme baktı kaldı ve o arada benim ağzımdaki krakerlerden bir kısmı yeniden halının üstüne döküldü.

Ağzımda kalanları yutmaya çalışırken yine, "Haaa, güzeeell!" diye homurdandım.

Uşak gözlerini kısarak başını salladı ve sonra elindeki tepsiyi kadınlara doğru uzattı. Dr. Krum o sırada Dr. Mann'ın önünde neler anlatıyorsa, elini havada sallayıp duruyordu. Bir ara onun, "Yaa, işte böyle dostum!" diye söylendiğini duydum. "Adamlar bunun anlamını bile bilmiyorlar. Rüşvet alarak zengin oluyorlar, bunlar bankacı, barbar, işadamı, canavarlar, bunla..."

Jake, "Lanet olsun, kimin umurunda?" diyerek onun sözünü kesti. "Adamlar zengin ve ünlü olmak istiyorlarsa bırak olsunlar. Biz burada gerçek çalışmalar yapıyoruz." Sustu ve gözlerini kısarak bana baktı, yoksa bana göz mü kırpmıştı anlayamadım.

"Haklısın dostum, haklısın, söylediğin doğru. Bizim gibi bilim adamlarıyla onlar gibi işadamlarının hiçbir ortak yanı yoktur."

Ağzımdakileri yuttum ve ağdan çıkarılıp tekne güvertesine atılmış, yaşamak için çırpınan bir balık gibi ağzımı ve gözlerimi açarak bir şeyler homurdandım. Dr. Krum neler olduğunu anlamak ister gibi yüzüme baktı ve sonra başını hafifçe sağa sola sallayarak yine sakalını sıvazlamaya başladı. Birkaç saniyelik bir sessizlik oldu ve sonra Dr. Krum, "İki tür insan vardır," diye konuştu. "Yaratıcılar ve -nasıl diyorsunuz- köle gibi çalıştırılanlar. Bunları birbirinden hemen ayırmak mümkün müdür?"

"Haaaa!" dedim ve sustum.

"Senin çalışmalarını bilmiyordum, Dr. Rhinehart, ama benimle konuşmaya başlamandan hemen sonra anlamaya başladım."

"Elbette!"

Dr. Mann araya girdi ve "Dr. Rhinehart çok zeki ve çalışkandır," diye konuştu. "Ama onun bir zayıf yanı da var, yazmaktan pek hoşlanmıyor ve oyunlar oynamayı seviyor. Her yazdığıyla Freud'u geride bırakacağını sanıyor."

"Bunda garip bir şey yok. Freud'u geçmek iyidir."

Jake, "Aslında Luke şu sıralarda sadizm konusunda bir kitap yazmaya çalışıyor," diyerek araya girdi. "Bu kitap basılırsa Stekel ve Reich'i geride bırakabilir."

Bu bir göz kırpmaydı işte.

Karşımdaki üç adam bir şey bekler gibi yüzüme baktılar. Ben de şaşkınlıktan ağzı açılmış bir halde, boş gözlerle Dr. Krum'a bakıyordum. Bir süre hiç kimse konuşmadı. Sonra Dr. Krum'un yüzü seğirdi ve "Evet, evet, sadizm ilginç bir konudur," diye konuştu.

Ben yine, "Yaaa!" diye garip bir ses çıkardım.

Jake ve Dr. Krum bir şeyler söylememi bekler gibi bana bakarken Dr. Mann aldırmadı ve şarabından bir yudum aldı.

Dr. Krum, "Sadizm konusunda uzun zamandır mı çalışıyorsun?" diye sordu.

Ben soruyu anlamamış gibi yine boş gözlerle ona baktım. Dr. Mann birden özür diledi ve yeni gelen üç misafirini karşılamak için kapıya doğru yürüdü. O sırada Arlene Jake'i kolundan tuttu ve kulağına bir şey fısıldadı. O da isteksiz bir tavırla karısına döndü. Dr. Krum hâlâ bana bakıyordu. Ben de o anda onun sakalındaki bir sandviç kırıntısına takıldım, ona baktım kaldım.

Dr. Krum benden cevap beklerken, "Hmmm," diye bir ses çıktığını görünce, "Harika," diye devam etti. "Ben de tavuklarda sadizm konusunu araştırmayı düşündüm ama bu çok nadir görülen bir vaka onlarda. Çok nadir."

Dr. Mann çok geçmeden yanında bir erkek ve bir kadın olduğu halde yanımıza geri döndü ve onları bize tanıştırdı. Erkek, Fred Boyd adında Harvard'dan genç bir psikologdu, onu tanır ve severdim. Yanındaki genç kadın da hafif tombulca ve hoş bir sarışın olan kız arkadaşı Bayan Welish idi. Genç kadın bana elini uzattığında görmedim ve tokalaşmadım onunla ve Welish birden kızardı. Ben ona bakarak yine, "Unnghh!" diye o garip sesi çıkarınca genç kadın ne yapacağını iyice şaşırdı.

Fred Boyd bana, "Merhaba, Luke, işler nasıl gidiyor dostum?" diye sorunca ona da boş gözlerle baktım. O sırada Dr. Mann araya girdi ve Fred'e, "Herder'in bağış konusunda Stonewall'a yaptığı başvuru ne oldu?" diye sordu.

Fred yüzünü buruşturdu ve "Bir şey çıkmadı," diye cevap verdi. "Ona yazılı cevap verdiler ve bu yıl fonlarının bağlandığını..." derken yanıma gelen biri, "Bu bay Dr. Krum mu?" diye sordu.

Önce Bayan Welish'e, sonra da Dr. Krum'a baktım ve yine o garip sesi çıkardım. Bayan Welish bana baktı ve "Fred de sizin gibi saçma sorulardan hiç hoşlanmaz ve bu yüzden sizi sevdiğini söyler," diye konuştu.

Ben aniden koca elimi kaldırdım ve genç kadının omzuma koydum. Welish'in üzerinde gümüş rengi, kapalı yaka bir elbise vardı ve elbisenin üzerindeki parlak pullar avucumu kaşındırdı.

Genç kadın şaşırdı ve elimi çekmem için kendini biraz geriye çekince, elim kayarak onun göğsüne değdi ve sonra kolum yanıma düştü. Genç kadın kıpkırmızı kesildi ve yanımızda konuşmakta olan üç adama baktı.

Welish kimsenin olayı fark etmediğini görünce hemen kendini toparladı ve hafifçe gülümseyerek, "Fred Dr. Krum'un çalışmalarını takdir ediyor," diye devam etti. "Ama aldığı sonuçların da o kadar önemli olmadığını söyledi. Siz ne düşünüyorsunuz Dr. Rhinehart?" diye sordu.

Ben cevap yerine yine o garip sesi çıkardım ve koca ayağımı yere vurdum.

Welish, "Oh, ben de aynı fikirdeyim," dedi. "Aslında hayvanlarla deney yapanları ben de pek sevmem. Ben iki yıldır Staten Adasında sosyal çalışmalar yapıyorum ve aslında insanlarla yapılacak çok şey olduğunu söyleyebilirim."

Genç kadın benden ses çıkmadığını görünce, divanda oturmuş konuşan Dr. Felloni, yaşlıca kadınla ve zayıf ve yaşlı adama baktı, Bayan Welish benim yanımda rahatlamış gibi görünüyordu. Etrafa bakındı ve "Bu salonda bile hayatları boş ve yardıma ihtiyacı olan insanlar var gibi geliyor bana," dedi.

Ben sesimi çıkarmadım ama nedense ağzım sulandı ve birkaç damla tükürük alt dudağımın kenarından gömleğimin önüne damladı.

Welish, "Birbirimizle ilgilenmeyi, birbirimizin farkında olmayı öğrenemezsek dünyanın bütün tavuklarını tedavi etsek bile işe yaramaz," diye devam etti. Ama ben o sırada Arlene'in şömine ışığında öne fırlamış gibi görünen göğüslerine takılmıştım ve ağzım yine sulandı.

Welish benim halimin farkında değildi ve "Siz psikiyatrların kendinize hâkim olmanız, her şeyden kopmuş gibi görünmeniz beni şaşırtıyor," diye sürdürdü konuşmasını. "Başa çıkmanız gereken acılarınız olmaz mı sizin hiç?" Genç kadın bunu söyledikten sonra ağzımdan akan salyayla ıslanmış olan kravatıma ve gömleğimin önüne baktı ve yüzünü buruşturdu.

Ben o sırada elimi cebime attım ve zar kutumu avuçladım.

Welish, "Siz acı hissetmez misiniz hiç?" diye tekrarladı sorusunu.

Ben cebimden zar kutusunu çıkardım ve başımı üç kez yana doğru eğdim ve düzelttim, sonra da, "Uuhh!" diye o garip sesle söylendim.

"Aman Tanrım, siz erkekler hep böyle sertsiniz."

Ben bir süredir şaşkınlıktan düşmüş gibi duran alt çenemi toplayıp ağzımı kapadım ve mendilimi çıkarıp dudaklarımın kenarlarında sızan salyaları sildim. Sonra da gözlerimi tekrar Bayan Welish'e çevirdim.

Genç kadın, "Saat kaç oldu acaba?" diye sordu.

Ben ona cevap olarak, "Artık kelime oyunlarını bırakıp işe başlama zamanı geldi," dedim.

"Ben de aynı fikirdeyim. Kokteyl parti gevezeliklerine ben de dayanamıyorum" diyen Welish, benim de kendisi gibi düşündüğüme sevinmiş görünüyordu.

Birden onun yüzüne baktım ve "Şu güzel elbisenin altında ne var?" diye sordum.

"Güzel elbise değil mi? Fred onu Ohrbach'dan aldı bana. Ne güzel parlıyor, değil mi?" Welish bunu söyledikten sonra belden yukarısını hafifçe titretti ve elbisenin pulları parlarken tombul kolları da titredi.

"Çok güzelsin bebeğim—hey, ilk adın ne senin?"

"Joya, oldukça basmakalıp bir isim ama ben seviyorum adımı."

"Joya güzel isim. Sen de güzel kadınsın Joya. Tenin yumuşacık ve rengi de çok güzel bir krem. O güzel tenini yalamak isterdim doğrusu." Elimi uzatıp onun yanağını, sonra da ensesini okşadım. Genç kadın yine kıpkırmızı kesildi.

"Sanırım doğarken böyle doğmuşum. Annemle babamın tenleri de güzeldir. Aslında babam..."

"Kalçaların, belin ve göğüslerin de böyle güzel mi, aynı renkte mi?"

"Şey . . . sanırım aynı renkteler, ama ben biraz güneş yanığı istiyorum."

"Seni soyup okşamayı çok isterdim doğrusu."

"Güneş yağı sürdüğüm zaman daha da güzel, daha yumuşak oluyor."

Göz kapaklarımı hafifçe kapadım ve seksi görünmeye çalıştım.

Joya yüzüme baktı ve "Ağzın sulanmıyor artık," dedi.

"Baksana Joya, bu kokteyl parti gevezeliği başımı ağrıtıyor benim. Birkaç dakika için bir yere gidip baş başa kalamaz mıyız acaba?" Onu kolundan tutup hafifçe koridora doğru çektim, Dr. Mann'ın ofisi biraz ilerdeydi.

"Durmadan konuşmak, gevezelik etmek çok sıkıyor beni aslında. Bir süre sonra bıkıyor insan gevezelikten, değil mi?"

"Gel sana Dr. Mann'ın ofisini göstereyim Joya. İlkel seksüel uygulamalar konusunda çok güzel resimli kitaplar vardır onda."

Joya, "Tavuk resimleri yok mu peki?" dedi ve güldü, ben de güldüm tabii. Divanın önünden geçerken Dr. Felloni bize bakarak hafifçe başını salladı, Jake bir davetliyle konuşurken durup bize baktı, Arlene de bize bakarak kıkırdadı ve herkesin arasında sıyrılarak koridora çıktık ve çok geçmeden Dr. Mann'ın ofisindeydik. Ofise girince bir ses duyduk ve Dr. Boggles ile Bayan Reingold'un yere oturmuş bir çift yeşil zarla oynadıklarını gördük. İkisi de gülüyorlardı, Dr. Boggles üzerindekilerin üçte ikisini çıkarıp Reingold'un üzerine eğilmiş, onun bluzunu çıkarmaya çalışıyordu.

Ofise girmedik ve gerilerken, Welish, "Oh, utanç verici bir manzara!" dedi. "Dr. Mann'ın ofisinde sevişiyorlar, iğrenç bir şey bu!"

"Haklısın Joya, ofiste olamaz böyle bir şey, hadi biz banyoya gidelim."

"Banyoya mı?"

"Evet, banyo şu tarafta olacak."

"Neden söz ediyorsun sen?"

"Rahatça konuşabileceğimiz bir yer arıyorduk ya!"

"Yaa!" Birden koridorun ortasında durdu ve elindeki içki kadehine baktı. Sonra başını iki yana salladı ve "Hayır, olmaz," dedi. "Ben partiye geri dönmek istiyorum."

"Joya, bütün istediğim senin o krem rengi tatlı, güzel vücudunu kullanmak. Fazla uzun sürmez."

"Ne konuşacağız peki?"

"Ne mi konuşacağız? Harry Stack Sullivan'ın ameliyat sonrası kırıklık konusundaki teorisini anlatabilirim sana. Hadi gel."

Joya hâlâ tereddüt içindeydi ve o zaman, zarın bana oynatmak istediği engellenemeyen seks manyağı rolünü beceremeyeceğimden kuşkulandım ve genç kadın bir kez daha partiye dönmek istediğini söyleyince, onun üstüne gidip elindeki içkisini yere döktüm ve dudaklarından öpmeye çalıştım.

Kasıklarımda hissettiğim acı o kadar ani ve büyük oldu ki bir an için vurulduğumu sandım. Korkunç acıyı hissederek geriledim ve duvara yaslandım. Acıdan kapadığım gözlerimi zorlayıp açtığım zaman, müthiş bir öfkeyle ve koşar adımlarla salona dönen Welish'in parlayan sırtını gördüm. Çok şükür ki beni acımla baş başa bırakıp partiye geri dönmüştü.

O şekilde, acıdan ikiye katlanmış ve duvara yaslanmış durumdan nasıl çıkacağımı ve tekrar yürüme gücünü nasıl bulabileceğimi düşündüm. O anda bir soru geldi aklıma: 'engellenemeyen bir seks manyağı' hayalarına yediği korkunç tekmeye nasıl bir tepki gösterebilirdi acaba? Ama bunun cevabı açık gibiydi; manyak adam, Hz. İsa, psikopat hippi, salak adam, Jake Ecstein, Hugh Hefner, Lao-Tzu, Norman Vincent Peale ve benzerleri hep gözlüksüz Luke Rhinehart gibi davranırlardı elbette. Ellerim bacaklarımın arasında, tekmeyi yediğim, beni acıdan kıvrandıran yerdeydi ve o bölgenin uzun süre pasif durumda kalacağına emindim. O sırada Dr. Krum ve Arlene Ecstein'ın koridora çıktıklarını gördüm, iki büklüm durduğum duvar dibinden doğrulmak istedim ama acıdan bağırmamak için zor tuttum kendimi. Dr. Krum ve Arlene yere düşüp kırılan gözlüğümün cam parçalarına baktılar ve sonra gelip önümde durdular.

"Korkunç mide ağrım var," diye durumumu açıklamaya çalıştım. "Sancıdan ölüyorum, hemen bir ağrı kesici almalıyım."

"Dr. Krump, "Yaa, mide ağrısı haa!" dedi.

"Evet, midemin de altında bir yerde korkunç bir acı var, yardım edin bana," diye fısıldadım.

Ben yine belden ikiye katlanmış ve duvara dayanmış olarak duruyordum. Arlene tepeme dikilip alaycı bir ifadeyle güldü ve "Yine ne halt karıştırıyorsun, Luke?" diye sordu.

Ben zor nefes alırken yine de ona, "Harikasın bebeğim," diye mırıldandım," Çıkar şu üstündeki elbiseyi..." Bunu söyledikten sonra daha fazla dayanamadım ve yere düştüm, düşerken de dirseğimi yere vurdum ama bacak aramdaki acıya kıyasla bir şey sayılmazdı bu acı.

O sırada koridorun ilerisinden Fred Boyd'un "Neler oluyor orada çocuklar?" diye soran sesini duydum ve Fred bunu söyledikten sonra gülerek düştüğüm yere geldi.

Dr. Krum, "Sanırım vurulmuş, durumu ciddi gibi görünüyor," dedi.

Fred, "Bir şey olmaz ona, korkmayın," diyerek bir koluma yapıştı, kolumu omzuna kaldırırken Arlene de diğer kolumdan tuttu ve beni adeta sürükleyerek bir yatak odasına götürdüler ve yatağın üzerine bıraktılar.

Bacak aramdaki acı az da olsa azalmaya başlamıştı ve yanımdaki üç kişi beni bırakıp gidince biraz doğruldum ve hareket edebildim. Sonra yeni rol için zara danışma zamanının geldiğini hatırladım ve tekrar kötü bir rol gelmesinden korkarak attım zarı; üç geldi ve dürüst zar adam rolüydü bu.

Bir süre yatağın üstünde sırtüstü yatarak tavanı seyrettim. Arada sırada koridordan geçen birkaç davetlinin sesini ve salondan gelen konuşma sesleri ve gülüşmeleri duyabiliyordum. Çok geçmeden kapı açıldı ve Lil girdi içeri.

Siyah ve göğsü açık kokteyl elbisesi içinde çok güzeldi, ama bana buz gibi bir ifadeyle baktı ve "Ne oldu sana?" diye sordu. Ben de ona baktım ve içimde korkunç bir boşluk hissettim, bu halim için berbat bir zamanlama ve yerdi şimdi.

"Dr. Krum hastalandığını söyledi. O güzel sarışınla ortadan kayboldun ve sonra da hasta olarak çıktın ortaya. Neler oluyor, Luke?"

Kendimi zorlayarak doğruldum ve yatağın kenarına oturup ayaklarımı yere bastım. Bir süre düşündükten sonra ona baktım ve "Uzun hikâye, Lil," dedim.

"Sarışına asıldın, değil mi?"

"İşin aslı bundan daha büyük, Lil."

"Senden nefret ediyorum, Luke."

"Elbette sevgilim, etmelisin zaten, çünkü ben Zar Adamım."

"O kadını daha önceden tanıyor muydun? Fred'in söylediğine göre o sarışınla daha yeni tanışmış."

"Hayır, onu yeni tanıdım ve zarlar da bana onu almamı söylediler."

"Zarlar mı? Neler zırvalıyorsun yine?"

Berbat durumdaydım, konuşacak halim yoktu, hafifçe öne eğildim ve "Ben Zar Adamım," dedim. Dr. Mann'ın müze gibi evinde, küçük bir yatak odasında, aramızda iki metre mesafe olduğu halde bir süre konuşmadan bakıştık. Lil kafasının içini temizlemek ister gibi başını hızla iki yana salladı.

"Şu zar adamın nasıl bir şey olduğunu sorabilir miyim acaba?" dedi.

O sırada Dr. Krum ve Arlene geri geldiler. Dr. Krum'un elinde on dokuzuncu yüzyıl doktorlarının taşıdığı siyah çantalara benzer küçük bir çanta vardı.

Dr. Krum, "Nasıl, biraz iyileştin mi bakalım?" diye sordu.

"Evet, şimdi daha iyiyim, teşekkür ederim, Dr. Krum."

"Güzel, güzel, bir ağrı kesici istersen verebilirim."

"Hayır, gerek kalmadı, teşekkür ederim."

Lil bizim konuşmamıza aldırmıyormuş gibi, "Zar adam nedir, Luke?" diye tekrar sordu. Odaya girdiğinden beri hep aynı yerde duruyordu. Arlene bir şey söylemek ister gibi bana baktı ama konuşmadı ve ben yine Lil'e döndüm.

Sakin bir ifadeyle konuşarak, "Zar adam insan kişiliğini değiştirmeyle, kişiliği yok etmekle ilgili bir araştırma çalışması," diye cevap verdim Lil'e.

Dr. Krum, "İlginç bir araştırma," dedi.

"İnsana egemen olan kişiliği yok etmek için birden fazla kişilik geliştirme yeteneğine sahip olmalıyız. İnsan birden fazla kişi olarak yaşayabilmeli."

Lil ısrarlı bir ifadeyle yüzüme bakarak, "Saçmalıyorsun yine," dedi. "Nedir bu zar adam hikâyesi?"

Arlene gözlerini açmış heyecan içinde ne söyleyeceğimi beklerken ben Lil'e bakarak, "Her gün nasıl davranacağına zar atarak karar veren, yani zarların emrine göre hareket eden kişidir Zar Adam," diye konuştum. "Zarlar adamın yarattığı seçeneklere göre karar verirler."

Odada yaklaşık beş saniye süren bir sessizlik oldu. Sonra Dr. Krum, "Çok ilginç bir deney," dedi. "Ama bunu tavuklarla yapmak zor tabii."

Bir süre yine kimse konuşmadı ve ben güzel karım Lil'e bakarken o elini kaldırıp alnını kaşıdı, yüzünde belirgin bir şaşkınlık ifadesi vardı. Söylediklerim onu adeta şoke etmiş gibiydi. Bir süre düşündü ve sonra adeta fısıldar gibi, "Demek ben senin için hiçbir anlamı olmayan bir kadındım," dedi.

"Hayır, yanlış anladın hayatım," diyerek itiraz ettim ona. "Benim için anlamın büyük senin. Ben sadece zaman zaman sana olan bağlılığımla savaşmak, bunu denemek istedim."

Arlene odadaki havanın gittikçe gerildiğini görünce, "Hadi biz gidelim, Dr. Krum," dedi.

Lil başını yavaşça döndürüp, Arlene ve Dr. Krum sanki orada değillermiş gibi, pencereden gecenin karanlığına baktı. Bir süre yine sessiz kaldı ve sonra, "Yani bana, Larry'ye ve kızın Evie'ye yaptıkların hep zarların emriyle mi yapıldı?" diye sordu.

Onun bu sorusuna ne cevap vereceğimi bilemedim. Dr. Krum şaşkın gözlerle Lil'e, bana, sonra yine Lil'e baktı ve başını iki yana salladı.

"Demek beni kullandın, bana yalanlar söyledin, ihanet ettin, benimle alay ettin . . . beni fahişeliğe teşvik ettin . . . ve bütün bunlara rağmen mutlu oldun yani, öyle mi?"

"İkimizden de çok daha önemli bir amaç için yaptım bunu, Lil."

Arlene Dr. Krum'u kolundan tutup dışarı doğru çekti ve ikisi aceleyle kapıdan çıkıp kayboldular. Lil birkaç saniye düşündü, parmağındaki alyansa baktı ve parmağıyla okşadı onu, yüzünde yumuşak, dalgın bir ifade vardı.

Başını iki yana salladı ve sanki rüyada konuşuyormuş gibi, "Aramızdaki her şey," diye mırıldandı, "Bir yıl için her şey . . . hayır, bütün hayatımız yanıp kül oldu."

Başımı salladım ve "Evet," dedim.

"Çünkü . . . çünkü sen manyak, ihanet eden koca, çılgın hippi rollerini oynamak, zar adam olmak istedin, öyle mi?"

"Evet."

"Pekâlâ, ben de sana şimdi bir yıldan beri -bunun saçma olduğunu biliyorum ama- binadaki garaj bekçisiyle ilişki yaşadığımı söylesem ne yaparsın, Luke?"

"Çok iyi yapmışsın Lil, derim."

Lil'in yüzünde bir acı ifadesi belirdi ve kayboldu. Birkaç saniye düşündü ve sonra yüzünü buruşturup, "Pekala, buraya gelmeden önce..." diye devam etti. "Evden çıkmadan önce çocukları yatırdıktan sonra, ben de senden bağımsızlığımı koparma teorime göre düşünüp, çıldırarak Larry ve Evie'yi boğduğumu söylesem ne diyeceksin?"

Orada karşı karşıya oturmuş, evli bir çift olarak olağan günlük meseleleri tartışır gibi sakin bir ifadeyle konuşuyorduk.

"Şey..." diye kekeledim ve onun yüzüne baktım. "Bunu yararlı bir teoriyi kanıtlamak amacıyla yapmış isen..."

Bir adam gerçekten de bir teoriyi kanıtlamak amacıyla kendi çocuklarının canına kıyabilir miydi acaba? Bu soruya o anda cevap bulmam mümkün değildi.

Lil zor durumda olduğumu görünce, "Ama zarlar sana çocuklarını öldürmeni söyleseydi bunu yapardın, değil mi?" diye sordu.

"Zarlara asla böyle bir seçenek tanımazdım sanıyorum."

"Sadece zina, hırsızlık, dolandırıcılık, vatan hainliği gibi güzel seçenekler tanıyordun onlara, değil mi?"

"Larry ve Evie'yi zarların eline teslim etseydim kendimi de onlarla beraber verirdim."

Lil şimdi ayakta, topuklarının üstünde bir ileri, bir geri sallanıyordu, yumruklarını sıkmış, kollarını iki yanına sarkıtmıştı ve yüzünde korkunç bir ifade vardı. Ama yine de çok güzeldi.

Yine biraz düşündü ve "Sanırım büyük gizemin açığa çıktığı için her şeye rağmen müteşekkir olmalıyım," diye konuştu. "Ama insanın çok sevdiği birinin cesedini görmesi yine de hoş bir şey olmasa gerek."

"Bak bu çok ilginç bir nokta işte," dedim.

Lil benim bu söylediğimi duyunca daha fazla dayanamadı, gözleri büyüdü, başını aniden arkaya attı ve korkunç bir çığlık atarak üzerime saldırdı, saçlarımı yolmaya, beni yumruklamaya başladı. Onun darbelerinden korunmak için öne doğru eğildim, ama içim o kadar boştu ki Lil'in yumrukları boş bir varilin üstüne düşen yağmur damlalarıydı sanki. O sırada zarlara tekrar danışma zamanının gelmiş olabileceğini düşündüm. Şimdi hiçbir şey ilgimi çekmiyordu. Lil bana vurmaktan yoruldu ve beni bırakıp kapıya doğru koştu. Arlene kapının önünde duruyor, çok korkmuş görünüyordu ve Lil'i kolları arasına aldı. İkisi birden oradan uzaklaştılar ve ben odada yalnız başıma kaldım.

Bölüm Kırk Bir

O gece kokteyl partide yaşadıklarımı ayrıntılı olarak yazdım. Etrafımda bir sürü trajedi ve komedi yaşanıyor, ben de zar adam olarak çeşitli kimlikleri oynamayı sürdürüyorum ama bir gün zar adam olmaktan da vazgeçeceğimi düşünüyordum. Günün birinde her gün değişik bir kimliğe bürünmekten bıkacağıma emindim. Sonra bir gün rol oynamayı bıraktım ama şimdi bunu ne zaman yaptığımı da tam olarak hatırlamıyorum. Hatırladığım bir şey var ama, o kokteyl parti gecesinde o odada yalnız başıma kaldığımda bütün benliğimle büyük bir acı hissettim. Her tarafım acıyordu, ağrıyordu ve ben orada tamamen yalnızdım.

Ve sen Dostum, yatağında uzanmış ya da koltuğunda rahatça otururken, benim dürüst bir adam olarak çektiğim acılara, akıttığım salyalara belki de gülümsüyorsun, ya da sana hayatın mecazları konusunda nutuk çekerek, deliliğimle ilgili felsefe yaparak aptal rolü oynarken içini çekiyorsun. Fakat ben dürüst bir adamım—hissedecek olanlar için bütün duygusuz acılarıyla dürüst bir insanım; ben bir aptalım, soytarıyım. Ben merdiven basamaklarını tırmanan Raskolnikov da oldum, saat onu vururken onu dikkatle dinleyen Julien Sorel de oldum, Blazes Boylan'ın altında inleyen Molly Bloom rolü de oynadım. Acılar benim değiştirdiğim aptalca kıyafetlerden sadece birisi, ama şükür ki o rengârenk giysiler kadar sık değiştirilmiyordu.

Ve sen, bunları okuyan Okur, iyi dostum ve çılgın okurum, sen de aslında bir Zar Adamsın. Bu kitabı buraya kadar okuduğun için, burada portresini çizdiğim kişiliği, yani Zar Adamı ruhunda taşımaya mahkûmsun aslında. Sen çoklu bir kişiliksin ve onlardan biri de benim işte. Ben senin içinde bir pire yarattım ve o seni ölene kadar kaşındıracak. Ah, Okuyucu, aslında benim doğuşuma asla izin vermemeliydin. Hiç kuşkusuz diğer kişilikler de seni arada sırada ısırıyorlardır. Fakat Zar Adam piresi her zaman kaşınmanı ister, doymak bilmez o. Bundan sonra kaşınmadan asla duramayacaksın—ama kendin de pire olabilirsen kurtulursun bundan.

Bölüm Kırk İki

Salondaki parti bir süre sonra uğultular içinde devam eden bir iş toplantısı haline geldi, davetliler meslekle ilgili sohbetler ederken, Dr. Rhinehart yatağın kenarında ikiye katlanmış olarak yalnız başına, uyuşmuş gibi oturuyordu. O artık Zar Adamdı ya da hiç kimse değildi. Kendisi henüz bilinçli olarak farkında değildi ama bedeni artık Luke Rhinehart'ın imkânsız bir varlık olduğunu biliyordu. Uyuşmuş gibiydi ama Zara itaat etmedi ve on dakika kadar, içinde zar olan saat kutusuna bakmadı. Ama bir süre sonra, gideceği başka yer ve rolünü oynayacağı başka kimse olmayınca, içinde zar olan kutuyu çıkardı ve baktı.

Oturduğu yerde yavaşça doğruldu, ayağa kalktı ve başını hafifçe eğerek dua etti. Sonra üstünü başını, saçlarını düzeltti ve partinin devam ettiği salona gitti. Önce karısını bulmak, onun karşısında alçalmak, ona yalvarmak istiyordu. Davetlilerin bulunduğu salonun kapısına gitti, orada durdu ve kalabalık arasında karısının yüzünü aradı. Gruplar halinde toplanmış sohbet eden davetliler ona özel bir ilgi göstermediler, ama Arlene onu görünce yanına geldi ve karısının Dr. Mann'ın ofisinde olduğunu söyledi.

Luke koridorda onu takip ederek Dr. Mann'ın ofisine giderken kırık cam parçalarına bastı. Ofiste karısı terapi divanının kenarında oturuyordu ve Dr. Mann ile Dr. Ecstein da şaşkın bir halde divanın iki yanında ayakta duruyorlardı.

Karısını sapsarı bir yüzle, makyajı bozulmuş, saçları darmadağınık bir halde, omuzlarına bir erkek süveteri atılmış olarak, perişan bir halde gören Luke ne yaptığını bilmez bir halde karısının önünde dizüstü yere çöktü ve başını yere kadar eğip alnını yere dayayarak bir şeyler söylemek istedi.

Ofiste derin bir sessizlik hüküm sürüyordu ve çok geçmeden salondan Dr. Krum'un kahkahası geldi kulaklarına.

Dr. Rhinehart, "Affet beni, Lil," dedi. "Deliyim ben."

Hiç kimse konuşmadı.

Dr. Rhinehart başını yerden kaldırdı, karısına baktı ve "Biliyorum ki yaptıklarımın affedilmesi çok zor," diye konuştu. "Fakat yaptıklarıma pişmanım . . . ben temizlendim . . . neden olduğum cehennem hayatı için . . . ben . . ." Gözlerinde birden bir umut ışığı parlar gibi oldu ve "Ben seni ve buradaki dostlarımı çok seviyorum," diye devam etti. "Biz birbirimizi seversek bu dünya kutsal bir yer olabilir."

Dr. Ecstein onu yerden kaldırmak ister gibi bir adım attı ve "Luke, dostum, sen neler...?" derken birden sustu ve durdu.

"Güzellikler, güzellikler Jake, ben sevgiden söz ediyorum burada." Dr. Rhinehart kafası karışmış gibi başını yavaşça iki yana salladı ve yüzünde çocukça bir gülümseme belirdi. "Benim kafam karıştı, yanlış şeyler yaptım ben, dünyada sadece sevgi olmalı, birbirimizi sevmeliyiz." Döndü ve kollarını karısına doğru uzattı. "Lil, sevgilim, bak Cennet burada, benimle beraber, bunu görmelisin."

Lil bir süre onun yüzüne baktı ve sonra gözlerini Dr. Mann'a doğru kaldırdı. Yüzünde sanki bir çaresizlik ifadesi belirdi.

"Luke delirdi, değil mi?" diye sordu.

Dr. Mann ona, "Şu anda bilemiyorum," diye cevap verdi. "Fakat durmadan değişiyor. Bu hali de geçici olabilir."

Dr. Rhinehart bunu duyunca, "Salaklar hepimiz bir zamanlar delirdik," diyerek araya girdi. "Ama ben şimdi hepinize bakıyor ve hepinizi seviyorum. Tanrı flüoresan lambalar gibi hepinizde parlıyor. Açın gözlerinizi de görün."

Şimdi dizlerinin üstündeydi, yumruklarını sıkmıştı ve yüzünde de büyük bir heyecan ifadesi vardı.

Dr. Ecstein, Dr. Mann'ın kulağına doğru eğildi ve "Bence ona bir sodyum anaytol iğnesi yapsan çok iyi olur, Tim," diye fısıldadı.

Dr. Mann da ona yine fısıldayarak, "Evde sadece haplardan var," diye cevap verdi.

"Evet ama hap vermek kolay değil."

Dr. Rhinehart onlara hiç aldırmadan, "Peki ama neden susturmak istiyorsunuz Tanrıyı?" diye konuştu. "Ben aranızda sevgiyi yaymak için bulunuyorum, ama sizler beni duymuyor, görmüyor, sizi canlandırmama izin vermiyorsunuz." Sustu ve birden ayağa kalktı. "Şu zavallı masum kızdan af dilemeli ve ona yeni aşkımı göstermeliyim." Bunu söyler söylemez odadan fırlayıp çıktı.

Dr. Rhinehart koridoru koşar adımlarla kat ederek davetlilerin bulunduğu salona daldı. Bayan Welish bir köşede, kitap raflarının yanında Dr. Boyd ile konuşuyordu. Dr. Boyd onun kendilerine doğru geldiğini görünce, korumak için genç kadınla Dr. Rhinehart'ın arasına girdi.

"Neyin var senin, Luke?" diye sordu.

"Size garip bir şekilde ve saldırganca davrandığım için özür dilerim, Bayan Welish. Gerçekten çok pişmanım böyle davrandığım için. Gerçek aşkın anlamını ancak şimdi görebiliyorum."

Bayan Welish erkek arkadaşının arkasına saklanarak şaşkın gözlerle onun yüzüne baktı.

Dr. Boyd, "Hadi, bırak artık saçmalamayı, Luke," dedi.

"Sen çok güzelsin, siz ikiniz de güzelsiniz ve ben sizin bu güzel gecenizi bozduğum için çok pişmanım, sizden özür dilerim."

Bayan Welish onun böyle konuştuğunu duyunca rahatladı ve "Umarım canınızı yakmadım, Dr. Rhinehart," dedi.

"Canımın yanması sayesinde ışığı gördüm. Size nasıl teşekkür edeceğimi bilemiyorum."

Dr. Boyd, "Kendini toparladığına sevindim, Luke," diye konuştu. "Hadi, biz gidelim artık, Joya."

Dr. Boyd gitmek için hamle yaparken Bayan Welish, "Ama ben..." diye bir şey söylemek istedi ama sözünü tamamlayamadı. O sırada Dr. Krum aniden Dr. Rhinehart'ın yanında belirdi ve "Şimdi daha iyisin, değil mi?" diye sordu. Zayıf, yaşlı ve önemli adamla, pipo içen ünlü kişi de onun yanında duruyorlardı. Onlar konuşurken, tombul, orta yaşlı bir kadın olan PANY başkanı Dr. Weinburger de onlara katıldı.

Dr. Rhinehart, "Evet, şimdi çok daha iyiyim, teşekkür ederim," diye cevap verdi.

"Şu zar adam hikâyesi de neydi öyle? İlginç bir konu olmalı bu."

"Zar Adam kavramı tamamen hasta bir kavram, orada aşktan eser yok."

Dr. Weinburger, "Dr. Krum'un anlattığına bakılırsa biraz şizofrenik bir olay galiba."

Dr. Krum başını salladı ve "Fakat kişiliği yok etme fikri çok ilginç bir fikir," diye devam etti.

Dr. Rhinehart, "Sadece aşkımızı koruyan kabuğu kırıp parçaladığı zaman ilginç oluyor," dedi.

Dr. Weinburger, "Aşkı mı?" diye sordu.

"Evet, bizim aşkımızı."

Dr. Krum, "Aşkın ne ilgisi var bu konuyla?" diye sordu.

"Aşkın her şeyle ilgisi var. Eğer aşkımız olmazsa ben ölürüm."

"Bak bu doğru işte." Bunu söyleyen Dr. Weinburger'di.

"Benim hayatım son zamanlarda soğuk, mekanik bir zar hayatı şeklindeydi. Şu anda bunu sizin güzel yüzlerinizi gördüğüm gibi açıkça görüyorum."

Dr. Ecstein o sırada araya girdi ve "Luke, birkaç dakika için benimle beraber dışarıya gelir misin?" diye sordu.

"Elbette gelirim, Jake, ama önce Dr. Krum'a bir şeyi açıklamam gerekiyor," diyen Luke samimi bir gülümsemeyle Dr. Krum'a döndü.

"Bence güvercinlerle çalışmayı bir yana bırakıp sadece insanlarla çalışmalısın Dr. Krum. Tavuklara ve güvercinlere işkence ederek insan sağlığı ve mutluluğu konusunda veriler, bilgiler elde edemezsin. Şizofreni bir aşk başarısızlığı, güzellikleri görme hatasıdır. Bunlar ilaçlarla tedavi edilemezler."

Dr. Krum güldü ve "Oh, Dr. Rhinehart, bir şair gibi duygusalsın sen," dedi.

"Shelley'nin bir mısrası bile insanlar hakkında bize bütün tavuk ve güvercin pisliklerinden daha fazla şey söyler, Doktor."

"İnsanlar iki bin yıldır aşk hakkında konuşur dururlar. Hiçbir şey olmadı. Ama bulacağımız ilaçlarla dünyayı değiştirebiliriz."

Dr. Rhinehart, "Ama hayvanları öldürmeyeceksiniz," dedi.

"Biz öldürmüyoruz, sadece psikoz yaratıyoruz."

"Siz güvercinlerinizi sevmiyorsunuz."

"Bu mümkün değil. Güvercinlerle çalışan herkes sever onları."

"Ruhani bir insan her şeyi, herkesi, asla bencil, tahakküm edici ya da fiziksel olmayan bir aşkla, ruhani bir aşkla sever."

Dr. Ecstein, "Hadi Luke, bırak bunları şimdi, Tanrı aşkına!" dedi.

Dr. Rhinehart başını salladı ve "Evet, haklısın," dedi. "Bir saniye izin verin bana." Elini cebine attı ve diğerlerinin meraklı bakışları altında saat kutusuna baktıktan sonra bir şeyler homurdandı.

Dr. Krum, "Geç mi oldu?" diye sordu.

Dr. Rhinehart hedefini arayan topçu radarı gibi gözleriyle salonu taradı. Dr. Weinburger, "Dr. Rhinehart'ın bir varoluşçu hümanist olduğunu bilmiyordum doğrusu," dedi.

Dr. Ecstein, "O benim hastam ve bir deli," diyerek başını salladı.

Dr. Rhinehart, "Seninle beş dakika sonra dışarıda buluşalım, Jake," dedikten sonra giriş holüne doğru yürüdü, ama divanın arkasında konuşan bir grubun yanında birden geri döndü ve tekrar koridora doğru ilerledi.

Koridorda yine cam parçalarına basıp geçtikten sonra, Bayan Welish ve Bayan Ecstein'ın, onu götürdükleri odanın karşısındaki bir odadan çıktıklarını gördü. Kadınlar onu görünce birden durdular ve endişeli gözlerle ona baktılar.

Bayan Ecstein, "Lil'e bir sakinleştirici hap verdiler ve şimdi dinleniyor," dedi. "Şu anda onu rahatsız etmesen iyi olur."

"Tanrım, Arlene, göğüslerin ağzımı sulandırdı. Hadi gel, banyoya girelim."

Bayan Ecstein şaşkın gözlerle önce ona, sonra Bayan Welish'e ve sonra yine ona baktı. Sonra çantasını birkaç kez salladı, açıp içine baktı ve kapadıktan sonra sırıtarak Dr. Rhinehart'a bir kez daha bakarak başını salladı.

"Hadi sevişelim Luke, gidelim," diyerek kıkırdadı.

Bayan Welish şaşkınlıktan ne yapacağını bilemiyormuş gibi gözlerini açıp onlara baktı. Luke ise ona bakıp sırıttı ve "Hadi, sen de gel, hayatım," dedi.

Arlene de gülerek genç sarışına baktı ve "Hadi gel Joya," dedi. "Çok eğleneceğiz." Bunu söylerken genç kadının göğsüne dokundu ve sonra sol taraftaki banyoya girdi. Bayan Welish onun arkasından baktı ve geriye dönünce Dr. Rhinehart ile yüz yüze geldi.

"Çok güzel bir vücudun var hayatım, ama dizlerin biraz çıkık, hadi gidelim."

Genç kadın şaşkın gözlerle ona baktı ve "Burada mı?" diye sordu.

"Hemen şimdi ve burada, bebeğim. Hepsi bu kadar işte!"

Dr. Rhinehart onun yanından geçip banyo kapısına gitti, kapıyı açık tuttu ve onu bekledi. Bayan Welish aniden geriye dönüp boş koridora baktı ve kimse olmadığını görünce banyoya girdi. Kapı kapandıktan sonra da güldü ve "Siz hepiniz çılgınsınız," dedi. "Bütün psikiyatr partileri böyle midir?"

Dr. Rhinehart da güldü ve "Sadece Dr. Mann'ın partileri böyledir," dedi ve onun yanına gitti.

Bölüm Kırk Üç

(*Dr. Ecstein'ın 'Altı Yanlı Adam Vakası' adlı tedavi notlarından alıntılar.*)

Üç psikiyatr ile konuşmasına kabaca son veren R parti salonundan dışarıya çıktı. Üç doktor olayı tartıştıktan sonra Dr. M de onlara katıldı. Doktorlar R'nin durumunu bir süre daha tartıştılar ve sonunda onun özel bir kliniğe yatırılmasına karar verildi. M... Kliniğine telefon ederek bir ambulans istedi. M ve Dr. E de R'yi kliniğe yatırmak için Dr. B ile birlikte gitti.

O ne dışarıda ne de M'nin ofisindeydi, ama bir süre aradıktan sonra banyoda olduğu anlaşıldı, kendisini oraya kilitlemişti. Doktorlar önce R'nin hayatından endişe ettiler ama içerden gelen sesleri duyunca rahatladılar. Birisi içerdekilere seslendi ama cevap alamadı. B yumruğuyla kapıya vurdu ama E ona R'yi heyecanlandırmanın tehlikeli olabileceğini söyledi. M iki dakika kadar hastayla konuşup onu ikna etmeye çalıştı ama içerden sadece homurtular duyuldu. B kapıyı kırıp içeri girmelerini istedi ama diğerleri R'nin iri ve güçlü bir adam olduğunu söyleyip onu bundan vazgeçirdiler. Ambulans ve hastabakıcılar hemen gelecekti ama o sırada banyodan kadın çığlıkları duyuldu ve R'nin yanındaki kadınların büyük olasılıkla E ve B'nin tanıdıkları A ve JW oldukları anlaşıldı.

Kapı kırılarak açıldı ve o sırada R'nin iki kadına tecavüz halinde olduğu görüldü. Kadınların elbiseleri yırtılmıştı ve R de soyunmuş, banyonun ortasında duruyor bir şeyler homurdanıyordu ve ağzından salyalar akmaktaydı, adeta bir hayvana dönüşmüştü. R sorularımıza cevap vermedi ve onu kadınlardan ayırmamıza direndi, ama bir süre sonra uysallaştı.

İki kadın şoktaydı ve yardım istemek için gecikmelerinin nedenini açıklayamadılar. Bu gecikme nedeni belki R'nin iri ve güçlü olması, belki de akli dengesi bozulmuş olanlarda bazen görülen hipnotize gücü olabilirdi, bu konu anlaşılamadı. B'nin ise farklı bir teorisi vardı. Sonunda iki kadın şoktan çıktılar ve ağlamaya başladılar.

Kadınlardan A, "Korkunçtu," dedi.

JW ise, "Bize neler yaptırmak istediğini bir bilseniz," diye konuştu.

R'nin ağzından salyalar akıyor ve durmadan homurdanıyordu. Kendisi giyinemediği için doktorlar giydirdiler onu. K ve M hastanın katatonik duruma girdiğini söylediler. Ama E'ye göre R'nin bu hali her zaman görülen bir vaka değildi ve hasta bir süre sonra kendine gelebilir, düzelebilirdi.

On dakika sonra herkes yorgun bir halde oturup ambulansı beklerken, R tekrar konuşmaya başladı, davranışları için herkesten özür diledi. Doktor dostlarına bu halinde kendisine çok yardımcı oldukları için tekrar tekrar teşekkür etti, onlara artık kendini tamamen toparladığını, düzeldiğini söyledi ve olaydan yirmi dakika kadar sonra orada bulunanlar yaşanan olaya gülmeye başladılar. Ama ambulans geldiği zaman, diğerleri çıkıp orada tek kadın kalınca R yine o kadının üstüne atladı ve ortalık yine karıştı. Ambulansla gelen doktor ve hastabakıcılar onu zorla yakaladılar, bir iğne yaparak uyuşturdular ve sonra da alıp kliniğe götürdüler.

Ertesi gün, yani 16 Haziran günü E, onun psikiyatrı olarak kliniğe giderek onu ziyaret etti. Çok geçmeden R'nin, kendisini herkesle dalga geçen bir hippi olarak gördüğü anlaşıldı. E ile ilgiliydi ama olumsuz ve saldırgan tavırları devam ediyordu. Hasta gerçeklerle temas halinde ve son derece gözlemci olduğu halde *kendinde değildi, değişik bir kimlikle yaşıyordu* ve o halde deliydi.

17 Haziran tarihli klinik raporuna göre, hasta hep sessiz kaldı, boşluğa baktı ve arada sırada kendi kendine homurdandı. Yemek yiyemediği için hastabakıcılar tarafından beslendi ve ifrazat fonksiyonlarını kontrol edemedi. Bu durumda sürekli olarak katatonik (dış ortamla ilişkinin kesildiği bir tür şizofreni) duruma girdiği görüldü.

Fakat R'nin kendini toparlama konusunda gösterdiği gayret herkesi şaşırttı. Bir gün sonra yazılan rapora göre, yeniden konuşmaya başladı, doktorlar ve hastabakıcılarla iyi iletişim kurdu ve çoğunlukla dinsel konularla ilgili kitaplar istedi. Din kitapları isteme konusu E'yi endişelendirdi, ama 19, 20 ve 21 Haziran günleri yeni bir değişiklik görülmedi ve 22 Haziran günü E tekrar ziyaret etti R'yi.

Bölüm Kırk Dört

Ben Kolb Kliniğinde çeşitli roller oynayarak hayatımı yaşarken, ne yazık ki dünya da dönmeye devam ediyordu. Dr. Mann'ın bana söylediğine göre, PANY yönetim kurulu 30 Haziran günkü toplantısında Dr. Peerman'ın teklifini kabul etmiş ve benim kurumdan ihraç edilmeme karar vermişti. Dr. Mann onlara benim sessizce istifamı beklemelerini teklif etmiş ama olumsuz yanıt almıştı. Yönetim kurulu beni kovma konusunda karar alacak ve bu yetmezmiş gibi, aynı şeyi yapması için AMA'ya da yazı yazacaklardı.

Arlene bana mektup yazarak doğacak çocuğuna baba olarak zarların beni seçtiğini bildirdi, zarlar benim baba olmamı istiyordu. Arlene durumu Jake ve Lil ile daha birçok kişiye söylemişti ve şimdi Jake de biliyordu ilişkimizi ve zar hayatımı. Arlene bir süre terapiye de gelemeyecekti.

Çok geçmeden Lil kliniğe gelerek baba olacağım için kutladı beni ve boşanma hazırlıklarına başladığını bildirdi, avukatı yakında gelip benimle görüşecekti. Çok geçmeden avukatı gerçekten beni görmeye geldi ama o sırada ben yine katatoniye girmiştim. Lil bana ayrılmamızın ikimiz için de en iyi yol olacağını söyledi, çünkü ben bundan sonraki hayatımın büyük bir kısmını büyük olasılıkla akıl hastanelerinde geçirecektim.

QSH'dan Dr. Vener'in anlattığına göre, eski hastam Eric Cannon Brooklyn ve East Village'da gittikçe büyüyen hippi gruplarına iki ay liderlik yaptıktan sonra babası tarafından yeniden hastaneye yatırılmıştı ve şimdi de beni görmek istiyordu. Ayrıca Arturo Toscanini Jones da polis tarafından yakalanmış ve sonuçta akıl hastanesine yatırılmıştı ama o beni görmek istemiyordu.

Aslında dış dünyadan aldığım iyi haberler sadece zar terapisi gören hastalarımla ilgili olanlardı. Hepsi de benim akıl hastanesine yatmamı normal karşılamışlardı, kendi zar adam yaşantılarına devam ediyorlar ve sabırla aralarına dönmemi bekliyorlardı. Terry Tracy kliniğe iki kez gelip beni ziyaret etti ve iki buçuk saat boyunca Zar Dini Yüce Gerçeğine inandırmaya çalıştı.

Profesör Boggles, Zar kararına göre Theodore Dreiser ve Lirik Dürtü konusunda saçma bir makale yazdıktan sonra Central Park'ta yaşadığı mistik deneyi anlatan uzun bir mektup yazdı bana. Yeni hastalarımdan ikisi klinikteki ikinci haftamda beni sürekli ziyaret ettiler ve terapiye orada devam etmemizi istediler.

Bu kriz döneminde Arlene de zar yaşantısını sürdürmeye çalıştı. Mektubunda bana ev hayatında neler olduğunu, yeni gelişmeleri anlattı, onunla gurur duydum ve öğrendiklerim sayesinde Jake ile görüşmeye hazırladım kendimi. Arlene'in yazdığına göre, Jake onun kendisine ihanet etmesini sakin karşılamış ama bunu bir sır olarak saklamasına çok kızmıştı. Jake'e göre, Arlene ona her şeyi anlatmalıydı, çünkü Jake her şeyi bilmeden terapiyi sürdüremezdi. Arlene de ondan sonra ona bizim ilişkimizi ve zar hayatımızı açıkça anlatmıştı. Jake onu dinlerken bir sürü not almış ama hiç kızmamış, sadece durumu araştırıp öğrenene kadar zar hayatını bırakmasını istemişti Arlene'den. Durumu daha iyi anlayabilmesi için Arlene ona zar hayatıyla ilgili birkaç deneme yapabileceklerini teklif etmiş, Jake de bunu kabul etmişti. Bu anlaşmadan sonra, lise günlerinden beri Jake ile ilk kez harika bir gece geçirdiklerini yazıyordu Arlene. Jake de sevmiş ve çok ilginç bulmuştu bu zar işini. Arlene mektupta, zar izin verdiği zaman gelip beni ziyaret edeceğini de yazmıştı.

22 Haziran günü akşama doğru Jake beni ziyarete geldiği zaman, geçmişte onu incitmiş olan tüm davranışlarım için özür diledim ondan. O gün de tesadüfen Eski Luke Rhinehart Haftası D-Günü Öncesi rolümün ilk günündeydim ve zor oynadığım bir roldü bu. Ona karısını baştan çıkarmamın affedilecek bir davranış olmadığını, ama zarlarla yaptığım araştırmayı da anlayabileceğini sandığımı söyledim.

Jake demir parmaklıklı pencereyle yatağımın karşısına bir sandalye çekerek oturdu ve "Elbette, Luke," diyerek başını salladı. "Ama şunu da söylemeliyim ki sen anlaşılması çok zor bir adamsın dostum." Sonra not defteriyle kalemini çıkardı ve "Senin şu zar adam yaşantın konusunda daha fazla şey bilmek isterim," dedi.

"Sana söylediğim yalanlardan, karınla seni aşağılamamdan ve hakaretlerimden dolayı bana karşı içinde kin duymadığından emin misin Jake?" diye sordum.

Jake yüzüme bakmadan önündeki deftere not alırken, "Sen beni aşağılayamazsın Luke," dedi. "İnsanın aklı duyguların üstünde olmalıdır. Şimdi bana şu zar adam hikâyesini anlat bakalım."

Ben arkama koyduğum dört mindere yaslanmış, yatağımın üzerinde rahatça oturmuş, ona şimdiye kadar aldığım sonuçları, kazandıklarımı anlatmaya hazırlandım.

"Gerçekten şaşırtıcı bir gerçek bu, Jake," diye başladım konuşmaya. "Bu çalışma bana içimde bulunan ve varlığından bile haberdar olmadığım duyguları hissettirdi, gösterdi. Sanıyorum önemli bir şeye, psikoterapi'nin yüzyıllardır aradığı bir şeye rastladım. Arlene sana benim zar terapisi gören hastalarımdan söz etmiş galiba. Bu yöntemi deneyen başka doktorlar da var. Bu sanki . . . şey, aslında bunun başlangıç teorisini ve hikayesini vermem gerekir sana..."

"Seni desteklemem, teşvik etmem gerekiyor mu?"

"Zar Adam teorisini ve uygulamasını büyük bir ciddiyetle yarım saat kadar konuşarak anlattım ona. Söylediklerimden bazıları oldukça komik ve saçmaydı ama Jake sadece birkaç kez, o da bana cesaret vermek için profesyonelce gülümsedi. Hikâyenin sonunda, "Böylece tüm bu gariplikleri, bu uyumsuzluklarım, saçmalıklarım ve hastalanmalarım, çok orijinal ama rasyonel bir yaşam, özgürlük ve mutluluk arama yaklaşımının mantıklı sonuçlarıydı," dedim ve sustum.

Bir süre konuşmadık. Jake'in sessiz kaldığını görünce, "Sanırım zar teorisini geliştirirken hem kendime ve hem de başkalarına acı veren şeyler yaptım," diye devam ettim. "Fakat bunların hepsi beni şimdiki ruhani durumuma getirmek için gerekli olduğundan mazur görülebilir."

Jake bir süre daha derin düşüncelere daldı ve sonunda başını kaldırıp bana baktı.

Jake'in teorimi ve hayatımı değerlendirmesini beklerken kollarımı kavuşturdum ve sabırsızlık içinde konuşmasını bekledim.

"Ee ne diyorsun buna?" diye sordum.

"Ne mi diyorum?" dedi ama konuşmadı.

"Elbette ne diyorsun? Yani ben kişilik hapishanesinde uzun zaman kalarak etki altında kalmış bir adam tipini geliştirmedim mi sence?"

"Senin bana şimdi anlattıkların aslında klasik şizofreni belirtileri; birden fazla kişilik, dalgınlık, tarafsızlık, mutluluk-depresyonu gibi duygular, sana destek vermemi ister misin?"

"Fakat bir şizofreni hastası kendisi istemeden kişilik parçalanmasına uğrar, birlik özler. Ben bilinçli olarak şizofreni yarattım."

"Sen kişilik olarak kimseyle ilişki kuramayacağını, bu konuda yetersizliğini gösterdin."

"Ama zarlar bana bunu yapmamı söylerse yapabilirim."

"Bu ilişki durmadan açılır kapanırsa normal insan ilişkisi olmaktan çıkar." Jake bunu söylerken ifadesiz bir yüzle bana bakıyordu ve ben heyecanlanmaya başladım.

"Peki ama normal, kontrol edilemeyen insan ilişkisinin, benim açılıp kapanabilen, kontrollü ilişkimden daha çok arzu edildiğini nerden biliyorsun?"

Jake bu soruma hemen cevap vermedi ve bir süre sonra, "Bunu bana anlatmanı zarlar mı istedi?" diye sordu.

"Arlene'e söylediler."

"İkinize de, bunları anlatırken içine bazı yalanlar katmanızı söylediler mi peki?"

"Hayır, bu bizim kendi katkımızdı."

"Zarlar senin kariyerini mahvediyor, Luke."

"Ben de öyle düşünüyorum."

"Evliliğini mahvettiler."

"Evet, öyle."

"Bundan sonra senin yapacaklarına ve söyleyeceklerine ne ben ne de başkaları inanabilir."

"Doğru."

"Bu demektir ki, başladığın her iş zarların kaprisine göre, tam meyve vereceği zamanda terk edilebilir."

"Evet."

"Zar adam araştırması da dâhil buna."

"Bravo Jake, çok iyi anladın meseleyi."

"Sanırım öyle oldu."

Ona heyecanla, "Neden sen de denemiyorsun bunu?" diye sordum.

"Bu mümkündür."

"İkimiz beraber Dinamik Zar İkilisi olabilir, rüyalar ve modern insanın örnek sorunlu dünyasını yok etme konusunda çalışabiliriz."

"Evet, bu ilginç olabilir."

"Bildiğim kadarıyla Zar Adamın gerçekte ne olduğunu anlayabilecek kadar zeki olan tek insan sensin."

"Herhalde öyleyim."

"Ee, o halde ne diyorsun?"

"Bunu biraz düşünmem gerek, Luke. Büyük bir adım bu."

"Elbette, seni anlıyorum."

"Bunun Oedipal olması gerek; şu senin lanet pederin."

"Ne . . . ne diyorsun sen?"

"Yani senin üç yaşında olduğun ve annenin..."

Birden sinirlendim ve "Hey, Jake, neden söz ediyorsun sen?" diye bağırdım. "Ben şimdi insanlık tarihinde en çok hayal gücüne dayanan yeni yaşam sistemini açtım, sen tuttun bana eski Freud mitolojisinden söz etmeye başladın."

Jake birden yine o profesyonelce gülümsemesiyle yüzüme baktı ve "Ne? Ah, özür dilerim," dedi. "Devam et sen."

Korkarım ki ben de acı bir gülümsemeyle ona baktım ve sonra, "Sen bana aldırma," dedim. "Çok konuştum bugün ve yoruldum."

Jake öne doğru eğildi ve dikkatle gözlerime baktı. Bir süre derin derin düşündü ve sonra, "Ben seni tedavi edeceğim, Luke," dedi. "Eğer seni eski Luke haline getiremezsen bana da Jake Ecstein demesinler. Sen hiç endişelenme dostum."

Ben içimi çektim ama sanki içimde bir acı var gibiydi.

İfadesiz bir sesle, "Evet," dedim. "Endişelenmeyeceğim."

Bölüm Kırk Beş

Zarların 22 Haziran haftası için yarattığı D-Günü Öncesi Luke Rhinehart psikolojik olarak o kadar uygun, mantıklı ve mesleğiyle ilgili davrandı ki, Dr. Ecstein ve Dr. Mann, 30 Haziran günü PANY yönetim kurulunda kendimi savunmama izin vermeyi, bana bir şans daha tanımayı düşündüler. Jake benim teorim konusunda henüz tam olarak ikna olmamıştı, ama Arlene'in de teşvikiyle bazı zar adam oyunlarına katıldı ve bana karşı cömert davranıyordu. Dr. Mann benim zar adam yaşantımla ilgili pek bir şey bilmiyordu, ama 22 Haziran haftasında konuştuğu mantıklı, hırslı adamın ayın 30'unda da aynı şekilde konuşacağını ve kendini savunacağını umut ediyordu. Yönetim kurulu da kurallarda benim durumumla ilgili kesin ifadeler olmadığı için savunmamı dinlemeyi kabul etmişti.

Bana karşı yöneltilen suçlamalar basitti—zar teorim ve uygulamalarım yetersiz, saçma, etik kurallara aykırıydı ve tıp açısından bir değeri yoktu. Bu durumda PANY'den ihraç edilmeliydim ve AMA'ya yazı yazılmalı, ABD ve Kanada'da doktorluk yapmam yasaklanmalıydı (dünyanın güney yarısıyla ilgilenmiyorlardı). Kolb Kliniğinden bir an önce kurtulmak için yönetim kurulu toplantısını sabırsızlıkla bekledim.

Fakat hiç beklemediğim bir anda, düzenli zar hayatımı zora sokan bir kaza oldu. Zara dalgın bir halimde delice bir seçenek verdim ve zar da onu seçti. O hafta yaşadığım eski Luke Rhinehart hayatımda zara verdiğim seçeneklerden birine göre, yönetim kurulu beni kovarsa bir yıl boyunca zar terapisini ve yaşantısını bırakacaktım. Böylece zarı avucumda sallayıp yatağımın üstüne attım ve zar da bu seçeneği seçti.

Zarların emirlerine göre yaşadığım bu hayatta, yönetim kurulunun beni suçlu bulacağına garanti gözüyle bakıyor, inanıyordum. Kuruldaki beş üyeden hiçbiri beni sempatik bulmuyor, sevmiyordu. Yönetim kurulu başkanı Dr. Weinburger hırslı ve başarılı bir dahiydi ve Ölenlerde Hipokondria Araştırması Enstitüsündeki çalışmalarının bölünmesinden hiç hoşlanmazdı. Krum partisinde kısaca karşılaşmamız dışında beni tanımazdı ve tekrar görmek isteyeceğini de pek sanmıyordum.

Yaşlı Dr. Cobblestone mantıklı, açık fikirli ve doğrucu bir adamdı ve doğal olarak aleyhime oy kullanacaktı. Dr. Mann kurul üyelerini benim sessizce istifamı beklemeleri konusunda ikna etmeye çalışmış ama başarılı olamamıştı, bu yüzden öfkeliydi ve onun da aleyhime oy vereceğine emindim.

Kurulun dördüncü üyesi Dr. Peerman bana suçlama yönelten kişiydi, çünkü en parlak psikiyatri asistanlarından ikisi -Joe Fineman ve Fuigi Arishi- aniden onu terk etmiş ve benim yönetimim altında zar terapisi uygulamaya başlamışlardı. Çekingen, soluk yüzlü, orta yaşlı bir adamdı ve marihuana içen gençlerin LSD'ye, içmeyenlerden daha kolay geçeceği konusundaki araştırmasıyla ün yapmıştı. Onun benim lehime oy vereceğinden kuşkuluydum.

Kurulun son üyesi Dr. Moon New York psikanaliz dünyasının eskilerinden biriydi, Freud'un yakın arkadaşıydı, 1920'li yılların başlarında çocuklarda ahlaksızlık konulu araştırması tartışma konusu olmuştu ve 1923'te kurulduğundan beri PANY yönetim kurulu üyesiydi. Adam yetmiş yedi yaşındaydı, Dr. Weinburger'in Ölenlerde Hipokondria Araştırması Enstitüsünde hocalardan biriydi ve hâlâ faaldi. Duyduğuma göre adam bazen garip davranışlarda bulunuyordu ve onun da gizli bir Zar Adam olması mümkündü, ama arkadaşları onun bu davranışlarını 'yaşlılık başlangıcı'na atfediyorlardı. PANY'de en tepkici üye olarak tanınıyordu ama davranışlarında her zaman güven vermediği için vereceği oy aleyhime olmayabilirdi.

Hakkımda karar verecek olan yargıçların nasıl davranacaklarını tahmin ettiğim için, zara kendimi öldürmem konusunda otuz altıda bir şans tanıdım. Ne yazık ki zar bu seçeneği reddetti.

Fakat şu bir gerçekti ki, yönetim kurulu beni kovarsa, zara göre bir yıl boyunca zar yaşantımı bırakacaktım ve bunu düşünmek çok endişelendirdi beni. Bu düşünce beni öylesine korkuttu ki, yönetim kurulu toplantısından üç gün önce, her gün saatlerce savunmam konusunda çalıştım. Notlar aldım, savunma yazıları yazdım, konuşmalar hazırladım ve Dr. Cobblestone ve Dr. Mann'ın kovulmama karşı oy vermeleri için hangi rolleri oynamam gerektiğini düşündüm. O zaman garip davranan Dr. Moon'un da benim lehime oy vermesi için bir şeyler yapmalıydım.

Hâlâ Eski Luke Rhinehart Haftasında yaşadığım için şimdilik umutluydum ama 29 Haziran'da bu hafta ve rol sona eriyordu ve zar bana son iki gün için başka rol ya da roller seçecekti. Zar bana Krum partisinde olduğu gibi hemen değiştireceğim roller verebilir miydi acaba? En mantıklı ve rahat konuşan bir adam olmama izin verecek miydi? Yoksa her şeyi berbat etmemi mi emredecekti?

Zarı atana kadar bilemeyecektim bunları.

Bölüm Kırk Altı

28 Haziran 1969 günü öğleden sonra saat 2.30'a gelirken Jake'in bir muhafızla gitmeme izin verdiği 42. sokaktaki New York Halk Kütüphanesinde gökyüzünde gülen adamları keşfettim.

Kütüphanenin tenha bir köşesinde umutsuz bir halde oturmuş, önümdeki belgeleri karıştırıp yazılar yazarak savunmamı hazırlamaya çalışıyor ama bir şey yapamıyordum. Sağımdaki küçük masada iki adam ve genç bir delikanlı vardı. Benim masamda karşımdaki kalın kaşlı ve kolları kıllı bir kadın kitap okuyordu. Beni buraya getiren iriyarı hastabakıcı da pencereye yakın köşede ayakta durmuş bir çizgi roman okumaktaydı. Orada belki kırk dakikadan beri oturuyor ve parmaklarımla masada çizgiler çizip düşünüyordum. Savunmam için neler yapabileceğimi tasarlamaya çalışırken bir ara aklıma Dr. Peerman'ı boğmak gibi beni mutlu edecek ihtimaller bile geldi. Adamı yönetim kurulunda oturmuş, halime bakarak sessizce gülerken hayal ettim. Ama kendimi zorladım ve savunma hazırlığı yapmam gerektiğini düşünerek kendi kendime, "Savunma olarak ne yapabilirim, kendimi nasıl kurtarabilirim?" diye mırıldandım. Bu soruyu kafamın içinde tekrarlar ve kurşun kalemin ucunu masadaki çatlaklardan birine sokup düşünürken, bir ara sokaktan gelen gürültüleri bastıran bir kahkaha sesi duydum.

Kendimi tutamadım ve kahkahanın etkisiyle ben de gülümsedim, ama sessiz kütüphanede kahkaha atmak normal bir olay değildi, şaşırdım ve çevreme bakındım. Karşımdaki yaşlı kadın kitabını okuyor, diğer masadaki üç erkek kendi işleriyle meşguldüler ve beni getiren hastabakıcı da kaşlarını çatmış, elindeki çizgi romana dalmıştı. Ama çok geçmeden o gülme sesini tekrar duydum.

Sonra birden düşündüm ve şaşırdım; bu bendeki bir sanrılama, bir kuruntu olabilirdi.

Sandalyemin arkasına yaslandım ve gülme sesini duymamaya çalıştım ama ses devam etti. Başımı kaldırıp bakınca uzak bir köşede, tavana yakın bir yerde sarsılarak gülen ve parmağıyla da beni gösteren şişman bir adam gördüm. Ben kendime savunma hazırlamaya çalışırken, o adam benim bu çabamı saçma bir oyun gibi buluyor da buna gülüyor gibiydi. Gülümsemiş olmamı da deli oluşuma atfetmiş olmalıydı. Onun kahkahasını duyarak gülüşmemiş olmamı garip bulmuştu herhalde. Ben sinirlenip kaşlarımı çatınca daha çok gülmeye başladı şişman adam. Yüksek sesle, "Yeter artık," diye söylendim ama kendim de gülmeye başladım bu kez.

Karşımdaki kalın kaşlı kadın buz gibi bir ifadeyle yüzüme baktı. Diğer masadaki iki adam başlarını bana doğru çevirirken, muhafızım da sayfa çevirdi. Havadaki şişman adam yine kahkahayla gülmeye başladı ve ben de bastım kahkahaları, gülerken göbeğim sarsılıyor, masanın kenarına çarpıyordu. Kontrolümü kaybettim, herkes bana bakıyordu ama bir süre sonra gülmeyi bıraktım, toparlandım.

Şişman adam da şimdi sadece gülümsüyordu ve ben şimdi kendimi ona daha yakın hissettim. Daha önce düşündüğüm saçma seçenekleri tekrar düşündüm ve kafamdan silmeye karar verdim. Şişman adam tekrar gülmeye başladı ve ben de önce şaşırdım, sonra samimi bir ifadeyle gülümsedim ona ve saçma seçeneklerden üçünü kullanmayı düşündüm. Şişman adamın kahkahaları artarken zar adam hayatını terk etmeye karar verdim, ama şişman adamın yanına ona benzeyen üç dört adam daha geldi ve hepsi de beni göstererek gülmeye başladılar.

Kafamın içinde birden binlerce şişman adam belirdi; hepsi de orada, dördüncü boyutta oturmuş, insanların arzularını, amaçlarını seyrediyor ve gülüyorlardı—içlerinde bir tane bile ciddi, sevecen ya da acıyan kişi yoktu. Onlar bizim planlarımızı, beklentilerimizi, verdiğimiz sözleri ve geleceğin gerçeklerini görüyor ve bunlara gülüyorlardı. İçlerinde kadınlar da vardı ama hepsi şişmandı ve hepsi birden onlara eğlenceli gelen bir insana bakıyor ve gülüyorlardı.

Zar yaşantısını terk etsem de, etmesem de şişman insanlar gülmeye devam edeceklerdi ve ben bunu anlayınca, bir TV şovunda, yeşil duvarın arkasında ne olduğunu tahmin etmesi istenen bir yarışmacıya benzettim kendimi. Adamın tahmini ne olursa olsun, duvarın arkasında ne olduğunu gören seyirciler hep gülüyorlardı. Ben gelecekte kendimi mutlu edecek bir şeyler bulmaya gayret ederken, gökyüzündeki o şişman seyirciler bana bakarak durmadan kahkaha atıyorlardı. Napolyon Moskova seferinden dönerken, gülerek, "En iyi yapılmış fare ve insan güruhu planları yoldan çıkmış," demişti.

Ben şişman adamlar ve kadınlarla birlikte gülerken, karşımda oturan kadın ve muhafızım olan hastabakıcı parmaklarını dudaklarına götürmüş, bana, "Hişşştt!" diye fısıldayarak susmamı işaret ediyorlardı.

Onlara tavanı ve dördüncü boyutu göstererek, "Şuraya bakın!" dedim ve gülmeye devam ettim. "Her şey orada işte! Cevap orada, yukarda!"

Yaşlı kadın gözlüğünü düzelterek tavana doğru baktı ama bir şey göremediği için tekrar bana döndü. Canı sıkılmış gibiydi ve belki de kendini biraz suçlu gibi hissediyordu.

"Ben bir şey göremedim..." diye fısıldadı. Ben gülerek ilk gördüğüm şişman adama baktım yine, o da bana bakarak gülmeye devam ediyordu.

Yaşlı kadına, "Üzülme sakın Hanım," dedim. "Zamanla sen de alışırsın."

Diğer masadaki iki adam da bana "Hişşştt!" diyerek susturmaya çalıştılar ve muhafızım sinirli bir ifadeyle yanıma geldi, ama ben elimi kaldırarak onun konuşmasını engelledim ve gülümseyerek, "Cevap konusunda büyük olan..." dedim ve sustum, sonra, "Büyük olan şey, hiçbir işimize yaramaz olmasıdır," diye ekledim.

Yerimden kalktım ve havada gülüp duran şişman adamlara bakarak ve de kahkahalar atarak kütüphane içinde yürümeye başladım, muhafızım olan hastabakıcı beni susturmaya çalışırken, yanından geçtiğim masalarda oturanlar da "Hişştttt!" deyip duruyorlardı.

Bense onlara yüksek sesle, "Önemli değil, endişelenmeyin sakın," diyordum. "Cevabı bilmek önemli değil. Bilmek zorunda değilsiniz."

Çok ilginçtir, New York Halk Kütüphanesinin büyük okuma salonunda kafamın içinde bir sürü cevap olduğu halde ilerlerken kimse yaklaşmadı yanıma. Sadece çıkış kapısında birisi tepki gösterdi bana. Yüzü kıpkırmızı olmuş ve Noel Baba gibi göbekli yaşlı bir kütüphane bekçisi ben kapıdan çıkmak üzereyken yanıma yaklaştı ve samimi bir gülümsemeyle ve benden daha yüksek sesle konuşarak, "Okuma saatlerinde biraz yavaş gülmelisin dostum," dedi ve ikimiz birden, ben oradan ayrılana kadar, bir süre güldük orada.

Bölüm Kırk Yedi

Zar benim çobanımdır; ben istemeyeceğim;
O benim yeşil çimenlere uzanmamı ister, ben de yatarım;
O beni durgun suların kıyısına götürdü, ben yüzdüm.
O benim ruhumu mahvetti:
O beni doğruluk yoluna götürdü
Tesadüfler hatırına.
Evet, ölüm gölgesi vadisinde yürümeme rağmen,
Kötülüklerden korkmayacağım, çünkü Şans benim yanımda;
İki kutsal küp beni rahatlatıyorlar.
Sen benim önümde bir masa hazırlıyordun
Hem de düşmanlarının içinde:
Başıma yağ sürüyor, beni yağlıyorsun;
Kabım boşalıyor.
Elbette iyilik, merhamet, kötülük ve zulüm beni izleyecekler
Hayatım boyunca:
Ve ben ebediyen Şans evinde yaşayacağım.

—Zar Kitabından

Bölüm Kırk Sekiz

New York Psikanalizciler Birliği yönetim kurulu 30 Haziran 1969 günü öğleden sonra Dr. Weinburger'in Ölenlerde Hipokondria Araştırma Enstitüsünün büyük toplantı odasında toplandı. Kırklı yaşlarının sonunda tıknaz ve gür saçlı bir adam olan Dr. Weinburger uzun masanın ortasında oturuyordu, bir yanında Dr. Peerman ve Dr. Cobblestone, diğer yanında da Dr. Moon ve Dr. Mann vardı. Kurul üyelerinin hepsi asık suratlıydı ama Dr. Moon, Başkan Weinburger ile Dr. Mann'ın arasına sıkışmış, sessizce uyukluyor, yağlanması gereken bir pandül gibi bazen birinin, bazen de diğerinin omzuna yaslanıyordu.

Beş kurul üyesinin oturduğu masa çok büyüktü ve üyeler yargıçlardan ziyade, ortak savunma için bir araya sıkışmış suçlulara benziyorlardı. Dr. Rhinehart ve arkadaşı ve doktoru olan Dr. Ecstein kurul üyelerinin tam karşısında, odanın ortasında iki sandalyede oturuyorlardı. Dr. Ecstein hafifçe öne eğilmiş ve gözlerini kısmıştı, ama Dr. Rhinehart çok şık gri bir takım elbise giymiş ve güzel bir kravat takmış olarak sandalyesinde dimdik ve kendinden emin bir profesyonel gibi oturuyordu, ayakkabıları öyle parlıyordu ki, Dr. Ecstein onun özel bir ayakkabı cilası kullanıp kullanmadığını merak etti.

Henüz hiç kimse konuşmadan önce, Dr. Rhinehart, "Evet, efendim," diyerek söze başladı.

Ama Dr. Weinburger, "Bir dakika, Dr. Rhinehart," diyerek onun sözünü kesti. Sonra önündeki belgelere baktı ve "Dr. Rhinehart kendisine yöneltilen suçlamaları biliyor mu acaba?" diye sordu.

Dr. Mann ve Ecstein aynı anda, "Evet," diye cevap verdiler.

Dr. Cobblestone hiç beklemeden, "Nedir bu zar hikâyesi genç adam?" diye sordu. Bastonu sanki davayla ilgili bir ipucuymuş gibi masanın üstünde, önünde duruyordu.

Dr. Rhinehart bu soruya hiç beklemeden, "Yeni bir terapi yöntemi, efendim," diye cevap verdi.

"Bunu anladım, benim istediğim bu yeni yöntemin açıklanması."

"Tamam, efendim, bu yöntemde hastalarımıza zar atarak karar vermelerini öğretiyoruz. Burada hedef kişiliği yok etmek. Biz insandaki tek kişilik yerine çok kişilik yaratmak istiyoruz. Tutarsız, güvenilmez, gittikçe şizofren olan bir kişilik elde etmeye çalışıyoruz."

Dr. Rhinehart anlaşılır bir ifadeyle, açık ve mantıklı konuşuyordu, ama verdiği cevaplar derin bir sessizlik içinde dinleniyor, arada sadece Dr. Moon'un nefes alış verişleri duyuluyordu. Dr. Cobblestone dişlerini gittikçe daha çok gıcırdatmaya başladı.

Dr. Weinburger, "Devam edin, Dr. Rhinehart," dedi.

"Benim teorime göre, hepimizde normal kişilik tarafından baskı altında tutulan ve nadiren açığa çıkan azınlık dürtüleri vardır. Bir erkeğin karısına vurma arzusu ağırbaşlılık, karısının davranışları ve benzer nedenlerle engellenebilir. Dindar olma arzusu insanın dinsiz olduğunu düşünmesiyle son bulur. Sizin bana, 'Bırak artık bu saçmalığı!' diye bağırma arzunuz, mantıklı ve dürüst bir insan olduğunuzu düşünmenizle durdurulur, efendim.

"Azınlık dürtüleri kişiliğin zencileri'dir. Kişiliğin kuruluşundan beri özgürlüğün tadına varamadılar onlar, hep görünmez adam olarak kaldılar. Bir azınlık dürtüsünün potansiyel tam bir insan olduğunu kabul etmeyiz ve ona da büyük geleneksel kişilikler gibi gelişme fırsatı verilene kadar, içinde yaşadığı kişilik bölünecektir, zamanla patlamalara ve isyanlara neden olan gerginlikler yaşayacaktır o."

Dr. Moon'un buruşuk yüzü birden canlandı, kızarmış gözlerini ileriye dikerek, "Zenciler yerlerinde kalmalılar," dedi. Öne doğru eğildi ve kısa cümlesini bitirdikten sonra ağzı açık kaldı.

Dr. Weinburger, "Devam edin," dedi.

Dr. Rhinehart ciddi bir ifadeyle başını salladı, Dr. Moon'a baktı ve konuşmasına devam etti: "Her kişilik, toplanmış azınlık baskılarının bir araya getirilmiş halidir. İnsan eğer tutarlı bir dürtü kontrolü örneği geliştirebilseydi, tanımlanabilir bir kişiliğe sahip olamayacaktı. O zaman insan ne yapacağı tahmin edilemeyen, anarşik, ama *özgür* bir varlık olabilirdi."

O sırada Dr. Peerman oturduğu yerden yüksek sesle, "O zaman da insan deli olurdu," dedi. İnce, soluk yüzü ifadesizdi.

Dr. Cobblestone, "Dinleyelim genç arkadaşımızı," dedi.

Dr. Weinburger, "Evet, devam edin Dr. Rhinehart," diyerek suçlanan kişiye baktı.

"Dengeli, birleşmiş, tutarlı toplumlarda dar kişiliğin belirli bir değeri vardı," diye devam etti Dr. Rhinehart, "İnsan tek kişilikle kendini idare edebiliyordu. Ama günümüzde durum farklı, Baylar. Çok değerli bir toplumda sadece çoklu kişilik kendini ifade edebilir, tamamlayabilir. Hepimizde yüz tane bastırılmış potansiyel kişilik vardır ve kişiliğimizin dar yolunda ne kadar güçlü adımlarla ilerlersek ilerleyelim, içimizde kişilik çoğaltma arzusu vardır ve bu bastırılmış kişilikler bunu bize her zaman hatırlatırlar, birden fazla kişilik rolü oynamamızı söylerler."

"Şimdi izin verirseniz, benim zar hastalarımdan birinin yazdığım konuşmasını dinletmek istiyorum size, Baylar." Dr. Rhinehart çantasını açıp bazı kâğıtlar çıkardı ve içlerinden birkaçını alarak konuşmasına devam etti: "Profesör O. B.'nin burada söyledikleri sanırım bütün insanlar için sorunun dönüm noktasını dramatize ediyor. Okuyorum:

"'Büyük bir roman yazma arzusu var içimde, bir sürü mektup yazmak, toplumdaki ilginç kişilerle daha çok arkadaş olmak, daha çok parti vermek, entelektüel çalışmalarıma daha çok zaman ayırmak, çocuklarımla oynamak, karımla sevişmek istiyorum. Daha çok yürüyüş yapmak, Kongo'ya gitmek, toplumu yenilemeye çalışan bir radikal olmak, çocuk hikâyeleri yazmak, daha büyük bir tekne satın almak, yüzmek istiyorum. Amerikan sokak çocuklarıyla ilgili bir roman yazmak, çocuklarımı evde eğitmek, Üniversitede daha iyi bir hoca olmak, sadık bir dost olmak, daha rahat para harcayabilmek, ama daha çok ekonomi de yapmak, dışımdaki dünyada kapsamlı bir hayat yaşamak, Thoreau gibi yaşamak ve maddesel değerlere önem vermemek, daha çok tenis oynamak, yoga, meditasyon ve şu lanet RCAF egzersizlerini yapmak, karıma ev işlerinde yardım etmek, emlak işinde para kazanmak da arzularım arasında ve daha yapmak istediğim bir sürü şey var...

'Bütün bunları ciddi olarak, oyun oynar gibi, dramatik olarak, metanetle, severek, sakin, moralli ve kaygısızca yapmak istiyorum—

onları D. H. Lawrence, Paul Newman, Sokrat, Charlie Brown, Süpermen ve Pogo gibi yapmak istiyorum.

'Fakat saçmalık bu dostum. Bunlardan birini yaptığım, bu rollerden birini oynadığım zaman diğer kişilikler mutlu ve tatmin olmuyorlar. Bana yardım edin, bu kişiliklerden birini tatmin ettiğim zaman diğerleri de kendilerine de önem verildiğini hissetsinler. Onları susturun. Kendimi toparlamama ve aslında hiçbir şey yapmadan lanet evrene dökülmeme engel olun.'"

Dr. Rhinehart başını kaldırıp kurul üyelerine baktı, gülümsedi. Sonra, "Bizim Batılı psikolojilerimiz, adı O. B. olan bu hastanın sorununu, ona bir tek bütünleşmiş kişilik oluşturması için destek vererek çözmek istiyorlar," diye devam etti konuşmasına. "Ondan, doğal çoklu kişiliğini baskı altına almasını ve diğerlerini kontrol edecek egemen bir tek kişilik oluşturmasını istiyorlar. Bu totaliter çözüme göre, azınlık kişilikleri kontrol altına almak için büyük bir enerji gerekecektir. Normal kişilik sürekli isyan halindedir."

Dr. Ecstein araya girdi ve "Bunlardan bazıları mantıklı görünüyor," diyerek hastasına destek verdi.

"Zar teorisinde biz totaliter kişiliği yenmek ve —"

Dr. Moon, "Kitlelerin güçlü bir lidere ihtiyacı vardır," diyerek onun sözünü kesti.

Odada oldukça uzun süren bir sessizlik oldu ve sonra Dr. Weinburger, "Devam et," dedi.

Dr. Moon, "Şimdilik bütün söyleyebileceğim..." dedikten sonra sustu, kızarmış gözkapaklarını kapadı ve yavaşça Dr. Mann'ın omzuna doğru kaydı.

Dr. Weinburger, "Siz devam edin Dr. Rhinehart," dedikten sonra ifadesiz gözlerle ona baktı ve önündeki kâğıtları karıştırmaya başladı.

Dr. Rhinehart kol saatine baktı ve "Teşekkür ederim," diyerek devam etti, "Freud'un ünlü süper ego, ego ve id (alt ben, ilkel arzular) ifadesinde olduğu gibi, bizim mecazımızda da aynı derecede bilimsel kesinlik ve katılık vardır. Şansın yol gösterdiği anarşik kişi aslında yardımsever bir despot tarafından yönetilir ki bu da zardır. Terapinin ilk aşamalarında sadece birkaç kişilik kendisini zara seçenek olarak verebildi. Fakat öğrenci gelişme gösterdikçe var oluş ihtimalleri olarak daha çok sayıda kişilik, arzu, değer ve rol çıkmaya başladı ortaya; insan benliği büyüyor, genişliyor, daha esnek oluyor, çeşitleniyor. Büyük benliklerin zarı yok etme yeteneği zayıflıyor, ortadan kayboluyor. Kişilik tahrip oluyor. İnsan özgür kalıyor. O zaman..."

Dr. Weinburger birden ayağa kalktı ve "Bence Dr. Rhinehart'ın devam etmesine hiç gerek yok," dedi. "Dr. Ecstein'ın da dediği gibi, anlatılanların bazılarının bir anlamı var ama kişilik tahribinin akıl sağlığına yardımcı olacağı fikri temelden kabul edilemez. Baylar, burada size Dr. Mann'ın anormal psikoloji hakkındaki kitabının ilk cümlesini hatırlatmak isterim: 'Eğer bir insan kendi kimliği, maddelerin istikrarı ve bütünleşmiş kişiliği hakkında güçlü duygulara sahipse güvende olacaktır.'" Bunu söyledikten sonra Dr. Mann'a bakarak gülümsedi. "Bu nedenle..."

Dr. Rhinehart araya girdi ve "Haklısınız," dedi. "Ya da daha ziyade haklısınız demeliyim, efendim. Bu tür konular deneysel nedenlerden değil de her zaman temelden reddedilir. Biz hiçbir zaman güçlü bir adamın kişiliğini mahvedip daha önce olduğundan daha farklı, mutlu ve yaratıcı olabileceği ihtimalini düşünmedik deneylerimizde. Bizim kitabımızın ilk cümlesi şöyle olacak: 'Eğer bir insan tutarsızlığı ve güvensizliği konusunda kendine güvenirse, maddelerin süreksizliği, parçalanmış, karmaşık benlikler konusunda söz sahibi olursa, çoklu değerleri olan bir toplumda mutlu olacaktır...'"

Dr. Cobblestone sakin bir ifadeyle, "Kişilik tahribiyle ilgili pek çok ipucu, delil var elimizde," diye konuştu. "Akıl hastanelerimiz benlikleri parçalanmış, örneksiz karmaşalar içinde olan hastalarla dolu."

Dr. Rhinehart, "Evet, bunu biliyorum," dedi. "Peki, ama onlar neden oradalar acaba?"

Onun bu sorusuna cevap veren olmadı. Dr. Rhinehart, Dr. Weinburger'in yerine oturmasını bekledikten sonra, "Sizin tedavi yöntemleriniz onlara bütünleşmiş bir benlik duygusu kazandırmak istedi ama başarılı olamadı," diye devam etti. "Bizim çoklu değerlere sahip toplumumuzda doğal ve temel insan arzusu, bütünleşmemek, tek kişilikli olmayı istememek olamaz mı acaba?"

Odada yine uzun süren derin bir sessizlik oldu, sadece Dr. Moon'un nefesleri ve sonra da Dr. Weinburger'in sinir bozucu boğaz temizleme sesi duyuldu.

Dr. Rhinehart, "Son yüzyılın Batılı psikoterapi uzmanlarına bakıyorum da, insan mutsuzluğunu tedavi yöntemlerinin başarısızlığından söz eden kimsenin olmaması şaşırtıyor beni," diye devam etti konuşmasına. "Dr. Raymond Felt bu konuda şöyle dedi: 'Belirtilerin kendiliğinden azalması oranı ile psikoterapi sayesinde tedavi edildiği söylenen hastaların sayısı yirminci yılda pek değişmedi.'

"Nevrozları tedavi gayretlerimiz neden dünyanın her yerinde böyle başarısız oldu? Nasıl oluyor da biz tedavi yöntemlerimizi geliştirmeyi başaramazken uygarlık insanları daha hızlı mutsuzlaştırabiliyor? Hatalarımız açığa çıkıyor işte. Geçmişin dengeli, bütünleşmiş, basit toplumlarından aldığımız ideal insan normunun imajını günümüzün karmaşık, dengesiz ve çoklu değerlere sahip olan toplumumuza getirdik ki bu imaj bu topluma hiç uygun değildi. Biz dürüstlüğün, açıklığın sağlıklı insan ilişkileri için çok önemli olduğunu, yalanların zamanımız tarih hatalı etiğinde kötülük olduğunu düşünüyoruz."

Dr. Cobblestone, "Fakat Dr. Rhinehart," diyerek onun sözünü kesti, "Bunu..."

"Hayır, efendim, üzgünüm ama haklıyım ben. Her toplum yalanlar temeline oturur. Bizim bugünkü toplumumuz zıtlaşmalar yaratan yalanlar üzerinde oturuyor. Basit, dengeli, tek yalanlı toplumda yaşamış olan insan tek-yalan sistemini bütünleşmiş benliğe getirdi hayatının sonuna kadar çevreye fışkırttı. Dostları ve komşuları ona karşı çıkmadılar ve o da inançlarının yüzde doksan sekizinin hayal, değerlerinin yapay ve ihtiyari, arzularının çoğunun komik derecede hastalıklı olduğunun farkına varamadı.

"Bizim çok-yalanlı toplumumuzda insan kafa karıştıran yalanlarla yaşıyor ve çevresi ona her gün inançlarının evrensel olmadığını, değerlerinin kişisel ve keyfi, arzularının ise çoğu zaman yanlış amaçlı olduğunu hatırlatıyorlar. Bu durumda şunu idrak etmeliyiz ki, karşıt benlikleri soruların çoğuna birçok karışık cevap verirken, bu adamdan kendine karşı dürüst olmasını istemek, onu delirtmekten başka işe yaramaz.

"Diğer yandan, onu sonu gelmeyen karmaşalardan kurtarmak için, her şeye boş vermesini, istediği gibi davranmasını, taklitçi olmasını, yalan söylemesini istemeliyiz ondan. Bu yeteneklerini geliştirme fırsatı vermeliyiz ona. Bu adam bir zar adam olmalı."

Dr. Peerman hemen atıldı ve "Gördünüz işte!" diyerek diğerlerine baktı. "Hastaları yalana teşvik edecek bir tedavi yönteminden söz ediyor. Duydunuz, değil mi?"

Dr. Weinburger yine önündeki kâğıtları karıştırarak, "Elbette duyduk Dr. Rhinehart'ı, teşekkür ederim Dr. Peerman," dedi. "Evet, siz devam edin, Dr. Rhinehart."

Dr. Rhinehart yine kol saatine baktı ve konuşmasına devam etti:

"Bütün insanlar çok-yalanlı bir toplumda tüm benlikleriyle yalan söylerlerse, sadece hastalar dürüst olmaya çalışırlar ve sadece çok hasta olanlar başkalarının dürüst olmasını isterler. Psikologlar elbette hastalarından gerçekçi, dürüst olmalarını isterler. Bu tür yöntemler..."

Dr. Weinburger sinirli bir ifadeyle, "Yöntemlerimiz o kadar kötü ise, o zaman nasıl oluyor da bazı hastalarımızda gelişmeler görüyoruz?" diye sordu.

Dr. Rhinehart buna hiç düşünmeden, "Çünkü onları yeni roller oynamaları için teşvik ediyoruz," diye cevap verdi. "Genelde "dürüst olan adam" rolü veriyoruz onlara, ama kendini suçlu hisseden, günahkâr, baskı altında olan, anlayışını keşfeden, cinsel olarak özgür adam ve benzeri roller de alıyorlar. Elbette hasta ve doktoru gerçek arzulara ulaştıklarını düşünüyorlar, ama aslında yeni ve farklı benlikler geliştiriyorlar."

Dr. Ecstein, "İyi bir noktaya bastın, Luke," dedi.

"Bu yeni rol oynama konusuna konan sınırlamalar korkunç oluyor. Hastaya gerçek duygularını açıklaması ve böylece tek ve bütünleşmiş kişilik olması için baskı yapılıyor. 'Gerçek' duygularına sahip ve böylece tek ve bütünleşmiş olması için hasta baskı görüyor.

Hasta 'gerçek kişiliğini' arama sırasında yaşanmamış rolleri keşfederek kısa özgürlük süreçleri yaşayabilir, ama yeni bir kişiliğe bürünmesi için baskı görünce kendini yeniden hapsolmuş ve bölünmüş hisseder. Hepimizin bildiği ve unutmak istediği şeyi, yani insanda çoklu kişilik olduğunu sadece zar terapisi doğruluyor."

Dr. Weinburger yumruğunu aniden masaya vurdu ve öfkeli bir sesle, "İnsan elbette çok kişiliklidir," diye söylendi. "Ama uygarlığın bütün amacı saldırganı, caniyi, yalancıyı, dolandırıcıyı baskı altında tutmaktır. Sen diyorsun ki, kafesi açalım ve bütün kötüleri serbest bırakalım." Dr.Weinburger bunu söyledikten sonra sol omzunu aniden kaldırdı ve uyuklayan ve oraya dayanmış olan Dr. Moon'un başını Dr. Mann'ın tarafına gönderdi.

Dr. Mann karşısında oturan Dr. Rhinehart'a soğuk bir ifadeyle bakarak, "Haklısın, Luke," dedi. "Aramızda bir deli olması, onun ifade edilmesi için bir neden oluşturmaz, böyle düşünmemizi gerektirmez."

Dr. Rhinehart saatine baktı, içini çekti, zarını çıkarıp sağ elinden sol avucuna aktardı ve baktı.

Sonra, "Lanet olsun!" diye söylendi.

Dr. Cobblestone, "Ne dedin sen?" diye sordu.

Dr. Rhinehart, "Saldırganları, canileri ve kötüleri serbest bırakmak, normal, mantıklı insan kabul edilen gardiyana göre çılgınlık olur," diye devam etti. "Barış yanlısını özgür bırakmak da caninin gardiyan kişiliğine çılgınlık gibi görünür. Fakat günümüzde normal kişilik de hayal kırıklığı, asabiyet, can sıkıntısı ve umutsuzluk vakalarında bir araştırma konusudur. Tüm bunları ortadan kaldırmayı teklif eden tek teori de zar terapisidir."

Dr. Cobblestone, "Fakat bunun sosyal sonuçları..." diye başladı ama Dr. Rhinehart ona fırsat tanımadı ve "Zar toplumunun sosyal sonuçlarını şimdiden kestirmek zor," diye sürdürdü konuşmasını. "Ama normal kişilikler toplumunun sosyal sonuçları çok açık; acılar, karmaşalar, şiddet, savaş ve evrensel karamsarlık."

Dr. Cobblestone, "Ama ben senin dürüstlüğe neden karşı çıktığını hâlâ anlayamadım," dedi.

Dr. Rhinehart, "Dürüstlük ve açıklık mı?" dedi ve güldü. "Tanrım! Bunlar normal insan ilişkilerinde muhtemelen en berbat şeyler. Hasta dimağlarımızın tipik ve saçma sorusu olan, 'Beni gerçekten seviyor musun?' sorusuna her zaman, 'Tanrım, Hayır!' ya da, 'Benim aşkım önemsiz bir gerçekten de öte bir şey, hayali bir sevgi o,' diye cevap verilmeli. Bir insan dürüst ve açık olmaya çalıştıkça daha çok engellenecektir. 'Benim hakkımda gerçekten ne düşünüyorsun?' sorusuna cevap verirken de çok dikkatli olmak gerekir. Ama birisine, 'Bana hayali olarak hakkımda ne düşündüğünü söyle,' dediğiniz zaman, o kişi birlik ve gerçekle ilgili nevroz talebinden kurtulmuş olmalıdır. O zaman o kişi karmaşık kişiliklerinden birini ifade edebilir—hepsini sırayla anlatabilir. Her rolü sonuna kadar oynayabilir ve birinde de şizofren olabilir."

Dr. Rhinehart bunları söyledikten sonra ayağa kalktı ve "İzin verirseniz birkaç adım atayım," dedi.

Dr. Weinburger, "Elbette," deyince Dr. Rhinehart, Dr. Moon'un uyuklayarak iki meslektaşının omuzları arasında gidip gelmesi gibi, uzun masanın önüne bir aşağı, bir yukarı gidip gelmeye başladı. Bir süre sonra, "Bu işin uygulamasına gelince," diye tekrar başladı konuşmaya. "Bir hastayı zar terapisine almak kolay değil elbette. Bir hastanın şansa direnme şansı, Freud'un yetmiş yıl önceki cinsel mitolojisine direnme şansı kadar güçlü oluyor. Hastaya zarın, onun için bir karar vereceğini söylediğimiz zaman, hasta bunu ancak geçici bir oyun olarak görürse kabul ediyor. Ama önemli kararları zara bırakmasını istediğimiz zaman korkuyor bu tedavi şeklinden.

"Mecazi olarak konuşursam, vakaların çoğunda bu *başlangıç direnci* -biz ona donuna işemek diyoruz- kırılıyor ve tedavi başlıyor. Bu tedaviye önemsiz deneylerle başlamak gerekiyor. Psikozda ihtiyari ve orijinal olmaya açık alanlar yok. Nevroz hastasında birkaç normal alan var, sizin gibi sağlıklı olan kişilerde de sadece az sayıda olduğunu söyleyebiliriz. Tüm diğer alanlar kişiliğin diktatörlüğü tarafından kontrol edilir. Dünyada devrimlerin görevi olduğu gibi, serbest alanları büyütmek de zar terapisinin görevi.

"İlk zamanlar normal kişiliğe tehditlerin olmadığı alanlarda çalışıyoruz. Hasta kuralları öğrenince ve oyunun ruhunu anlayınca, zar kararlarını diğer alanlara da kaydırıyoruz."

Dr. Cobblestone, "Peki, hastalarınız zarlarla tam olarak ne yapıyorlar?" diye sordu.

"Zardan, önce hastanın sorunlu olduğu konuda karar vermesini istiyoruz. Little Red Riding Hood, 'Orman içinde bir yol kavşağına geldim ve ben zarın gösterdiği yola girdim ve her şey farklı oldu,' diye yazdı ve hepimiz de onun gibi yapmalıyız. Hastalar zar kullanmaya çabuk alışıyorlar.

"Onlara zarı veto olarak kullanmasını da öğretiyoruz. Bir şey yapacakları zaman zarı sallamalarını ve altılı gelirse istediklerini yapamayacaklarını söylüyoruz, o zaman zardan başka bir şey seçmesini istiyorlar. Veto aslında müthiş ama güç bir yöntem diyebilirim. Çoğumuz hayatımızda bir şeyden diğerine düşünmeden, mekanik olarak gideriz. Alışkanlıklarımızın sonuçları olarak yazmayı, yemeyi, flört etmeyi, zinayı ve bunlara benzer çok konuyu inceler, araştırırız. Ama zar bir yerde arzumuzu veto eder ve uyandırır bizi. Teorik olarak, alışkanlıkları olmayan, tamamen rasgele yaşayan, günde altı yedi kez yemek yiyen, düzensiz zamanlarda uyuyan, karşı cinslerine rasgele cevap veren tam bir rasgele adama doğru gitmeye çalışıyoruz. Elbette uygulamada bunu açıkça yapamıyoruz.

"Ama hastalarımıza zarları nasıl kullanacaklarını öğretiyoruz. Bir süre sonra onlar da zarların vereceği kararlara göre yaşamasını öğreniyorlar. Onu rahatsız eden olmadığı sürece de o zar yaşamına devam edecektir o kişi."

Dr. Cobblestone sonunda konuyla ilgilenmeye başlamış gibi görünüyordu ve "Hasta zar tedavisini istemeyerek, zorla kabul ederse ne yapıyorsunuz peki?" diye sordu.

Dr. Rhinehart onun önünde durdu ve gülümsedi. "Onun ikinci derece direncini –biz buna peklik diyoruz– kırmak için çoğu zaman *korku* yöntemini kullanıyoruz. Hastaya en büyük sorunu için zar atmasını söyleriz, örneğin, 'Annenle aynı yatağa girme seçeneğini de ver zara,' deriz. Ya da günlüklerini yok etme konusunda seçenek vermesini söyleriz."

"Ne olur o zaman?"

Dr. Rhinehart, "Hasta genelde saçmalar ya da bayılır," diye cevap verdi ve kaşlarını çatıp yere bakarak yine yürümeye başladı.

"Kendine geldiği zaman ona daha az tehdit edici, ama hâlâ önceki zar hayatı bölgesi dışından bir şey teklif ederiz ve o da bize minnettar olarak kabul eder bunu." Durup masada oturanlara gülümsedi ve sonra, "Ondan sonra yoluna devam eder hasta," diye sürdürdü konuşmasını. "Bir hastamız umuyoruz ki bir ay içinde ya vecde gelip özgür olacak, zar terapisini bırakacak ya da psikoza girecek. Psikoz kırılmasının nedeni, onun rol yapabileceğini, değişebileceğini kabul etmekten kaçınmasının sonucudur, yani kendi sorunları konusunda bir şeyler yapabileceğini düşünmek istemez. Özgür olduğu, çaresiz olmadığı gerçeğini görmek istemez, kendisini hep zavallı biri olarak görür.

"Korkunç sorunlarının çözümlenebileceğini, artık onlar için endişelenmesine gerek kalmadığını anlayınca kendini özgür hisseder; bu sorunlar artık zarın kareli omuzlarına yüklenmiştir. Vecde gelir hasta. Bir değişim ya da kurtuluş olarak, kontrolün yanıltıcı benliğinden zarlara geçtiğini görür. Yeni doğan Hıristiyanların ruhlarını Tanrıya ya da Hz. İsa'ya veya Zen ya da Tao müridinin ruhunu Tao'ya vermesi gibi bir şeydir bu. Bu vakalarda ego-kontrol oyunu terk edilir ve hasta ya da öğrenci kendini dışındaki bir güce teslim eder.

"Bakın, zar öğrencilerinden birinin yaşadıkları konusunda yazdıklarını okuyacağım size." Dr. Rhinehart sandalyesine gitti, çantasından bazı kâğıtlar çıkardı ve birini alıp okumaya başladı.

Harika bir şeydi. Gerçek dinsel bir duygu, ruhani bir şeydi. Birdenbire küçük kızlara ve oğlan çocuklarına tecavüz etme hastalığından kurtuldum. Mücadele etmekten vazgeçtim ve bütün pisliği zarların üstüne attım. Onlar tecavüz et dediklerinde tecavüz ettim, ama yapma dediklerinde de dinledim onları, tecavüz etmedim. Hiç sorun çıkmadı. Bana Peru'ya git derlerse Peru'ya giderim. Daha önce görmediğim bir filmin ortasında olmak gibi bir şey bu. Son derece ilginç ve bunun yıldızı benim. Son birkaç aydır zarlara küçük kız ya da oğlan çocuğu seçeneği bile vermedim, bıraktım bu pisliği. Bilemiyorum, her şey o kadar harika ki, içimde artık o eski pis işleri yapma arzusu bile duymuyorum.

Dr. Rhinehart kâğıdı sandalyesinin üstüne bıraktı ve yine masanın önünde gidip gelmeye başladı.

"Öğrencilerin özgürlüğün bu aşamasına varmaları elbette biraz zaman alıyor. Başlangıçta zarları atıyor ve 'Şimdi bunu yapacak iradeye sahip olmalıyım,' diye düşünüyorlar. Bu kötü işte. Ego kontrolü ya da 'irade' fikri terk edilmeli. Öğrenci başlangıçta zarlarla olan ilişkisini, taşmış bir nehirde lastik bir sal üzerindeymiş gibi görmeli: Nehrin her hareketi hoştur; nereye ve ne zaman varacağını bilmesine gerek yoktur, bir yere varacaktır. Her şey harekettedir. Sonunda zarla oynayacağı bir noktaya varacaktır. Mesele o kişinin zarla eşitlik kazanması değildir, mesele şudur: İnsan taşıyıcı zarın ruhuyla öyle etkilenmiştir ki, aslında Kutsal bir Araç, ikinci bir Küp olmuştur."

Dr. Rhinehart olduğu yerde durdu ve kendisini dinleyenlere baktı. Anlattıkları kendisini de heyecanlandırmıştı ve masadakiler de Dr. Mann'ın omzuna yaslanıp gözlerini kapamış, uyuklayan Dr. Moon dışında merak ve endişe dolu gözlerle ona bakıyorlardı.

Dr. Rhinehart, "Belki de her şeyi çok hızlı anlatıyorum," diye yeniden başladı konuşmaya. "Belki de zar egzersizlerinden, örneğin duygusal ruletten söz etmeliyim size. Öğrenci altı muhtemel duyguyu bir kâğıda yazar, bir seçeneği seçmesi için zar atar ve sonra bu duyguyu iki dakika süreyle dramatik ifadelerle anlatır. Muhtemelen zar oyunlarından en etkili olandır bu oyun, çünkü öğrenciye belki de sahip olduğundan bile haberdar olmadığı bazı duyguları ifade etme olanağı sağlar. Roger Meters'in raporuna göre, bir öğrencisi zarlarla on dakika sevgi oyunu oynadıktan sonra, uzun zamandır sevdiği ama farkında olmadığı kızı bulmuş ve onunla evlenmiştir."

Dr. Rhinehart masanın önünde durdu ve samimi bir gülümsemeyle Dr. Weinburger'e baktı. Birkaç saniye düşündü ve sonra, "Evet, şimdi size Horatio Alger – Huck Finn oyununu anlatayım," diye devam etti. "Bu oyunda zar belirli aralıklarla bir öğrencinin çok çalışıp başarılı olmasına ya da tembellik yaparak başarısız olmasına karar verir. Bu oyunda aralıkları kısa tutmak daha iyi oluyor; çok çalışma saçmalığı, tembellik saçmalığıyla güzel bir şekilde yer değiştiriyor."

Dr. Weinburger elindeki kağıtları karıştırarak, "Dr. Rhinehart..." diye bir şey söylemek istedi ama Dr. Rhinehart, "Hey, bizim

Rus ruletimiz de var!" diyerek konuşturmadı onu. "Aslında iki türlü Rus ruletimiz var. Birinde öğrenci üç ile altı tane hoş olmayan seçenek yazıyor ve hangisini yapacağını görmek için zar atıyor. İkincisinde yapılması çok zor, meydan okumayı gerektiren bir seçenek de koyuyor listeye -örneğin işten ayrılmak, anneye ya da kocaya hakaret etmek, banka soymak, cinayet gibi- ve bu seçeneğe şans tanıyor.

"Bu ikinci tür Rus ruleti en güzel oyunlarımızdan biri diyebilirim. Dr. Rhinehart Budweir, her sabah tabancaya bir mermi koyup namluyu şakağına dayayarak ve iki zar atarak umutsuz bir ölüm korkusu vakasını iyileştirdi. Zarlar dubara gelirse tetiği çekiyordu. Böylece her sabah ölüm ihtimali oranı iki yüz on altıda bir oluyordu.

"Dr. Budweir bu oyuna başladıktan sonra ölüm korkusu kayboldu, kendini çocukluğundan beri ilk kez bu kadar rahat hissetti. Geçen hafta yirmi dokuz yaşında aniden ölmesi büyük kayıp elbette." Dr. Rhinehart durup masada oturanlara baktı ve devam etti konuşmaya: "Bir de Alman kökenli ünlü Amerikalı araştırmacı bilim adamı Dr. Abraham Krum onuruna Deney K dediğimiz zar oyunu var. Bu oyunda öğrenci, birkaç dakikadan bir haftaya ya da daha uzun bir zamana kadar uzayan dönemlerde oynamak istediği altı rolü bir kâğıda yazar. Deney K başarılı bir zar hayatının anahtarıdır. Bu deneyi her gün bir iki saat ya da her hafta bir gün süreyle yapan öğrenci tam bir zar adam olma yolunda sayılır.

"Bu öğrencinin ailesi ve dostları onun delirmek üzere olduğunu düşünürler ve tedavisi başlar, ama zar adam olmak için kuşkuyu ve alaycılığı bırakmak gerekir. Dr. Fumm bana, bir öğrencisinin Deney K'yı günde bir saatten yavaş yavaş günde yirmi üç saate çıkardığını anlattı, haftanın her günü kimlik değiştiriyor, sadece Pazar günleri dinleniyormuş bu adam. Çevresi önce korkmuş ama onlara ne yaptığını anlatınca ona uymaya başlamışlar. Birkaç ay sonra karısı ve çocukları ona her sabah kahvaltıda o günkü kimliğini sormaya ve ona göre davranmaya başlamışlar. Bu adamın oynadığı roller arasında Aziz Simeon Stylites, Greta Garbo, üç yaşında bir çocuk ve Karın Deşen Jack da olduğu için ailesinin psikolojik olgunluğunu takdir etmek gerekir. Hepsine Tanrı rahmet eylesin."

Dr. Rhinehart durdu ve Dr. Mann'a baktı, bir süre bakıştılar ve Dr. Mann'ın yüzü birden kızardı. Dr. Rhinehart kaşlarını çatarak birkaç saniye yere baktıktan sonra yürüyüşüne ve konuşmasına döndü.

"Görebileceğiniz gibi, etkili tüm ilaçlar gibi zar terapisinin de, çok zararlı olmasa bile bazı yan etkileri var. Örneğin öğrenciler çoğu zaman bu tedaviye devam edip etmemeleri konusunda zarların karar vereceğini düşünüyorlar. Bu seçeneğe çok büyük şans tanıdıkları için zarlar er ya da geç onlara terapiyi bırakmalarını emrediyor. Ama bazen onlara bu tedaviye dönmelerini de söylüyor zarlar. Ama sonra tekrar ayrılıyorlar. Zarlar onlara bazen tedavi masraflarını ödemelerini, bazen de ödememelerini söylüyor. Şunu da kabul etmek gerekir ki, zar öğrencileri hastalar olarak pek güvenilir olamıyorlar. Ama burada şunu da söylemek isterim, en güvenilmez öğrenci ya da hasta, iyileşmeye en yakın hasta oluyor.

"İkinci yan etki ise, zar tedavisinin öğrenci ya da hastaya birçok şey yaptırıyor olması; hasta dikkatleri hem kendisi ve hem de doktoru üzerine çekiyor. Bir de şu var; hasta veya öğrenci *üçüncü direniş* sürecinde doktorunu öldürmeye kalkabiliyor."

Dr. Rhinehart, Dr. Peerman'ın önünde durdu ve samimi bir gülümsemeyle onun gözlerine bakarak, "Normal olarak bu olasılıktan kaçınmak gerekir elbette," dedikten sonra odayı adımlamaya devam etti. "Dördüncü yan etki, öğrencinin, doktorun da zarlara göre karar vermesini istemesi. Eğer terapist seçeneklerinde dürüst ise, tıp etiğine uygun olmayan bazı şeyler yapmak zorunda kalabilir. Şunu da kabul etmek gerekir ki, tedavi uzmanı tıp etiklerini ne kadar çok çiğnerse, öğrencinin tedavide ilerlemesi de o kadar fazla olacaktır."

Dr. Rhinehart odanın duvarı dibinde durdu, kol saatine baktı, sonra yine masanın önüne gitti ve kurul üyelerinin yüzlerine dikti gözlerini.

"Prognoz (hastalık süresi tahmini) hakkında da bir şeyler bilmek istersiniz sanırım," diye konuştu. "Zar terapisine başlayan hastalar genelde normal, dertli Amerikalılar elbette. Bunlardan yaklaşık beşte biri altına çiş etme aşamasından ileri geçemiyor ve iki hafta sonra tedaviyi bırakıyor. Diğer beşte biri iki ay içinde peklik aşamasına giriyor. Bu bölüme girenler konusunda pek emin değiliz, çünkü ilk aylarda tedaviyi bırakanların bazıları özgürlüklerini kazanmış ve tedaviye ihtiyaçları kalmamış kişiler olabilir.

"Zar tedavisine iki aydan fazla devam etmiş olan otuz üç öğrenciden altısı şu anda akıl hastanesinde ve bunların iyileşme ihtimalleri de çok düşük."

Dr. Cobblestone sanki kendini savunacakmış gibi masanın üstünde duran bastonunu aldı ve "Aman Tanrım!" dedi.

"Fakat size iyi bir haber de vereyim, bu altı hastadan biri altı haftadan beri katatonik (dış dünya ile ilişkisini kesmiş şizofren) olmasına karşın, gelecek yılın 13 Mayıs tarihinde tedavi olmuş olacaktır. Son zar deneyinde, altı hafta önce zarlar ona katatonik duruma girmesini ve orada bir yıl kalmasını emrettiler."

Dr. Rhinehart Dr. Cobblestone'un önünde durdu ve onun solgun, ifadesiz yüzüne bakarak mutlu bir ifadeyle gülümsedi. "Benim kişisel tahminime göre, bir yıl sonra bu hasta "kendiliğinden iyileşme" belirtileri gösterecek ve birkaç on yıl sonra da hastaneden taburcu edilecektir."

Masadaki doktorlar ağızları şaşkınlıktan açık bir halde ona baktılar.

"Diğer beş hasta bana göre psikoz kırılması kurbanlarıdır ki bunda da, hasta eğer hayatının hassas bölgelerine çok hızlı itildiyse açık bir tehlike yaratabilir. Fakat bu vakaların çoğunda tedavi uzmanı, psikoz kırılmasından sonra hastanın kimliğinde bir gelişme olduğuna inanıyor."

Dr. Rhinehart durup saatine baktı ve sonra konuşmasına devam etti.

"Zar tedavisine iki aydan fazla devam eden yirmi yedi hastadan on altısı mutlulukla kırılma arasında gidip geliyorlar. Dokuzu çok neşeli bir düzeydeler, ikisinin de görev başında öldüklerini söyleyebilirim, yani anlarsınız işte!"

Dr. Rhinehart odanın ortasında yine, bu kez sırtı Dr. Ecstein'a dönük olarak durdu ve hakkında karar verecek olan beş doktora sakin bir ifadeyle ve yumuşak bir gülümsemeyle bir süre baktı. Sonra yine, "Bu sonuçların hepsi umut verici değil elbette," diye sürdürdü konuşmasını. "Ama şunu da unutmayın ki, biz tedavi yöntemimizle iyi-ayarlanmış kederli insanlar yaratmadık. Bizim hayatta kalan otuz bir zar tedavisi hastamız akıl sağlığı bozuk topluma hiç uymadı. Bu nedenle umutluyuz."

Dr. Mann, omzuna yaslanan Dr. Moon'u hafifçe iterek, sakin bir ifadeyle, "Onun daha fazla konuşmasının yararını göremiyorum," dedi.

Dr. Weinburger önündeki belgeleri düzelterek, "Sanırım haklısın," diye ekledi.

Ama Dr. Rhinehart onlara aldırmadı ve "Zar tedavisi ve para," diye yine başladı konuşmaya. "Freud'un öncü çalışmalarından bu yana para sorunu konusunda pek bir şey yapılmadı. Siz Bayların da bildiği gibi, Freud parayı dışkı ile ilişkilendirdi ve "Sıkılığın" dışkıyı tutma gayreti olduğunu söyledi ve "Kusursuz Anüs" dedi.

Dr. Weinburger, "Dr. Rhinehart, eğer izin verirseniz..." dedi ama sözünü yine tamamlayamadı.

D. Rhinehart saatine bakarak, "İki dakika daha, dedi ve devam etti: "Freud'a göre bir nevroz hastası para akışını dışkı, zaman ya da enerji kaybı, ruhun kirlenmesi ya da tam olarak anüs olarak görüyordu. Hiç kuşkusuz bunu desteklemek mümkün değildi. Erich Fromm ise bu konuda şöyle dedi: 'İnsanın dışkı çıkarması kaderinde doğuştan var olan bir trajedidir." Dr. Rhinehart bunu söylerken gözleri parladı ve "Referansı unuttum," diye ekledi. "Hiç kuşkusuz eski tedavi yöntemleri bu çıkmazı çözemezdi. Geleneksel psikanaliz Temiz Anüs arzusunu nevroz olarak görürken, biz bütün arzular gibi bunun da iyi olduğunu ve sadece çok tutarlı olarak izlendiğinde sorun çıkardığını söylüyoruz. Aslında insan hem Temiz Anüsü ve hem de dışkıyı kucaklayabilmeli."

Dr. Rhinehart masanın önünde, daha doğrusu Dr. Cobblestone'un önünde durdu ve ona doğru eğilip kollarını masanın üstüne koydu. "Biz dışkı çıkarma fonksiyonunda ılımlılık değil, neşeli bir değişiklik arıyoruz; yani rasgele bir değişiklik, sanırım münferit ve seyrek gelen peklik ve ishal patlamaları istiyoruz."

Dr. Cobblestone, "Dr. Rhinehart, lütfen..." diye itiraz etmek istedi ama devam edemedi.

"Ben değişmeceli anlamda konuşuyorum elbette," diye devam etti Dr. Rhinehart. "Bir hastanın para konusunda endişelenme hastalığını tedavi etmek için ona küçük meblağlarda para harcamalarına zarın karar vermesi şeklinde bir terapi uyguluyoruz. Sonra zamanla para miktarını artırıyoruz."

Dr. Weinburger daha fazla dayanamadı ve ayağa kalkarak, "Bu kadar yeter," dedi. "Seni yeterince dinledik sanırım, artık susmanı istiyorum."

Ama Dr. Rhinehart onu sanki hiç duymamış gibi saatine ve sonra da cebinden çıkardığı zara baktı. Dr. Mann hafif bir sesle, "Onu asla susturamayacağız," dedi. Ama Dr. Rhinehart, "Sanırım söyleyecek başka bir şey kalmadı," diyerek gidip sandalyesine oturdu. Dr. Ecstein dalgın gözlerle yere bakıyordu.

Dr. Weinburger yine önündeki kâğıtları topladı, düzeltti ve sonra hafifçe öksürerek boğazını temizledi. "Evet, Baylar," diye konuştu. "Dr. Rhinehart hâlâ buradayken, oylamaya geçmeden önce ona sormak istediğiniz soru var mı acaba?" Dr. Peerman garip bir ifadeyle sırıtırken, Dr. Cobblestone kaşlarını çatmış, bacaklarının arasında duran bastonunun başına bakıyordu. Sol tarafta ise Dr. Moon hâlâ uyukluyordu ve tam o sırada başını Dr. Mann'ın omzundan kaldırmış, başkana doğru kaymaya başlamıştı.

Dr. Mann hafif bir sesle, "Bu adam insanlıktan çıkmış," dedi.

Dr. Weinburger, "Efendim, anlayamadım?" deyince Dr. Mann sözünü tekrarladı. "Bu adam insanlıktan çıkmış."

Dr. Weinburger, "Ah, evet," diyerek ayağa kalktı. "Eğer soracak sorunuz yoksa Dr. Rhinehart'a dışarı çıkmasını rica edeceğim, biz de böylece konuyla ilgili oylamamıza geçebiliriz."

Dr. Rhinehart, Dr. Ecstein'ın yanındaki sandalyede otururken sakin bir ifadeyle, "Benim insan olmadığımı söylüyorsunuz, değil mi?" dedi. "Tamam, ben insanlıktan çıktım. Fakat günümüzdeki insan örneklerine bakarsak, *insan değil* ifadesi hakaret sayılabilir mi? Sokaklarda, ailelerin içinde, savaşlarda yaşanan insanlık dışı olaylara bakarsak, sizin *insanlık dışı* ifadeniz benim ahlaksızlığımı değil, sadece hareketlerimin anormalliğini belirtir."

Dr. Weinburger ayakta kaldı ve "Dr. Rhinehart, lütfen..." diyerek onu susturmak istedi.

"Hadi canım, şurada bir saattir saçmalıyorum, bana biraz

daha şans verin," diyen Dr. Rhinehart kaşlarını çatıp gözlerini başkanın yüzüne dikince adam yavaşça yerine oturdu.

"Bizim zarlı hareketlerimizin insanlara verdiği acılar, rasyonel, uygar insanların birbirine verdiği acıların yanında hiç k .lır. Zar insanları kötülükte amatör sayılırlar. Sizi rahatsız eden şey bana göre, bazı insanların ego-motivasyonlu benlik tarafından değil de zar-motivasyonlu benlik tarafından yönetiliyor olması, değil mi Baylar? Sizi şoke eden şey, bizim arada sırada görünüşte neden olduğumuz geçici acılar. Siz amaca yönelik, tutarlı, sağlam yapılı acıları tercih ediyorsunuz. Bizim zar emrettiği için sevmemiz, aşkı ifade etmemiz, bunları tesadüfe bağlı olarak yapmamız, sizin insan doğasıyla ilgili hayallerinizi paramparça ediyor."

Dr. Weinburger onu susturmak için tekrar ayağa kalkmak istedi ama Dr. Rhinehart kalın kolunu kaldırıp onu yerine oturttu ve konuşmasına devam etti:

"Ama sizin bütün gayretinizle savunmaya çalıştığınız şu insan doğası nedir? Kendinize bir bakın. İçinizdeki gerçek mucide, sevgiliye, maceracıya, kadına ya da azize ne oldu? Hepsini öldürdünüz. Kendinize bir bakın ve sorun, 'İnsanın içinde yaratılmış olduğu Tanrı imajı bu mu?'" Dr. Rhinehart sustu ve bir süre sırayla hepsinin yüzlerine baktıktan sonra, "Günaha girmektir bu," diye devam etti. "Tanrı yaratır, deneyler yapar, rüzgârı estirir. Geçmişinin pislikleri içinde yuvarlanmaz Tanrı."

Dr. Rhinehart bunu da söyledikten sonra elindeki kâğıtları çantasına koydu ve ayağa kalktı.

"Ben şimdi gidiyorum ve siz de oylamanıza geçebilirsiniz. Ama şunu da unutmayın sakın, siz hepiniz potansiyel ruh bukalemunlarısınız ve insanların mükemmelliğini çalan hayallerin en zalimi de budur. 'Karakter'in ve 'bireyselliğin' kaya gibi ağır kabuğuna insanlığın en büyük gelişmesi demektir. Çıpası için bir tekneyi övmeye benzer bu."

Dr. Rhinehart kapıya doğru yürüdü ve dışarı çıkmadan önce, "Gerçek bir deli," diye söylendi. "Birkaç gerçek deli. Her ulus için birkaç deli. Zarı keşfedene kadar bunu istemek büyük bir şeydi." Durdu, Dr. Ecstein'a gülümsedi sonra odadan çıkıp gitti.

Bölüm Kırk Dokuz

(PANY Yönetim Kurulunun Oylama Toplantısının, Dr. Jacob Ecstein'ın Tanık Olarak Aldığı Özel Zar-Kararlı Bant Kayıtlarından Bir Bölümdür.)

Yönetim kurulunun beş üyesi uzun süre konuşmadan oturdu salonda, içerde sadece uyuyan Dr. Moon'un hırıltılı nefes alış verişleri duyuluyordu. Dr. Weinburger, Dr. Cobblestone ve Dr. Mann hâlâ Dr. Rhinehart'ın çıktığı ve şimdi kapalı olan kapıya bakıyorlardı. Sonunda sessizliği bozan kişi Dr. Peerman oldu:

"Sanırım işimizi tamamlamalıyız."

Dr. Weinburger, "Ah, evet, tabii, tabii," dedi. "Oylama yapmamız gerekiyor, bitirelim işimizi." Ama kapıya bakmaya devam etti ve "Tanrım, adam gerçekten delirmiş," diye ekledi.

Dr. Peerman incecik sesiyle, "Oylamaya geçelim artık," diye tekrarladı.

"Evet, elbette. Dr. Peerman'ın teklifi üzerine, belirtilen nedenlerden dolayı Dr. Rhinehart'ın kovulması ve AMA'ya da aynı konuda harekete geçmesi için yazı yazılması konusunu oylamaya geçiyoruz. Dr. Peerman?"

Dr. Peerman kaşlarını çatarak, "Ben teklifim için evet oyu kullanıyorum," dedi.

"Dr. Cobblestone?"

Yaşlı doktor bacakları arasında tuttuğu bastonuyla oynuyor ve dalgın gözlerle Dr. Rhinehart'ın boş kalan sandalyesine bakıyordu. Birkaç saniye düşündü ve sonra, "Oyum evet," dedi.

Dr. Weinburger, "Aleyhte iki oy oldu," dedi, "Dr. Mann?"

Dr. Mann omzunu kaldırıp kendisine yaslanmış olan Dr. Moon'u hemen hemen dik duruma getirdi ve Dr. Moon gözlerini hafifçe açarak şaşkın bir ifadeyle etrafına bakındı.

Dr. Mann, "Ben hâlâ Dr. Rhinehart'tan sessizce istifa etmesini istemeliydik diye düşünüyorum," diye konuştu. "Bu nedenle bir *pro forma* (adet yerini bulsun) oyu kullanıyor ve hayır diyorum."

Dr. Weinburger ona bakarak hafifçe gülümsedi ve "Seni anlıyorum, Tim," dedi. "Ya sen, Dr. Moon?"

Dr. Moon'un vücudu doğruldu, göz kapakları yavaşça ama tamamen açıldı ve uykudan kızarmış gözler çevreye bakındı. Yüzünde sanki yaşayan bütün insanların acısını çekiyormuş gibi bir ifade vardı.

"Dr. Moon, dinlediğimiz bu adamın bu adamın kovulması için evet oyu mu vereceksiniz, yoksa hayır diyerek kalmasını mı isteyeceksiniz?"

Dr. Moon'un acıdan buruşmuş gibi duran yüzünde canlı olan uzuvlar sadece kıpkırmızı gözleriydi, ama onlar da tam anlamıyla boşluğa bakıyorlardı. Ağzı açılmıştı ve salyası akıyordu.

Dr. Weinburger üçüncü kez, "Dr. Moon?" diye seslendi.

Dr. Moon sesini çıkarmadı, iki kolunu da çok ağır bir hareketle, belki de yirmi, otuz saniye kadar süren çok yavaş bir hareketle havaya, başının üstüne kaldırdı, ellerini tam kapamadan yarım yumruk yaptı ve sonra bu yarı açık yumrukları hızla masaya indirdi, ağzı hâlâ açıktı.

"HAYIR!" diye bağırdı.

Odadakiler şoke oldular, bir süre kimse konuşmadı ve sadece Dr. Moon'un muntazam olmayan nefesleri duyuldu.

Bir süre sonra Dr. Weinburger, "Ret oyunun nedenini lütfen açıklar mısın?" diye sordu ona.

Dr. Moon'un bedeni yine yavaşça Dr. Mann'ın omzuna doğru kaykıldı ve gözleri şimdi yarım açıktı.

"Oyum açık işte," dedi. "Siz devam edin."

Dr. Weinburger ayağa kalktı ve vakur bir gülümsemeyle diğerlerinin yüzlerine baktı.

"Dr. Rhinehart'ın kovulması teklifi iki evet, iki hayır oyla ortada kaldı, başkanın oyu durumu belli edecek," dedi. Birkaç saniye durup düşündü, önündeki kağıtlarla oynadı ve "Ben evet oyu veriyorum," diye devam etti. "Bu durumda ikiye karşı üç oyla Dr. Rhinehart'ın PANY'de kovulmasına karar verildi ve bir yazı yazılarak..."

O sırada gözlerini biraz daha açarak, zayıf sesiyle, "Bir dakika, bir dakika!" diyerek başkanın sözünü kesti.

Dr. Weinburger şaşırdı ve "Ne var?" diye sordu.

"Kurallarımıza göre . . . bir meslektaşı aleyhine suçlama getiren kişi . . . oylamada evet oyu kullanamaz Baylar."

"Korkarım ben bir şey anlamadım."

Dr. Moon derin bir nefes alarak onlara baktı ve "Bu kural otuz birde benim tarafımdan getirildi," dedi. Dr. Mann'ın omzuna yaslanmamak için gayret eder gibiydi ama kendini tam olarak dik durumda tutamıyordu. "Bu suçlamayı Peerman getirdi kurula, bu durumda Peerman oy kullanamaz."

Odada yine uzun süren derin bir sessizlik oldu. Duyulan ses sadece Dr. Moon'un hafif hırıltılı nefesiydi.

Bir süre sonra Dr. Mann, "O halde oylar iki iki berabere kalıyor," dedi.

Dr. Moon, "Aslında oylar ikiye bir sanığın lehine," diye konuştu. "Kurul başkanı sadece beraberlik durumunda, karar alınması için oy verebilir."

Dr. Weinburger şaşkınlıktan ne yapacağını bilemez bir halde, adeta düşmemek için masaya yaslanarak, zayıf bir sesle, "Dr. Moon, efendim," diye konuştu, "lütfen óyunuzu değiştirmeyi düşünür ya da açıklama yapar mısınız?"

Dr. Moon'un, bütün insanlığın acısını çekiyormuş gibi kırışmış olan yüzünde ölü gözü gibi görünen yarı kapalı gözleri yeniden açıldı ve kor gibi parladı.

Sadece, "Oyum açık," dedi ve sustu.

Dr. Weinburger ne yapacağını bilemiyormuş gibi bir süre hiç konuşmadan yine önündeki kâğıtlarla oynadı. Sonra başını kaldırdı ve "Dr. Moon, efendim..." diye konuştu. "Sorunu çözmemiz için lütfen oyunuzu değiştirmeyi düşünmez misiniz, efendim... Dr. Moon! Dr. Moon!"

Odada derin bir sessizlik oldu. Hiçbir ses duyulmuyordu artık.

Bölüm Elli

Dr. Moon'un bir toplantı sırasında, görev başında ölümü New York psikiyatri toplumunda karmaşık duygularla karşılandı ve beni de açıkça hak ettiğim sonuçtan kurtardı. Ben PANY'den sessizce istifa ettim, ama Dr. Weinburger AMA başkanına kişisel bir mektup yazdı ve benim uygarlığın seçkin bölümünden dışlanmam için gereken hareket de ağır, rasyonel ve bürokratik bir şekilde başladı.

Diğerleri beni belki de ömür boyu Kolb Kliniğinde kilit altında tutacaklardı ama benim psikiyatrım Jake Ecstein idi ve pek çok hırslı ve başarılı doktorun aksine, Jake sadece Jake'i dinlerdi. Böylece, normale döndüğüm anlaşıldığında, (Normallik Ayına dönüştü bu) Jake beni hastaneden taburcu etmelerini söyledi onlara. Ama onun bu davranışı bana bile mantıksız geldi aslında.

Bölüm Elli Bir

Fred Boyd bizim mutfak penceresinden eski çiftlik ambarına ve zehirli sarmaşıklara baktı ve sonra gülümseyerek, "Luke, sen bir şarlatan doktorsun," dedi.

Lil yanımızdan geçip sebzeleri almak için dışarı çıkarken ben, "Yaaa, öyle mi?" diye mırıldandım.

"Bir Phi Beta şarlatanısın, parlak bir şarlatansın ama sonuçta şarlatansın işte."

"Teşekkürler, Fred, çok naziksin."

Fred elindeki bayat kurabiyeyi ılık kahvesine banarak, "Sorun şu ki, bunlardan bazıları mantıklı geliyor bana. Bu da meseleyi karmaşık hale getiriyor işte. Neden sadece tam bir deli ya da şarlatan olmuyorsun sanki?"

"Vay canına! Bak bu hiç gelmedi aklıma. Bu konuyu zara danışmam gerekecek."

Lil ve Bayan Welish bahçede eve doğru yürürken iki çocuk da barışarak arkalarından geliyorlardı. Lil'in kollarında sebze dolu kesekâğıtları vardı. İçeri girdiklerinde Lil çocuklara birkaç kurabiye verdi ve onları tekrar bahçeye gönderdi.

Beyaz tenis gömleği giymiş olan Bayan Welish bize taze kahve yaparken fırından yeni çıkmış kekten de birer dilim kesti. Fred ona bakarak içini çekti, esnedi ve sandalyesini iki arka bacağı üzerinde yaylandırarak ellerini ensesinde kenetledi.

"Bunun sonu ne olacak böyle, Luke?"

"Neyin sonu?"

"Senin şu zar terapisi konusu."

"Bunu sadece Zar Efendi bilir."

"Ben ciddi konuşuyorum, bunu yapmakla ne kazanacaksın ki?"

"Sen de denemelisin bunu, Fred."

"Biliyorsun ki denedim ve eğlenceli olduğunu da kabul ediyorum. Fakat Tanrım, bunu ciddiye alsam tamamen değişmem gerekebilir."

"Evet, öyle."

"Ama ben halimden memnunum, Luke."

"Ben de memnunum halimden, Fred, ama senden sıkılmaya başladım, biliyor musun? Biz arkadaşlarımızda değişiklik olmasını ve onların beklenmeyen şeyler yapmalarını bekleriz. Hiç tahmin edilemeyen şeyler yapanları çok severiz, çalışmaları bizi onlara çeker. Ama bir süre sonra nasıl çalıştıklarını öğreniriz ve yine canımız sıkılmaya başladı. Değişmen gerekir, Fred."

O sırada Lil oturduğumuz masaya kahve ve çikolatalı kekle bir şişe vitamin getirerek, "Hayır, değişmesi gerekmez," dedi. "Ben Luke'un eski halini seviyordum ve Fred'in de olduğu gibi kalmasını isterim."

"Ama yanılıyorsun, Lil. Zar Adam olmadan önce benimle canın sıkılıyordu, mutlu değildin. Şimdi ise *eğleniyorsun,* ama yine mutsuzsun, bu da bir gelişmedir."

Lil başını iki yana salladı.

"Fred bana yardımcı olmasaydı bunu başaramazdım, ama o bana senin davranışlarının ne olduğunu tam olarak gösterdi: Fil gibi iri bir çocuğun hasta isyanıydı bunlar."

"Öyle mi, Fred?"

Fred, "Bir dakika, Lil," diyerek itiraz etti. "Ben senin gibi düşünmüyorum aslında."

Lil, "Pekâlâ," dedi. "O zaman fil kadar kocaman Phi Beta Kappa çocuğu şarlatan diyelim."

Fred, "Bak bu daha iyi işte," dedi ve hepimiz güldük.

Bayan Welish bize taze kahve getirdi ve kendisi de kahve kupası alıp pencere önündeki sandalyeye oturdu. Bizim teşekkürlerimize gülümseyerek karşılık verdi ve kahvesinden bir yudum alarak başını salladı.

Lil, "Aslına bakarsan şimdi neler yaptığını öğrendikten sonra sen umurumda bile değilsin, Luke," diye konuştu. Şu senin zar hayatını daha önceden anlatmalıydın bana."

"Zarlar anlatmamı istemediler benden."

Bayan Welish, "Sen kendi başına bir şey yapmaz mısın peki?" diye sordu.

"Mümkün olduğunca yapmam."

Fred, "Tuvalete gitmeden önce her seferinde Tanrısına danışan tek adam Luke'tur," dedi.

Bayan Welish, "Sanırım Dr. Rhinehart gerçek bir bilim adamı," dedi ve hepimiz ona bakınca yüzü birden kızardı. Sonra, "Yaptığı işlere kişisel düşüncelerini karıştırmıyor," diye ekledi.

Lil, "Ben de anladım bunu," dedi. Ama ondan sonra sıkıcı bir sessizlik oldu odada. Ben klinikten çıktıktan sonra Lil bana o gece Dr. Mann'ın banyosunda neler olduğunu sormuş ve ben de ona her şeyi açıkça anlatmıştım. O da bana gereken cevabı verdi ve ben de ondan sonra çalışma odamda yalnız başıma uyumaya başladım. Fred de Bayan Welish'i sorgulamış, her şeyi öğrenmişti ama bu genç ve güzel kadın hakkındaki fikri pek değişmemiş gibiydi. Krum partisinden sonra Fred çok yavaş da olsa sonunda Bayan Welish'i kollarına almış, onunla yatmıştı ve onun daha önce kimlerle birlikte olduğu umurunda bile değildi.

Fred, "Bütün bu olanlarda benim görebildiğim tek sorun, senin sınırlandırma duygunun zayıf olması, Luke," diye konuştu. "Zar hayatı senin için büyük önem taşıyor, her şeyin önüne geçmiş. Bunu ben de denedim, Orv Boggles'la, Tracy adlı şu kızla ve senin öğrencilerinden, tanıdığım bazı kişilerle de konuştum. Fakat sen bunu yaparken fazla etkileniyorsun Luke, mantık kullanmıyorsun bu işte."

Lil, "Yüzyılı en hafif ifadesi," dedi. "Az bile söyledin, Fred."

"Evet, ben bunu yaparken bazen abartıyor olabilirim, ama iyi bir amaçla yapıyorum bunu. Bilirsin, Calvin Coolidge, 'Abartılı yol insanı akıl sarayına götürür,' der ve ben de ona inanırım."

Fred ona bakarak gülümsedi ve "Tamam, ama artık Krum partisi yok," dedi.

"Bundan sonra partilerde altı rol birden oynamayacağıma söz veriyorum."

Bayan Welish, "Evet, ama deneylerine devam etmeli," dedi.

"Size söz veriyorum, artık ılımlı bir şarlatan olacağım," dedim.

Fred masadan kalkarken, "Pekâlâ, tenis mi, yüzme mi, kulübe mi gideceğiz, yoksa tekneyle mi dolaşacağız?" diye sordu.

Lil, "İki seçenek daha gerekiyor," dedi.

Bayan Welish, "Zarı ben atıyorum," dedi ve bizim zarı almak için dolaba gitti. Masanın üstüne atılan zar tenis seçeneğini seçti. Daha sonra yine zar atarak kimin arabasıyla gideceğimize ve kimin kimle oynayacağına karar verdik ve evden ayrıldık.

Ağustos'un ilk haftasıydı, doğu Long Island'daki zehirli sarmaşıklar arasında, eski aile çiftliğinde tatil yapıyorduk ve her şey yolunda gidiyordu. Lil bir aydan beri beni zar teorisi ve terapisi hakkında sorguya çekmiş, sonunda ilgilenmeye başlamış ve eski düşmanlığını bırakmıştı. Bir akşam yemeğe Profesör Boggles'ı davet ettim ve o da zar terapisinin yararları hakkında güzel şeyler söyledi Lil'e.

Bizim ayrı yaşama ve boşanma konusunu şimdilik askıya almıştık. Lil bana her şeyi mantık çerçevesinde, abartmadan yaptığım sürece katlanacağını söyledi.

Temmuz ortasında klinikten taburcu olduğumdan beri Fred Boyd sık sık bana geliyor, zar teorisi ve uygulaması hakkında uzun konuşmalar yapıyorduk. O bana fikrimin tamamen orijinal olmadığını göstermek için Jung'da, Reik'ten ya da R. D. Laing'den söz ediyordu ama teorinin yararlı olabileceğini de ima ediyordu. Kendisi de zar terapisi uygulamaya başladı. Hatta bir gün bana, Bayan Welish ile yatmasında zarların büyük desteği olduğunu söyledi.

Lil Temmuz sonuna doğru evlilik haklarımı bana geri verdi ve beni yatağa aldı ama sevişme konusunda zarlara danışma teklifimi önce kabul etmemesine rağmen ayın sonunda buna da evet dedi. Bir akşam günahkâr-aziz oyununda, zar yarım saat süreyle beni aziz, Lil'i de günahkâr yaptı.

Lil ile satranç oynadığımız zamanlar oynayacağı oyunları bile zar atarak kararlaştırıyor, film seçimlerinde bile zar kullanıyordu. Larry'ye bile zarla oynama izni verdi ama böyle durumlarda veto hakkını elinde tutuyordu.

Fakat ilişkimizde esas hamle, bir gün öğleden sonra, çocuklar kumsalda iken duygusal rulet oyununda geldi. Standart oyunu, sadece üç duygusal seçenek –aşk, nefret ve acıma– kullanarak basitleştirdik, ama bir yandan da, ikimiz de aynı zamanda rastlantıya bırakıp karmaşıklaştırdık. İlk üç dakikada duygularımızın ne olacağı konusunda zar atınca, Lil'e nefret, bana da aşk seçeneği çıktı.

Ben ona sevgiyle yaklaşır, yalvarırken o bana küfürler etti, reddetti beni. Onu kollarıma almak isteyince sol kalçama tekme attı (şükür ki başka yerime gelmedi tekme), dizlerimin üstüne çöktüm, yüzüme tükürdü. Bir sonraki üç dakika için yine zar attık ve bu kez bana acıma duygusu, ona yine nefret çıktı.

Zarın bana verdiği seçeneği görür görmez, "Zavallı Lil," dedim ama başımı anında eğmeseydim Lil'in yumruğuyla yere yıkılabilirdim. Lil aylardan ve hatta yıllardan beri bana karşı içinde biriktirdiği öfkeyi bu oyundan yararlanarak fiziksel tepki haline getirdi ve bana saldırdı. Bağırarak ağlıyor, dişlerini gıcırdatıp beni yumrukluyordu. Üç dakikanın sonuna doğru ağlayarak yatağın üstüne kapandı.

Üç dakika sonunda, "Vakit tamam," diyerek yeni zarımı attım ve bu kez nefret seçeneği bana, aşk ona geldi.

Nefretle onun yüzüne baktım ve "Seni pis fahişe!" diye tısladım. "Tanrının cezası kaltak seni! Senin pis tenine dokunmaktansa Bayan Reingold'un sol dirseğini okşarım!"

Lil'in gözlerinde önce öfke parıltısı belirdi ama sonra birden yumuşadı, gözleri sevgi ifadesiyle parladı ve gülümseyerek yüzüme baktı.

Kaşlarımı çatarak, "Dümdüz göğüsler, popo diye bir şey yok, berbatsın!" diye homurdandım.

Lil sevgi dolu bir ifadeyle, "Luke, Luke, gel bana," diyerek kollarını açtı.

"Defol git başımdan, fahişe!" diye söylendim. "Berbatsın işte, fareden farkın yok senin!"

Lil'in yüzünde yine bir öfke ateşi parladı ama çabuk söndü.

"Şuna bakın!" diye devam ettim. "Kontrolünü kaybetmeden zarın emrine otuz dakika bile dayanamıyor..."

Lil şaşkına döndü. Ben onu öfkelendirmek için elimden geleni yapıyordum. Başımı salladım ve "Bunca zamandır Arlene gibi bir erkek delisiyle yatmam yetmiyormuş gibi..." diye başladım. Ama Lil, "Luke!" diye bağırdı.

"O yetmiyormuş gibi Terry diye bir başka erkek delisi çıktı karşıma..."

"Zavallı, zavallı Luke!"

Lil kızmamak için elinden gelen gayreti gösteriyor, söylediklerime gülüp geçmeye çalışıyordu. Ben şimdi onun tepesine dikilmiş, yumruklarımı sıkmış, ağzıma geleni söylüyor, küfürler edip duruyordum. Kendimi çok rahat ve mutlu hissediyor, istediğim gibi konuşuyordum ama Lil karşımda savunmasız kalmasına rağmen incinmemiş gibi görünmeye çalışıyordu.

Bir ara durup onun yüzüne bakınca, "Luke, seni seviyorum," dedi.

"Sana acıyorum, aptal kadın. Aslında senin bana acıman gerekir. Bir oyunu bile doğru dürüst oynayamıyorsun salak kadın."

"Luke, böyle konuşma tatlı sevgilim..."

"Ben senin tatlın filan değilim sersem kadın! Ben sana ne..."

"Vakit doldu Luke."

"Umrumda bile değil. Şu anda senin kafanı koparıp köpeklere atmak geliyor içimden..."

Lil sakin görünmeye çalışarak, "Üç dakika doldu, Luke," dedi.

"Oh, öyle mi? Özür dilerim o zaman."

"Pekâlâ, şimdilik bu kadar oyun yeter, Luke. Teşekkürler."

Lil bunu söyledikten sonra sevecen bir tavırla gelip başını kucağıma koydu ve biz bu kez hiç zar atmadan, darılıp da barışan karı kocaların yaptığı gibi bir güzel yatıp seviştik. Lil bu olaydan sonra bana karşı eskisi gibi sevecen davranmaya başladı ve mutlu olduk. Çoğu zaman elbette.

O sabah zar bize tenis oynama seçeneği verdi, sonra da körfezde bir kumsala giderek bir süre yüzdük ve Larry ve Evie ile kovalamaca oynadık, biraz daha yüzdük. Çiftliğe dönünce cin içerek konuştuk, sonra çorba içip hamburger yedik, haşiş içtik, Bayan Welish gitar çaldı ve Fred'le ben şarkı söyleyerek biraz daha haşiş içtik ve kafaları iyice bulunca odalarımıza çekildik. Odamızda Lil ile sevişirken Lil zevkle bağırdı ve Fred çıplak olarak içeriye girip bize katılmak istedi, ama ben zar atıp ona hayır dedim ve Fred küserek gitti. Ama biraz sonra Fred ve Bayan Welish birlikte geldiler bizim odamıza, hep beraber oturup şiirlerden, sevişme şekillerinden, pornografiden, uyuşturucu kullanmaktan ve benzeri konulardan söz ederek konuşmaya başladık.

Daha sonra arkadaşlarımız gittiler, ben ve Lil biraz daha seviştik ve Lil uykuya dalmadan önce, "Zar adamın artık bir yuvası var," dedi. Ben de uykulu bir halde, "Haa, çok iyi," dedim ve ikimiz de uykuya daldık.

Bölüm Elli İki

Eric elindeki ton balıklı sandviçi nazik bir şeymiş gibi dikkatle tutarak, sakin bir ifadeyle, "Kaçmama yardım etmeni istiyorum, Doktor," dedi. Diğer hastalar ve ziyaretçileriyle dolu olan W Koğuşu kafeteryasındaydık. Ben siyah bir balıkçı yaka gömlek ve eski bir siyah elbise giymiştim, onun üzerinde ise doğal olarak gri akıl hastanesi kıyafeti vardı.

Konuşan kalabalığın gürültüsünde onu daha iyi duymak için öne doğru eğildim ve "Neden?" diye sordum.

"Buradan çıkmak zorundayım," diye konuştu. "Burada yapabileceğim bir şey kalmadı," derken omzumun üzerinden dikkatle arkamdaki insanlara bakıyordu.

"Peki, ama neden bana söylüyorsun bunu? Bana güvenmediğini ikimiz de biliyoruz"

"Sana güvenmiyorum, onlar da güvenmiyor, kimse güvenmiyor ki sana."

"Teşekkürler."

"Ama sen onların tarafında olan ve bize yardım edebilecek kadar çok şey bilen tek adamsın."

"Bunu öğrenmekten onur duydum doğrusu." Gülümsedim, tekrar arkama yaslandım ve karton bardaktaki çikolatalı sütten bir yudum aldım. Ama onun daha sonra söylediği cümlenin baş tarafını duyamadım.

". . . gidecek. Bunu biliyorum. Her nasılsa geçecek bu da."

Öne doğru eğildim ve "Ne? Anlayamadım?" dedim.

"Kaçmama yardım etmeni istiyorum."

"Ha şu mesele. Ne zaman?"

"Bu akşam."

Hastasında çok ilginç belirtiler görmüş bir doktor gibi, "Yaa, öyle mi?" dedim.

"Bu akşam saat 8'de."

"Sekizi çeyrek geçe olmaz mı, mesela?"

"Bir grup hastayı Manhattan'da *Hair*'i seyretmesi için götüreceksin ve bunun için bir otobüs tutacaksın. Otobüs buraya 7.45'te gelecek ve sen de gelip bizleri otobüse bindireceksin."

"Neden *Hair*'i seyretmek istiyorsun?"

Siyah gözleriyle bir süre yüzüme baktı, sonra omzumun üstünden kalabalığı süzdü. Bir süre düşündü ve sonra sakin bir sesle, "Biz *Hair*'i seyretmeyeceğiz ki," dedi. "Kaçacağız biz. Sen hepimizi köprünün diğer ucunda serbest bırakacaksın."

"Evet, ama Dr. Mann ya da diğer müdürlerden birinin yazılı izni olmadan kimse ayrılamaz bu hastaneden."

"Sen sahte bir izin ayarlarsın. Böyle bir izni hastabakıcıya bir doktor verirse kimse kuşkulanmaz onun sahte olduğundan."

"Siz kaçtıktan sonra ben ne olacağım peki?"

Sakin bir ifadeyle arkamda oturanlara baktı ve başını salladı. "Bu önemli değil. Sen sadece bir araçsın."

"Demek öyle. Evet, ben tam olarak bir otobüsüm yani, değil mi?"

"Evet, sen bir araçsın ve sen de kurtulacaksın."

"Bunu öğrendiğime sevindim doğrusu."

Bir süre konuşmadan bakıştık ve sonra ben, "Peki, ama neden yapayım bunu ben?" diye sordum. Salonda çok gürültü olduğu için başlarımızı iyice yaklaştırmıştık, aramızda sadece on beş santim mesafe vardı. Hasta adamın yüzünde ilk kez bir gülümseme gördüm. Dikkatle gözlerime baktı ve hafif bir sesle, "Çünkü bunu yapmanı zar söyleyecek sana," dedi.

Hastasının belirtilerini dinleyip tanı koymuş bir doktor gibi birden rahatladım sanki ve "Yaaa!" dedim. "Demek bunu yapmamı zar söyleyecek bana, öyle mi?"

"Ona şimdi danışacaksın."

"Ona şimdi danışacağım demek."

Elimi ceketimin cebine attım ve iki yeşil zarımı çıkardım.

"Sana daha önce açıkladığım gibi, seçenekleri ve ihtimal oranlarını ben saptarım."

Eric, "Bunun hiç önemi yok," dedi.

"Ama ben senin kaçmanı zara bir seçenek olarak verme yanlısı değilim."

Erc yine hafifçe gülümsedi ve biraz önce söylediğini tekrarladı. "Bunun hiç önemi yok."

"*Hair*'i izlemek için seninle beraber kaç kişi götürmem gerekiyor peki?"

Sakin bir ifadeyle, "Otuz yedi," diye cevap verdi.

Birden ne diyeceğimi şaşırdım, ağzım bir karış açıldı ve "Yani ben... Dr. Lucius Rhinehart, bu akşam saat sekizde . . . Amerika'nın en büyük akıl hastanesinden otuz yedi akıl hastasını kaçıracağım, öyle mi?" diye kekeledim.

"Otuz sekiz," dedi.

"Haa, seninle beraber öyle oluyor tabii." Bir süre daha konuşmadan birbirimizin gözlerine bakıp durduk, ama o kendinden çok emin görünüyordu.

Birden sinirlendim ve "Bak sana ne diyeceğim," diye konuştum. "Yapabileceğim en iyi şeyi yapacağım, yani bir tek zar atacağım, eğer ikili ya da altılı gelirse kaçmanıza yardımcı olacağım, tamam mı?"

Bana cevap vermedi ama sorumu tekrarlayınca, "Pekâlâ," dedi. "Zarı iyi çalkala ve bir şeş at bakalım."

Onun yüzüne bir süre daha baktım, sonra zarı iki avucumun arasına alıp birkaç kez salladım ve masanın üstüne, boş süt kutusu ile ton balığı tabağının arasına attım: İkili geldi.

Başımı salladım ve "Vay canına!" dedim. İfadesiz gözlerle yüzüme baktı ve sandalyesinde arkaya yaslanırken, "Gelirken biraz da para getir," dedi. "Yüz dolar bile olsa şimdilik yeter."

Bunu söyledikten sonra sandalyesini geriye iterek ayağa kalktı ve mutlu bir gülümsemeyle yüzüme baktı. Başını salladı ve "Tanrının gizemli çalışmaları var," dedi.

Ben de ona bakarak başımı salladım ve ilk kez olarak kendi arzumun değil de zarın dediğinin yapılmasını istediğimi anladım.

"Evet," dedim. "Tanrının araçları çeşitli şekillerde ve büyüklüklerde oluyor."

Hastam, "Bu akşam görüşürüz," dedi ve kalabalık kafeteryadan çıkıp gitti.

Aslında *Hair*'i bir kez daha görebilirim diye düşündüm ve kendi kendime gülümsedikten sonra Büyük Akıl Hastanesi Kaçış Planı konusunda çalışmaya başladım.

Bölüm Elli Üç

Jake, "Artık iyileştiğini söyleyebilirim sana," dedi.

"Ama ben pek emin değilim Jake," dedim. O gün öğleden sonra onun ofisindeydik ve Jake bana bunun son terapi seansımız olabileceğini söylemeye çalışıyordu.

"Senin şu zar terapisiyle ilgilenmen sana zarlarla çalışma konusunda mantıklı bir temel verdi. Daha önce zarları sadece sorumluluklarından kaçmak için kullanıyordun. Şimdi ise onlar senin sorumluluğun oldular."

"Bunun çok hassas bir konu olduğunu kabul ediyorum, Jake. Fakat zarın günün birinde beni yeni bir yöne atmayacağını nerden bileceğiz?"

"Çünkü artık bir amacın var. Seçenekleri sen kontrol ediyorsun, öyle değil mi?"

"Evet."

"Zar terapisinin tehlikeli olduğunu da kabul ediyorsun."

"Bazen."

"Başka bir aptal kadınla yatmak uğruna zar terapisinin gelişmesini riske atmayacaksın herhalde, değil mi? Artık ne istediğini biliyorsun."

"Ya akıllı bir kadın çıkarsa önüme?"

"Zar terapisini geliştirmeyi düşüneceksin. Bu geliştirme fikri sana, babanı Freud ve Dr. Mann şeklinde düşünerek reddettiğinden ve bu rasgele isyana başladığından beri eksiğin olan o temeli verecektir."

"Fakat iyi bir zar terapi uzmanının rasgele bir yaşantısı olmalı."

"Ama hastasını da düzenli olarak görmeli. Bunu mutlaka yapması gerekir."

"Haklısın galiba."

"Hastasını dinlemeli, ona bir şeyler öğretmeli. Ayrıca Lil de deniyor zar uygulamasını, çocukların da var, Luke. Yeni kişiliğin kabul edildi artık. Bundan sonra deli rolü oynamana gerek kalmadı."

"Anlıyorum."

"Ben bile kabul ettim yeni Luke'u. Arlene de bana zar tedavisi konusunda değerli bilgiler verdi. Sonra Boggles ile de konuştum. Zar terapisi mantıklı bir yöntem."

"Evet, ama bir insanın kendini güvende hissetmesi için gerekli olan dengeli benliği bozma eğilimi gösterebilir."

"Sadece yapay olarak. Aslında bu yöntem hastayı diğer insanlarla sürekli mücadeleye zorlayarak gücünü artırmasını sağlıyor."

"Ego gücünü mü artırıyor?"

"Elbette, artık hiçbir şeyden korkmuyorsun, değil mi?"

"Şey, bilemiyorum."

"Kendini o kadar kötü durumlara düşürdün ki artık kimse incitemez seni."

"Ah, bilemiyorum, hassas bir konu bu."

"İşte bu ego gücüdür."

"Egosuz ego gücü."

"Anlamsal, ama biz de bunun peşindeyiz zaten. Beni kimse incitemez, çünkü ben her şeyi analiz ediyorum. Bir bilim adamı yarasını da, kendisini yaralayanı da, tedavi edeni de aynı tarafsızlıkla inceler."

"Zar terapisi gören öğrenci ya da hasta da zar kararını, iyi ya da kötü olduğuna bakmaksızın uygular."

"Bu doğru işte, Luke."

"Fakat herkes kararlarını zarlara danışarak vermeye başlarsa nasıl bir toplum olur bu, Jake?"

"Sorun yok orada. İnsanlar ancak seçenekleri kadar garip olabilirler ve zar tedavisi görenlerin çoğu sonuçta senin gibi olur; senin vakanı önemli yapan da bu işte. İnsanların hepsi karışık bir isyan sürecine girecekler ve sonra da amaçlarına uygun ılımlı, rasyonel bir zar yaşantısına başlayacaklar."

Ben terapi sedirinin üzerinde dimdik otururken arkama yaslandım ve "Bu çok güzel işte, Jake," dedim. "Ama biraz canım sıkılıyor gibi."

"Zarların ılımlı ve rasyonel kullanılması çok mantıklı ve yumuşaktır ve herkes denemeli bunu."

"Ama zar yaşantısı tahminlerin ve mantığın dışında olmalı, ılımlı da olmamalı aslında. Öyle olmadığı zaman zar hayatı olmaz."

"Saçma. Sen bugünlerde zarları izliyorsun, değil mi?"

"Evet."

"Hastalarını düzenli olarak görüyorsun, karınla mutlu bir yaşantın var, faturalarını ödüyorsun, dostlarınla konuşuyorsun, yasalara saygılısın; yani sağlıklı, normal bir yaşama geri döndün, tedavi oldun, iyileştin, Luke. Artık canın da sıkılmıyor, iyileştin işte."

"Buna inanmak kolay değil, Jake."

"Anlaşılması çok güç bir adamdın, Luke."

"Ben kendimi üç ay önceki halimden pek farklı göremiyorum."

"Zar terapisi, amaç, düzen, ılımlı olmak, sınırlama duygusu, her şey var Luke, sen iyileştin."

"Yani sen artık analizlerine son mu vereceksin?"

"Her şey tamamdır Luke, artık rahatça bağırabilirsin."

"Sana borcum ne oldu?"

"Bayan R giderken faturayı verecektir sana."

"Teşekkürler, Jake."

"Luke, dostum, 'Altı Yanlı Adam Vakası' adlı makalemi bugün öğleden sonra ve bu akşamki poker oyunundan sonra bitiriyorum. Asıl ben sana teşekkür ederim."

"Güzel oldu mu?"

"Vaka ne kadar zor olursa yazı da o kadar güzel olur. Aklıma gelmişken söyleyeyim, Arnie Weissman'la konuştum ve sonbahardaki yıllık AAPP konferansında seni konuşmacı olarak davet edebileceğini söyledim—Zar Terapisi konulu bir konuşma yapabilirsin orada. İyi yapmışım, değil mi?"

"Teşekkürler, Jake."

"Ben de 'Altı Yanlı Adam Vakası' adlı makalemi aynı gün sunabilirim diye düşündüm."

"Dinamik ikili diyecekler bize," dedim ve güldüm.

"Makaleme önce 'Çılgın Bilim Adamı Vakası' adını koymayı düşündüm ama sonra 'Altı Yanlı Adam Vakası'nı daha uygun buldum. Sen ne düşünüyorsun bu konuda, Luke?"

"Bence de 'Altı Yanlı Adam Vakası' güzel, ilginç bir isim."

Jake masasından kalkıp oturduğum yere geldi ve elini omzuma koyarak gülümsedi.

"Sen bir dahisin, Luke. Ben de öyleyim tabii, ama ılımlı olmalıyız."

"Görüşürüz, Jake," diyerek ayağa kalktım ve onun elini sıkıp kapıya doğru yürüdüm.

"Bu akşam pokerde görüşürüz," dedi.

"Oh, tabii, bak ben oyunu unutmuştum. Ama biraz gecikirsem kusura bakma."

Kapıyı açıp çıkmak üzereydim ki yine güldü ve "İyileştin, Luke," diye tekrarladı.

"Ben hâlâ kuşkuluyum, Jake," dedim "Umarın senin dediğin olur. Görüşürüz."

"Görüşürüz, Luke."

Bölüm Elli Dört

(13 Ağustos 1969 Çarşamba tarihli The New York Times Gazetesinden alınmıştır.)

New York Devlet Akıl Hastanesi tarihinin en büyük kaçış olayında, dün akşam Manhattan'daki Blovill Tiyatrosuna Hair *adlı oyunu izlemek üzere götürülen Queensborough Eyalet Hastanesinin otuz üç akıl hastası kaçmıştır.*

Bu sabaha karşı saat 2'de kaçaklardan on tanesi hastane personeli ve polisler tarafından yakalanmış, ama yirmi üç kaçak bulunamamıştır.

Blovill Tiyatrosunda akıl hastaları Hair adlı müzikal oyunun birinci perdesinde oturup oyunu izlemişler, ama ikinci perde başlarken kaçmışlardır. Hastaların çoğu ikinci Perdenin başındaki 'Nereye Giderim' adlı şarkıya tempo tutarak sahneye fırlamışlar, oyuncuların arasına karışmışlar ve sahne gerisinden sokağa çıkarak kaçmışlardır. Tiyatrodaki seyirciler akıl hastalarının bu davranışını oyunun bir parçası sanmışlardır.

Hastane yetkililerinden alınan bilgiye göre, otuz sekiz hastanın kiralanmış bir otobüsle tiyatroya götürülmesi için gerekli izin, Hastane Müdürü Dr. Timoty J. Mann'ın imzası taklit edilerek hazırlanmış sahte bir belge ile alınmıştır.

Sahte izin belgesine inanarak hastaları tiyatroya götüren Dr. Lucius M. Rhinehart, hastaların sahne arkasına ve oradan da sokağa kaçışları sırasında, hastabakıcıları ile beraber üç dört tehlikeli hastayı kontrol altında tutmaya çalıştıkları için diğer kaçaklara engel olamadıklarını açıklamıştır. Kaçış esnasında sadece beş hasta tiyatro binasında engellenmiş, hastabakıcılar tarafından yakalanmışlardır.

Dr. Rhinehart medya mensuplarına, "Akıl hastalarının tiyatroya götürülmesi olayı zamansız ve kötü planlanmış bir geziydi," diye konuşmuştur. "Bunu biliyordum ve izni veren Dr. Mann'ı dört kez aradım ama bulamadım, böylece sahte izin belgesi beni de yanılttı ve hastaları istemediğim halde tiyatroya götürmek zorunda kaldım."

Polise göre, kaçan akıl hastalarının kalabalık ve bazılarının tehlikeli olması ve yetkilileri kandırmak için gereken sahte belgelerin büyük bir ustalıkla hazırlanmış olması, bu kaçışın çok iyi planlandığını göstermektedir.

Kaçan akıl hastaları arasında, Harlem hakkında konuşan Belediye Başkanı Lındsay'nin yüzüne konuşması sırasında tükürerek gazetelere manşet olan Kara Parti üyesi Arturo Toscanini Jones ve taraftarları Paskalya Yortusu ayini sırasında St. John Katedralinde olay çıkaran hippi Eric Cannon da vardı.

Hastane yetkilileri kaçan hastaların adlarının, aileleri ve yakınlarıyla görüşülmeden basına verilmeyeceğini açıklamışlardır. Kaçan hastaların çoğu hastane kıyafeti, tişört ve lastik spor ayakkabı, sandal ve terlik giymektedir. Bazı hastaların üzerinde pijama ve bornoz olduğu söylenmiştir.

Polis kaçan akıl hastalarının bazılarının tehlikeli olduğunu söyleyerek halkı uyarmış ve bunlarla karşılaşan vatandaşların çok dikkatli olmalarını istemiştir. Kaçanların içinde iki tane de Jones'un Kara Parti üyesi vardır.

Kaçma olayı ile ilgili soruşturma devam etmektedir.

Blovill Tiyatrosu yetkilileri ve Hair müzikali yapımcıları, akıl hastalarını reklâm amacıyla kaçırdıklarına dair haberlerin tamamen uydurma ve yalan olduğunu açıklamışlardır.

Bu olayla ilgili haberi *Times* dergisinde yeniden okumak çok basit geldi bana. Sahte izin belgesi, kiralanan otobüs, akıl hastalarının tiyatroya götürülmesi ve oyun sırasında olay yaratan kaçışları çok heyecan vericiydi ama basitti bana göre.

Bir akıl hastanesinden bir akıl hastasının sadece bir saat izinli çıkabilmesi için kaç tane sahte belge hazırlamak gerekir dersiniz, bu konuda bir fikriniz var mı acaba? Öğleden önce saat 11.30'da Eric'den ayrıldığım andan, terapi için Jake'e gideceğim öğleden sonra saat 3'e kadar daktiloda bir sürü kağıt yazdım, hepsine Dr. Mann imzaları attım ve gerekli personele gönderdim. Bir süre sonra Dr. Mann'ın imzasını kendisinden daha güzel ve hızlı atabiliyordum. Akıl hastalarını böyle bir geziye götürmek için seksen kadar belge yazıp imzaladım.

Birisi size Zenci aksanıyla, otuz sekiz akıl hastasını hemen o akşam, kiralanacak kırk beş kişilik bir otobüsle şehrin göbeğinde bir tiyatroya götüreceğinizi fısıldayarak söylese ne yapardınız acaba, kuşkulanır mıydınız ondan? Yarısı nereye gittiğini bilmeyen, ya da gitmek istemeyen, bazıları TV'de maç izlemeyi bekleyen otuz sekiz akıl hastasını hastaneden çıkarmayı denediniz mi hiç? Bana bağlı kırk üç kişilik koğuşta hangi hastaları kaçıracağımı bilmediğim için, rasgele otuz sekiz isim seçtim ama bunlardan bazıları Bay Cannon'un istediği hastalar değillerdi tabii.

O akşam saat yedi elli üçte Arturo yanıma geldi ve kulağıma eğilerek, "Bana bak, Rhinehart," diye fısıldadı, "en iyi iki adamım yok bu listede."

"Onlar da Hair'i başka bir akşam izlerler," dedim.

"Ama ben bu adamlarımı istiyorum."

"Bu listede otuz sekiz isim var ve Hair'i izlemek için tiyatroya da bu hastalar gidecek."

Kaçık herif beni çekerek köşeye kadar götürdü ve "Ama Cannon zarların söylediği..."

"Zarlar bana Cannon'a yardım etmemi ve onunla beraber otuz yedi başka akıl hastasını da kaçırmamı söylediler," dedim. "Kimse bana isim vermedi. Eğer sen sorumluluğu üzerine almak istiyorsan benim için hiç fark etmez, bu kadar hastanın adı hiç ilgilendirmez beni ve kim olursa olsun götürürüm."

Kaçık adam hızla uzaklaştı yanımdan. Beş dakika sonra Baş Hastabakıcı Herbie Flamm yanıma geldi ve "Şey, Dr. Rhinehart," dedi. "Heckelburg'un adı bu listede yoktu, ama onu biraz önce sizin hastabakıcılarla ve son grupla beraber koğuştan çıkarken gördüm."

"Heckelburg mu? Şimdi bakar, kontrol ederim," dedim ve uzaklaştım oradan.

Tam dışarı çıkmak üzereydim ki Flamm tekrar yakaladı beni.

"Sizi tekrar rahatsız ettiğim için özür dilerim, Doktor," dedi. "Ama listenizdeki hastalardan dördü hâlâ burada ve listenizde olamayan hastalardan da dördü dışarı çıktı."

"Şu anda koğuşta beş hasta kaldığından emin misin Bay Flamm?"

"Evet, efendim."

"Benim adımın Rhinehart olduğundan da emin misin?"

Baş Hastabakıcı şaşkın bir ifadeyle yüzüme baktı ve sinirli bir hareketle koca göbeğini kaşımaya başladı.

"Evet efendim, sanırım, efendim."

Ona daha önce görmediğim ve yeni olmasını umduğum bir hastayı gösterdim ve "Şu hasta kim peki?" diye sordum.

"Şey... o mu, efendim?"

"Evet o işte."

"Tamam, o bölümün hastabakıcısı Higgins'e soracağım, Doktor."

"Bana bak, Flamm, sen isimleri hatırlayana kadar bekleyemem burada, tiyatronun açılışına yetişemeyeceğiz. Sonra görüşürüz."

"Güle güle... Güle güle, Doktor..."

"Adım Rhinehart, bunu da unutayım deme sakın."

Üzerlerinde hastane kıyafetleri, pijamalar, yırtık tişörtler, kirli eşofman üstleri, bornozlar, ayaklarında terlikler, yırtık sandallar, eski lastik ayakkabılar olan ve önlerinde beyaz hastane gömleğiyle, ıslıkla Cumhuriyet marşı çalan on sekiz yaşında bir çocuğun yürüdüğü otuz sekiz deliyle Broadway'de geçit resmi yaptınız mı hiç? Bu adamların başındaki kaçık oğlanın yanında yürüyerek, hem de normal görünmeye çalışarak tiyatroya gittiniz mi? Hem de son anda hastalar için olduğunu söyleyerek, tanesi 8.5 dolar olan ön sıra koltuklardan yirmi tane alabildim.

Beş yüz kişilik koca tiyatro salonunda otuz sekiz kaçığı, yirmisi ön sıralarda, ama gerisi dağılmış olarak yerleştirmeye çalıştınız mı? İçlerinde üç tane yürüyen zombi, dört manik-depresif ve altı eşcinsel de bulunan bir sürü deliyle dolu bir tiyatroda uğraştınız mı? Bu delilerden bir tanesi sürekli olarak yanınıza gelip fısıldayarak, ne zaman kaçacaklarını sorduğu zaman vakur ve otoriter görünmeye çalıştınız mı?

Arturo X bir ara yine yanıma geldi ve "Rhinehart! Bu koca tiyatroda ne yapıyoruz biz?" diye fısıldadı.

"Bana, sizi buraya getirip *Hair*'i izletmemi söylediler, aldığım emir böyle. Ben de bunu yaptım. Zar sizi Lexington Caddesinde serbest bırakma seçeneğini reddetti. Umarım eğlenirsiniz."

"Arka tarafta nöbetçi olarak bekleyen dört domuz var. İçeri girerken gördüm onları. Bu bize kurulan bir tuzak mı yoksa?"

"Ben polis konusunda bir şey bilmiyorum. Tiyatrodan çıkmak için başka yollar da var, sakın unutma. Hadi, iyi eğlenceler."

"Tiyatronun ışıkları loşlaşıyor. Ne yapacağız şimdi?"

"Müziği dinle. Sizi buraya *Hair* müzikalini seyretmeniz için getirdim. Eğlenmenize bakın, dansa ayak uydurun, mutlu olun."

Eric Cannon sakin tavrını hiç bozmadı, gayet ciddi bir ifadeyle bana hiç yaklaşmadı. Ama birinci perde sonunda yanıma sokuldu ve sırıtarak, "Güzel şov, Dr. Rhinehart, iyi ki gelmişiz," diye fısıldadı. Fakat Arturo X oyun boyunca, adamlarından biri ya da benimle konuşamadığı için oturduğu yerde sinirli hareketlerle kıpırdanıp durdu. Perde arasında yanıma geldi ve "Bana bak, Rhinehart," dedi. "Hepimiz dans ederek sahneye fırlasak ne yaparsın?" diye sordu.

"Ben sizi müzikal izlemeniz için getirdim buraya, eğlenin, dans edin, şarkı söyleyin."

Göz muayenesi yapan bir göz doktoru gibi dikkatle gözlerime baktı, ne demek istediğimi anlamaya çalıştı, sonra da bir kahkaha patlattı.

"Tanrım!" diye mırıldandı.

Ona bakıp gülümsedim ve "Eğlenmene bak, evlat," diyerek ayrıldım yanından.

Üç dakika sonra benim iriyarı hastabakıcılardan biri yanıma geldi ve "Dr. Rhinehart, bizim hastalar aralarında fısıldaşıp duruyorlar," dedi.

"Birbirlerine açık saçık espriler yapıyorlardır," dedim.

"Şu Arturo Jones bütün hastaların yanına gidip bir şeyler fısıldıyor onlara."

"Oyun bitince herkesin otobüse gelmesi için talimat verdim ona, hastalara bunu söylüyor sanırım."

"Ya kaçmaya kalkan olursa?"

"Onu hemen yakalayın, ama incitmeyin, nazik davranın."

"Peki, ama ya hepsi birden kaçmaya kalkarsa ne yapacağız?"

"Sosyal açıdan en tehlikeli olanları, örneğin zombileri ve çıldırmış katilleri yakalayın ve gerisini polislere bırakın. Ama şiddet kullanmak yok, bizim hastane hastabakıcılarının kötü şöhretli olmasını istemeyiz, değil mi? Tiyatrodaki normal seyircileri de korkutmayalım."

"Tamam, Doktor."

Oyun başlarken en azılı deli canilerden ikisinin arasına oturdum ve bizim sıradaki hastalar sahneye fırlamak için harekete geçince, güçlü kollarımı onların boyunlarına sardım ve bayıltana kadar sıktım, ikisi de uykuya daldı. Sonra bizim kaçık hastaların sahneye fırlayışını şaşkın, şoke olmuş bir halde izleyen müzikal oyuncularının arasına karışan hastalarımıza baktım. Ortalık bir anda karıştı, sahne sanatçıları dans edip şarkı söylemeye başlayınca bizim hastalar da onları taklit ettiler ama hastaların büyük çoğunluğu çok geçmeden sahne arkasına geçerek ortadan kayboldular.

Polisler beni yaklaşık yarım saat kadar tiyatroda sorguya çektiler, sonra hastaneye telefon ederek yetkililer hastaların kaçış olayını anlattım. Eve gelince Dr. Mann'ı aradım ve telefonda ona da olanlar konusunda bilgi verdim. Ona telefon ettiğim sırada Dr. Mann poker oynuyordu ve elinde de kare as vardı, bu nedenle haber onu çok kötü yaptı.

"Aman Tanrım, Luke? Otuz üç hasta mı kaçtı? Ne yaptın sen, Tanrı aşkına? Nasıl oldu bu?"

"Fakat sen mektubunda bana..."

"Ne mektubu, oh, hayır, hayır, Luke. Sana otuz üç hasta konusunda hiçbir mektup yazmadım ben, yapamam bunu ve sen de bilirsin! Nasıl yapabildin bunu?"

"Seni birkaç kez aradım, konuşmak istedim seninle."

"Fakat anlamadın mı? Ben bu konuda hiçbir şey bilmiyorum. Otuz üç hasta kaçtı, ha?"

"Beşini yakaladık."

"Aman Tanrım, Luke! Gazeteler yazacak, Dr. Easterbrook, Senato Akıl Sağlığı Komitesi bizi mahvedecek, Tanrım, Tanrım!"

"Sakin ol, onlar sadece birer insan," dedim.

"Bütün gün bunlar olurken neden kimse bir şey söylemedi bana peki? Neden herkes böyle aptalca davrandı? Otuz üç hastayı koğuştan alıp götürmek... Tanrım!"

"Aslında hepsi otuz sekiz hastaydı."

"Hastaları bir Broadway müzikaline götürmek..."

"Nereye götürecektim peki? Sen mektubunda bana..."

"Çıldırtma beni, Luke! Bana mektuptan söz etme sakın! Gazeteler, Easterbook, Luke, Luke, mahvedecekler bizi, ne yaptın sen?"

"Bu kadar telaşlanma, Tim. Akıl hastaları her zaman kolay yakalanırlar."

"Ama yakalandıkları haberlerini kimse okumaz. Heyecan yaratan haber onların kaçışlarıdır."

"Halk bizim hastalara karşı ne kadar nazik olduğumuzu anlayacak. Sen de mektubunda..."

"Sana mektup lafını etme diyorum, Luke! Bundan sonra hiçbir hastaya çok kısa bile olsa dışarıya çıkma izni veremeyiz. Asla yapamayacağız bunu."

"Sakin ol, Tim, sakin ol. Polislerle ve gazetecilerle yeniden konuşmam gerekiyor ve..."

"Onlara hiçbir şey söyleme. Ben oraya geliyorum, larenjit olduğunu, konuşamayacağını söyle onlara."

"Acele etmem gerekiyor, Tim. Sen de hemen gelsen iyi olur."

"Sakın konuşma..."

Polislerle, gazetecilerle ve hastanenin alt düzey yetkilileriyle, sonra da telaş içinde gelen Dr. Mann ile bir buçuk saat kadar, vakit gece yarısına gelene kadar konuştum.

Bu olay dışında, Lil'in pokerde sürekli kazandığını söyleyebilirim, Bayan Welish ve Fred hep kaybeden taraf olurken, Jake ve Arlene fazla zararda değillerdi. Hepsi de Dr. Mann'ın neden bu kadar öfkelendiğini merak ettiler ama ben onları yatıştırdım, bilinmeyen kişilerin sahte belgeler hazırladığını, aslında olayın büyütüldüğünü, bu olayı konuşmaktan bıktığımı ve poker oynamak istediğimi söyledim.

O akşam çok sinirliydim ama şükür ki onlar da fazla üzerime gelmediler ve oyuna devam ettik. Fakat ilk elde Fred Boyle'a, ikinci elde de Arlene'e yenildim ve para kaybettim. Yedi el oyundan sonra kimse tam olarak kazanmadı ya da kaybetmedi, ben çok öfkelendim ama canı sıkılıp uykuya dalan Bayan Welish dışında herkes neşeliydi. Polis beni bir kez daha aradı ve onlara olaydan önce Dr. Mann'ı telefonla aradığımı ama ulaşamadığımı bir kez daha söyledim. Onlara, en azılı hastalardan ikisini kendi gayretimle yakaladığımı tekrar anlattım ve beni artık rahatsız etmemelerini rica ettim.

Daha sonra pokere devam ettik, ben iki el daha kaybettim ve iyice sinirlendim. Fred bana hastalarından ikisine zar terapisi uyguladığını ve Jake de makalesine yazdığı son cümleleri anlattı. Sonunda hepsi gittiler ve Lil de gülerek yatak odasına geçti. Bense bir koltuğa yığıldım ve onun baştan çıkarıcı öpücüklerine rağmen olduğum yerde kalıp başıma gelebilecekleri düşünmeye başladım.

Bölüm Elli Beş

O gece sabaha karşı saat 1.30 ile 3.30 arasında olanlar, tarihsel not olabileceği için objektif olarak kayda alınmalıdır. Dr. Rhinehart 13 Ağustos sabaha karşı erken saatlerin aslında zar ile tanışmasının yıldönümü olduğunu birkaç haftadan beri düşünüyordu. Yine 1969 yılında olduğu gibi, aynı şeyleri yapmak üzere hazırlanacaktı; uzun vadeli bir seçenekler listesi yapacak ve zar da onun hayatını bu listeye göre yönetecekti.

Fakat bir gün önce yaşadığı olay onun kafasını karmakarışık etmişti ve o anda uzun vadeli seçenekler düşünecek halde değildi. Bir yıl önce canı sıkılıyordu, huzursuzdu ama şimdi hem fazla heyecanlı ve hem de daha huzursuz bir durumdaydı. Yalnız kalınca salonda bir süre bir aşağı, bir yukarı dolaştı, yumruklarını sıkıp dişlerini gıcırdattı, kendi karnını yumrukladı ve akıl hastalarının kaçışı olayında polisin kendisini suçlayıp suçlamayacağını düşündü. Ama kaçanlardan bazıları yakalanıp kendilerini Dr. Rhinehart'ın kaçırdığını söyleseler bile, akıl hastası oldukları için ifadeleri geçerli sayılmayacaktı. Dr. Rhinehart bunu düşününce rahatladı ve yirmi dakika boyunca, tekrar çağırıldığı zaman vereceği savunmasını hazırladı. Suçladığı takdirde, bunun kendisine karşı, beyaz bir doktoru suçlamak isteyen bir zenci ve bir hippi tarafından hazırlanmış bir komplo olduğunu söyleyecekti.

Dr. Rhinehart sonunda yoruldu ve polis ve Dr. Mann ile olan sorunu ile ilgili olarak daha ne kadar düşünmesi gerektiği konusunda zar attı ve zar da ona on dakika daha düşünebilirsin dedi. Konu hakkında on dakika daha düşündükten sonra derin bir nefes aldı ve kendi kendine, "Pekâlâ, şimdi nerdeyiz bakalım?" diye söylendi.

Birden o günün yıldönümü olduğunu hatırladı ve zar atmaya karar verdi; zar birli, üçlü ya da beşli gelirse gidip Bayan Ecstein ile aşk yapacaktı. Zar üçlü geldi, o da gidip karısına, dışarı çıkıp yürüyüş yapacağını söyledi. Bu olay çok önemli olmadığı için, onu Dr. Rhinehart'ın kendi anlatımıyla veriyoruz:

Merdivenden yavaşça indim, paslı demir parmaklığın yanından geçtim ve kapının zilini çaldım. Saat gece yarısından sonra 2.20 idi ve hiç kuşkusuz komşu sohbeti için uygun bir saat değildi. Arlene uykulu gözlerle gelip kapıyı açtı, üzerinde Jake'in bornozu vardı.

Beni görünce pek şaşırmadı ve sadece, "Oh!" dedi.

"Cinsel bir toplantı için geldi, Arlene."

"Gel bakalım."

"Zar bana bunu tekrar yapmamı söyledi."

Arlene bornozun önünü biraz açtı ve gözlerini kırpıştırarak, "Ama Jake burada," dedi. "Koridorun sonunda, çalışma odasında çalışıyor."

"Özür dilerim, ama zarın nasıl olduğunu bilirsin."

"Artık ondan bir şey saklamayacağıma da söz verdim ona."

"Fakat bunu zara sordun mu?"

"Oh, haklısın şekerim."

Arlene dönüp yatak odasına gitti, ben de arkasından gittim, tuvalet masasında zar attık. Zar ona Jake'e her şeyi anlatmasını ama aynı zamanda benimle de sevişebileceğini söyledi. Fakat beş aylık hamile olan kadınlar sevişirken sadece Kama Sutra pozisyonları on sekiz ve yirmi altıyı kullanabilirlerdi.

Sonra onun arkasından Jake'in çalışma odasına gittik, Arlene kapıyı aralayıp masasına kapanmış kocasına bakarken ben de onun omzu üzerinden baktım içeriye.

Arlene alçak sesle, "Jake," diye seslendi.

Jake arkasına bakmadan, "Ne var yine?" diye sordu.

"Luke geldi."

"Yaa, Luke, gel dostum, ben de yazıyı bitirmek üzereydim zaten."

Arlene, "Seni rahatsız ettiğimiz için özür dileriz, Jake," dedi. "Ama zarın dediğine göre Luke..."

Jake beğenmediği bir cümleyi kalemiyle karalarken hafifçe gülümsedi ve "Son bölüme geldim, Luke," dedi. "Bana birkaç dakika izin verirsen..."

Arlene onu sözünü keserek, "Zar ona cinsel toplantı yapmasını söylemiş," dedi.

"Ne dedin sen?" Jake başını kaldırıp kapıya baktı.

Ben de, "Bu bizim yıldönümümüz," diye ekledim.

Jake boğazını kaşıdı ve yüzünü buruşturdu, canı sıkılmış gibi görünüyordu. Bir süre düşündü ve sonra, "Aman Tanrım!" diye söylendi. "Dünya nereye gidiyor böyle?" Gözlerini kısarak uzun süre konuşmadan bize baktı. Sonra yan tarafına döndü, bir zar alıp masaya attı ve kaşlarını çattı. "Pekâlâ, ne yapalım?" dedi. "Benim bornozumu kirletmeyin bari."

Arlene gülümseyerek, "Merak etme sevgilim," dedikten sonra geriye döndü ve yatak odasına doğru yürüdü.

Dr. Rhinehart dairesinden çıktıktan yaklaşık otuz sekiz dakika sonra geriye, evine döndü ama yine huzursuzdu. Bir yıl önce aynı şeyi yaptıktan sonra evine geldiğinde kendini mutlu hissetmişti ama şimdi durumu hiç de iyi değildi. Salonda bir koltuğa çökerken çok yorgun, endişeli ve acınacak bir halde hissediyordu kendini. Bir süre sonra endişesi arttı, yine o garip sesi çıkardı ve "Aaaahhh!" dedikten sonra koltuktan kalkıp masasından kâğıt, kalem ve zar aldı.

Çalışma odasından salona dönerken, yatak odasında durmuş merakla ona bakan karısını gördü. Lil onun çıkardığı garip sesi duymuş ve başına bir şey geldiğini sanarak yataktan fırlamıştı.

Dr. Rhinehart sinirli bir ifadeyle, "Hiçbir şey yolunda gitmiyor," diye söylendi. "Eğer polisin akıllıca ya da aptalca davranacağına kesin olarak inanabilsem..."

Lil onun yanına gelip ince kollarını kaldırdı, onun boynuna doladı ve esneyerek başını ona yasladı. Dr. Rhinehart karısının yataktan çıkmış sıcacık vücudunu kollarına aldı ve yine inler gibi, "Aaahh!" diyerek o garip sesi çıkardı.

Lil'i dudaklarından öptü ve "Nasıl uyuyacağım ben bu halde?" diye sordu.

Lil ona bakıp gülümsedi ve "Hadi yatağa gel, Luke," dedi. "Karının yatağında kalırsan polis sana asla dokunamaz."

"Belki biraz zamanım olsaydı..."

Lil onu yatağa doğru çekerken, "Çok zamanımız var, hadi gel," dedi. "Rüyamda yeni bir seçenek gördüm."

Ama Dr. Rhinehart yatak odasının kapısından girdikten sonra durdu, omuzları düştü ve "Ama uyumadan önce millerce yol gitmem gerekiyor," diye söylendi.

Lil onun koca elini tuttu, esnedi ve gülümsedi, sonra, "Seni bekliyorum," diyerek yatağa yattı.

Dr. Rhinehart, "İyi geceler, Lil," dedi.

"Sana da sevgilim, yatmadan önce çocuklara bir bakıver."

Dr. Rhinehart elinde kalem, kâğıt ve iki zarı sıkıca tutarak çocuklarının odasına gitti ve ikisinin de rahatça uyuduklarını görünce gülümsedi. Larry sarhoş bir çocuk gibi ağzını açmış, Evie ise kafasını battaniyenin içine öyle gömmüştü ki, sadece başının tepesi görünüyordu.

Dr. Rhinehart çocuklarına bakıp hafifçe gülümsedi, "İyi geceler yavrularım," diye fısıldadı ve oradan çıkıp salona döndü.

Elindeki kalem kâğıdı ve zarları koltuğun önünde yere bıraktı, yatak odasına doğru dört adım attı ve sonra durdu. İçini çekti ve sonra yere bıraktığı malzemelerin yanına diz çöktü. Rahatlamak ve yapmak istediğine hazırlanmak için birkaç deneme zarı attı; dört kez rasgele fizik egzersizi yaptı, iki kez birer dakikalık günahkâr-aziz oyunu, bir kez de üç dakika süren duygusal rulet oynadı. Zar ona kendine acımasını söyledi ve o da bunu isteyerek yaptı. Sonra iki yeşil zarı koltuğun üzerine bıraktı, yere diz çökerek temennisini dile getirdi:

Ey Büyük Zar, tapıyorum sana;
O yeşil bakışınla
Bu sabah uyandırdın beni,
Plastik nefesinle
Canlandırdın ölü yaşantımı,
Dök o yeşil sirkeni
Ruhumun kuru boşluklarına.

Yüz aç kuş yemlerimi dağıtır,
Sense onları toplar, küp yapar ve beni dikersin.

Korkarım ki insanlar
Birbirini dürten kuklalar,
Zihnimde giydirilmiş oyuncaklar.

Sen düştüğünde Ey Zar,
İpler kopuyor ve
Ben serbest kalıyorum.

Ben senin minnettar kabınım, Ey Zar,
Doldur beni.

Dr. Rhinehart zarın emrine uyduğu zamanlar olduğu gibi şimdi yine rahatladı, neşelendi, anlayışla barış gelmişti. Oturdu ve gelecek bir yıl için arzuladığı uzun vadeli seçenekleri kâğıda yazmaya başladı.

İki zarın toplamı iki, üç ya da on iki olursa karısı ve çocuklarını terk edecekti. Bu seçeneği korku içinde yazdı ve dokuzda bir şans verdi ona.

Zarları en azından üç ay terk etme seçeneğine beşte bir şans tanıdı (zar toplamları dört ya da beş olursa). Bu seçeneği yazarken, ölmek üzere olan bir adamın mucize ilacı istemesi gibi bir şeyler hissetti ve sağlıklı bir adam testislerine gelecek tehditten korkuyormuş gibi de korktu.

Zarların toplamı altı olursa, (yedide bir şans) kurulmuş düzendeki adaletsizliğe karşı isyan edecekti. Bu seçeneği neden düşündüğünü bilemiyordu aslında, ama onu huzursuz eden polislere sorun çıkarmak da hoşuna gidecekti. Bir ara Arturo ve Eric ile işbirliğine girmeyi bile düşündü ama o sırada sokaktan geçen bir polis arabasının siren sesi korkuttu onu ve bu seçenekten vazgeçti.

Zarlar toplam olarak yedi verdiği takdirde, (altıda bir şans) gelecek yıl bütün zamanını zar teorisi ve terapisini geliştirmek için harcayacaktı. Bu seçenek çok hoşuna gitti ve bunu yazarken toplam sekiz ve dokuzu da buna vermeyi düşündü, ama sonra bunun insanın zayıf yanı olduğunu düşündü ve vazgeçti.

Zarların toplamı sekiz olursa, (yedide bir şans) kendi yaşadıklarını bir otobiyografi şeklinde yazacaktı. Toplam dokuz, on ya da on bir olursa (dörtte bir şans) bir yıl için psikoterapi işini ve zar terapisini bırakacak, zarların kendisine yeni bir meslek seçmesini isteyecekti. Bunu yazarken oldukça gururlandı, çok sevdiği zar tedavisinin esiri olmadığını da böylece kanıtlamış olacaktı.

Dr. Rhinehart seçeneklerini yazdıktan sonra listesine baktı ve sevindi, bunlar onun hayal gücünü ve cesaretini gösteriyordu. Hepsi de tehdit ve davranışları, felaketin tehlikesini ve yeni güç ihtimalini temsil ediyorlardı.

Listeyi yan tarafına, zarları da yerde tam önüne koydu.

Tam o sırada arkasından ince bir sesin, "Üstümü ört, baba," dediğini duydu. Oğlu Larry odanın diğer ucunda duruyordu ama ayakta uyuduğu belliydi.

Dr. Rhinehart hemen ayağa kalktı, gidip oğlunu kucakladı ve yatağına götürüp yatırdı. Larry hemen derin bir uykuya daldı ve Dr. Rhinehart battaniyeyi onun boynuna kadar çektikten sonra salona döndü ve yine halının üstüne diz çöktü.

Zarlar önünde duruyordu, sessizce dizlerinin üstünde kalarak iki dakika kadar dua etti Doktor. Sonra iki zarı aldı ve büyük bir neşe içinde iki elinin avuçlarında salladı.

Avuçlarımda titre Ey Zar,
Ben seninkilerde nasıl titriyorsam.

Sonra zarları başının üstüne kaldırdı ve şiirine yüksek sesle devam etti:

Büyük, kasvetli Tanrı Blokları, inin, titreşin, yaratın.
Ben ruhumu ellerinize teslim ediyorum.

Zarları attı: bir birli ve bir de ikili geldi—toplam üç oldu. Karısını ve çocuklarını terk etmesi gerekiyordu.

Bölüm Elli Altı

Buna ne diyeceksin bakalım?

Bölüm Elli Yedi.

Gökler Şansın zaferini ilan ediyor;
Ve de gökyüzü marifetini gösterdi.
Gün be gün söylenir kaza,
Ve geceden geceye kapris gösterilir.
Ne konuşma, ne de dil var.
Seslerinin duyulmadığı yerde.
Onların yolu tüm dünyayı dolaştı,
Ve yaptıkları dünyanın sonuna gitti.
Şans onların içinde güneş tapınağı kurdu,
Ki onun gidişi cennetin sonunda başlar
Ve çemberi onun sonuna varır:
Ve oranın sıcağından saklanan hiçbir şey yok.
Şansın yasası mükemmel, ruhu değiştiriyor:
Şansın tanıklığı emin, akıllıyı basit yapıyor.
Şansın anıtları doğru, kalbe neşe veriyor:
Şansın emri tertemiz, gözleri aydınlatıyor.
Şansın korkusu temiz, sonsuza kadar dayanır:
Şansın hükümleri tamamen gerçek ve doğru.

—*Zar Kitabından*

Bölüm Elli Sekiz

Aziz Okur, özgürlük korkunç bir şey: Jean-Paul Sartre, Erich Fromm, Albert Camus ve dünyanın tüm diktatörleri hep bunu söylerler. O Ağustos ayında zaman zaman neşeden kedere, delilikten sıkıntıya gidip gelen hayatımı nasıl yaşayacağımı düşündüm durdum.

Çok yalnızdım. Gidip de, "Ne harika adamım, değil mi? Zar atmak ve rasgele yaşayan bir adam olmak için ailemi ve işimi terk ettim. Şansınız varsa, zarlar bana bu konuşmayı bitirmem için izin verebilirler," diyebileceğim hiç kimse yoktu.

Evden ayrılırken Lil ve çocukları son bir kez öpmemiştim bile. Onlara bir not bile bırakmadım. Birkaç not defterimi, çek defterimi, zarın seçtiği birkaç kitabı ve birkaç çift yeşil plastik zarı almış ve çıkmıştım evden. Ama iki dakika sonra eve döndüm ve Lil'in anlayıp inanabileceği tarzda bir mesaj bıraktım ona: Salondaki koltuğun önüne, yere, biri yek (birli), diğeri de dü (ikili) olan iki zar koydum.

İlk önce Zar Adam için hiçbir şeyin imkânsız olmayacağını düşünüyordum. İçimde yükselen bir arzuydu bu. Bir lokomotif kadar güçlü, bir mermi kadar hızlı olamazdım, koca binaların üstünden atlayamazdım belki, ama zarların istediği ya da kendi arzum olan bir şeyi anında yapmak için özgür olmak, diğer insanlara kıyasla bir Süpermen olmaktı.

Fakat her şeye rağmen yalnızdım, Süpermen'in en azından düzenli bir işi ve Lois Lane adlı kız arkadaşı vardı. Evet, Süpermen ve Yarasa Adam gibi her istediğimi yapmakta özgürdüm elbette, ama her şeye rağmen tamamen yalnızdım.

East Village'da kalmak için gittiğim otel berbat bir yerdi ve QSH'daki yaşlılar koğuşu onun yanında lüks bir dinlenme evi gibi kalırdı. Vakit geçirmek için bazen dışarıya çıkıp birkaç zar oyunu ve rolü oynuyor ve çoğunda da çok eğleniyordum ama otelde kaldığım zamanlar can sıkıntısından patlayacak gibi oluyordum.

Şimdiye kadar zar sayesinde çözümlediğim can sıkıntısı sorunu, tam bir özgürlüğe kavuşmak üzere olduğum şu sıralarda yeniden ortaya çıkmaya başladı. Şimdiye kadar kendi ailemi ve dostlarımı can sıkıcı bulurdum ama artık sokaklarda, barlarda ve otellerde rastladığım herkes can sıkıcı olmaya başladı. Zarlar bana şimdiye kadar o kadar çok ve değişik roller, oyunlar getirmişti ki, artık yeni bir şeyler bulmakta zorluk çekiyordum.

Bir gün zengin bir güneyli aristokrat rolü oynayarak genç ve güzel bir sekreter kızı baştan çıkardım ve onunla iki gece geçirdim. Ondan sonra zarlar bana bir serseri rolü verdiler, bütün paramı, yeni kıyafetlerimi bir dolaba kilitledim, iki gün sakal tıraşı olmadım ve berbat semtlerdeki meyhanelere gidip kafa çektim. Bu rolü oynarken fazla uyuyamadım ve etrafımda dolaşan serseriler de üzerimde para olmadığını anlayınca uzaklaştılar benden. Bir ara hiç param kalmadı ve çok acıktığım için küçük bir marketten bir paket tuzlu bisküvi ve iki kutu ton balığı konservesi çaldım. Ben alacağımı aldıktan sonra markette çalışan bir delikanlı bir süre kuşkulu gözlerle bana baktı ona da amoraycemate aradığımı söyleyip şaşkın bakışları arasında çıktım oradan.

Hayat sigortası yapan bir sigortacı rolünde bir süre dolaştım ama kendime uygun birini bulamadığım için o geceyi de yalnız başıma ve can sıkıntısı içinde geçirdim.

Zarların dediğini yaparken polise üç kez telefon ettim; birinde sesimi iyice kalınlaştırıp Zenci aksanıyla, Arturo Jones'u hastaneden Kara Panterlerin kaçırdığını söyledim. İkinci telefonda polise Dr. Rhinehart olduğumu, evimi terk ettiğimi ama benden bir şey isteyecekleri zaman yardıma hazır olduğumu açıkladım. Polise ettiğim üçüncü telefonda ise isimsiz bir hippi olarak konuştum ve onlara Eric Cannon'un Tanrı emriyle hastaneden kaçtığını anlattım.

Bir Wall Street uzmanının ofisinde iki gün boyunca bin dolar koyarak borsa oyunu oynadım, zara danışarak hisse senedi aldım sattım ve sadece iki yüz dolar kaybettim. Ama can sıkıntısını bir türlü atamadım üzerimden.

Sıcak bir Ağustos gecesinde saat dokuza doğru kalabalık bir Village barında yine tek başıma oturdum ve içkimi yudumlarken, geçen iki gün boyunca yaşadıklarımı düşündüm; artık istediğimi yapabilecek kadar özgürdüm ama aklıma hiçbir şey gelmiyor, hiçbir şey ilgimi çekmiyordu, can sıkıcı bir gelişmeydi bu. Fakat bu da bir yenilik sayılırdı ve bunu düşününce kendi kendime gülmeye başladım. Aslında zarlara kısa bir tatil vermem ve neler olacağını görmem ilginç olacaktı. Birkaç hafta boyunca tesadüfen yaşamayı bırakır, organik bir hayat yaşardım.

Bundan sonra karar vermemeyi kararlaştırınca kendimi biraz daha huzurlu hissettim ve tadından hoşlanmadığın birayı bile bitirmedim. Artık dinlenmek istiyordum. Lil'i terk edip bir zafer kazanmıştım ama kendimi hâlâ yorgun hissediyordum. Biraz da barış, huzur içinde yaşamalıydım.

O gürültülü bardan çıkıp yarım saat kadar amaçsız bir halde sokaklarda dolaştım, ama sonra yine bir başka kalabalık bara girdim. Buranın birası da berbattı. Jake'e telefon ederek, Mexico City'den arayan Erich Fromm olduğumu söylemeyi düşündüm. Ama sonra bunun bir yalnızlık belirtisi olacağını düşünerek vazgeçtim. "Herkese içkiler benden!" diye bağırmak istedim ama organik tutumluluğum engelledi beni. Bir ara bir tekne satın alarak dünyayı dolaşmayı hayal ettim.

"Vay canına! Bu bizim eski zampara dostumuz değil mi?"

Bu keskin ve cinsellik kokan kadın sesini duyunca başımı çevirip sahibine baktım ve Linda Reichman'ın hafifçe gülümseyen yüzüyle karşı karşıya geldim.

"Oo, merhaba Linda," dedim ama ciddiyetimi bozmadım. O anda nasıl bir rol oynamam gerektiğini düşündüm.

Linda, "Ne arıyorsun sen buralarda bakalım?" diye sordu.

"Şey, bilmiyorum . . . tesadüfen geldim işte."

Amerikan barda yanımda oturan adama baktı ve sonra elindeki içkisini barın üzerine, onunla benim arama bıraktı. Gözleri makyajlıydı ve saçlarını daha açık sarıya boyamıştı, vücut hatlarını anlatmaya gerek bile yoktu, sutyensiz diri göğüsleri rengârenk tişörtünden fırlayacakmış gibi duruyorlardı. Çok seksi görünüyor ve gözlerini merakla açmış bana bakıyordu.

"Tesadüfen mi geldin? Büyük Psikiyatr buralara tesadüfen düşer mi yani? Bana göre sen, değerini kanıtlayacak bir tez yazmadan burnunu bile kaşımazsın."

"Bunlar eskidendi, Linda, çok değiştim ben. Sen neler yapıyorsun bakalım?"

Linda içkisini alıp bitirdi ve "Ben kendimi parçalayıp duruyorum işte," dedi. "Sen de yapmalısın bunu, eğlenceli oluyor."

"Olabilir, deneyebilirim."

O sırada Linda'nın yanına ufak tefek, gözlüklü, üniversite öğrencisine benzeyen bir genç adam geldi, bana şöyle bir baktı ve sonra ona, "Hadi, gidelim artık," dedi.

Linda başını çevirip baktı ve sonra ona hiç önem vermediğini açıkça belli eden bir ses tonu ve yüz ifadesiyle, "Ben biraz daha kalacağım burada," dedi.

Genç adam biraz durup düşündü, gözlerini kısarak bana bir daha baktı ve iri cüssemi hiç önemsemiyormuş gibi onu dirseğinden tutarak, "Hadi, gidiyoruz," diye tekrarladı.

Linda uzandı, içinde buzları ve içki artığı kalmış olan bardağını barın üzerinden aldı ve dirseğini tutan genç adamın ensesinden içeriye boşalttı. Sonra da gülerek, "Hadi şimdi git gömleğini değiştir önce," dedi.

Genç adam şaşkın gözlerle onun yüzüne baktı ama hiçbir şey söylemedi ve dönüp bardaki kalabalığa karıştı.

Linda barmenden bir içki daha istedi ve sonra bana, "Demek sen de benim gibi parçalanmak istiyorsun, öyle mi?" diye sordu.

"Evet, ama bunun kolay olacağını sanmıyorum. Bunu bir yıldan beri ben de birkaç kez denedim ama çok çaba istiyor bu iş."

"Bir yıldan beri mi? Hiç de öyle görünmüyorsun, dostum. Bana sorarsan sen, yeni bir av bulmak için Village'a gelen orta sınıf bir sigortacıya benziyorsun."

"Yanılıyorsun, ben de kendimi parçalara ayırmaya çalışıyorum aslında. Peki, ama sen nasıl yapıyorsun bunu, söylesene bana?"

"Ben mi? Her zamanki gibi elbette. Son gördüğünden beri değişmedim ben. Aynı yollardan zevk alıyorum. Üç ay Venezuela'da kaldım, yaklaşık bir ay kadar bir adamla birlikte yaşadım, tam olarak yirmi dört gün yani—ama yeni bir şey yok."

"O halde başarısızsın," dedim.

"Ne demek istiyorsun sen?"

"Demek istiyorum ki, eğer kendini parçalara ayırmak, dağıtmak istiyorsan başarılı olamadın, çünkü değişmiyorsun, aynı kalıyorsun."

Kaşlarını kaldırıp meraklı bir ifadeyle yüzüme baktı ve barmenin tezgâha bıraktığı yeni içkisinden bir yudum aldı.

"Bu sadece bir laf işte. Bana sorarsan parçalanmak aslında anlamsız bir şey. Ben sadece kendi hayatımı yaşıyorum."

"Yeni bir şeyler denemek istemez misin peki?" diye sordum. "Yani hiç denemediğin bir şey denemek ve eski benliğini gerçekten dağıtmak istemez misin?"

Yüzüme bakıp hafif bir kahkaha attı ve "Ben senin yeniliklerinden yeterince payımı aldım," dedi.

"Yeni değişiklikler geliştirdim ben."

"Seks artık canımı sıkıyor benim, biliyor musun? Şimdiye kadar her türlü seksi denedim ve canım sevişmek istemiyor artık."

"Aslında ben sadece seksten söz etmiyordum."

"O zaman belki ilgilenebilirim," diyerek başını salladı.

"Ama bunu kabul edersen bir süre benimle ortaklık yapmak zorunda kalacaksın."

"Nasıl bir ortaklık bu?"

"Yani, şey . . . diyelim ki bir ay boyunca özgürlüğünü benim ellerime teslim edeceksin."

Linda meraklı bir ifadeyle yüzüme baktı ve "Yani bir ay boyunca senin kölen mi olacağım?" diye sordu.

"Evet."

O sırada saçları siyaha boyanmış, siyah gözlü, makyajsız orta yaşlı bir kadın Linda'ya yaklaştı ve kulağına bir şeyler fısıldadı. Linda onu dinlerken bana baktı ve sonra, "Hayır, Tony," dedi. "Fikrimi değiştirdim, bunu yapabileceğimi sanmıyorum."

Kadın yine bir şeyler fısıldadı onun kulağına. Linda başını iki yana salladı ve "Kesinlikle olmaz Tony," diye konuştu, "Hadi, sana güle güle."

Kadın ona bir kez daha baktı ve sonra sessizce çekip gitti.

"Yani bir ay boyunca senin bütün istediklerini yapmak zorunda kalacağım, öyle mi?"

"Hem evet, hem hayır. Sadece benim geliştirdiğim yeni bir yaşam tarzın olacak. Bu sana yeni tür bir özgürlük verecek, ama bu işin zevkini çıkarmak istiyorsan sistemi kayıtsız şartsız kabul etmen gerekecek."

Linda biraz acı bir gülümsemeyle yüzüme bakarak başını iki yana salladı ve "Yeni zevklere ihtiyacım olduğunu pek sanmıyorum, dostum," dedi.

"Kendin ve hayatın hakkında yaşadığın yirmi beş yılda öğrenemediğin kadar çok şey öğreneceksin ama."

Umursamaz gibi, "Yaşım yirmi sekiz," dedi. Yarısını içtiği bardağını bara bırakıp gitti ama çok geçmeden geri geldi ve buz gibi bir ifadeyle bana baktı.

"Bizim eski zampara neler yapıyor buralarda bakalım?" diye sordu.

"Ben emekli oldum, Linda, ailemi, işimi, dostlarımı terk ettim ve ömür boyu tatile başladım."

Kendisi gibi bir serseri bulduğuna sevinmiş gibi, biraz daha saygıyla baktı bana. "Sen her şeyi böyle toptan mı yaparsın?" diye sordu. "Tamam, senin kölen olmak isteyecek bir sürü insan çıkabilir, ama bunu kabul edersem ben ne alacağım karşılığında?"

Bunu öğrenmek hakkıydı elbette. "Sen bana hizmet ettikten sonra bir ay da ben senin kölen olacağım."

"Peki, ama bana ne garanti vereceksin?"

"Garanti yok, Linda. Ama benim gibi bir deliyle yeni bir hayata başladığında bundan hoşlanacak ve isteyeceksin bunu."

"Neden önce sen benim kölem olmuyorsun peki?"

"Çünkü sen benim kadar zeki ve hayal gücü kuvvetli bir efendi olamazsın. Ben sana önce öğretecek, sonra da teslim olacağım."

"Hayhay, Ama önce bir deneme yapacağız, önümüzdeki yirmi dört saat için sen benim kölem olacaksın, sana ve mesleğine zarar vermeyecek olan bütün emirlerime itaat edeceksin. Ben senin kölen olduğumda da aynı koşullar geçerli olacak. Ne diyorsun buna?"

"Tamam."

"Nasıl imzalıyoruz bu anlaşmayı peki?"

"Total kölelik yeni bir yol ve ikimiz de istiyoruz bunu—parçalanma, bölünme de bu anlama geliyor zaten. Sen de bunu arzuluyorsun ve anlaşmaya sadık kalacağız."

"Pekâlâ, başladık mı yani?"

Saatime baktım ve "Başladık," dedim. "Yarın akşam saat dokuz kırk beşe kadar senin kölenim. Gizlilik açısından adım Charlie, Herbie (Flamm) olacak."

"O halde gidelim."

Bardan çıkıp bir taksiye atladık ve Linda beni Batı Yakasındaki apartman dairesine götürdü. Bana bir içki verdi, divanın üzerinde dizlerini kırıp oturdu ve ben içkimi yudumlarken analiz eder gibi gözlerini bana dikti.

Bir süre sonra, "Başının üstüne, amuda kalk," dedi.

Koca vücudumla birkaç kez amuda kalktım ama her seferinde dengemi bulamadan düştüm. Beşinci düşüşümde Linda gülerek, "Tamam," dedi. "Bu kadar yeter." Bir sigara yaktı ama herhalde çok içtiği için elleri titriyordu. "Şimdi soyun bakalım."

Dediğini yaptım, soyundum.

"Şimdi mastürbasyon yapmanı istiyorum."

"Ama zararlı bir şey bu."

"Konuşma ve dediğimi yap."

Ben de okul ve üniversite hayatımda tüm sağlıklı gençler gibi mastürbasyon yapmıştım elbette, ama kadınlarla ilişkiye başladıktan sonra bu alışkanlıktan vazgeçtim. Psikoloji eğitimim sırasında bu kendini tatmin etme yönteminin insan zekâsına zarar vermediğini öğrenince sevinmiştim ama bunu yapmak yine de insanda bir suçluluk duygusu bırakıyordu. Linda da bunu biliyor olmalıydı ki benden böyle pis bir şey yapmamı istemişti. Ama o anda cinsel duygularımı tahrik edecek bir şey gelmiyordu aklıma. Öylece kaldım ayakta.

"Sana dediğimi yapsana be adam!"

Linda bir erkeğin durup dururken rahatça mastürbasyon yapabileceğini, bunun sadece bir okşama uygulaması olduğunu sanıyor olmalıydı. Ne demişti General MacArthur, 'Hiçbir şey gerçeğin ötesine geçemez.' Ben de kendimi okşamaya başladım ama bir kadının önünde bunu yapmak kolay değildi elbette, utanarak yere ve Linda'nın ayaklarına bakıyordum.

Linda sert bir sesle, "Bunu yaparken yüzüme bakacaksın," dedi.

Ona bakınca birden tahrik olmaya başladım, çok geçmeden doyuma ulaştım ve halının üstüne boşaldım. Rahatladım ve kendimi toparlamaya çalıştım, ama hiç beklemediğim bir şey oldu ve Linda, "Şimdi yala onu," dedi.

Birden üzerime tonlarca yük binmiş gibi, korkunç bir ağırlık, bir bezginlik çöktü, yüzümün nasıl bir şekil aldığını bilemiyordum. Ama yapabileceğim bir şey yoktu, itiraz edemezdim, dizlerimin üstüne çöktüm ve eğilip kendi menimi yaladım.

Linda, "Şimdi bana bak," dedi.

Başımı kaldırdım ve bir robot gibi ona baktım. Yerdeki küçük halılar arası zemin parlaktı ve bir koltuğun altında bir çift erkek terliği duruyordu. Kendimi bir Süpermen gibi hissetmiyordum elbette.

"Pekâlâ, şimdi ayağa kalk."

Dediğini yaptım ama o bana bakarak güldü ve "Kendinden utanmalısın, Doktor," dedi.

Başım ve omuzların düştü, gerçekten de utandım kendimden.

Linda, "Sana köle olduğum zaman bana bu tür şeyler mi yaptırmayı düşünüyordun?" diye sordu.

"Hayır," dedim. "Ama sanıyorum sana sadistçe davranan erkekler olmuş."

"Yani ben şimdi çok iyi bir şey yapmadım, değil mi?"

"Oh, hayır, bunu söyleyemem. Beklediğimden çok daha orijinal bir şey seçtin. Bana yeni bir deneyim yaşattın, asla unutamayacağım bir deneyim."

Linda içkisini bitirmiş, sigarasını içiyordu. Yüzüme baktı ve sırıtarak, "Bak aklıma ne geldi," dedi. "Şimdi telefon edip bir eşcinsel arkadaşımı çağırsam onu becerebilir misin?"

"Emrin baş üstüne," dedim.

"Bunu düşünmek seni ilgilendiriyor mu, yoksa korkutuyor mu?" diye sordu.

"Canımı sıkıyor ve üzerimde baskı oluşturuyor."

"Güzel."

Linda bana bir içki daha verdi, sonra iki yere telefon edip Jed adlı birini aradı ama iki yerde de bulamadı onu, hayal kırıklığına uğramış gibiydi.

"Ben düşünürken yüzüstü yere yat," dedi.

Yere uzanırken eski Luke gibi eğlendiğimi hissettim ve kendi kendime gülümsedim. Bir süre sonra Linda, "Tamam, yatağa gidelim," dedi.

Onu takip ederek yatak odasına gittim, onun emirleriyle yavaşça soydum onu ve iki kişilik yatağa yatırdım. Birkaç dakika birbirimize dokunmadan ve konuşmadan yan yana yattık. Ondan emir almadan hiçbir şey yapmamaya gayret ediyordum. Sonunda Linda beni okşayıp kulağımdan, boynumdan ve dudaklarımdan öpmeye başladı. Kısa bir süre önce boşalmama rağmen, onun becerikli hareketleri beni yeniden tahrik etmeye başladı. O benim tahrik olduğumu anladı ama hiçbir şey söylemeden yatağın diğer kenarına kaydı ve orada kaldı. Ben de hiçbir şey yapmadan bekledim, sonunda uykuya daldım.

Uykumda kendimi banyo yaparken gördüm, suyun sıcaklığını hissettim ama çok geçmeden bu sıcaklığın beni okşayıp uyandıran Linda'nın ellerinden geldiğini anladım, sonunda beklediğim oldu ve Linda kendini bana teslim ederek istediğimi yapabileceğimi söyledi. İkimiz de kendimizden geçene kadar seviştik ve sonra bitap düşerek uykuya daldık.

Sabah geç bir saatte uyandığımda bir dizim Linda'nın beline değiyordu, karnım açtı. Linda uyanıktı, sırtüstü yatmış tavanı seyrediyordu.

Uyandığımı görünce, hafif bir sesle, "Sana emrediyorum," diye konuştu, "bana istediğin emri ver, emrine itaat edeceğim ama benden istediğini yaparken istediğim anda vazgeçebilecek ve sana yeni bir emir verebileceğim."

"Yani ben senin geçici efendin mi olacağım?"

"Evet. Ve bana gerçekten yaptırmak istediklerini emretmeni istiyorum."

"O zaman bana bak," dedim.

Beni baştan aşağı şöyle bir süzdü.

"Bizim yaptığımız iş çok önemli," diye başladım. "Bu emirler..."

"Senden nutuk çekmeni istemedim," dedi.

"O halde beni dinlemeni emrediyorum sana," dedim.

"Bana emrederek istediğini yaptırabilirsin, ama nutuk çekmek yok, yani bu yirmi dört saat süresince nutuk yok."

"Pekâlâ, o zaman zarif bir öpücük istiyorum, sevgi dolu ama cinsel arzu duymadan."

Yanımda doğrulup oturdu, buz gibi bir ifadeyle yüzüme baktı, sonra eğildi ve gülümseyerek hafifçe dudaklarımdan öptü. Sırtüstü yattım ve "Şimdi şefkatli bir kadın gibi yüzümü öp," dedim. "Yani yüzüm beyaz bir gülmüş gibi, nazik öpücükler ver bana."

Yüzünde önce gergin bir ifade belirdi, sonra gözlerini kapadı, yanaklarımı ellerinin arasına aldı ve eğilip nazik öpücükler kondurmaya başladı yüzüme.

"Teşekkür ederim, Linda. Bak işte bu harika, çok güzelsin sen."

Hafifçe gülümsedi ama gözlerini açmadı, beni öpmeye devam etti, ama bir süre sonra ben ona, "Şimdi sen böyle, sırtüstü yat ve gözlerini kapa," dedim.

Dediğimi yaptı ve yüzünde mutlu bir ifade belirdi, çok rahat olduğu belliydi.

"Şimdi hayalinde benim, seni peri masallarında anlatıldığından da fazla seven bir prens olduğumu düşün," dedim. "Bu prens sana adeta tapıyor. Tanrının yarattığı en güzel varlıksın sen. Ruhsal ya da fiziksel açıdan hiçbir kusurun yok. Kocan olan prens şimdi, düğün gecenizde, sana olan sonsuz aşkını belirtmek için yanına geliyor. Onun aşkına büyük bir mutluluk içinde karşılık ver."

Bunları hafif ve aşk dolu bir sesle ona söyledikten sonra vücudunun hassas noktalarını yavaşça okşamaya ve dudaklarından öpmeye başladım. Ama şunu da belirtmeliyim ki, bu tür duygusal öpücükler çoğu zaman kuru ve heyecansız olur. Ben ona gittikçe artan bir duygusallıkla yaklaşmaya başladım, ama birden beklemediğim bir şey oldu, Linda birden doğrulup yataktan aşağıya atladı.

"Bana dokunma artık!" diye bağırdı.

Birden sinirlendim ve "Bana verdiğin gücü hemen geri mi alıyorsun yani?" diye sordum.

Linda, "Evet, evet," derken titriyordu.

Dizlerimin ve ellerimin üzerinde, emekler gibi doğruldum ve ona baktım.

"Fakat, Linda..."

"Bu anlaşma bitti, defol git evimden."

"Pekâlâ, şimdi gidiyorum, ama bu gece dokuz kırk beşte geri geleceğim, ana anlaşma devam ediyor."

"Hayır, hayır, anlaşma filan yok, sen delisin. Ne istediğini bilmiyorum, ama anlaşma iptal oldu."

Yavaşça giyindim ve ondan gelecek yeni bir emri bekledim, ama Linda hiçbir şey söylemedi ve ben de konuşmadan çıktım evden.

Binanın dışında bekledim, Linda bir saat sonra çıkıp şehir merkezine giderken onu takip ettim. Village'da bir binaya girdi, akşam beş buçuğa kadar orada nöbet tuttum, sonra onu yemek yediği restorana kadar izledim. Benim kendisini izlediğimden haberi yoktu ve eminim aklına bile gelmiyordu bu olasılık. Yemekten sonra barda konuşup gönderdiği genç adamla buluştu, bir sürü bara girip çıktılar, bir sürü insanla konuştular, öpüştüler ve durmadan içtiler. Saat dokuz kırk beşte harekete geçtim. Linda tanımadığım üç erkekle beraber bir masada oturmuş, konuşuyor, kıkırdayıp duruyordu, çok sarhoş olduğu belliydi. Adamlardan biri elini onun eteğinin altına sokmuş, bacağını okşuyordu. Masaya gittim, Linda'nın başına dikildim ve "Saat ona çeyrek var, Linda, gidiyoruz," dedim.

Bulanık gözlerle bana baktı, sesini çıkarmadı, hafifçe öksürdü ve sallanarak ayağa kalktı.

Masadaki adamlardan biri, "Hey, nereye gidiyorsun, bebek?" diye sordu. Biri de onu kolundan tuttu.

Linda'nın kolunu tutan adamın yanına gittim ve çok sinirlenmiş gibi, kaşlarımı çatarak tepeden baktım ona ve "Linda benimle geliyor, bayım," dedim. Adam cüssemi fark edince Linda'nın kolunu hemen bıraktı. Diğer iki adama da dik dik baktım ve sonra ayrıldık oradan. Linda biraz isteksiz gibi görünse de hiç itiraz etmeden geldi benimle.

Bölüm Elli Dokuz

(Aşağıdaki bölüm Dr. Lucius Rhinehart'ın, Hair müzikalini izlerken kaçan otuz üç akıl hastasıyla ilgili olarak, New York City polisinden Baş komiser Nathaniell Putt tarafından sorgulanmasından alındı. Kaçan hastalardan altısı hâlâ yakalanamadı.)

"Bay Rhinehart, ben sizden..." diye söze başladı ama Dr. Mann, sinirlenmiş gibi, "Ona Dr. Rhinehart diye hitap ederseniz daha iyi olur Komiser Bey," diyerek adamın sözünü kesti.

Komiser, ofisindeki eski divanda Dr. Rhinehart'ın yanında oturan Dr. Mann'a baktı ve "Ah, özür dilerim," dedi. Sonra odanın içinde kısa adımlarla yürümeye devam ederek, "Dr. Rhinehart, önce şunu belirteyim size, bu soruşturma sırasında sorgulanırken yanınızda bir avukat bulundurmaya hakkınız var..."

"Avukatlar beni sinirlendirir Komiserim."

"Anlıyorum, o halde devam edebiliriz. Pekâlâ, söyler misiniz bize, 12 Ağustos günü QSH'nın kafeteryasında saat on buçukla on biri çeyrek geçe arasında Eric Cannon ile görüştünüz mü?"

"Evet, görüştüm."

"Demek görüştünüz, bu görüşmenin amacı neydi peki?"

"O benim eski hastalarımdan biriydi ve beni görme talebinde bulunduğu için görüştüm onunla."

"Neler konuştunuz onunla?"

"Bana Hair müzikalini seyretmeyi çok istediğini söyledi. Ayrıca çok sayıda hastanın da aynı şeyi arzu ettiklerini bildirdi."

"Başka neler konuştunuz peki?"

"Zarları attım ve Eric ile otuz yedi diğer hastayı Hair müzikaline götürmek için elimden geleni yapmaya karar verdim."

O sırada Dr. Mann, "Fakat Luke," diye araya girdi. "Takdir edersin ki..."

Komiser Putt, "İzin verin, Dr. Mann," dedi. "Konuyu ben hallederim." Sonra geldi ve ince uzun boyuyla, kuşkulu gördüğü Dr. Rhinehart'ın önünde durdu, hafifçe eğildi ve gri gözlerini onun yüzüne dikti. "Tamam, Cannon ve diğerlerine, hastaneden çıkmaları konusunda yardıma karar verdikten sonra ne yaptınız?"

"Dr. Mann'ın bana ve başkalarına yazdığı mektuplara bakarak imzasını taklit ettim ve hastaları hastane dışına çıkarma izni için gerekli işlemleri başlattım."

"Bunu itiraf ediyorsunuz yani?"

"Elbette ediyorum, hastalar Hair müzikalini görmek istiyorlardı."

Dr. Mann yine, "Fakat . . . fakat..." diye araya girmek istedi ama Komiser onu yine susturdu ve "Yani şimdi siz Dr. Mann'ın imzasını taklit ettiğinizi itiraf ediyorsunuz, öyle mi, Dr. Rhinehart?" diye sordu. "Otuz yedi akıl hastasının hastaneden izinli çıkması için gerekli belgeleri sağlamak için Dr. Mann'ın imzasını taklit ettiniz, değil mi?"

"Tam olarak otuz sekiz hasta vardı ve hepsi de Hair müzikalini izlemek istiyordu."

"Peki, ama daha önce neden yalan söylediniz bize?"

"Zar böyle yapmamı istedi."

Komiser şaşkın bir ifadeyle ona baktı ve "Zar mı . . . zar mı?" diye kekeledi. "Pekâlâ, hastaları Hair müzikaline götürme fikri nerden çıktı, söyler misiniz?"

"Bunu yapmamı da zar söyledi bana."

"O zaman neden Dr. Mann'ın imzasını taklit ettiniz ve onu aradığınızı belirtip yalan söylediniz bize?"

"Her şeyi zar söyledi bana."

Komiser bir süre ne diyeceğini bilemiyormuş gibi, hiç konuşmadan karşı duvara baktı. Sonra Dr. Mann'a döndü ve "Özür dilerim, Dr. Mann," dedi. "Dr. Rhinehart'ın ne demek istediğini siz açıklayabilir misiniz bana?"

Dr. Mann yorgun bir ifadeyle, "Kendisine zarın emir verdiğini söylüyor," dedi.

"Yani bütün bu olanlar zarların emriyle oldu, öyle mi?"

Dr. Rhinehart araya girdi ve "İşte, anlayacağınız gibi, benim hastaları kaçırma gibi bir niyetim asla olmadı," diye konuştu. "Ben Dr. Mann'ın imzasını taklit etme suçlamasını kabul ediyorum, akıl hastalarına karşı davranışlarımda da hatalı olabilirim, ama akıl hastanelerinde hastalara her zaman böyle şeyler yapılır ve hiçbir zaman da suç olarak görülmez."

Komiser Putt, oturan Dr. Rhinehart'ın önünde dimdik durdu ve soğuk bir gülümsemeyle tepeden baktı ona.

"Cannon ve Jones ile adamlarının kaçması konusunda onlarla anlaşmadığınızı nerden bileceğiz peki?"

"Benim ifadelerim elinizde ve Bay Cannon'la konuşma olanağı bulduğunuzda onun da ifadesini alacaksınız, ama ne yazık ki akıl hastası olması nedeniyle onun ifadesi yasal kabul edilemez."

Komiser alaycı bir gülümsemeyle onun yüzüne baktı ve "Bunu hatırlattığınız için teşekkür ederim size," dedi.

"Hiç düşündünüz mü acaba, Komiser? Dr. Mann'ın imzasını taklit ettiğimi kabul ediyorum dedim size, ama bunu da zarların emriyle yapmış olamaz mıyım acaba?"

"Nasıl yani?"

"Yani benim masum olduğumu söylediğim ilk ifadem gerçek olamaz mı?"

"Anlayamadım? Ne demek istiyorsunuz siz?"

"Şunu demek istiyorum; dün beni yeniden sorgulamaya alacağınızı öğrendiğim zaman zara üç seçenek verdim. Birinde, Hair'e gitmek için gereken izinle hiçbir ilgim olmadığını, ikincisinde, geziyi planladığımı ve belgelere sahte imzalar attığımı, üçüncü seçenekte de Eric Cannon'u kaçırmak için onunla anlaştığımı söyleyecektim. Zar ikinci seçeneği seçti. Ama bu seçeneklerden hangisinin gerçek olduğu, hâlâ bir soru olarak ortada duruyor."

"Fakat . . . fakat . . . "

Dr. Mann, "Telaşlanmayın, Komiser," dedi.

"Fakat ne diyorsunuz siz?"

"Zar bana, size yeniden ifade verirken, hastaları oyuna götürmem için zardan emir aldığımı söylememi istedi."

Komiser Putt'un yüzü birden kızardı ve "Fakat gerçek olan şey bu mudur?" diye sordu.

Dr. Rhinehart elindeki zarı yandaki sehpanın üzerine attı ve ne geldiğine baktıktan sonra, "Evet," dedi.

Komiserin yüzü şimdi iyice kızardı.

"Fakat biraz önce söylediğinizin gerçek olduğunu ben nasıl..."

Dr. Rhinehart, "Elbette," dedi.

Komiser şaşkın bir ifadeyle masasına gitti ve koltuğuna çöker gibi oturdu.

Dr. Mann, "Luke, bugünden itibaren QSH'daki tüm görevlerinden alındın," dedi.

"Teşekkür ederim, Tim."

"Benim bu konuda yetkim olmadığı için idari işler yönetim kurulundaki görevine devam edebileceksin, ama Ekim ayında yapılacak olan Genel Kurul toplantısında..."

"Sen de Dr. Cobblestone'un imzasını taklit edebilirsin, Tim."

Odada derin bir sessizlik oldu.

Dr. Rhinehart, "Başka sorunuz var mı acaba, Komiser?" diye sordu.

Komiser Dr. Mann'a baktı ve "İmzanızı taklit ettiği için Dr. Rhinehart'tan davacı olacak mısınız Dr. Mann?" diye sordu.

Dr. Mann yanında oturan Dr. Rhinehart'ın siyah, samimi bir ışıltıyla parlayan gözlerine uzun süre, hiç konuşmadan baktı. Sonra başını iki yana salladı ve "Hayır, Komiser Bey," dedi. "Hastane ve ilgili herkesin iyiliği için, burada konuşulanların gizli kalmasını istiyorum. Kamuoyu hastaların kaçışını hippiler ve zenciler planladı sanıyor. Dr. Rhinehart'ın da belirttiği gibi, bu kaçış olayı gerçekten de hippiler ve zenciler tarafından planlanmış olabilir. Onlar Dr. Rhinehart'ın yaptıklarının neden hafif suç oluşturduğunu da anlayamazlar zaten."

"Benim kafam karıştı, Doktor."

"Bu da aslında çok doğal bir şey, Komiser Bey. Bazı şeyler var ki normal insanlardan mümkün olduğunca saklanmalıdır."

"Sanırım haklısınız."

Dr. Rhinehart araya girdi ve "Artık gidebilir miyim, arkadaşlar?" diye sordu.

Bölüm Altmış

Zar bizim sığınağımız ve gücümüz.
Zor zamanlarda her zaman hazır olan yardımcımız.
Onun için dünya sarsılsa da biz korkmayız,
Dağlar deniz ortasına taşınsa bile;
Şişmeler sonucu dağlar titrese bile.
Ben Zarımın evinde kapıcı olmaya razıyım,
Düzenin çadırlarında yaşamaktansa.
Çünkü Lort Şans bir güneş ve bir kalkan:
Şans lütfedecek, zafer, çılgınlık ve utanç verecek:
Rasgele yürüyen hiçbir şey sakınılmayacak onlardan.
Ey Şans Efendim, Zarım, sana güvenen insan kutsaldır.

—*Zar Kitabından*

Bölüm Altmış Bir

Zar teorimi Linda'ya ayrıntılı olarak anlattıktan sonra, "Senin hür iraden işleri berbat etti," dedim. "Zarı denemen gerekiyor."

Bana bakıp güldü ve "TV reklâmlarına benziyorsun," dedi.

Her şeye rağmen Linda ve ben birlikte zar hayatı yaşamaya başladık ve tarihteki ilk zar hayatlı çift olduk. O da gerçek kişiliğinin sonuna geldiğini biliyor ve farklı kişilikleri yaşamaktan zevk alıyordu. Onun karmakarışık sosyal ve cinsel yaşamı da zar yaşantısı için güzel bir hazırlık dönemi oldu; bu, çoğu zaman tüm yaşam sistemini bloke eden bir alandan kurtardı onu. Diğer yandan Linda kendi ruhsal yanını baskı altında tutmuştu, başkalarının insan önünde açıkça cinsel ilişki kurmaktan utanması gibi, o da benim önümde dua etmeye utanıyordu. Ama sonunda alıştı ve dua etmeye başladı.

Ben ona karşı sevecen ve yumuşaktım ve zarın seçimlerine göre, en ahlâksızca arzularımı yerine getirmek için onun bedenini rahatça kullanıyordum. Benim sevecenliğime ve sadizmime karşı onun davranışlarının zar tarafından kararlaştırılması konusunda ısrarlıydım—sevişmelerimiz sırasında bana karşı yumuşak, sevecen bir sevgili, ya da yırtıcı bir fahişe gibi davranmasına ancak zar karar verecekti.

Linda zarın emirlerine bir dine yeni inanmış bir dindar gibi itaat etti. İkimiz birlikte dualar ettik, şiirler yazdık, zar terapisi konusunda sohbetler ettik ve tesadüfî yaşantımızı uyguladık. Linda cinsel yaşantısındaki karmaşaya bir son vermek istedi ama ben bunun, onun hayatının bir parçası olduğunu ve kendisini ifade etmesine izin vermemiz gerektiğini söyleyerek vazgeçirdim onu. Zar bir akşam ona gidip yeni bir erkek bularak eve getirmesini emretti ve Linda bunu yaptı. Onlar sevişirken zar bana da onlara katılmamı emretti ve iki saat boyunca üçlü olarak seviştik. Ertesi sabah yabancı adam gittikten sonra zara, Linda'ya karşı nasıl davranmam gerektiğini sordum, ters davranmamı söyledi, ama Linda'ya da, ben ne kadar ters olsam da bana karşı sevecen olmasını emretti.

Sonbaharda zar bize yeni gruplara girmemizi emretti, yeni tanıdığımız insanlardan bazılarını zar yaşamına sokacaktık. Değişik gruplara değişik kimliklerle giriyor, bazen birlikte yaşayan bir çift, bazen de birbirimize yabancı gibi davranıyorduk.

Ekim 1969 sonlarında, bir hafta sonu, Yeni Kaynaklar Tanıma Derneği Ateş Adası Hassasiyet Eğitim Merkezinin (FISTH) tertiplediği bir maraton koşusuna katıldık. Psikoterapi çalışmalarının çoğu gibi bu dernek de zengin hastalar için, geleceğin zengin olacak doktorları tarafından akıl sağlığı konusunda yapılabilecek ilk yardım eğitimi veriyordu. Bu maratona katılan on iki kişi arasında bir dergi editörü, bir modacı, iki şirket müdürü, bir vergi avukatı, üç zengin ev kadını, bir borsacı, bir yazar, bir TV çalışanı ve bir de deli psikiyatr vardı. Böylece koşuda yedi erkek ve beş kadın oluyordu ve hafta sonu etkinliği için iki yüz dolar ödeyen bu insanların dışında grupta iki de parasız katılan hippi bulunuyordu. Ben gruba şirket müdürü, Linda da zengin ve boşanmış ev kadını olarak katıldık. Grubun başında kısa boylu, atletik vücutlu Scott ve ince, kıvrak Marya vardı ve ikisi de kendilerini kanıtlamış psikoterapi uzmanıydı. Buluşma yerimiz Quoquam, Ateş Adası dışında, okyanus sahilindeki büyük bir Victoria malikânesinin muazzam salonuydu.

Cuma akşamı ve Cumartesi birbirimizi daha iyi tanımak için birlikte kültürfizik hareketleri yaptık, bir süre hippi kızla kovalamaca, halat çekme oyunu, sonra top oynadık, televizyoncu ile birlikte müzik dinledik ve çeşitli şekillerde vakit geçirmeye çalıştık.

Cumartesi akşamı hepimiz yorgunduk ama herkes birbiriyle oldukça samimi oldu, eski arkadaşlarla yapabildiğimiz her şeyi grupta, yeni tanıştığımız kişilerle yapabilecek hale geldik, birbirimize samimi takma isimlerle hitap etmeye başladık. Daha sonra sıkılmaya başladım ve yeni arkadaşlardan bazıları ile Zar Merkezinde oynadığımız olağandışı oyunlardan birini oynamak istedim ama her seferinde grup başı olan genç uzmanlardan biri ortaya çıkıp konuşarak işimi bozdu.

Vakit gece yarısına yaklaşırken, salonda her yana yayılıp yerlere uzanmış, şömine alevlerini seyrederken, Marya geldi ve gruptaki diğer şirket müdürü olan tepesi açılmış, ufak tefek, Henry Hopper adlı adamdan gerçek duygularını anlatmasını istedi. Ben adama 'liberal oyunbozan' lakabını takarken Linda da 'erkek görünüşlü adamcık' adını verdi. Hippi kız ise ona 'kapitalist domuz' diyordu. Hopper bir süre düşündü ve sonra karmaşık duygular içinde olduğunu söyledi. Gruptan iki üç kişi Marya'ya çalışmasında yardım etmeyi düşünüyordu ama çoğumuz yorgunduk ve bazıları canları sıkılmış gibi görünüyorlardı. Marya her şeye rağmen yumuşak ama arzulu bir sesle bizleri canlandırmaya çalışıyordu ve bir ara onu bir yatak odası sahnesi çeviren kötü bir aktrise benzettim.

Marya, "Anlat bize duygularını, Hank," dedi. "İçini dökebilirsin burada."

Adam o sırada fıstık kabuğu ayıklayıp fıstık yiyordu ve "Gerçekten de şu anda konuşmak gelmiyor içimden," diye cevap verdi.

İriyarı vergi avukatı, "Korkak tavuklar gibi davranma, Hank," dedi.

Bay Hopper sakin bir ifadeyle, "Ben korkak tavuk değilim," diye konuştu. "Ama ne yalan söyleyeyim, gerçekten şu anda bir şeylerden korkmuş gibiyim." Onun bu sözüne sadece kendisi ve bir de ben ve Linda güldük.

Grup başı Marya, "Espri bir savunma mekanizmasıdır," diye konuştu ve parlak mavi gözlerini ona dikerek, "Söyle bize, neden korkuyorsun?" diye sordu.

"Burada boşuna vakit harcıyoruz dersem gruptaki arkadaşlar benden hoşlanmayacak diye korkuyorum."

Marya ona cesaret vermek ister gibi gülümsedi ve "Evet, güzel," dedi.

Bay Hopper önündeki fıstık kabuklarını bir araya topladı ve gözlerini halıdan kaldırmadı. Marya bir süre daha bekledi onun konuşmasını, ama adam susmaya devam edince, "Duygularını bizimle paylaşmak istemiyorsun, Hank," dedi. "Bize güvenmiyorsun." Sustu ve gülümsedi.

Bay Hopper yere bakmaya devam ederken, şaçları dökülmüş tepesi şömine ateşinin parıltısını yansıtıyordu. Marya birkaç dakika daha uğraşıp onu konuşturmayı başaramayınca, diğer grup başı olan Scott, Hank ile bir güvenoyunu oynamamızı teklif etti. Hepimiz onun etrafında bir çember oluşturduk ve onu bir top gibi birbirimize itmeye başladık. Bay Hopper sonunda kendini tutamadı, gülmeye başladı, bir süre sonra Marya onu yere düşürdü ve yanına diz çökerek, yumuşak bir sesle, bize her şeyi açık olarak anlatmasını söyledi. Ama adam daha konuşmaya başlamadan önce Linda atıldı ve "Yalan söyle," dedi.

Bay Hopper etrafındaki insanların kendisiyle top gibi oynadığını düşünüp gülerken, onun ne dediğini anlamadı ve "Anlamadım, ne diyorsun sen?" diye sordu.

Linda, "Yalan söyle," diye tekrarladı. "Bu daha kolay olur." Linda şöminenin karşısında, sırtını duvara dayamış ve bağdaş kurup oturmuştu.

Marya, "Neden, Linda?" diye sordu. "Ne demek istiyorsun sen?"

"Hank'e her şeye boş vermesini ve yalan söylemesini öğütlüyorum. İçinden ne geliyorsa onu söylesin bize, gerçek denen hayale ulaşmak için çabalayıp kendini engellemesin."

Marya gülümseyerek, "Gerçeklerden neden korkuyorsun, Linda?" diye sordu. Onun hafifçe gülümsemesi nedense bana Dr. Felloni'nin başını sallamasını hatırlattı.

Linda Marya'yı taklit ederek ağır bir ses tonuyla konuştu ve "Ben gerçeklerden korkmam, şekerim, "dedi. "Sadece gerçekleri yalanlardan daha az kurtarıcı ve eğlendirici bulurum."

İriyarı vergi avukatı, "Sen hastasın, kızım," diye homurdandı.

Ben dayanamadım ve oturduğum köşeden, "Oh, bilemiyorum," diye söze karıştım. "Huck Finn Amerikan edebiyatında en büyük yalancıydı ama bundan büyük zevk alıyor ve kendini daha çok kurtulmuş hissediyordu."

Böyle iki zıt fikrin tartışmaya açılması herkesi heyecanlandırdı. Grup lideri Scott hafifçe gülümseyerek, "Pekâlâ, şimdi Bay Hopper'a geri dönelim," dedi. "Söyle bakalım, Hank, neden korktuğunu söyledin bize?"

Bay Hopper hiç beklemeden, "Korktum, çünkü benden gerçeği istediniz," diye yanıt verdi, "ama vermek istediğim cevapların ikisi de bana yarım-yalanlar gibi geldi. Kafam karıştı."

Marya gülümseyerek, "Kafa karışıklığı baskı altında olmanın bir belirtisidir," dedi. "Biliyorsunuz ki gerçek duygularınız içinde sizi utandıracak hoş olmayan olaylar vardır. Ama onları bizimle paylaşırsanız artık sizi rahatsız etmezler."

Linda güzel bacaklarını salonun ortasına doğru uzatarak, "Yalan söyle," diye bir kez daha tekrarladı. "Abartılı konuş, hayal gücünü kullan, uydur bir şeyler işte. Bizi eğlendirebilecek, hoşumuza gidecek yalanlar uydur."

Marya gülümseyerek ona baktı ama gergin görünüyordu. "Neden herkesin dikkatini üzerine çekmek istiyorsun, Linda?" diye sordu.

Linda, "Yalan söylemek hoşuma gidiyor," diye cevap verdi. "Eğer konuşamasam yalan da söyleyemem."

Dergi editörü lafa karıştı ve "Hadi canım!" dedi. "Yalan söylemenin eğlenceli yanı nedir ki?"

Linda ona, "Dürüstmüş gibi görünmenin eğlenceli yanı nedir peki?" diye bir soruyla karşılık verdi.

Scott, "Biz bir şey gibi görünmeye çalıştığımızın farkında bile değiliz," diyerek tartışmaya katıldı.

Linda ona, "Belki de bu yüzden hepiniz gerginsiniz," diye cevap verdi.

Linda bunu söylerken gerçekten de Marya ve Scott'tan daha rahat görünüyordu ve diğerleri de bunun farkına vararak gülümsediler.

Marya, "Yalanlar bir tür gizleme yoludur," dedi.

"Bakın, burada yaptığımız gibi dürüst ve gerçekçi olmak ucuz striptize benzer, insanlarda kıçlar, memeler ve daha neler olduğunu göstermek için bir sürü hareket yapılır ama biz bunların olduğunu zaten biliyoruzdur."

Marya yumuşak bir ses ve samimi bir ifadeyle, "Peki bunlar güzel değil midir yani, Linda?" diye sordu.

"Bazen güzeldir, bazen de değildir. Desteklemek istediğim hayale göre değişir bu."

Marya, "İnsanların cinsel organları her zaman güzeldir," dedi.

Linda esnedi ve birden canı sıkılmış gibi, "Son zamanlarda onlara bakmadın herhalde," diye konuştu.

"Senin cinsel utancınla ve suçunla gerçekten yüz yüze geldiğinden emin değilim."

Linda cevap verirken yine esnedi, "Onlarla yüz yüze geldim ben, ama canımı sıktılar."

Marya, "Bakın, can sıkıntısı..." derken Linda birden, "Senin göğüslerin ve cinsel organın güzel mi peki?" diye sordu.

"Evet, ama seninkiler de güzeldir."

"O halde göster bize onları."

O anda kimsede can sıkıntısı kalmamış gibiydi. Marya sırtını şömine ateşine vererek oturdu ve gülümseyerek gözlerini Linda'ya dikti. Scott yüksek sesle boğazını temizledi ve çalışma arkadaşına yardım etmek ister gibi öne doğru eğildi. Biraz düşündü ve sonra, "Burada bir güzellik yarışması yapmıyoruz, Linda," diye konuştu. "Sen hiç kuşkusuz..."

"Marya'nın her şeyi güzeldir. O da bunları utanmadan gösterebilir. Biz onları göstermekten hiç utanmayız. Hadi, görelim bakalım."

Marya gülümsemekten vazgeçti, birden ciddileşti ve "Bunun için uygun bir ortam değil bu," dedi.

Linda, "Güzel bir şeye bakmak her ortamda uygundur," diyerek güldü. "Hadi ama bizi bu güzellikten mahrum etme."

"Grup başkanı olarak benim buradaki rolüm biraz da..."

Linda birden canlandı ve "Biraz mı?" dedi. "Demek biraz, ha! Yani sana göre duygular ve gerçek parçalara ayrılabilir mi?" Bunu söyledikten sonra bluzunu çıkarmaya başladı.

Marya, "Buradaki arkadaşlarımın canlarının sıkılmasını istemiyorum," dedi. "Bizim amacımız gerçek davranışlara, gerçek duygulara ulaşabilmek . . . yani . . . şey . . . bazı duyguları açığa..."

Fakat salondakilerin hiçbiri artık dinlemiyordu onu, Linda önce üstünü, sutyenini, sonra da eteklik ve külotunu çıkarmış, sırtını duvara dayayıp oturmuş ve bacaklarını yana açmıştı. Çırılçıplak kalınca yine esnedi. Şömineden gelen aydınlık onun beyaz tenini daha da güzel gösteriyordu. Bir süre herkes dili tutulmuş gibi onu seyretti.

Marya kendini zorlayarak yine gülümsedi ve "Yine canın sıkılıyor mu, Linda?" diye sordu.

Linda duvara iyice yaslandı ve bacaklarının arasındaki halıya baktı. Gözleri dolmaya başladı. Birden dizlerini göğsüne çekti, elleriyle yüzünü kapadı ve hıçkırmaya başladı. Sonra, "Oh, evet," dedi. "Evet, utanıyorum! Utanıyorum!" Sustu ve ağlamaya başladı.

Kimse konuşmuyor, yerinden kımıldamıyordu.

Marya dizlerinin üzerinde doğruldu ve Linda'ya doğru sürünerek giderken, "Böyle üzülmene hiç gerek yok, Linda," dedi.

Linda başını iki yana salladı ve "Vücudum çok çirkin," diyerek yine hıçkırdı. "Dayanamıyorum buna."

Bay Hopper önündeki fıstıkları yana doğru itti ve "Ben hiç de öyle düşünmüyorum, Linda," dedi.

Marya onun yanına varınca elini Linda'nın omzuna koydu ve "Vücudun çok güzel, Linda, sakın böyle konuşma," dedi.

"Hayır, hayır, ben sürtüğün tekiyim."

"Saçmalama, böyle hissetmen için hiçbir neden yok."

Linda şaşırmış gibi başını kaldırıp onun yüzüne baktı. "Gerçekten mi?" diye sordu.

Marya, "Vücudun çok güzel, Linda," dedi.

Linda birden doğruldu, sırtını yine duvara iyice dayadı ve bacaklarını tekrar iki yana açtı. "Evet, galiba haklısın," diye konuştu. "Aslında her yerim güzel benim, şikâyet etmeme gerek yok. Bunu hissetmek isteyen var mı?"

Erkekler hafifçe öne doğru eğilmiş, ağızları sulanmış bir halde ona bakıyorlardı ama hiçbiri konuşacak halde değildi.

Linda, "Memelerim ne güzel," dedi. "Dokunsana, Marya."

Bay Hopper, "Ben gönüllü olarak yaparım bunu," diyerek öne doğru eğildi.

Linda samimi bir gülümsemeyle ona baktı ve "Henüz olmaz, Hank," dedi. "Ama Marya bunu hemen yapabilir."

Hepimiz Marya'ya baktık, genç kadın önce tereddüt etti, sonra kararlı bir ifadeyle uzandı ve Linda'nın göğsüne dokundu. Sonra bacaklarını yokladı ve topuklarının üzerinde doğrularak ve sıcak bir gülümsemeyle, "Çok güzelsin, Linda," dedi.

Linda, "Beni emmek ister misin?" diyerek hiç beklemediği bir soru sordu ona.

Marya kızardı ama bozulmamaya çalışarak, "Hayır..." dedi. "Hayır, teşekkür ederim."

Bay Hopper hemen atıldı ve "Sıram geldi mi acaba?" diye sordu.

Scott sinirli bir ifadeyle Linda'ya, "Sen neyi kanıtlamak istiyorsun?" diye sordu.

Linda ona baktı ve Marya'nın dizine hafifçe vurup okşadı. Sonra Scott'a döndü ve "Hiçbir şey kanıtlamak istemiyorum," dedi. "Sadece canım böyle davranmak istiyor, hepsi bu kadar."

"Yani sadece böyle davranmak istiyorsun, öyle mi?"

Linda, "Elbette," dedikten sonra dizlerini yine önüne çekti ve samimi mavi gözlerini Bay Hopper'a çevirdi. "Sanırım senin bir parçan bu olanlara sıkıldı, değil mi, Hank?"

Adam, "Evet," dedi ve tedirgin olmuş gibi hafifçe gülümsedi.

"Ama bir parçan de zevk alıyor bundan, değil mi?"

Hopper güldü.

"Bir parçan da benim fahişe olduğumu düşünüyor."

Hopper birkaç saniye düşündü, tereddüt içinde kaldı, ama sonra başını öne doğru salladı.

"Ama bir diğer parçan da benim buradaki en dürüst insan olduğumu söylüyor."

Hopper hemen başını salladı ve "Çok haklısın," dedi.

"Bunlardan hangisi gerçek Hopper peki?"

Hopper kaşlarını çattı ve derin düşüncelere daldı. Bir süre sonra, "Öyle sanıyorum ki gerçek ben..." derken sözünü tamamlayamadı.

"Lanet olsun, Hopper, dürüst davranmıyorsun."

"Nedenmiş o? Daha hangi parçamın gerçek ben olduğunu bile söylemedim..."

"Evet ama bunlardan biri sonrakinden daha mı gerçek yani?"

Ben birden sinirlenmiş gibi, "Seni sofist kaltak!" diye bağırdım.

Linda güldü. "Sana neler oluyor Koca Adam?"

"Sen gerçekten de sofist, riyakâr, Komünist bir fahişeden başka bir şey değilsin."

"Sen de yakışıklı, kocaman bir beyinsizsin."

Ben, "Güzel olduğun için bu zavallı Hopper'ı baştan çıkarmaya uğraştın, sevdirdin kendini. Ama gerçek Hopper seni çok iyi tanıdı, ucuz, kaçık, kocasını kaçırmış bir fahişe olduğunu hemen anladı," diye devam ettim.

Scott bana doğru eğildi ve, "Hey, dur bakalım beyefendi..." dedi ama ben konuşturmadım onu. "Ben bunun gibi kadınları iyi tanırım, Scott," diye devam ettim. "Ucuz seks teknikleriyle zengin adamları tuzaklarına düşürür, yüzde yüz gerçek Amerikalı erkeklerin hayatlarını zindana çevirirler. Hepimiz tanırız bu tipleri; hastalıklı, anarşist hippiler, sofist kaltaklardır bunlar."

Linda'nın dudakları büzüldü, gözleri doldu ve başını önüne eğerek toparlandı, hıçkırmaya, sonra da hüngür hüngür ağlamaya başladı.

Bir süre sonra hıçkırıklar arasında başını kaldırdı ve "Biliyorum, biliyorum," diye söylendi. "Ben bir kaltağım elbette. Benim gerçek kişiliğimi gördünüz işte. Alın vücudumu istediğiniz gibi kullanın."

İriyarı vergi avukatı, "Vay canına, bu kadın aklını kaçırmış!" diyerek başını iki yana salladı.

Bay Hopper, "Onu teselli edelim bari," dedi.

Scott kaşlarını çatarak ona baktı ve "Numarayı bırak," dedi. "Sen kendini gerçekten suçlu mu hissediyorsun yani? Böyle hissetmediğini biliyoruz."

O sırada Linda ağlamaya devam ederken bir yandan da giyiniyordu. Bir süre sonra giyinmiş olarak bir köşeye çekildi ve yere oturup dizlerini göğsüne çekti. Salonda derin bir sessizlik hüküm sürüyordu.

Ben yine Linda'ya bakarak, "Ben iyi tanırım bu tipleri," diye devam ettim söylenmeye, "Bunlar şirin görünüp erkekleri kolayca baştan çıkaran, onları yolan ama aslında sinir küpü kadınlardır."

Bay Hopper kendi kendine konuşur gibi, "Peki ama hangisi gerçek Linda?" diye söylendi.

Ben sinirli bir ifadeyle, "Kimin umurunda?" dedim.

Linda başını kaldırdı, esneyerek, "Kimin umurunda," diye beni taklit etti, sonra da Bay Hopper'a doğru eğildi ve "Pekâlâ, şimdi gerçek duyguların nedir bakalım, Hank?" diye sordu.

Adam birden ne diyeceğini bilemedi, birkaç saniye bocaladı ve sonra gülümseyerek, yüksek sesle, "Mutlu kafa karışıklığı," diye cevap verdi.

Marya da Linda'ya döndü ve "Sen şimdi nasıl hissediyorsun kendini, Linda?" diye sordu, ama salonda oturanların çoğu anlaşılmaz bir şeyler homurdandılar.

Linda önündeki halının üstüne bir çift yeşil zar attı ve sonra orada bulunanların hepsine sırayla yaramaz bir çocuk ifadesiyle bakarak, sakin bir tavırla, "Oynamak isteyen var mı?" diye sordu.

Linda harikaydı. Bu tür gruplarda insanlar kendini tamamen bırakan ve yasakları yok eden kişilere ihtiyaç duyarlardı. Linda istediği anda soyunabiliyor, sevgi şovu yapabiliyor, öfkelenip bağırabiliyor, insanları ikna edebiliyordu ve bütün bunları o kadar peş peşe ve hızlı yaptı ki, grup içinde herkes kendini bir eğlence aracı gibi hissetti, artık hiçbir şey önemli değildi onlar için. Grup arkadaşları görevli iki kişiden çok bizimle ilgilenince, bizim gerçekler ve dürüstlüğe fazla önem vermediğimizi anladılar; biz iyi ya da kötü davranışları, rol oynamayı ya da rol dışı davranmayı, iyi kötü her rolü, gerçeği ve yalanı olduğu gibi kabul ediyor, doğruluyorduk.

Gruptan biri gerçek kimliğini ortaya koyup diğerlerini de gerçeğe davet ettiğinde, biz zar oyuncularımızı, onu umursamama ve zarların verdiği rolleri oynamaları konusunda ikna etmeye çalışıyorduk. Birisi içinde yıllardır birikmiş olan bir arzuyu dile getirip istediği rolü oynarken, birden kendini kaybedip bağırdığı zaman, diğerleri hemen onun çevresini sarıp teselliye başlıyorlardı. Ama biz onlara bunu yapmanın hiç de iyi bir davranış olmadığını anlatmaya çalıştık. Bağıran kişi rahatsız edilmemeli ya da oynanan roller içinde karşılık verilmeliydi ona.

Biz onlara şunu anlatmak istedik: Zar onlara emretmedikçe, ne 'ölümsüzlük' ne de 'duygusal çöküşler' lanetlenme ya da acınmaya hak kazanamazdı. Onlara grup zar oyununda her zamanki oyunlardan, kurallardan ve davranışlardan özgür olduklarını göstermek istedik. Burada her şey sahteydi. Gerçek olan hiçbir şey yoktu. Hiç kimse -özellikle de biz elebaşları- güvenilir değildi. Bir insan tamamen değersiz, gerçek olmayan, dengesiz, uyumsuz bir dünyada yaşadığına inandığı zaman, bütün benliklerinden sıyrılmış, özgürlüğünü kazanmış olur—tıpkı zarın söylediği gibi. Bu vakalarda, diğer grup üyeleri içlerinden birinin çöküşüne geleneksel yöntemle cevap verirlerse bizim çabamız boşa gider, acı çeken kişi korkar ve utanır. O zaman o da grup zar oyununda bile 'gerçek dünya' ve geleneksel davranışların varlığına inanır.

Onu engelleyen de, gerçek dünyayı oluşturanlar konusunda kurduğu hayallerdir. Onun 'gerçekçiliği', 'mantığı', onun kafasındaki toplum fikridir bunlar ki hepsi yok edilmelidir.

O sonbahar aylarında Linda ve ben bu konuda elimizden geleni yaptık.

Çeşitli gruplar içindeki çalışmalarımız yanında Linda, H. J. Wipple adlı hayırsever konusunda da çalışmalarını sürdürdü. Ben adamı Güney California'da bizim için bir Zar Tedavi Merkezi inşa etmesi konusunda ikna etmiştim ve inşaat kısa zamanda hız kazandı. Hatta ikinci bir merkez ve erkek çocuklar için Catskills'de bir kamp yenileme çalışmaları başlatıldı. Dünya zar insanlarını kabul etmeye hazırlanıyordu.

Bölüm Altmış İki

Dr. Rhinehart ne zaman geri döneceğini bildirmeden karısı ve çocuklarını terk ettiği için hiç kuşkusuz suçluluk hissediyordu, ama bu konuda zara danıştığı zaman zar ona bunu düşünmemesini emretti. Ama evini terk ettikten dört ay sonra garip bir kapris ve duygu, ona evine gidip karısını aramasını tavsiye etti.

Karısı onu öğleden sonra saat ikide, daha önce hiç görmediği şık bir pantolonlu takım ve elinde bir kokteyl kadehiyle karşıladı. Ama "Bir misafirim var, Luke," dedi. "Beni görmek istiyorsan saat dörtte gelebilirsin."

Dr. Rhinehart dört ay önce esrarengiz bir şekilde ortadan kaybolduktan sonra, evinde bu şekilde karşılanmayı hiç beklemiyordu doğrusu ve karısının bu davranışına ne cevap vereceğini düşünürken kapının nazikçe yüzüne kapandığını gördü.

İki saat sonra tekrar geldi evine.

Karısı sanki yeni bir alet alıp dönmüş olan musluk tamircisini karşılar gibi, "Haa, geldin mi?" diyerek karşıladı. "Gir bakalım."

Dr. Rhinehart ona ciddi bir ifadeyle, "Teşekkür ederim," dedi.

Karısı onun önüne geçip salona götürdü, ona bir koltuk gösterdi ve kendisi de üzerinde bir sürü kâğıt ve kitaplar olan yeni bir masaya yaslandı. Dr. Rhinehart salonun ortasında ayakta durdu ve soran gözlerle karısına baktı.

Karısı sanki evden çıkıp yirmi dakika kadar ortalarda görünmeyen oğlu Larry'ye sorar gibi, can sıkıntısı ve umursamazlık ifade eden bir ses tonuyla, "Nerelerdeydin sen?" diye sordu.

"Zarlar bana evi terk etmemi söylediler, Lil . . . ben de bunun üzerine ayrıldım evden."

"Evet, ben de öyle tahmin ettim. Ee, bugünlerde neler yapıyorsun bakalım?"

Dr. Rhinehart bir süre konuşmadı, düşündü ve sonra dikkatle karısının yüzüne baktı.

"Bugünlerde grup zar terapisi konusunda çok çalışıyorum, Lil."

Karısı, "Çok güzel," dedikten sonra Dr. Rhinehart'ın daha önce hiç görmediği bir tablonun altında duran bir sehpanın yanına gitti ve onun üzerindeki mektupların zarflarını karıştırdı. Bir süre sonra ona döndü. Sıcak bir gülümsemeyle onun yüzüne baktı ve "Bir parçam seni özledi, Luke," dedi. "Ama bir parçam da hiç aramadı."

"Ben de aynı şeyi söyleyebilirim."

Lil kaşlarını çattı ve "Bir parçam çok öfkeliydi," diye devam etti. Durdu ve yine gülümsedi. "Ama bir parçam da mutluydu."

"Gerçekten mi?"

"Evet, aslında Fred Boyd öfkeli benliğimden kurtulmam için yardımcı oldu ve böylece mutlu olmamı sağladı."

"Nasıl yaptı bunu Fred?"

"Sen gittikten iki gün sonra bir saatten fazla ağlayıp şikâyet ettim ve Fred gelip, 'İntihar etmeyi düşünebilirsin, Lil,' dedi." Bunu söyledikten sonra o anı hatırladı ve gülümsedi. "Bunu duyunca şaşırdım tabii ve Fred bana ayrıca, 'Zar at ve Luke'u öldürebilme olasılığını sor zara,' dedi."

Dr. Rhinehart, "Eski dost Fred'e bakın siz," diye mırıldandı ve karısının önünde bir aşağı bir yukarı dolaşmaya başladı.

"Fred benden ayrıca, senden boşanıp onunla evlenmemi de istedi."

"Ne arkadaşmış ama!"

"Ama senden boşanmadan da onunla yatabilirmişim."

"Sevgi dolu bir adam, en iyi arkadaşının karısını baştan çıkarmaya çalışıyor..."

"Ondan sonra bana samimi, ateşli bir konuşma yaptı, sana fazla bağlanıp kendime baskı yaptığımı ve yaşamakta olan hayali varlıkları aç bırakıp yok etmemi filan söyledi."

"Kendi teorilerimi bana karşı kullanıyor."

"Böylece ben de zar attım ve o günden beri de Fred'le çok güzel bir birlikteliğimiz var."

Dr. Rhinehart olduğu yerde durdu ve karısının yüzüne baktı.

"Bunun tam olarak anlamı nedir?"

"Birden şoke olmayasın diye sana durumu yumuşak bir ifadeyle anlatmaya çalışıyorum işte."

"Teşekkür ederim, ciddi misin sen?"

"Zarlara danıştım ve onlar da bana, sana karşı ciddi olmamı söylediler."

"Yani sen ve Fred şimdi . . . sevgili mi oldunuz?"

"Evet, romanlarda buna böyle diyorlar."

Dr. Rhinehart uzun süre yerdeki halıya baktı, bunun yeni bir halı olduğunu geç de olsa fark etti, sonra gözlerini kaldırıp karısının yüzüne çevirdi.

Mırıldanır gibi, "Vay canına! Demek öyle, haa!" dedi.

Lil hafifçe gülümseyerek, "Aslında her şey yolunda gidiyor," diye konuştu. "Geçen gece..."

"Ayrıntılara girmene hiç gerek yok, Lil... Pekala, başka neler oluyor bakalım?"

"Sonbaharda Columbia Üniversitesi Hukuk Fakültesine kaydımı yaptırdım."

"Ne yaptın?"

"Zarlara hayat boyu hayalini kurduğum bazı seçenekleri verdim ve onlar da bana avukat olmamı söylediler. Kendimi geliştirmemi istemiyor musun yani?"

"Fakat hukuk fakültesi!"

"Oh, Luke, senin özgürlüğe inanan bir insan olarak, beni hâlâ zavallı bir güzel kadın olarak görmene şaşıyorum doğrusu."

"Fakat avukatlara tahammül edemediğimi bilirsin."

"Evet, biliyorum, ama bir avukatla yattın mı hiç?"

Dr. Rhinehart şaşkın bir ifadeyle başını salladı. Sonra mırıldanır gibi, "Senin kalbi kırılmış, üzgün, endişeli, çaresiz bir kadın olman gerekiyordu..." derken birden sustu.

Lil, "Oh, kes şu pislikleri," diyerek başını iki yana salladı.

"Böyle konuşmayı Fred mi öğretti sana?"

"Çocuklaşma, Luke."

Dr. Rhinehart, "Doğru," diyerek divana yığılır gibi oturdu, eski hayatından bazı şeylerin hâlâ devam etmesine sevinmişti. "Seninle gurur duyuyorum, Lil."

"Böyle saçmalamaktan da vazgeç."

"Gerçek bağımsız olduğunu gösteriyorsun."

"Boşuna uğraşma, Luke. Senin övgülerini dinleseydim asla bağımsız olamazdım."

"Sutyen takıyor musun, Lil?"

"Bunu sormak zorunda mısın yani? Sorulacak bir soru mu bu şimdi?"

"Zar bana seni tahrik etmemi söyledi ama nerden başlayacağımı bile bilemiyorum." Luke bunu söyledikten sonra yeni masaya dayanan karısına baktı. Lil sigara içiyor ve hiç de rahatsız olmuş gibi görünmüyordu. "Şimdi seninle tartışacak halde değilim, Luke."

Lil dayandığı masaya bir zar attı, ona baktı ve sonra kocasına döndü.

"Gidiyorsun, Luke."

"Nereye gidiyorum?"

"Bu evden çıkıp gidiyorsun işte."

"Ama seni henüz baştan çıkaramadım."

"Denedin ve başaramadın, şimdi de gidiyorsun bu evden."

"Çocuklarımı görmedim henüz. Benim zar oğlum Larry nasıl bakalım?"

"Senin zar oğlun Larry çok iyi. Okuldan geldiği zaman ona senin gelebileceğini söyledim ama önemli bir futbol maçı varmış ve aceleyle koşup gitti."

"İyi bir çocuk gibi zar hayatına devam ediyor mu peki?"

"Pek sanmıyorum. Öğretmenlerinin zar kararlarını ev ödevini yapmama nedeni olarak kabul etmeyeceklerini söyledi bana. Hadi, bu kadar konuşma yeter, Luke, git artık."

Dr. Rhinehart pencereden dışarıya baktı ve içini çekti. Sonra cebinden zarını çıkarıp yan tarafına attı ve baktı.

"Gitme teklifini reddediyorum."

Lil odadan çıktı ve çok geçmeden elinde bir tabanca olduğu halde geri döndü.

"Benim zarım senin gitmeni istiyor, Luke. Beni terk eden sen olduğuna göre, iznim olmadan bu evde bulunmaya da hakkın yok."

"Evet, ama benim zarım da kalmamı istiyor."

Lil masaya bir zar daha atarak baktı ve "Tamam," dedi, "beşe kadar sayacağım ve o zamana kadar çıkıp gitmezsen ateş edeceğim, Luke."

Dr. Rhinehart gülümseyerek, "Saçmalama, Lil," dedi. "Ben şimdi..."

"İki, üç..."

"Böyle aşırı önlemlerle bir yere varamayız, Lil. Bana öyle geliyor ki..."

Birden korkunç bir patlama, bir silah sesi duyuldu salonda.

Dr. Rhinehart şaşkın bir halde hiç beklemeden divandan fırlayıp ayağa kalktı ve kapıya doğru yürüdü. Gülümsemeye çalışarak, "Divanda bir kurşun deliği..." diye başladı ama Lil yeniden zar atmış ve yine beşe kadar saymaya başlamıştı. Dr. Rhinehart ikinci beşin bitmesini beklemeyi hiç düşünmeden kendini kapıya attı ve açıp dışarı fırladı, evden çıkıp gitti.

Bölüm Altmış Üç

Amerikan Psikiyatrlar Derneğine göre, iki erkeğin eşcinsel ilişkisi sadece araştırılması, üzerinde çalışılması gereken bir vaka olarak görülebilirdi. Ben de hoşlanmıyordum bundan ve bir erkekle sevişmek bana, yedi sekiz yaşlarımda zorla fırında makarna yedirildiğim günleri hatırlatıyordu.

Diğer yandan kadın rolü oynayarak bir erkeğin altına yatmak çok ilginç bir deneydi ve aslında heyecan vericiydi, ama ben pek ilgi duyamadım bu olaya. Geçici bir fantezi olarak kadın rolü oynamak heyecan verici olabilirdi, ama bir erkek olarak başka bir erkekle sevişme pozisyonu bana göre mide bulandırıcı bir deneydi.

Ama zarlar bana böyle bir deneyim yaşamam gerektiğini emredince karşı koyamadım elbette. Aşağı Doğu Yakasına gittim, Linda orada bir sürü eşcinsel barı olduğunu söylemişti. Bana adını verdiği bu tür barlardan birini hatırladım, Gordo adlı bir eşcinsel yuvasıydı burası.

Ama gece saat 10.30'da oraya girdiğimde, masalarda beraberce oturmuş içki içen erkek ve kadınları görünce şaşırdım. Beklediğim gibi eşcinsel kaynayan bir yer de değildi burası, içerde sadece yedi sekiz kişi vardı ve kimse de başını çevirip bakmadı bana. Bara oturup barmenden bir bira istedim ve etrafa bakınmaya başladım, acaba eşcinsel barının adını yanlış mı hatırlıyorum diye düşündüm. Barın adı Gordon, Sordo, Mordo ya da bunlara benzer başka bir şey olabilir miydi? Telefon rehberini aldım ve barlar sayfasında Gordon adını aradım, yoktu, diğer benzer isimleri de bulamadım. Şaşkın ve üzgün bir halde bardan kalkıp kenardaki masalardan birine oturdum. Bir süre sonra masamın önünden geçip kaybolan dört genç şaşırttı beni. Nerden gelip nereye gittiklerini anlamadan ortadan kayboldular.

Barın karanlıkta kalan arka tarafına gidince üst kata çıkan bir merdiven gördüm, yukardan da müzik sesi geliyordu. Yavaşça üst kata çıktım ve kapının önünde duran irikıyım korumanın yanından geçerek küçük bir hole girdim. Müzik sesi karşıdaki çift kapının arkasından geliyordu. Kapılardan birini açtım ve içeri süzüldüm.

İçeri girer girmez, hemen önümde müthiş bir arzuyla öpüşen iki delikanlıyla karşılaştım. Birden ne yapacağımı bilemedim ve sanki böyle bir şey beklemiyormuş gibi, şaşkın gözlerle onlara baktım. Onların yanından ve sonra da birbirlerine sarılmış dans eden erkeklerin arasından geçerek kenardaki boş bir masaya oturdum. Küçücük masanın üzerinde üç tane boş bira şişesi, bir sigara paketi ve bir de dudak ruju vardı. Bir süre bu heyecanlı manzarayı seyrettikten sonra bir delikanlı masaya gelerek ne içeceğimi sordu ve bir bira istedim ondan. Salonda yaklaşık yirmi masa vardı ama çoğu boştu. Oturanların hepsi erkekti ve sadece sağımdaki masada orta yaşlı bir kadınla erkek vardı. Adamın yüzünde garip bir gülümseme vardı, kadın ise etraftaki manzaradan hoşlanıyormuş gibiydi. Kadına bakınca, o da akıl hastanesinde bir hasta arkadaşına bakar gibi baktı, adam sinirli görünüyordu, ona da göz kırptım.

Gözlerimi pistte dans eden erkek çiftlere çevirdim. Hemen önümde dans eden çiftten uzun boylu olanı otuzuna yakındı, kancalı bir burnu ve kalın kaşları vardı. Diğeri daha gençti, kısaydı ve yakışıklı bir oğlandı. Dünya umurlarında değilmiş gibi kendilerini müziğe kaptırmış dans ediyorlardı. Ben onlara bakarken genç oğlan da bana baktı, kirpiklerini hafifçe oynattı, bir omzunu kaldırdı ve ıslak dudaklarını hafifçe araladı. Acemi bir delikanlı gibi bir an ne yapacağımı şaşırdım.

Bu olanlar bana hayatım boyunca gizli bir eşcinsel olduğumu mu anlatmak istiyordu yoksa? Erkek kılığında bir dişiye karşı gösterdiğim bu tepki sağlıklı heteroseksüellik anlamına mı geliyordu, yoksa iki cinsiyetli olduğumu mu gösteriyordu?

Zarlar acaba aktif olmamı mı isteyecekti, yoksa pasif olmamı mı? Zarlardan önce düşündüm de saldırgan erkek olmak yerine pasif dişi olmak daha sıradışı ve uygun olabilirdi. Ama benim gibi iri bir pasife uygun bir erkek bulmak da pek kolay olmayacaktı galiba. Şurası bir gerçekti ki o anda bir kadın olmak istiyor, bunu bir ihtiyaç olarak hissedebiliyordum. Dişiliğime özgürlük vermeliydim. Zar adam kadın rolünü oynamadığı takdirde asla tamam olamayacaktı.

Ben bunları düşünürken tepemde, "Sana bir içki alayım mı?" diyen gür bir ses duydum ve başımı kaldırınca yan tarafımda, kapıda bekleyen irikıyım korumayı gördüm, yüzüme baktı ve sırıttı.

Bölüm Altmış Dört

Zarın zekâsını asla sorgulamamalısınız. Onun yöntemlerine hiç akıl ermez. Elinizden tutup sizi bir boşluğa götürür, ama bir de bakarsınız orası verimli bir arazidir. Zarın üstünüze koyduğu yükün altında sendelersiniz, ama bir de bakarsınız ki hafiflemiş, kuş gibi uçuyorsunuz. Zar hiçbir zaman Tao yolundan sapmaz ve tabii siz onun emrini yerine getirirsiniz.

Zara teslim olma ve ondan bir şeyler kazanma arzunuz çok büyüktür, kaçınılmazdır. Bu tür teslim olmalar sizi asla egonun acılarından kurtarmaz. Mücadeleden, tüm amaçlarından, hedeflerinden ve değerlerinden vazgeçmelisin, ancak ondan sonra, egonu kazanmak için zar kullanabileceğin inancından vazgeçtiğin zaman, yüklerinden kurtulduğunu anlayacaksın ve hayatın özgürce devam edecektir.

—Zar Kitabından

Bölüm Altmış Beş

İnce bir ses ve nazik bir tavırla, "Ben bir bakireyim," dedim. "Lütfen yumuşak davran bana."

Bölüm Altmış Altı

Bunun iki yolu var: ya sen zarı kullanırsın, ya da zar seni kullanır.

—Zar Kitabından

Bölüm Altmış Yedi

Ağır bir tavırla, "Tanrım!" dedim. "Canım yanacak mı acaba?"

Bölüm Altmış Sekiz

Sayın Dr. Rhinehart,

Çalışmalarınızı çok takdir ediyorum. Kocam ve ben, zar egzersizini her sabah kahvaltı sonrası ve yatmadan önce yapıyoruz ve kendimizi çok genç hissediyoruz. Kendi TV programınızı ne zaman yapacak, ekrana ne zaman çıkacaksınız? Duygusal rulet oyununu oynamaya ve Egzersiz K'ya başlamadan önce birbirimizle çok az konuşurduk, ama şimdi zar oyunları dışında bile birbirimizle bağırarak konuşuyor, kahkahalarla gülüyoruz. Kızımız Ginny'yi de bu zar oyunlarına alıştırabilmemiz için bize yardımcı olabilir, bu konuda öğüt verebilir misiniz acaba?

Kızımız inatçı bir çocuk, dua etmekten kaçınıyor ve her zaman utangaç ve onun için endişe duyuyoruz. Sabahları bizimle beraber ya da yalnız başına zar egzersizi yapmaya alıştırmak istedik onu, ama başaramadık. Kocam zarın talimatlarına göre arada sırada onu dövüyor ama bunun da bir yararı olmadı. Bu bölgede bulunan tek zar doktoru üç ay önce Antarktika'ya gitti, bu nedenle bize sizden başka yardımcı olacak kimse yok buralarda.

Saygılarımla,
Bayan A. J. Kempton
(Missouri)

Sayın Dr. Rhinehart,

Bugün öğleden sonra on altı yaşındaki kızımı oturma odasındaki divan üzerinde postacıyla yatarken buldum ve o da bana sizin adınızı verdi. Nedir bu rezalet, açıklar mısınız bana?

Saygılarımla,
John Rush

Bölüm Altmış Dokuz

İlk zar bebeğinin dünyaya gelişi sanırım tarihsel önemi olan bir olay sayılır. 1969 Noel'inden hemen sonra Arlene telefon ederek Jake ile birlikte acilen hastaneye gittiklerini söyledi, zar bebeğimiz dünyaya geliyordu. Bana nasıl ulaşacaklarını biliyorlardı, çünkü iki gün önce evlerine giderek onlara Noel hediyelerini vermiştim. Arlene'e bir *Ansiklopedi Britannica*, Jake'e de bir mayo hediye ettim ve bunların seçimleri elbette zara aitti.

Hastaneye vardığımda Arlene hâlâ doğum sancıları çekiyordu ve özel odasına girince şaşırdım, açık duran iki koca bavul ağızlarına kadar bebek kıyafetleriyle doluydu. Bavullarda, hepsinin üzerlerine iki yeşil zar işlenmiş en azından otuz tane çocuk bezi, bir sürü pijama, gömlek, bebek donu ve çorabı vardı. Çocuk takımlarına zar işlemenin iyi bir fikir olmadığını Arlene'e söyledim ama o da bana bunun zarlara danışılarak yapıldığını bildirdi.

Doğumdan önce üçümüz bebeğin geleceği hakkında sohbet ettik, ama elbette en çok konuşan kişi Arlene oldu. Bebeği doğal yollardan doğurma ve anne sütüyle besleme seçeneklerine 216'da 215 şans tanımış, zar da her iki seçeneği kabul etmişti. Ama Arlene en çok, bebeğin lâzımlığa ve sonra da zar eğitimine ne zaman ve nasıl alınacağı konusunda konuştu.

Birkaç kez, "Bu konularda erken çalışmaya başlamalıyız," dedi. "Toplumun, beni otuz beş yıl şımarttığı gibi, onu da şımartıp bozmasını istemiyorum."

"Fakat çocuk ilk iki üç yıl zar kullanılmadan, rasgele gelişebilir, buna izin vermeliyiz," dedim.

Arlene, "Hayır, Luke, bu ona haksızlık olur," diye konuştu. "Çocuğun elinden şeker almaya benzer bu."

"Fakat bir çocuk en küçük dürtülerini ifade etme eğilimi gösterir—en azından okula başlayana kadar yapmak ister bunu," dedim. "Çocuklar o dönemde istediklerini yapmak isterler."

"Olabilir, Luke, ama ona hangi memeyi vereceğim, uyutup uyutmayacağım gibi konularda zar attığımı görünce umursanmadığını hissedebilir. Benim yapmak istediğim şey..."

Arlene fikirlerini bize uzun uzun anlatmaya başladı ama bir süre doğum sancıları artınca onu alıp doğum odasına götürdüler. Onun arkasından koridora çıktığımız zaman Jake, "Bana öyle geliyor ki bu zar işi artık kontrolden çıkmaya başladı, Luke," dedi.

Başımı salladım ve "Ben de öyle düşünüyorum, Jake," dedim.

"Zarların kararına uymak biz yetişkinler için belki bir dereceye kadar iyi olabilir, ama iki yaşında bir çocuk söz konusu olunca ne diyeceğimi bilemiyorum doğrusu."

"Seninle aynı fikirdeyim dostum."

"Çocuk kendini toparlamaya başlamadan önce Arlene onun kafasını karıştırabilir."

"Haklısın."

"Çocuk bu koşullar altında büyüyünce garip bir yaratık olabilir."

"Doğru. Daha da kötüsü, zar hayatına isyan ederek, topluma egemen olan normal sosyal yaşama boyun eğebilir."

"Evet, bu da bir olasılık tabii. Böyle bir şey olabilir mi dersin, Luke?"

"Elbette olabilir," dedim. "Erkek çocuklar çoğu zaman annelerine isyan ederler."

Jake koridorda birden durdu ve yere bakarak düşünmeye başladı. Sonra, "Ama birkaç zar atmak da ona büyük zarar vermez herhalde," dedi.

"Zaten kimin umurunda ki?" dedim.

Jake birden başını kaldırıp yüzüme baktı ve "Bebeğini umursamıyor musun yani?" dedi.

"Bak Jake, sakın unutma, bu sadece benim değil, bizim bebeğimiz. Zarlar Arlene'e baba olarak beni göstermiş ama bu benim gerçek baba olduğum anlamına gelmez tabii."

"Bak bunda haklısın."

"Aslında baba sen olabilirsin, ama zarlar Arlene'e yalan söylemesini emretmişler."

"Bu da doğru olabilir, Luke."

"Ya da Arlene başkalarıyla da yatmış ve babanın kim olduğunu kendisi de bilmiyor olabilir."

Jake başını sallayarak yine yere bakmaya başladı ve "Beni rahatlattın, sağ ol," diye homurdandı.

"Onun için buna bizim bebeğimiz diyelim, daha iyi olur."

"Arlene'in bebeği desek daha doğru olacak galiba."

Bölüm Yetmiş

Sayın Dr. Rhinehart,

Playboy'daki röportajınızı okuduktan sonra sizin bir taraftarınız oldum. Yaklaşık bir yıldan beri zar hayatını yaşamaya çalışıyorum ama bazı sorunlarım var ve umarım onların çözümünde bana yardımcı olursunuz. Her şeyden önce şunu bilmek isterim: gerçekten zarın her dediğini yapmak zorunda mıyız ve bu çok mu önemli? Çünkü zar bazen çok istediğim bir şeyi yapmamı engelliyor ya da verdiğim en saçma seçenekleri yapmamı söylüyor. Böyle durumlarda zara itiraz edince büyük ölçüde rahatlıyorum. Zar özellikle kızlarla ilgili konularda beni desteklediği zaman çok seviyorum onu. O konuda bana çok yardımcı oluyor zar, ama onun söylediği bir konuda işler yolunda gitmediği zaman kendimi suçlu hissetmiyorum. Ama kız hamile kalınca da suçluluk hissetmiyorum, çünkü bunu da zarın emriyle yapıyorum. Sadece anlamadığım bir şey var: Neden hiç durmadan zarı izlememiz gerektiğini söylüyorsunuz? Zarın karar verme alanlarını genişletmemiz neden gerekiyor? Sizin çalışmalarınız beni şaşırtıyor, çok oyalıyor, ne demek istediğimi anladınız elbette.

Burada sizi bir konuda daha uyarmak isterim; sevgilimle zara danışarak seks yaptığımız zamanlar bazı sorunlarla karşılaştık. Seks uygulamaları güzeldi elbette, ama sevgilimin söylediğine göre, zar ona beni bir süre görmemesini emretmiş. Kız bana bazen randevu veriyor ama gelmiyor, sonra da bunun nedenini zarın üstüne atıyor. Onu biraz baskı altında tutmak için ne yapmam gerekiyor, Doktor? Kızlar için geliştirdiğiniz ve ona gösterebileceğim bazı zar etiği kurallarınız var mı acaba?

Ayrıca zar hayatını anlattığım bir başka kız da, seçenekler arasına onunla evliliği de koymam gerektiğini söylüyor bana. Ben bu seçeneğe otuz altıda bir şans tanıdım, ama kız onunla her çıktığımda bu seçenek için zar atmamı söylüyor. Onunla on kez daha çıkarsam kaybetmem ihtimali nedir? Ya da yirmi kez çıkarsam? Mümkünse bu konuyla ilgili bir grafik ya da tablo gönderin bana.

Bazı güzel fikirleriniz var tabii, ama umarım zar hayatı yaşayan kızlar için de yeni özel kurallar geliştirirsiniz. Ben bu konuda endişelenmeye başladım.

Saygılarımla,

George Doog

Bölüm Yetmiş Bir

Jake şaşkın bir gülümsemeyle, "Kızımız oldu," dedi.

"Biliyorum, Jake. Kutlarım seni."

Jake yüzüme baktı ve "Adı Edgarina olacakmış," dedi. "Edgarina Ecstein. Kim verdi ona bu adı?"

"Saçma sorular sormasana, Jake. Bebek de, Arlene de, ben de sıhhatliyiz hepimiz. Önemli olan bu değil mi yani?"

"Elbette öyle, haklısın. Ama söylesene bana, kız çocuklar da isyan eder mi anneye?"

Ona cevap vermedim ve "Bak, işte geliyor," dedim.

İki hemşire tekerlekli karyolada yatan Arlene'i özel odasına götürüp kendi yatağına yatırdılar ve sonra da bebeğini getirip kucağına verdiler. Jake ve ben de onlara sevecen gözlerle bakıp kaldık. Bebek biraz mırıldanır gibi oldu ama pek ses çıkarmadı.

"Nasıl gitti, Arlene?" diye sordum.

Arlene tatlı bir anne gülümsemesiyle kucağındaki kızına baktı ve başını salladı. "Bir çırpıda oldu bitti, kolay bir doğum oldu."

Tekrar bebeğine baktı ve "Eleanor Roosevelt'in bebekliğine benzemiyor mu?" diye sordu.

Jake ile birbirimize baktık ve sanırım onun bu benzetmesini kabul ettik.

"Edgarina'nın asaleti var," dedim.

Arlene bebeğinin başını öptü ve "Büyük bir kişilik olacak benim kızım," dedi. "Zar sayesinde elbette."

"Ya da hiçbir şey sayesinde," dedim. "Onun üzerinde hiçbir şey denemeyeceksin, Arlene."

"Sadece ona yapacağı her işten önce zar atmasını öğreteceğim. Onu bu konuda tamamen özgür bırakacağım."

Jake, "Tanrım, sen bana yardım et!" diye mırıldandı.

Elimi onun omzuna atarak, "Neşelen biraz, Jake," dedim. "Bir bilim adamı olarak muazzam bilimsel önemi olan bir konuda çalışma olanağı bulabileceğini düşünmüyor musun?"

"Olabilir."

"Edgarina, Arlene'in rejimi altında olsa bile bilimsel açıdan çok önemli bir varlık. Dahi ya da psikozlu bir insan, yeni bir şey var elimizde."

Jake hafifçe başını salladı ve "Sanırım haklısın," diye mırıldandı.

"Bu senin için 'Altı Yanlı Adam Vakası' adlı çalışmandan sonra en büyük araştırma konun olabilir."

Jake'in gözleri parladı ve başını sallayarak, "Haklısın, Luke," dedi, "belki de zar hayatıyla ilgili bazı yeni çalışmalar yapmam gerekiyor."

"Ama buna güzel bir başlık bulmalısın, Jake."

Arlene de yattığı yerden söze karıştı ve "Elbette bunu yapmalısın, Jake," dedi. "Edgarina Ecstein'ın babaları tam kapasiteli birer zar adam olmalıdır, yoksa o babayı istemem."

Jake içini çekti ve "Buna gerek kalmayacak sevgilim," diye cevap verdi.

Biraz düşündüm ve "Çalışmana, 'Rasgele Büyütme Vakası' ya da 'Çocuk Bezi Eğitimi' adı verebilirsin," dedim.

Jake başını iki yana salladı, gözlerini kısarak yüzüme baktı ve "Boşuna uğraşma, Luke," dedi. "Bu konu seni aşar. Ben çalışmamın başlığını buldum bile; 'Kapris Çocuğu Vakası' olacak başlık. Ama kitabın yazılması uzun sürebilir."

Bölüm Yetmiş İki

Kızgın güneş ışınları iriyarı bedenimi ısıtıp yavaşça yakmaya başlarken, kendimi sıcak kumların üstüne iyice bıraktım. Linda bikinisi ve bütün çıplak güzelliğiyle yanımda uzanmış, güneş banyosu yapıyordu. Linda yattığı yerde Stendhal'ın *The Charterhouse of Parma* (Parma Manastırı) adlı kitabını okumuş ve arada sırada grup zar terapisi konusunda sohbet etmiştik, bu Bahama plajının boş ve kızgın kumları üzerinde yaklaşık on beş dakikadan beri sessizce, hiç konuşmadan yatıyorduk. Şubat ayıydı, New York'ta kış koşulları devam ediyordu ama biz burada yaz sıcağını yaşıyorduk.

Uzun zaman sessiz kaldıktan sonra Linda birden, "Gerçekten ne istiyorsun sen, Luke?" diye sordu. Gözlerim yarı kapalıydı ama göz kapaklarımın arasından bakmaya çalıştım; Linda ya doğrulup oturmuş, ya da bir dirseği üzerine dayanmıştı.

Ben düşünmeye devam ederken, "Ne mi istiyorum?" diye tekrarladım onun sorusunu. Dalgaların ritmik sesi yeniden denize girip yüzme arzusu uyandırdı içimde, ama denizden daha yeni çıkmış ve birkaç dakika önce kurumuştuk.

Onun cevap beklediğini düşününce, "Sanırım çok şey istiyorum," diye konuştum. "Herkes olmak, her şeyi yapmak istiyorum."

Linda yüzüne düşen saçlarını bir eliyle arkaya itti ve gülümseyerek, "Çok da mütevazısın, dostum," dedi.

"Olabilir."

Sahilde bir martı sulara doğru daldı ve sonra yükselip uzaklaştı.

"Bugün oldukça sessizsin, Luke, yine bir zar kararı mı var yoksa?"

"Çoğu zaman uykudaydım canım."

"Külahıma anlat sen onu! Zarların kararı mı var yine?"

"Ne fark eder ki?"

Linda bu kez gerçekten dirsekleri üzerinde doğruldu ve havlunun üstünde oturdu.

"Ben bazen zarların değil, senin ne istediğini merak ediyorum."

"Ben kimim peki?"

"Ben de bunu öğrenmek istiyorum işte."

Ben de kalkıp oturdum ve gözlerimi kırpıştırarak okyanusun dalgalarına baktım. Gözlüğüm gözlerimde olmadığı için her şeyi biraz bulanık görüyordum.

"Anlamıyor musun?" dedim. "Beni bu şekilde tanımak, sınırlamak, beni taş gibi ve önceden bilinen bir şeye yapıştırmak olur."

"Lanet zarlar! Ben sadece yumuşak ve önceden tahmin edebileceğim bir Luke tanımak istiyorum. Senin bir zar atılışıyla aniden değişebileceğini düşünürken, seninle birlikte olmaktan nasıl zevk alabilirim ki, söylesene bana!"

İçimi çektim ve yine dirseklerimi yere dayadım, geriye doğru uzandım.

"Sağlıklı, normal nevrozlu bir âşık olsaydım da, aşkım yine belirsiz bir zamanda uçup gidebilirdi."

Linda gülümsedi ve "Evet, ama o zaman ben de bu durumu önceden anlar ve seni daha önceden terk ederdim," diye konuştu.

Birden doğrulup oturdum ve "Her an her şey uçup gidebilir, Linda," dedim. "Sen, ben, hepimiz aniden yok olabiliriz, ölüm, tahribat, umutsuzluk aniden vurabilir darbesini. Başka türlü yaşamadığını farz etmek deliliktir."

Linda sıcak elini omzuma koydu ve "Fakat Luke," dedi. "Hayat aşağı yukarı aynı tempoda akıp gidecek ve bizler de öyle . . . yani, eğer..."

"Asla."

Linda bir şey söylemedi, elini omzumdan çekip enseme götürdü ve saçımla oynamaya başladı. Bir süre sonra dayanamadım ve "Seni seviyorum, Linda," dedim. "Ve seni seven bu benlik her zaman da sevecektir. Bundan tam olarak emin olmalısın."

"Peki, ama bu benlik ne kadar sürecek?"

"Sonsuza kadar," dedim. Sonra hafifçe dönerek onun elini tuttum ve öperken onun gözlerine baktım. O da ciddi bir ifadeyle yüzüme baktı ve "Ama beni seven bu benliğin yerini sevmeyen bir benlik de alabilir," diye konuştu. "Ve o benlik ebediyen yeraltında kalabilir, kendini ifade etmeden yaşayabilir, bunu yapmak zorunda kalabilir."

Gülümseyerek başımı salladım ve "Seni seven o benlik bu konuyu hayat boyu garanti altına alacak, her şeyi buna göre ayarlayacaktır, sen hiç merak etme. Ama bu da diğer benliklerin çoğunun sürekli gömülmesi anlamına gelecektir."

"Fakat ego olsun ya da olmasın, bunlar *doğal* arzular ve düzenlenmiş hareketler. Beni yatırıp benimle sevişmen doğal bir hareket, ama kum üzerinde diz çökerek zar atmak bana göre hiç de doğal değil."

Kumun üzerinde doğrulup dizlerimin üstüne çöktüm ve mayomu sıyırıp çıkarmaya çalıştım.

Linda, "Aman Tanrım!" diye bağırdı. "Şu koca ağzımı tutamıyorum, değil mi?"

Ama ben de güldüm ve mayomu tekrar yukarı çektim, "Haklısın," diyerek başımı onun bacağı üzerine koydum.

"Pekâlâ, doğal arzuların nedir? Gerçekten ne istiyorsun, Luke?"

Luke bir süre konuşmadı, sonra, "Seninle olmak istiyorum," dedi. "Güneş, aşk, okşamalar, öpüşmeler istiyorum." Durup bir an düşündü. "Su, güzel kitaplar, insanlarla zar hayatı uygulamak için fırsatlar istiyorum."

"Ama kimin okşamalarını, kimin öpücüklerini istiyorsun?"

Parlak güneş ışığında gözlerimi kırpıştırarak onun yüzüne baktım ve "Senin, Terry'nin, Arlene'in, Lil'in, Gregg'in ve daha bazı kişilerin, sokaklarda tanıdığım kadınların okşama ve öpücüklerini," dedim.

Linda hiçbir şey söylemedi.

"Güzel müzik, yazmak için bir fırsat istiyorum," diye devam ettim. "Arada sırada güzel bir film, deniz istiyorum."

"Hah, sen benim eskiden olmadığım kadar bile romantik değilsin, Luke, değil mi?"

"Bu benliğimle hayır."

Linda gülümseyerek, "Ama yine de beni çok seviyorsun," dedi ve ben de onun yüzüne baktım.

Göz göze bakışırken, "Seni seviyorum," dedim ve bir dakika kadar hiç konuşmadan bakıştık. Tepemizden geçen bir martı bakışmamıza son verdi, onu izledik. Linda bir şey söylemek istedi ama nedense vazgeçti. Başımı çevirdim ve onun kalçasını öptüm. Linda içini çekti ve başımı itti.

"Öpmemi istemiyorsan uzatma bacaklarını," dedim.

"İstediğim kadar uzatır, açarım bacaklarımı."

"O halde ben de öperim," diyerek başımı iki bacağının arasına gömdüm ve öpmeye başladım bacaklarını. Başımı kaldırıp hafifçe itmek istedi ama beline sarıldım ve sıkıca tuttum onu. Saçlarımı yakalamıştı ama bıraktı ve "Bazı şeyler doğal olarak güzel oluyor, bazıları olmuyor," dedi.

"Hımmm!" diye mırıldandım.

"Zar hayatı bazen doğal güzelliklerden uzaklaştırıyor bizi," dedi.

Ben yine mırıldanarak cevap verdim ona.

"Bana sorarsan çok kötü bir şey bu."

Ne diyeceğimi düşündüm ve bir dirseğimin üzerinde doğrulup ona dönerek, "Seninle birlikte yaptığımız şu çılgın köle oyunu sana göre doğal ve iyi bir şey miydi?" diye sordum.

Linda yüzüme bakarak gülümsedi ve "Öyle olması gerekir," dedi.

"Herkes kendine göre iyi sandığı bir şeyler yapıyor. O zaman neden herkes dertli, Linda?" Bikini mayosunun üst kısmını sıyırıp çıkardım ve üzerinde yattığımız havlunun üzerine attım. Göğüslerinin üst kısmı kumlanmıştı, uzandım ve kumları temizledim.

Linda, gülümseyerek, "Herkes dertli değil ki," dedi. "Örneğin ben hiç dertli değilim."

"Ama zar hayatını öğrenmeden önce hiç mutlu değildin."

"Evet, ama o zaman bir seks sorunum vardı, şimdi böyle bir şey yok."

Ben yine başımı salladım ve mırıldanarak cevap verdim ona.

Linda, "Zar senin bazı sorunlarını çözmek için iyi bir yöntem olabilir," dedi. "Ama sanırım artık ona ihtiyacın olmayabilir gibi geliyor bana."

Göğsünü okşadım ve "Bana sorarsan haklı olabilirsin," dedim.

"Gerçekten öyle mi düşünüyorsun?"

"Elbette," diyerek başımı salladım. "Ben her konuda zarlara danışmıyorum zaten, ancak zor durumlarda, kuşkulu olduğum konularda zar atıyorum."

"Evet, ama bunu da yapmayabilirsin artık."

"Her gün sabaha karşı zar atarak, onlara o gün hemen her konuda danışıp danışmayacağımı, bazı konularda danışabileceğimi ya da hiç danışmadan günü geçirip geçiremeyeceğimi soruyorum. Örneğin bu sabah zar bana hiçbir konuda kendisine danışmam gerekmediğini söyledi."

"Yani zarlara danışıp danışmama konusunda bile yine zar var hayatında."

"Şeyyy . . . evet, öyle..."

"Ama bugün doğal davranıyorsun."

"Evet."

Linda güldü. "Bak bu hoşuma gitti işte. Bana bunu söylediğine sevindim, Luke. Davranışlarının doğal olduğunu bilmek güzel bir şey elbette."

Onu yanağından öptüm ve "İnsanların yaptığı pek çok şey ilk yaptıklarında doğal değildir," dedim. "Öğrenmek bu nedenle önemlidir. Zar hayatı da bununla ilgilidir."

Bu sefer Linda, "Hımmm," diye mırıldandı.

"Eğer kendimizi her zaman bize doğal gelen konularda kısıtlarsak, potansiyelimize kıyasla birer cüce olur kalırız. Her zaman için, doğal hale getirebileceğimiz yeni insan hareketleri alanları bulup ortaya koymalıyız."

Linda yine gülümseyerek, "Mmmmm," diye mırıldandı.

"Umarım zarlar bizi uzun zaman birbirimizden ayırmaz, Linda."

"Mmmmmm. Ben de öyle, hayatım."

Bölüm Yetmiş Üç

Zar Merkezleriyle ilgili güzel anılarımız var. Mutlu günlerdi onlar; tanrılar yeryüzünde tekrar oyunlar oynadılar. Muazzam bir özgürlük! Büyük bir Yaratıcılık! Çılgınlıklar, saçmalıklar! Delice bir karmaşa! Bunların hepsi insan eliyle yönlendirilmeden, sadece hepimizi seven büyük kör zarın rehberliğinde yaşandı. Hayatımda sadece bir kez, bir toplumda yaşamanın ne anlama geldiğini öğrendim, dost ve düşmanlarımın paylaştığı daha büyük bir amacın bir parçası olduğumu hissettim. Sadece CETRE'lerde total kurtuluşu—komple, paramparça eden, unutulmaz, total aydınlanmayı yaşadım. Onları daha önce görmüş ya da hiç görmemiş olsam da, son yıl içinde, merkezlerden birinde bir ay kalmış olan insanları görür görmez tanımayı başardım. O insanlarla sadece bakışıyoruz, yüzlerimiz hemen aydınlanıyor ve kahkahalar atarak birbirimize sarılıyoruz. Eğer bizim CETRE'lerimizi kapatacak olurlarsa dünya yokuş aşağı gitmeye başlayacaktır, bundan eminim.

Sanırım onlarla ilgili medya isterisini herhangi bir gazetede mutlaka okumuşsunuzdur: aşk odaları, sefahat âlemleri, şiddet, uyuşturucu, psikoz olayları, çeşitli suçlar, delilik gibi bir sürü saçmalıklar yazdılar. *Time* dergisi bizimle ilgili olarak verdiği yazıya 'CETRE Lağımcıları' şeklinde objektif bir başlık attı. Yazı şöyleydi:

İnsanlığın süprüntüleri yeni bir yutturmaca buldular; her şeyin yapıldığı çılgınlık evleri bunlar.1969'da saf hayırsever Horace J. Wipple tarafından terapi merkezleri adı altında kurulan bu Total Tesadüfi Ortamlarda Deney Merkezleri (CETRE'ler), sefahat, vurgun ve delilik merkezleri haline geldiler. İlk olarak şarlatan psikiyatr Lucius M. Rhinehart (Time, 27 Ekim 1970) tarafından ortaya atılan zar teorisi temeline dayanan bu Merkezlerin amacı, müşterilerini kişisel kimlik yüklerinden kurtarmak olarak açıklandı. Bir ay kalmak üzere bu Merkezlerden birine giden kişiden, adını, kıyafetlerini, davranışlarını, kişisel âdetlerini, cinsel eğilimlerini, dinsel inanışını -kısaca kendisini- terk etmesi isteniyor.

Merkeze yatanlar –bunlara 'öğrenci' adı veriliyor– çoğu zaman maske takıyor ve vakitlerini nasıl ve hangi kimlik altında geçireceklerini zarlara danışıyorlar. Terapi uzmanları çoğu zaman bu rolü oynayan öğrencilerden oluşuyor. Düzeni sağlayan polisler de polis rolü oynayan, bu kimliğe bürünmüş öğrenciler. Merkezlerde her türlü uyuşturucu kullanılıyor, 'Aşk Odası' ve 'Karanlık Oda' denen odalarda her türlü rezalet yaşanıyor. Karanlık Oda denen gerçekten kapkaranlık odalara zar talimatıyla çırılçıplak giren öğrenciler çılgınca şeyler yapıyorlar.

Bazı hasta kişiler bu Merkezlerde harika zaman geçirdiklerini düşünüyorlar, akıl sağlığı yerinde olanların bazıları aklını kaçırıyor, bazıları da orada 'önemli bir deney' yaşadıklarını düşünüyor, bu konuda kendilerini kandırmaya çalışıyorlar.

Geçen hafta Los Altos, California'da 'önemli deney' yaşadıklarını söyleyen Evelyn Richards ve Mike O'Reilly tutuklandılar. Bu ikili, zarlardan emir aldıklarını söyleyerek Stanford Üniversitesinin Whitmore Kilisesi bahçesinde çimlerin üzerinde soyunarak sevişmeye başladılar ve şoke olan insanların ihbarıyla polis tarafından hemen tutuklanarak götürüldüler.

Hills'deki CETRE'ye çok giden Stanford öğrencileri Zar Merkezinde bölünüyorlar. Richards ve O'Reilly adlı öğrenciler Merkezde üç hafta kaldıktan sonra bütün sorunlarından kurtulduklarını anlattılar. Fakat öğrencilerin çoğu adına konuşan Öğrenciler Birliği Başkanı Bob Orly şunları söyledi:

'İnsanın kendi kimliğinden kurtulmak istemesi bir zayıflık belirtisidir. İnsanlar kimliklerini terk etmelerini söyleyenlerin peşinden gittiği zaman hep parçalanmış, kendini kaybetmiştir. Merkeze kanarak gidenler uyuşturucu tuzağına düşmüş olanlardır. Zar hayatı, gerçek yolunu bulmaya çalışmak için çok zayıf olanlara bir başka yavaş intihar yöntemidir.'

Palo Alto Polisi hafta sonunda Los Altos Hills Merkezine bu yılın ikinci baskınını yaptı, ama orada sadece pornografik filmler bulabildi ki bunlar büyük olasılıkla Merkezde çekilmişti. Merkez yöneticisi Lawrence Taylor'a göre, polis baskını Merkez için gençler arasında olumlu reklâm olmaktadır. Taylor, 'Her hafta Merkeze gelen yaklaşık yüz kadar kişiyi geri çeviriyoruz, çünkü yeterli yerimiz yok,' diye konuştu.

Time muhabirlerine göre, CETRE'de kalıp çıkanların yakınları ve dostları, sevdikleri bu insanların çok değiştiklerinden şikâyetçi olmuşlardır. Catskill (N. Y.) CETRE'den dönen Bay Bleiss'in on dokuz yaşındaki oğlu Jacob Bleiss, eve döndükten sonra babasının çok sorumsuz, kararsız, tahripkâr bir adam olduğunu söyledi. 'Hiçbir iş yapamıyor artık, uzun zaman evden uzakta kalıyor, annemi dövüyor ve hiçbir neden yokken öfkeleniyor, bazen de durup dururken gülmeye başlıyor.'

Nedensiz gülmek isterinin klasik belirtisidir, psikiyatrların 'CETRE hastalığı' demeye başladığı hastalığın ortaya çıkmaya başladığını gösterir. Chicago Üniversitesi Hope Tıp Merkezinden Dr. Jerome Rochman geçen hafta Peoria'da şöyle konuştu:

'Birisi benden, insanlardaki çalışma azmi, ahlak, başkalarını sevme ve belirli bireysel kimlik dâhil, insan kişiliğini tamamen yok edecek bir kurum kurmamı isteseydi, ben de CETRE gibi yerler açardım. Bu çalışmaların sonuçları belli; sadece duygusuzluk, güvensizlik, kararsızlık, depresyon, ilişki kurma yeteneğinin yok olması, sosyal tahripkârlık, isteridir bunlar.

Oxford'dan Dr. Paul Bulber daha da ileri gidiyor: 'CETRE'ler içinde ve dışında zar terapisi teori ve uygulaması, uygarlığımız için Komünizmden bile daha büyük bir tehdittir. Bunlar Amerikan toplumunun, daha doğrusu her toplumun temellerini tahrip ediyor. Bunlar yeryüzünden tamamen kaldırılmalı, yok edilmeli.'

Santa Clara Bölge Mahkemesi Yargıcı Hobart Button, öğrenciler Richards ve O'Reilly'ye şunları söylerken belki de pek çok insanın duygularını dile getirdi: 'İnsanların hayatlarını çöpe atmasına neden olan hayaller korkunç şeyler. İnsanların CETRE'lere akın etmesi toplumu dehşete düşürüyor.

Farelerin lağıma hücum etmesi gibi bir şey bu.

Time dergisi gerekli yerlerde kurguya yer vermiş olsa bile aslında haklıydı. İki yıllık bir süreçte dergi muhabirlerinden beşi CETRE'lerde bir ay kaldılar. Fakat bu muhabirlerden üçü Merkezden çıktığı zaman *Time*'a geri dönmedi ve dergi yazısında da bunun neden olduğu bir üzüntü belli oluyordu.

ZAR HAYATI Vakfına Wipple'ın bağışları ve benim ve diğer bazı kişilerin maddi desteğiyle kurulan ilk Zar Merkezinden sonra, sayıları artan CETRE'ler insanları değiştirdi. Onlar çılgın toplumda normal çalışan insanları tahrip ediyorlar. Bu inancım zar terapisinin çoğu öğrencilerde ağır çalıştığını görünce başladı, çünkü onlar her zaman, diğer insanların kendilerinden normal ve uyumlu olmayı beklediğini biliyorlardı; böyle bir beklentiye cevap vermek için gereken hayat boyu alışkanlıklar zar gruplarının geçici özgür ortamlarıyla kırılamazdı. Bir öğrenci, hayata yapışan küçük benliklerinin ev sahibi olduğunu ifade etme özgürlüğünü ancak hiçbir şeyin beklenmediği tam kapsamlı bir ortamda bulabilirdi. Öğrenci CETRE'nin tesadüfî ortamından sonra, ancak bizim 'Yarım Evlerimiz' kanalıyla özgür zar yaşantısını kalıplaşmış dünyaya taşıyabiliyordu.

Pek çok yerde açılan merkezlerin ve onların temelini oluşturan bizim teorimizin gelişmesiyle ilgili hikâye, Joseph Fineman'ın *Zar Merkezleri Teorisinin Hikâyesi* (Random Press, 1972) adlı kitabında ayrıntılı olarak anlatıldı. Merkezlerin, değişmemeye kararlı bir insanı değiştirmek için nasıl çalıştıkları konusunu Dr. Jacob Ecstein'ın 'Kare Küp Vakası' adlı otobiyografisinde bulabilirsiniz. Jake'in kişisel hikâyesi ilk olarak *Kapris Denizi* (Nisan, 1971, cilt II, No.4, s. 17-33) adıyla yayınlandı ama *Blow the Man Down* (Random Press, 1972) adlı kitabında yeniden yayımlandı. Fakat genel bir bakış açısından, zarın talimatına göre Fineman'in kitabından aşağıdaki alıntı yapıldı:

Bir öğrenci merkeze en az otuz gün için yatabilir ve girmeden önce zar hayatının temel kurallarını, CETRE'nin yapısını ve prosedürünü anladığını göstermek için sözlü sınav verecektir. Merkeze gelirken üzerinde kimlik ve kişisel eşya olmaması istenir; merkezde kaldığı sürece istediği adı kullanabilir ama bunların sahte olduğu kabul edilir...

CETRE'ler ayrıntılarına göre değişirler. Yaratıcılık Odalarında zar, bir öğrenciye Tesadüfî Ortam için daha yeni ve daha iyi olanaklar icat etmesini söyler, bu şekilde çok şey değiştirilmiş, yenilikler getirilmiştir. Bazı değişiklikler yapıldığı merkezde kalır, bazıları bütün merkezlere dağıtılır. Fakat genelde bütün merkezler Güney

California'daki orijinal Corpus Zar kompleksine benzerler.

Merkezde bütün odalara öğrenciler tarafından çeşitli adlar (Çukur, Tanrı Odası, Parti Odası ve benzeri gibi) verilmiştir ve bu adlar her Merkezde değişiktir. Merkezlerde iş ve çalışma odaları (çamaşırhane, ofisler, terapi odaları, klinikler, tutuklu evi, mutfaklar), oyun odaları (duygu odaları, evlenme odaları, aşk odaları, Tanrı odaları, yaratıcılık odaları) ve yaşam odaları (barlar, restoranlar, salonlar, yatak odaları, sinema vb) vardır. Öğrenci her gün zar talimatlarına göre iki ile beş saat arasında çeşitli işlerde çalışmalı, garsonluk, odalarda temizlik işçiliği, polislik, terapi uzmanlığı, kabul memurluğu, gardiyanlık, fahişelik ve benzeri işler yapmalıdır. Öğrenci bunları yaparken zar hayatı yaşar ve çeşitli roller oynar.

İlk zamanlar bu işleri yapanlar geçici, eğitimli personeldir, terapi uzmanlarının, doktorların en azından yarısı gerçek tıp doktorlarıdır, polisler, kabul memurları ve diğer çalışanlarda da durum aynıdır.

Fakat üç yıllık tarihimizde gerçek personelde zaman içinde azalma oldu. Bir süre sonra, güçlü bir eğitim sayesinde üçüncü ve dördüncü hafta öğrencilerinin görevlerin ve işlerin çoğunda gerçek personel gibi çalışabildiklerini gördük. Geçici öğrenciler gibi bu personel de haftada bir rollerini değiştirir, farklı görevler yaparlar. Herkes personel olduğunu söylediği için, bunların içinde gerçek personelle öğrenci personeli ayırmak zordur. CETRE'de sadece çok iyi çalışan, eğitimli personel sürekli olarak çalıştırılır (Vermont Merkezinde sürekli personel zaman içinde çıkarılarak azaltıldı ve bir süre sonra sadece öğrencilerden oluşan personel çalışmaya başladı. Geçici personelin içine iki ay sonra eski, sürekli personelden bir kısmını diğerlerine sezdirmeden tekrar işe aldık, bunlar her şeyin yolunda olduğunu rapor ettiler, gerçek personelin çalışmadığı o iki aylık süreçte sadece çok küçük bazı sorunlar yaşandı).

Fineman şöyle devam eder: yapısal anarşimiz içinde yetkiler terapi uzmanlarında (pek çok Merkezde bunlara bilirkişi denir) ve *kim olursa olsun* polislerdedir. Belirli kurallar vardır (çalışma yapılan oyun alanında silah kullanılmaz, şiddet uygulanmaz v.s.) ve kuralı bozan kişi 'polis' tarafından 'bilirkişi'ye götürülür ve kural bozanın hapse gönderilip gönderilmeyeceğine bu bilirkişi karar verir. 'Suç işleyenlerin' yaklaşık yarısı, *bir tek gerçek kişilik* olduğunu söyleyen ve evine dönmek isteyen kişiler olmuştur. Çalışma ve oyun odalarında bu talepler suç kabul edildiğinden, bunlar hapse gönderilir ve zar terapisiyle ağır çalışma cezası alırlar, cezaları çoklu kişilik koşullarına alışana kadar devam eder. Suç işleyenlerin bir kısmı ise, karşı gelinen yasalar Zar Merkezleri için garip yasalar olsalar bile, bunlara karşı gelme rolü oynayan öğrencilerdir.

(Yapısal anarşi ortamına giren bir öğrenci kendi zarlarıyla hareket ederek sürekli rol değiştirir, kokteyl partiden yaratma odasına, aşk âleminden Tanrı odasına, deliler odasından aşk odasına, küçük Fransız restoranından kuru temizleyiciye gider gelir, benzer yerler arasında sürekli yer değiştirir. Bazen eşcinseller için gardiyan, bazen ABD Başkanı olur, çeşitli kişilikleri yaşar.)

Karanlık oda (ona Pit denir) çoğunlukla, Merkeze gelenler tarafından ilk on gün içinde kullanılır. Cinsel konularda çekingen olan kişiler bu odanın tamamen karanlık ortamında zarın talimatlarına hiç utanmadan, rahatça itaat eder, onun söylediklerini cesurca yaparlar. Şişman ve çirkin bir kadın sadece yemek, banyo ve tuvalet ihtiyaçları için çıktığı Pit içinde üç gün sürekli kaldı. Oradan çıktığında tamamen değişmiş, kendine güvenen, herkesin gözüne cesurca bakabilen bir kadın olmuştu.

Dış dünyada rahat davranamayan eşcinseller için de çok uygun bir ortamdı Pit. Tamamen karanlık odada önlerine geleni rahatça okşayabilen eşcinseller kendi türlerinden birine rastlayınca çok mutlu olurlardı elbette. Dış dünya ortamında cinsel arzularını istedikleri gibi tatmin edemeyen insanlar Pit'in tamamen karanlık ortamında istediklerini rahatça yapabiliyorlardı.

Başlangıçta CETRE'lerde para kullanılmıyordu, ama bir süre sonra paranın da aşk gibi gerçek ihtiyaçlardan biri olduğunu fark ettik ve gelen öğrencilere harcayabilmeleri için yine zarların talimatına göre bir miktar gerçek para vermeye başladık. Müşteri üç bin dolara kadar seçenek verir zarlara ve ortalama miktar çoğu zaman beş yüz dolardır. Merkezden çıkacak olan öğrenci oraya girerken bir ay için ne kadar ödeyeceği konusunda altı seçenek verdiği için, ödemesi gereken parayla ilgili olarak zar atar. Merkezden çıkan öğrenci, bizim rasgele belirlenmiş faturamızı ödedikten sonra, biriktirdiği, kazandığı ya da çaldığı paraları alıp götürebilir.

Merkezde çeşitli işlerde çalışan öğrenciler bu çalışmaları karşılığında çeşitli ücretler alırlar ve bu ücretler de yapılması gereken işlerin düzenli olarak yapılabilmesi için oldukça yüksek tutulur.

Bazen yemek için bile paraları kalmayan bazı öğrenciler başkalarından para dilenir, borç alır ya da birinin oynamak istemediği bir rolü para karşılığında oynamak için kendilerini satarlar. Fahişelik bütün Merkezlerde her zaman görülen bir olaydır. Bunun nedeni en kolay cinsel ilişki kurma yöntemi olması değildir –çeşitli şekillerde cinsel ilişki Merkezlerde kolaydır– neden, öğrencilerin kendilerini satmaktan ya da başkasını satın almaktan zevk duymasıdır. (Bu belki de kapitalist ruhun özüdür.)

Bir öğrenci otuz günlük Merkez yaşantısından sonra, son on günü içinde CETRE yakınlarında bulunan ve Yarı Yol Evi denen bir motelde yemek yiyebilir ve kalabilir. Motel personelinden bir kısmı CETRE'den sağlanmış olabilir, ama çoğunlukla motel işletmesi tarafından alınmış gerçek personeldir ve zar adam olması gerekmez. Bir öğrenci bu Yarı Yol Evlerini teklif edene kadar, öğrenciler Merkezin özgür ortamından dış hayata çıkmaya çekiniyorlardı. (Dış dünyaya çıkmadan önce bir zar öğrencisi ya da normal yaşantısı olan güzel bir genç kızın çalıştığı bir motelde bir süre kalmak bir zar öğrencisi için dış dünyaya açılan mükemmel bir kapı, iyi bir alıştırmaydı. Orada çalışan suratsız garson 'gerçek' bile olabilirdi.)

Öğrenci, herkesin rol yaptığını herkesin bildiği bir dünyadan, herkesin rol yaptığını sadece az sayıda kişinin bildiği bir dünyaya çıkar. Etrafında kendisini anlayacak sadece birkaç zar öğrencisi daha olabileceğini düşünen öğrenci, kendi zar yaşantısını uygulamak ve geliştirmek için çok daha özgür bir ortamda olduğuna inanır.

Motelde kalan öğrencinin iki konuda çok anlayışlı olacağını umut ediyoruz. Birincisi, o belki de gerçekten normal bir motelde kaldığını ve orada kendisinden başka zar adam olmadığını idrak eder. Kendi haline durmadan güler durur. İkincisi, diğer insanların da, bilmedikleri halde şansın emriyle çok kişilikli hayat yaşadıklarını ve her zaman onunla mücadeleye çalıştıklarını anlar. Yine güler durur. Zarlarını avuçlarında yuvarlayarak neşe içinde anayola doğru yürür, ama tam tesadüfî bir ortam hayalini geride bıraktığının farkında bile değildir.

Bölüm Yetmiş Dört

Bir otobiyografi yazabilmek için olayların önem sırasına göre bazı keyfi kararlar almak gerekiyor, hele bir zar adamın zar hayatıyla ilgili bir otobiyografi yazması için bu tür kararların sayısı o kadar çok ki, insan ne yapacağını bilemiyor. Yazılara katılacak olan konuları seçmek için çok iyi düşünmek gerekiyor.

Zar Merkezlerinin kurucusu için –Zar 1970 yılını tamamen bu Merkezlerin kuruluşuna vermeme hükmetti– hiçbir şey, Catskills; Holby, Vermont; Corpus Die, California ve son yılda başka yerlerde de inşa edilen Merkezlerin kuruluşunu sağlayan uzun, zor ve karmaşık çalışmalar kadar önemli değil. Bazen de zar yaşantımdaki aşk ve yazı yazma maceralarımı kaleme almak daha ilginç geliyor bana.

Bu durumda, hayatımdaki önemli olay ve dönemleri seçme konusunda ben yine de zara danıştım. Zar bana, onun Kasım 1970 kararıyla, yani bana birini öldürmemi söylediği kararla ilgili çabalarıma otuz sayfa ayırmamı emretti, o yıl Zar Merkezlerini kurma çabalarıma daha sonra dönebilirdim.

Taraftarlarımdan gelen mektuplardan bazılarını yazılarıma katma konusunu zara danıştım, bana olumlu yanıt verdi. Merkezlerdeki zar terapisi öğrencilerinin yaptıklarından da söz edebilirdim. *Playboy* dergisi için yazdığım 'İnsanın Potansiyel Karmaşıklığı' başlıklı yazıyı kullanma konusunda zar bana 'Hayır' dedi. Linda Reichman ile yaşadığım uzun, karmaşık aşk hayatımı yazma konusu için de zardan olumsuz yanıt aldım. Asi davranışlarımı yazmamı da reddetti zar. Seksle ilgili dört yüz sayfalık komik bir roman yazabilir miydim peki? Ona da hayır yanıtı çıktı. Yasalar karşısında yaşadığım sorunları, akıl hastanesindeki çalışmalarımı, hapse girişimi yazabilirdim. İşte böyle, her konuyu danıştım zarlara.

Karmaşık meslek yaşamımda öğrendim ki, yaratılan güzel şeyler yazdıklarımdan dolayı değil, onları kontrol etme gayretlerime *rağmen* meydana geliyor. Zar Adam olduğum sürece, zarın seçtiği hemen her konuda bir şeyler yazabiliyorum, ama ciddi, eski ve hırslı Luke olarak bir şeyler yazmak istediğimde önüme bir sürü engel çıkıyor. Zara itaat ettiğimde, rasyonel, amaçlı adamın ne yapmak istediğini bilmediğini anlıyorum ve bu nedenle hemen zara başvurmayı düşünüyorum. Ünlü ruhbilimci Edgar Cayce'ın 'Araç iletidir,' sözünü hiç unutmam ve inanırım buna.

Zihnim tereddüde düştüğü, bocaladığı zaman işi zara ve kalemime bırakıyorum. Zar atıldığında kalem de harekete geçiyor, egonun müdahalesi, artistik bilinç, stil ya da organizasyon çoğu zaman işi kolaylaştırıyorlar. Bu engelleyici güçler ortadan kalkınca kalem rahatça hareket ediyor, kâğıtlar yazıyla doluyor, ifadeler akıp gidiyor, yepyeni fikirler doğuyor, yazıya dönüşüyor.

Devam etmek elbette bazen zor, ifadeler zayıf olabiliyor. İnsan kolayca konu dışına kayabiliyor. Bazen bir ifadeyi yedi sekiz kez yazmak zorunda kalabiliyorum. Fakat *ifadeler yazılıyor* ve bir yazar için bu da başarıdır. Yeni şeyler yaratılsa da, saçmalansa da, bir şeyler çıkıyor ortaya.

Zara danışarak yazdığım ilk günlerde, üç dört dakika boyunca yazacak bir şey bulamadığım zamanlar hemen zara danışıyor, seçenekler arasından bir konu vermesini bekliyordum. Hemen her yazarın herhangi bir konuda verilecek mesajı vardır. Bana demokrasi, elmalar, çöpçüler, dişler ya da herhangi bir başka konuda bir şeyler yaz deseniz ben size hemen Zar Adamı veririm. Yazı akışı sırasında önüme bir baraj çıkarsa kendime hemen bir dere, bir göl bulurum, şansım varsa tıkanıklığı hemen aşar, yine nehre çıkıp yazımın akışını sürdürürüm.

Zar kararıyla yazdığım yazı çok güzel olsa bile, onun o gün yazmam gereken yazı olmadığını düşünebilirim. Fakat üzerini çizdiğimiz sözcükler dâhil olmak üzere, yazdığımız her kelimenin mükemmel olduğunu idrak edebilmeliyiz. Benim kalemim kâğıt üzerinde hareket ederken bütün dünya yazıyor. O anda tüm insanlık tarihi bir araya geliyor ve bu elin akışında bir tek nokta oluşturuyor: Siz ve ben kim oluyoruz da ey dostlar, evrenin bütün geçmişini yalanlıyoruz? O halde akıllı olalım ve kalemin akışına evet diyelim. Ya da hepimizin zar dedesi olan Tarih isterse, hayır da diyebiliriz.

Aslında sadece kendi yaşantımı anlatsam binlerce sayfa tutar, ama rasgele olayları akla geldiği gibi yazmak en iyisi dostlarım. Ayrıca şunu da söylemeliyim ki, hayatımı parçalanmaya adadığıma göre, Zar Merkezleri kurmak da dâhil olmak üzere o konuda pek çok şey yaptım. CETRE'leri kurmak için bir zar gibi düzgün kareli olmam gerekiyordu. Doktorluk diplomamı, sertifikamı boynuma asıp hemen her gün milyonerleri, belediye başkanlarını ve şehir planlama kurullarını ziyaret etmek zorunda kaldım. Arada sırada cinayet işlemek, ırza tecavüz etmek, hırsızlık, uyuşturucu bulmak ve benzeri suçlar için isimsiz olarak başka yerlere gitmek dışında çok dürüst bir adamdım.

Fakat bazen dürüst insan olarak yaptığım işler de zevk verdi bana. Satın almak, satmak, halkla ilişkiler çalışmaları, komisyon başkanlıkları yapmak, muhabirlere işadamı olarak röportajlar vermek de çok hoşlandığım faaliyetlerdi. CETRE'leri kurmak için gerekli çalışmalar benim için fazla uzun sürdü, ama zaman içinde çalışmaların çoğunu Fred Boyd'a, Joe Fineman'e ve Linda'nın omuzlarına yükledim. Özellikle Linda'nın zar çalışmaları olmasa merkezleri bu kadar rahat kuramazdık ve ZAR HAYATI Vakfı iflas ederdi.

Çeşitli rollerimin çoğunda, zar yaşantılarımdan büyük zevk aldım ve onları yazmak da çok hoşuma gidiyor, ama bunların hepsini bir kitaba sığdırabilmem mümkün değil. Fakat inanıyorum ki zar bana yazmam için çok güzel olaylar seçecektir, ama zar bunu yapmasa bile, canı sıkılan okuyucu zar atarak kendine o akşam için başka bir kitap da seçebilir.

Ey zar, benim değil, senin istediğin yapılacak.

Bölüm Yetmiş Beş

Dr. Jacob Ecstein'ın ilk raporlarından birine göre, Corpus Die Zar Merkezindeki oyun odaları iğrenç yerlerdi. Ona göre bu odalar için gerekli öfke, aşk ve kendine acıma gibi duygulara hiç gerek yoktu. Öfke yerine biraz huysuzluk, aşk için kalpten gelen bir sevgi ve kendine acıma duygusu yerine de boş gözlerle bakmak yeterli olabilirdi. Dr. Ecstein raporunda kendine acıma duygusunun ne anlama geldiğini bile anlayamadığını yazdı. Dr. Ecstein'a yardım etmek isteyen bir öğretmen (rol yapmaya karşı olan bir zar öğretmeni) onun yüzüne tükürdü ve yeni parlattığı ayakkabılarının üstüne işedi. Dr. Ecstein ise sakin bir ifadeyle ona, "*Senin* derdin nedir, dostum?" diye sordu.

Öğretmen o zaman, aşkını ifade etmesi konusunda Dr. Ecstein'a yardımcı olması için, merkezde üçüncü haftasını yaşayan ünlü TV yıldızı Bayan Marie Z'yi çağırdı. Çok güzel, beyaz bir gece elbisesi içinde gerçek yaşı olan yirmi üçten bile daha genç görünen Bayan Z, parlak gözlerini Dr. E.'ye dikti, ellerini öne doğru uzattı ve yumuşak bir sesle, "Lütfen sev beni," diye mırıldandı. "Birinin bana âşık olmasını istiyorum. Lütfen, sever misin beni?"

Dr. Ecstein gözlerini kısarak ona baktı ve "Ne zamandan beri böyle hissediyorsun?" diye sordu.

Marie, "Lütfen," diye yalvardı. "Senin aşkına ihtiyacım var. Beni sevmeni istiyorum, ne olur, reddetme beni." Genç kadının gözleri dolmaya başladı.

Dr. Ecstein, "Ben sana kimi hatırlatıyorum?" diye sordu.

"Sadece kendini. Ben hayatım boyunca senin aşkını istedim hep."

"Fakat ben bir psikiyatrım."

"Lütfen şimdi vazgeç psikiyatr olmaktan, beni bir dakika için, hayır, sadece on saniye için sev, yeter. Senin o güçlü kollarını belimde, aşkını içimde hissetmek istiyorum..." Marie bunu söylerken Dr. Ecstein'a iyice yaklaştı, göğüslerini onun göğsüne dayadı, gözlerinden yaşlar süzülüyordu.

Dr. Ecstein şaşkın bir ifadeyle, "On saniye mi?" diye sordu.

"Yedi saniye, beş saniye, üç saniye bile olsa razıyım, yeter ki sev beni."

Dr. Ecstein, olduğu yere çakılmış gibi, hiç kımıldamadan duruyordu, yüz kaslarında birkaç kez tik meydana geldi. Yüzü önce kızardı, sonra bembeyaz oldu ve "Özür dilerim ama yapamam bunu," diye konuştu. "Aşk nedir bilmem ben."

"Ne olur, Doktor, sev beni, ihtiyacım var sevilmeye..."

Öğretmen o zaman gelip Marie'yi geriye doğru çekti, aşk odalarından birinde kendisine ihtiyaç olduğunu söyledi ve genç kadın bunu duyar duymaz Dr. Ecstein'ın yüzüne bile bakmadan koşarak uzaklaştı oradan.

Duygusuz insanlar için kendine acıma duygusu en güç duyguydu ve öğretmen bu nedenle temel duygularla uğraşmayı bıraktı, Dr. Ecstein'ı evlilik oyun odasına götürdü ve yolda ona, "Sen karına sadık olmadın..." dedi.

"Neden böyle söyledin?"

"Ben sana seçenekler sunuyorum. O halde diyelim ki, sen karına sadık oldun ama..."

Öğretmen sözünü tamamlamadan, kısa boylu, tombul, orta yaşlı bir kadın Dr. Ecstein'ın yanına geldi ve yüzüne bakarak, "Seni ahlaksız köpek! Seni pis canavar! Bana ihanet ettin"' diye bağırdı.

Dr. Ecstein birden şoke oldu, ne olduğunu anlamadan kadına baktı ve "Hey, bir dakika, bu da ne demek şimdi?" diye sordu.

Kadın, "Sen ve o pis kaltak!" diye haykırdı ve Dr. Ecstein'ın yüzüne bir yumruk attı. Ecstein'ın gözlüğü az kalsın kırılıyordu.

Dr. Ecstein geriye doğru çekildi ve kadına bakarak, "Emin misin sen?" diye sordu. "Neden bu kadar öfkelisin ki?"

"Neden mi öfkeliyim? Bütün kasaba benim arkamdan, sen ve o fahişeyi konuşuyor."

"Ama olmayan bir şeyi nasıl herkes..."

"Olmayan bir şey mi? Bunu ben biliyorsam herkes de öğrenmiştir." Kadın Dr. Ecstein'ın göğsüne de bir yumruk attı ve sonra ağlayarak yandaki divana kapandı.

Dr. Ecstein başını iki yana sallayarak kadının yanına gitti ve "Bunda ağlanacak bir taraf yok," dedi. "Sadakatsizlik aslında çok olağan bir olaydır, önemli sayılmaz..."

Kadın uzandığı divandan birden fırlayıp, "Aaaahh!" diye bağırdı ve Dr. Ecstein'ın midesine bir yumruk indirip onu geriye doğru, arkadaki telefon masasına ve çöp sepetine doğru gönderdi. Sonra koşup onun üzerine kapandı ve yüzünü tırmalamak isterken, Dr. Ecstein onun elinden kurtulup kaçtı ve "Özür dilerim!" diye bağırdı.

Kadın yine, "Seni piç kurusu!" diye bağırdı. "Seni soğukkanlı katil! Sen beni hiç sevmedin zaten."

Dr. Ecstein, "Elbette sevmedim," diye cevap verdi. "O halde neden saldırıyorsun bana?"

Kadın başka bir şey söylemeden ayrıldı oradan ve öğretmen Dr. Ecstein'a başka seçenekler getirdi.

"Karın sana ihanet etti, Dr. Ecstein, en iyi arkadaşın da ihanet etti sana..."

"Eee, başka yeni haber var mı sende, dostum?" diyerek güldü.

"Pekâlâ, diyelim ki bütün paran aptalca bir yatırım sonucu kayboldu, gitti."

"Ben hiçbir zaman bütün paramı aptalca kaybetmem."

"Hayal gücünü kullan, Jim. Sen..."

"Benim adım Jake Ecstein. Neden hayal gücümü kullanayım ki? Gerçeklerle yüz yüze isem neden terk edeceğim onları?"

"Onların gerçekler olduğunu nerden biliyorsun?"

"Gerçek olmadığını sen nasıl biliyorsun peki?"

Öğretmen, "Herhangi bir kuşkun olursa diğer gerçeklerle deney yapmalısın," dedi.

Dr. Ecstein, "Benim hiçbir kuşkum yok," dedi. "Bak dostum, ben buraya gözlemci olarak geldim. Luke Rhinehart'ı severim ve eserini görmek için geldim buraya."

"İçinde yaşamadan anlayamazsın CETRE'yi."

"Tamam, bu yerin yaşantısına alışmaya çalışıyorum, ama hayal gücümü kullanmamı bekleme benden."

Dr. Ecstein'ı daha sonra aşk odalarına götürdüler.

Öğretmen ona, "Nasıl bir aşk deneyimi yaşamak istersin?" diye sordu.

"Nasıl yani?"

"Ne demek nasıl yani? Ne tür bir cinsellik istiyorsun?"

"Fark etmez."

Öğretmenin Dr. Ecstein'a verdiği listede otuz altı muhtemel sevişme rolü vardı. Adam ona, "Bu listede olanlar içinde hoşuna giden ya da zara seçenek olarak verilmesini istemediklerin var mı?" diye sordu.

Dr. Ecstein listeye baktı: Birine köle olmuş gibi sevilmek, birini kölenmiş gibi sevmek, önce nazikçe okşamak, birisinin tecavüzüne uğramak, bir genç kıza tecavüz etmek, pornografi filmi izlemek, başkalarının sevişmesini seyretmek . . . gibi çeşitli seçenekler yazılmıştı.

Ayrıca genç kadın, orta yaşlı kadın, delikanlı, orta yaşlı adam, iki kadın, iki erkek gibi seçenekler de vardı listede. Öğretmen onun şaşkın bir ifadeyle listeye bakıp kaldığını görünce, "Oynamak istediğin oyunu ve oyuncuları seç, seçenek listeni yap ve zar da senin için seçimini yapsın," dedi.

"Bana kalırsa şu tecavüz etmek ve edilmek seçeneklerini çıkaralım listeden. Evlilik odasında bunları yeterince yaşadım."

"Pekâlâ, başka isteğin var mı, Phil?"

"Bana bir sürü isim takıp durmasana sen."

"Özür dilerim, Roger."

"Eşcinsellikle ilgili konuları da çıkar listeden. Dışarıda şöhretimi lekeler bunlar.

"Fakat burada kimse senin gerçek kimliğini bilmiyor ve bundan sonra da öğrenmeyecek."

"Lanet olsun, ben Jake Ecstein'ım. Kaç kere söyleyeceğim bunu?"

"Bunu biliyorum, Elijah, ama bu hafta burada beş tane daha Jake Ecstein var, onun için fark etmez."

"Beş Jake daha mı var?"

"Elbette, ilk tesadüfi seks maceranı yaşamaya başlamadan önce bunlardan biriyle tanışmak ister miydin acaba?"

"Lanet olsun, elbette isterim."

Öğretmen Dr. Ecstein'ı alıp kalabalık bir Kokteyl Partinin devam ettiği bir odaya götürdü. Etrafa bir göz attıktan sonra iriyarı bir adamı yanlarına çağırdı ve adama, "Jake," dedi, "seni Roger'la tanıştırayım." Sonra Dr. Ecstein'a döndü ve "Roger," diye konuştu. "Bu bay Jake Ecstein."

Dr. Ecstein, "Lanet olsun!" diyerek başını iki yana salladı. "Jake Ecstein benim."

İriyarı adam gülümseyerek, "Gerçekten mi?" dedi. "Ben de Jake Ecstein'ım ve seninle tanıştığıma çok sevindim, Jake."

Gerçek Dr. Ecstein kendisine uzanan sahte Jake'in elini sıkmak zorunda kaldı.

İriyarı Ecstein, Dr. Jake Ecstein'a, "Uzun boylu Jake Ecstein ile tanıştın mı, Jake?" diye sordu. "Çok sempatik bir adam o."

"Hayır, tanışmadım, ama tanışmak da istemiyorum."

"Şey, seni zorlayamam elbette, ama kaslı delikanlı Jake ilginç bir tip, bence tanışmalısın onunla."

"Belki daha sonra olabilir, ama şunu belirtmek isterim ki gerçek Jake Ecstein benim."

"Harika, ben de öyleyim."

"Yani ben dış dünyada da Jake Ecstein'ım."

"Ben de bunu söylemek istedim zaten. Uzun boylu Jake ile kaslı Jake ve güzel kızımız Jackie Ecstein da aynı şeyi söylüyorlar."

"Ama gerçek Jake Ecstein benim diyorum size!"

"Ne kadar olağandışı bir durum, ben de *gerçek...*"

Jake aşk deneyinden vazgeçti, rehber öğretmenden kurtuldu ve iyi bir akşam yemeği yemek istedi. Merkezin *Oyun Kuralları*'nı okumuştu ve kafeteryada yemeğini yerken, garsonların gerçek garson olmadığını, barın arkasındaki barmenin bir bankacı, kasada oturan güzel kızın bir aktris, karşısında oturan ve yüz kiloya yakın olmasına karşın Marlene Dietrich rolü oynayan kadının bir çocuk kitapları yazarı olabileceğini biliyordu.

Kadın sigarasından bir nefes çekti ve yabancı aksanıyla, "Sen benim canımı sıkıyorsun, hayatım," dedi.

Dr. Ecstein ağzındaki lokmayı yuttu ve "Sen de pek eğlendirici bir şey değilsin, hanım," diye cevap verdi ona.

Kadın, "Biz hepimiz *erkeğiz* burada," diye devam etti. "Ama galiba ben hep meyveler görüyor gibiyim."

Jake güldü ve "Ben de hep sebzelerle karşılaşıyorum," dedi. "Ne yapalım yani?"

Şişko kadın dikkatle onun yüzüne baktı ve "Kusura bakma ama kimsin sen?" diye sordu.

"Ben ünlü boksör Cassius Clay'im (Muhammed Ali) ve çeneni kapamazsan bir yumrukta ben yapacağım o işi."

Marlene Dietrich rolündeki şişko kadın bir daha ağzını açmadı ve Jake de rahatça yedi yemeğini. Masadan kalkmak üzereydi ki birden yanında bir delikanlıyla kafeteryaya giren karısını görüp şaşırdı ve masada hafifçe doğrulup, "Arlene!" diye seslendi.

Arlene de onun kadar şaşırmıştı ve o da, "George!" diye bağırdı.

Şişman kadın masadan kalkıp gitti ve Jake de karısının yanına gelip oturmasını bekledi, ama Arlene yanındaki yirmi yaş altı delikanlı ile beraber köşedeki masaya giderek oturdu. Jake sinirlendi ve kalkıp onların masasına gitti.

"Ee, demek sen de geldin buraya. Nasıl buldun burasını peki?"

Arlene ona yanındaki delikanlıyı göstererek, "George, bu benim oğlum John," dedi. "John, bu Bay da başarılı bir kullanılmış araba satıcısı olan George Fleiss'tır."

Delikanlı zayıf elini Jake'e uzatarak hafifçe gülümsedi. "Sizinle tanıştığıma memnun oldum, Bay Fleiss."

"Şey, ben aslında Cassius Clay'im, delikanlı."

Arlene başını iki yana salladı ve "Oh, özür dilerim," dedi.

Delikanlı Jake'e baktı ve "Eski heybetli görüntünüz pek kalmamış," diyerek güldü.

Dr. Ecstein onların yanına oturdu ve asık suratla etrafa bakındı. Orada herkesin kendini psikiyatr Jake Ecstein olarak tanımasını çok istiyordu. Ama oyuna katıldı ve karısına, "Senin adın ne peki?" diye sordu.

Arlene hafifçe gülümseyerek, "Maria," dedi. "Bu da benim oğlum, John."

"Edgarina nerde peki?"

"Kızım evde."

"Ya kocan?"

Arlene kaşlarını çatarak bir an düşündü ve sonra, "Kocam öldü," diye cevap verdi.

"Yaa, aman ne iyi!"

Arlene birden ayağa kalktı ve "Affedersiniz ama ne demek istediniz siz?" diye sordu.

Jake, "Oh, özür dilerim, kafam biraz karışık," diyerek ona oturmasını işaret etti. "Bak Maria, senden hoşlandım, bir süre birlikte olabilir miyiz acaba?"

Arlene hafif bir sesle, "Özür dilerim," dedi. "İnsanlar arkamdan konuşurlar sonra."

"Neden konuşsunlar ki?"

"Sen siyahî bir erkeksin, ben ise beyaz bir kadınım."

Dr. Jake Ecstein şaşkınlıktan açık kalan ağzını bir süre kapayamadı ve uzun zamandan beri ilk kez olarak, daha sonra kendine acıma hissi olabileceğini sandığı bir şeyler hissetti.

Bölüm Yetmiş Altı

Bir Amerikalı olarak doğup büyüdüğüm için öldürme arzusu içime işlemişti. Erişkinlik yaşantımın büyük bölümünde, ne zaman zorluklarla karşılaşsam aklıma hemen cinayetler, savaşlar, belalı konular gelirdi. Örneğin bir taksi şoförü benden fazla para aldığında, Lil beni eleştirdiğinde ya da Jake güzel bir makale yazdığında korkunç öfkelenirdim. Zarları keşfetmeden önce, kızdığım zamanlarda Lil'in bir silindir altında kalarak, uçak kazasında, bir virüsten, boğaz kanserinden ve benzeri bir sürü kaza sonucu öldüğünü tahayyül ederdim. Hayalimde Jake'i arabayla Doğu Nehrine düşürerek, beyin tümöründen, borsada büyük para kaybettiği için intihar ettirerek, tedavi ettiği eski akıl hastalarından birinin bıçağıyla ya da benzeri bir yöntemle öldürürdüm. Dr. Mann kalp krizi geçirir, apandisit olur, mide sancısı çeker ya da bir Zencinin saldırısına uğrardı. Hayalimde dünyada bir sürü nükleer savaş çıkartır, her yere yayılan salgın hastalıklar üretir, uzaydan gelen yaratıkların az sayıda dahi dışında herkesi yok ettiklerini görürdüm. Yine hayalimde Başkan Nixon'u, altı taksi şoförünü, dört yayayı, altı rakip psikiyatrı ve çok sayıda kadını öldüresiye dövdüm. Annem bir toprak kaymasının altında kaldı ve belki de uzun süre kurtarılmayı bekledi ama sonunda onu da öldürdüm hayalimde.

Bir Amerikalı olarak öldürmek zorundaydım. Kendine saygısı olan bir Zar Adam seçenekler yazarken bunların arasına öldürme ve gerçek ırza tecavüz koymadan edemez. Ben de seçenekler listeme ırza tecavüzü koymaya başladım ama zar bunu istemedi. Bir süre sonra, istemeyerek de olsa seçenekler listeme cinayeti de ekledim. Bu seçeneğe sadece otuz altıda bir şans tanıdım, bunu yılda üç, dört kez yaptım ama zar bunu da görmezden geldi, önemsemedi. Ama daha sonra, sıcak bir sonbahar gününde, yeni kiraladığım Catskill çiftlik evinde, dallar arasında kuşlar öterek uçuşurken zarlardan talimatı aldım; birini öldürmeye çalışacaktım.

Büyük endişe ve heyecan yaşadım, ama bunu yapacaktım, bundan kuşkum yoktu. Lil'i terk etmek benim için çok zor oldu, ama birini öldürmek de bir mağaza ya da banka soymak kadar kolay olacak gibi geliyordu bana. Oldukça endişeliydim, çünkü bu olayda hayatım tehlikeye girecekti. Ayrıca merak içindeydim, kimi öldürecektim?

Şiddet dolu bir ortamda büyümenin de bir avantajı var; öldürmek için bir bahane bulduğun sürece kimi öldüreceğin konusu -Zenci, Vietnamlı ya da annen bile olabilir- hiç önemli görünmüyor insana, öldürmek iyi bir duygu bile olabilir. Ama ben bir Zar adam olduğum için kurbanımın seçimini zara bıraktım. Zar tekli gelirse tanıdığım birini, çift gelirse bir yabancıyı öldürecektim. Nedense zarın bana kurban olarak bir yabancıyı vereceğini düşünüyordum ama istediğim olmadı, zar birli geldi—kurbanım tanıdığım biri olacaktı.

Haksızlık etmemek için kurbanlarım arasına kendimi de kattım, benim adım da seçenekler arasında olmalıydı. Yüzlerce insan tanıyordum ama kurbanların listesini yaparken hepsini birden hatırlamam mümkün olmayacaktı. Tanıdığım kişilerden oluşan altılık altı tane liste yaptım, Lil, Larry, Evie, Jake, annem ve kendimi altı listenin başlarına koydum. Her listede ikinci isimler olarak Arlene, Fred Boyd, Terry Tracy, Joseph Fineman, Elaine Wright (o dönemdeki yeni bir arkadaş) ve Dr. Mann'ı yazdım. Üçüncü isimler Linda Reichman, Profesör Boggles, Dr. Krum, Bayan Reingold, Jim Frisby (Catskills'deki ev sahibim) ve Frank Osterflood oldular. Böylece listeler tamamlandı. Burada otuz altı ismin hepsini vermiyorum, ama listelerin son isimleri olarak, tanıdığım bir işadamını, bir partide tanıdığım birini, kitaplardan ya da mektuplardan tanıdığım bir ünlüyü, beş yıldır görmediğim birini, bir CETRE öğrencisini ve soygun ya da öldürmek için uygun olan bir zengini seçtim.

Daha sonra zarın kurbanı hangi listeden seçeceğini öğrenmek için zar attım. Zar ikinci listeyi seçti ki onda Larry, Fred Boyd, Frank Osterflood, Bayan Welish, H. J. Wipple (Zar Merkezlerinin kuruluşuna bağış yapan hayırsever) ve bir partide tanıştığım bir vardı.

Listenin başında oğlumun olması ve onu öldürmek zorunda kalma korkusu mahvetti beni. Evden on beş ay önce ayrıldıktan sonra oğlumu sadece bir kez görebilmiştim ve o da önce kucağıma sevinçle atlamış ama sonradan mesafeli durmuştu. Oğlum aynı zamanda dünyanın ilk zar çocuğuydu ve onu öldüremezdim. Sonra, sağ kolum ve zar terapisinin önderlerinden biri olan, çok sevdiğim insan Fred Boyd vardı listede. Onun Lil ile olan inişli çıkışlı ilişkisi yüzünden onun ya da Larry'nin öldürülmesi çok kötü olacaktı. Fred'i Lil ile olan ilişkisi yüzünden öldürdüğüm de sanılabilirdi ki bu daha da rahatsız ediciydi.

Endişe tarif edilmesi zor bir duygudur. Pencere dışındaki renkli yapraklar artık kıpırdamıyor ve cilalanmış gibi görünüyorlardı. Kuşların cıvıltısı radyo reklâmlarına benziyordu. Yeni aldığım av köpeği yavrusu bir köşeye çekilmiş inler gibi garip sesler çıkarıyordu. Güneş yemek odasındaki beyaz parlak örtüden yansıyarak gözlerimi kamaştırıyordu ama hava bana tamamen kapalıymış gibi geliyordu.

Ama her şeye rağmen emrini yerine getirmem gereken bir zar vardı önümde. Dua ettim:

'Ey Kutsal Zar,

'Senin kolun kalktı ama inecek ve ben senin basit kılıcınım. Kullan beni. Senin yolun anlayışımızın dışında. Eğer oğlumu sana kurban edeceksem oğlum ölecek, senden küçük Tanrılar bile bunu kendi kullarından istediler. Senin rastlantı gücünü göstermek için sağ kolumu kesersem, sağ kolum düşecek. Sen emirlerinle beni büyük yaptın, bana özgürlük ve neşe verdin. Madem ki öldürmemi istiyorsun, ben de öldüreceğim. Büyük Yaratıcı Küp, öldürmeme yardım et. Kurbanını seç ki saldırayım. Senin kılıcınım, bana yol göster. Seçilecek olan kişi senin emrini yerine getirdiği için gülümseyerek ölecek.

Amin.'

Elimdeki zarı, sanki bir yılanmış gibi hızla yere attım. Üç geldi: Frank Osterflood'ı öldürmeye çalışmak artık görevimdi.

Bölüm Yetmiş Yedi

Bhagavad-Gita'dan

Tanrı Krishna, acınacak halde, gözleri yaşlı olan ve aklı yerinde olmayan, depresyon geçiren Arjuna'ya şöyle dedi:

Bu kriz saatinde bu ruh sıkıntısı nerden geldi sana? Asil zihinli adamlar bilmezler bunu; cennete giden yol değildir bu; dünyada da utanç verir, Ey Arjuna.

Erkekçe olmayan bu durumu kabul etme Ey Arjuna, çünkü sen öyle olamazsın. Bu küçük yüreksizliği reddet ve kalk ayağa, Ey düşmanlar Zalimi.

Arjuna şöyle dedi:

Nasıl vurabilirim Ey Krishna, Ey düşman katleden? Bu dünyada yalvararak yaşamak başkasını öldürerek yaşamaktan iyidir... Varlığım acımaktan yaralı. Zihnim görevimi düşünerek şaşkın halde, ne yapmam gerektiğini sana soruyorum.

Yüce Arjuna Tanrı Krishna'ya böyle hitap ettikten sonra, "Öldürmeyeceğim," dedi ve sustu.

İki yol ortasında zor durumda kalan Kutsal Tanrı Krishna gülümsedi ve şöyle dedi:

Kederlenmemen gereken biri için kederleniyorsun ve yine de akıl hakkında konuşuyorsun. Akıllı adamlar ölenler ya da yaşayanlar için kederlenmezler.

Geçmişte benim, senin ve insanların bu tanrılarının var olmadığı bir zaman hiç olmadı, bundan sonra da olmayacak, biz her zaman var olacağız.

Ruh bu beden içinde çocukluk, gençlik ve yaşlılık aşamalarından geçer ve sonra bir başka bedene geçer. Bilge buna hiç şaşırmaz.

Var olmayanın geleceği de olmaz, var olan da asla sona ermez. Şunu bil ki, her yere yayılan asla tahrip edilemez. Bu değişmez varlığı hiç kimse tahrip edemezi yok edemez. Bu nedenle, Ey Arjuna, senin görevin yerine getirilmelidir.

Öldürdüğünü ve de öldürüldüğünü düşünen kişiler; her ikisi de gerçeği göremezler; hiç kimse öldürmez, kimse de öldürülmez. Bu nedenle, Ey Arjuna, senin görevin icra edilmelidir.

O hiçbir zaman doğmaz, hiçbir zaman da ölmez, bir kez var olan bir daha da yok olmaz. O doğmadı, o ebedidir, süreklidir ve ilkeldir. Beden öldürüldüğünde o da ölmez. Bu nedenle, onu böyle tanıdığın zaman kederlenmemelisin ve görevin yerine getirilmeli.

Zarını al, Ey Arjuna, ve öldür.

(*Zar Kitabı* için kurgulandı)

Bölüm Yetmiş Sekiz

Frank Osterflood'ı yaklaşık bir yıldan beri görmemiştim ve yeniden görmeyi çok istiyordum. Önce benimle ve daha sonra da Fred Boyd ile bir grupta zar terapisine oldukça iyi yanıt vermişti. Zarın rasgele bir kararı olarak bir erkek ya da kızın ırzına tecavüz etme ihtiyacını hissettiği zaman, zar terapisi normal olarak duyması gereken suçluluk duygusundan kurtardı onu. Suçluluk duygusu ortadan kalkınca insanlara tecavüz etme arzusu da büyük ölçüde zayıfladı. Ama ben ona, canı istemese bile arada sırada zar atarak tecavüz olayını yaşamasını tavsiye ettim. Sözümü dinledi ve bir süre sonra tecavüzün iğrenç bir şey olduğunu kabul etti. Ona zarın emirlerini dinlemesini söyledim ve zara verdiği seçeneklerde tecavüz olayını azalttı ve sonra da tamamen kaldırdı.

Frank parasını rasgele harcıyor, bundan zevk alıyordu, bir süre sonra bir zar kararıyla evlendiğini öğrenince şaşırdım. Ama evliliği iyi gitmedi. Ben o günlerde ortalarda pek fazla görünmüyordum ve Frank'ın karısını ve zar hayatını terk ederek çeşitli işler yaptığını Fred Boyd'dan öğrendim. Yine eskisi gibi saldırgan olup olmadığını bilmiyorduk.

Zar hayatımı hapiste geçirerek ziyan etmek istemiyordum, onun için işi iyi planlamam gerekiyordu. Catskill CETRE'deki işime bir hafta ara vererek New York'a bir iş seyahati yaptım. Küçük bir araştırma sonucu Osterflood'ın Doğu Yakasındaki eski dairesinde yaşadığını öğrendim—benim eski evimden dört blok mesafedeydi. Aldığım bilgiye göre Wall Street'te bir komisyoncuda çalışıyordu ve her gün dokuz saat evinin dışındaydı. Onu izlediğim ilk akşam yemeğini dışarıda yedi, bir sinemaya, sonra bir diskoya gitti ve evine yalnız döndü, büyük olasılıkla kitap okuyacak ya da televizyon seyredecek, sonra da yatıp uyuyacaktı.

Ertesi gün öldürmeyi planladığınız bir adamı bütün gece takip etmek ilginç bir deneyim oluyor. Onun esnediğini, aldığı gazete için bozuk para bulamayınca sinirlenmesini ya da aklına gelen bir şeye gülümsediğini görüyorsunuz. Ama Osterflood genelde sinirli, tedirgin gibi göründü bana—adam sanki öldürüleceğini hissetmiş gibiydi.

Çok geçmeden bir adam öldürmenin düşünüldüğü kadar kolay olmadığını anlamaya başladım. İkinci akşam da Osterflood'ın apartman binası dışında dolaşamazdım, iri cüsseli olduğum için etraftan geçenlerin dikkatini çekiyor olabilirdim. Onu ne zaman ve nerde öldürecektim? Osterflood iriyarı, çok güçlü bir adamdı ve karanlık, dar bir sokakta ona ateş edip vuramadığım takdirde ondan kurtulmam zor olurdu. İntiharı düşündüğüm zar öncesi günlerimden kalma. 38'lik tabancam yanımdaydı ve üç dört metrelik mesafelerden hedefe isabet oranım oldukça yüksekti. Koca Frank'i hemen öldürmem için kafasından vurmam gerekecekti. Fırsat bulursam belki kullanabilirim diye yanıma striknin de almıştım.

Onu evinde öldürürsem kaçmam kolay olmayabilir, etraftaki insanların dikkatini çekebilirdim. Kiraları genelde yüksek olan Doğu Yakası apartmanlarında silah sesi pek duyulmazdı. Osterflood'ın binasında bir kapıcı, bir asansörcü ve belki bir de güvenlik elemanı olabilirdi ve merdiven olmaması ihtimali bile vardı. Osterflood'ı bir sokakta ya da dar bir ara sokakta vurmak da tehlikeliydi, gerçi bazı yerlerde silah sesi daha sık duyuluyor olabilirdi, ama böyle yerlerde de meraklı insanlar fazla olurdu ve kaçmak hiç de kolay olmayacaktı. Ben de iriyarı olduğum için hemen görürlerdi kaçarken.

New York çok büyük, kalabalık bir şehirdi ve insanlar hemen her zaman birbirine çok yakındı, iç içeydi. Frank Osterflood'ın çevresinde de hemen her zaman büyük ihtimalle bir sürü insan oluyordu. Onu yalnız başına yakalamak ve öldürmek hiç de kolay olmayacaktı. Bu durum da beni sinirlendiriyor, endişelendiriyordu.

Buralarda fazla kalamazdım, hemen Catskill Zar Merkezine dönerek oradaki insanlara zar hayatının inceliklerini anlatmam, onlara mutluluk, özgürlük yolunu göstermem gerekiyordu.

Bir şeyler yapmam, Frank'i Manhattan'ın kalabalığından uzak bir yerlere çekmem gerekiyordu, ama nasıl yapacaktım bunu? Acaba bugünlerde oğlan çocuklarına düşkünlüğü hâlâ devam ediyor muydu? Yoksa kızlarla, orta yaşlı erkeklerle, kadınlarla ya da parayla mı daha çok ilgileniyordu? Onu şehrin kalabalığından çıkarıp sonbahar güzelliğini yaşayan ormanlara nasıl götürebilirdim acaba? Beni tekrar gördüğünü ve benimle beraber bir yerlere gideceğini başkalarına söylememesi için ne yapmam gerekiyordu? Aklıma tek yol olarak, işten dönerken ona rastlamış gibi önüne çıkmak, yemeğe davet etmek geliyordu ve sonra da bir yalanla onu şehir dışına, tenha bir yere götürebilirdim. Onu öldürürken çok dikkatli olmam gerekecekti, kendimle ilgili en küçük bir ipucu bırakmamalıydım. Agatha Christie bile yöntemime hayran kalmalıydı. Bu cinayetin neden ve kim tarafından işlendiği bir sır olarak kalmalıydı ve öyle olacaktı.

Böyle bir cinayet işlemek kolay değildi elbette. Ama en azından onu öldürürken fazla şiddet kullanmamalı, vakur davranmalı, zarafet ve estetiğe de önem vermeliydim. Kurbanım en azından bunu hak ediyordu.

Bunu nasıl yapacaktım peki? Bunu da en iyi zar bilirdi tabii. Benim aklıma bir şey gelmiyordu ve zara güvenmeliydim. Her şeyden önce Frank Osterflood ile buluşmam gerekiyordu, neler olacağını daha sonra da görebilirdik. Agatha Christie'nin cinayet romanlarında hiç buna benzer bir vakaya rastlamamıştım, ama ben yirmi dört saatlik süre içinde ancak bu kadarını yapabildim.

Ertesi akşam taksiden inerken yanına gittim ve "Frank, dostum, nasılsın?" dedim. "Uzun zaman oldu görüşmeyeli, beni hatırladın, değil mi, eski dostun Lou Smith'im ben. Seni gördüğüme çok sevindim, Frank."

Onun elini sıktım ve taksi uzaklaşırken, kapıcı duyabilir korkusuyla, adımı söylemesini engellemek için elimi sırtına attım ve kulağına eğilip izlendiğimizi fısıldadım. Onu kapıdan uzaklaştırırken, eski zar hayatı günlerini hatırlatmak istiyordum.

"Fakat, Doktor..." derken susturdum onu.

Kaldırımda apartman kapısından uzaklaşırken hafif sesle, "Seni görmem gerekiyordu, Frank," diye konuştum. "Senin peşindeler, yakalamaya çalışıyorlar, fırsat kolluyorlar."

"Kim bunlar?"

"Bunu sana yemekte anlatırım, hadi gel benimle."

Apartman kapısından on metre kadar uzaklaşmıştık ki birden durdu Frank.

"Bak, Dr. Rhinehart, ben... bu akşam önemli bir randevum var. Özür dilerim, ama..."

Onun sözünü keserek bir başka taksi çevirdim ve "Önce birlikte bir yemek yiyelim," dedim. "Birisi var peşinde, seni öldürmek isteyen biri izliyor seni."

"Ne? Nasıl yani?"

"Bin şu taksiye."

Taksiye bindikten sonra Frank Osterflood'a dikkatle baktım, boynu daha da kalınlaşmış gibiydi ve gergin, sinirli görünüyordu, ama benim söylediğime sinirlenmiş olabilirdi. Saç tıraşı çok güzeldi, üzerinde çok şık bir takım elbise vardı ve pahalı bir tıraş losyonu kokuyordu. Onu gören kolayca başarılı bir işadamı sanabilirdi.

Takside zorla gülümsemeye çalışarak yüzüme baktı ve kısık bir sesle, "Beni öldürmek mi istiyorlar?" diye sordu. Saatime baktım, altı otuz yediydi.

Başımı salladım ve "Korkarım ki öyle, Frank, "dedim. "Bunu bana bizim zar adamlardan biri söyledi. Bu gece bile deneyebilirler bunu."

Taksinin camından dışarı bakarak, "Anlamıyorum," dedi. "Nereye gidiyoruz şimdi biz?"

"Queens'de bildiğim bir restorana. Yemekleri çok güzeldir."

"Peki, ama neden? Kim öldürmek ister beni? Ne yaptım ki ben?"

Ben başımı yavaşça iki yana salladım, Frank korkulu bir ifadeyle dışarıya bakıyor ve kırmızı trafik ışıklarında durduğumuz zaman yanımıza bir araba gelirse hemen büzülüyordu.

"Bak, Frank, yaptıklarını benden saklamamalısın. Başka insanları öfkelendirecek bazı şeyler yapmış olduğunu biliyorsun, değil mi? Seni öldürecek kadar öfkeli insanlar var peşinde ve ben de sana yardım etmek için geldim."

Korkulu gözlerle yüzüme baktı.

"Bak, Doktor, ben kimseden yardım istemiyorum. Saat sekiz buçukta bir yerde olmam gerekiyor, yardıma ihtiyacım yok benim."

Bunu söyledikten sonra dişlerini gıcırdattı ve gözlerini ön tarafta asılı duran taksi şoförünün resimli kimlik kartına dikti, şoförün adı Antonio Rosco Fellini idi.

"Ama yardıma ihtiyacın var, Frank. Senin şu sekiz buçuk randevun ölümle buluşman olabilir. Ben de seninle gelsem çok iyi olur sanıyorum."

Frank bir an düşündü ve sonra, "Anlamıyorum," dedi. "Seninle ve Dr. Boyd ile yaptığım zar terapisi seanslarından sonra kimseye bir şey yapmadım ben . . . yani kötü bir şey yapmadım."

Ben ona ne cevap vereceğimi düşünürken Frank, "Sadece karımla geçinemedik işte," diye ekledi.

O sırada şoför arkaya doğru eğilerek, "Nerdeydi bu sizin gideceğiniz yer?" diye bağırdı. Adresi yeniden verdim ona.

"Karım benden ayrılıp boşanma davası açtı, ben ölürsem beş para alamaz."

"Ama Harlem'de yaşadığın ilk zamanları unutma, Frank. O dönemden biri olabilir."

Frank bir süre düşündü ve sonra korkudan büyüyen gözlerle bana baktı. "Ama ben paramın bir kısmını NAACP'ye bırakıyorum," dedi.

"Ama bunu belki de kimse bilmiyor," dedim.

"Bu doğru olabilir, çünkü bu kararı kısa bir süre önce verdim."

"Ne zaman verdin yani?"

"Hemen biraz önce, bir dakika önce verdim."

"Yaaa!" dedim.

Bir süre konuşmadık ve bu süre içinde Frank takip edilip edilmediğimizi anlamak için birkaç kez arkaya dönüp baktı. Takip edildiğimizi sanıyordu ve bunu bana da söyledi.

"Bu geceki randevun neydi, Frank?" diye sordum.

"Seni hiç ilgilendirmez," diyerek tersledi beni.

"Frank, ben seni korumaya çalışıyorum. Birisi seni bu akşam öldürmek isteyebilir."

Bir süre düşündü ve sonra kuşkulu bir ifadeyle, "Şey . . . biriyle buluşacağım," dedi.

"Yaaa!" dedim.

"Fakat bu bir kadın . . . parayı seven bir kadın."

"Onunla nerede buluşacaksın?"

"Şey... Harlem'de." Durduğumuz kırmızı ışıkta arkamızda bir araba yerine bir otobüs durunca rahatlar gibi oldu, otobüste sivil polisler, FBI ya da CIA ajanları olması için dua eder gibiydi. Eğitimli köpekler de olabilirdi ama onların Frank'a bir yardımı olmayacaktı elbette.

"Bu kadın yalnız mı yaşıyor?" diye sordum. Saat altı kırk sekiz oldu.

"Şey . . . evet."

"Güzel mi bari?"

"Yok canım, şişko bir şey, çirkin, ama kadın işte."

Hayal kırıklığına uğramış gibi, "Yaa," dedim. "Sana karşı yapılmış bir planın içinde olabilir mi acaba?"

"Onunla üç ay önce tanıştım. Kadın beni güreşçi sanıyor. Çirkin bir kadın, ama hayır, böyle bir şeye karışmaz o."

Ciddi bir ifadeyle onun yüzüne baktım ve "Dinle beni, Frank," dedim. "Bu gece dairene ve kalabalık yerlere gitmemelisin. Önce tanıdığım ve güvendiğim bu restoranda yemek yiyeceğiz ve sonra senin şu hanım arkadaşınla buluşabiliriz."

"Emin misin?"

"Bu akşam birisi seni öldürmek istiyorsa bana güvenebilirsin dostum."

Bölüm Yetmiş Dokuz

Jake Ecstein bir gün bir Zar Merkezinde dolaşırken iki kişinin konuşmasını duydu. Bu iki kişiden birincisi arkadaşına, "Bildiğin en iyi rolü göster bana," dedi.

İkinci kişi, "Benim bütün rollerim en iyi rollerdir," diye cevap verdi. "Sen benim davranışlarım içinde kötü olanı göremezsin, hepsi en iyi rollerdir."

Birinci şahıs, "Bu biraz kendini beğenmişlik oluyor," dedi.

İkincisi, "Bu zar yaşamı dostum," diye cevap verdi.

Bu konuşmayı dinleyen Jake Ecstein da aydınlandı.

—*Zar Kitabı*'ndan alıntı.

Bölüm Seksen

Queens'deki küçük restoranda yemeğimizi olaysız yedikten sonra, Frank Osterflood ile yine bir taksi ile Harlem'e giderken, onu serserilerin daha güçsüz serserileri ortadan kaldırmak için götürdükleri tenha yerlerden birine götürmeyi düşündüm. Fakat bu bölgede böyle karanlık, izbe yerler bilmiyordum ve ayrıca, böyle bir yerde Frank Osterflood da birden çıldırıp hiç beklemediğim bir anda bana saldırabilirdi.

Frank'in kadın arkadaşının evine vardığımızda saat sekiz buçuğu birkaç dakika geçiyordu. Sanırım ev 143. ya da 145. sokaklardan birinde, Lenox Caddesine yakın bir yerdeydi ama yerini tam olarak saptayamadım. Taksi ücretini kurbanım ödedi ve taksi şoförü de gittiğimiz yeri pek beğenmemiş gibi suratını asmıştı. Taksiden indikten sonra harap apartmanın kapısına kadar yaklaşık on metre kadar yürüdük ve o sırada yanımıza kimse yaklaşmadı, ama karanlıkta bir sürü kara suratın bizi izlediğini fark ediyordum.

Merdivenden üçüncü kata bir kişi ve gölgesi gibi, birbirimize adeta yapışmış gibi çıkarken ben tabancamı yokladım ve Frank da bana basamaklara dikkat etmemi söyledi. Birinci kattaki dairenin kapısı arkasından at nalı sesleri ve bağırmalar, ikinci katta ise isterik kadın kahkahaları duyuluyordu. Ama üçüncü katta derin bir sessizlik hüküm sürüyordu. Frank kapıyı vururken ona adımın Lou Smith olduğunu hatırlattım. Ben de onun gibi bir güreşçiydim. Biri çok şık bir takım elbise giymiş, diğeri ise oldukça kılıksız iki iriyarı adamın böyle bir apartmana bir kadın için beraberce gelmiş olmaları o zaman bana pek de garip gelmedi.

Bize kapı açan orta yaşlı, gerdanı sarkmış kadın sempatik bir gülümsemeyle karşıladı bizi, zenciye de pek benzemiyordu sanki.

Elimi ona doğru uzattım ve "Ben Lou Smith," diyerek kendimi takdim ettim, "ben de güreşçiyim."

Kadın, "Aferin sana," dedi ve sonra yanımızdan geçip kapıdan aşağı inmeye başladı.

Frank onun arkasından, "Gina burada mı?" diye seslendi ama kadın onu duymamış gibi alt kata inişine devam etti.

Frank'ın arkasından içeri girdim, bir holden geçerek oldukça geniş bir salona geldik, divanın karşısında büyük bir televizyon vardı. Yerde duvardan duvara güzel bir bej rengi halı kaplıydı ama divan ve televizyonun önü lekelenmişti, pisti. Sağ tarafta mutfak olduğunu tahmin ettiğim bir yerden musluktan akan su sesi geliyordu.

Frank su sesinin geldiği tarafa baktı ve "Gina?" diye seslendi.

Ben duvarda asılı iki resme baktım, biri Sugar Ray Robinson'a, diğeri de Al Capone'a benziyor diye düşünürken kadın içeriye girdi. Genç, güzel vücutlu, siyah saçlı, çocuk yüzlü bir kadındı. İri kahverengi gözlerinde masum bir ifade vardı ve çikolata renkli teni çok güzeldi, yumuşaktı.

Genç kadın bizi görünce buz gibi bir ifade ve tiz bir sesle, adeta çığlık atar gibi, "Hey, bu da ne demek oluyor?" diye sordu.

"Şey . . . Gina, bu bay Luke Rh..."

Ben, "SMITH!" diye bağırıp onu hemen susturdum. "Ben Lou Smith'im ve de güreşçiyim," diyerek elimi genç kadına doğru uzattım.

O da soğuk bir ifadeyle, "Ben de Gina," dedi, eli buz gibiydi. Yanımızdan geçerken, "Size birer içki vereyim mi?" diye sordu.

İkimiz de viski istedik ve Gina televizyonun solundaki bir içki dolabından iki bardak viski hazırlarken Frank ve ben divanın iki ucuna oturduk, Frank boş gözlerle kapalı televizyon ekranına bakarken, ben de genç kadının kahverengi deri mini eteğini ve güzel bacaklarını seyrettim.

Gina bize buzlu viskilerimizi verdikten sonra o çocuksu yüzünü bana çevirdi ve soğuk bir ifadeyle, "Sen de onunla aynı şeyi mi istiyorsun?" diye sordu.

Suratını asmış, gözlerini halıya dikmiş olan Frank Osterflood'a baktım. Sonra gözlerimi kadına çevirdim ve "Ne demek istiyorsun sen?" diye sordum. Gina krem rengi, V yakalı ve önü düğmeli bir bluz giymişti ve dimdik göğüsleri beni tahrik etti.

Kadın gözlerini yüzümden ayırmadan, "Siz neden geldiniz buraya?" diye sordu.

"O benim eski bir arkadaşım. Ben sadece seyretmek için geldim."

"Haa, sen o tiplerdensin. O halde elli dolar."

"Elli dolar mı?"

"Duydun beni."

"Anlıyorum, iyi bir şov olmalı bu." Başımı çevirip Frank'e baktım, gözleri hâlâ halının üstüneydi, dalıp gitmiş gibi görünüyordu. Gina'ya baktım ve "Bunu biraz düşüneyim," dedim.

Frank birden başını kaldırdı, boşalttığı viski bardağını Gina'ya doğru uzattı ve "Bana bir tane daha verir misin?" dedikten sonra gözlerini tekrar halıya indirdi.

Genç kadın durduğu yerde hiç kımıldamadı ve "Para," dedi.

Frank elini cebine atarak cüzdanını çıkardı ve kaçlık olduğunu göremediğim dört banknot çıkarıp ona uzattı. Gina paraları alıp baktıktan sonra Frank'in boş bardağını aldı ve salondan çıkıp mutfağa gitti.

Frank bana bakmadan, "Sen dışarıda kalıp etrafı gözetlesen daha iyi olmaz mı?" diye sordu.

"Bu işi şansa bırakamayız. Katil daha önceden binaya girmiş ve bir yerde saklanıyor olabilir."

Frank endişeli bir ifadeyle salonda etrafa bakınırken, "Bana kadının çirkin ve orta yaşlı olduğunu söylemiştin," diye fısıldadım.

"Öyle zaten," diye fısıldadı ve hafifçe titredi.

O sırada Frank'in şişman ve çirkin dediği Gina mutfaktan döndü, onun ikinci içkisini hazırlayıp getirdi ve sonra kendi içkisini de tazeledi. Ben kafamın ayık kalması için bardağımdan seyrek ve küçük yudumlar alarak durumu idare etmeye çalışıyordum. Saatim sekiz kırk sekizi gösteriyordu.

Gina önüme geldi ve "Bana bak bayım," dedi. "Ya elli papeli bastırır, ya da çekip gidersin." Ama ne sesti o öyle! Hiç konuşmasaydı çok daha iyi olurdu.

"Anladım," dedim ve arkadaşıma dönerek, "Ona bir ellilik veriver, Frank," diye ekledim.

Frank yine cüzdanını çıkardı, bir elli dolar alıp Gina'ya uzattı ve o da parayı alarak kısacık deri etekliğinin küçük cebine attı.

Kadın o zaman, "Pekâlâ," dedi. "Hadi, gidelim."

Kadın gidip televizyonu açtı, bir şeyler ayarladı ve sesini yükseltti. Gina yan tarafa çekildiği zaman, ekranda ünlü bir müzik grubunun dünyaca ünlü bir parçasını çalıp söylediklerini gördüm. Elli doları bunu seyretmek için mi ödemiştik yani? Ama parayı Frank'ın ödediğini hatırlayınca rahatladım.

Gina Frank'e baktı ve "Bu akşam haşiş de istiyor musun?" diye sordu. Frank içkisinden bir yudum daha aldı ve başını salladı. "Evet, istiyorum."

Gina mutfağa giderek çok geçmeden dolu bir pipo ile geri geldi ve Frank onu hemen yakarak derin bir nefes çekti. Sonra pipoyu kadına uzattı, o da bir nefes çektikten sonra gelip divanda ikimizin arasına oturdu ve pipoyu bana verdi. Ben bir yerde Amerikan deniz kuvvetlerinde marihuana ve haşiş içen askerlerin daha iyi çalıştıklarını okumuştum ve bunu hatırlayınca ben de pipodan bir nefes çekip onu yine kadına verdim.

Üçümüz de üç dört nefes çektikten sonra pipo söndü, ama ben TV ekranında iki kişinin kıyasıya dövüşlerini izlerken pipo yeniden yakılmış olarak bana uzatıldı. Pipodan bir nefes çektim ve onu Gina'ya uzatırken gülümseyerek onun çocuksu yüzüne baktım, o da masum bir ifadeyle bana gülümsedi. Keşke hiç konuşmasaydı. Bu kadın İtalyan mıydı, yoksa Zenci miydi?

Bu şekilde TV ekranında çeşitli hareketli sahneler seyrederek pipo ile birkaç tur daha yaptık, kafam iyice bulanmıştı. Bir süre sonra pipodan bir nefes daha çekip onu yine Gina'ya uzatırken, birden Frank'in kolunun onun önüne doğru uzandığını gördüm. Frank, Gina'nın bluzunun V yakasından tutarak ani bir hamleyle çekti ve kadının önündeki bütün düğmeler koparak mermi gibi fırladılar, halının üstüne düştüler. Ama Gina hiçbir şey olmamış gibi pipodan bir nefes çekip onu bana uzattı ve gözlerini tavana dikti. TV'de yeni heyecanlı sahneler hareket halindeydi.

Pipoyu yeniden Gina'ya uzatırken şaşırdım, Gina başını divanın arkalığına yaslamış, gözlerini yine tavana dikmişti ama bu kez belden yukarısı çırılçıplaktı, onun ne zaman soyunduğunun farkında bile olmadım.

Gina benden aldığı pipoyu, kendisi çekmeden, diğer yanında oturan Franke uzattı. Ama pipo havada uçtu ve Gina'nın, halı üstünde karmakarışık duran bluzu, sutyeni ve düğmelerinin üstüne düştü. Frank kadının eline hızla vurmuş ve pipoyu onun elinden uçurmuştu.

Frank ona, "Ayağa kalk," deyince Gina yavaşça, bir sirk leoparı gibi ayağa kalktı. Frank gözlerini ona dikmiş, hiçbir şey söylemeden dalgın bir ifadeyle kadını seyrediyordu. O şekilde bir süre kadına baktıktan sonra, "Seni pis orospu!" diye homurdandı. "Seni rezil kaltak!"

Ben hiçbir şey düşünmeden başımı divanın arkasına yasladım ve Gina'nın dimdik duran göğüslerini seyretmeye başladım. Frank ise kadına küfürler yağdırıyor, ağzına geleni söylüyordu. Gina gülerek belindeki kemeri çözdü ve kısacık deri etek ayaklarının dibine düştü. Kadın şimdi tamamen çıplaktı ve bir kalçasında uzun bir yara izi gördüm.

Frank, "Seni fahişe!" diye bağırarak ayağa fırladı ve bir süre ayakta sendeleyerek durdu. O sırada TV ekranından bağırışlar yükseldi ve oraya bakınca iki kovboyun hayvan pislikleri arasında kıyasıya yumruklaştığını gördüm.

Gözlerimi TV ekranından alıp Frank'a baktığımda, onun Gina'yı simsiyah uzun saçlarından yakalayarak divanın üstüne attığını gördüm. Kadın divanın yayları üstünde bir kez hafifçe zıpladı ve sonra sesini çıkarmadan orada oturup kaldı, iri kahverengi gözleri yine tavana dikildi.

Frank, "Çıplak orospulara bayılırım!" diye bağırdı.

Ben de güldüm ve "Güzel bir akşam yaşayacağız galiba," dedim.

Bölüm Seksen Bir

Zar hayatımda, grup zar terapisi seanslarında ve Zar Merkezlerinde birçok kez kadın oldum, kadın rolü oynadım ve bu rollerden çok zevk aldım. Ama kadın rolü yaparken insanlar benim erkek olduğumu anladığı zaman işin bütün zevki kaçıyordu. Örneğin Cleveland Brown takımının savunma oyuncusu ile yaşadığım deney (adam eskiden bir kamyon şoförüydü) hiç de olumlu sonuç vermedi, çünkü o benim erkek olmamı istedi ve ben de onun erkek olduğunu düşündüm. Rollerin karıştırılması her zaman zordur, sorun doğurur.

Fiziksel olarak kadın olmanın, sosyal ya da psikolojik olarak kadın olmaktan daha zor olduğunu anladım. Cinsellik olarak benim için büyük bir hayal kırıklığı oldu bu. Kadın rolünde cinsel ilişki kurmak hiç hoşuma gitmedi. Bir erkekle değil de, kadın rolü oynayarak, erkek rolündeki saldırgan bir kadınla beraber olmak daha zevkli oluyor.

Bazı hallerde üstün bir yaratık tarafından yönetilmek istiyor insan. Zar ya da insan olsun, değişmiyor bu duygu. Erkeklere karşı saygı duyarak ve pasif olarak cevap vermek bana hiçbir zaman uygun bir davranış şekli olarak görünmedi, zevk vermedi. Ama zar bana kadın olmamı emredince içimde gizli kalmış olan kadınlık duygusunu da açığa çıkardı.

Bana kalırsa, toplumumuzda erkeklerin bazen kadınlık, kadınların da erkeklik duygusu hissetmesi normal sayılmalı. İnsanoğlu taklitçi olarak yaratılmıştır ve her erkeğin içinde biraz kadınlık duygusu, davranışı vardır ama bunlar erkeklik adına derinlere gömülmüştür. Aslında trajik bir kayıptır bu. Bizim Zar Merkezlerimizin insanlara yaptığı en büyük katkı belki de onlara bu rolleri oynayabilecekleri ortamı yaratmış olmasıdır. Bu merkezler insanlara iki cinsiyetli olabilme cesareti verirler. Hatta daha dürüstçe konuşabilenler, bu merkezlerde tam bir cinsellik duygusu yaşadıklarını söyleyebilirler.

Ben pek çok kez kadın rolü oynadım ve sağlığı yerinde olan her Amerikan erkeğinin de bunu yapmasını tavsiye ederim.

Bölüm Seksen İki

Zar hocaları gençleri olduğu kadar yaşlı insanları da eğitiyorlar. İki zar hocasının yanlarında birer zeki çocuk vardı. Bir çocuk her sabah markete gidip kendine şeker alıyor ve çoğu zaman diğer çocukla karşılaşıyordu.

Bunlardan biri bir sabah diğerine, "Nereye gidiyorsun?" diye sordu.

Diğeri ona, "Zarımın bana söylediği yere gidiyorum," diye cevap verdi.

Birinci çocuk bu cevabı alınca şaşırdı ve hemen yardım istemek için zar hocasının yanına koştu. Birinci çocuğun zar öğretmeni olan Jake Ecstein ona, "Yarın sabah o akıllı çocuğu gördüğün zaman aynı soruyu sor ona," dedi. "O sana yine aynı cevabı verecektir tabii, o zaman ona şu soruyu sor: 'Pekâlâ, farz edelim ki zarın yok, o zaman nereye gideceksin zeki çocuk?' Bunu duyunca bu sefer o şaşırıp kalacak, ne yapacağını bilemeyecektir."

Ertesi sabah çocuklar yine karşılaştılar.

Birinci çocuk diğerine yine, "Nereye gidiyorsun?" diye sordu.

Diğeri bu kez, "Rüzgâr nereye eserse oraya gidiyorum," diye cevap verdi.

Birinci çocuk bu yanıtı alınca yine şaşırdı ve tekrar hocasının yanına koştu.

Hocası bu kez de, "Yarın sabah karşılaşınca, rüzgâr olmazsa ne yapacağını sor ona," dedi.

Ertesi sabah tekrar karşılaştılar ve birinci çocuk diğerine yine aynı soruyu sorunca, diğeri bu kez gülümseyerek, "Bakkala şeker almaya gidiyorum," cevabını verdi.

—*Zar Kitabından Alıntı*

Bölüm Seksen Üç

Küçük kız babasına, "Baba, neden her gün dişlerimi fırçalamak zorundayım?" diye sordu.

Babası, "Sana yeni aldığın bu diş macununu dene, Suzie, o zaman bu soruyu bir daha asla sormayacaksın bana," diye cevap verdi.

[TV ekranında Büyük bir Glare Diş Macunu Tüpünün yakın çekim görüntüsü]

Fakat bu TV reklamına fazla bakamadım, çünkü Gina çırılçıplak halının üstüne uzandı, Frank de pantolon ve külotunu çıkardı ama gömleği, kravatı ve ceketi üzerinde olduğu halde ve küfürlerine devam ederken onun üzerine kapandı, sevişmeye başladılar. Halının üzerinde uzun süre ve Frank küfürlerini bir an bile kesmeden yuvarlanarak seviştiler. Ben donmuş gibi, gözlerimi onların üzerinden ayıramıyordum.

Frank bir süre sonra kadına, "Aaahhh, nefret ediyorum senden kaltak!" diye bağırdı ve gelip divanın üstüne, benim yanıma çöktü. Ona baktım ve güldüm.

Frank divanda doğruldu ve oturdu. Biraz dinlendi ve sonra Gina'ya bakıp, "Gel buraya ve soy beni, pis fahişe!" diye homurdandı.

O sırada TV ekranında bir mısır gevreği reklâmı vardı ve şirin bir köylü kızı bir şeyler anlatıp duruyordu, ama ben onu dinleyecek halde değildim. Gina halının üzerinde önce hafifçe doğruldu, dizleri üzerinde kalktı ve Frank'in yanına gelip onun belden yukarısını da soymaya başladı.

Frank soyunduktan sonra Gina'ya baktı ve "Bana bir içki getir, kaltak!" diye bağırdı.

"Elbette, sevgilim, asit de ister misin?"

"Ben sadece seni istiyorum pis orospu!"

TV'de birisi, "Bunlar senin ülkenin iyiliği için!" gibi bir şeyler söylüyordu.

Ben dikkatimi Frank'in yaptıklarına vermiş, bu işi nasıl bitireceğimi düşünürken, arada sırada .38'lik tabancamı yokluyordum.

Frank o sırada Gina'nın parlayan vücudunu okşamaya başladı ve ben de elimde olmadan kıpırdanıyor, kendimi kontrol etmeye çalışıyordum.

Gina yavaşça soyduğu Frank'in önünde diz çökerek onunla oynamaya başladı ama ben onları seyrederken kontrolü kaybetmekten korkuyordum. Frank kalın ve güçlü kollarını ona sararak Gina'yı kendine çekti ve inleyerek öpüşmeye başladılar. Ama Gina bir süre sonra bir şeyler homurdandı ve sonra birden doğrulup, "Seni namussuz piç kurusu!" diye bağırdı. Frank galiba onun canını yakmıştı. Gina Frank'i tokatladı ve o da kadını kendine çekerek omzunu ısırdı, sonra iterek sırtüstü halının üzerine düşürdü.

Frank yine kadının üzerine kapandı ve tekrar sevişmeye başladılar. Bir süre sonra kadın inledi, Frank dizlerinin üzerinde doğruldu. TV ekranında silahlar patlarken, Frank kadının saçlarını kavradı ve başını halının üstüne, yere vurmaya başladı.

Kadının başı yere çarparken boğuk sesler duyuldu ve sonra derin bir sessizlik çöktü salona. TV ekranındaki güzel köylü kızı korkulu gözlerle karşısındaki yakışıklı Amerikan gencine bakarak, "Aman Tanrım!" dedi. Frank kadının üzerinde doğrulup başını çevirdi ve sırıtarak bana baktı.

Gina bir süre daha sessizce yattığı yerde kaldı ve sonra dizlerinin üzerinde doğruldu ve ayağa kalktı. Yüzü TV ekranına dönüktü ama ağzının sağ köşesinden kan sızdığını gördüm, bana hiç bakmadan hızlı adımlarla banyoya doğru yürüdü ve gözden kayboldu.

Birden ter içinde kaldığımı hissettim, bara gittim ve üç bardak daha viski hazırlayıp hepsine bol buz attım. Frank doğruldu ve elini uzatıp viskiyi aldı, sonra da vahşi bir ifadeyle bana baktı.

"Beni öldürecekler," diye homurdandı.

Ben onu öldürme planımı unutmuştum bile. Frank birden uzanıp bacağımı kavradı ve viskisinin bir kısmını halının üstüne döktü.

"Öleceğim, biliyorum bunu. Bir şeyler yapmalısın, Doktor."

"Korkma, her şey yoluna girecek," dedim.

"Hayır, hayır, hiçbir şey düzelmeyecek, ben zaten hak ettim ölümü."

"Gel mutfağa gidelim," dedim.

Endişeli gözlerle yüzüme baktı. Kuşkusunu yok etmek için başımı salladım ve "Sana bir şey göstereceğim," dedim.

"Haa, peki," dedi ve toparlanıp ayağa kalktı.

Onun dev gibi vücudunu izleyip, arkasında mutfağa doğru yürüdüm ve mutfak kapısından içeri girmek üzereyken, tabancamı cebimden çıkardım, başımın üstüne kaldırdım ve arkadan bütün gücümle Frank'in koca kafasına indirdim.

Frank birden, şaşkın bir ifadeyle, "Hey, ne oluyor?" diyerek döndü ve elini başına götürdü. Ben onun yere yıkılmadan ayakta kalan dev vücuduna endişeli gözlerle baktım ve ne söyleyeceğimi bilemiyormuş gibi, "Şey . . . bu benim tabancam," diye saçmaladım.

Elimden sarkan siyah küçük tabancaya aptalca bir ifadeyle baktı, bir an durup düşündü ve sonra, "Ama neden vurdun bana?" diye sordu.

Onun şaşkın ifadeli yüzüne ben de olanlara şaşırmış gibi baktım ve yine saçmalayarak, "Sana tabancamı göstermek istedim," dedim.

"Ama bana vurdun," dedi.

İkimiz de şaşkın ve korkulu ifadelerle bir süre hiç konuşmadan birbirimizi süzdük. Ben kendimi toparlamak için başımı salladım ve yine, "Hafif bir darbe, dostum," dedim. "Silahım var demek istedim sana işte."

Bir süre yine konuşmadan bakıştık. İkimiz de şoke durumdaydık.

Frank, "Hafif bir darbeymiş," diye homurdandı.

"Seni bununla koruyacağım," dedim. "Ama Gina'ya söyleme bunu."

Frank bir süre başını ovaladı ve sonra elini indirirken, "Tamam," dedi. "Hafif vurduğun için teşekkürler." Bir an durup düşündü ve sonra salona geri döndü.

TV ekranında iki yılan gözlü adam bir şeyler konuşuyorlardı ama ne dediklerini anlayamadım, içki dolabına gittim ve duvardaki Al Capone resmine baktım. Üç temiz bardak aldım ve üç yeni viski hazırladım, içlerine bol buz attım. Buzları parmağımla karıştırdım, parmağımı yaladım, ceket cebimden minik striknin zarfını çıkarıp yaklaşık yarısını (elli mg) viskilerden birinin içine boşalttım. Onu yine parmağımla karıştırdım ve tekrar yalamak üzereydim ki birden içindekini hatırlayıp irkildim, vazgeçtim. Zehrin diğer yarısını boş bir bardağa koydum, üzerine su doldurdum ve onu da parmağımla karıştırdım.

Frank Osterflood sırtüstü yere yatmış, "Ben öleceğim, döv beni!" diye söyleniyordu. "Vur bana, öldür beni!"

Gina salona geri döndü ve gelip Frank'in başucunda durdu, göğsü ve alnı hafif terliydi. Başını eğdi ve o çocuksu yüzünde hafif bir gülümsemeyle yerde yatan Frank'e baktı. Frank anlaşılmaz bir şeyler homurdanıyor ve yerde kıvranıp duruyordu. Bir süre sonra durdu ve sakin bir ifadeyle, "Kamçıla beni," dedi.

Gina yan tarafa bıraktığı kısacık deri etekliğini alıp giydi, düğmeleri ilikledi ve deri kemerini çekip çıkardı.

Bir tepsiye koyduğum üç viski bardağını onlara doğru uzatarak, "Önce birer yudum içmez misiniz?" diye sordum.

Frank o anda bir şeyler düşünüyordu, dalmıştı ve beni duymamış gibi davrandı. Gina boş olan elini uzatıp zehirsiz bardaklardan birini kavradı ve büyük bir yudum aldı.

"Frank, sen de ister misin?" diye sordum, ama o anda Gina'nın kemeri hızla Frank'in kalçasına indi. Frank bir şeyler homurdandı ve yüzüstü döndü.

Gina'nın deri kemeri birkaç kez daha onun sırtına ve kalçalarına indi. Frank'in iri vücudu acı içinde bir süre kıvrandı ve Gina durunca titreyerek kendini bıraktı, baygın gibi kaldı.

Gina'ya bakınca omzunda kanlı bir yara izi gördüm, alt dudağı da patlamıştı ve kanla karışık tükürük çenesine sızıyordu. Kadın bir an durup yerde yatan Frank'e baktı ve sonra kemerini tekrar onun sırtına indirdi. Frank'in vücudunun birkaç yerinde oluşan kırmızı kamçı izleri şimdi açıkça görülüyordu.

Başımı iki yana salladım ve "Bu kamçılama işi de şovun her zamanki parçalarından biri mi oluyor?" diye sordum.

Gina bana cevap vermedi, derin nefesler alıp vererek bir süre yüzüme baktı, yüzünden akan terler göğüslerinin arasına doğru süzülüyordu.

Frank yattığı yerden, "Ben ölüyorum, ben ölüyorum," diye inledi. "Lüften kamçıla beni."

"Seni beyaz domuz! Koca şişko domuz!" diye bağıran Gina kemerini ona bir kez daha indirdi.

Dalgınlıkla tepsideki içki bardaklarından birini alıp bir yudum aldım ama hemen yere tükürdüm, zehirli bardak almıştım.

O sırada TV ekranından alkış sesleri geliyordu ve ekrana bakınca diktatör kılıklı bir adamın muhteşem üniformasıyla yine üniformalı bir sürü adam arasından gülümseyerek yürüdüğünü gördüm. O anda, "Bana bir içki verin," diyen bir ses duydum.

Frank dizlerinin üstünde doğruldu ve bir elini bendeki tepsiye doğru uzattı. Gözleri parlıyordu ama boşluğa bakar gibiydi.

Tepsiyi kaldırdım, Gina tepsiden aldığı bardağı Frank'e uzattı ve o da bardağı alıp bir yudumda boşalttı. Üçüncü bardağı aldım ve içimi çektim. Frank yanlış bardağı almıştı.

Gina kendi bardağından bir yudum daha alırken ben duvardaki Sugar Ray Robinson ve Al Capone resimlerine baktım ve iki içki daha hazırladım. Üzerinde üç bardak olan tepsiyle döndüm ve Gina'nın hemen arkasında durdum.

Frank dizlerinin üzerinde durarak bize baktı ve "Beni öldürmek istiyorsun, değil mi seni pis fahişe!" diye haykırdı. "Beni öldürmeye çalışıyorsun sen!" Bunu söylerken donuk gözlerle bize bakıyordu.

Gina başını eğerek ona baktı, iri kahverengi gözlerinde meraklı bir ifade vardı, sonra hafifçe gülümsedi ve sakin bir sesle, "İşler kötü mü gidiyor, hayatım?" diye sordu.

Frank Osterflood bize bakarak, "Şimdi her şeyi anlıyorum," diye bağırdı. "Katil *sensin!*" Başını sallamaya ve titremeye başladı. "Şimdi anlıyorum, şimdi anlıyorum! O *sensin,* katilsin!"

O anda yüzüne inen deri kemerin şakırtısı hem onu, hem de beni şaşırttı ve Frank yüzükoyun yere kapandı. Ama yattığı yerden, "Evet, evet, kırbaçla beni," diye homurdandı. "Ben bunu hak ediyorum. Tekrar vur bana."

Gina başını eğerek ona bakarken yine garip bir ifadeyle gülümsedi, yüzü ve göğüsleri ter içinde kalmıştı. Kemeri tutan elini başının üzerine kaldırdı, gerildi ve sonra hızla Frank'in sırtına indirdi. Frank yerde kıvranırken Gina'nın yüzünde bu kez onu küçümser gibi bir gülümseme belirdi, dudağı kıvrıldı.

Elimdeki içki tepsisini divanın üstüne bıraktım, Gina'nın arkasına sokuldum ve kollarımla onu sararak çıplak göğüslerini avuçladım. Onun terli ensesini öperken Gina yerde yatan Frank'i yine deri kemeriyle kırbaçlamaya başladı, bu kez arka arkaya birkaç darbe indirdi. Sonra bana döndü, hırsla öpüşmeye başladık.

Biz kıvranarak öpüşürken Frank yattığı yerden bacağıma yapıştı ve "Bana bir içki ver seni lanet katil!" diye homurdandı. "Bana son bir içki ver bari!"

Hiç istemediğim halde ellerimi Gina'nın güzel vücudundan ayırdım, divanda duran tepsiye uzandım ve istediği içkiyi Frank'e verdim.

Bölüm Seksen Dört

Sayın Doktor Rhinehart,

Sizi seviyorum. Zar bana sizi sevmemi söyledi ve ben de sizi seviyorum. Size kendimi vermemi söylediler bana ve ben de kendimi size vereceğim. Ben size aidim.

Saygılarımla

Elaine Simpson

(Yaşım 8)

Sayın Dr. Rhinehart,

New Hampshire'da eyaletin Bayan Figgers'e karşı açtığı davada, Bayan Figgers'in avukatı müvekkilinin saldırı ve darp suçlaması sonucu aldığı cezayı temyize götürdü; avukata göre müvekkili davranışlarından sorumlu tutulamazdı, çünkü Concord'dan psikiyatrı Dr. Ralph Pleasant'ın tavsiyesi üzerine, kendi iradesiyle değil, zarların emrine göre hareket ediyordu. Ne yazık ki Dr. Pleasant yirmi yıllık mesleğini bırakarak ortadan kayboldu, ama anlaşıldığına göre sizin geliştirdiğiniz zar terapisinin uygulayıcılarından biriydi.

Günümüzde psikoterapide, hastalara kendi iradelerinden vazgeçerek zarların kararlarına göre hareket etme gibi bir uygulama olup olmadığını lütfen bize yazılı olarak bildirebilir misiniz, Doktor? Bayan Figgers'in temyize giden davasında haklı olarak davayı kazanabilmemiz için, psikoterapideki son gelişmeler konusunda gereken yeterli bilgiye sahip değiliz.

Saygılarımla,

Joseph L. Ting
Bölge Savcısı
Humboldt, M. H.

Bölüm Seksen Beş

Frank Osterflood yerde elleri ve dizleri üzerine çökmüş, anlaşılmaz bir şeyler homurdanırken, deri kemer sırtına iki kez daha indi.

O sırada TV ekranından yine neşeli gülüşler, kahkahalar yükseldi ve ben de Gina'nın her yerini öpmeye başladım. Çok geçmeden ikimiz de kendimizden geçtik ve çılgınca sevişmeye başladık. Frank yattığı yerde acıdan kıvranarak anlaşılmaz şeyler homurdanmaya devam ediyordu.

Ekranda yakışıklı, ama saçma konuşan bir adam, "Ama ben seksi sevmiyorum!" derken bir kahkaha attı ama onun kahkahası bize eşek anırması gibi geldi.

Frank Osterflood homurdanmasına devam ediyor, arada bir küfürlerini de sıralıyordu. Ona verdiğim zehirli viskinin üçte ikisi içmiş, ama geriye kalanını zehirli diye tükürmüştü.

Gina benden ayrılıp köşede duran sandalyeyi aldı, getirip Frank'in yakınına bir yere koydu. Bense o sırada üzerimde kalan son çamaşırlarımı da adeta yırtarcasına çıkarıp kenara atıyordum. Gina beni o sandalyeye oturttu ve sonra kendisi de gelip kucağıma oturdu, öpüşmeye başladık. Gina biraz sonra başını geriye çekti ve kendinden geçmiş gibi, "Ben bir kadınım' Ben bir kadınım!" diye inlemeye başladı.

Benim durumum da onunkine yakındı ve onun inlemelerine, "Biliyorum, biliyorum, hayatım," diye cevap verdim. Biz sevişirken Frank Osterflood yerde uzanmış hâlâ kıvranarak söylenmeye devam ediyor, TV ekranında adamın biri de bir yere Ford arabayla daha hızlı gideceklerinden söz ediyordu.

Bir süre sonra ikimiz de bayılmak üzereyken Gina'yı kucağımdan yere indirdim, gidip divana yayıldım ve Frank'in daha fazla yaygara yapmadan sessizce ne zaman geberip gideceğini merak etmeye başladım. O sırada ekranda yakışıklı ama saçma bir genç adam, güzel ama saçma karısına, "Genç kızımıza neden hayatın gerçeklerini anlatmak zorundayız ki?" diyordu.

Gina yine deri kemerini alıp Frank'in başına dikildi, zaten galiba onu elinde aldığı yirmi dakikadan beri hiç bırakmamıştı, bana öyle geldi. Frank şimdi yerde sırtüstü yatıyor ve ayakları divana doğru duruyordu. Yüzünde geri zekâlıları andıran garip bir gülümseme vardı, daha doğrusu aptalca sırıtıyordu.

"Ben hiçbir zaman..." diye mırıldanmaya başladı. "Güzel oğlanlar ve kızlar . . . hastayım ben . . . ölmek üzereyim . . . bunu şimdi anlıyorum . . . BİR DAHA ASLA . . . iyi bir çocuk ol, Anneee, döv beni. DÖV BENİ."

Gina bacaklarını ayırıp Frank'in üzerinde ayakta ve yüzü onun ayaklarına dönük olarak durdu, bana baktı ve sonra hafifçe eğilip onun beline tükürdü.

Ekrandaki genç adam şimdi karşısındaki kişiye, "Bak, Joanie, bu akşam sana söylemem gereken bir şey var," diyordu.

"Elbette baba, ama çabuk söyle, Jack motosikletiyle geliyor."

Gina gülümseyerek deri kemerin tokasını Frank'in kalçasına bir kez daha vurdu. Sonra bir daha vurdu, Frank acıyla bağırdı ama sonra deliler gibi gülmeye başladı. Televizyon ekranından da kahkahalar yükseliyordu şimdi.

Gina onu birkaç kez daha kırbaçladı, Frank acıyla kıvranıyor, hiç durmadan anlaşılmaz şeyler homurdanıp duruyordu. Ekranda iki kadın köpeklerini gezdirirken, bunlardan biri, "Bugünün gençleri şiddet yanlısı," diye konuştu.

Gina gülümseyerek benim uzandığım divana geldi, üzerime eğilip dudaklarımdan hırsla öpmeye başladı. Ekranda ise iki adam yeni model arabalardan ve oğullarının güçlü motorlarından söz ediyorlardı. Gina'yı üzerimden uzaklaştırdım ve içki dolabına giderek hazırladığım su dolu bardağı aldım. Gina şimdi yine Frank'in yanında duruyordu ama birden kemeri havaya kaldırıp gülerek bana baktı ve "Sen de denemek ister misin?" diye sordu.

"Hayır, hayır, ben barış yanlısıyım, istemem," dedim. "Yine de teşekkür ederim."

Gina Frank'in sırtına basarak kemeri yine havaya kaldırdı, ama vurmadan önce ona durmasını ve Frank'e su vereceğimi söyledim. Frank bana döndü, elini kaldırıp su bardağını aldı ve içmek üzereyken Gina kemeri savurdu ve bardağı onun elinden havaya uçurdu, su her yana saçıldı.

Frank yine ölmeyecekti, nerdeyse adamın ölümsüz olduğuna inanacaktım ve Gina'ya bakıp, "Bravo, ama hiç de iyi olmadı bu hareketin," dedim.

Gina ip atlarken yeni bir figür yapmış küçük bir kız çocuğu gibi, bana bakarak muzip bir ifadeyle güldü.

O sırada Frank yattığı yerde bacağıma sarıldı ve "Kurtar beni, Rhinehart, kurtar beni," diye inledi. Sonra kendini toparladı ve Gina ona yine vurmadan önce sırtını kabarttı, ama kalkamadı, acı çektiği belliydi. Ben ona bakarken Gina kemeri boynuma doladı ve beni çekerek yine sandalyeye oturttu. Biz Gina ile yine sandalye üzerinde sevişir ve inleyip dururken yerde yatan Frank Osterflood da yan döndü, dizlerini karnına doğru çekti, yüzünde garip bir ifade belirdi, acıdan kıvranır gibi bir hali vardı. Cam gibi parlayan gözleri daha sonra donuklaştı, boşluğa bakmaya başladı, hareketsizdi, ölü gözlerine benziyordu o canlı gözler.

Bölüm Seksen Altı

Zar verir ve zar alır götürür. Kutsal olsun zarın adı.

Bölüm Seksen Yedi

Sayın Bay Rhinehart ve Şirketi,

Zar hayatı teorinizin burada, Fedel'de satışlarımıza, kazançlarımıza ve hayatımıza yaptığı olumlu katalitik etki nedeniyle size minnettarız, müteşekkiriz. Son yıllarda benim işlerim hiç de iyi gitmiyordu. Ülserim vardı ve evliydim, ama karımdan ayrıldım, arada bir LSD ve benzeri şeyler kullandım, diskolara gidip eğlenmeye çalıştım, ama hiçbirinin yararı olmadı bana, kazancım ve her şeye karşı ilgisizliğim değişmedi, aynı düzeyde kaldı. Bir gün hiç sevmediğim ve okumadığım bir dergi olan *The New Yorker*'da nasıl olduysa sizin hakkınızda bir yazı okudum ve buralarda, Columbus'da sizin öğrencilerinizden biriyle tanıştım ve o günden sonra işim ve durumum eskisi kadar kötü değil, olumlu bir gelişme görülüyor.

Zar bana ilk önce, şirketimdeki personel maaşlarını yüzde otuz artırmamı ve çalışanlara övücü mektuplar yazmamı tavsiye etti. O ay personelin verimi yüzde kırk üç arttı, ama bir sonraki ay da yüzde yirmi sekizlik bir düşüş gösterdi. Daha sonra zarlar bana geleneksel şapka üretimini (altmış yedi yıllık aile üretimiydi bu) bırakıp, değişik model, deneysel şapkalar üretmemi söylediler. Model uzmanlarımız çılgına döndüler. Ürettiğimiz ilk şapka modeli (bunlarla ilgili yazıyı *Kadın Giyimi* dergisinde okumuş olabilirsiniz) 'Boat Sombrero' denen, kenarları yukarıya, ön ve arkası da öne doğru eğik, kovboy şapkası benzeri bir modeldi.

Kazanç oranımız yüzde on beş kadar düştü ama satışlarımız yüzde yirmi arttı ve ben de rahatladım. İkinci şapka modelimiz Ku Klux Klan kukuletasına benzer, renkli plastikten hem erkek ve hem de kadınlar için üretilen bir yağmur şapkasıydı, gerçi Güney bölgesi dışında iyi satmadı ama Fedel'de biz yine de onun satışlarında artış olacağını düşünüyoruz. O alanda biraz kaybım var ama zarlara danışmaya devam edeceğim.

Zar bana daha sonra en çok satan ve kazancı yerinde olan erkek şapkalarının üretimini bırakmamı söyledi. Perakendecilerimiz buna çok şaşırdılar, ama biz üçüncü deneysel modelimizle o kadar meşguldük ki (moda uzmanımız zarın bu konuda çok iyi bir karar aldığını söyledi) buna pek aldırmadık. Adı konusunda henüz zara danışmadığımız bu şapka modeli havana benziyor ama çeşitli malzemeden, çeşitli renklerde ve bazıları değişik şekilli üretiliyor. Perakendeci mağazalarımız önce kuşkulu davrandılar ama 'Bot Sombrero' modelinin başarısından sonra bu modelden de o kadar çok sipariş aldık ki karşılamakta zorluk çekiyoruz.

Şu anda borçlu durumdayız, ama model uzmanlarımız ve idarecilerimiz 'halo' hattı kazancından pay almak için maaşlarının yüzde elli azaltılmasını istediler ve durumumuz düzelecek, olumlu gelişmeler görüyor. Zar geçen hafta bir modelcimize vücudu da örten bir model çizmesini söyledi, bazılarımız kuşkuluyuz ama modelcimiz büyük bir arzuyla işe başladı bile.

Sanırım ben uzun yıllardan beri hep aynı, geleneksel şapka modelleri üretip satıyordum. Lütfen bütün yayınlarınızı bize gönderin ve yardımınız için teşekkürler.

Saygılarımla,
Joseph Fedel,
Yönetim Kurulu Başkanı,
Fedel Şapkaları, Columbus, Ohio.

Bölüm Seksen Sekiz

Bir CETRE'den Profesör Boggles

Sevgili Luke,

Ben rasyonel, doğrusal, sözünü tutan bir adamım ve senin önceki saçmalıklarının bile beni Catskill CETRE'deki ilk hafta şokuna çok az hazırlayabilmiş. Görevimi yaparak öfkelendim, Hamlet oynadım, aptal ve sonra öfkeli kaplan rolleri oynadım. Zar bana kadın rolü verdi, kalçalarımı bir eşcinsel gibi oynattım, bunu bile yaptım yani. Ama bunların hepsini kendi kendime yaptım, bu rolleri oynarken diğer insanlarla bir ilişkim söz konusu olmadı. Başkaları kendilerini bana kabul ettirmek istediklerinde, dışta yarım arzulu olarak ne olursam olayım, içten sinik biri oldum.

Orta yaşlı bir kadın onu baştan çıkarmam için ısrarla üzerime geldi ve zar da ona olumlu cevap vermemi istedi. Bir ara onu ensesinden öptüm, koca memelerini okşadım ama cinsel bir arzu hissetmedim. Kadın benden bir şey çıkmayacağını anlayınca başka bir erkeğe gitti.

Beşinci gün yaratıcılık odasına gittim ve orada uyanmaya başladım. Zar bana yeni bir dil kullanarak dört sayfa bir şeyler yazmamı söyledi—bilinen sözcükler kullanacak ama bunu yeni bir gramer, sözdizimi ve ifade tarzı ile yapacaktım. Yazıda gerçek duyguları anlatmam isteniyordu. Uzun süre düşündüm ve saçma bir cümle yazdım:

"Bataklık çamuru, hafife almak ping pong şiirleri."

Okunuşu fena değildi ama sentaks fazla usule uygun geldi bana ve ikinci bir cümle yazdım:

"Derisi soyulmuş. Pişirilmiş. Değnek."

Bunu yazınca biraz rahatladım ama burada da fiil yoktu. Gerçeğe biraz daha yaklaştığımı hissettim ve uzun bir cümle daha yazdım, aslında okuyunca hiçbir anlam çıkmıyordu ama benden istenen de işte buydu.

Ama bu tür saçmalıklarla gerçek duyguları nasıl ifade edebilirdim ki? Belki saçma yazılara devam edersem bir şey bulabilirim diye düşündüm ve buna bir süre daha devam ettim. Fakat iki buçuk saat boyunca bir sürü saçmalıktan başka bir şey yazamadım, Luke. Öyle saçmalıklar yazdım ki mezun olan öğrencilerimin bunları çözmesi yıllar sürecektir ve büyük olasılıkla da çözemeyeceklerdir. Ama bu saçmalıktan sonra nasıl olduysa kadınlarla daha çok ilgilenmeye başladım. Sevgili Luke, ben yine de sana müteşekkirim.

Sevgilerle,
Boggles.

Bölüm Seksen Dokuz

(New York City polisinden Baş komiser Nathaniel Putt'un, Dr. Lucius Rhinehart'ı Bay Franklin Delano Osterflood'ın ölümüyle ilgili olarak sorgulaması.)

Dr. Rhinehart, "Sizi tekrar gördüğüme sevindim, Baş komiser Putt," dedi. "O zamandan bu yana nasılsınız bakalım?"

"İyiyim, teşekkür ederim—Otur, Rhinehart."

"Teşekkür ederim, yeni bir divan almışsınız."

"Seni neden çağırdığımı biliyorsun, değil mi?"

"Hayır, korkarım bilmiyorum. Başka akıl hastaları mı kayboldu yoksa?"

"Frank Osterflood adında birini tanıyor musun?"

"Evet, tanıyorum, benim..."

"Onu en son ne zaman gördün?"

Dr. Rhinehart cebinden bir zar çıkardı, iki avucunda çalkaladı ve komiserin masasına attı, zara baktı ve sonra, "Yaklaşık bir hafta önce," diye cevap verdi.

Komiserin gözleri bir an için parladı ve "Onu bir hafta önce gördün, haa?" dedi.

"Evet, yaklaşık bir hafta önce gördüm sanıyorum. Neden? Frank yine bir şeyler mi yaptı yoksa? Umarım ciddi bir suç işlememiştir."

"Bana onunla görüşmeni anlatır mısın, lütfen?"

"Şeyyy . . . onu apartmanının yakınlarında tesadüfen gördüm. Biraz konuştuk ve sonra akşam yemeğini beraber yemeye karar verdik."

"Evet, devam et."

"Yemekten sonra beni Harlem'de bir kız arkadaşının evine götürmeyi teklif etti ve oraya gittik."

"Sonra?"

"Osterflood ve kız arkadaşıyla bir iki saat oturdum ve sonra ayrıldım oradan."

"Onun bu kız arkadaşının evinde neler yaptınız peki?"

"Önce bir süre televizyon izledik. Sonra Osterflood kızla sevişti ve daha sonra da ben aynı şeyi yaptım, kızla seviştim. Yani kızı ortak olarak kullandık diyebiliriz."

"Osterflood da seninle beraber mi ayrıldı evden?"

"Hayır, ben yalnız ayrıldım."

"Sen evden ayrılırken Osterflood ne yapıyordu?"

"Salondaki halının üstünde uyuyordu."

"Osterflood'ın bu kızla ilişkisi nasıldı peki?"

"Temelde mazoşist bir ilişki diyebilirim. Sevişmelerinde sadistçe sahneler de vardı."

"Kız ondan hoşlanıyor gibi mi davranıyordu?"

"Onunla sevişirken büyük zevk aldığı belli oluyordu."

"Yani sen şimdi evden çıkarken Osterflood'ın uyuduğunu mu söylüyorsun?"

"Evet."

"Sarhoş muydu peki?"

"Muhtemelen."

"Sağlığı yerinde miydi?"

"Şey... Sanmıyorum, hayır. Çok kiloluydu ve o akşam da çok yedi. Mide sorunu yaşıyordu. Bazı insanlardan özür dilemek için kendini harap ediyordu."

Komiser Putt, Dr. Rhinehart'a soğuk bir ifadeyle baktı ve sonra aniden, "O akşam herkesin içkilerini kim hazırladı?" diye sordu.

Dr. Rhinehart, "İçkileri mi?" diye sorduktan sonra yine zarını çıkarıp attı ve gülümsedi. "İçkileri Bay Osterflood hazırladı, gerçi benim viskilerime suyu biraz fazla kaçırmıştı ama servis o kadar kötü de sayılmazdı doğrusu."

Komiser başını hafifçe salladı ve buz gibi bir ifadeyle onun gözlerine baktı.

"Zarların sana o akşam Osterflood'ı öldürmeni emrettiler mi, Rhinehart?"

"Oh, bundan kuşkuluyum, Komiser, ama ilginç bir soruydu bu. Fakat isterseniz bir bakayım." Dr. Rhinehart zarını bir kez daha atarak baktı ve sonra başını iki yana salladı. "Hayır, zarım bana böyle bir şey söylemedi."

"Anlıyorum Dr. Rhinehart. Bunun doğru olduğunu farz ediyorum."

"Zarım bana bunu söylememi emretti."

Komiserle Dr. Rhinehart bir süre soğuk ifadelerle bakıştılar, sonra Komiser masasındaki bir düğmeye bastı ve içeri giren polise, "Getir onu," dedi.

Çok geçmeden Gina odaya girdi, üzerinde bu kez dizlerine kadar inen bir eteklik, göğsü kapalı bir bluz ve üzerine tam olarak oturmamış bir ceket vardı. İçeri girer girmez Luke'a baktı ve "Evet, işte bu adam," dedi.

Komiser ona, "Otur, hanım," derken Dr. Rhinehart, "Merhaba, Gina," diyerek gülümsedi.

"İşte bakın, itiraf ediyor o olduğunu."

"Sana otur dedim, Gina."

"Benim adım Bayan Potrelli, Komiser Bey, herkes Gina diyemez bana."

Komiser ona aldırmadı ve "O akşam Osterflood ile eğlence gecenizde neler olduğunu anlat bize," dedi.

"Frank ve bu adam o akşam benim daireme geldiler ve ben de ikisiyle birden yattım. Bu adam daha sonra içkileri tazeledi ve bize getirdi. Osterflood içkisini içtikten sonra bir şeyler almış gibi garipleşti, adeta kendini kaybetti ve bu adam onu yere yatırdı."

Komiser, "Dr. Rhinehart, sen ne söyleyeceksin?" diye sordu.

"Bay Osterflood ve ben Bayan Potrelli'ye sosyal bir ziyarette bulunduk, Komiserim. Biz TV izler ve cinsel ilişkide bulunurken Frank bize birkaç kez içki servisi yaptı. Ben evden çıkarken halının üstünde yatan Frank'in yüzünde mutlu bir gülümseme vardı. Tamam, ama Frank nerde bu arada? Ona da sorabilirsiniz bunları?"

Gina, "O öldü, lanet olası?" diye bağırdı.

Komiser ona, "Kapa çeneni," dedikten sonra sakin bir ifadeyle, "Frank Osterflood'ın cesedi 15 Kasım gecesi Doğu Nehrinde, Triborough köprüsü altında bulundu," diye devam etti. "Otopsi onun yaklaşık iki gün önce strikninle zehirlenerek öldürüldüğünü ortaya çıkardı." Komiser durdu ve Gina ile Rhinehart'a baktı. "Frank Osterflood'ı canlı olarak en son gören kişi ikinizden biri olmalı."

Dr. Rhinehart, "Belki de gece vakti serinlemek için Doğu Nehrinde yüzmek istemiş ama çok su yutarak boğulmuştur," dedi.

Komiser Putt başını salladı ve "Ama Doğu Nehrindeki striknin miktarı hâlâ kabul edilebilir düzeyde," diye söylendi.

"O halde ona ne oldu acaba, Komiserim?"

"Gina'nın içki dolabı önündeki rafta ve TV'nin önünde, halının üstünde striknin izleri bulundu."

"Çok ilginç doğrusu!"

Gina yine, "İçkileri sen hazırladın?" diye bağırdı.

Dr. Rhinehart, "Ben mi hazırladım?" diyerek gülümsedi. "Hadi canım, sen de! Ben de diyorum ki, içkileri Osterflood hazırladı. Belki de zarları ona, işlediği günahlarının bedeli olarak kendini öldürmesini söylemiştir. Biliyorsun, mazoşist eğilimler vardı onda."

Gina yine o cırtlak sesiyle, "İçkileri sen hazırladın ve evden onunla beraber çıktın," dedi.

"Benim hikâyemse öyle değil, Bayan Potrelli. Benim hikâyeme göre evden önce ben ayrıldım, o daha sonra çıktı."

Gina, "Yalancı hergele!" diye homurdandı.

"Bak iyi değil bu, ikimiz de farklı şeyler söylüyoruz ve Komiserin de kafası karışıyor."

Komiser öfkeli bir ifadeyle başını sallayarak, "Senin evden Osterflood ile birlikte çıktığını gören dört tanık daha var, Rhinehart," dedi.

"Yaa, demek öyle! O zaman öncelik Gina'da oluyor, değil mi? O tanıkları boş yere harcamak olmaz elbette."

Dr. Rhinehart zarını aldı ve sallayıp oturduğu divanın üstüne, yan tarafına attı.

"Zara göre, ben evden Osterflood ile birlikte çıktım, Komiserim."

"Nereye gittiniz peki?"

"Biz nereye gittik, Gina?"

"Bir taksiye bindiniz..."

"Kapa çeneni kadın! Çıkarın onu buradan!"

Onu oraya getiren polis memuru içeri girdi ve Gina'yı alıp götürdü.

Dr. Rhinehart bir an düşündü ve sonra, "Galiba bir taksiye bindik," diye konuştu. "Ben biraz sonra, 125. Sokakta, Lexington Caddesi yeraltı treni durağında taksiden indim. Çişim gelmişti, işemem gerekiyordu. Osterflood taksiyle yoluna devam etti. Çok sarhoştu ve onu kuşkulu biçimde neşeli görünen bir şoförün taksisinde yalnız başına bıraktığım için suçluluk duygusu içindeydim, ama aslında ben de sarhoştum elbette. Yakınlarda bir sokak tuvaleti buldum ve..."

"O halde ilk ifadende neden yalan söyledin bize?"

"İlk ifademin yalan olduğunu da kim söyledi size?"

"İfadeni şimdi değiştirdin işte."

"Bunlar ayrıntı, Komiserim."

"Gina'nın tanıkları seni yalanladılar."

"Yapma Komiserim, Gina'nın tanıkları zar kadar bile güvenilir insanlar değil, onları sen de tanırsın."

"Kapa çeneni!"

"Hem ayrıca zar bana ifademi değiştirmemi söyledi."

Komiser bir süre öfkeli bir ifadeyle, kaşlarını çatarak onun yüzüne baktı ve sonra, "Şu zarına bir daha danış istersen," diye konuştu. "Bu şehirde hiçbir taksi şoförü o gece Harlem'den iki iriyarı beyaz müşteri aldığını söylemiyor. Hatta son yıllarda bile hiçbir taksi bu tipte müşteriler almamış Harlem'de. Sen bir doktorsun, striknin zehirlenmesinin belirtilerini normal sarhoşluktan kolayca ayırabilirdin. Biz Gina ve dört tanığının yalan söylediklerini biliyoruz. Ama senin yalan söylediğini de biliyoruz biz. Osterflood'ın Gina'nın evinde öldürüldüğünden ve oradan canlı çıkmadığından eminiz."

Komiser ve Dr. Rhinehart bir süre daha hiç konuşmadan bakıştılar.

Bir süre sonra Dr. Rhinehart divanın üstünde hafifçe öne doğru eğildi, gözlerini açtı ve meraklı bir ifadeyle, "Vay canına!" dedi. "Kim öldürdü onu acaba?"

Bölüm Doksan

Sayın Doktor,
Zar bana size yazmamı söyledi. Ama benim yazacak fazla bir şeyim yok.

Zar sizi kutsasın,
Fred Weedmuller
Porksnout, Teksas

Bölüm Doksan Bir

Benim sorgulanmamdan bir hafta sonra Komiser Putt, cinayetle ilgili olan herkese, ele geçen yeni kanıtlara göre (açıklanmayan kanıtlar) Osterflood'ın büyük ihtimalle intihar ettiğinin anlaşıldığını açıkladı. Konuştuğu arkadaş ve meslektaşlarına, Gina ya da beni suçlayacak kanıt bulamadığını söyledi. Ona göre Gina evine gelen Osterflood'ı planlayarak ve bir başka beyaz adamın yanında önceden planlayarak öldüremezdi ve Harlem fahişelerinin cinayet işlerken striknin kullanmaları görülmüş bir şey değildi. Ayrıca Gina'nın dört tanığının yalan söyledikleri belliydi ve bu tanıklar hiçbir jüriyi ikna edemezlerdi.

Dr. Rhinehart'ı suçlu bulacak jüri bulmak da mümkün olmayacaktı, çünkü jüri üyelerinin Dr. Rhinehart'ın cinayet işleme nedenini anlamaları mümkün değildi. Komiser onun motivasyonunu kendisi bile anlayamamıştı zaten. Onu mahkemeye çıkarsalar savcı suçlamasında, "Bu adam onu zarları söylediği için öldürdü," diyecek ve buna önce savunma avukatları, sonra bütün mahkeme salonu kahkahalarla gülecekti. Dünya ile birlikte Amerikan jüri üyeleri de hızla değişiyorlardı. Ayrıca Komiser Putt bile bu cinayeti Rhinehart'ın işlemiş olduğu konusunda kuşkuluydu, çünkü adam belki de cinayet işleyebilecek bir tip olabilirdi, ama yine de zar istedi diye böyle saçma bir cinayet işleyecek kadar sefil, kaçık olamazdı herhalde.

Her şeye rağmen, Komiser Putt beni son kez görüşmek üzere çağırdı ve bana uzun bir konferans verdi:

"Bir gün yasalar senin hesabını görecekler, Rhinehart," diye konuştu. "Günün birinde öfkeler gelip senin başını yakacaklar. Gün gelecek, zarların talimatını yerine getiriyorum diyerek işlediğin günahların hesabını vereceksin. Bir gün Amerika'da bile suçların cezasız kalmadığını sen de diğer suçlular gibi öğreneceksin."

"Eminim haklısın, Komiserim," diyerek onun elini sıktım ve odasından çıkarken, "Ama ne acelesi var, değil mi?" diye ekledim.

Böylece ben zar hayatıma devam ettim. Osterflood'ı tekrar hayata döndürmek için elimden gelen her şeyi yapacağıma dair zara altıda bir şans tanıdım ama doğal olarak bu seçenek kaybetti. Zar bana sadece Frank için üç gün boyunca matem tutmamı ve onun için dua etmemi söyledi.

1 Ocak 1971'de, o yıl oynayacağım uzun vadeli rolle ilgili kararımı vermek üzere üçüncü yıllık Kader Günümü kutladım. Zara şu seçenekler verildi: (1) o yıl içinde Linda Reichman, Terry Tracy, Bayan Reingold ya da rasgele seçilecek bir kadınla evlenecektim (zarın belirleyeceği bir kadınla evlenemezsem çekirdek aile tehlikede olabilir diye düşünüyordum). (2) Bir yıl zar kullanmayacak ve yeni bir hayata başlayacaktım (artık korkutucu olmayan bu seçenek o gün Fuigi Arishi'nin 'Zarın Yıkılışı' adlı makalesini okuduktan sonra aklıma geldi). (3) Dünyanın yerleşmiş aptallıklarına karşı isyan başlatacaktım; amacım riyakârlık ve adaletsizliği, utancı ve çarpıklığı ortaya koymak, baskı görenleri uyandırmak, genelde suçlara karşı sonsuz bir savaş başlatmaktı. Diğer bir deyişle, içimdeki toplumu ezmeye çalıştığım gibi, toplumu radikal bir biçimde ezmekti amacım. (Bir iki ay önce bir yerde Eric Cannon ve Arturo Jones'un bir yeraltı devrim grubu kurduklarını okumuş ve anılara dalıp kendimi bir kahraman gibi hissetmiştim: o gün ben de *yaparım* ifadesinin anlamından emin değildim, ama gurur duyarak halıya oturmuş ve zar atmaya hazırlanmıştım). (4) O yıl zarın seçimlerine göre kitaplar, makaleler, romanlar ve hikâyeler üzerinde çalışacak, en azından iki kitap tamamlayacaktım (Zar Merkezleri ve ZAR HAYATI Vakfı konusunda yapılan reklâmlara kızıyor ve kendimi onların kurtarıcısı olarak görüyordum). (5) Zar hayatını dünyanın her yerine yaymak için çalışmalarıma devam edecektim ve bu katkılarımın şekli de zar tarafından saptanacaktı (en çok yapmak istediğim çalışma buydu; Linda, Jake, Fred ve Lil de arada sırada zar ekibine katılıyorlardı ve başkalarının katkısı olmazsa zar hayatı çoğu zaman yalnızlık duygusu yaratıyordu). (6) Yıl boyunca seçeneklerimi bir günle sınırlayacaktım, böylece her sabah yeni bir doğuş olurken, diğerleri bunu bilmeyecek ve yaşlanacaklardı. (Bu son seçenek beni adeta büyüledi, çünkü ben uzun vadeli seçenekleri her zaman bir engel olarak gördüm: zarın seçimi olsa bile, onlar beni kalıplaştırma eğilimi gösteriyorlar).

Bu seçenekleri sıraladıktan sonra zarımı attım ve dört geldi: o yıl boyunca çeşitli yazı projeleri üzerinde çalışacaktım. Daha sonra attığım zar seçeneklerine göre, o yıl en azından 200.000 kelimelik bir otobiyografi yazmam gerekiyordu. Böylece o yıl zamanımın büyük kısmını bu aptalca kitabı yazmak için harcadım ve geriye kalan zamanlarımda da, yine zarın kararlarına ve benim çalışma arzuma göre, başka konular üzerinde de bazı yazılar yazdım.

Yazmak elbette bütün gün çalışmayı gerektirmiyor, arada sırada dostlarımı görüyor, onlarla sohbetler ediyor, Zar Merkezleri ve zar gruplarıyla çalışmalarıma devam ediyor, bazı hallerde dersler veriyor, zamana göre yine çeşitli roller yaşıyor, arada bir zar egzersizler yapıyorum.

Sonra doğal olarak Şans da işin içine karışıyor, müdahale ediyor.

Bölüm Doksan İki

ZAMANIMIZDA DİN

takdim eder

[Kamera yaklaşık elli kişilik bir izleyici seyirci önünde, biraz yüksek bir sahnede yan yana oturmuş olan beş kişi üzerinde dolaşır, onları sırayla ve sürekli olarak gösterir.]

Bu beş kişiden dördü, Fordham Üniversitesinden ilahiyat profesörü yardımcısı Peder John Wolfe; Daha Birleşik Toplum için Evrensel Merkez Başkanı Haham Eli Fishman; Princeton Üniversitesi psikoloji profesörü ve ünlü ateist Dr. Eliot Dart ve psikiyatr ve tartışmalı Zar Dini kurucusu Dr. Lucius M. Rhinehart'tır.

"Zamanımızda Din konulu canlı, halka açık ve önceden prova edilmemiş seri tartışmalardan birine daha hoş geldiniz. Bugünkü konumuz:

ZAR DİNİ BİR SORUMLULUKTAN KAÇINMA MI ACABA?

[Ekranda Bayan Wippleton'un görüntüsü.]

"Bugünkü toplantımızın başkanı, eski sinema ve televizyon yıldızı, ünlü bankacı Gregg Wippleton'un eşi ve dört güzel çocuk annesi olan Bayan Wippleton'dur. Bayan Wippleton aynı zamanda, Birinci Presbiteryen Kilisesi Dinsel Hoşgörü Komisyonu Başkanıdır. Buyurun Bayan Wippleton."

Kadın gülümsedi ve canlı bir ifadeyle konuşmaya başladı.

"Teşekkür ederim. İyi günler hanımlar, beyler, hoş geldiniz. Bugün çok ilginç bir konuyu tartışacağız ve eminim hepiniz bu konu, yani Zar Dini konusu hakkında daha çok bilgi sahibi olmak istiyorsunuz. Burada bu konuyu tartışacak olan çok değerli misafirlerimiz var. Dr. Rhinehart (ekranda birkaç saniye için Dr. Rhinehart görünür, üzerinde siyah balıkçı yaka bir süveter, siyah takım elbisesiyle bir rahibe benzemektedir, elindeki pipoyu arada bir ağzına götürür ama pipo boştur) geçen yılın en çok tartışılmış kişilerinden biridir. Onun zar teorisi ve terapisi konusundaki yazıları ve kitapları psikiyatri dünyasında skandal yarattı, *Zar Kitabı*'ndan okudukları ise din dünyasını karıştırdı. Amerikan Çalışan Psikiyatrlar Birliği onu kınadı, suçladı. Fakat Dr. Rhinehart kendisine ve dinine inanan çok sayıda yandaş buldu ve bunlardan bazıları da akıl hastaneleri dışından gelen insanlar. Geçen yıl Dr. Rhinehart ve kendisine inananlar, Tamamen Tesadüf Ortamları Deneme Merkezleri denen Zar Merkezleri açmaya başladılar, bu merkezlere binlerce kişi gitti, bazıları dinsel deneylerini anlattılar, bazıları da ciddi depresyonlar yaşadılar. Bu konuda çeşitli fikirler var, ama şurası bir gerçek ki, Dr. Rhinehart çok tartışılan bir kişilik.

"Dr. Rhinehart, tartışmamızı bugünkü ana sorumuzu sorarak başlatmak istiyorum, sonra da misafirlerimizden aynı konu hakkındaki yorumlarını isteyeceğim. Sorum şu: 'Sizin bu zar dininiz bir tür sorumluluktan kaçınma mı oluyor acaba?'"

Dr. Rhinehart piposunun ucunu çiğneyerek birkaç saniye düşündü ve sonra, "Elbette," diyerek sustu. Bayan W. onun konuşmasını bekledi ama bir şey söylemediğini görünce tedirgin oldu.

"Peki, nasıl bir sorumluluktan kaçmak oluyor bu?"

R. yine piposunun ucunu çiğnedi, "Üç şekilde," dedi ve yine sustu.

"Nedir bu üç şekil peki?"

R. başını eğerek elleri arasında bir şey ovalayarak önündeki küçük sehpaya atarken TV kamerası onu izledi; atılan bir zardı ve altılı geldi. Kamera onu gösterirken, R. kamera dışında bir yere baktı. Piposu elinde hiç kımıldamadan on beş saniye kadar sabit bir noktaya dalıp gitti.

Bayan W. "Dr. Rhinehart?" dedi ve kamera ikisi arasında birkaç kez gidip geldi. Kamera daha sonra, ne söyleyeceğini düşünür gibi görünen Peder Wolfe'a döndü, ekrana onu getirdi.

Bayan W. ekranda görünmeden, "Haham Fishman, lütfen siz devam eder misiniz?" diye konuştu.

Esmer, kısa boylu ve kırklı yaşlarında olan Haham Fishman önce Bayan W.'ye ve sonra da R.'ye bakarak konuşmaya başladı.

"Teşekkür ederim Bayan Wippleton. Dr. Rhinehart'ın bugünkü konuşması çok ilginçti ama sanırım kendisi önemli bir konuyu gözden kaçırıyor; zar dini aslında insanlık statüsünden bir geri çekilmedir. Bu bir tür şansa ibadettir ki bu da her zaman insanlığın karşısında olmuştur. İnsanoğlu her şeyin ötesinde büyük bir organizatördür, bütünleştiricidir, ama anladığım kadarıyla zar hayatı bütünlüğü, birliği bozan bir şey. İnsanca yaşamın sorumluluğundan bir kaçış bu, ama bazı Dr. Rhinehart eleştirmenlerinin dediği gibi, tesadüfî doğal bir yaşama giriş de değil aslında. Hayır, efendim. Doğa da bir organizatör, bir bütünleyicidir. Fakat zar dini bir anlamda parçalanmaya, çözülmeye ve sonunda da ölüme tapmayı temsil ediyor. Hayat karşıtı bir şey bu din. Ben bunu zamanımız hastalıklarından birinin belirtisi olarak görüyorum."

[Kamera Bayan W.'yi gösteriyor.]

"Söyledikleriniz çok ilginç şeyler, Haham Fishman. Bize düşünmemiz gereken geniş bir konu verdiniz. Dr. Rhinehart, sizin yorumunuzu alabilir miyiz acaba?"

"Elbette."

R. yine piposunun ucunu çiğneyerek sabit gözlerle uzun süre seyircilere baktı ve on saniyeden fazla zamanı ses çıkarmadan geçirince, Bayan W. sinirli bir ifadeyle, "Peder Wolfe, lütfen," dedi.

"Bana mı söz verdiniz?"

Yuvarlak, kırmızı yüzlü Peder Wolfe önce tedirgin bir ifadeyle Bayan W.'ye baktı, sonra gözlerini bir savcı gibi kameraya çevirdi ve "Teşekkür ederim," diyerek konuşmaya başladı. "Bence Dr. Rhinehart ne derse desin, onun zar dini dediği bu ibadet tarzı Hz. İsa karşıtı bir inanış yöntemidir. Tanrının yarattığı evrende ahlak yasaları, ahlâki bir düzen vardır ve bir insanın kendi hür iradesini zarların kararlarına bırakması, Tanrıya karşı işlenecek en büyük suçlardan biridir. Buna inanmak, savunmaya kalkmadan günaha teslim olmaktır. Korkakça bir davranıştır bu.

"Bence, *sorumluluktan kaçma* deyimi çok yumuşak bir ifade. Zar dini Tanrıya karşı, Tanrının imajında yaratılan insanın değerine ve büyüklüğüne karşı işlenmiş bir suçtur. Buna inanmak Kutsal Ruha karşı büyük bir günah işlemek anlamına gelir. Dr. Rhinehart çok iyi eğitim almış kültürlü bir adam, bir tıp doktoru olabilir, ama bana göre onun zar dini dediği inanç şekli iğrenç, insanları zehirleyen, şeytanca bir oyundur."

O sırada R.'nin, "Konuşabilir miyim?" diyen sesi duyuldu ve ekranda onun yüzü göründü, ama Rhinehart yine sabit gözlerle bir noktaya bakıyor ve konuşmaya niyeti yok gibi görünüyordu. Onun yüzü ekranda ne zaman görünse bir hareketsizlik oluyor, sanki kanal değişmiş gibi bir görüntü çıkıyordu ortaya.

Yine yaklaşık on saniye kadar ekranda bir ses duyulmadı, hareket görülmedi.

Ortamı yumuşatmak ister gibi konuşan bir kadın sesi, "Dr. Dart, lütfen sözü alın," dedi.

Ekranda Dr. Dart göründü, genç dinamik, yakışıklı bir adamdı ama gergin, sinirli görünüyor ve sigara içiyordu. "Dr. Rhinehart'ın bugünkü performansını daha ziyade eğlenceli buldum," diye başladı konuşmasına. "Onu tanıyan insanlarla yaptığım konuşmalardan ve okuduğum ilginç yazılarından edindiğim klinik resme tamamen uyan bir görüntü veriyor. Kurucusunun ve onu izleyenlerin *patolojisini* anlayamazsak, zar dinini ve onun bir sorumluluktan kaçış yöntemi olup olmadığını asla anlayamayız. Dr. Rhinehart kendisinin bir şizofren olduğunu zaten kabul ediyor. (O sırada kamera yine boş gözlerle sabit bir noktaya bakan Dr. Rhinehart'ı gösteriyor) Dr. Rhinehart'ın bunalımı o kadar ilerledi ki, kendisi artık tek kişiliği kaybetti, birçok kişilik sahibi oldu. Tıp tarihinde bu tür vakalara çok rastlanır, ama Dr. Rhinehart sahiplendiği birden fazla kişiliğin çok sayıda olmasıyla da diğerlerinden biraz farklı görünüyor. Bu rol yapmanın zorunlu hali, zarları kullanarak ve zarların etrafında uydurulan bu saçma dinle maskeleniyor. İnsanları soğutma ve umutsuzluğa düşürme konusunda patolojik örnekler toplumumuzda çok vardır ve zar dininden etkilenen çok sayıda insan da gösteriyor ki, psikolojik parçalanmayı maskelemek ve desteklemek için sözlü bir yapıya başvurmak zorunlu olmuştur. (Ekranda görünen Dr. Dart konuşmasına devam etti.)

"Zar dini aslında tam olarak bir sorumluluktan kaçış sayılmaz. O da diğer dinler gibi bir rahatlatıcı, bir doğrulayıcı sayılabilir, bu dine inananlar için psikolojik zayıflıkları güçlendirdiği bile söylenebilir. Katolikliğin ya da Yahudi dininin katı tanrıları karşısında boyun eğmek bir tür sorumluluktan kaçış şekli sayılır, ama esnek ve tahmin edilemeyen şans tanrısı önünde boyun eğmek tamamen bir başka şeydir. Her ikisi de sadece bireysel ve grup patolojisi terimleriyle anlaşılabilir."

Dr. Dart döndü ve Bayan Wippleton'un çatık kaşlı yüzüne baktı. Ama Bayan Wippleton hemen ifadesini yumuşattı ve hafifçe gülümsedi. O sırada Haham Fishman, "Yahudi dininin katı tanrısı demekle ne demek istediniz siz?" diye sordu.

Dart ona, "Ben sadece herkesin kabul ettiği psikolojik teoriden söz ediyorum," diye cevap verdi.

Haham Fishman, "Patolojik olan bir şey varsa, o da ilahiyatçıları anladığını öne süren nevrozlu psikologların verimsiz sahte-objektiflikleridir," dedi.

Bayan Wippleton gülümseyerek, "Baylar, baylar," dedi ve onların arasına girdi.

O sırada Peder Wolfe söze karışarak, "Katolik dini insanoğlunun zayıf yanlarını değil, onun ruhsal büyüklüğünü güçlendirir," diye konuştu. "Psikologların nefrete layık olan zihinler..."

"Baylar, rica ediyorum..."

Dr. Dart, "Sizin savunma tarzınız ilginç geldi bana," dedi.

Bayan Wippleton yine araya girdi ve "Bugünkü konumuz zar dini baylar, bayanlar," dedi. "Şu anda ben de Dr. Rhinehart'ın, dininin şizofrenik ve patolojik olmasıyla ilgili suçlamalara ne cevap vereceğini merak ediyorum doğrusu."

(O anda Dr. Rhinehart geldi ekrana ama yine uzun süre konuşmadan boşluğa baktı kaldı.)

Bayan Wippleton, "Bu sessizliğinizin nedenini anlayamıyorum, Dr. Rhinehart," diye konuştu. Ama Rhinehart yine ağzını açmadı ve gözlerini sabit bir noktaya dikti, orada kaldı.

Dr. Dart, "Onun bu hali tipik bir katatoni belirtisidir, Bayan Wippleton," diye konuştu. "O şimdi dış dünya ile ilişkisini kesti. Bu bir şizofreni halidir. Sanırım Dr. Rhinehart bu hale istediği zaman girip, istediğinde de çıkabiliyor, olağanüstü bir yetenek bu. Birkaç dakika sonra konuşmaya başlayabilir ve bu kez de onu durduramazsınız."

O sırada Dr. Rhinehart piposunu dudaklarından çekti ve derin bir nefes aldı.

Bayan Wippleton, "Sizi doğru mu anladım, Dr. Dart?" diye sordu. "Yani siz şimdi Dr. Rhinehart'ın bir tür akıl hastası olduğunu ve akıl hastanesine yatırılması gerektiğini mi söylemek istiyorsunuz?"

Dr. Dart gergin görünüyordu ama zoraki bir gülümsemeyle kameraya baktı ve "Tam olarak bunu demek istemedim elbette," diye konuştu. "Bakın, Dr. Rhinehart bir tür şizofren *manqué*, yani onun bu zar dini ona tüm şizofrenlerin yapamadığını yapma olanağı veriyor: bu din ona hak veriyor ve parçalanmış kişiliğini birleştiriyor. Zar dini olmasa Dr. Rhinehart umutsuz bir manyak olabilir. O din onun işi götürmesine yardım ediyor, bunu bir şizofren *manqué* olarak yapıyor ama sonuçta yapabiliyor işte."

Haham Fishman, "Ben onun bu sessizliğini anlamsız, kaba buluyorum ve sorumluluktan kaçma olarak yorumluyorum," diye konuştu.

Peder Wolfe araya girdi ve "Dr. Rhinehart günahının büyüklüğünü bildiği için Amerikan halkının karşısına çıkamıyor," dedi. "Gerçeğe cevap veremiyor."

Bayan Wippleton, "Dr. Rhinehart, bu suçlamalara cevap vermek ister misiniz acaba?" diye sordu.

Dr. Rhinehart piposunu yine ağzından çekti ama pozisyonunu hiç bozmadı. Bir süre sonra, "Evet," dedi ama yine on beş saniye derin düşüncelere daldı, konuşmadı. Sonra zarını aldı ve sehpanın üzerine attı. Zar ikili geldi. Ama Dr. Rhinehart ifadesiz gözlerle yine boşluğa bakmaya başladı.

Haham Fishman, "Bu aptalca davranışlar mı binlerce insana çekici geliyor?" diye sordu. "Bu konu beni aşar, özür dilerim. Hindistan'da insanlar açlıktan ölüyor, Vietnam'da durumu herkes biliyor, siyahî kardeşlerimiz acı çekiyorlar, ama bu adam, hem de bir *doktor,* yanmayan piposunu dudakları arasına sıkıştırıp zar atıyor. Roma yanarken keman çalan bir Neron bu adam."

Peder Wolfe, "Bu Neron'dan da beter, Sayın Haham," diye araya girdi. "Neron hiç olmazsa daha sonra Roma'yı yeniden inşa etti. Bu adam sadece tahrip etmesini biliyor."

Dr. Dart, "Şizofrenler hem kendilerini ve hem de başka insanları obje, madde gibi görürler ve insanlarla sadece kendi hayal dünyalarında ilişki kurabilirler," dedi.

Bayan Wippleton, "Yani biz bir fantezi dünyasında değiliz, değil mi?" diye sordu.

"Biz buradayız ve o da sessizliğiyle bizleri idare ettiğini sanıyor."

"Peki, onu nasıl durdurabiliriz?"

"Onun gibi sessiz kalarak."

Haham Fishman, "Belki de başka bir konu hakkında konuşmalıyız, Bayan Wippleton," dedi. "Güzel programınızın bir deli yüzünden bozulmasını hiç istemem doğrusu."

O sırada Dr. Rhinehart yine ekranda göründü, ama boş piposu yine dudaklarında ve gözleri de her zamanki gibi sabit bir noktadaydı.

Bayan Wippleton, "Teşekkür ederim, Haham Fishman," diyerek gülümsedi. "Ama sanırım Dr. Rhinehart'ın dinini analiz etmemiz gerekiyor, sponsor bu programı bu amaçla destekliyor."

"Fakat bakar mısınız, adamda bir tik bile yok."

Haham Fishman, "Ne demek oluyor bu?" diye sordu.

"Onun sinirli olduğu anlamına geliyor sanırım."

Peder W. o sırada, "İkinci sorunuzu şu anda yanıtlamak isterim, Bayan Wippleton," diye konuştu.

"Nasıl, anlayamadım?"

"Sanırım ikinci sorunuz, 'Belki de zar dini neden insanları böyle çekiyor?' olacaktı, değil mi?"

"Oh, evet."

"Cevabımı şimdi verebilir miyim?"

"Tabii, devam edin, verin cevabınızı."

Peder Wolfe konuşmaya hazırlanırken ekranda Dr. Rhinehart

bir kez daha göründü ve Rahip, "Şeytan insanları her zaman süslü kılıklara bürünerek, ekmek vererek, çeşitli gösterilerle kandırarak kendine çekti," diye başladı konuşmasına. "Ben inanıyorum ki..."

Haham Fishman, "Bu durumda kalsa ne ilginç olurdu, değil mi?" dedi.

Peder Wolfe, "İzin verirseniz sözümü bitireyim," dedi.

Dr. Dart, "Merak etmeyin, bu trans halinden çıkacaktır o," diyerek araya girdi. "Sürekli katatonik durumu daha sert görünür ama daha az uyanıktır."

Haham Fishman, "İnsanlar böyle bir deliye nasıl ilgi gösterirler, anlaşılır gibi değil," dedi.

Bayan Wippleton, "Herhalde her zaman bu halde değil," diye konuştu.

Peder Wolfe, "Program başlamadan önce gayet nazik bir tavırla konuştu benimle, sohbet ettik," dedi. "Ama ben yine de onun oyun oynadığını anlamıştım."

Bayan Wippleton, "Dr. Dart, belki siz bu zar dininin insanlara neden ilginç geldiğini anlatmak istersiniz bizlere," diyerek hafifçe gülümsedi.

Haham Fishman, "İşte yine derin nefesler alıyor bu adam," dedi.

Dr. Dart, "Onu görmezden gelin," dedi. "Onun oyununu oynuyoruz."

Peder Wolfe sözünün sürekli olarak kesilmesine oldukça sinirlenmiş görünüyordu ve bunu da Bayan Wippleton'a açıkça söyledi.

Bayan Wippleton bir an şaşırmış gibi seyircilere baktı ve sonra, "Aman Tanrım, haklısınız, Peder," dedi.

O sırada büyük bir gürültü duyuldu ve programı izleyenler arasından birkaç kadın bağırdılar.

"Hey, neler oluyor burada?"

"DURDURUN ŞUNLARI!"

Bir ses daha duyuldu.

Bayan Wippleton ayağa kalktı ve gülümsemeye çalışarak, "Lütfen, Sayın seyirciler..." dedi ama devam edemedi konuşmasına.

Yine bir kadın çığlığı duyuldu.

"Susturun şu kadını!"

Kamera o sırada seyircilerin arkasında duran, biri siyahî, diğeri beyaz iki silahlı adamı getirir ekrana, adamlardan biri kapıdan dışarıya, diğeri de seyircilere bakmaktadır. O anda ekranda yine Dr. Rhinehart görünür, piposunu ağzından çekip derin bir nefes alır ve sonra tekrar ağzına götürür.

"Bobby asansörlere bakıyor mu?"

"Ekrana çıktık mı?"

O anda yine silah sesine benzer bir patlama duyuldu.

"Ya Bobby'yi yaraladılarsa?"

"Herkes yerine otursun! Oturun yerlerinize, yoksa ateş ederiz!"

"Ekrana çıktık mı?"

"Git sor Eric'e bakalım, neler..."

Birkaç el silah sesi duyuldu.

"DİKKAT ET!"

Kamera karnını tutarak yere düşen silahlı bir adamı gösterdi. İki tabancalı adam bir yere ateş ederek seyircilerin arasından ilerlediler. Biri bağırarak yere düştü. Diğeri ateş etmeyi kesti ve dikkatle bir yere bakmaya başladı.

Bir erkek sesi tekrar, "Ekranda mıyız?" diye bağırdı.

Ekranda yine Dr. Rhinehart'ın sakin yüzü göründü, ama kameraman kamerasını terk edip dinleyicilerin arasına karışmış, sakin görünmeye çalışarak bir köşeye sinmişti, hiç hareket etmiyor, silahlı adamların dikkatini çekmemeye çalışıyordu, fakat salondaki seyirciler panik halindeydi.

"Pekâlâ, Charlie, kameranı buraya çevir bakalım, kontrol odasındaki arkadaşlarımız gerisini hallederler."

"Malcolm nerde? Arturo'yu takdim edecekti ya!"

"İşte! Tamam, tamam! Bayanlar Baylar, işte Arturo X."

Dr. Rhinehart eski pozunda boşluğa bakmaya devam ederken, bir erkek sesi, "Tamam mı? Ekrana çıktık mı?" diye bağırdı.

Dr. Rhinehart yine derin bir nefes aldı.

"Hey, Eric nerde?"

Bir başka ses, "Ne oluyor size salak herifler?" diye bağırdı.

O sırada ekranda ayaklarını birbirine kenetlemiş, korkulu gözlerle etrafına bakınan Haham Fishman göründü. Sonra sırtını kameraya dönmüş, kontrol odasına bakan Arturo X geldi ekrana.

Kısık bir ses, "Ekrandasın!" diye seslendi.

Arturo yüzünü kameraya döndü ve "Siyahi kardeşler ve beyaz hergeleler..." diye başladı konuşmasına ama devam edemedi. Gri bir ceket kolu ona doğru uzandı, boğazına sarıldı, Dr. Dart'ın sert ifadeli yüzü Arturo'nun hemen yanında ve arkasında ekrana geldi ve Doktor, "Silahları bırakın, yoksa bu adamı vururum!" diye bağırdı. "Hey, sen, kontrol odasındaki adam! Silahını at, kollarını havaya kaldır ve hemen buraya gel!"

Ama o anda beklenmedik bir şey oldu, Arturo'nun yüzünde bir rahatlama ifadesi görülürken Dr. Dart'ın yüzü gerildi, gözleri korkuyla açıldı. Ekranda uzun, siyah giyimli, bir kol ve iri bir el uzandı ve Dr. Dart'ın boynuna sarıldı. Bunu yapan adam Dr. Rhinehart'tı, piposu yine ağzındaydı. Arturo Dr. Dart'ın elinden sıyrılıp geriledi ve o zaman Dr. Rhinehart'ın elindeki tabanca göründü ekranda, namlu Dr. Dart'ın beline dayanmıştı.

Ekran dışından bir ses, "Neyi göstereyim şimdi?" diye bağırdı.

Arturo, "Beni göster sersem herif!" diye cevap verdi.

Kamera iki temkinli güreşçi gibi birbirlerini süzen iki psikologdan sonra korku ve şaşkınlık içinde olanları anlamaya çalışan Bayan Wippleton ve Haham Fishman'ı ekrana getirdi, Peder Wolfe'un boş koltuğunu gösterdi ve sonra nefes nefese kalmış, ama kameraya bakarken sakin görünmeye çalışan Arturo üzerinde kaldı.

Arturo bir an düşündü, ama bu kez, "Siyahi hergeleler ve beyaz kardeşlerim..." diye başladı konuşmasına, fakat yüzünde acı çeker gibi bir ifade belirip kayboldu ve sonra, yeniden başladı. "Siyahi kardeşlerim ve beyaz hergeleler, sizlere bazı gerçekleri açıklamak için bastık bu televizyon programını, çünkü onlar silah zoru olmadan bunu size asla söylemeyeceklerdi. Siyahi adam..."

O sırada stüdyonun arka tarafında büyük bir patlama oldu, Arturo sustu. Bağırışlar, çığlıklar duyuldu. Bir el daha silah sesi geldi.

"Ateş!"

Yine bağırışlar duyuldu. Arturo şaşkın bir ifadeyle sağ tarafına baktı ve "Eric nerde?" diye bağırdı.

Başka bir ses, "Çıkıp gidelim buradan!" diye seslendi.

Arturo sinirli bir ifadeyle kameraya döndü ve beyaz bir toplumda siyahî olarak yaşamanın, siyahların dertlerini anlatmasının ne kadar zor olduğunu söyledi. O sırada nerden geldiği belli olmayan bir duman perdesi onu öksürttü.

Ekran dışından birisi, "Gözyaşı bombası atıyorlar!" diye bağırdı.

Bağırışlar, kadın çığlıkları ve onların arkasından yine silah sesleri duyuldu.

Birisi, "Kaçalım!" diye bağırdı.

Arturo ne yapacağını şaşırmış bir halde etrafa bakınıyor ve konuşmaya çalışıyordu ama ne diyeceğini unutmuş gibi görünüyordu. Derin bir nefes aldıktan sonra, "Baskılar..." diye yeniden başladı konuşmaya. "Baskılar o kadar arttı ki, bir siyahî, üzerinde on beyaz adamın ağırlığını hissetmeden nefes alamıyor. Artık beyaz domuzların önünde boyun eğmeyeceğiz! Beyaz adaletsizliğin yasalarına saygılı olmayacağız bundan sonra! Beyazlara yaltaklanmayacağız artık... hey, şuraya dikkat et, Ray! Bizler köle değiliz artık...Ray, dikkat!..." Yine silah sesleri duyuldu. Arturo yere çömeldi, yüzünde dehşet ve nefret ifadesi vardı, konuşmak istiyor ama o karmaşa ortamında ne diyeceğini bilemiyordu.

"Artık hiçbir beyaz adam susturamaz bizi, konuşmamızı, BİZ HÂLÂ VARIZ, YAŞIYORUZ! diye bağırmamızı engelleyemez! Bundan sonra asla SİZE BOYUN EĞMEYECEĞİZ! Kölelik dönemi sona erdi artık! Aahh!"

Arturo son söylediği 'Aahh!'tan sonra yere düştü ve kamera en son olarak onun yüzünü gösterdi, bu yüzde korku ve nefret değil de bir şaşkınlık ifadesi vardı. Bağırışlar, çığlıklar, homurdanmalar, inlemeler devam ederken, gözyaşı gazı da salona yayılıyordu. Kamera bir ara yine Dr. Rhinehart'ı getirdi ekrana, adamın ağzında piposu yine duruyordu ama bombalar yüzünden gözlerinden yaşlar damlıyordu şimdi. Ekrandaki görüntülerden ortamın sakinleşmeye başladığı anlaşılıyordu. TV izleyicileri başka bir kanala geçmek üzereyken, ekrandaki pipolu adamın önünde uzun saçlı, yakışıklı, mavi gözlerinden yaşlar akan bir genç adam belirdi, blucin ve siyah bir gömlek giymişti.

Genç adam nefret dolu gözlerle beş saniye kadar kameraya baktı ve gazdan etkilenip birkaç kez öksürdükten sonra, "Geri geleceğim," diye konuştu. "Bu gelişim gelecek Pazar günü olmayabilir, ama mutlaka geri geleceğim. İnsanların yaşamları çürümüş, hepimiz zehirleniyoruz. Bizleri yaralayan, inciten bir ortamda üreterek, didinerek yaşamaya çalışanlarla, onların hayatını tahrip etmeye çalışanlar arasında sürekli bir savaş var. Dünya çapında bir savaş bu; siz hangi taraftansınız?"

Genç adam ekrandan kaybolurken, onun yerini gözlerinden yaşlar akan Dr. Rhinehart'ın yüzü aldı. Dr. Rhinehart oturduğu yerden kalkıp üç adım attı, kameraya biraz daha yaklaştı. Kamera bir süre onun başını değil de siyah süveter ve elbisesini gösterdi ve Dr. Rhinehart gazın etkisiyle birkaç kez öksürdükten sonra sakin bir ifadeyle konuştu: "Bu program sizlere normal, arzulu ve samimi insanlar tarafından getirildi, onlar olmasaydı bu program da olmazdı."

Dr. Rhinehart'ın siyahlar içindeki imajı ekrandan kaybolurken, geride boş bir koltuk, üzerinde içi dolu bir bardak olan küçük bir sehpa ve bardağın yanında da bir meleğin tüyü gibi bulanık beyaz bir nokta kaldı.

Bölüm Doksan Üç

Başlangıçta Şans vardı, Şans Tanrı ile beraberdi ve Şans Tanrı idi. Başlangıçta o da Tanrı ile beraberdi. Her şey Şans eseri oldu ve o olmasaydı yapılmış olan hiçbir şey yapılamazdı. Şansta hayat vardı ve hayat insanın ışığıydı.

Şansın gönderdiği bir adam vardı ve onun adı Luke idi. Aynı şey tanıklık için geldi, Kaprise tanıklık etmek için geldi ki bütün insanlar onun sayesinde buna inansınlar. O Şans değildi ama Şansa tanıklık etmek üzere gönderildi. İşte bu gerçek Kaza idi, dünyaya gelen her insanı tesadüflerle tanıştıran şeydi. O dünyaya geldi ve dünya onun tarafından yapıldı ve dünya onu tanımadı. O kendi varlığı içine geldi ama kendi varlığı kabul etmedi onu. Ama onu kabul edenlere Şansın oğlu olma gücünü verdi o, kazara inananlara, insan bedeninden doğmamış olanlara, sadece Şansa inananlara bile verdi o gücü. Sonunda şans ete kemiğe büründü ve karmaşa, sahtecilik ve kaprislerle dolu olarak aramızda yaşadı.

—*Zar Kitabından* alıntı.

Bölüm Doksan Dört

Büyük TV baskınında neler olduğunu ancak, Dr. Rhinehart'ın çılgınlıklarına parasal destek sağlayan bulanık zihinli hayırsever H. J. Wipple'ın evine IRS, FBI, SS ve AAPP ajanları tarafında gizlice yerleştirilmiş olan kayıt cihazlarının bantlarından öğrendik. Bantlardan alınan bilgilerin çoğu Dr. Rhinehart'ın yasalardan kaçma çabalarıyla ilgili değildir, ama onun ve yardımcılarının geliştirdiği hastalıklı yapılar ve değerler konusunda çok yararlı oldular.

Wipple'ın salonunda ilginç eşyalar olarak çok güzel bir Victoria divan, doğu tarzı bir masa, bir Fransız koltuk, iki tane modern Danimarka koltuğu, kaplanmış bir donanma fazlası sal vardı ve eski moda Amerikan şöminesinin bir tarafına da üç metre boyunda bir alana beyaz kum atılmıştı. Salon bu şekilde, hemen hiçbir yerde görülmeyen garip bir tarzda döşenmişti. Dinlenen bant kayıtlarına göre, Wipple bunların hepsini zarlara danışarak almış getirmişti salonuna.

Rhinehart'ın televizyon programına çıkmasından sonra bu salonda ZAR HAYATI Vakfı yönetim kurulunun bir toplantı yapmasına karar verilmişti. Bu tür toplantılar her zaman rasgele zamanlarda, rasgele yerlerde yapıldığı için ancak çok az sayıda toplantının kaydı ele geçirilebildi. O günkü toplantıda tutucu, ılımlı bir adam olan ama zar adamların etkisinde kalıp zehirlenmiş, zengin Wipple ev sahipliği yaptı. Toplantıda, sorulara zarla cevap vermesine rağmen New York Barosunun sınavını vermiş olan Bayan Lillian Rhinehart, Rhinehart'ın etkisinde kalıp garipleşen Dr. Jacob Ecstein (AAPP onu da kınamaya hazırlanıyordu), Rhinehart'ın arada bir kullandığı metresi, eski fahişe ve ikisi de aktif zar teorisyeni olan Joseph Fineman ile karısı Faye vardı. Bütün üyeler toplantıya katılma konusunda zarlara danıştıkları için her toplantıda katılım değişiyordu.

Bu beş üye Rhinehart'ın TV programı sona erdikten bir saat kadar sonra, akşam saat 5'te Wipple'ın evine geldiler. Ama içlerinden sadece Bayan Rhinehart TV programını izlemişti ve neler olduğunu diğerlerine anlattı. Toplantıya katılanlar Rhinehart'ın TV programındaki garip davranışını tartıştılar ve bazı komik şeyler de söylendi (örneğin Ecstein, Rhinehart'ı kuma gömerek saklamalarını önerdi). Bayan Reichman bazı yerlere telefon ederek Dr. Rhinehart'ın nerde olduğunu öğrenmeye çalışırken, Wipple, Rhinehart'ın Cannon ve Jones gibi tiplerle ilişkisinin ZAR HAYATI Vakfına zarar verebileceğini söyledi ama diğerlerinden destek bulamadı.

Joe Fineman'a göre, New Jersey'deki ordu silah deposuna bomba atılması olayından sonra olay yeri yakınında iki yeşil zar bulunması ve Senatör Easterman'ın Zar Merkezlerine saldırması dikkate alınırsa, kötü niyetli zar terapi uzmanları onlara zarar verecekti. FBI'ın olayları araştırması ve kötü niyetlileri ortaya çıkarması iyi olacaktı. Ama Dr. Ecstein'a göre zar adamlar içlerindeki pislikleri kendileri temizleyebilirlerdi. Ecstein belki de ironi olarak, her olaydan sonra açıklama yapmak ve kötü olaylarla ilgili olmadıklarını söylemek yerine, ZAR HAYATI Vakfının bir bildiri yayınlayarak, zar adamların yaşanan kötü olaylarla hiçbir ilgisi olmadığını açıklamasını istedi.

Bayan Reichman ve Fineman çifti, açıklama için bir TV stüdyosu bulmak ve Rhinehart hakkında polisten bilgi almak üzere evden çıktılar. Olaylı TV programından sonra iki saat geçmesine rağmen, kimse Rhinehart'ın nerde olduğunu ve ne yaptığını bilmiyordu.

Evde kalanlar tartışmalarına devam ettiler ve en çok konuşan da Wipple idi. Wipple Maliye Bakanlığının, daha önce ZAR HAYATI Vakfına tanıdığı vergi bağışıklığını kaldırdığından şikâyet etti. Bakanlığa göre, zar dini diğer dinler gibi kabul edilmiş bir din değildi, onların eğitim programı genelde kabul edilen bilgilere karşıydı, bilimsel çalışmaları genellikle kanıt olarak kurgu malzeme kullanıyor, kurgu araştırmalar yapıyordu. Bakanlık, kazanç amacı gütmeyen Zar Merkezlerinin normal anlamda terapi merkezi sayılamayacağını söylüyordu, çünkü bu merkezlerde çalışan öğrenciler topluma karşıydılar ve bunu da itiraf ediyorlardı. Bayan Rhinehart ve Ecstein, Maliye Bakanlığının konuyu anlamadığı için böyle davrandığını söylediklerinde, Wipple yıllık kazancından vakfa üç yüz bin dolar bağış yaptığını söyledi. Kendi muhasebecilerinin hesaplarına göre, Zar Merkezlerine gelenlerden mantıklı bir ücret almadığı için, vakıf ayda yüz bin dolardan fazla para kaybediyordu. Ecstein bu konuda ona hak verdi.

[*Bu noktada raporumuz kelimesi kelimesine başlıyoruz: (HJW behbourlivrm: 4.17.71.7.22. - 7.39)*]

Wipple şöyle konuştu: "Er ya da geç yeni bir gelir kaynağı bulmamız gerekiyor. Biliyorsunuz, ülkenin her yanında bir sürü firma Zar Çocuk, Zar Kız tişörtleri, yeşil zar spor gömlekleri, kol düğmeleri, kravatlar, bilezikler, mayolar, küpeler ve benzeri eşyalar üretip satarak büyük paralar kazanıyorlar. Zar eşya ticareti yapan firmalar geçen yıl satışlarını dörde katladılar."

Jake Ecstein, "Haklısın" dedi. "Geçen yıl Sıcak Oyuncaklar şirketinden yaklaşık 2.25 dolardan yüz hisse senedi aldım, dün borsada tanesini 68,5 dolardan sattım."

Wipple, "Evet, çok iyi," dedi. "Ama bize ne oluyor? Diğer zar oyunları bizim aldığımız paranın dört katına satılır ve adamlar milyonlar kazanırken, biz elimizdekileri maliyetinin altında satıyor, zarar ediyoruz. Beş dolar giriş ücreti alan barlar, diskolar rasgele striptiz yapan kızları sayesinde dünyanın parasını kazanırken, bizim Zar Merkezlerimiz nerdeyse bedavaya çalışıyor. Zarlar sayesinde bizden başka herkes para kazanıyor."

Bayan Rhinehart, "Biz zarlarımıza bize para kazandırmaları için seçenekler veriyoruz, ama onlar bize yol göstermiyorlar," dedi.

"Tamam, ama ben bu zararları karşılamaya devam edemem."

"Biz de senden bunu istemiyoruz zaten."

"Ama zar bana sürekli olarak bunu yapmamı söylüyor!"

Ecstein ve Bayan Rhinehart bunu duyunca güldüler.

Ecstein gülerek, "Şimdiye kadar dünya tarihinde para kaybeden ilk din biz olduk," dedi. "Neden bilmiyorum ama bu beni mutlu ediyor."

Bayan Rhinehart, "Dinle beni H. J.," diye konuştu. Para, güç, bunlar başka şeyler. Zar Çocuk tişörtleri, yeşil zarlı oyuncaklar, eşyalar gibi şeyler konu dışı şeyler. Zar hayatı bizim çoklu oyunları özendirmek için oynadığımız bir oyun, çoklu tiyatroyu sevdirmek için yaptığımız bir oyun. Biz kazanç peşinde değiliz."

Ecstein, "Sen şimdi de azizeyi oynuyorsun, Lil," dedi. "Eğer yaptığımız yenilikten gurur duymaya başlıyorsak, ben halkın parasını götürmeye varım."

Wipple, "Söylüyorum size, eğer vergi bağışıklığı konusunda bir şeyler yapamayacaksak ben yokum bu işte," dedi. "Bu hakkımızı geri alabilmek için ülkenin en iyi avukatlarını tutmalı, gerekirse yüksek mahkemeye başvurmalıyız."

"Bence bu da para kaybı olur, H. J."

Bayan Rhinehart, "Yine de meselemizin mahkemelerde tartışma konusu yapılması herkese bu konuda eğitim verilmesi gibi bir şey olur sanıyorum," diye konuştu. " 'Din nedir?' 'Terapi nedir?' 'Eğitim nedir?' tartışmaları duyulur. Ben kendimden eminim, bu konuyu öyle güzel savunurum ki, Gelir Vergisi İdaresi bana cevap vermekte güçlük çekecektir."

Ecstein, "Tamam, avukatımız olarak hakkımızı sen ara o halde," dedi.

Wipple, "Ama bu konuyu savunmaları için en tecrübeli avukatları tutmalıyız," diyerek araya girdi.

Ecstein başını iki yana sallayarak, "Bizim bir zar avukatına ihtiyacımız var," diye konuştu. "Bu konuyu bilmeyen bir avukat neyi savunacağını bile kestiremez, bilemez."

Bu kez Wipple başını salladı ve "Hayır, efendim," dedi, "zar insanlarına güvenemeyiz."

Diğerleri gülünce Wipple da sinirli bir ifadeyle güldü. O sırada bina kapısının zili çaldı ve Wipple ona cevap vermek için salondan çıktı.

Bayan Rhinehart, "Umarım Luke iyidir," dedi.

Ecstein, "Luke'u hiçbir şey incitemez," diyerek bir kahkaha daha attı. "Zara ne sordun sen şimdi?"

"Onun öldüğünü duyarsam ne yapacağımı sordum."

"Zar sana ne dedi peki?"

"Neşelenmemi söyledi."

Bölüm Doksan Beş

Önemli, anlamlı konuşmalarla, hareket dolu ve meraklı bir izleyici topluluğuyla çok ilginç bir program oldu; zamanımızın temel sorunlarını ele alan düşünce dolu bir dramdı bu program.

Kontrol odasının karşısındaki kapıdan zorlukla nefes alarak ve sendeleyerek çıkarken böyle düşünüyordum ve o sırada Arturo'nun hareketsiz vücudunu çekerek götürmeye çalışan Eric'i gördüm. Hole çıkınca on beş dakikadan beri ilk kez olarak rahat bir nefes almaya çalıştım ama gözlerim, ağzım, burnum, boğazım, her tarafım yanıyordu. Eric Arturo'nun üzerine eğildi, yanına giderek çömeldim ve Arturo'nun yarasına bakmak istedim, ama o ölmüştü.

Eric doğrulup ayağa kalktı ve sakin bir ifadeyle, "Çatıya çıkalım," dedi. Gözleri yaşlıydı ve sanki beni görmez gibi bakıyordu. Ona baktım, tereddüt içindeydim, sonunda zara baktım ve onu takip etmemem gerektiğini anladım, kendi çıkış yolumu bulmalıydım. Sokaktan polis arabalarının siren sesleri geliyordu.

"Ben aşağıya iniyorum," dedim.

Eric titriyor ve gazdan yaşaran gözleriyle beni görmeye çalışıyordu. Bir süre yüzüme baktıktan sonra, "Nasıl istiyorsan öyle yap, Doktor," diye konuştu. "Sen kazanmak istemiyorsun herhalde. Beni görmek istediğin zaman Brooklyn Heights'da Peter Thomas'ı ara."

"Tamam," dedim.

"Veda öpücüğü yok mu?" diye sordu, sırıttı ve sonra koridorun sonundaki yangın çıkışına doğru koştu.

Koridordan ayrılmadan önce Arturo'nun nabzına son bir kez bakmak için yanına diz çöktüm. O sırada yandaki kapı aniden açıldı, silahını öne doğru tutan asık suratlı bir polis koridora sıçradı ve Eric'in arkasından üç el ateş etti, Eric yangın merdiveninin başında gözden kayboldu.

Öfkeyle ayağa fırladım ve "Öldürmeyeceksin!" diye bağırdım. Birkaç saniye sonra bir polis daha girdi koridora, ikisi birden çatık kaşlarla bana baktılar, sonra birinci polis tabancasının öne doğru uzatarak Eric'in arkasından gitti.

Yeni gelen polis yanıma yaklaştı ve "Kimsin sen?" diye sordu.

"Kutsal Roaming Katolik Kilisesinden Peder Forms'um ben," diye cevap verdim ve iptal edilmiş olan AAPP kartımı gösterdim ona.

"Yakalığınız nerde Peder?" diye sordu.

"Cebimde," dedim ve TV programında boynuma takmak üzere getirdiğim beyaz rahip yakalığını çıkardım, zar son anda bunu takmamı istememişti. Bu beyaz yakalığı siyah balıkçı yaka gömleğimin yakası üzerine taktım.

Polis sert bir sesle, "Pekâlâ Peder, hemen çıkın buradan," dedi.

"Tamam, Tanrı seni kutsasın diyeyim bari," dedikten sonra nefesimi tutarak gözyaşı bombası dumanıyla dolu stüdyoya daldım ve arkadaki ana çıkış kapısına doğru koştum. Karşıda bir merdiven gördüm ve koşar adım aşağıya inmeye başladım. Merdivenin dibinde iki yanda iki silahlı polis bekliyor, bir üçüncüsü de durmadan havlayan dev gibi üç polis köpeğini tasmalarından tutmuş kontrol etmeye çalışıyordu. Onların önünden geçerken haç işareti yaptım ve alt kata inen merdivene koştum.

En alt kata inerken, baskın yapan serserilerin arkasından koşan polisleri, onları izleyen gazetecileri, sonra da binayı saran meraklı topluluğunu, kısacası önüme çıkan herkesi ve en son da kendimi kutsadım, zaten kutsanmaya en çok ihtiyacı olan kişi bendim.

Dışarıda kar yağıyordu, evet batıda güneş parlıyordu ama burada sert güneydoğu rüzgârı üzerimize kar atıyordu, alnım ve yanaklarım dondurucu rüzgârın etkisiyle birden buz kestiler. Kaldırımlara yığılmış olan insanlar meraklı gözlerle üst kat pencerelerinden dışarıya çıkan göz yaşartıcı bomba dumanlarını seyrediyor, herkes heyecan içinde konuşuyordu. Yakın sokaklarda trafik durmuştu ve acelesi olan sürücüler korna çalıp duruyorlardı. O sırada binanın tepesinde bir polis helikopteri uçmaya başladı ve yeni silah sesleri duyuldu. Manhattan'da tipik bir Nisan-ortası günü yaşıyorduk adeta.

Bölüm Doksan Altı

Lil bana sarılarak on beş saniye kadar öyle kalırken, başımdan düşen karlar onun sarı saçlarını ıslattı. Çok yorgundum. Holde birbirimizin beline sarılarak salona doğru yürüdük.

Lil, "İyi misin sen?" diye sordu.

"Herhalde iyiyim," diye cevap verdim. "Ama bazen, dünya benden bile daha hızlı parçalanıyor diye düşünüyorum."

Salona girince H. J. koltuğundan kalkıp yanıma geldi ve elimi sıktı. Sonra sigara dumanını göğsüme doğru üfledi ve bir elini omzuma koyarak, "Müthiş bir gösteriydi, Luke," diye konuştu. "Bazı durumlarda bunu nasıl yaptığını anlayamıyorum."

"Bunları planlayarak yapmadım," dedim. "Böyle bir şey olacağını da bilmiyordum. Eric benden program için biletler istediği zaman o ve arkadaşları da beni destekliyorlar diye düşündüm. İkiyüzlü namussuzlar!"

"Ama bizim imajımız açısından hiç de fena olmadı. Bunu düşündün mü?"

"Şeyyy!"

Lil yanıma sokuldu ve "Ölen oldu mu?" diye sordu.

Divana gittim ve beyaz tişört, siyah Bermuda şortu giymiş, samimi bir gülümsemeyle bana bakan Jake'in yanına çöktüm. Jake'in ayakları çıplaktı ve saçları sanki iki ay önce Edgarina tarafından kesilmişe benziyordu.

Lil'in sorusuna, "Evet," diye cevap verdim. "İçecek bir şey alabilir miyim?"

Lil, "Elbette," dedi. "Ne istersin?"

"Sıcak bir sütlü kahve, bol şekerli olsun."

Jake sevecen bir ifadeyle gülümseyerek, "Harikasın, Luke, dostum," dedi. Lil mutfağa gitti.

"Teşekkür ederim."

"Beyaz rahip yakanı takmışsın. Din adamı rolü mü yine?"

"Sadece kılık değiştirme diyelim. İnsanlar rahiplere güvenirler."

Jake sırıtarak, "Ben biraz uçuyorum," dedi.

"Ya da zar adamlara güvendiklerinden biraz daha çok güveniyorlar rahiplere diyelim."

Jake, "Uçuyorum ama yine de aklım yerinde sayılır," dedi.

H.J. yanıma geldi ve tepemden bakarak, "Üzerindeki karlar divanımda eriyor," diyerek güldü.

"Oh, özür dilerim."

O sırada kapının zili çaldı ve H. J. kapıya cevap vermek üzere koşar adım dışarıya çıkarken, Jake, "TV gösterisinden sonra polisler peşinde mi yoksa?" diye sordu.

"Sanırım öyle."

"Kişiliğini değiştirmen gerekecek belki de."

Onun yüzüne bakınca sırıttı ve "Üzerindeki karlar eriyip divanı ıslatıyor," diye ekledi.

"Özür dilerim," diyerek divandan kalktım ve hole çıkınca kapıdan dönen H. J. ile karşılaştım. Bana baktı ve "Polisler yukarıya geliyorlar," dedi.

Hemen zarıma danıştım ve "Sanırım buradan çıkıp gitmem gerekiyor," dedim. "Acil olarak ne yapacağımı düşünmeliyim. Bir çıkış yolu var mı burada?"

Lil mutfaktan çıkıp yanımıza geldi ve "Neler oluyor?" diye sordu.

H. J. "Arkadaki hizmet merdiveninden alt kattaki garaja inebilirsin," dedi.

Lil yeniden, "Neler oluyor?" diye sorarken, ben de, "Kullanabileceğim bir araba var mı garajda?" diye sordum.

"Benim Lincoln Continental arabam orada. Garaja hemen telefon edip onu bir dostum için hazırlamasını söylerim görevliye."

O sırada holün sonundaki kapı vuruldu. H. J. "Kaç mil yaptığını kaydetmeyi unutma sakın," dedi. "Gelir vergisi hesapları için kullanılan bilgiler arasındadır bu da. Ben bunu vakıf harcaması olarak görüyorum."

"Ben kaçıyorum, Lil," dedim. "Gideceğim yerden ararım seni"

Jake'a bakıp göz kırptım ve H. J.'in gösterdiği hizmet merdiveni kapısına doğru koştum. Binanın dışındaki merdivenden aşağıya inerken bir kedi – kocaman bir kedi elbette – kadar çevik ve dikkatliydim, çok geçmeden garaj kapısına vardım ve yavaşça açarak çok iyi aydınlatılmış olan garajın içine bir göz attım. Çıkışa yakın bir koltuğa oturmuş temiz kıyafetli garaj bekçisi dışında kimse yoktu içerde. Garajda on bir tane daha Lincoln araba vardı ama H.J.'ninki garaj çıkışına yakın duran olmalıydı. Onun yanına gittim, plaka numarasını kontrol ettim ve alacağım araba olduğunu anlayınca kapısını yavaşça açıp direksiyona oturdum.

Arabanın ön koltuğunda sağda, otuzlu yaşlarında, ciddi görünüşlü, yakışıklı bir genç adam oturuyordu.

"Sizi rahatsız ettiğim için özür dilerim," dedi.

"Önemi yok," dedim. "Biraz temiz hava almak için inmiştim buraya."

Genç adam, "Ben Federal Araştırma Bürosundan (F.B.I.) John Holcome," diye konuştu. Elini cebine atıp benim AAPP üyelik kartıma benzeyen bir kart çıkardı ve bana doğru hafifçe eğilerek gösterdi.

"Neden bu kadar beklediniz peki?" diye sordum.

FBI ajanı kartını cebine koydu, koltukta arkasına yaslandı ve dönüp bana baktı.

"Senin Wipple'ın evinde olduğunu öğrendikten sonra, ne yapacağımıza karar vermek için biraz düşünmek zorunda kaldık tabii."

"Yaa, demek öyle!" dedim.

"Bu akşam Manhattan trafiği de bazı caddelerde oldukça yoğun ve yollar tıkalıydı." Yüzüme bakıp gülümsedi ve "Sen Dr. Lucius Rhinehart'sın, diye ekledi.

"Doğru, çoğu zaman o kişiyim ben," dedim. "Senin için ne yapabilirim, dostum?" Başımı koltuğun başlığına dayadım ve rahat görünmeye çalıştım. Ama o sırada kolum direksiyona dokundu ve korna çaldı.

Ajan Holcome açık mavi gözlerini yüzüm dikti ve "Bak, Dr. Rhinehart," diye konuştu. "Bugün öğleden sonra katıldığın o TV programında birkaç eyalet ve federal yasaya karşı suç işlediğini herhalde biliyorsun."

"Korkarım ki bunu yaptım," derken, solumdaki camdan sakin bir ifadeyle beni kurtarmaya gelen Lone Ranger arabaya ya da Zar Kadına baktım.

Ajan Holcome, "Dr. Dart'a saldırı, halk içinde silahla tehdit," diye devam etti. "Dr. Dart'ın silahını almak, tutuklamaya karşı koymak, suçlulara yardım etmek, hükümeti devirme girişimine katılmak gibi suçlar işledin. Ayrıca rahip kılığına girip halkı kandırmak, kişisel mesajını vermek için sponsorun zamanını hileli yollardan kullanmak ve bir TV programından yararlanarak yirmi üç tane kurala karşı gelmek gibi suçlar da işledin. Biz ayrıca, Franklin Osterflood cinayetiyle ilgili seni suçlayıcı ipuçları, kanıtlar toplamaya çalışan Baş komiser Putt'a da yardım ediyoruz."

"Şehir sınırları içinde otostop suçlaması yok mu peki?"

"Espri bir yana, bütün bu suçlamalar sana en azından iki yüz otuz yedi yıl hapis cezası getirecektir."

"Vay canına, oldukça uzun bir zaman!"

"Ama devlet yine de senin, çok daha önemli yıkıcı güçlerin elinde, onlar tarafından kullanılan saf bir kişilik olduğuna inanıyor."

"Demek öyle."

"Eğer istersek tersini de kanıtlayabiliriz, ama şu anda, TV istasyonuna yapılan saldırı olayında senin parmağın olmadığını düşünüyoruz."

"Çok iyi ediyorsunuz."

"Senin aynı zamanda akıl hastası olduğunu ileri sürerek davayı güç duruma sokacağını da biliyoruz."

Buna sesimi çıkarmadım.

"Bu nedenle seninle bir anlaşma yapmaya karar verdik."

Yine konuşmadım.

"Eğer Eric Cannon'u nerde bulacağımızı bize söylersen, iki yoldan birini seçeceğiz: hakkındaki suçlamaları öyle ayarlayacağız ki, New York'un en beceriksiz avukatı bile seni azami üç yıl hapisle kurtarabilecektir, ya da..."

"Oooo!"

"...ya da buradan kaçman için sana otuz dakika süre tanıyacağız, ama gelecekte başın yine yasalarla derde girebilecektir."

"Yaa!"

"Bu söylediklerim elbette Cannon ve adamlarını söylediğin yerde bulup bulamayacağımıza bağlı. New York polisinin seni bulup tutuklaması ya da öldürmesi ihtimali de var işin içinde tabii. Onlar bizim seninle yapacağımız anlaşma konusunda bir şey bilmiyorlar ve suçlamaları azaltmamızı engellemek de isteyebilirler."

"Eveett!"

FBI ajanı sustu ve samimi bir ifadeyle yüzüme baktı. Sonra, "Eric Cannon şu anda nerde Dr. Rhinehart?" diye sordu.

"Ne? Eric mi?" dedikten sonra zarımı çıkarıp koltuğun üzerine, ikimizin arasına attım.

Zara baktım ve "Özür dilerim Ajan Holcome," dedim. "Zarın söylediğine göre, Eric'e ihanet edip etmeme konusunu iyice düşünmem ve bir saat sonra yine zara danışmam gerekiyor. Zar bana, sizden yarın sabaha kadar izin istememi söyledi."

"Sana bu kadar uzun bir süre verebileceğimizi sanmıyorum, Doktor. Ben şu anda sana sadece kırk dakika verebilirim. Kırk dakika sonunda seni tutuklamak zorunda kalırız. Cannon'un yerini söylersen ve onu bulup yakalarsak durum değişir elbette. Bize üç yıl hapis ya da kaçmak için otuz dakikadan hangisini istediğini söyleyebilirsin. Yoksa uzun süre hapiste kalabilirsin."

"Anlıyorum."

"Şimdi, eğer istiyorsan düşünmek için Bay Wipple'ın dairesine dönebilirsin, Doktor." Ajan bunu söyledikten sonra sağ kapıyı açıp arabadan indi. O dönüp uzaklaşırken garaj bekçisi hemen sol kapıya geldi ve endişeli bir ifadeyle bana baktı.

Ben de arabadan indim ve ajanın arkasından, "Evet, bu akşam trafik yoğundur, dışarı çıkmaktan vazgeçtim," diye seslendim. "Yine görüşeceğiz."

Ajan Holcome durup döndü ve gülümseyerek, "Evet, otuz sekiz dakikan kaldı," dedi. "İyi akşamlar, Dr. Rhinehart."

"Bu senin teorin," diye mırıldandım ve geldiğim yoldan geri döndüm. Onuncu kattaki daireye merdivenlerden çıkarken pek de huzurlu değildim. Bu çok uzun bir gün olacağa benziyordu.

Bana kapıyı açan Lil oldu ve salona doğru giderken merak içinde, "Neler oluyor, Luke?" diye sordu.

"Kırmızı ışık yandı," dedim.

"Ne yapacaksın peki?"

Yine divana gittim ve yıkılır gibi oturdum. Jake şömine yanındaki kumların üzerine bağdaş kurup oturmuş, şöminenin sahte ateşine bakıyor ve bir sarma sigara içiyordu. H. J. ortalarda görünmüyordu.

"Adamlar bu kez kararlı görünüyorlar, Lil," dedim. "Zara sorsan sana iki yüz yıldan fazla hapis cezasıyla yargılanacak bir adamla evli kalmanı ister miydi acaba?"

"Belki de isterdi. Neler oluyor, Luke?"

Lil ve bana bakan Jake'e, garajda FBI ajanıyla konuştuklarımı ve düşünmem gereken seçenekleri olduğu gibi anlattım. Lil beni dikkatle dinlerken koca kaya parçasına dayandı ve Jake de düşünceli bir ifadeyle şömine ateşini seyretti.

"Eric'e ihanet edersem, bilmiyorum ama birine ihanet ettiğimi bileceğim, bu beni rahatsız edecektir."

Jake, "Bunun için üzme kendini," dedi. "Biz kendimiz için neyin iyi olduğunu hiçbir zaman bilemeyiz. Belki Eric de kendisine ihanet edilmesini bekliyordur."

"Diğer yandan iki yüz otuz yedi yıl hapis cezası da anormal derecede uzun bir hapis cezası olur, öyle değil mi?"

"Evet, ama bir bilge de istediğine her yerde ulaşabilir."

"Sanırım ben kendimi kapana kısılmış gibi hissederim."

Jake, "Zar tozu," dedi. "Belki de hapiste tamamen yeni bir evren bulacaksın kendine."

"Buradan kaçmayı da denemek isterim, ama çatıda bir helikopter olacağını sanmıyorum."

Kumların üzerinde bağdaş kurup oturmuş, sahte şöminenin ateşini seyreden Jake çocukça bir gülümsemeyle bana baktı. Bir süre düşündü ve sonra, "Seçenekler yarat, Luke, zarları salla," dedi. "Neden boş yere konuşup duruyorsun bilmiyorum."

"Ama ben sizleri seviyorum, hapistekileri ve o ortamı bu kadar sevebileceğimi sanmıyorum."

"Bu güçlükleri yenmek zorundasın, Luke, dostum."

Lil, "O halde kaçmaya çalışmak ya da beni avukatın olarak

tutma seçeneklerini dene bakalım," diye konuştu. "Belki bunlar seni özgür kılacaktır."

"Ben kendi imajım için üzülüyorum," diye konuştum. "Zar hayatının babası her zaman gerçekler için zar atmak zorundadır."

Jake tembelce gerindi ve "Zar pisliği," dedi. "Eğer sen kendi imajın için üzülüyorsan o zaman ne babasın, ne de çocuk, sadece herhangi bir insansın sen."

"Fakat insanlara yardım etmek zorundayım."

"Bu da bir başka zar salaklığı işte, dostum. Eğer insanlara yardım etmek zorunda olduğunu düşünüyorsan sen sadece basit bir insansın."

"Ama ben insanlara *yardım etmek istiyorum.*"

Jake yine sırıttı ve "Yine bir zar pisliği," dedi. "Herhangi bir şey istiyorsan yine basit, normal bir insansın sen, Luke."

"Nedir tüm bu yeni müstehcenlikler?" diye sordum.

"Bunu biliyorsam zar olayım."

"Saçmalıyorsun sen, arkadaşım."

Jake gözlerini sahte ateşe dikti ve "Senin saçmalamanın yarısı kadar bile saçmalamıyorum ben, Luke," dedi. "Yaz seçeneklerini ve salla zarlarını. Bunun gerisi anlamsız işte, dostum."

"Evet, ama *ben* endişeliyim. İki yüz otuz yedi yılı alacak olan *benim,* Jake."

Jake yine tembelce bir ifadeyle esnedi ve "Sen kimsin peki?" diye sordu.

Salonda uzun bir sessizlik oldu ve bu süre içinde hepimiz dalgın ifadelerle şömine ateşine baktık.

Sonra ben, "Oh, evet, hep unutuyorum," diyerek cebimden yeşil zarı çıkardım, doğrulup dimdik oturdum ve birinin karları üzerinde oturduğumu fark ettim. "Ben benim işte!" dedim.

SONSÖZ

Günün Birinde Luke, ellerinde .45'lik tabancalar olan iki FBI ajanı tarafından kovalanırken bir uçurum kenarına geldi, atladı ve beş altı metre aşağıda bulunan bir yabani asmaya takılıp kaldı orada. Asılı olduğu yerden aşağıya bakınca, on beş metre kadar aşağıda, ellerinde makineli tüfekler, coplar, gözyaşı bombaları olan altı polis memuru ve iki tane de zırhlı polis arabası gördü. Onun hemen üst tarafında da biri beyaz, diğeri siyah olan iki fare vardı ve fareler asmayı kemirmeye başladılar. Luke birden önünde beliren olgun, tatlı çilek salkımlarını görünce şaşırdı.

O zaman, "Hah, işte yeni bir seçenek," dedi.

—*Zar Kitabı*'ndan alıntı